FVA

Quim Monzó

Hundert Geschichten

Aus dem Katalanischen von Monika Lübcke

FRANKFURTER VERLAGSANSTALT

Die Originalausgabe erschien
unter dem Titel *Vuitanta-sis contes*

und wurde für die vorliegende Ausgabe erweitert um
El millor dels mons (Die beste aller Welten)

1. Auflage 2007
Deutsche Erstausgabe

Die Übersetzung und Überarbeitung dieses Werkes wurde aus
Mitteln des Instituts Ramon Llull gefördert
llll institut ramon llull
Herstellung und Schutzumschlaggestaltung: Laura J Gerlach
unter Verwendung eines Umschlagentwurfs von Jonathan Meese
Satz: Fotosatz Reinhard Amann, Aichstetten
Druck und Bindung: Clausen und Bosse, Leck
Printed in Germany
ISBN: 978-3-627-00146-9

Inhaltsübersicht

Uff, sagte er

Un jour il y aura autre chose que le jour.
Boris Vian, Je voudrais pas crever

Von Angesicht zu Angesicht, wusstest du nie,
ob es ein Kuss war oder nur ein Lächeln.
Jordi Sarsanedas, Mythen

Geschichte einer Liebe

Für Joan Brossa,
der mir die Idee dazu gab.

Mit allem, was bisher geschah, wäre ich zufrieden, nur um noch einmal den peppermintfarbenen Himmel und die funkelnden Sterne in ihren Augen zu sehen. Doch so es mir vergönnt sein sollte, möchte ich dieses Mal endlich zum Ende kommen. Ich bin es nämlich langsam leid, was irgendwie erstaunlich ist, wenn man bedenkt, dass ich ein sehr geduldiger Mann bin. Dies ist indes wirklich eine uralte Geschichte, deren Anfänge in meiner Jugend liegen, als ich sie eines Morgens in der Dämmerung zärtlich küsste. Wir saßen in einem gemieteten Landauer, den der Kutscher neben dem Lichtkegel einer noch brennenden Straßenlaterne vor dem neoklassizistischen (einem spätneoklassizistischen) Gutshaus abgestellt hatte, in dem wir uns ganz und ungestört unserer Liebe hingeben wollten. Sie glich einer nordischen Göttin, zart wie der Flug des Wiedehopfs, zerbrechlich, sanft und spitzbübisch. Ich erzähle das auf die Gefahr hin, lächerlich zu wirken, aber es handelt sich hier um die leidenschaftliche Geschichte einer glühenden Liebe, die mit jedem Mal stärker in uns brannte. Wir betraten das Gutshaus, das einer meiner Tanten gehörte, die halb verrückt und kurzsichtig war und mehr aus dunklen als aus heroischen Gründen ins Exil gehen musste, und stürmten hastig die Treppen hinauf, wie vermutlich alle Verliebten, die ihre gegenseitig eingestandene Anbetung wolllüstig befriedigen wollen. Wir durchquerten Flure und Zimmer und weitere Flure und Säle, die sich zu noch mehr Fluren hin öffneten. Wir machten Türen auf, hinter denen sich neue Räume mit Türen verbargen, dahinter Gemächer mit weiteren Türen (bei einer, die sich nicht öffnen ließ, mussten wir erst das verrostete Schloss aufbrechen), die zu Räumlichkeiten mit neuen Türen führten. Ich fasse mich kurz: Schließlich erreichten wir das größte Gemach mit einem breiten Himmelbett und Wänden aus extravagantem Damast. Als wir voller Sehnsucht nach dem Mondlicht die Vorhänge aufzogen, wurden wir von einer Staubwolke eingehüllt. Wir öffneten die Tür zum Balkon. Am Himmel zeichneten sich die Berge ab (in Farbtönen, die mit dem Emporsteigen des Tages immer mehr denen Boticellis glichen) und von den Wiesen drang ein gedämpftes sommerliches Rauschen herauf (unter anderem deshalb, weil all dies im Sommer geschah). Ich musste sie langsam entkleiden (sie, umständlich und aufgeregt wie ich war, von zwei Röcken, den Unterröcken, dem Reifrock, dem Korsett, den Strümpfen, den Schuhen und allen Diademen befreien, die sie auf dem Kopf trug), bis ich endlich ihren milchweißen Körper betrachten konnte. Sie schlug die Wimpern nieder, schwarz und groß wie Fächer, und sie wäre sicher errötet, doch aufgrund ihrer Schminke hätte man es nicht sehen können, und es wäre somit eine unnötige Anstrengung gewesen. Auf ihren jugendlichen Brüsten prangten dunkle Brustwarzen. Wie es sich für eine Dame aus solch gehobener Gesellschaftsschicht gehört, ließ sie alles mit einer durchaus angemessenen Gleichgültigkeit geschehen und, als ich mich schließlich hastig entkleidete, wendete sie schamhaft ihren Blick ab. Am meisten hatte ich mit den Stiefeln zu kämpfen, vor allem, weil ich in der Eile die Schnürsenkel nicht löste, sondern sie nur noch mehr verhedderte. Da ich nicht fertig wurde, nutzte sie die Zeit und erkundigte sich nach der Toilette. Ich zeigte sie ihr. Als sie zurückkehrte (in einem rosafarbenen Nachthemd aus chinesischer Seide von einer meiner Großmütter, das sie wohl im Badezimmerschrank gefunden hatte), entledigte ich mich endlich des zweiten Stiefels und knallte ihn gegen die Wand, was eine neue Staubwolke und Risse im Mauerwerk verursachte. Die Unterhose und das Unterhemd auszuziehen, war dann nur noch eine Sache von Sekunden. Ich beeilte mich, die verlorene Zeit einzuholen: Ich streichelte ihre Wangen, küsste sie aufs Ohrläppchen und flüsterte ihr honigsüße Worte zu. Sie war anscheinend in einem tiefen Zweifel verloren: Einerseits lechzte sie nach meinen Zärtlichkeiten, wollte aber andererseits im selben Moment die Flucht ergreifen. Schließlich drehte sie sich um, schaute mir ganz tief in die Augen und küsste mich so unerfahren auf den Mund, dass ich nicht umhin konnte zu lächeln. Um es zu verbergen, sie sollte ja nicht denken, ich würde mich mit meinem Lächeln über sie lustig machen, biss ich ihr ins Ohrläppchen, leckte an ihrem Hals und nutzte dabei die unmittelbare Nähe ihres Gehörsinnes, um mehrmals zu flüstern: Meine Liebe ..., jedes Mal ein wenig lauter und etwas wilder im Ton. In diesem Augenblick klingelte es an der Tür: ein langes, überlanges Klingeln. Sie sah mich an. Ich sah sie an. Mein Aufstehen entschuldigte ich mit einer Handbewegung. Ich komme gleich zurück, Liebling. Sie wendete (diskret) den Blick von meiner Erektion ab, die ich nicht verbergen konnte. Mit einem Kimono bekleidet begab ich mich nach unten, um die Tür zu öffnen: Der Kutscher brachte den Hut der Dame vorbei, den wir (von unseren Gefühlen überwältigt) auf dem Sitz vergessen hatten. Da ich keine Hosen anhatte, gab es keine Hosentaschen mit Münzen, um diesem übereifrigen Kutscher zu danken. Ich musste ins Büro nach oben, fand dort aber auch keine, nahm einen Schein, eilte wieder nach unten und steckte den Schein in seine Tasche. Er dankte mir, ich sagte ihm, keine Ursache, schlug die Tür zu (wieder bildete sich eine Staubwolke, eine Türangel fiel herunter) und rannte die Treppen hinauf ins Schlafgemach. Sie erwartete mich sehnsüchtig. Zwei Mal flüsterte sie meinen Namen und bat mich, sie zu küssen und mit meinem Körper zu wärmen. Sie hatte noch ganz keusch das weiße, feine Höschen an (das ich zuvor nicht auszuziehen gewagt hatte, um nicht gar zu ungeduldig zu erscheinen). Nun ja: Ich kniete mich vor ihr hin und zog es ganz sachte herunter. Innen war es feucht und ihre betörend duftende Nässe nebelte meine Sinne ein. Liebstes, oh mein Liebstes, … wiederholte ich ein ums andere Mal und zeichnete dabei mit meiner Zunge ihren Oberkörper nach. Ich spürte, wie sie sich immer noch scheute, irgendeine Art von Initiative zu zeigen. Sie wollte nicht zu forsch erscheinen. Da nahm ich ihre Hand und legte sie auf mein Glied, das sich ganz heiß anfühlte. Ein Oh entfleuchte ihr, das ich erstickte, indem ich jeden Quadratzentimeter ihres Halses mit Küssen bedeckte. Etwas grob zog sie die Haut von der Eichel zurück und betrachtete misstrauisch den bedrohlichen Zyklopen. Ihr Liebesfluss hatte bereits die Laken durchnässt und tropfte auf den Boden. Sachte schob ich ihre Beine auseinander. Die Schamlippen umschlossen eine klebrige Öffnung, die sich bei jeder Berührung unkontrollierbar zusammenzog. Mein Täubchen, sagte ich und brachte meinen Schwanz in die Nähe der saugenden Quelle. Genau in diesem Augenblick klingelte es wieder. Ich fluchte laut, beschloss so zu tun, als hörte ich es nicht, und drang weiter vor. Sie hielt mich auf. Geh, mach die Tür auf, sagte sie, wer weiß, wer es nun ist. Nur halb bekleidet, stieg ich die Treppen hinunter: An der Tür bot mir ein feister Winzling eine Lebensversicherung auf Raten an, die ich je nach meinen Bedürfnissen in soundso vielen Monaten abzahlen könnte. Ich schlug ihm ohne ein Wort die Tür vor der Nase zu und eilte wieder die Treppen hoch. Als sie mich kommen sah, zog sie ihre Hand zurück. Ich küsste ihre Finger, die nun nach ihrem Geschlecht dufteten. Um keine Zeit mehr zu verlieren, drang ich ohne weitere Umschweife in sie ein, und es umgab mich das Paradies: der peppermintfarbene Himmel, die Sterne in ihren Augen, all das, was ich bereits weiter oben gesagt habe. Sie hatte die Augen geschlossen, biss sich auf ihre Lippen und wiederholte dabei: Oh. Mit dem ersten Beben strömten die Säfte noch stärker aus ihr heraus, flossen unsere Schenkel hinab und tränkten die Laken mit der klebrigen Nässe. Sie sagte mit der Gleichmäßigkeit eines Metronoms: Ja, ja, und zerkratzte dabei meinen Rücken. Zwischen ihre mannigfachen Seufzer mischte sich plötzlich das Rring-rrring des Telefons im Zimmer unter uns. Diese verfluchten modernen Erfindungen, dieses Teufelszeug! Ich tat so, als hörte ich nichts; doch sie hielt in der Bewegung inne und zwickte mich mit den Scheidemuskeln. Ich sah sie ihre Lippen bewegen, vermutlich wollte sie mir etwas sagen, ihre Stimme war aber so leise, dass sie im Geklingel unterging. Geh. Bei diesem Läuten kann ich nicht weitermachen: Es blockiert mich. Das wunderte mich überhaupt nicht. Bei diesem scheppernden Geläute blockierte sogar ich. Ich kam zwischen ihren Schenkeln hervor (die Möse schloss sich, machte plopp, und verströmte noch mehr ihrer Köstlichkeiten) und rannte zum endlos klingelnden Telefon. Ja, bitte, sagte ich in die schwarze Trompete hinein. Jemand fragte nach einem Namen, den ich noch nie in meinem Leben gehört hatte und der weder mit mir noch mit meiner verrückten, kurzsichtigen Tante im Exil etwas zu tun hatte oder je gehabt hatte. Sie haben sich verwählt, sagte ich (ob vor oder nach dem Auflegen, weiß ich nicht mehr). Doch anstatt auf der Stelle die Treppen nach oben zu erklimmen, ließ ich mich auf einen Stuhl fallen und zündete eine Zigarette an: besser, wenn ich mich erst einmal etwas beruhige. Ich bin so nervös! Aber noch ehe ich die halbe Zigarette geraucht hatte, fragte ich mich, was ich denn hier unten wollte, wo sie doch oben auf mich wartete. Ich warf die Zigarette auf den Boden und kehrte in das Schlafzimmer zurück. Du hast geraucht, sagte sie. Ich nickte voll Angst, der Nikotinatem könne ihr missfallen und die Sache verkomplizieren. Doch nein. Ich mag den Geschmack von Tabak auf deinen Lippen, sagte sie lächelnd und knabberte an ihnen. Ich drängte mich zur Eile, sonst käme womöglich noch mal jemand, um uns zu stören. Die Wiesen jenseits des Balkons färbten sich mittäglich ocker und rot. Sie erinnerten nun nicht mehr so sehr an Boticelli als vielmehr an van Gogh. In der Tat war der Friede so vollkommen, dass man die Holzwürmer in den Balken arbeiten hörte. Liebster, sagte sie, bitte bleib bei mir. Wenn uns noch mal jemand stört, tun wir so als hörten wir nichts, schlug ich vor. Nein, das bitte nicht, flehte das Mädchen. Und dann erzählte sie mir eine herzzerreißende Geschichte: Eines Nachts, als ich klein war, lag ich im Bett und hörte jemanden klopfen. Es klopfte und klopfte, immer heftiger. Ich verstand nicht, warum meine Eltern nicht die Tür öffneten. Verängstigt suchte ich sie im Haus und fürchtete, eine zufällig erloschene Gaslampe (zum Beispiel) habe sie getötet. Endlich fand ich sie im Bett: umschlungen, ringend, lachend, stöhnend. Niemand hatte geklopft, vielmehr schlug das Kopfende des Bettes durch die heftigen Stöße gegen die Wand, die erzitterte und das über dem Bett hängende Bild des Christus von Lepanto in Schwingungen versetzte. Seitdem muss ich immer die Tür öffnen, wenn es klingelt, oder das Telefon abnehmen oder was auch immer, ich ertrage solche Geräusche einfach nicht. Kümmerst du dich darum? Natürlich kümmere ich mich darum, versicherte ich ihr, während ich ihre rechte Brust streichelte. In Sekundenschnelle strömte wieder der Liebesfluss, vermischte sich mit dem vorigen, floss an unseren Beinen und am Bett hinunter und sammelte sich auf dem Fußboden in einer flachen Pfütze. Von den Küssen und den Zärtlichkeiten gingen wir wieder zum Wesentlichen über. In dem Moment, als die Eichel in der Vulva verschwand, prasselte ein Hagel aus Ziegelsteinen, Balken und Rohrgeflecht auf uns nieder: Die Zimmerdecke fiel herunter.

Nachdem dieses Problem gelöst war (die Maurerkolonne bezahlt und aus dem Haus getrieben und wir wieder glücklich zu zweit, ineinander), musste ich zwei Zeugen Jehovas die Tür öffnen, die sich in den Kopf gesetzt hatten, mir Seiten aus der Bibel vorzulesen, die mir völlig gleichgültig waren. Ich war noch nicht ganz oben, als es wieder klingelte. Es war eine junge Frau mit einer breiten Produktpalette von Avon. Zwei Minuten, nachdem ich sie, ohne ihrem Sortiment einen Blick zu schenken, hinauskomplimentiert hatte, und genau in dem Augenblick, als wir die ersten präorgiastischen Vibrationen spürten, kam ein Anruf vom Flugplatz (denn inzwischen hatte man sogar das Flugzeug erfunden). Eine Cousine zweiten Grades, Tochter der verrückten, kurzsichtigen und im Exil lebenden Tante, lud sich ein, vierzehn Tage bei uns zu verbringen (das heißt im Haus ihrer Mutter, meiner verrückten, kurzsichtigen und im Exil lebenden Tante). Es war schier unmöglich, sie am Betreten des Schlafzimmers zu hindern. Doch der Duft der Liebesflüssigkeit war so intensiv, dass er sich in allen Fluren, Sälen und Zimmern des Anwesens ausgebreitet hatte und, je nachdem aus welcher Richtung der Wind wehte, auch in den Dörfern und Tälern der Umgebung. Sobald die Cousine zweiten Grades begriff, um was für einen Geruch es sich handelte, fuhr sie ab, verletzt und empört darüber, in der Familie einen Cousin zweiten Grades zu haben, der den hoffnungslosen Casanova gab. Ohne ihr auf Wiedersehen zu sagen, stürmte ich ein weiteres Mal die Treppe hinauf, öffnete erneut die Tür zum Schlafzimmer, und das war's auch schon! Denn ich musste auf dem Absatz kehrtmachen: Ein Rekrutierungskommando (in Person zweier Soldaten und eines Gefreiten mit einem Haft- und unverzüglichen Marschbefehl aufgrund einer Anklage wegen Fahnenflucht, da ich nicht innerhalb der gesetzlich vorgesehenen, schon seit zwei Jahren abgelaufenen Frist vorstellig geworden war, um meinen Wehrdienst abzuleisten) führte mich in eine Kaserne ab. Wenige Monate später brach der Bürgerkrieg aus. Bei meiner Rückkehr musste ich einer großen, ausgehungerten und alt gewordenen Gläubigerschar meine mittlerweile angehäuften Schulden bezahlen, zudem nahm ich halbherzig und völlig unnötig an einer Radioumfrage teil und fuhr nach La Bisbal, weil ein Verwandter im Sterben lag (ich kam an, als er bereits drei Stunden beerdigt war). Welche Unterbrechungen kommen jetzt noch auf mich zu? Doch unverzagt erklimme ich erneut die Stufen, das ganze Haus ist durchdrungen von diesem Duft, den ich inzwischen mit Daheim identifiziere. Ich habe die Absicht, endlich zum Ende zu kommen, mich in ihr zu ergießen und dann entspannt und befriedigt mit ihr einzuschlafen. Oft hatten mich Albträume geplagt, sie sei bei meiner Heimkehr nicht mehr da! Andererseits wäre es ein Leichtes gewesen, dem Ganzen seinen Lauf zu lassen und diese lange Reihe von Hindernissen als Zeichen zu werten, dass wir nicht füreinander geschaffen sind und nach so langer Zeit des erfolglosen Probierens eigentlich aufgeben sollten. Ich öffne die Tür, der Knauf bleibt in meiner Hand, ich werfe ihn in eine Ecke, schiebe mit dem Fuß Berge von toten Maden und ungeöffneten Briefen beiseite. Sie liegt in den Laken, blickt durch das Fenster in die Unendlichkeit. Als sie das Knarren des Fußbodens wahrnimmt, wendet sie aufgeschreckt den Blick. Sie erkennt mich, zieht die Hand zurück, lächelt. Sie öffnet ihre Arme, wie so oft im Laufe jener langen Jahre.

Liebster, komm, umfang mich ganz fest, mein Liebster! Und ich umarme sie ganz fest, entledige mich dabei, ohne sie loszulassen, des Waffenrocks, der Weste und der Trauerkrawatte. Ach, könnten wir doch diesen Koitus zu Ende bringen, den wir vor so langer Zeit begannen, als wir noch jung waren und uns in dem Landauer küssten und fälschlicherweise annahmen, in höchstens einer Stunde sei alles vollbracht.

In einer weit zurückliegenden Zeit

Für Roser

An einem blauen Morgen mit weißem Schnee, unendlichem Sand und Gletschern gleich weinenden Zungen stellte sich der Hominid auf seine beiden Hinterbeine und blickte auf eine Erde hinunter, die mit einem Mal fern und quirlig schien. Er dehnte seine Nasenlöcher, zog die Feuchte des Flusses in sich hinein und *es war ihm bewusst*, dass es die Feuchte des Flusses war, die er roch, und er grunzte vor Zufriedenheit, wendete seinen Blick zur aufgehenden roten Sonne jenseits der Wiesen und Berge, der schwarzerdigen Ebenen und Grashorizonte mit Herden umherziehender Tiere, die ewig waren wie die Zeit. Dann senkte er seinen Blick und richtete ihn fest auf eine Steineiche, hob die Faust, streckte seinen Zeigefinger aus und deutete auf die wispernde Pflanzenmasse vor sich, man hörte die Wasserfälle in der Schlucht, blubberndes Plätschern, kleine unbestimmte Laute: Pa au au ap Pau; bis das Glucksen sich schließlich in ein Wort verwandelte und er sprach: Ba, B, Bau, Bu, Bu, Bau, Baum. Er sagte es gleich noch einmal: Baum, der Zeigefinger zeigte immer noch in Richtung Steineiche, wanderte dann in die blaue Unendlichkeit, die sich von einer Seite des Tages zur anderen erstreckte, der über seinem Kopf neu geboren wurde, wie ein Gott zweier unendlicher Dimensionen, und sagte: Hch, Ch, h, Chh, Chhimmel, und er wiederholte das Wort, sperrte seine Augen sperrangelweit auf, zeigte, noch etwas unsicher, auf den Fluss und sprach: W, Ww, Wwa, Wass, ass, Waass sser. Er lächelte zufrieden, seine Augen strahlten vor Freude, er trat kraftvoll auf, stapf-stapf, richtete seinen Zeigefinger auf die Erde unter seinem Schritt und formte mit einigen Schwierigkeiten die Laute: Ka, kakat, kata, katala, kalat, klata, katal und dann etwas ruhiger: Katal loni Katalon ien. Dabei lachte er fröhlich, ohne zu ahnen, was er da gerade angerichtet hatte.

Über das Nichterscheinen zu Verabredungen

Ich gehe nur selten in die Stadt hinunter: Nur, wenn ich einkaufen oder mit jemanden reden muss; denn zwischen dem einen und dem anderen Ort liegen zwei lange Stunden im Zug durch Minzwiesen und Krokantberge hindurch, obendrein stört mich das Reisen, es ist anstrengend, nimmt mich mit, mir wird dabei schlecht und mein Gesicht leichenblass. Natürlich bleibt einem manchmal nichts anderes übrig, als sich in den Zug zu setzen, ausgerüstet mit Reisetabletten und einem Riechfläschchen, so wie eben heute, denn man kann ja nicht immer nein sagen. Zudem werden wir in der letzten Zeit ja nicht gerade verwöhnt, und kaum hast du dich auf einen der roten Sitze gesetzt, bist du auch schon eingenickt. So vergeht die Zeit schneller, und ehe du dich versiehst, bist du angekommen, selbst wenn du dann bemerkst, dass du viel zu früh da bist. Denn erst als ich aus dem Zug stieg (ein Fuß auf dem Trittbrett, den anderen auf dem Bahnsteig) schaute ich auf die Uhr, doch mit reichlich mehr als genügend Zeit anzukommen, ist ein so in mir verwurzeltes Laster, dass es mich nicht mehr aus der Ruhe bringt: Es war halb eins, und ich war erst um fünf verabredet, was hieß, dass ich eine lange, langweilige Zeit vor mir hatte, eine Aussicht, die mich dazu veranlasste, Zeitungen zu kaufen; in der Nähe des Bahnhofs sah ich einen Kiosk und einen Platz, auf den eine sengende Sonne knallte (ich setzte mich auf eine silberne Bank unter Ulmen aus metallischem Schweigen). Am anderen Ende des Platzes spielten unter den diskreten Blicken ihrer jungen, rosafleischigen Mütter, denen der Geruch von frischem Stroh anhaftete, ein paar krummbeinige Bürschchen Fangen, was mich auf die Idee brachte, Spielsachen und Kuchen zu kaufen. Deshalb machte ich mich auf den Weg zu den Riesenkaufhallen, diesen Betonmassen, die mein Geld verschlangen und mich später mit einem trommelnden Kopf aus kunterbunten Melodien wieder ausspieen. In der verbleibenden Zeit ließ ich mich an den Schaufenstern, den Luftballons und explosiven Distelfinken vorbeitreiben, die Lupinenkerne zum halben Preis anpriesen, und gesellte mich zu einer Gruppe von Leuten: Sie bildeten einen Kreis, in deren Mitte zwei Quallen mit majestätischer Gewalt gegeneinander kämpften, sie bewegten dabei Arme, Beine, Flügel und Saugnäpfe. Es war wie bei den mexikanischen Hahnenkämpfen; Staub an den Kehlen der schwitzenden Zuschauer in geblümten Hemden. Eine der beiden Medusen umklammerte die andere und schien ihr Blut auszusaugen, ein nicht existierendes gelbes, stinkendes Blut, das unaufhörlich kochte, bis sie zu Boden fiel und nicht mehr aufstand (der Besitzer der Siegerin sammelte stolz sein Tier ein: Er griff es mit der Hand und zeigte es in Siegerpose lächelnd dem Publikum, die Scheine in der Tasche; der Verlierer weinte mit der toten Qualle im Arm). Die Leute liefen allmählich auseinander und ich mit ihnen. Ich bekam Hunger, warf die unangetastete Papiertüte mit den Lupinenkernen weg, betrat ein Restaurant und bestellte Sauerkraut, Mineralwasser und einen doppelten Espresso (der letztendlich ein Brandy auf Eis war und öligbitter wie Benzin schmeckte). Ich betrat das Gebäude (mit einer riesigen Uhr an der Fassade), als es fünf vor fünf war. Alles schien verlassen: die Eingangshalle, der lange, verglaste Flur, der in einen kalten Garten mündete, die seitlichen Säle voll gesalzener Elektrizität und bar jeglicher Aktivität. Auf einer Theke fand ich ein schlafendes Pförtnergesicht. Als ich nach dem Herrn Oliver fragte, schaute der Concierge schläfrig zu mir hoch und versicherte mir apathisch, dieser sei nicht da, er habe ihn den ganzen Tag nicht gesehen. Trotz dieser ganzen Beteuerungen insistierte ich weiter, sodass er mich schließlich einließ.

Dann schauen Sie eben selbst nach, sagte er (mit einer Spur Häme in der Stimme), mal sehen, ob Sie ihn finden; mehr kann ich nicht für Sie tun. Und er legte seinen Kopf wieder auf dem Marmortisch ab und machte die Augen zu, während ich mich entschloss, durch die mephistophelischen Schatten eines modernen Märchens zu schweifen: Finsternis und Rasiermesserstille, leichte Fußspuren auf dem glänzenden Boden, alles gewürzt mit einem Duft von Magenta, von fauligen, blau bemalten Granatäpfeln, eine lange Kamerafahrt, ich weiß nicht, ob parallel oder frontal, unter Sonnendächern, durch kalte Räume und zwischen eingestaubten Kulissen hindurch: große Balkone über einem Ganges aus Plastik, eingerissene Dünen aus gelbem Karton, Papieravenuen in New Yorks vom Trödel, Gefängnisse aus Pappe mit Drahtfenstern, Styroporschnee und Papiereis und darüber: ein einziges schwarzmechanisches Netz unter einer unsichtbaren Decke. Das Rauschen unsäglicher Flüsse, von hochspezialisierter Polizei bewacht (die Studios verlassen: keine einzige Kontrolle im ganzen Gebäude). Durch Porzellanflure hindurch erinnert der Hunger der Motten an vergessene Erzählungen Poes: kalte Apparate, Kameras über Kameras, Galgen, verrostete Mikros, alles düster und dunkel (keine Spur einer menschlichen Seele). Ab und zu ein stummes Fernsehgerät, wo dunkle Schatten mit menschlichem Antlitz tanzen, die Lippen bewegend und unhörbare Worte sagend, wo sich glückliche Paare ohne Musik drehen, wo Stoffcowboys lautlose Schüsse abfeuern (Stille in einem Meer aus süßem Eis). Ich schaue auf die Uhr: viertel sechs, und noch ist keiner da (sie haben sich verspätet, denke ich, vielleicht kommen sie noch). Ich gehe weiter, nun durch ein Indianerdorf. Eine Kamera ist auf einen Stuhl gerichtet, der von einem weißen Scheinwerfer angestrahlt wird. Ich setze mich. Schaue. Vor mir reproduziert ein kleiner Bildschirm mein Bild: Wenn ich mich bewege, bewegt sich eine kleine

Kopie von mir; wenn ich tanze, tanzt sie; wenn ich lache, lacht sie; wenn ich ruhig ins Objektiv schaue, bleibt sie stumm und schaut mir in die Augen. Sechs Uhr. Ich gehe. Jede Geduld hat mal ein Ende. Ich laufe die Treppe hinunter, komme in die Halle: Der Pförtner ist nicht mehr da. Alles ist leer. Ich öffne die Tür und dann sehe ich den kleinen, blassen Mann dahinter, der mich mit gesenktem Kopf beobachtet. Und Sie?, frage ich ihn. Sind Sie auch wegen der Aufnahmen gekommen? Haben Sie Herrn Oliver gesehen? Was für eine Unverschämtheit! Und da er nicht antwortet, packe ich ihn am Kragen und hebe ihn hoch (die Füße zappeln durchsichtig). Ich bin hier, um das Haus abzuschließen, antwortet er und schaut mir dabei in die Augen. Ich stelle ihn wieder auf den Boden, und er fügt hinzu: Um diese Uhrzeit gehen sie alle, sie haben es satt, noch länger zu warten. Dann komme ich und schließe ab. Das Männchen hat mir anscheinend nichts mehr zu sagen und bewegt sich nervös, so als sei es zu spät und daher in Eile oder als trage es auf seinen Schultern eine große Last, die durch meine Fragen noch größer wird. Ich mache mich auf den Weg und suche ein Taxi, das mich zum Bahnhof bringt.

Uff, sagte er

Sie tranken Kaffee und aßen Cremetörtchen. Uff, sagte er schließlich (denn zuvor hatte er den Mund voll, nicht nur mit Kuchen, sondern auch voll Trägheit, und hätte ihn nicht aufgekriegt). Sie schaute nicht einmal zu ihm hin (es war soooooo heiß und das Fenster wie immer geschlossen). Das Fenster ist wie immer zu, bemerkte sie. Er antwortete nicht (sondern dachte, im Hochsommer ist Hitze doch völlig normal). Mach es auf, wenn du willst, schlug er vor, denn er hatte den Eindruck, etwas sagen zu müssen. Sie aber stand weder vom Stuhl auf noch gab sie einen Kommentar dazu ab. Es war, als würde das Wetter sie in aller Stille fertigmachen. Sie nahm die Teekanne und goss ganz langsam Kaffee in die Tasse (die Kaffeekanne war bereits vor einem Jahr kaputtgegangen, doch sie hatten beschlossen, keine neue zu kaufen: Sie tranken nicht gerne Tee, und die Teekanne würde es für den Kaffee auch tun). Eine Fliege kreiste über dem Kuchen. Sie hob die Hand, um sie wegzuscheuchen, doch dann war ihr das ein zu großer Kraftakt für die kleine Belästigung, die die Fliege darstellte, und sie ließ es sein. Für ein paar Sekunden hing ihre Hand in der Luft. Dann legte sie sie langsam auf dem Tisch ab. Ich glaube, sagte er in die Luft schnuppernd, diese Hitze zieht die Fliegen an. Auf der anderen Seite des Fensters erstickte die Sonne ein syphilitisches Efeugewächs, das mehr tot war als lebendig und sich an dem einzigen sauberen Fleck auf der schmutzig weißen Wand festkrallte. In Kürze würde der Sonnenstrahl die Fensterscheibe erreichen und ins Zimmer eindringen. Ja, pflichtete sie ihm bei, stierte in die Tasse und schlug mit dem Kaffeelöffel dagegen (kling-kling, winzig und warm, ertönte es in gleichmäßigen Abständen). Würdest du bitte damit aufhören?, fragte er genervt. Sie warf den

Löffel auf den Tisch, was einen sanftweichen, orangefarbenen Klang ergab. Früher, sprach er weiter, waren die Sommer nicht so heiß. Alles verkehrt sich, beendete sie seinen Gedanken. Sie waren sich einig und saßen schweigend da, während die Sonne weiterwanderte: über die Köpfe der schlapp vor sich hin trottenden Menschen auf der Straße, der Kinder am Strand, sonnengeblendet. Sie mischten die Karten und hoben ab. Sie hatte zwei Paare.

Als sie wieder hochschauten, war der Himmel bereits dunkel und leuchtete schwarz. Sie machten die Tischlampe an, sammelten die Karten zusammen und schalteten mit der Fernbedienung den Fernseher ein. Auf dem Tisch lagen noch Wurst und kalte Toastscheiben, die sie nebenbei in sich hineinfutterten. Als das Fernsehprogramm, die Nationalhymne usw. zu Ende waren, schneite es auf dem Bildschirm und sie schliefen in den Sesseln ein. Gegen Mitternacht flogen dann rosa Tauben, schwarze Hähne aus Zuckerrohr, goldene Hirsche, Lapislazulimöwen, bunte Efeuranken und die stets zum Lachen aufgelegten Heliotropgiraffen durchs Fenster herein. Sie blieben bis zum frühen Morgen und entschwanden mit dem Aufgehen der Sonne einer nach dem anderen, sodass, als er und sie erwachten (die Sonne brannte bereits auf die schmutzig weiße Wand vor dem Fenster) die Tiere und Pflanzen fort waren. Sie tranken Kaffee und aßen Cremetörtchen. Uff, sagte er schließlich (denn zuvor hatte er den Mund voll und hätte ihn nicht aufgekriegt).

Über die Wankelmütigkeit des menschlichen Geistes

Für den Allesfresser VallcorbaPlana

Natürlich hatte er als Kind Buchstaben aus der Suppe gelöffelt, aber ein aus weißem Papier ausgeschnittenes A zu verzehren, rief dann doch ein befremdliches Gefühl in ihm hervor. Er hatte das A mit einer riesengroßen Schere bedächtig und sorgfältig ausgeschnitten und sah dabei benommen, wie jenseits der Terrassenfenster der Abend hereinbrach. Es war einer jener traurigen Abende, an denen man nicht weiß, was man mit sich anfangen soll, und sich schließlich an den Alltagskram klammert, wie Blumen gießen, Bücher auf dem obersten Regalbrett abstauben, Fingernägel schneiden, bis man zum Schluss nur noch die Schere in der Hand hat, der es gefällt, sinnlose Formen auszuschneiden, und eine davon wird eben ein A, das er jetzt so gierig aufaß, als sei es eine feine Speise. Nachdem er das A aufgegessen hatte, schnitt er ein B aus; dann ein C und ein D und mit immer größerem Appetit verschlang er einen Buchstaben nach dem anderen. Als die Nacht schon aussah wie eine schwarze Scheibe, bildete er bereits kurze Worte – Ei, Ohr, Hut, Tee, Rom, Lohn, – die er genüsslich verspeiste. Zwei Tage später bemerkte er, da er nichts anderes mehr aß, dass die Buchstaben zu seiner Ernährung ausreichten. Er brauchte weder Obst noch Milch noch Fleisch noch Gemüse noch Fisch. Normale Lebensmittel ließen ihn kalt – jeden Tag etwas mehr – und bereits zwei Wochen später widerten sie ihn eher an. Mit der Zeit konnte er die verschiedenen Buchstaben auseinanderhalten, nicht so sehr nach dem Stoff, aus dem sie gemacht waren (der spielte keine Rolle, hatte keinerlei Einfluss auf Nährstoffgehalt oder Geschmack), sondern die verschiedenen Schrifttypen, Körper und Varianten. Er entdeckte, dass Buchstaben ohne Serifen verdauungsfördernder waren als solche mit; von denen war die Egyptien die schwerste Kost, die, vor dem Schlafengehen verzehrt, Schlaflosigkeit und schreckliche Albträume verursachte. Die Erfahrung lehrte ihn, dass die englische Schreibschrift gut gegen Verstopfung war, gegen Hepatitis gab es nichts Besseres als halbfette Helvetica und die mittlere Futura wirkte ausgezeichnet gegen Herzrasen. Zur besseren Verdauung aß er die fette Futura mit weniger als 24 Punkt (und immer gewürzt mit etwas American Typewriter). Natürlich entwickelte er bestimmte Vorlieben: die Baskerville, die Gill, die Stymie. Dagegen verabscheute er die Blippo und die Avantgarde. Die Times war ihm gleichgültig; so wie gekochter Seehecht, meinte er eines Tages, doch dann fiel ihm ein, dass er (damals, als er sich noch konventionell ernährte) manchmal sehr gerne einen guten gekochten Seehecht gegessen hatte, oder auch einfach gedünsteten. So ließ er sich Texte in Times auf unterschiedliches Papier drucken: auf blaues und grünes Martelé, auf rosa Couché, auf vergilbte Bibeln. So wurde auch die Venus Fina, die er bisher extrem langweilig gefunden hatte, (in 38 Punkt und dunkelgrüner Tinte auf türkisem Glanzpapier) zu einer seiner Lieblingsspeisen. Dann kam die Frage des Weines: Welcher Wein passte zu welchem Buchstabentyp? Das führte zu einer langen Periode mit Weinproben: die manchmal danebengingen, doch meist von Erfolg gekrönt waren. So fand er heraus, dass zur Helvetica wunderbar Burgunder, Barolo, Chianti, Cabernet, Rioja und Priorat passten. Zur Futura (sowohl zur fetten als auch zur schmalen) passte ausgezeichnet ein elsässischer Wein oder auch ein guter Moriles. Und im Allgemeinen zu allen Groteskschriften Ribeiro, Penedès, Valdepeñas, Silvaner, Riesling, Sancerre, Chablis. Zu den Schriften mit Serifen passten wunderbar Bages, die großen Bordeaux-Weine (wie der Château-Latour, Château-Margaux oder Saint-Émilion), ein paar Burgunder oder die aus Tudela und Elciego. Nach zwei Monaten stopfte er Zeitungen, Zeitschriften, Arzneimittelprospekte, Bücher, leichte Pappschachteln und kleine Leuchtschriften in immer größeren Mengen in sich hinein; und ein Abendessen war kein richtiges Abendessen, wenn nicht irgendein Band einer Enzyklopädie und irgendein Neonbuchstabe dabei waren. Er kaufte eine große Anzahl an Buchstaben-Sets. Nachts drang er in Druckereien ein und verschlang alle Drucktypen, die er finden konnte. Er schob die Zeilensetzer beiseite und fraß die Bleibarren, so wie sie aus der Maschine fielen. Er entdeckte die kulinarische Raffinesse des griechischen Alphabets (deren ersten, etwas schwülstigen Eindruck er revidieren musste), den Genuss des Kyrillischen, den exotischen Geschmack der chinesischen Zeichen, die Unterschiede zwischen dem Thailändischen und dem Kambodschanischen, das Schmalz des Arabischen. Er brauchte ABC-Fibeln wie andere die Luft zum Atmen. Das Einzige, was ihm auf dieser Welt fehlte, war Zeit. Durch die Literophagie war er zum Glück gelangt; Tag und Nacht folgte sein ganzes Leben nur einem einzigen Zweck: neue Schriftzeichen zu probieren. Reiste er, so tat er dies ausschließlich, um Varianten der gebräuchlichen Buchstabentypen kennenzulernen. Er besuchte Lettergießereien, wie andere Champagnerkellereien oder Brauereien besichtigen, und er war der glücklichste Mensch auf Erden, wenn er einen neuen, frischen, gerade vollendeten Buchstaben zwischen die Finger (und Zähne) bekam. Er suchte Grafiker auf und unterstützte sie dabei, Varianten in die bekannten Designs einzufügen. Einige hielten ihn für verrückt, doch mit der Zeit mussten auch sie eingestehen, dass sein Rat nützlich und treffsicher war, beispielsweise gab er einer leicht schlampigen Form, für die niemand eine Lösung gefunden hatte, den perfekten Schliff. Infolgedessen ließen sie ihn reden und, wenn sie nicht mehr weiterwussten, forderten sie ihn sogar an, bevor sie eine neue Form auf den Markt brachten, und baten um seine Zustimmung. Er war es, der mit einem Lächeln auf den Lippen die letzten Ratschläge gab, damit die neue Type so wurde, wie sie sein sollte, sowohl vom typografischen als auch vom kulinarischen Standpunkt aus.

Aber ach, der Wankelmut! Drei Jahre später hatte er genug von den Buchstaben. Nach ein paar weiteren Monaten überfiel ihn bei ihrem Anblick bereits ein unwiderruflicher Ekel. Doch zur gleichen Zeit zeigte er gottlob ein wachsendes Interesse an Miniaturschiffen.

Platssschh

PLATSSSCHH: Ich werfe mich in die Fluten, denn es ist heiß und ich schwitze, meine Haut stinkt, ich bin erschöpft, und das Wasser perlt klar und frisch, die Spritzer des Bauchplatschers, also meines eher uneleganten dickbäuchigen Kontaktes mit der sinnlich oszillierenden, amoralischen Mittelmeeroberfläche lösen sich in dem weißen Schaum auf, der an den Strand brandet und im Sand versickert, ich schwimme ein paar Züge, prust, bah, prust, bah, prust, bah, entsteige, BLUBB, dem Wasser, entzückt von meiner kupferfarbenen Haut, ich sommerlicher Apoll, eingebildeter als Johnny Weissmüller, und stelle mich bewusst zur Schau, drehe eine Runde in dem Netz aus gelangweilten, gehässigen, ausgehungerten und drögen Blicken von vier nordischen Weibern, die sich hinter schrecklichen Sonnenbrillen verstecken und so tun, als würden sie die *Bunte* oder den *Stern* lesen, so als hätte es irgendeine Bedeutung für sie, welches Metallic-Plastikkleid der Schwachkopf Rabanne entworfen hat oder welche Schlüpfer die Ische von Schmidt trägt oder welche Farbe die Mandarinen haben, die sie, Caroline von Monaco, kleines Mädchen, mit diesen Erdbeerlippen verspeist und die in mir unter anderem ein plötzliches und unvorsehbares Interesse an der Aristokratie geweckt hat, insbesondere an ihr und dem blauen Blut in ihren Venen, die völlig verrückt in einzelnen Strängen ihre Brüste durchschlängeln, diese Aprikosen, diese Pfirsiche, diese frischen Früchte, die da sind, um sich darin zu suhlen und dein Lachen deine Augen deine Zähne zu beweinen und die Sozialisierung der Welt zu fordern, sie EINZUKLAGEN, nicht für umsonst (die Welt ist uns scheißegal), sondern für dich, Caroline, und dann, während die Sonne uns durch puren Wasserentzug die Haut einreißt (es ist Mittag, und eigentlich dürften die Schatten nicht so lang sein, aber die seltsame Uhrzeit, mit der wir hier ständig herumlaufen, ist ja stadtbekannt), schlendere ich in Richtung Strandpromenade, oder wie auch immer sie hier heißen mag, zur Bar auf dem Platz, wo ich ein Tagesgericht für fünfundneunzig Peseten und ein kühles Bier bestelle, beim Trinken bemerke ich Landsleute, hey, Leute, was gibt's?, tja, eigentlich nichts, na, gut, okay, wir sehen uns später, ja, im Western Saloon, ich zahle und begebe mich in meine Pension auf mein Chambre und ruhe mich ein wenig aus, denn, Mann, bin ich erschöpft vom vielen Tanzen (vier Tage bin ich schon hier) und nichts, rein gar nichts in Sicht, ist das nicht widerlich bei soviel Lloret, komm nach Lloret, Mann, da gibt's genug Frischfleisch, und nichts am ganzen Horizont, Mann, was willst du da machen?, das nächste Mal werden sie mir aber nicht entwischen. Ich wache um neun auf, es ist immer noch nicht schwarze Nacht, ich begebe mich auf die Straße hinunter, betrete die Hamburger-Bar und bestelle einen Hamburger mit Ketchup und Zwiebeln und ein Volldamm. Alle Achtung, wie die schuften, bei dieser Affenhitze im weißen T-Shirt mit schweißnassen Achselhöhlen und dem Käppi auf dem Kopf, auf diesen üppigen, schmutzigen, herabwallenden Locken, einen Cheeseburger, please, ich schlinge ihn mit zwei großen Bissen hinunter, dann gehe ich; es ist zehn Uhr, und ich treibe durch den Menschenstrom, der bald alles ausfüllt, betrete eine Spielhalle und spiele zwei Runden Flipper, doch bei der zweiten Runde verlässt mich das Glück, denn bei der ersten Kugel mache ich einen Fehler, TILT!, dann gehe ich zum Bowling, zur Bar dort, wollte ich sagen, und trinke noch ein Bier, krrrrrrrrk! das rutschige Geräusch der Kugel, die immer näher kommt, plopp!, krooook, dann ist mir auch hier langweilig, und ich zieh weiter und hole mir Pommes in einer Bar aus weißem Kunststoff und Resopal, auf einer Bank an der Promenade mit Blick aufs Meer stopfe ich die Pommes in mich hinein, in meinem neuen, verschwitzten T-Shirt (vor allem unter den Achseln), das ich mir gestern gekauft habe, in Rot; und betrachte dabei den Himmel, so weit und ganz schwarz und voller weißgelber Punkte, ach, jetzt auch noch philosophisch!, ich werfe die fetttriefende Pommes-Tüte weg und schmeiße mich wieder in das Labyrinth von Straßen, Souvenirs und unentschlossenem Fleisch, hi, Kumpel, hey, was gibt's?, es ist Perlanca, der auf und ab schlendert, komm, gehen wir in den Western Saloon? Ja, der Lärm (Musik), der auf einen niederprasselt, ist heftig, too much, wie die Polyglotten sagen, wir setzen uns in eine Ecke, es sind lauter behaarte Typen und supertolle Weiber da, voll cool und distanziert, und der Kellner, ein Blonder, two beers, what?, two beers!, two beers!?!, YEAH!, scheißegal, ob man spricht oder schreit, man versteht sowieso kein Wort bei dem Radau und der Musik, die Rolling Stones aus der guten alten Zeit, Mann, klatsch den Rhythmus mit, ein Chuck Berry von 58, Reserva Carta Blanca, mmmhh, gut, dann wird das beer serviert (dreißig Peseten and five for the boys und ich kapier' gar nichts mehr), o.k., langsam komm ich gut drauf, bofff, Traumurlaub, eine Frau beginnt zu tanzen, wow, blond und seidenglatte Haare, Augen wie Brunnen, Lippen wie Matratzen und einen Busen, der bei jeder Verrenkung außer Rand und Band gerät, bis der Gorilla auftaucht, das hier ist keine Disco, das wussten wir, Mann, also nichts mit Tanzen, die Frau hört auf, Frust durchzuckt ihre Matratzen, es ist zum Heulen und Hinsetzen und noch mehr Bier saufen, bis wir uns schließlich durch eine kleine Gasse verdrücken und ich mit einem Bäumchen zusammenknalle, ein untrügliches Zeichen oder so was Ähnliches eines very interesting Rauschzustandes, beschickert oder betütert, und ich setze mich hin. Perlanca, komm, wir setzen uns auf den Gehweg und lauschen in die Stille, sie ist so strange, die Stille und die weiße Wand, hmmmmm, auf, wir gehen in eine Disco, in Ordnung, und wir machen uns auf die Suche, an einer superscharfen Ecke, blau-rote Lichter, ha, die ist sicher gut, wir hätten auch ins Revolution gehen können, zu weit, wir tanzen hier und lassen es uns gut gehen, gut, wir werfen uns, HOPP!, auf die Tanzfläche, klasse, bestellen einen Cubalibre, doch man serviert uns eine Cola mit Gin, was soll denn das, aber macht nichts, das hier ist das Leben und nicht der Achtstundentag im Büro, dieser Song ist toll, von Rosana de los Diablos, wie schön!, es gibt ein paar ausländische Girls, alle Achtung; wir setzen uns, ich muss etwas ausruhen, die Lichter: gelb, knallrot, grün, blau; weiße Spots: flash flash flash flash, alles dreht sich, Mann, wenn man sich eine angeln könnte..., doch dieses Jahr ist echt 'ne Katastrophe: Nicht einmal Barça gewinnt die Liga, wie soll denn dann der Urlaub klappen, ha ha, und dieses Jahr ohne den Michels, da muss man erst mal abwarten, und dieser neue Typ, der Deutsche, ich weiß nicht einmal, wie er heißt, erstmal abwarten, wie?, ach so was!, neben uns ein paar Tussen mit Riesenzinken, ein bisschen stulle, die taugen nichts, hast du 'ne Alternative?, scheinen von hier zu sein, hallo, was?, oh Gott, wie sollen wir das bloß anstellen, Perlanca?, noch eine Cola mit Gin, und auf geht's, was für eine Hitze, Perlanca hebt ab, heute ist er besser drauf als ich, und die Tussen reagieren (sind die öde...), wir tanzen, Demis Roussos, we shall dance, we shall dance, fein, aber etwas out, doch es ist klasse so nah beieinander, wie sie sich ranmacht!, Strategie und Taktik and so on, abwarten, wie heißt du?, Mariantònia, aber man nennt mich Tonyi, woher kommst du? Aus HospitaletdelLlobregat, ah, ich bin aus Manresa, jetzt wohne ich aber in SanAdriándelBesós und arbeite als Verkäuferin bei CorteInglés, bei BritishCut? HA HA HA, wie witzig!, ja, in der Parfümabteilung, aber ich mache eine Lehre als Sekretärin, das ist gut: vorankommen, ja. Urlaub?

Ja, mit meiner Freundin Mariangustias, Angie für die Freundinnen, Angie?, wie die Frau von David Bowie, du weißt schon: der Song der Rolling Stones: Aaaaangie, Aaaaaangie, du weißt über alles Bescheid, wow, ist das heiß hier, nicht? Ja, willst du gehen? Okay. Wir gehen alle vier, wir schlendern durch die Straßen und trinken einen Cointreau mit Eis am Tresen einer versifften, auf holländisch gestylten Bar. Die Girls sind nett, ein bisschen träge und unbedarft, aber was wäre die Alternative? Wir könnten in mein Appartement gehen, meint Perlanca, so als ob man zu diesem Zimmer Appartement sagen könnte (mal sehen, was sie für ein Gesicht machen, tatsächlich: sie senken den Kopf und tauschen schnell ein paar flüchtige Blicke aus: schlecht: Perlanca war zu voreilig), hmmm, ich habe paar tolle Platten, wir könnten Musik hören, insistiert er, okay, sagen die Tussies. 1:0 für uns! Es wird doch noch gut ausgehen. Wir kaufen eine Flasche eiskalten Sekt, einen guten Sekt, die Gelegenheit ist es wert: einen DELAPIERRE, und gehen auf sein Hotelzimmer: natürlich besser als meines, und schon haben wir verschissen, das allererste, was man beim Hineinkommen mitten auf der Bühne sieht, ist das riiieeesige Bett. Die Tussen stehen verdattert da, ziehen ein Gesicht. Setzen wir uns? Perlanca legt die Beatles auf, au, klasse, die Beatles sind toll, sagt Mariangustias, ich mache das Fenster auf, die Hitze ist unglaublich, ich schaue gerne in den Himmel, er ist so kalt, so blau, so fern: Es muss so gegen zwei oder drei sein, bah, da haben wir noch Zeit; wo ist der Sekt? Sekt her! Klasse! Wir lachen, er ist kalt! Ja, Sekt muss eiskalt serviert werden, sagt Perlanca. Ah, Tonyi öffnet den Mund, ich setze mich neben sie, wir reden über Musik, du, was machst du in Barcelona? Ich arbeite in einer Werbeagentur, oh, wie interessant! Ja. Und was machst du sonntags? Ich gehe mit Freundinnen tanzen. Ah, ja? Ich lege meinen Arm ganz sanft, seidengleich, um ihren Rücken: Sie sagt nichts, ich drücke mit meinen Fingerspitzen ganz sachte ihren Arm auf der Höhe des Bizeps und rücke vorsichtig näher, sie sagt keinen Ton. Ich mache Schummerlicht, sagt Perlanca. OK. Und dreht eine Birne heraus, so sitzen wir in gedämpftem Licht, und ich mache weiter und knutsche sie ab, und sie sagt immer noch nichts. Perlanca ist mit Mariangustias im Nebenzimmer verschwunden, dem Zimmer von Ricardo, der mit dem Jetset nach Cadaqués Paella essen gefahren ist, die Platte, krk, krk, ist hängen geblieben, vielleicht Staub, vielleicht ein Kratzer, krk, krk, aber keiner wird hier einen Finger krumm machen, um eine neue aufzulegen, ich stecke meine Hand unter ihre Bluse, sie reagiert besser, als ich erwartet habe: Öffnen wir also Bluse und Reißverschlüsse dortselbst auf dem Sofa, uff, ich küsse und küsse und glühe, Mann, hat die eine Taille ... Nein, sagt sie zu mir, so nicht, ah nein? Nein, ich nehme nicht die Pille. Aah! Pille, HA HA, wir können Coitus interruptus machen. Oder nein, warte, ich glaube, Perlanca hat Gummis, ich klopfe an die Tür: tock, tock. Perlanca, kann ich reinkommen? Ich gehe hinein, hole mir, was ich brauche, und verlasse das Zimmer wieder. Schau. Ah, toll, ist das sicher? Ja, englisch, garantiert. Krk, Krk, sagt der Plattenpieler. Ah, gut, zeig mal, komm, du gefällst mir, du mir auch, du bist sehr nett, sagt sie, ich sehe diese Riesenhakennase vor mir, wie von einem Papagei oder einer Elster. Ja, sage ich. Oh, was ist?, fragt sie. Was ist? Ich schaue an mir herunter, verdammt, ich weiß nicht. Was ist los mit dir? Ich weiß nicht, das ist mir noch nie passiert, sage ich ihr, ehrlich, ich verstehe das nicht. Ich rege mich auf. Ich errege dich nicht, sagt sie und senkt traurig den Kopf. Was sagst du da, Frau!, du erregst mich die Hölle, ich versteh das nicht, oh Mann, wir wissen nicht, was tun. Krk, krk macht der Plattenspieler. Sie versucht die Situation zu überspielen, indem sie das Kissen zurechtrückt und mich von der Seite beobachtet. Ich konzentriere mich, denke an ihre Kurven oder an irgendein Foto im *Playboy*, das wäre doch gelacht, wenn … Scheiße, wie peinlich, was für ein Frust, das ist sicher der Gummi, ich weiß nicht, ach geh, wenn ich einmal jemanden an der Leine habe, denke ich und sage zu ihr: Hör mal, tut mir wirklich leid. Mach dir keine Gedanken, sagt Tonyi und versucht ein Lächeln, wie jemand, der dem keine Bedeutung beimisst, dabei kleidet sie sich langsam an und schaut aus dem Fenster, man hört die Geräusche der Straße und das Radio des Nachbarn, Rosana de los Diablos, was für ein Song, der ist klasse, ist schön, nicht wahr?, sagt Tonyi, ja, sage ich, und sie lächelt (traurig?) und ich denke, was für ein Frust, was für ein Mist, so eine Scheiße, und öffne eine Flasche und trinke einen Cynar.

Rauch

Für die Dinosaurierin

Meine Nachmittage verbringe ich gerne in Kneipen, eingehüllt in Rauchwolken und vor mir auf dem lackierten Holztischchen ein Glas Gin. Ich trinke zu viel, ich weiß, daher kommt auch der kleine Bauchansatz, der einer meiner Bräute kritisches Vergnügen bereitet, einer dieser Einmal-die-Woche-Lieben, du rufst an, ja?, ein kalter Kuss auf den Mund. Ich sitze gerne in einer ruhigen Ecke oder am Tresen und lese, lese viel und alles (Zeitungen, Zeitschriften, Romane) und mache Notizen: Auf einer Papierserviette fange ich an zu schreiben und schreibe, bis sie voll ist, dann nehme ich noch eine und noch eine und noch eine, alle sind ganz dicht beschrieben, Zeile für Zeile voll mit Buchstaben, bis schließlich eine Viertelstunde später der Serviettenspender leer ist. Dann reiße ich Seiten aus meinem Terminkalender, und wenn keine Blätter mehr da sind, höre ich auf zu schreiben und betrachte die um mich herumhockenden Leute, die Decke, die dunkel verkleideten Wände (die Pubs, die nichts von einem Pub haben, sind fürs Lesen am ruhigsten) und denke an andere Zeiten und überlege, was ich abends machen soll. Die Servietten und Kalenderseiten werfe ich normalerweise gleich auf der Straße weg, in irgendeinen Papierkorb. Häufig (vor allem in der letzten Zeit) weiß ich nicht, was ich abends machen soll, irgendwie ist alles nervig, ich wälze mich im Bett herum, das inzwischen schon ganz zerknittert ist. Nachts sehe ich die Dinge ganz finster und monströs (wie vermutlich jedermann), ich muss aufstehen, das Licht anknipsen und eine Platte von Maria del Mar Bonet auflegen (denn die Frau finde ich ziemlich klasse), dann warte ich, bis der Tag anbricht, und die Farbe der Gebäude von Schwarz nach Grau wechselt. Habt ihr das noch nie gemacht, auf den Sonnenaufgang gewartet und dabei beobachtet, was im Gebäude gegenüber passiert? Es gibt Leute, die früh aufstehen, und Leute, die immerzu schlafen, in Wohnungen, die unbewohnt aussehen, weil sich darin nie jemand bewegt, und andere, die die Fenster sperrangelweit aufmachen und in deren möbliertem Dunkel man eine Frau mit Kopftuch Staub wischen sieht. Doch dann ist der Morgen bereits sehr weit fortgeschritten. Bis dahin habe ich schon beobachtet, wie die Frühaufsteher das Treppenhaus durch eine Tür verlassen, die beim Öffnen zu lächeln scheint. Einige steigen ins Auto und fliehen (ich stelle mir vor ins Büro oder in die Fabrik). Im Sommer, wenn die Sonne hoch genug steht, lege ich mich auf die Fliesen und sonne mich. Im Winter gehe ich hinein und mache mir einen heißen Kaffee. Abgetaucht in eine laue Welt, der triefigen Träume überdrüssig, betrachte ich die Geräusche der Stadt. Wenn ich die Erkennungsmelodie der Presseschau höre, ziehe ich mich an, gehe auf die Straße hinunter, esse in der Bar an der Ecke zu Mittag und nehme die U-Bahn in die Stadt. Dort beginne ich mit meinem gemächlichen Rundgang. Ich kaufe Zeitungen und stöbere in Buchhandlungen. Wenn es dann ungefähr so spät ist wie jetzt (so halb neun), fühle ich mich stark genug, um im Berimbau am Passeig de Born einen Caipirinha zu trinken und mich zwischen die Leute im Màgic zu mengen, die in ihrer Jugendlichkeit ganz zerbrechlich wirken und neben denen ich mir sehr alt vorkomme. In meiner Vorstellung tadeln sie meine Gegenwart: Was willst du denn hier mit deinen vierundzwanzig Jahren? Und ich weiß nicht, ob ich den Kopf senken soll und um Verzeihung bitten, denn die Generationen fliegen nur so dahin und, ehe du dich versiehst, hast du die kurzen Hosen des träumerischen Jungen gegen Falten um gleichgültige Augen eingetauscht. Ach, das Alter. Ich würde gern diese halb fertigen jugendlichen, schlanken Körper umarmen, lecken. Und tue ich es nicht, so liegt das an einer Art abgrundtiefer Scham (so tief wie die Abgründe der Tiefsee). Sie (die Jugendlichen) bewegen ihre Füße im Takt des Blues, denn derzeit wird Blues im Màgic gespielt. Und Blues ist wie die Erinnerung an Städte, die man nie betreten hat, an frühe rauchige Morgenstunden in Vorstadtfabriken, an geräuschlose Knüppel auf Gummiköpfen, wie der Lichtschein auf den Helmen der Polizisten, die kurz davor sind loszuschlagen. Das (einschließlich des dezibelbedingten Platzens des Trommelfells) sind normalerweise meine Empfindungen im Màgic. Ich sage »normalerweise«, denn eines Nachts war es anders: Ein junger Mann kam auf mich zu (nicht älter als achtzehn, er hatte den Kragen seines Trenchcoats hochgeschlagen, eine Zigarette im Mund, ein blauweiß gestreiftes T-Shirt an, kurze blonde Haare und eine überdimensionierte dunkle Brille) und nachdem er sich, ohne zu fragen, an meinen Tisch gesetzt hatte, wandte er sich in einem sanften, honigsüßen Ton an mich:

»Du kommst häufig ins Màgic?«

»Jeden Abend.«

»Ich habe dich noch nie gesehen: vielleicht weil ich heute das erste Mal hier bin.«

Und er brach in ein so blödes Lachen aus, dass die Gläser auf den Tischen, die Flaschen auf den Regalen, die Brillen der Kurzsichtigen zu Bruch gingen und die Musiker aufhörten zu spielen und ihn überrascht und wortlos anstarrten, wie alle anderen Leute auch. Dann kam er wieder zu sich, hörte auf zu lachen, machte seinen Mund zu (er hatte Zähne so breit wie ein Pferd) und schaute sich nach allen Seiten um, sein Blick (durch die dunklen Brillengläser hindurch) brachte das letzte Flüstern zum Schweigen. Er schnalzte mit dem Finger, und wie Automaten fingen die Musiker wieder an zu spielen. Er trank einen kleinen Schluck Cognac aus einem Longdrink-Glas und machte sich die Finger an einem kunterbunten Tuch sauber, das ihm um den Hals hing. Die Leute beobachteten ihn aus den Augenwinkeln, und die Musiker haderten mit der Melodie. »Weißt du?«, erklärte er mir in einem vertraulichen Ton (dieser Ton passt überhaupt nicht zu ihm, dachte ich bei mir). »Ich war nie ein virtuoser oder friedfertiger Mann: Ich ziehe sofort das Messer. Und zwanzig Sekunden später hat das Blut den Boden überschwemmt, und selbst nachdem die Fliesen ausgetauscht sind, wird er nie wieder vergessen, rot zu sein; da ich zu alt bin, um mich noch zu ändern, wäre es angebracht, wenn du nun zu den Musikern gehst und ihnen aufträgst, *Fascinació* zu spielen, einen Song, den ich supertoll finde.« Der Gitarrist unterbrach den Blues, als er mich auf sich zukommen sah. Ich flüsterte ihm den Auftrag ins Ohr und kehrte zu meinem Stuhl neben ihm zurück. *Fascinació* erklang, und ich glaube, die Musiker hatten in ihrem Leben noch nie so gut gespielt. Der im gestreiften T-Shirt mit dem blöden Lachen bekam sofort feuchte Augen, und eiergroße Tränen tropften auf den Fußboden, wenn er sie nicht zuvor mit seinem Tuch abtupfte. Kurz darauf wirkten die Musiker erschöpft, das Halstuch war nass wie ein Scheuerlappen. »Es reicht«, sagte er, »ihr könnt aufhören.« Die Musiker brachen auf der Stelle ab, er erhob sich von seinem Stuhl und entfernte sich über die Treppen hinauf. Wir blieben alleine und schweigend zurück, verloren wie nie zuvor. Kein Mensch traute sich, auch nur ein Sterbenswörtchen zu sagen, und alle flohen mehr oder weniger schnell in ihre gewöhnlichen Behausungen. Am nächsten Tag, während des Frühstücks am späten Vormittag, sahen wir sein Foto in der Zeitung mit einer traurigen Schlagzeile: »Gefasst! Er versuchte, eine Ladung rosaroter Schmetterlinge über die Grenze zu bringen.« Es war ein sehr schlechtes Foto von ihm, er sah grau und flach aus, ohne bestimmbares Alter.

Ich warf die Zeitung auf den Boden und früher als sonst startete ich zu meiner Runde. Ich treibe gerne auf Meeren aus kaltem Öl: mich an Gesten, Personen und Dinge erinnernd, die Körper der Jugendlichen betrachtend, wenn sie ihren Fuß im Takt bewegen. Vielleicht schließe ich mich eines Tages in ein Zimmer ein und betrachte die Welt durch das schmutzige Fensterloch mit einem Transistorradio am Ohr. Dann muss ich mir die ganzen verlorenen Jahre zurückholen und mir die Gegenwart erfinden. Im Augenblick kann ich noch nicht den Geruch zukünftiger Ereignisse behalten, denn es ist schwierig zu behalten, was noch kommen soll. Oder umgekehrt. Genug. (Angetörnt und schwerfällig stehe ich um diese Uhrzeit gewöhnlich auf, da ich sichtlich nicht mehr weiß, worüber ich mit mir rede, zahle meine Rechnung, öffne die Tür und verlasse die Bar. Was es darüber hinaus geben soll, weiß ich nicht.)

Die Augen voller Wiesen

Es war ziemlich lustig, wenn du angetrunken mit Wiesen voller Kuchen in den Augen nach Hause kamst und kaum ein »Hallo« herausbrachtest, dich aufs Sofa legtest und einen unbestimmten Punkt an der einfarbigen Decke betrachtetest, so als atmetest du nicht, mit angehaltenem Atem und leerem Geist. Ich musste dich ganz vorsichtig und behutsam ausziehen und dabei aufpassen, dir nicht das Genick zu brechen, dann bettete ich deinen verrückten Kopf mit der ganzen Zärtlichkeit der Welt auf Seidenkissen (am folgenden Tag würdest du keine anderen mehr haben wollen), löschte Kerzen und Licht, ging ins Wohnzimmer und stellte den Plattenspieler ab (just in dem Moment, in dem Gilberto Gil einen Engelsschrei ausstieß oder Zappa von den Gefahren eines Zusammenstoßes mit dem Teufel erzählte). Ich dachte: »Gute Nacht, Spatz, träum süß vom Paradies«, dann tauchte ich in ein Magma aus Winternebeln und dänischen Wäldern, die von lustigen Zwergen und depressiven Jungfrauen bevölkert waren und an die sich nicht einmal mehr die Volkschronisten erinnern. Am Morgen danach standest du stets als Erste auf und hattest eine große Wut im Bauch. Du kehrtest das Unterste zuoberst, öffnetest das Fenster, und mit dem Glanz der Sonne (du kniffst die Augen so eng zusammen, dass sie nur noch aus einem Paar winziger Punkte bestanden) hellte sich dein ach so blasses Gesicht auf, und du sahst wie eine verhexte Plastikpuppe aus, die zum Leben erwachte. Du kamst zum Sofa, wo ich mich schlafend stellte, und drücktest mir einen Kuss auf die Wange. Und ich tat so, als würde ich gerade aufwachen. (Ich schlief lieber auf dem Sofa im Wohnzimmer, denn dein Herumwälzen im Bett war gewaltig und gefährlich und machte mir Angst.) Wenn ich dann aufgestanden war (du hattest bereits gefrühstückt und schienst wie neugeboren: ein völlig anderes Wesen als das, welches nachts die Wohnung betreten hatte: schwarze, lachende Augen, rosa Wangen, feuchte, lächelnde Lippen), knallte die Tür und weg warst du. Du müssest zum Unterricht, waren deine Worte, und schon wusste ich nicht, wann ich dich wiedersehen würde. Ich ging auf die Straße hinunter und wanderte kreuz und quer, auf und ab durch die Stadt, schaute Schaufenster an, kaufte Bücher, die ich dann nicht las, legte mich im Park in die Sonne, blätterte bei einem Wodka-Orange in Zeitungen und Zeitschriften. Saß auf Plätzen, fütterte Tauben mit feuchtem Brot. Ich schaute Frauenbeinen und Hintern hinterher, die in abgewetzte Jeans eingezwängt waren, kaufte Popcorn und betrat irgendein Kino, ohne darauf zu achten, welcher Film gezeigt wurde, oft saß ich vor monströsen Streifen: öde Western oder irgendwelche Psycho-Beziehungskisten für blöde Schnepfen an ihrem freien Nachmittag. Wenn ich das Kino verließ, dämmerte es bereits, und hier und da gingen die Laternen an, die Menschen hetzten stressergeben durch den verrinnenden Tag. Abends aß ich Hamburger oder Omelette, trank noch einmal einen Wein, las in einem längst vergessenen Buch und kehrte allmählich nach Hause zurück, denn die Wohnung war eiskalt und ich wollte meine Nacht nicht mit Schatten und Grübeln füllen. Wenn du um zwei noch nicht zurück warst, legte ich mich ins Bett (denn nun würdest du gewiss nicht mehr kommen) und las weiter, bis ich einschlief. Am nächsten Morgen lag das Buch auf dem Boden, das Licht brannte in einer harten, trockenen Mittagssonne, die auf meine Tische und Wände Streifen malte. Dann musste ich mich fertig machen, mein Gesicht waschen, mit dem Alltagstrott beginnen, weil möglicherweise kämst du ja heute Nacht nach Hause.

Denn letztendlich kreuztest du immer wieder auf, es vergingen nie zwei Tage, ohne dass du hereingeschneit wärst. Doch diesmal war es anders. Am ersten Tag machte ich mir keine Gedanken: Morgen würdest du bestimmt wiederkommen. Am dritten Tag begriff ich, dieses Mal würde es anders sein, und in den folgenden Tagen (die ganz, ganz allmählich zu Wochen wurden) verlor ich das Interesse an den Dingen: Ich trank Wein wie Wasser; ich ging nicht mehr ins Kino, aß keine Hamburger mehr und schaute nicht mehr auf die wiegenden Hüften der Frauen. Ich blieb zu Hause. Vielleicht kommt sie in der Früh, dachte ich bei mir. In der Folge verließ ich die Wohnung gar nicht mehr und staubte immer wieder die Möbel ab, fegte und saugte Staub: Wenn du zurückkämst, sollte alles ganz sauber sein. Dann nicht einmal mehr das. Es schien, als habe die Sonne aufgehört, unseren Planeten anzustrahlen, alles wurde finster, schwarz, undurchdringlich. Ich putzte nicht mal mehr: Der Staub sammelte sich in den Ecken, unter den Möbeln, und strich man mit dem Finger über eine Fläche, schob man einen weißen Staubberg vor sich her. Ich rasierte mich nicht mehr und duschte nicht mehr. Ich blieb im Bett, aß Brotkanten und trank Kondensmilch. Eines Tages knurrte mein Bauch so sehr, dass ich in den Supermarkt hinunterstürzte und völlig gehetzt Käse, Milch und Paprikawurst einkaufte und gleich an Ort und Stelle verschlang. Die Leute starrten mich an, als sei ich ein Wurm, ich verkroch mich sofort wieder ins Bett und blieb dort. Von hier aus sah ich die Stunden vorbeiziehen: Es wurde Nacht, es wurde Tag, ich sah den Sonnenstrahl die Linien zwischen den Fliesen nachzeichnen, sich an der Wand hochwinden, sich leuchtend auf dem Poster platzieren, über die Decke klettern und schließlich durch das Fenster verschwinden, was hieß, nun war es wieder Nacht. Ich versuchte zu weinen, ich stellte das Denken ein, ich schloss die Augen, die Ohren stopfte ich nicht zu, denn ich hörte schon längst nichts mehr.

Es war die Nase, die mir mitteilte, dass du wieder da warst, du standest vor mir, betrunken, und deine Augen waren voller Wiesen mit blassen Törtchen, du sagtest nicht einmal »Hallo«, versuchtest erfolglos, unklare Worte zu artikulieren. Das Einzige, was ich tun konnte, war aufzustehen: Trotz der Blutleere in meinem Kopf tastete ich mich zwischen verschwommenen Helligkeiten durch, ohne abschätzen zu können, wie viele Tage seit deinem letzten Erscheinen vergangen waren. Ich öffnete das Fenster (wegen frischer Luft!), dann musste ich dich ganz vorsichtig und behutsam ausziehen und dabei aufpassen, dir nicht das Genick zu brechen (und dachte, alles würde werden wie zuvor), und ließ deinen Kopf auf Seidenkissen ruhen, denn anderntags würdest du nur noch diese haben wollen.

Underworld

Für Toni Martí und Quim Sota

Sobald meine Eustachische Röhre das störende Riiiiiiiiiing als Wecker erkannte, sprang ich aus dem Bett und startete mein Kniebeugenprogramm (eins zwei eins zwei eins zwei eins zwei eins zwei eins zwei eins zwei eins zwei), bis ich genug davon hatte, rieb mir den Rest Schlaf aus den Augen und konnte einen müden Morgen erahnen, von dem schmale Lichtbänder durch die Latten der Jalousien hereinglitten. Als ich mit der Gymnastik fertig war und mit der ganzen wohligen Weltschwere tief gegähnt hatte, und noch ein bisschen mehr, trat ich, mir den Rücken kratzend (ein ganzes Ameisenheer zerkleinerte gerade mein Rückgrat), in das Esszimmer. Niemand zu sehen (Pinxa und Riqui schliefen wohl noch), also öffnete ich die Glastür und die beiden Holzläden, trat auf die Terrasse hinaus und erschien vor dem schweigenden Morgen, der in Richtung des Meeres von einer leichten aufgehenden Sonne gekrönt war. Wenn ich die Augen schloss, konnte ich mir die weißen, ebenfalls gähnenden Schaumkronen vorstellen, wie sie sich in einer universalen Systole und Diastole an den Felsen des Wellenbrechers brachen. Im Haus war alles totenstill, und ich war tierisch gut gelaunt: Ich öffnete die Tür zu Riquis Zimmer (die am nächsten lag), der Typ schlief tief und fest und stieß dabei einen sehr seltsamen Pfiff aus, so seltsam, dass ich mich einen Moment lang fragte, ob er sich nicht in einen Seehund, Seelöwen oder einen asthmatischen indonesischen Vogel verwandelt hatte, doch nein, sobald ich an ihm rüttelte, hörte das Pfeifen auf: Wach auf, Riqui, wach auf! Los! Doch er weigerte sich: Mmmmh, machte er, mmmmh, und ganz leise flüsterte er, nein, dabei drehte er sich um und versteckte sein Gesicht unter dem Kissen und seinen Körper unter dem Laken; Riqui! Riqui!, ich nervte ihn so lange, bis er endlich aufwachte und mich eine lange Weile ganz intensiv anschaute, so als erkenne er mich nicht, dann machte er seinen Mund auf und fragte mich nach der Uhrzeit. Ich antwortete, halb acht, more or less, er sagte o.k., stand auf, holte sein Rasierzeug und verschwand in Richtung Bad. Da dieser nun aufgestanden war, machte ich mich auf zu dem anderen, doch als ich Riquis Zimmer verließ, stand Pinxa bereits auf der Terrasse und verspeiste eine Scheibe geröstetes Brot mit Butter und Honig, er verdrehte hoch erhobenen Hauptes die Augen, dann senkte er den Kopf, um mich tadelnd anzuschauen: Es wäre nicht schlecht, wenn du hier weniger herumbrüllen würdest, du hast ja die halbe Nachbarschaft geweckt. Du weißt doch, entgegnete ich, Riqui liegt auf seinen Ohren. Stimmt, gab er nach, und bot mir einen Milchkaffee an. Und so standen wir im Schlafanzug herum und sahen mit offenem Mund, wie der Tag begann und der Alltagslärm sich in den Straßen breitmachte (das Gequietsche der Autos, das hysterische Geflüster der zur Arbeit hetzenden menschlichen Ameisen, der Hauch Routine, der den ganzen verwesten Raum der Stadt besetzte), bis dann auch Riqui mit einem Glas Orangeade in der Hand auftauchte, uns einen Guten Morgen wünschte und in einem tiefen Atemzug die neue Luft des neuen Tags in sich hinein atmete, der Himmel heute ganz klar, ganz Collserola deutlich zu sehen, transparent wie ein Dia. Er strahlte so viel Optimismus aus, dass ich überzeugt war, alles werde gut gehen (obwohl ich es nicht schaffte, Riqui davon abzuhalten, eine LP von Chico Buarque de Hollanda aufzulegen), und ich fühlte mich super, keineswegs nervös. Alles wird gut gehen, es ist ganz einfach, sagte ich mir, und ein Apfelduft drang in meine Nase, und ich fragte mich, woher dieser Duft wohl kommen mochte, und sah eine Handbreit vor mir unter dem Stadtplan, den wir gerade genüsslich studierten, eine Obstschale voller gelbgrüner, wilder Äpfel, wie delikate Zeichnungen, die kein Künstler besser zeichnen könnte. Ich nahm mir einen und biss hinein: Es machte knack-krack, das Innere war weiß und saftig. Hey du, träumst du?, fragte Pinxa. Nein, nein, sagte ich und öffnete die Augen. Mit seiner lässigen Mähne, die ihm ins Gesicht hing, saß Pinxa lächelnd vor mir: Pahh, es wird alles perfekt ablaufen, prognostizierte er, und ich antwortete, ja klar. Riqui trat in das Zimmer, stopfte sein Hemd in die Hose, lud die 9-mm-Parabellum und lachte. Mal sehen, wie Txordi drauf ist, ob er die Nacht durchgemacht hat und betrunken hier ankommt ... Und Pinxa, der Witzbold, immer so nachsichtig, das darf einfach nicht passieren, es wäre ziemlich beschissen, wenn Txordi nicht auftaucht und wir alles verschieben oder ohne ihn machen müssen; dann lächelte er: Das glaube ich nicht, Txordi ist ein anständiger Kerl, er würde uns so etwas nie antun. Ich warf den Apfelbutzen auf den Tisch und legte eine andere Platte auf, während Riqui hinter meinem Rücken brummte, ich sei ein Schwein (weil ich das, was vom Apfel übrig geblieben war, auf den Tisch geworfen hatte). Ich unterbrach Chico Buarque mitten im Song und legte eine LP von Nino Rota auf, die Pinxa letztes Jahr mitgebracht hatte, als er Zuhälter an der Riviera war. Ich liebe diese Musik, sie dringt durch meine Ohren in meinen Körper, fließt durch meine tausend Venen, als wäre ich ein Held in einem italienischen Film, sagte er, als er sie uns damals zeigte, traumverloren in seinen musikalischen Delirien. Bon, sagte Pinxa (der vier, fünf Monate in Marseille gewohnt hatte und daher französisch sprach), ich gehe jetzt und probiere die Hosenträger. Blaunasse Hosenträger zieren jeden Würdenträger, sagte Riqui poesiegewohnt. Pinxa war schon wieder grinsend da, spannte sie und schaute uns fragend an, na, wie sehe ich aus? (Er glich einem

Herrn aus einem alten, verblichenen, grauen Film, aus seinen Haaren tropfte der Festiger, die Hosenträger auf dem weißen Hemd, Theater pur, es fehlte nur noch das gelbfahle Licht einer verstaubten Glühbirne, die leicht im traurigen Wind eines verhangenen Abends schaukelte.) Ich sagte ihm, du siehst aus wie ein Held in einem Film aus den Vierzigern, und er lächelte selbstgefällig: Genau! Das ist genau das, was ich wollte, hast du *Scarface* gesehen? Nein? Ihr könnt euch nicht vorstellen, wie viel Lust ich hatte, eine Bank zu überfallen, aber gekleidet komilfo, mit dem Scheitel auf der rechten Seite. Und hoffentlich ganz ohne Pleite!, schrie Riqui (schnell wie immer bei Fragen der Dichtkunst), während ich gleichgültig einen zweiten Apfel verspeiste. Ich schaute auf die Uhr: Viertel neun, und Txordi war immer noch nicht da, der wird uns das Ganze noch vermasseln. Komm, Mann, sei nicht so streng, er hat sicher verschlafen, sagte Pinxa und zog die Weste und das gestreifte Jackett an, komm, mach dich fertig, sonst bist du noch der Letzte. Also musste ich gähnend aufstehen, in mein Zimmer gehen, mich anziehen und die Dusche auf den Abend verschieben. (Aufgrund der Töne, die aus dem Zimmer drangen, konnte ich ableiten, dass Riqui a) die Platte von Nino Rota herunternahm und sie dabei offensichtlich zerkratzte und b) nur, um mich zu ärgern, wieder Chico Buarque de Hollanda auflegte.) Als meine Socken näher an meine Nase kamen, drang ein Gestank an mein Riechorgan, der mir half, mich zu entscheiden: Ich öffnete die Schublade und holte ein Paar frische heraus, und dabei mischte sich in meinen Ohren die bei mir Brechreiz auslösende Musik mit den Geräuschen des Gaunerpaares im Wohnzimmer, die Räuber und Gendarm spielten, peng, peng, peng, und es war fast halb neun. Als die Pistole frisch poliert war, fragte ich nach Txordi. Sollen wir die Bullen anrufen und fragen, ob sie wissen, wo er bleibt? Sei nicht blöd, Mann, er wird schon kommen. O.k. Ich setzte mich also aufs Sofa und blätterte in einer alten *Fotogramas* mit viel nacktem Fleisch von superschönen Frauen, die nur auf eine Gelegenheit warteten, arme Stars des unterentwickelten Kinos. Pinxa studierte erneut den Stadtplan und Riqui sprühte Deo unter seine Achseln, alles in allem ein ziemlich poetisches Bild: Die neue Unterwelt desodoriert ihre Seele (Ausgabe für ein fortschrittlich-katholisches Magazin). Dann klingelte es an der Tür, Pinxa zuckte zusammen: Die Bullen, du, die Bullen, sagte er, holte die 9-mm heraus und postierte sich eher in einer erotischen Haltung als in einer Verteidigungsstellung, Riqui ging zur Tür und fragte, wer dort sei, und eine bekannte Stimme antwortete, Txordi, Riqui nahm die Kette von der Tür und öffnete sie (durch den Türrahmen trat Txordi mit glänzenden Augen, offenem Hemd und leicht zitternden Händen). Mann, so nicht! beschwerte sich Pinxa, was für 'ne Scheiße, wir müssen heute hart ran und du tauchst hier besoffen auf. Nein, nein, nein, verteidigte sich Txordi, ich bin nicht besoffen, ich habe nur schlecht geschlafen, und hier lächelte er: Eine Blondine, Mann, aus Philadelphia, Phili, wie sie dazu sagen, Mann, was für eine Blonde! In diesem Augenblick verlor ich endgültig das Vertrauen und den Kopf, legte mich aufs Sofa und lauschte, wie Txordi sich erklärte: Nein, nein, verdammt, mir geht es gut, die Hand zittert ein bisschen, aber das bedeutet nichts. In fünf Minuten und nach einem ordentlichen Frühstück bin ich fit und stehe zur Verfügung. Was?, fragte Pinxa entgeistert, du hast noch nicht einmal gefrühstückt? Der Kühlschrank war leergefressen, also blieb uns nichts anderes übrig, als mit dem Waschlappen über sein Gesicht zu fahren, ihn ein wenig unter den Achseln zu waschen, ihm die Augenlider zu öffnen, über die Augen zu wischen, mit dem Kamm etwas Ordnung in seine Haare zu bringen, ihm die Pistole zu präparieren und ihn hinter uns herziehend auf den Treppenabsatz hinauszutreten, den

Fahrstuhl zu rufen und, nachdem wir den Knopf eine Minute gedrückt gehalten hatten, den Concierge zu hören, der von unten hochbrüllte (der Fahrstuhl ist kapuuuutttt!), und folglich acht Stockwerke zu Fuß langsam nach unten zu traben. Das hat uns gerade noch gefehlt, Mann. Dann sitzen wir endlich im Auto und starten in Richtung Stadtmitte, durch enge Straßen, durch breite Straßen, über Boulevards und Ampeln in allen Farben, hey Leute!, ich habe noch nicht gefrühstückt, und das Auto bremst: quietsch!, schnell eine kleine Bar gesucht, wo man Spiegeleier mit Speck macht, mit einem Gläschen guten Wein, einem dunklen Penedès, und einem Kaffee. Nein, einem ... Einem? Zwei. Drei. Vier. Vier Kaffee mit Cognac, Txordi wischt seinen Mund ab und rülpst. Auf, ihr könnt zahlen, Riqui zahlt, und schon sitzen wir wieder im Auto, lesen den Strafzettel, den uns ein übereifriger Polizist angedreht hat. Scheiße, beklagt sich Pinxa, und warum? Wir strecken den Kopf aus dem Fenster und sehen eine große blaue Scheibe mit rotem Rand, die von einem ebenso roten Streifen diagonal durchkreuzt wird, dann begreifen wir: Wir befinden uns im Parkverbot, wir ziehen Streichhölzer, Txordi gewinnt und darf die Aufgabe übernehmen, den Strafzettel zu zerreißen und sich ans Lenkrad zu setzen, bruuummm bruuummm macht das Auto, während wir uns der Bank nähern und Pinxa feststellt, dass es schon halb zehn ist, verdammt, wie sollen wir das noch hinkriegen, mit so ’nem unpünktlichen Volk wie euch werden wir nie irgendwohin kommen usw., bis wir da sind und gegenüber der Bankfiliale parken. Alle außer Txordi, der am Steuer sitzen bleibt und uns Glück wünscht, steigen aus. Wir sind drei: Pinxa, Riqui und ich, wir nähern uns der Glastür, stoßen sie auf und treten ganz normal ein: lächeln engelsgleich, als wir die Pistolen auf die Angestellten richten, die überrascht und fassungslos ichweißnichtwas sagen, wir lassen sie sich bäuchlings auf den Boden legen, einschließlich der Kunden, die 9-mm kühl im Nacken des Filialleiters, los, eins zwei, vorwärts, zum Tresor, los, aufmachen, befiehlt ihm Pinxa, und der gute Kerl, sagt jajajaja, völlig kopflos und verängstigt, mit der Hand am Schloss, einem riesigen, glänzenden Schnappschloss, wie seltsam, ein Tresor mit einem einfachen Schnappschloss?, mmmmh, und im Tresor sind Kilos über Kilos rotes, weißes und fettes Fleisch mit einem Geruch von gefrorenem Tod, und erst jetzt stellten wir fest, dass wir vor einem Tiefkühlraum standen und nicht vor einem Tresor, und wir schauten den Filialleiter an, der eine weiße Schürze trug und dessen Arme bis zu den Ellbogen mit Blut verschmiert waren, und wir vernahmen, wie der gute Mann (sehr respektvoll und ohne den Blick von den Revolvern zu lassen) sagte: Hören Sie, ich glaube, Sie haben sich geirrt. In dem Moment stellen wir fest, dass wir uns in einer Fleischerei befinden und nicht in der Bank, und wir brechen in Gelächter aus, bitten um Entschuldigung, gehen in den Ladenraum zurück, in dem die ganzen Frauen und Angestellten auf dem Boden liegen. Auf, los, Sie können wieder aufstehen, wir schütten uns weg vor Lachen und treten auf die Straße hinaus, mit den 9-mm in den Taschen, und entdecken genau nebenan die Bank. Aber nun hat keiner von uns mehr Lust. Morgen ist auch noch ein Tag, sagt Riqui, und macht sich auf dem Vordersitz breit, Txordi, mit offenem Mund und ohne irgendetwas zu verstehen, alle zum Lachen aufgelegt, mit Bock auf Whiskey und Pommes, und Omelette mit Artischocken, ergänzt Pinxa.

Die Schöpfung

Für Biel mit seiner Sprachtheorie
nach Art von Marguery à la Diamond Jim

Am Anfang ist Nacht: Eine falsche ewige Nacht, die niemals auch nur zur Morgendämmerung wird, deshalb schafft der Herr, unser Gott (nachdem er sich selbst erschaffen hat), den ersten Tag, und da er nach diesem Werk so erschöpft und müde ist, dass er nicht mehr so ganz durchblickt, legt er sich schlafen, das tut er bis zum sechsten Tag, an dem er aufwacht und in aller Eile das Universum erschaffen muss: die Welt, das Pflanzenreich, die Tiere, die Hominiden, die Nuklearphysik und die Geister, die (außer Rand und Band, wie sie nun mal sind) den Himmel blau anmalen, denn Ihr sollt wissen, dass am Anfang (das heißt in den ersten fünf Tagen) der Himmel grün war, weshalb man ihn häufig mit den Wiesen verwechselt hat, die ihre grüne Existenz nun aber ziemlich monoton finden und deshalb in den schönsten Farbabstufungen schillern und die Regenbogen vor Neid ganz verrückt werden lassen, die wiederum, um nicht zurückzustehen, die Form geometrischer Figuren annehmen: Quadrate, Dreiecke, Kuben, Zylinder und vor allem Pyramiden, das erschreckt nun die ägyptischen Pharaonen, diese sich so leicht verliebenden Personen, die daraufhin beschließen, sie unter ihre Vormundschaft zu nehmen. Das macht die Pyramiden so unsäglich traurig, dass sie die Farbe des Staubes annehmen, als Folge der Traurigkeit und der über dem Nil vergossenen Tränen, der damals noch kein Fluss war, sondern ein von Agaven gesäumter Bach mit einem Kiosk voller Jugendstil-Getränke, und dort verlangt ein Herr mit Gicht ein Mensch-ärgere-dich-nicht, und ein Kerl mit dickem Hals verlangt den Streuer mit dem Salz, und irgendein Straßenbahnfahrer verlangt Eselskopf mit Scholle, und eine Hure mit blondem Schnauz verlangt Schwarzbrot und einen reichen Kauz, und ein Progressiver mit Dauerwelle verlangt Weißwein mit einer Kelle, und ein Zigeuner mit Hängeohren verlangt einen gehörnten Toren (und kriegt einen von den Azoren!), und ein Herr aus Etzenrot verlangt ein neues Butterbrot (weil das alte vertrocknet ist), und ein Taxifahrer ohne Orientierung verlangt eine schnelle Amputierung, und die Herzen von Clavé verlangen Tee, und eine Dame aus Moskau verlangt Eier mit Wildsau, und ein Kapuziner verlangt etwas mehr Veltliner, und eine Gruppe Kommunisten verlangt andere Exorzisten, und eine Gruppe buckliger Greise verlangt den Kaviar löffelweise, und einer jener Novellisten verlangt die Keulen von Artisten (auf baskische Art), und ein Konzeptkünstler verlangt Bier, und ein Wächter verlangt Räucherlachs, und ein schwuler Gent verlangt einen Cent, und ein Heterosexueller verlangt einen roten Heller, und ein Advokat aus Perpignan verlangt, dass man ihm die Hand abschneidet, und ein Heer von Echsentieren bekommt rein gar nichts zum Dinieren, und einem starken Esser kappt man die Eichel mit dem Messer, und ein Arbeiter lässt einen fahren, und ein Bürger gehört ins Kittchen, und ein neues Flittchen legt ihre Schenkel hin und verlangt Salate, und man gibt ihr die Zitzen der Teufelin, und sie sagt, wow, Granate, und sie geht in die Bar an der Ecke (mit Orgasmus auf halber Strecke), und ein ganzer Stamm Apachen findet keinen passenden Reim, und sie sterben direkt am Tresen, nun kommt der Straßenkehrer (aus den Vogesen) und führt sie zum Weiden, und es folgt die Schlacht am Wounded Knee, und fast alle sterben, nur Charles Bronson und Karen Black nicht, die sind beim Vögeln und schenken der Welt viele Kinder, und eines von ihnen (schon groß) bestellt Milchkaffee, und der Kellner sagt, er habe nur Tee, und bestellt dann ein Aspirin und erhält

Kokain und berauscht sich ein wenig in der Annahme, es sei ein großer Rausch, und dann nehmen sie den Bus, und ein plumper Homunkulus killt sie mit einem Haubitzenschuss und verlangt ein Wörterbuch, mit Senf oder ohne?, und da er zögert, gibt es eine Melone, und sie schmeckt ihm sehr und macht ihm Lust auf mehr, er rülpst und bellt einen Hund an (der ist entsetzt), alldieweil er eine Katze hetzt, die Milch verlangt und Fisch kriegt, doch wählerisch, wie sie ist, läuft sie ins Ritz und bestellt Reis, doch man bringt ihr ein Schwein, sie frisst die Augen auf und stirbt (weil sie verseucht sind), man beerdigt sie rasch an einem schlüpfrigen Abend, der in morgendliche violett-gelb-graue Töne getaucht ist, die den Himmel mit Sehnsuchtsflecken bestücken und die Flügel der Vögel schwarz färben, die immer leiser piepsen, bis sie gar nichts mehr sagen (vielleicht weil sie nichts zu sagen haben), und sie kaufen sich einen Zeitlupenprojektor und verschlingen alle Filme von Claude Lelouch und sterben (offensichtlich) auch, man wirft sie dann ins Meer mit Kapitäns- oder Generalsehren, mit dreizipfligen Fahnen, die es nachts mit dem Fahnenmast treiben und um eine geflohene Zeit weinen, die nie wiederkommen wird, bis sie dann doch wiederkommt und Hallo sagt, und alle tun, als sei nichts geschehen, als seien die vergangenen Jahre wiederherstellbar, und doch ist sie vergangen, stellt eine dunkle, unheimliche Stimme klar, es ist die Stimme des Gewissens, die sich einen blauen Porsche gekauft hat und Alka-Seltzer, und sie verlangt Geduld, man jagt sie zum Teufel, wohin sie auch geht und nicht zurückkommt, stattdessen schickt sie exotische Postkarten und Liebesbriefe, solche, wie du mir geschickt hast, erinnerst du dich?, und sie hören France Inter, Abend und Hoffnung, und eine Blondine in der Nacht kommt auf mich zu und lacht: hvor meget skal man give for en pähaengsmotor?, en kompomisløs pris, vil Johnson-ejerne sige, und ich zweifle (immer wenn ich zweifle, gucke ich meine Fingernägel an), dann blicke ich entschlossen auf und werfe ihr an den Kopf: og der er flere, der floretraekker Johnson-motorer, frem for noget andet maerke i prähaengemotorer, ein Satz, der sie Tränen aus geschmolzenem Glas weinen lässt, die bei der Berührung mit der Erde zu Gin-Flaschen kristallisieren, die ausgemergelte Hände (vergesst nicht: die Wüste tritt euch in den Rücken) an dürstende Münder führen, die mit einem einzigen Schluck den Inhalt leeren, und die Zungen schnalzen an den Gaumen, der so ausgetrocknet ist, dass er in tausend Stücke zerspringt, in denen sich in jedem Einzelnen eine Miniaturreplik unserer eigenen, kleinen, schäbigen Welt befindet und obendrein noch ein orangefarbener Volkswagen, aus dem es aus allen Ritzen qualmt, und vier Paparazzi, die alte Bettdecken in der lobenswerten Absicht schwenken, die Rauchwolken einzudämmen, die sich rosa färben und in die Himmel bis zu den Planeten, den Asteroiden und den Sputniks steigen, und in einem dieser Sputniks sitzt Gott, der mir die Hand schüttelt: Enchanté, sage ich zu ihm, Herr Gott, je suppose? Der große Gauner antwortet mir: Nein, Herr Rott, zu ihren Diensten. Er hält sich den Bauch vor Lachen und macht sich auf in Richtung Paradies, zwischen Wolken aus Engeln und Erzengeln hindurch, die mit Pimmeln und Muschis aus Plastik (da schau mal her, die alte Neigung zur Haarspalterei) auf die Erde pinkeln, und die Haarpracht der Engel und Erzengel ist aus gelber merzerisierter Baumwolle, sie kämpfen miteinander und fallen (oder steigen) durch die intergalaktischen Räume und stolpern über Sterne und Sternchen* und Punkte und Klammern und Buchstaben aller Art, sodass wir gezwungen sind, uns an die Wand zu quetschen, um aus der Druckerei herauszu-

* »Sternchen: sternförmiges Kennzeichen in Texten, grafischen Darstellungen o. Ä. als Verweis auf eine Anmerkung, Fußnote«, *Duden, Deutsches Universalwörterbuch*. – 4., neu bearb. u. erw. Aufl., Mannheim 2001, S. 1517

kommen, die nach Druckerschwärze stinkt, und wir nehmen ein Taxi und bitten es, uns nach Arrabassada zu bringen, und der Taxifahrer fährt (mit hundert!) los und wir sind umgehend am Hafen. Hier, sagte er, lagerte J. V. Foix Holz. Sie sind verrückt!, antworten wir ihm, Foix hat nie Holz an der Mole gelagert, er hat eine Konditorei in Sarrià! Außerdem hatte ich sie gebeten, mich nach Arrabassada zu bringen! Wütend zieht der Mann einen zerknitterten, in kleiner Schrift bedruckten Zettel voller roter Siegel und blauer Stempel aus der Tasche, die ihm einen offiziellen Anstrich geben. Sehen Sie, da, sagt er, hier steht, dass es verboten ist, nach Arrabassada zu fahren. Und schon gar allein! Sie können sich glücklich schätzen, dass ich Sie nicht anzeige! Los, geben Sie mir das Geld. Ich gebe ihm einen Fünfhundert-Peseten-Schein. Ich kann nicht herausgeben, auf Wiedersehen! Und er flüchtet wie ein Besessener mit dem Schein in der Hand, hui!, und lässt mich allein am Meer und in der sprichwörtlich urbanen Einsamkeit zurück, die genau in dem Moment mit einem norwegischen Seemann anbandelt, blond und hell wie ein Bier, und sie zieht mit ihm von dannen, um eine wahnsinnige Liebesgeschichte zu erleben, die an einem regnerischen Nachmittag an der Côte d'Azur zu Ende gehen wird, in voller, überbordender blauer Menstruation, während Schiffe ohne Heck die atlantischen Meere durchfurchen und die weißen Bierschaumkronen den Sand, die Häfen und Felsenküsten zärtlich lecken und die Möwen verschlingen, die knapp über den Wellen fliegen (die Wellen, die als Wasserscheitel die Mähne des Meeres zerzausen). All das am sechsten Tag. Am siebten Tag ruht Gott, unser Herr. Danach kommt Haydn und komponiert das Oratorium.

Die deutschen Reime sind von Harald Bronstering.

Über die Nichtigkeit menschlicher Wünsche

Als ich die Insel erreichte, wähnte ich mich dem Tode nah und zweifelte an meiner Fähigkeit, so viel rote Sonne und ebenso viel Einsamkeit zu ertragen: überall Wasser, Wasser im Norden, im Süden, im Osten, im Westen, wohin auch immer sich mein Blick wandte, blaues oder graues oder grünes oder schwarzes Wasser, ein verschlafener Horizont und der kalte Klang der Wellen, die das Weiß des Sandes tränkten. Ich schwamm ans Ufer, völlig erschöpft, und als ich mich umdrehte, sah ich gerade noch, wie der hintere Teil des Schiffes (das man Heck nennt) endgültig in der Tiefe versank. Ein paar riesige Luftblasen stiegen vom Meeresgrund empor, und schon gab es kein Schiff mehr. Jetzt war ich völlig allein und überlegte, ob vielleicht irgendeine andere Person die Tragödie überlebt hatte, doch offenbar war ich der einzige Überlebende, der Einzige, der es geschafft hatte, diese Insel zu erreichen, auf der weit und breit keine Menschenseele zu sehen war. Demnach waren alle tot: der Tod, Herr der Dämmerung, die über meinen Kopf und meinen Körper hereinbrach. Wundgescheuert und zermürbt, war ich überzeugt, dass diese klitzekleine Insel nicht meine Rettung war, sondern vielmehr das Hinauszögern meines endgültigen Todes, mein zukünftiges Grab, der Stein, der mein Grab nach ein oder zwei Tagen verschließen würde, je nachdem, wie lange mein Körper kämpfte. In meiner Hoffnungslosigkeit nahm ich an, keine Nahrung zu finden, doch die Insel war voller Früchte und Pflanzen und seltsamer Tiere (beispielsweise Kaninchen mit Entenköpfen und Greifzungen). Am zweiten Morgen (ich hatte den ganzen Tag und die ganze Nacht geschlafen) schlug ich die Augen auf und hatte das Gefühl, Feuer peitsche meine Haut: Es war die Sonne, die mich verbrannte. Bald sah ich ein, der einzige Ausweg war Überleben. Und Überleben bedeutete zu lernen, mit dieser Einsamkeit, diesem heißen Wind und der ewigen über dem Meer vor meinen roten Augen schwebenden Zeit zu leben. Ich wanderte am Strand entlang, ging schwimmen, kühlte meinen verbrannten Rücken mit Wasser und kehrte an den Strand zurück. Und da fand ich die Leiche, eine alte, traurige Leiche, an eine glitschige Holzplanke geklammert, die genauso nutzlos war wie sie selbst. Ertrunken und namenlos lag sie nun ausgestreckt im Sand. Mit der Fußspitze drehte ich sie auf den Rücken und erkannte einen der Matrosen vom Schiff: mit Augen wie Nacktschnecken und einem dunklen, aufgeblasenen Kindergesicht. Ekel. Vielleicht würden noch weitere Leichen angeschwemmt werden, doch weit und breit war nichts zu sehen. Alle anderen sind im Meer, sagte ich zu mir und schubste ihn dabei mit dem Fuß ins Wasser, in der Hoffnung, die Wellen trügen ihn mit sich fort (eine sinnlose Hoffnung, denn die Leiche kam immer wieder, ein ums andere Mal, jeden Tag). Manchmal blieb sie eine Weile verschwunden, und wenn ich schon dachte, ich sähe sie nie wieder, lag sie am Tag darauf wieder am Strand, zehn Meter weiter vielleicht oder gar auf der anderen Seite der Insel. Diese verrückte, schmutzige, alte, traurige und dumme Leiche ließ mich einfach nicht in Ruhe, so oft ich sie auch ins Meer schubste, sie kam immer wieder, bis sie eines Tages dann doch wegblieb, so als hätten die Fische sie endlich aufgefressen. Mit ihrem Verschwinden wurde mir erst bewusst, wie allein ich war, mir fiel (wie könnte es anders sein?) Robinson Crusoe ein, und ich machte mich auf die Suche nach einem Freitag, aber es gab hier nicht eine verdammte Menschenseele. Ich begann die winzige, aber hügelige Insel zu erforschen, mit ihren kleinen Anhöhen und den Buchten durchsichtigen, rosigen Wassers, den weißen Stränden und lilliputanischen Felsenküsten. Ich entdeckte eine kühle Höhle, die ich umgehend zu meiner Behausung machte. Allerdings lief sie bei Regenwetter mit Wasser und Schlamm voll. Ich aß Früchte vom Baum, seltsame Fische und zwischendurch auch mal eines dieser behaarten Entenkaninchen, das ich mit Steinen jagte. Ich stellte mir auf niedrigstem Niveau ein Programm für ein zufriedenstellendes Leben zusammen: Ich schlief viel, ging schwimmen, doch vor allem dachte ich nach (es ist schrecklich, wie viel Zeit man unter solchen Umständen zum Überlegen hat, alles wie in einem Film, den man mal in einem Kiezkino gesehen hat, mit dem einzigen Unterschied, dass hinterher nicht die Lichter angehen und wir nicht das Kino verlassen, denn dieser Film lief ununterbrochen Tag und Nacht, er war meine alltägliche Existenz). Meine ganze Umgebung schien nichts anderes als Kulisse zu sein, so als müsste ich eines Tages aufstehen, in die Hände klatschen und ausrufen: Auf, es reicht jetzt, Schluss mit dem Theater. Und danach wäre alles wieder normal. Das heißt: Ich würde wieder ein Standardleben in einer fernen Standardstadt leben. Doch aus Angst vor der schlimmsten aller Enttäuschungen konnte ich mich nicht dazu durchringen, in die Hände zu klatschen. Auf der ganzen Insel fand ich nie eine menschliche Fußspur. Nichts. Da die Gegenwart sich für mich eher verdrießlich darstellte, pflegte ich die Erinnerung an vergangene Zeiten: als ich klein war und in die Schule ging, an die Schulfreunde, an meine Zeit bei der Armee, an die Straßen voller Menschen, an meine Kinobesuche, an Vanilleeis und Orangeade, literweise Orangeade, holländisches Bier, Omelett aus zwei Eiern und Tomatenbrot, Salat, Schneckennudeln, Paprikawurst, Filetsteaks, Seehecht auf baskische Art, Schokolade mit Sahne in der Petritxolstraße, Mandelmilch und Coca-Cola, ans Fernsehen und ans Einschlafen beim Radiohören, wenn ich es satt hatte, spätnachts mit Unbekannten in lauten Kneipen zu reden. Beim Onanieren denke ich an all die namenlosen Frauen, mit denen ich im

Bett war. Wie weit entfernt diese Welt doch war und wie gruselig, den Samen auf den weißen Sand des Strandes spritzen zu müssen. Die Landschaft vor mir verändert sich kein bisschen: monoton und konzentrisch, gleichgültig und geschlechtslos. Eines Tages sah ich ein Flugzeug, das den Himmel von einem Horizont zum andern durchquerte. Nach ein paar kurzen Sekunden verschwand es. Am nächsten Tag kehrte ich an denselben Ort zurück und beobachtete den ganzen Tag lang den Himmel. Es ödete mich an, von morgens bis abends dieses selbe fade Blau zu sehen, welches sich verdunkelte und zu einem besternten Schwarz wurde. Ich sah nie wieder ein Flugzeug. Verrücktes Flugzeug, enigmatisches Charterflugzeug, das sich in der Route geirrt hatte.

An dem Tag, an dem in Erfüllung ging, was ich mir so lange erträumt hatte, war ich wie an jedem Morgen der vielen tausend Morgen meiner wilden Existenz aufgestanden. Ich hatte in den durchsichtigen Gewässern gebadet und wollte gerade ein paar Früchte essen. Da merkte ich plötzlich, wie ich meine Augen überrascht aufriss: Vor mir lag ein riesiges, weißes, schweigendes Schiff. Das Wunder verschwand nicht, als ich meine Augen rieb. Ich rannte ins Wasser und machte vor lauter Freude Luftsprünge, während sich ein Boot mit vier oder fünf Männern an Bord, die mir Handzeichen machten, langsam dem Strand näherte. Ich weinte vor Freude: Bald wären das Vanilleeis, das holländische Bier, die heiße Schokolade mit Sahne in der Petritxolstraße, die Nächte, in denen ich bei Radio Joventut einschlief, wieder da. Nach ihrer Ankunft am Strand mit den vorhersehbaren Umarmungen und den Versuchen, in einem Kauderwelsch ein Gespräch zustande zu bringen, gab man mir ich weiß nicht was für Pillen gegen alle Krankheiten der Welt, ein Arzt untersuchte mich von oben bis unten und erklärte schließlich, ich sei vollkommen gesund. Doch sie schauten mich alle etwas komisch an. Ich dachte, das läge vielleicht an meiner Magerkeit oder an meinem Bart ... Unterdessen landeten sie weiter an (sie waren viele: Dutzende von Personen, Männer und Frauen) und durchforschten das Gelände. Ich fragte mich, warum sie in so großer Zahl an Land gingen und was sie hier wollten, anstatt mit mir ins Boot zu steigen und zum Schiff zu fahren, das uns ein für alle Mal heimbringen würde (und heim bedeutete jeden Ort, an dem ich die Möglichkeit hatte, mich in einem Bad mit glänzenden Kacheln zu duschen, mich mit einem Handtuch abzutrocknen, deutsche Küche zu essen, Leute zu treffen, wieder ins Kino zu gehen und mich zu besaufen). Weitere Boote landeten an, voll bepackt mit riesigen Bündeln und Kisten. Ich näherte mich dem, der aussah, als habe er am meisten zu sagen, und fragte ihn, wann wir abfahren würden. Wir werden nicht mehr von hier fortgehen, antwortete er. Wir haben uns entschlossen, vor dem Wahnsinn der jetzigen Welt zu fliehen und an einem fernen Ort, ohne Qualm und Neid, Furcht und Angst, eine Gemeinde zu gründen, eine neue Welt, in der wir alle Brüder sind (dabei öffnete er lächelnd seine Arme, schaute eine lange Weile in den Himmel und fuhr fort): Wir sind hierhergekommen, um unsere Gemeinde aufzubauen. Während er das sagte, nahmen seine Gefährten schon das Schiff auseinander und begannen, mit den Brettern Wände und Dächer zu errichten.

Frau mit Mehari

Die Diskrepanz zwischen den beiden sich überlagernden Bildern diesseits und jenseits der Scheibe (das eine der bucklige Alte, der ein Glas Rotwein für ein paar Peseten trank, und das andere du, das goldene Mädchen mit dunkler Brille, du, die du dabei warst, einen orangefarbenen Citroën Mehari einzuparken) war so groß, dass ich nie mit deinem Eintreten in diese Bar aus glänzendem Resopal gerechnet hätte, in der ich den ersten Gin Tonic des beginnenden Abends austrank. Als du dich direkt neben mir auf dem Barhocker niederließest, verstand ich in einer diffusen Art und Weise, dass sich die Welt manchmal in unserem Sinne dreht.

Du bestelltest einen Martini Bianco, öffnetest deine Reisetasche und holtest ein Päckchen Dunhill heraus. Du zündetest dir eine Zigarette an und bliest weiße Ringe hoch in die kalte Luft zu der dunkel verkleideten Decke. Es ist müßig, sich jetzt noch daran erinnern zu wollen, wie wir ins Gespräch gekommen sind; ich weiß es nicht: Vielleicht hat einer, du oder ich, um Feuer gebeten oder machte irgendeinen Kommentar und fand ein offenes Lächeln, oder einer von uns beiden schaute in die Augen des anderen, in eine warme, sanfte Tiefe.

Wir schütteten Gin Tonics und Martinis in uns hinein: Vor unseren Augen verwandelte sich der Tresen in ein Schachspiel aus durchsichtigen Flaschen. Wir rauchten deine Zigaretten auf und mussten dann Ducados kaufen, weil es in dieser unbestimmten Bar aus metallischem Schweigen nichts anderes gab.

Draußen auf der Straße war der Himmel bereits ein schwarzer Fleck, und vor unseren Augen öffnete sich eine schiefe, aus Lichtpunkten, Farben, trockenen Tönen und unbestimmten Düften verdichtete Nacht. Wir stiegen in den Mehari, und du behauptetest, du habest ihn gestohlen, was ich mir erlaubte, nicht zu glauben, während ich euch im Geiste in die entsprechende Schublade steckte: dich als Tochter aus gutem Hause und das Auto als Geburtstagsgeschenk von Papa. Wo willst du hinfahren?, fragte einer von uns beiden, der andere deutete mit einer vagen Handbewegung einen unbestimmten Ort an, nickte lächelnd mit dem Kopf und atmete tief durch, um den Alkohol in den Magenkanal zu befördern.

Wir aßen belegte Baguettes auf der Rambla, bevor wir in ungemütlichen Bars mit exotischen Namen Unterschlupf suchten, wo wir sogenannte polynesische Flüssigkeiten zwischen heimischen Mittelmeerpflanzen zu uns nahmen. Schließlich umarmten wir uns in einer kalten, lauten, verrauchten Disco. In dem Rotlicht-Abschnitt der Rambla tranken wir mehrere Kaffee, hörten Musik im La Chapa und machten uns über die Leute lustig, über die Snobs mit Schrumpfgeist, wie wir sie nannten.

Wir kehrten zu deinem Auto zurück und setzten uns hinein. Eine Weile lang sagte keiner von uns beiden ein Wort. Schließlich hob einer den Kopf und merkte, dass der andere ihn beobachtete und lächelte. Wir lächelten. Du warst es dann, die von deinem Apartment sprach, anfuhrst, in den zweiten Gang schaltetest, noch einmal die ganze Stadt durchquertest und in einer einsamen Straße mit weit auseinanderliegenden Straßenlaternen und schlaflosen Bäumen parktest. Wir betraten eng umschlungen den Fahrstuhl, suchten unsere Zungen, bis der Ruck unserer Ankunft uns überraschte, er unterbrach unseren Kuss, brachte uns zum Lachen.

Ich ließ mich in die bunten, barocken Kissen fallen. Du fragtest mich, was ich trinken wolle, und ich antwortete, einen Wodka Orange. Du legtest brasilianische Musik auf:

Samba, Vinícius de Moraes, der die Nacht mit unendlich blauem Wasser füllte, mit Licht, mit weißem Sand, auf dem du mich vor Lust badetest, mir in die Lippen bissest, mich in den Ecken des Gelächters suchtest, deine Haare wie einen Fächer auf meiner Brust ausbreitend, mit deinen so weiß blitzenden Zähnen und deinen lachenden Augen, grün wie feuchte irische Wiesen. Vinícius verlor sich in der Ferne jenseits der Noten, sentindo a terra toda rodar, eine flüssige Musik, die deine Brüste streichelte, indem sie über deine Bluse strich, während du meine Hände den Reißverschluss deiner Jeans öffnen ließest und wir uns hastig auszogen, dein Mund verlor sich zwischen Zärtlichkeiten und Bissen im Dickicht meiner Schenkel, wir hielten oft inne und schauten uns lange an, zornige Schatten mit einer Spur Alkohol.

In dem Augenblick sah ich deine Brüste: Deine Bluse war aufgeknöpft, und ich erstarrte vor Schreck, mein Mund blieb offen stehen. Du sagtest lachend: Jetzt bist du erstaunt? Ich wusste nicht, was tun, was sagen, wie reagieren. Sicher verstehst du, dass es keineswegs normal ist, auf zwei durchsichtige Brüste zu blicken, in denen eine Art tropische Flora mit Talipotpalmen, Dattelbäumen und Zwergpalmen wächst, die sich in assyrischen Brisen, ägyptischen Nordstürmen und amazonischen Monsunwinden wiegen und in denen vor einem Hintergrund aus fast reifen Granatäpfeln kleine Papageien, Aras, Kakadus und Tauben in hunderttausend Farben herumflattern.

Du wirst auch verstehen, dass ich für einen Moment lang kurz davor war, die Flucht zu ergreifen. Und jetzt erinnere ich mich, es war dein lustiges Bild, was mich zum Bleiben bewegte, deine roten Lippen, deine ironischen Augen, der Speichel, der deine Zähne glänzen und mich Durst fühlen ließ. Ich spürte, wie meine Erektion zurückkam, ich kniete nieder und beugte mich über dein braunes Fleisch, um es zu zerfetzen und zu zerlegen. Ich streichelte deine Brüste, diese weichen, durchsichtigen Brüste, und beobachtete, wie sie sich bewegten und wie drinnen die Papageien sangen und die Pflanzen bei jedem Stoß lachten. Ein Chor von gelben Papageien schmetterte, als wir uns küssten, und die Tauben flogen in die Luft über einem Meer aus zitternden Algen. Bei unserem Orgasmus wehten die heißesten Winde durch die Palmblätter, über die dunklen Schaumkronen auf deinen Ozeanen und durch die roten gelben weißen orangefarbenen Federn, die bereits auf meinem Rücken wuchsen, aus dem schnell die Flügel herausstießen, kurz bevor ich schrumpfte und dieser goldene Schnabel entstand, mit dem ich jetzt mit dir rede. Und nie wieder werde ich eine Brille tragen müssen, nie wieder Hemd und Krawatte, ich werde keine dummen Wechsel mehr begleichen und keine U-Bahn-Fahrkarte in der Rushhour kaufen müssen, nun, als grün-gelb-roter Papagei in deiner glücklichen, heißen Brust.

Vertrauliches

Ich war schon immer ein Flattergeist, damit das von Anfang an klargestellt ist. Ob von Natur aus oder durch die Umstände, wie man in solchen Fällen sagt, weiß ich nicht. Schon als Kind habe ich oft die Schule gewechselt (das besagt allerdings nicht viel, wenn man genauer darüber nachdenkt, denn meine Unbeständigkeit könnte sowohl auf diesem Tatbestand beruhen als auch genauso gut vom Gegenteil herrühren: Infolge einer genetischen Unbeständigkeit wechselte ich als Kind häufig die Schule; egal, so wichtig ist das auch nicht). Mein Vater war auch so, ich meine, wie ich; meine Mutter hingegen war beständig und saß fest auf ihrem Posten: Ihr ganzes Leben war der Hausarbeit gewidmet. Das ist das Schicksal der Frau, sagte sie, und zog dabei so viel Luft in sich hinein, dass man das Gefühl hatte, als würde das Zimmer ganz leer werden und gleich ihr Busen platzen. Heute würde sie wahrscheinlich anders reden, denn die Zeiten haben sich geändert, und sie war das lebende Beispiel für eine vollkommene Anpassung an ihre Umwelt. Bevor ich zur Kommunion ging, vertrieb ich mir sehr gerne die Zeit mit Bockspringen und Dame, ich machte tagelang nichts anderes. Aber dann setzte die Langeweile ein, und ich entwickelte eine Begeisterung für Schach und spielte auf der Straße Fußball mit Kronenkorken, doch auch diese beiden Spiele interessierten mich bald nicht mehr. (Ich weiß nicht, wer gesagt hat, ein Spiel, bei dem sich beide Spieler über die Regeln einig sind, sei unnütz und langweilig, denn das einzig Spannende entstehe daraus, sich über nichts einig zu sein, nicht einmal über die Spielregeln). Ich studierte Maschinenbau, doch schaffte ich, wie vorauszusehen, nicht einmal zwei Semester, da ich zwischenzeitlich in einer Rockband spielte und darüber das Ingenieurwesen in all seinen

Varianten vergaß. Im ersten Monat lief alles gut. Im zweiten wurde ich gefeuert, weil ich so oft zu spät kam. Glücklicherweise hatte ich schon stundenweise eine Arbeit in einer Knopffabrik gefunden. Nach der Probezeit wurde ich allerdings nicht übernommen, weil ich meinen Wehrdienst noch nicht abgeleistet hatte. Es blieb mir nichts anderes übrig, als mich freiwillig zu melden. Im Grunde genommen gefiel mir der militärische Geist nicht schlecht: Ich hatte viele Filme zu dem Thema gesehen und fand das Militär eigentlich ziemlich gut. Wie fast alle wurde ich nach Zaragoza geschickt. Ich werde Ihnen jetzt aber keine Rekrutenabenteuer erzählen, das wäre geschmacklos. Ich werde Ihnen nur mitteilen, dass ich ein stotterndes Mädchen kennenlernte, das sich anfassen ließ. Als sie bemerkte, dass sie schwanger war, trieb ich mich, Gott sei Dank, bereits in Holland herum und spielte in einer Jazzband. (Da dort alle ständig besoffen waren, spielte es kaum eine Rolle, ob man rechtzeitig oder zu spät kam.) Man muss dazu sagen, musikalisch war es eigentlich auch egal, ob man da war oder nicht. Das ging so einen Sommer lang, bis sie mich verhafteten und in den Knast steckten (nicht weil ich Free Jazz spielte, sondern weil man bei mir ein Päckchen Shit, ein Sortiment Acids und ein bisschen Heroin fand, womit ich mir ein Zubrot hatte verdienen wollen, ein schlechter Rat von Lou Reed, so ist das eben). Ein Jahr später setzten sie mich an der Grenze ab (es war ein Tag, an dem der Himmel bewölkt war und ein Wind blies, der die Fahnenmasten bog und das feuchte Grün der flämischen Wiesen silbern schimmern ließ). Langsam fuhr ich mit dem Zug nach Hause, erstens weil ich keinen Pfennig mehr besaß und zweitens weil ich vermutete, dass die Geschichte mit der Aragonesin inzwischen vergessen war. Gott sei gedankt, dem war auch so. Mit der Hilfe eines Onkels aus Sabadell bekam ich einen Arbeitslosenausweis. Ich pries mich glücklich: Arbeitslosengeld zu bekommen und nicht malochen gehen zu müssen. Doch eines Tages lernte ich einen Typen von ich weiß nicht welcher sozialistischen Partei kennen. Er machte mich verbal so lange fertig, bis ich meine kontemplative Haltung dem Leben gegenüber bereute. Da ich Reue zeigte, bot er mir einen Job in einer Werbeagentur an, mit der er irgendetwas zu tun hatte. Die Arbeit war furchtbar: Textredaktion für neurotische Kunden, die nicht im Mindesten wussten, was sie wollten, und die beim ersten Problem von ihrer Anzeige Abstand nahmen. Die Krise, sagten sie, und ich weiß nicht, von welcher Krise sie sprachen (seit meiner Geburt spricht immer irgendjemand in meinem Umkreis von Krise). Eines Morgens aber erwischte man uns dabei, die Chefsekretärin und mich, wie wir unsere gesunden sexuellen Triebe befriedigten, etwas, was zwar schlimm war, aber nicht so eine große Bedeutung gehabt hätte, wenn nicht der Herr Chef persönlich (zusammen mit allen Mitgliedern des ehrenwerten Verwaltungsrates) die Entdeckung gemacht hätte, in dem Moment, als sie zur vorbereitenden Sitzung für die Jahreshauptversammlung den Raum betraten. Man muss dazu sagen, dass die Sekretärin und ich mitten auf dem langen, lackierten und leicht ovalen Tisch des Sitzungssaales bumsten (man verzeihe mir diesen unanständigen Ausdruck), um uns herum eine Riege von ehemaligen Generaldirektoren des Unternehmens (glücklicherweise allesamt längst verschieden), die uns durch eine ölige Patina hindurch aus prunkvollen Goldrahmen zuschauten. Man entließ uns. Auf der Straße und ratlos, was tun, fühlte ich mich dazu verpflichtet, sie zum Frühstück einzuladen. Sie heulte so furchtbar, dass die Leute um uns herum mich wohl für wer weiß welchen hinterhältigen Kindsmörder hielten und mir böse Blicke zuwarfen. Meine Stelle …, schluchzte sie und fing erneut an zu heulen. Geschickt entschuldigte ich mich zum WC. Ich flüchtete durch das Fensterchen, wie ich es in einer italienisch-amerikanischen Koproduktion gesehen hatte, ich kann mich nicht erinnern, ob in Farbe oder in Schwarz-Weiß. Sieh an, sagte ich zu mir, ein trauriges Ende einer zu leidenschaftlichen Liebe. Und ich sage Liebe, denn ich liebte dieses Mädchen wirklich. Ich verliebte mich erst wieder einen Monat später, als ich bereits in einem Zirkus als Jongleur arbeitete (ich hatte die Arbeit über den bereits erwähnten Onkel aus Sabadell bekommen, Textilfabrikant und in seiner Freizeit Akupunkteur). Nun ja, ich verliebte mich in eine Tigerdompteuse (die einzige in ganz Europa, stand auf dem Werbeplakat). Sie war groß und blond und blauäugig und hatte einen germanischen Akzent. (In Wirklichkeit war sie eine Frau aus Narbonne, falscher als ein falscher Fuffziger.) Sie hieß Louise, aber man nannte sie Ulrike, weil das nordisch und kühn klang. Ich verfolgte sie wie ein Wahnsinniger, schickte ihr Rosen, Nelken und Pralinen, spionierte durch ihr erleuchtetes Fenster, wenn sie sich auszog, bevor sie zu Bett ging (und manchmal konnte ich ihre Umrisse erahnen, die sanfte Bewegung ihrer Brüste, den Samt zwischen ihren Schenkeln). Eines Abends entschloss ich mich schließlich (der Zirkus hatte seine Zelte außerhalb von Elx aufgeschlagen: eine heiße Landschaft, hinter den Bergketten orangefarbenes Grau, der Mond wie eine Silbermünze), ihr meine ganze Liebe zu erklären. Klopf, klopf, klopf, nachdem ich die Stufen des Wagens hinaufgestiegen war, pochte ich an die Tür. Drinnen war es dunkel, niemand antwortete. Ich suchte sie auf dem ganzen Lagerplatz. Endlich fand ich sie in dem Tigerkäfig, wo sie es mit einem der Tiere trieb. Vor der Käfigtür hockend (hinter mir ihre Lustschreie und das orgastische Brüllen des Tigers), entschied ich, dass Jonglieren doch nicht meine Zukunft war. Am nächsten Morgen war ich bereits weit weg, verschwitzt und erschöpft, unter einer sengenden Sonne mit brennenden Füßen und einem dummen Blumenstrauß in der Hand, den ich auf der Stelle fallen ließ. Danach arbeitete ich als Kellner und Nachrichtensprecher, als Nachtwächter und technischer Zeichner, als Florist, als Maître in einem drittklassigen Restaurant, als Fischer an der isländischen Küste und als Hausverwalter. Jetzt geht mir erst auf, dass alles, was ich Ihnen bisher erzählt habe, nichts mit dem zu tun hat, was mir später passiert ist. Aber vielleicht mit dem, was ich jetzt erlebe. Ich weiß nicht. Abgesehen von einem Flattergeist war ich immer auch ein Zauderer. Eigentlich wollte ich Ihnen erzählen, dass ich eines Tages während eines Urlaubs in Cadaqués gestorben bin. Ich hatte mir den Tod wie einen schmerzhaften Traum vorgestellt, ich würde das Bewusstsein verlieren und zu einem kalten Nichts werden. Nun, und da ist mein Problem: Ich habe keinerlei Veränderung gemerkt: Ich wärme mir weiter meinen Schädel, und auch wenn ich nicht Hungers sterben kann, so habe ich doch derart Lust zu essen, dass ich nicht darauf verzichten kann und mir nichts anderes übrig bleibt als wie zuvor zu arbeiten oder eigentlich noch mehr. Sprechen wir nicht von den Verdauungsvorgängen. Was für einen Unterschied gibt es also zwischen Leben und Tod? Ich habe mir den ganzen Bergman reingezogen (allein *Das siebente Siegel* habe ich sieben Mal gesehen) und den ganzen Espriu gelesen. Nicht ein Wort habe ich verstanden. Ich habe mich für ihre Filme und Bücher interessiert, weil es heißt, sie sprächen über den Tod. Früher machte ich mir Sorgen; jetzt nicht mehr: Neulich habe ich einen kennengelernt, der ist schon zwei Mal gestorben. Wir sind sehr gute Freunde geworden, und am Wochenende fahren wir nach Sitges zum Flirten. Wir überlegen, ob wir eine Metzgerei aufmachen. Mir würde allerdings ein Käseladen im französischen Stil besser gefallen, auch wenn ich ihn sicher bald satt hätte. In der Zwischenzeit schreibe ich, wie ihr seht: Erzählungen.

Olivetti, Moulinex, Chaffoteaux et Maury

»Je suis fier de dire que toute ma vie je me suis battu
contre les idées que je défends en ce moment.«
»Je suis fier de vous répondre que
moi, c'est exactement le contraire.«
WOLINSKI, Charlie Hebdo, Nr. 346

Zwei Juden treffen sich im Eisenbahnwagen
einer galizischen Station.
»Wohin fahrst du?«, fragt der eine.
»Nach Krakau«, ist die Antwort.
»Sieh' her, was du für Lügner bist«, braust der andere auf.
»Wenn du sagst, du fahrst nach Krakau, willst du doch,
daß ich glauben soll, du fahrst nach Lemberg.
Nun weiß ich aber, daß du wirklich fahrst nach Krakau.
Also warum lügst du?«
Zitiert von SIGMUND FREUD in
Der Witz und seine Beziehung zum Unbewußten

Der Aufsatz

Was machte ich am Sonntag? – Sonntag war ein ganz und gar sonniger Tag, und ich ging mit Mama und Papa spazieren. Mama trug ein beiges Kleid und darüber eine eierschalenfarbene Strickjacke, Papa einen metallblauen Pullover, eine graue Hose und ein offenes weißes Hemd. Ich hatte auch einen blauen Pullover an, meiner war aber heller als der von Papa und hatte einen runden Halsausschnitt. Dazu trug ich eine braune Jacke, etwas hellere braune Hosen und rote Sportschuhe. Mama hatte helle Schuhe an und Papa schwarze. Morgens machten wir einen Spaziergang und gingen dann am späten Vormittag zum Frühstück ins Balmoral. Wir löffelten eine dicke Schokolade mit Schlagsahne und aßen eine gefüllte Schneckennudel, und ich bestellte Croissants. Danach gingen wir zu den Blumenständen. Es gab rote, gelbe, weiße, rosa und sogar blaue Blumen. Papa behauptete allerdings, sie seien gefärbt. Dann waren da noch grüne und violette Pflanzen und große und kleine Vögel. Am Kiosk kaufte Papa die Zeitung. Wir machten auch einen Schaufensterbummel, und einmal, als wir lange vor einem Schaufenster mit Pullovern standen, sagte der Papa zur Mama, sie solle sich beeilen. Dann setzten wir uns auf eine grüne Bank auf einem Platz. Da saß auch eine alte weißhaarige Dame mit knallroten Wangen, so rot wie Tomaten, und fütterte die Tauben. Sie erinnerte mich an meine Oma. Papa las die ganze Zeit Zeitung, und ich bat ihn, die Zeichnungen anschauen zu dürfen. Er gab mir die halbe Zeitung und sagte, ich solle sie nicht kaputt machen. Weil der Papa die ganze Zeit nur Zeitung gelesen hatte, sagte Mama auf dem Heimweg zu ihm, dass sie von seinem ewigen Zeitunglesen die Nase voll habe: Er lese sie daheim, beim Frühstück, beim Mittagessen, auf der Straße, beim

Laufen, in der Bar, beim Spazierengehen. Papa antwortete nicht darauf, sondern las weiter, Mama schimpfte weiter, dann tat es ihr wohl irgendwie leid, denn sie gab mir einen Kuss, und als sie in der Küche war, um den Reis zu kochen, sagte Papa zu mir, ich solle mir nichts daraus machen. Wir aßen Reiseintopf, den ich nicht mag, und Fleisch mit geschmorten Paprika. Paprika esse ich eigentlich gern, aber das Fleisch mag ich nicht, weil es noch ziemlich roh ist, die Mama sagt, es sei besser so, aber mir schmeckt es nicht. Ich esse lieber Fleisch, was richtig durch ist, wie in der Schule. Dafür mag ich in der Schule die Vorspeisen nicht, nie. Zu Hause darf ich Wein mit Limonade trinken. In der Schule nicht. Am Nachmittag bekamen wir Besuch von meinem Onkel, meiner Tante und meinem Vetter. Mein Onkel und meine Tante setzten sich mit meinen Eltern ins Wohnzimmer, plauderten und tranken Kaffee. Mein Vetter und ich gingen zum Spielen in den Garten, zuerst spielten wir mit den Madelman-Figuren, dann Tischfußball und danach Ball, dann mit dem Feuerwehrauto und schließlich Astronautenkrieg. Mein Vetter machte Theater, weil er am Verlieren war. Er kann nie verlieren, und das geht mir wirklich auf die Nerven. Also musste ich ihm eine knallen, und er fing ganz laut an zu flennen, Mama, meine Tante und mein Onkel kamen heraus, und Mama fragte, was passiert sei, und bevor ich antworten konnte, deutete mein Vetter auf mich, er hat mich geschlagen, und Mama gab mir eine Ohrfeige, ich fing auch an zu heulen, und wir gingen alle ins Wohnzimmer, Mama nahm mich an der Hand, und Papa las Zeitung und rauchte eine Zigarre, die der Onkel ihm mitgebracht hatte, Mama sagte zu ihm, die Kinder bringen sich im Garten gegenseitig um, und du machst es dir hier seelenruhig auf dem Sessel bequem. Meine Tante meinte, das ist doch nicht so schlimm, aber Mama sagte, es ist immer das Gleiche, und manchmal habe sie einfach die Faxen dicke. Dann gingen mein Onkel und meine Tante, und beim Weggehen streckte mir mein Vetter die Zunge heraus und ich ihm auch, dann machte Papa den Fernseher an, es kam Fußball, und Mama sagte ihm, er solle umschalten, denn im Zweiten gebe es einen Spielfilm, und Papa sagte, nein, er schaue sich jetzt das Fußballspiel an.

Dann ging ich in den Garten, um die Puppe zu besuchen, die ich neben dem Baum eingegraben hatte, ich buddelte sie aus, streichelte sie und schimpfte mit ihr, weil sie sich vor dem Essen nicht die Hände gewaschen hatte, dann vergrub ich sie wieder und ging in die Küche zu Mama, die weinte, und ich sagte zu ihr, weine nicht. Dann setzte ich mich aufs Sofa neben Papa und schaute ein bisschen Fußball, doch bald wurde mir langweilig, und ich schaute mir Papa an, der aussah, als würde er auch nicht Fußball gucken, sondern mit dem Kopf irgendwo anders sein. Dann kam Werbung, was ich am liebsten sehe, und die zweite Halbzeit, ich ging zu Mama, die das Abendessen vorbereitete, danach aßen wir, im Fernsehen kam ein Zeichentrickfilm und dann Nachrichten, danach ein alter Film mit einer tollen blonden Schauspielerin mit richtig viel Busen, deren Namen ich aber nicht weiß. Aber dann schickten sie mich ins Bett, weil es spät war, ich stieg die Treppen hoch und legte mich ins Bett, und vom Bett aus hörte ich den Film und wie sich Papa und Mama zankten, aber wegen des Fernsehers konnte ich nicht verstehen, was sie sagten. Dann schrien sie sich an, und ich stand auf, um an der Tür zu horchen, doch da alles dunkel war, konnte ich nicht richtig sehen, nur das Licht des Mondes schien durch das Fenster zum Garten herein, und da ich kaum was erkennen konnte, stolperte ich und musste zurück ins Bett, weil ich Angst hatte, sie könnten nachsehen, was das für ein Geräusch war, aber sie kamen nicht. Ich lauschte, wie sie weiter stritten. Jetzt konnte ich sie besser verstehen, weil sie offenbar den Fernseher ausgemacht hatten, und Papa sagte zu Mama, sie solle aufhören, ihn zu nerven, und schrie sie an und warf ihr vor, sie habe keine Ziele, Mama schrie ihn auch an und warf ihm an den Kopf, ich weiß nicht, dass er das Haus verlassen solle oder dass sie das Haus verlassen werde, dann sagte sie wütend den Namen einer Frau, und ich hörte, wie Glas zu Bruch ging, das Schreien wurde noch lauter, und zwar so laut, dass man nichts mehr verstehen konnte, dann hörte ich einen noch viel lauteren Schrei und dann nichts mehr. Danach gab es viele, aber ganz leise Geräusche, so als ob man beim Putzen die Sofagarnitur hin- und herzieht. Ich hörte, wie die Tür zum Garten geschlossen wurde. Jetzt stand ich wieder auf, draußen waren Geräusche, deshalb schaute ich aus dem Fenster, ich fror an den Füßen, weil ich barfuß war. Im Garten war es dunkel, und man konnte nichts erkennen, aber es sah aus, als würde Papa neben dem Baum graben, ich hatte Angst, er könne die Puppe entdecken und mich bestrafen, und kroch deshalb im Dunkeln ins Bett zurück und deckte mich gut zu und versteckte sogar das Gesicht unter der Decke und machte die Augen fest zu. Ich hörte, dass nicht mehr gegraben wurde, dann Schritte, die die Treppe hinaufstiegen, ich stellte mich schlafend, und wie die Tür zu meinem Zimmer aufging, dachte ich, sie schauen mich jetzt sicher an, doch ich konnte nicht erkennen, wer es war, denn ich stellte mich ja schlafend und konnte darum nichts sehen. Danach ging die Tür zu und ich schlief ein. Am nächsten Morgen, das war gestern, sagte mir Papa, Mama habe uns verlassen, dann kamen ein paar Herren, die viel gefragt haben, und ich wusste nicht, was ich antworten sollte, und weinte die ganze Zeit, und dann wurde ich zu meinem Onkel und zu meiner Tante gebracht, und mein Vetter verprügelt mich ständig, aber jetzt ist ja schon nicht mehr Sonntag.

Thomson, Braun, Corberó, Philishave

Für die Herren Justerini und Brooks,
mit Dank

Schon als er die Tür hinter sich schloss, fühlte sich Pol erleichtert. Die Reise war anstrengender gewesen als sonst, so als ob sich alle in den Kopf gesetzt hätten, ihm unnötig Schwierigkeiten zu machen. Er hängte seinen Trenchcoat an die Garderobe (sah, wie staubig sie war, und dabei fiel ihm auf, dass die ganze Wohnung putzbedürftig war), er drückte auf den Knopf des Stromzählers, drehte den Hauptwasserhahn auf, machte ein paar Lampen an und schaute in jedem Zimmer nach, ob alles in Ordnung war. Dann zog er im Wohnzimmer die Vorhänge auf: In der Mitte eines Kreises schneebedeckter Berge schmiegte sich das Dorf ans Ende des Tals wie eine Weihnachtskrippe.

In einem Regal fand er eine Flasche Cognac. Er nahm einen Schluck. Auf den Tisch stellte er seine in eine Schutzhülle eingepackte Schreibmaschine und den Aktenkoffer mit dem Papier und den Büchern. Aus dem Aktenkoffer holte er eine Tüte Garnelen. Er brachte sie in die Küche und legte sie auf die Marmorplatte. Er hatte Hunger. Er fühlte sich wie der Esel in der Fabel: Es drängte ihn genauso stark zum Schreiben wie zum Essen. Auf der Veranda drehte er den Gas- und den Heizungshahn auf. Er versuchte, die Flamme in der Therme anzuzünden. Er probierte es drei Mal, aber es gelang ihm nicht, die Flamme am Brennen zu halten. Für den Fall, dass er es vergessen hatte, las er die Bedienungsanleitung, die auf dem Knopf eingraviert war: »1. Ouvrir le robinet d'arrêt gaz situé au bas de l'appareil. 2. Pousser ce bouton à fond et tourner vers la droite. Allumer la veilleuse. Attendre environ 15 secondes. Pousser de nouveau à fond en tournant vers la gauche puis relâcher.« Der robinet d'arrêt gaz war bereits offen. Er drückte noch einmal ce bouton à fond und drehte ihn nach links. Langsam nahm er den Finger vom Knopf, um ihn zu relâcher. Die Flamme erlosch wieder.

Er beschloss, es eine Zeit lang sein zu lassen. Er räumte vier Dosen in der Küche ein und schloss den Kühlschrank an, füllte Wasser in die Eiswürfelschale und legte die Tüte mit den Garnelen in ein Fach. Dann sammelte er die leeren Flaschen zusammen und stellte sie in einen Korb. Alles war staubig. Er entfernte die Bezüge von den Sofas im Wohnzimmer, staubte die Möbel ab und fegte. Im Schlafzimmer holte er frische Betttücher aus dem Schrank, wendete die Matratze, machte das Bett. Er fegte auch das Arbeitszimmer aus und staubte die Bücher ab.

Am Nachmittag fiel ihm auf, dass er vor lauter Putzen das Mittagessen vergessen hatte. Er beschloss, sich die Jambalaya zum Abendessen zu kochen. Als er mit dem Putzen fertig war, fühlte er sich schmutzig und verschwitzt. Er brauchte eine Dusche. Er versuchte erneut, die Therme auf der Veranda anzukriegen. Er drückte den Knopf bis zum Anschlag, drehte ihn nach rechts und ließ ihn los; dann drückte er ihn noch einmal und drehte ihn in die Ausgangsposition zurück. Er ließ den Knopf ganz sachte los: Die Flamme erlosch. Er versuchte es noch vier Mal: nichts zu machen. Das Gerät war eindeutig kaputt.

Er duschte sich kalt (angesichts der weiten, weißen Schneefläche vor dem Fenster erschien ihm das absurd), zog sich an, nahm den Korb mit den Flaschen und lief ins Dorf hinunter. Dort kaufte er Butter, Milch, Schinken, Paprika, Tomaten, Zwiebeln, Knoblauch, Petersilie und Brot. Es gab keine Möglichkeit, Worcestersoße zu kriegen; er hätte sie wie die Garnelen aus der Stadt mitbringen sollen. Die einzige Lösung war, stattdessen Essig und japanische Sojasoße zu nehmen (die es komischerweise in dem dörflichen Supermarkt gab).

Er vesperte in der Bar; weniger wegen seines Hungers als vielmehr, um den Wirt zu fragen, ob er jemanden kenne, der ihm die Therme reparieren könne. Der Wirt kannte jemanden, aber dieser jemand war gerade nicht da und würde erst morgen wiederkommen. Er brauche sich aber keine Sorgen machen, er werde sich gleich morgen darum kümmern, sobald der ortsansässige Handwerker eintreffe, werde er ihm Bescheid sagen und dieser werde ihm das Gerät reparieren. Zurück zu Hause räumte er die Einkäufe an ihren Platz. Er zog die Schreibmaschine aus der Hülle und stellte sie an ihren Platz in der Mitte auf den Tisch. Rechts legte er die weißen Blätter hin. Links die Bücher, die er brauchte. Durch das Fenster (es wurde schnell dunkel) sah der Schnee bläulich aus, der Himmel war aschgrau. Da er gerade gevespert hatte, beschloss er erst um neun Uhr mit dem Abendessen anzufangen. Er hatte also ein paar Stunden Zeit zum Schreiben. Er setzte sich daran.

Früher oder später, und stets nur halb beschrieben, landete jedes Blatt im Papierkorb. Er schob die Schreibmaschine zurück und zündete eine Zigarette an. Im Dorf brannten nur wenige Lichter, keines gehörte zu einem Laden: Es gab nur das gelbe von der Bar und die Lichter der Diskothek. Die Kälte ließ seine Wirbelsäule zu Eis erstarren. Ohne große Hoffnung versuchte er noch einmal, die Therme anzumachen. Er wiederholte jede Handlung mehrmals, ohne Erfolg. Genervt schlug er mit der Faust auf die Therme. Er erinnerte sich, dass sein Vater einmal, als er noch klein war, ein japanisches Transistorradio (den ersten Transistor, den sie hatten) mit Faustschlägen wieder zum Laufen gebracht hatte. Vielleicht brauchte dieser (nicht japanische, sondern französische) Durchlauferhitzer ähnliche Methoden. Er schlug noch einmal mit der Faust auf das Gerät, diesmal kräftiger. Das Blech quietschte, und ihm schien, als brumme die Maschinerie. Hoffnungsvoll wiederholte er die Prozedur. Doch in dem Moment de relâcher ce bouton erlosch die Flamme.

Er schlug noch einmal auf das Gerät ein, und diesmal so heftig, dass das Schild, auf dem CHAFFOTEAUX ET MAURY stand, zu Boden fiel. Er regte sich auf. Das Blech war eingebeult und das Brummen wurde immer lauter. Mit abgewandtem Gesicht wiederholte er die Abläufe, dabei schwankte seine Stimmung zwischen der Hoffnung auf eine Nacht ohne Frieren und der Angst vor einer Explosion. Diesmal gewann er: Als er den Knopf losließ, blieb die Flamme, klein und flackernd, so als sei es das Normalste auf der Welt. Es war ihm etwas unangenehm, denn er dachte, er müsse vorher etwas falsch gemacht haben, wo es jetzt so einfach gewesen war. Er betrachtete das eingebeulte Blech und hob das Schild wieder auf. Er drehte nacheinander alle Heizkörper auf.

Er war nun etwas entspannter und schaltete den Fernseher ein. Er sah nur Streifen. Er hantierte an der Antenne herum. Die Streifen verwandelten sich in ein Gewebe aus flimmernden Körnchen wie Schneeregen. In diesem Dorf hatte man einen sehr schlechten Empfang. Er versuchte eine Weile, den Fernseher richtig einzustellen. Schließlich schaffte er es, Bilder einer nicht ganz vollkommenen, aber angesichts der Umstände und der Lokalität doch immerhin passablen Qualität einzustellen. Es kam ein Fußballspiel, ein Ereignis, das ihm nicht nur nicht gefiel, sondern das ihn zutiefst deprimierte. Er drückte auf den UHF-Knopf. Über den Bildschirm bewegten sich quer laufende Streifen. Er wiederholte die Prozedur: Er versuchte, das Bild einzustellen, aber das erwies sich als wesentlich schwieriger als bei dem anderen Kanal. Plötzlich ertönte eine französische Stimme, dabei fiel ihm ein, dass es hier an diesem Ort wahrscheinlich erheblich einfacher war, den französischen VHF als den spanischen UHF zu bekommen. Er wechselte also die Seiten und versuchte, den französischen Sender zu kriegen. Doch er fand ihn nirgends. Langsam formte sich aus den Nebelschwaden ein Frauengesicht, das sich sofort wieder auflöste, als er den Knopf ein klein wenig zu weit bewegt hatte. Er suchte es hartnäckig weiter, aber fand es nicht mehr: Nun stieß er auf einen fetten Moderator, der einen Burschen, der aussah wie ein Sänger, umarmte und ihm eine fürchterliche kleine Statue überreichte. Sie bewegten die Lippen, man konnte aber nichts anderes als Gebrutzel hören. Er drehte ganz, ganz vorsichtig an der Einstellskala: Er fand die Stimme, ganz leise: Sie sprachen italienisch, ohne Untertitel und Übersetzung. Er wunderte sich. Er versuchte, das Bild scharf zu stellen, aber wenn das Bild scharf wurde, verschwand die Stimme, und wenn die Stimme deutlich wurde, steckte sich das Bild mit Masern an. Er fand einen mittleren, akzeptablen Punkt. Der Moderator verabschiedete sich auf Italienisch. Auch die Werbung war italienisch. Er hatte zweifellos den italienischen Sender RAI eingestellt. (Er hatte das einmal an der Küste geschafft, im Sommer an einem Tag, an dem der Himmel absolut klar war. Doch hier im Gebirge im Winter und mit dem drohenden Heraufziehen eines Schneesturmes?) Die offensichtliche Tatsache überzeugte ihn: Er schenkte sich noch einen Cognac ein und fühlte sich glücklich. Er trank das Glas mit zwei Schlucken aus. Es war sehr kalt. Er dachte an das Schlimmste: Die Flamme in der Therme war wieder ausgegangen. Er sprang auf und rannte hin. Die Flamme brannte. Er seufzte erleichtert auf. Doch nur kurz: Er guckte in den Zimmern nach, und alle Heizkörper waren kalt.

Als er am Fernseher vorbeiging, sang Ornella Vanoni brasilianische Songs. Er beeilte sich. Er stand vor der Therme und überlegte, ob vielleicht Wasser fehlte. (Oder war vielleicht zu viel drin?) Er öffnete den Hahn, und der Zeiger stieg langsam hoch: 1, 2 ... Zwischen der 4 und der 5 war ein kleiner roter Strich, der aussah, als solle er Gefahr anzeigen. Die Innereien des Monsters fingen an zu knurren. Es sah aus, als müsse die Heizung von einem Moment zum anderen funktionieren. Er gab mehr Wasser dazu. Der Zeiger erreichte die 3. Er drehte den Hahn zu. Der Zeiger stieg noch ein paar Sekunden. Er blieb etwas oberhalb der 4 stehen. Er überzeugte sich, dass der Hahn richtig zugedreht war. Der Zeiger pendelte sich ein Haar vor der roten Markierung ein. Das Brummen des Monsters steigerte sich in der Tonhöhe und wurde zu einem schrillen Pfeifen: Die Flamme breitete sich auf den ganzen Brenner aus, und die Heizung kam ins Laufen.

Er überprüfte jeden einzelnen Heizkörper. Sie waren kalt, doch die Rohrleitungen gaben ein derartiges Konzert, dass augenscheinlich bald das ganze Haus ein Paradies sein würde. Bis dahin würde er sich wieder vor den Fernseher setzen: Ornella Vanoni grüßte mit einem Lächeln. Der fette Moderator umarmte die Vanoni, überreichte ihr eine andere Statuette und kündigte eine kurze Pause an, die Pol dazu nutzte, um noch einmal den Zustand der Heizkörper zu überprüfen. Von den sechs im Haus vorhandenen waren vier schon ein bisschen warm. Einer von denen, die nicht funktionierten, war der in der Diele; der war ihm egal. Der andere aber war im Schlafzimmer. Er überprüfte, ob er aufgedreht war: Dem war so. Er versuchte, das Heizkörperventil abzuschrauben. Er suchte einen Schraubenzieher; fand aber nur einen, der zu klein war. Er drehte ihn mit Gewalt. Der Schraubenzieher verformte sich zu etwas wie einem Korkenzieher, doch die Schraube drehte sich endlos weiter. Als er das Ventil herauszog, schoss ihm das Wasser entgegen: ein Strahl unter Druck.

Er war von Kopf bis Fuß klatschnass. Bett und Fußboden

verwandelten sich in wenigen Sekunden in ein Schwimmbad. Nur mit Mühe gelang es ihm, das Ventil wieder hineinzudrehen (dabei spritzte er die Wände nass, die bisher verschont geblieben waren), es mit den Fingern festzuschrauben und ruhig zu stellen, es tropfte; der Heizkörper war aus. Er zog seine nassen Kleider aus und den Schlafanzug an. Er wischte den Boden auf, zog das Bett ab und breitete die Laken und seine Kleider über den Stühlen aus. Er überlegte, welche Möglichkeiten es gab: Er konnte den Hauptwasserhahn zudrehen und die Heizung reparieren (aber es hatte ihn so viel Mühe gekostet, sie in Gang zu setzen, dass er nicht das Risiko eingehen wollte, dass ihm die Therme noch einmal eins auswischte). Er gab den Heizkörper im Schlafzimmer für verloren: Er würde warten, bis morgen der Handwerker kam, den der aus der Bar ihm versprochen hatte. Derweilen würde er entweder mit noch mehr Decken im Bett schlafen oder im Schlafsack im Wohnzimmer. Er schaute noch einmal nach der Therme: Alles funktionierte perfekt.

Im Fernsehen sang eine dreiköpfige schwarze Band. Er schaute durchs Fenster: Die Bar war nun geschlossen, und außer der Diskothek lag das ganze Dorf im Dunkeln. Und wenn er jetzt schlafen ginge? Es war ein aufregender Tag gewesen. Wenn er früh ins Bett gehen würde, könnte er morgen fest arbeiten. Es tat ihm aber leid, auf das italienische Fernsehen verzichten zu müssen (das morgen vielleicht nicht mehr auffindbar war) und die Jambalaya zu verschieben. Unentschlossen rollte er sich auf dem Sofa ein. Keine Viertelstunde später war er eingeschlafen und träumte von erlesenen Speisen auf gedeckten Tischen in den sonnigen Gärten von New Orleans, in der Ferne hörte man die Straßenbahn. Als serviert werden sollte, schrien die Köche empört; er, der gerade erst eingetroffen war, fühlte sich schuldig, weil er zu spät gekommen war, und flüchtete unter Eisengitterbalkone, ohne zu wissen, wo er die Soße finden könnte. Die Köche lachten leise in sich hinein.

Er erwachte, als keine Geräusche mehr zu hören waren. Der Fernseher war weiß; er schaltete ihn aus. Er war genauso hungrig wie müde. In der Küche hörte er ein leises Tropfen, das von keinerlei Wasserhahn herrührte: Es war der Kühlschrank, der ausgegangen war. Das wenige Eis, das in der kurzen Zeit gefroren war, schmolz langsam vor sich hin. Er zog den Stecker. Mit Kräften, die ihm titanisch vorkamen, drehte er den Kühlschrank um. Er verstand nichts von diesen hieroglyphischen Serpentinen. Er drehte den Kühlschrank in seine Ausgangsposition zurück und steckte den Stecker wieder in die Steckdose: Nicht einmal das Lichtchen innen drin ging an. Bevor er die Küche verließ, ging er auf die Veranda und schaute nach der Therme: Die Flamme war da, wo sie sein sollte.

Er holte seinen Schlafsack aus einem Schrank. Er schlüpfte hinein und legte sich auf das Parkett neben einen Heizkörper. Er drehte sich mehrere Male hin und her: Es fiel ihm schwer, die ideale Stellung zu finden. Er überlegte, ob es nicht besser gewesen wäre, die Matratze umzudrehen und dort zu schlafen. Vielleicht war sie weniger nass, als er anfangs gedacht hatte. Doch jetzt war er zu faul zum Aufstehen.

Eine Dreiviertelstunde später sah er ein, dass er nicht schlafen konnte. In der Küche machte er sich ein Brot mit Öl und Zucker. Aß es. Dann setzte er sich vor die Schreibmaschine und fing an zu schreiben. Er schrieb eine halbe Seite voll, die er sofort wieder herausriss. Er knüllte sie zusammen und warf sie in den Papierkorb. In der Küche schnitt er Brot und Schinken auf und verzehrte das Ganze. Aus der Reisetasche zog er *Candide ou l'optimisme*. Er setzte sich auf einen Stuhl in der Küche und las.

Es dauerte genau dreizehn Sekunden, bis das Licht ausging. Beim Schein einer Kerze kontrollierte er die Sicherungen. Sie sahen aus, als seien sie in Ordnung. Er schaute aus dem Fenster: Im Dorf brannte kein einziges Licht, doch das besagte gar nichts: Um halb fünf Uhr morgens war das normal. Er machte noch mehr Kerzen an und las weiter.

Als er aufwachte, war es bereits Tag. Er war über dem Tisch eingeschlafen und war total erfroren. Er gähnte; die Knochen waren kurz davor, sich in Stalaktiten zu verwandeln. Er berührte die Heizkörper: Alle waren kalt. Er rannte zur Therme: Die Flamme war da, wo sie sein sollte, doch das Thermometer zeigte null Grad an. Er ließ noch einmal Wasser in die Heizung laufen: 3, 4, 4½ ... Er überschritt die rote Linie. Aus einer Röhre, die außen am Gebäude angebracht war, begann das überschüssige Wasser abzufließen. Die Therme grunzte, die Flamme sah aus, als würde sie sich endlich über die ganze Brennplatte ausbreiten, doch stattdessen ging sie aus.

Er beschloss, sich einen Kaffee zu kochen. Beim Anblick der ungemahlenen Bohnen in der Dose erinnerte er sich, dass bei seinem letzten Aufenthalt die Kaffeemühle kaputtgegangen war. Er suchte ein Henkeltöpfchen und goss Milch hinein. Doch dann hatte er eine bessere Idee: Er stellte das Töpfchen auf die Marmorplatte und holte zwei Töpfe heraus; er stellte eine Herdplatte an, wenigstens der Herd funktionierte. Er säuberte und kochte die Garnelen. Dann stellte er einen der Töpfe mit Butter auf den Herd. Er gab den in große Würfel geschnittenen Schinken und eine zerkleinerte grüne Paprika dazu. Er rührte ein paar Minuten lang und schüttete etwas Mehl hinzu. Später gab er die Garnelen, Wasser, die in vier große Stücke geschnittenen Tomaten, gehackte Zwiebeln, Knoblauch und Petersilie hinein. Als das Ganze zu kochen anfing, gab er Reis, Salz, Thymian, roten Pfeffer, Soyasoße und Essig dazu. Er legte den Deckel auf den Topf und stellte den Herd klein.

Eine halbe Stunde lang kontrollierte er das langsame Sieden.

An der Tür klingelte es: Ein Jüngelchen stand davor, vom Barmann geschickt, um die Therme zu reparieren. Pol zeigte ihm nicht nur die Therme, sondern auch alle anderen Geräte, die repariert werden mussten; und die Heizkörper: einen nach dem anderen. Doch er verlor zu viel Zeit mit Erklärungen. Er merkte es, als er einen verräterischen Geruch aus der Küche wahrnahm. Der Versuch, die Jambalaya auf eine Platte zu stürzen, scheiterte, denn sie war angebrannt und das, was er noch herauskratzen konnte, war ein ungenießbarer Brei.

Er stellte den Milchtopf auf den Herd. Das Jüngelchen rief ihn, um ihm zu zeigen, wie einfach es war, den Heizkörper nicht kaputt zu machen, man müsse nur das Ventil richtig herum abschrauben. Es war zu spät, als er wieder in die Küche kam: Die Milch war übergekocht und klebte auf der Herdplatte. Aus Faulheit trank er den Milchstrahl nun gleich aus der Flasche. Er steckte zwei Scheiben Brot in den Toaster. Sie kamen verkohlt wieder heraus.

Er versteckte sich auf dem Klo und schwor, erst wieder herauszukommen, wenn alle Geräte im Umkreis von einem Kilometer repariert waren. Er zog an der Kette und sie ging an drei Stellen kaputt. Er schaute in den Spiegel: Sah ein unrasiertes Wesen auf der Flucht. Kurz davor, den größten Fehler seines Lebens zu begehen, betrachtete er den Rasierapparat in seiner Hand. Entsetzt warf er ihn ins Bidet, er hatte seine Zähne gesehen.

Draußen erwartete ihn der junge Mann. Zusammen überprüften sie, ob die Therme, die Heizkörper, die Kaffeemühle, der Kühlschrank, der Toaster und der Rasierapparat perfekt funktionierten. Bis zum Kauf einer neuen ersetzte er die kaputte Kette durch ein Seil. Pol bezahlte. Der Handwerker ging von dannen.

Nach dem Rasieren setzte er sich an die Schreibmaschine. Es packte ihn die Wut: Er hatte sich gestern auf der ganzen Reise darauf gefreut, anzukommen, sich sofort hinzusetzen und zu schreiben. Stattdessen ärgerte er sich seit seiner Ankunft mit irgendwelchen Gegenständen herum und hatte noch nicht eine Zeile zu Papier gebracht. Im Vertrauen auf sein Gedächtnis, was aber offenbar schlecht war, hatte er sich von den Ideen, die auf der Reise herangereift waren, keine Notizen gemacht. Doch seit er in diesem Haus war, hatte er nicht ein Bild wieder hervorholen können: Sein Kopf war leer und ihm fiel nichts ein. Alle Heizkörper liefen jetzt hundertprozentig: Die Luft füllte sich mit einer übermäßigen Wärme. Er zündete sich eine Zigarette an. Er fing an zu tippen, fast ohne zu wissen, was. Doch gleich darauf war es ihm klar: genau diese Aneinanderreihung von Gemeinheiten, die ihn seit zwanzig Stunden in Panik versetzten. Die Zeilen schossen heraus wie ein Strahl: »... Die Reise war anstrengender gewesen als sonst, so als ob sich alle in den Kopf gesetzt hätten, ihm unnötig Schwierigkeiten zu machen ...« Er hielt inne: Die Sonne flammte vom Himmel. Er schwitzte. Er zog seinen Pullover aus, ging auf die Veranda und machte die Heizung aus. Er hatte keine Angst vor der Irreversibilität seines Tuns. Am Tisch las er noch einmal durch, was er geschrieben hatte: »... versuchte erneut, die Therme auf der Veranda anzukriegen. Er drückte den Knopf bis zum Anschlag, drehte ihn nach rechts und ließ ihn los ...« Nun wusste er, je mehr Zeilen er schreiben würde, desto sicherer würde er sich fühlen. Er musste alles aufschreiben: von der Abreise aus der Stadt bis zur Ankunft des Jüngelchens; nein: bis genau zu dem Moment, als alles wieder in den Normalzustand zurückgekehrt war, er sich vor seine Schreibmaschine gesetzt und den richtigen Dreh herausgefunden hatte. Erst wenn er sich alles von der Seele geschrieben hatte, würde er mit dem beginnen können, weswegen er eigentlich hierher in die Einsamkeit gekommen war; die ganzen Ideen, die ihn auf der Reise bombardiert hatten, würden wieder in vollkommener Ordnung da sein: Mühelos würde er auf den Blättern des rechten Stapels Absatz für Absatz aneinanderreihen; und wenn er sie alle beschrieben hatte, würde er hinunter ins Dorf gehen und für die unvergleichliche Jambalaya, die er sich zur Feier des Tages kochen würde, eine Flasche Alella kaufen. Doch plötzlich flog eine Taste der Olivetti in einem akrobatischen Sprung in die Luft. Innerhalb von Sekunden flog die Schreibmaschine auseinander und blieb als ein Haufen Schrauben, Gestänge und Federn liegen.

Apfelpfirsich

Ich kann die Geschichte des Films nicht mehr erzählen; ich erinnere mich nur (sehr vage) daran, dass er voller billiger Späße und Slapsticks war. Ab und zu fiel die Hauptdarstellerin mit Makkaroni in der Hand hin oder der junge Mann in Unterhosen geriet in ein Verwechslungsdrama. Das Publikum lachte, doch nie, weil der Film lustig war, sondern so dumm, dass er immer grotesker wurde. In den hinteren Reihen wurden Witze gerissen und laute Kommentare abgegeben, die geistreicher waren als der Dialog auf der Leinwand. Mir fiel sie zum ersten Mal auf, als ich die Platznachbarn um mich herum beobachtete: ein dunkles, Erdnüsse futterndes Profil, das die Schalen auf den Boden warf. Sie hüstelte einmal und ein anderes Mal drehte sie sich um (doch nicht zu mir, zu niemandem), und sie gähnte beim Verlassen des Kinos wie alle anderen auch.

Am späten Nachmittag war mir die Lust, durch Buchhandlungen zu ziehen, bereits vergangen. Ich hatte vergeblich versucht, ein Buch zu klauen; und wenn derartige Missionen schiefgehen, versinke ich immer in Depressionen und denke an Selbstmord. Just, als ich eine Abhandlung über Trigonometrie in meine Tasche stecken wollte (es war das einzig erreichbare Buch in der einzigen uneinsehbaren Ecke der Buchhandlung), sah ich sie ein weiteres Mal. Nun trug sie eine gelbe Brille, und angesichts des komplizenhaften Blickes, den sie mir zuwarf, fragte ich mich, ob sie mich (aus dem Kino) wiedererkannte oder ob sie sich mit meinem kleptomanischen Leiden solidarisierte. Für eine Sekunde glaubte ich, es sei ein vorwurfsvoller Blick.

Muss ich erwähnen, dass mich die nächste Begegnung mit ihr (an jenem selben Abend in einem exotischen Restaurant, in dem sie zwei Tische weiter, dunkel gekleidet, die Hand eines kalten Mannes streichelte) davon überzeugte, dass wir offenbar nicht nur am Tag darauf (im Theater), sondern auch in der ganzen folgenden Woche in Straßen, Bars, Läden und Kinos aufeinandertreffen würden, sie, allürenhaft vergesslich, beharrlich so tuend, als würde sie den unterschiedlichsten Beschäftigungen nachgehen? Endlich stellte uns ein gemeinsamer Freund (bei der Vernissage einer völlig zu vernachlässigenden Ausstellung von Skulpturen) einander vor. Sie leugnete, mich jemals gesehen zu haben, ein Verhalten (anfangs von mir als Versuch interpretiert, mir ihre Verachtung zu zeigen), das mich späterhin ziemlich verwirrte, weil sie so ungemein nett zu mir war. Wir aßen zusammen zu Abend, und um dies nicht in eine pornographische Geschichte abgleiten zu lassen, sage ich nur, dass sie, als ich aufwachte, schon nicht mehr da war. Nur eine Nachricht: »Ich rufe dich an. Kuss.«

Sie meldete sich den ganzen Vormittag nicht. Am selben Abend (als ich eine Eisenwarenhandlung verließ, in der ich ein neues Käsemesser gekauft hatte) ging sie an mir vorbei, ohne mich zu erkennen, sie sah in ihren schwarzen Shorts superklasse aus. »Erkennst du mich nicht?«, protestierte ich und kniff ihr in den Hintern. Sie spielte die Überraschte und verpasste mir eine Ohrfeige, die vier Finger ihrer Hand auf meinem Gesicht hinterließ. Sie hieß mich einen unverschämten Frechling, eine Einschätzung, die ihren wiederholten Beteuerungen, mich nicht zu kennen, widersprach. Von der halben Stadt (die sich mit ihr solidarisierte) beschimpft und angegriffen, flüchtete ich in eine Seitengasse, wo ich sie wiedertraf, diesmal in einer extravaganten Bluse und einem roten, offen gestanden sehr kurzen Rock. Lächelnd fragte sie mich, ob ich mit ihr kommen wolle, und als ich sie fragte, wohin (eine absolut dumme Frage, die sich nur mit meinem Erstaunen darüber erklären ließ, wie sie es angestellt haben könnte, sich so schnell umzuziehen), schaute sie mich von oben bis unten an, schnalzte mit der Zunge und drehte mir den Rücken zu. Diese Gelegenheit nahm ich blitzschnell wahr und rannte los, bis zum Boulevard. Doch natürlich war sie auch dort und saß in Blau gekleidet auf einer Bank. Die Lage verschlimmerte sich, da sie zeitgleich ein paar Meter weiter in weißen Jeans ein Eis kaufte. Als der Abend hereinbrach, war sie überall: Entweder hatten alle Frauen ihr Gesicht oder ihr Gesicht reproduzierte sich in dem aller Frauen unter einem Mond, der sich wie alles um mich herum unendlich fotokopierte und dem Himmel das Aussehen von Computerdateien gab. Man braucht nun nicht besonders intelligent zu sein, um mir die Zukunft vorauszusagen und zu erraten, welches die nächste Stufe dieses kosmischen Komplotts sein würde: Als ich vor einem Zirkusplakat stand, drehte ein Mann, der es gleichfalls betrachtete, im selben Moment wie ich den Kopf um, und eine Sekunde lang wusste ich nicht, auf welcher Seite des Spiegels ich mich befand: Ein anderes Ich, verschieden von mir, schaute mich erstaunt an, ohne zu wissen, warum ich dieses Messer aus der Tasche zog. Ich fragte mich noch, ob ich es nicht, wenn ich es in ihn bohrte (in ihn und in all die, die, wie er, ich waren, ohne ich zu sein), auch in mein eigenes Herz bohren würde.

Die Lachsdame

Ihre Art, die Beine übereinanderzuschlagen, war das Erste, was mich in sie verliebt machte. Ganz sachte, fast ängstlich, als seien sie zerbrechlich wie Eis, hob sie ein Bein hoch und legte es über das andere: Beide Beine berührten sich nun vom Knie bis zum Fuß. Das war der Madeleine-Effekt: Plötzlich wirbelten in meinem Kopf Bilder umher von Tanten und Kusinen und sepiafarbenen Fotos einer Großmutter aus den zwanziger Jahren mit rundem Hut und kurzem Rock, auf denen sie die Beine genauso übereinandergeschlagen hatte wie meine Begleiterin im Zugabteil. Diese streckte nach einer Weile, um die Beine in ihren nicht gekreuzten Zustand zurückzuversetzen, ein Bein nach vorne, und eine Sekunde lang war es (vom Schambein bis zum Fuß) kerzengerade. Parallel nebeneinanderstehend, kippte sie dann diese vollkommenen Prachtexemplare ein wenig zu einer Seite hin. Solche Beine konnten den glücklich machen, der an ihnen teilhaben durfte (und Teilhabe hieß in dem Fall, sie jederzeit betrachten zu können, sie dann und wann zu streicheln, nackt unter der Strumpfseide ...); und konnten den, der sie verlor, ins Unglück und in den Selbstmord treiben; konnten unendliche Kriege auslösen. Die neue Helena von Troja mit Beinen wie Marlene Dietrich schaute aus dem Fenster durch einen Vorhang aus halb ockerfarbenen, halb weißen Bäumen auf eine endlose Folge grüner Wiesen mit spärlich eingestreuten Häusern.

In Hønefoss hielt der Zug, und wir mussten aussteigen. Ich verstand nicht, warum wir umsteigen sollten, da aber niemand protestierte, ging ich davon aus, dass alles seine Richtigkeit hatte. Die Waggons, in denen wir angereist waren, entfernten sich sofort, und nach fünf Minuten trafen neue ein.

Alle beeilten sich beim Einsteigen, und jeder setzte sich, wie es ihm beliebte. Ich, der ich keine Hoffnung hegte, dem Beinspiel der Dame weiter folgen zu können, begab mich in einen der letzten Waggons. Dort fand ich ein leeres Abteil und ließ mich nieder. Ich kramte den Guide Bleu aus meiner Reisetasche und vertiefte mich in die Lektüre von Höhenangaben, Ortschaften und möglichen Restaurants. Die Ruhe nahm ziemlich schnell ein Ende: Jemand öffnete die Tür, und von nun an hörte man nur noch Kindergeschrei und das Geraschel von ständigem Ein- und Auspacken. Ich tauchte in mein Buch ab, das sich in Betrachtungen über die Qualität der Heringe auf den Inseln vor der Küste erging. Das Gefühl, beobachtet zu werden, lenkte mich ab. Ich hob den Kopf. Vor mir verlangte ein Kind von einer Dame, die seine Mutter zu sein schien, aber offensichtlich keine Lust hatte, Erklärungen zu einem Comic. Gedankenverloren ließ ich meinen Blick im Abteil wandern: Neben mir saß die wunderschöne Dame, die mit dem Beinspiel.

Das überraschte mich. (Bei so viel leeren Plätzen im Zug musste sie sich ausgerechnet neben mich setzen!) Sie schaute nach vorne, anscheinend zu dem Jungen, der weiter darauf bestand, dass seine Mutter ihm die Comics erklärte. Ich kehrte zum Reiseführer und zu den Heringen zurück.

In Sokna stiegen Mutter und Kind aus, und ein alter Mann kam herein. Sobald der Zug den Bahnhof hinter sich gelassen hatte, spürte ich einen Druck an meinem Bein. Sie (die Dame mit den lachsfarbenen Beinen) rieb ihr Bein an meinem! Ich zögerte nicht lange: Ich antwortete nicht nur auf die Zärtlichkeit, vielmehr steigerte ich sie noch. Aus dem Augenwinkel erschien es mir, als lächle sie. Was war nun zu tun? Ich hoffte, dass der alte Mann im nächsten größeren Ort ausstieg und wir dann alleine wären. Doch es kamen eine Menge Bahnhöfe, ohne dass der alte Mann sich von seinem Platz bewegt hätte. Seine Augen waren geschlossen, und sein Kopf lehnte an einer Kopfstütze am Sitz. Er schlief so entspannt, dass ich mich fragte, ob er inzwischen nicht gestorben sei. Oder, falls er noch lebte und tatsächlich schlief, ob er nicht seinen Bahnhof verpassen würde. Vielleicht musste er ja genau da aussteigen, wo der Zug gerade anhielt, und merkte gar nicht, dass er am Ziel war? Vielleicht wäre es ja sogar eine gute Tat, ihn zu wecken. Als vernünftiger Ausländer hielt ich Schweigen für richtiger, vor allem, weil wir nun in unserem Abteil Zuwachs bekamen: eine etwa Zwanzigjährige mit einem übertrieben großen Rucksack und ganz hellen Augen.

Mein Bein und das Bein der Dame hielten Kontakt: So wie es aussah, fehlte es uns beiden an Esprit, um unser Begehren ins Ziel zu führen. Erst eine ganze Weile nach der neuerlichen Weiterfahrt des Zuges hatte ich genug Mut zusammen und fragte sie, ob sie weit fahre. Sie schaute mich nicht einmal an, erst als ich meine Frage wiederholte, wandte sie ihr Gesicht zu mir (jetzt so ganz nah vor mir, sah ich, wie wunderschön sie war), lächelte mich mit ihren Blutlippen an und antwortete mir auf Norwegisch. (Meine Hoffnung, sie könne zu der beträchtlichen Anzahl der norwegischen Bevölkerung gehören, die Englisch als Zweitsprache sprach, war schlagartig dahin.) Ich schwieg. Sie fügte noch etwas hinzu und wartete dann auf eine Antwort, die ich ihr nicht geben konnte. Die Zwanzigjährige las in einer Modezeitschrift und schien in einer ganz anderen Welt. Der alte Mann jedoch, der mir vorhin in seinem Schlaf noch tot erschienen war, öffnete die Augen und bot sich mir als Übersetzer an: Die Dame entschuldige sich, nicht meine Sprache zu sprechen. Als Antwort ging mir durch den Kopf, die Sprache, auf die sie sich bezog, sei ja nicht meine eigene, sondern eine geliehene, aber ich schwieg. Der Mann bot weiter seine Übersetzungsdienste an. Das brachte mich völlig durcheinander (ich stellte mir vor, wie ich ihr mithilfe eines

Übersetzers auf Knien meine Liebe erklärte), ich wusste nicht, was antworten, und sagte schließlich dankend nein (zum alten Mann). Danach herrschte ein etwas angespanntes Schweigen. Die Beine, jedoch, blieben zusammen. Der Alte machte seine Augen wieder zu, doch nur für kurze Zeit: Als wir Torpo erreichten, sagte er uns Auf Wiedersehen und stieg aus.

Zwischen Torpo und Ål ließ ich meine Hand langsam auf die ihre gleiten und streichelte mit den Fingerspitzen ihren Handrücken. Mir schien, als bewege sie ihre Augenlider. Sie drehte ihre Hand so, dass sich ihre mit meiner, ähnlich wie zwei Nusshälften, zusammenschloss. Die Zwanzigjährige von gegenüber blätterte laut raschelnd die Seiten um und schaute dann und wann aus dem Fenster. Unvermittelt schlug sie die Zeitschrift zu und legte sie auf den Sitzplatz neben sich. Sie streifte uns mit ihrem Blick, ließ ihn zwei Sekunden auf unseren verschlungenen Händen ruhen, lenkte dann sogleich diskret den Blick auf ihren Rucksack, zurrte einen Riemen fest und tauchte gähnend wieder in die Seenlandschaft ein.

Die abendliche Dämmerung wurde nie zur Nacht. In Geilo war ein grün uniformierter Mann mittleren Alters zugestiegen, der aussah wie ein Waldhüter. Meine Möglichkeiten schwanden dahin. Ich fasste einen Entschluss: Die Hand der Dame fest in meiner, würde ich aufstehen und auf den Gang hinaustreten, wo wir, wenn schon nicht reden, uns zumindest leichter verständigen könnten. Allerdings bestand dabei die Gefahr, dass sie das Spiel nicht mitspielen wollte und mir etwas sagen würde, was ich zwar nicht verstand, aber alle anderen im Abteil, und davor fürchtete ich mich. Andererseits sprach für diese Vorgehensweise, dass die Initiative ja eigentlich von ihr ausgegangen war und das Einzige, was ich bisher beigetragen hatte (nämlich ihre Hand zu nehmen), nicht abgewiesen worden war. Es störte mich freilich, dass sie meine nachteilige Lage als Fremder in einem kalten Land nicht wahrnahm. Für sie war es ein Heimspiel, und es war an ihr zu entscheiden, was zu tun sei. Oder reichte ihr das etwa schon, Händchen halten und die Beine aneinander reiben?

Ich stand auf, ihre Hand fest in meiner. Eine Sekunde lang glaubte ich, sie würde nicht aufstehen: Sie sah mich überrascht an, lächelte aber dann. Sie schritt vor mir durch die Tür. Wir zogen durch den Gang bis ans Wagenende. Auf der Plattform, von Angesicht zu Angesicht, sagte sie ganz langsame Worte zu mir, die ihr sicher einfach erschienen, doch mir kamen sie norwegisch vor. (Was für ein blöder Witz!) Wir mussten ganz offensichtlich das linguistische Terrain sondieren (und hier verweigere ich mich in der Tat dem leichten Witz), welches das Unsere sein würde. Silbenweise breitete ich meine vier Möglichkeiten vor ihr aus. Sie verstand mich, denn sie zählte derer drei auf, die ich zwar verstand, doch zu meinem Unglück (und vermutlich auch zu ihrem) stimmte keine ihrer drei mit einer meiner vier überein. Wie also sollte ich ihr sagen, dass ich verrückt nach ihren Beinen war; dass ich sie umarmen und streicheln wollte, ehe sie auf einem Bahnhof entschwand, den ich nicht vorhersehen konnte; dass ihre Initiative, sich an meinem Bein zu reiben, das Angenehmste war, was ich seit einer Woche erlebt hatte? Indem ich sie küsste. Wir küssten uns leidenschaftlich (und das war unser erster Kuss: die Ouvertüre zur Sinfonie) in einer Umarmung, die so lange dauerte wie die Brücke, über die wir fuhren, und endete, als sich die Tür zum Gang öffnete: Das Mädchen aus unserem Abteil lief in Richtung Klo, das sich (wie ich jetzt erst bemerkte) an der Stelle befand, an der wir unsere Zeit vergeudeten, indem wir uns wie Kinder küssten, ohne zu den wesentlichen Dingen vorzustoßen. Als das Mädchen sich im Klo einschloss, fiel mir ein, dass wir ja nur darauf zu warten brauchten, bis sie wieder herauskam, um diese Liebeshöhle in Beschlag zu nehmen, die sich uns hier auf dem Silbertablett darbot.

Zehn Minuten später war sie immer noch drin. Der Gedanke an die Köstlichkeiten, denen sie sich da drinnen hingeben mochte, erregte mich. Ich hätte meiner unbekannten Freundin gerne Andeutungen gemacht, die jetzt in jeder Sprache, die sie beherrschte, Worte (vielleicht der Liebe, der sexuellen Erregung) wiederholte, um zu sehen, ob ich sie vielleicht doch verstand; aber es war nichts zu machen: Alle klangen für mich wie gurgelndes Eis, Echos in einem Fjord. Und auf der anderen Seite des Fensters eine weite, verschneite Ebene.

Viele Minuten später kam der Schaffner und verlangte die Fahrkarten. In der Eile hatten wir die Reisetaschen im Abteil vergessen und mussten nun die Fahrkarten holen. Der Waldhüter war nicht mehr da. Der Schaffner erledigte seine Arbeit und ging weiter. Wir saßen wieder alleine im Abteil. In dem Moment, als ich begann, ihr Knie zu streicheln, trat das Mädchen wieder ein. Also, folgerte ich, war das Klo nun wieder frei. Die lang ersehnte Gelegenheit. Ich schickte mich an aufzustehen, aber die Dame sagte etwas und blieb sitzen. Anscheinend schaute ich verdutzt drein, denn das Mädchen fühlte sich verpflichtet, mir den Satz zu übersetzen:

– Sie sagt, dass sie am nächsten Bahnhof aussteigt.

Der Zug bremste lauter als zuvor. Ich reichte ihr den Koffer aus dem Gepäcknetz herunter. Sie verabschiedete sich mit einem Kuss auf meine Wange und fügte ein paar Worte hinzu.

– Sie sagt – übersetzte das Mädchen – dass sie es sehr bedauert, Sie nicht unter günstigeren Umständen kennengelernt zu haben.

– Sagen Sie ihr, dass es mir genauso geht – improvisierte ich.

Sie übersetzte es. Die Dame meiner Träume lächelte und verschwand im Gang.

Ich setzte mich, doch nur für ein paar Sekunden, denn dann entschied ich, die Welt sei nicht für Feiglinge gemacht: griff nach meiner Reisetasche und dem Tornister und wandte mich zur Tür. Die Zwanzigjährige, der man ansah, dass sie meinen Entschluss nicht verstand, schaute mich verdutzt an. Auf dem Bahnsteig fühlte ich mich verloren: Die Frau war nicht zu sehen, und auch sonst war niemand da. Ich betrat das Bahnhofsgebäude: Das war ebenfalls leer. Ich verließ es durch den Hinterausgang: Dort war ein menschenleerer Platz voller Neonreklamen. Zehn Meter vor dem Bahnhofsportal stand meine Ex-Sitznachbarin, die Dame mit der lachsfarbenen Haut, und umarmte einen Mann, küsste einen Buben und stieg dann in einen Volkswagen ein. Ich drehte mich auf dem Absatz um und rannte zurück: Jetzt fehlte nur noch, dass ich den Zug verpasste! Ich sprang auf den anfahrenden Zug auf und kehrte ins Abteil zurück. Das Mädchen schaute mich an. Ich hob den Tornister auf die Gepäckablage, setzte mich hin, atmete tief durch und holte wieder den Reiseführer heraus. Das Mädchen hob ihre Füße auf den Sitz, schlang ihre Arme um die Beine und schaute mich lachend an, was ich in einem Sinn verstand, der sich anschließend als falsch herausstellte. Sie sagte:

– Es tut mir leid, dass ich Ihren Flirt vermasselt habe, aber ich musste mich im Klo verstecken, weil ich keine Fahrkarte habe.

Und da saß sie, mit vollendet übereinandergeschlagenen Beinen: parallel, vollkommen, wunderschön.

Nach Mitternacht verriet sie sich durch Zufall: Als sie die Zigaretten aus ihrem Rucksack holte, fiel ihre Fahrkarte auf den Boden. Ich tat, als schaute ich aus dem Fenster.

Kakophonie

Schon immer hatte A eine unbändige Lust, die Carrer Balmes in die entgegengesetzte, in die verbotene Richtung zu fahren; entweder irrtümlich (nach einer durchzechten Nacht, wenn alles schon geschlossen war) oder ganz bewusst (als Mittel gegen den Alltagstrott). Er stellte sich die wachsende Flut der sich stauenden Autos vor, kunterbunte Farben in den empört kochenden Mündern: verschrockene Lichter, die ihm rechts oder links ausweichen und folglich ineinanderfahren: die größte Katastrophe in der Geschichte: ein konzentrisches Chaos, das sich von Straße zu Straße ausdehnt, von Stadtteil zu Stadtteil, von Stadt zu Stadt und sich von einem Kontinent zum anderen, zum Meer hin öffnet …

So wie gerade jetzt: Jetzt verspürte er diese Lust auch wieder. Stattdessen (und er schnalzte mit der Zunge gegen den Gaumen, um einen grünen, galligen Geschmack loszuwerden) fuhr er die Balmes hinunter, streng orthodox: in Richtung Meer; die Rotonda lag gerade hinter ihm. Am Fuße des Berges hatte er unter Palmen auf Liegestühlen aus Naturleinen Gimlets getrunken, genau dort, wo die letzte Straßenbahn des Planeten wendet und ein zerstreuter Pianist in seinen letzten Zügen an einem glänzenden Klavier immer wieder holperig Three Little Words spielt.

Auf der Höhe des Bahnhofes El Putxet musste er bremsen: eine blöde Ampel. Er stellte das Radio an. Drehte am Knopf. Er stieß auf Benny Goodman, das stimmte ihn optimistisch. Er drehte die Musik lauter. Die Ampel wurde grün, und er dachte an Anilin. Beim Überqueren der Mitre wechselte er die Spur. Gab Gas, wie auf trockenem Laub. Gegenüber dem Buchladen-Café Crystal City hielt er und parkte auf dem Gehweg. Er betrat das Café. Am Tresen blätterte eine junge

Frau in Zeitschriften. Nur ein Tisch war besetzt. Er bestellte einen Kaffee und stöberte in den Regalen: Es war alles da: von den Abhandlungen zur Geographie des Baskenlandes bis hin zu den Geheimnissen des staubigen Ägyptens. Er blätterte in The Last Tycoon und trank in kleinen Schlucken seinen Kaffee. Dann zahlte er Buch und Kaffee und trat auf die Straße hinaus. Es war rot, als er die Via Augusta überquerte.

Er fühlte sich sehr allein. Überlegte, ob er noch schnell etwas essen sollte und schaute auf die Uhr: noch eine halbe Stunde bis zu seiner Verabredung mit B. Er zündete sich eine Zigarette an und stellte sich vor, drei auf einmal zu rauchen. Er zündete sich noch zwei an und rauchte alle drei auf einmal. Er stellte sich seinen Anblick von einem anderen Auto aus vor. Grinste. Er fühlte sich wohl. Er dachte, auf der Welt gäbe es nichts Besseres als alles andere; er dachte an in sich zusammenstürzende Straßenlaternen. Es war kalt.

Kurz vor der Travessera fragte er sich, ob er links abbiegen und sich in Gràcia verlieren sollte. Doch konnte er sich bis zur Granada nicht entscheiden, dann war es zu spät, und er haderte erneut mit sich: Sollte er in der Tuset parken und eingesunken in weißem Skai ein Omelett essen? An der Diagonal wartete er vor der Ampel und zweifelte daran, jemals wieder diese Straße zu verlassen.

Er fuhr sofort an, als das Grün der Fußgängerampel zu blinken anfing. Ein verspätetes Auto in Richtung Macià wich ihm hupend aus, schrie ihn an und bohrte sich in einen Papierkorb. A gab Gas, ließ Straßen und farblose Ampeln hinter sich. Fuhr dreist bei Rot über die Gran Via (und verursachte damit zwei Zusammenstöße, Verletzte, Sirenengeheul und eine Sternschnuppe, das aber war Minuten später). Die Konditorei Forn del Cigne war zu. Er fragte sich, ob wohl zu dieser Stunde drinnen Kuchen gebacken wurde. Er überlegte kurz, ob er mit dem Auto gegen die Tür donnern, durch das Loch bis in den hinteren Raum fahren, den Bäckern einen Guten Abend wünschen und sich das Mehl von den Ärmeln klopfend durch einen Notausgang wieder hinausfahren sollte. Seine Zweifel bezüglich des Verlassens der Straße erwiesen sich als Irrtum: Er überfuhr die durchgezogene Linie und bog in die Rambla ein. Er parkte vor dem Eingang des Baviera. Setzte sich dort an ein Tischchen auf dem Gehweg. Wenig Fußgänger. Er gähnte.

B kam zu spät, in engen blauen Hosen und weißem Pulli. A stellte sich ihren Hintern vor. Er schaute auf die Uhr.

– Nicht gerade pünktlich.

– Du kannst dir überhaupt nicht vorstellen, wie es mit dem Verkehr aussieht. Ich bin mit dem Taxi gekommen; wir mussten uns über die Parallel quälen, und Massen von Leuten strömten aus den Theatern, die Polizei machte in der Carrer Nou eine Razzia. Die haben eine Meise: Sie haben das Marseille und das London dicht gemacht. Wir durften nicht über die Rambla fahren. Ich musste von der Kathedrale bis hierher laufen.

A fiel ein, dass er seit mindestens zehn Jahren keinen Fuß in das London gesetzt hatte. Er erinnerte sich an eine Nacht mit einem Freund: an das Enfants Terribles, das Polizeirevier, die Bäckerei mit den Schneckennudeln, die ganz frühmorgens aufmachte. Er dachte darüber nach, wie die Zeit vergeht. B fuhr fort:

– ... so als wollten sie sich Gehorsam verschaffen. Stell dir vor: in unserem Alter, jetzt, wo jeder von uns selbst der kleine Chef einer kleinen Wahrheit ist. Mach nicht diese blöde Visage. Merkst du nicht, dass sich alle für den Nabel der Welt halten? Neulich hat mir Tèbia erzählt ...

A hatte Durst. Er winkte einem Kellner, der so tat, als würde er ihn nicht sehen. B redete wie ein Wasserfall:

– ... und Riba hat Geld (und Geld ist für ihn das Allerwichtigste auf der Welt: das einzig Wichtige), und Joan vögelt jede Nacht mit einer anderen (denn für ihn gibt es nichts Wichtigeres als jede Nacht eine andere im Bett, und nach seiner Meinung ist jeder, der seine Zeit mit anderen Dingen vergeudet, etwas beschränkt), und Marcel isst viel (und kann nicht verstehen, wie jemand länger ohne gut gedeckte Tafel auskommen kann) und …

A stellte sich vor, wie ein Blitz die Rambla hinunterzurasen und sich ins Wasser zu stürzen. Der Kellner bediente drei Tische weiter.

– … liest unheimlich viel, und Manel ist derjenige, der in unserer Clique am meisten Amphetamine nimmt (am meisten; also: die Nummer eins), und Marta ist blöd (die Blödste im ganzen Haus: die Nummer eins), und Pere und Núria lieben sich innig (weil sie viele Filme mit Doris Day gesehen haben und, was feste Beziehungen angeht, brechen sie eindeutig den Rekord in unserem Viertel), und Xavier ist introvertiert (vielleicht der einsamste Introvertierte im Land) und Maria die Extrovertierteste …

A senkte den Kopf. Er stellte sich vor, wie das Auto dem Bordstein des Kolumbusdenkmals ausweichend auf die Treppen zuraste, wie B kreischte, das Auto, außer Kontrolle, sich überschlug, umkippte und sanft in das schmierige, öltrübe Hafenwasser fiel.

– … und Eugeni ist derjenige, der in der ganzen Gegend am meisten vor dem Fernseher hockt (der absolute Regionalrekord), und Herr Pere arbeitet viel (mehr als alle anderen in der Werkstatt), und Octavi säuft wie ein Loch (und ist ungemein stolz darauf, der größte Säufer in seiner Familie zu sein), und Tomàs ist ein Filmfanatiker und Manolo gehört zur Avantgarde der Arbeiterklasse und Ignàsia ist Possibilistin und Eulàlia radikal und Artur schwul und Herr Jaume glücklich und heterosexuell und Andreu Dichter und Fina eine Frostbeule. Alles geht gut, weil jeder sich selbst ist: Jeder hat sein eigenes Verhaltensmuster: Jeder nach seiner Fasson.

In dem Augenblick, in dem B kurz schwieg, holte A schnell Luft:

– Wir könnten irgendwohin gehen, wo man uns bedient.

Sie standen auf, als der Kellner sich endlich entschlossen hatte, ihren Tisch zu beachten. Er schaute sie empört an und schimpfte vor sich hin. Sie stiegen ins Auto. Sie fuhren um den Platz herum und bogen in die Ronda Universitat ein. Ecke Balmes bremste A. Nach den Straßenlaternen stürzten jetzt auch noch die Gebäude ein.

Er bog rechts ab, fuhr also die Balmes hoch, das Gekreisch von B, ihr Gekicher und ihre Warnschreie vermengten sich mit den Beschimpfungen der wenigen, aber umso streitlustigeren Passanten auf der Straße. A fiel auf, dass es keine Ampeln gab, wenn man eine Straße in die Gegenrichtung fuhr. Nach der Gran Via kam ihnen das erste Auto entgegen; die drinnen schauten sie ziemlich verdutzt an. Bis zur Diagonal waren es sieben weitere (und keinem der sieben fiel es schwer, die Spur zu wechseln). Ab der Via Augusta war es wieder legal, die Balmes hochzufahren, und die Ampeln zeigten sich wieder von vorne. Sie fuhren die Avinguda del Tibidabo hoch, und als sie oben ankamen, wo die Straßenbahn endet, waren die Bars schon geschlossen. A dachte, es sei Betrug, die Balmes mitten in der Nacht hochzufahren, wenn kaum Autos auf der Straße waren. Sie parkten und schauten, an ein Geländer gelehnt, das über dem Nichts hing, auf die Stadt, die sich zum grenzenlosen Meer hin ausdehnte (und zugleich zusammenzog). Drei Stunden später ging langsam die Sonne auf.

Globus

Die ersten zwanzig Jahre seines Lebens verbrachte er beim Zirkus, zog von einem Ort zum anderen und hatte in all den Jahren keine Stadt zweimal betreten. War jemals ein anderer Zirkus so maßlos herumgeirrt? Als Akrobatenkind war sein Leben eine Folge von neuen Landschaften, und alle paar Wochen freundete er sich mit neuen Zwergen und Clowns, Dompteuren und Löwen, Ponys, Trapezkünstlern, Seiltänzern, Kanonenmännern und Elefanten an. Er kannte drei Buffalo Bills und zwei Indianerinnen, die sich ihre Körperumrisse mit Messern markieren ließen. Mit vierzehn verliebte er sich in ein Mädchen, das an drei Abenden hintereinander auf dem selben Platz in der zweiten Reihe saß. Am dritten Abend (er assistierte der Dame mit den dressierten Schoßhündchen) zwinkerte das Mädchen ihm zu, und er wurde rot. Er wusste nicht, wie reagieren, und als ihm schließlich etwas einfiel, war es zu spät: Er befand sich wieder auf der Landstraße in einer Karawane von Zirkuswagen auf dem Weg in die nächste Stadt.

Mit dem Zirkus war Schluss, als er zwanzig wurde. Als Grund gab man die alte Geschichte an: Die Konkurrenz von Film und Fernsehen habe dem Zirkus den Todesstoß versetzt. Wer konnte, wechselte in einen anderen Zirkus, aber es gab nicht genug Stellen für alle. Jung wie er war, hätte er Arbeit gefunden (und es nicht nur seinen Erzeugern, sondern den besten Akrobaten der Welt nachtun können), doch er entschied sich anders, er wollte wissen, ob an der berühmten Sesshaftigkeit irgendetwas interessant war.

Er wurde Beamter bei einer Eisenbahngesellschaft. Er verließ in zwanzig Jahren nicht ein Mal die auserwählte Stadt. Jeden Tag legte er Fahrpläne fest, prüfte und korrigierte sie, ohne dass beim Lesen der Orte auf den Fahrkarten nur ein

Funken Sehnsucht aufgekommen wäre. Er, der vor seinem zwanzigsten Lebensjahr den halben Planeten bereist hatte, verbrachte nun weitere zwanzig Jahre eingesperrt zwischen einem ruhigen Heim und einem Eisenbahnerbüro und nahm Tag für Tag den selben Weg. An den ersten Abenden, an denen er gelangweilt daheim saß, erinnerte er sich noch an die Orte aus einer Vergangenheit, die sich jeden Tag weiter entfernte. Er glaubte, nur sesshaft könne er Geschmack an der Sesshaftigkeit finden: Vielleicht brauchte er einfach Zeit, um sich daran zu gewöhnen. Doch bald verlor er nicht nur die Fähigkeit, sich gegen den Alltagstrott zu wehren, der ihn allmählich auffraß, sondern war auch (was viel schlimmer war) am Tage nicht mehr in der Lage, die Erinnerungen wachzurufen. Stattdessen träumte er nun mit einer meisterlichen Präzision jede Nacht ein paralleles Leben, das nichts anderes war als die Wiederholung seines bisherigen Lebens mit zwanzig Jahren Verspätung. So kam es (er träumte ja in jeder Nacht den Tag von vor zwanzig Jahren), dass er an seinem vierzigsten Geburtstag träumte, wie der Zirkus dichtmachte und er beschloss, sesshaft zu werden. Der Albtraum weckte ihn, er war schweißgebadet, hastig atmend starrte er mit weit aufgerissenen Augen an die Decke, als würde sie ihm gleich auf den Kopf fallen. Erwacht aus einem Traum, der zwei Jahrzehnte gedauert hatte, packte er die Koffer. Am Bahnhof nahm er den ersten Zug.

Er reiste von Land zu Land. Gleich zu Beginn hatte er beschlossen, die verlorene Zeit aufzuholen: Er vermied alle Orte, in denen er bereits in seiner Jugend gewesen war, und betrat keine Stadt zweimal. Zehn Jahre später, mit einem halben Jahrhundert Leben hinter sich, hatte er die Hälfte der Hälfte der Welt gesehen, die er in seiner Kindheit und Jugend nicht bereist hatte. Jedes Mal, wenn er einer Stadt Lebewohl sagte, wusste er, es war für immer. Jeder erste Blick auf eine Landschaft war zugleich der letzte.

Nach weiteren zehn Jahren hatte er den ganzen Planeten gesehen. Es war ihm unmöglich, ein Stück Erde zu betreten, wo er nicht schon einmal gewesen war. Schon Jahre zuvor war ihm aufgefallen, dass er, je mehr er reiste, desto weniger träumte. Nun, wo er die ganze Welt gesehen hatte, träumte er fast gar nicht mehr. Sogar das Erinnern fiel ihm schwer. Er durchforstete sein Gedächtnis: In welcher Stadt hatte er zum ersten Mal ein Mädchen, seine seiltanzende Cousine, geküsst? War der Kuss in Berlin oder Danzig gewesen? Ihm kamen Zweifel, ob er sich wirklich alles eingehend angesehen hatte. Wenn ja, gäbe es keine Entschuldigung für eine derart große Ungewissheit. Es fiel ihm ganz offensichtlich schwer, sich an Landschaften und Bauten zu erinnern: Einige Plätze verflüchtigten sich, und der Lauf der Flüsse überraschte ihn immer aufs Neue. Er fragte sich, was es ihm letztendlich gebracht hatte, die ganze Welt zu bereisen, wenn er sich nun nicht mehr erinnern konnte.

Seine Unruhe riss ihn in einen Strudel. Jetzt, er wartete gerade auf den Zug nach Parma (die erste Stadt in seinem gigantischen Inventar: die, an die er sich am wenigsten erinnerte, weil es seine Geburtsstadt war), merkte er, dass er sich kaum noch an das Bild seiner Mutter erinnern konnte, das einem Spiegelbild im Wasser glich und sich auflöste, wenn die Wasseroberfläche in Bewegung geriet. Er saß auf der Holzbank und betrachtete die Gräser zwischen den Gleisen. Er sah hin, aber plötzlich verstand er sie nicht mehr: Er hatte ihren Namen vergessen und (wie die Seiten, die der Wind aus einem schlecht gebundenen Buch reißt) flohen aus dem Archiv seines Gedächtnisses alle vorigen Gräser. Er fragte sich, was all diese Reihen von kleinen grünen Trieben sein könnten. Er fürchtete, den Kopf zu verlieren. Er schaute hoch: Auf der Mauer vor ihm auf der anderen Seite der Gleise lachte ihn ein riesiges, zerrissenes Zirkusplakat an. Er dachte, es wäre schön hinzugehen, nach so langer Zeit, die er unter keinem Zelt gestanden hatte. Doch als er noch einmal auf das Plakat schaute, um nach dem Datum zu gucken und dem Ort, wo das Zelt aufgeschlagen war, fragte er sich, was dieses weiß bemalte Gesicht sollte mit einem Kreuz in einem Auge und einem senkrechten Strich in dem anderen, mit einem Hut wie eine leuchtende Papiertüte, einer runden Knubbelnase und Lippen, die zweimal lachten.

Der Bahnsteig war verlassen. Er rutschte mit dem Körper hinunter, bis sein Nacken auf der Lehne der Bank lag. Er machte die Augen zu und gähnte. Schaute nach rechts und nach links und klagte: »Wenn ich nicht einmal die Stadt kenne, in der ich geboren bin …« Er hörte eine Tür aufgehen: Eine Frau steckte den Kopf durch den Spalt, schaute nach rechts und nach links und verschwand wieder. Als er gleich darauf die Tür zuschlagen hörte, war er nicht in der Lage, sich zu erinnern, ob diese Tür vorher geöffnet worden war, und auch nicht, wer eingetreten war oder ob überhaupt jemand eingetreten war oder es jemals eine Tür gegeben hatte.

Er hatte gerade noch Zeit, sich zu fragen, was ihm zustieß. Er erinnerte sich an einen grauen Teich unter einem weißen Himmel vor einem feuchten Wald (und das Bild war so lebendig in seinem Gehirn, dass es vielleicht doch Wirklichkeit war, was er da sah). Gleich darauf (und nun war es offensichtlich, dass er die Bilder nicht mehr beherrschen konnte, die losschossen wie Luftballons, wenn sie Luft verlieren) war da ein spartanisches Hotel, das nach Staub schmeckte, mit weißen Wänden und kubistischen Holzmöbeln. Dann verschwanden alle Bilder vollständig: Er erinnerte sich an nichts mehr: Alles war nur noch ein schwarzes Rechteck: Er vergaß den Namen der Stadt, in die er fuhr, schaute entgeistert auf den Bahnhof und wusste weder, wo er sich befand, noch, was diese parallelen Linien aus Eisen waren, die sich am Horizont verloren. Als der Zug eintraf, konnte er ihn nicht mehr erkennen. Er erschien ihm weder als Maschine noch als Monster, weil beides seine Bedeutung verloren hatte. Da er ebenfalls vergessen hatte, was Angst war, floh er nicht.

Der Norden des Südens

N nahm immer zwei Stufen auf einmal, nervös und völlig fertig versuchte er, sein Herzklopfen zu verbergen. Auf dem letzten Treppenstück, bei dem Versuch, sich zu beruhigen, merkte er, dass das einzige Detail, was ihn rein äußerlich verdächtig machte, seine beschleunigte Atmung war. Er atmete mehrmals ein und aus und öffnete ängstlich die Tür. Er hörte in das Schweigen, um zu sehen, ob er daraus etwas ableiten konnte. Er wusste, alles war kurz davor zusammenzubrechen, sich in einen Berg von Schutt zu verwandeln, und es gab keine Möglichkeit, das zu verhindern. Doch nun war nicht die Zeit zu klagen und zu reden über das, was man hätte tun müssen (und was man nicht getan hatte, weil man im entscheidenden Moment alles runterschluckte und weitermachte wie bisher). Schließlich leben wir nur ein oder zwei Mal, und Risse in Decke und Fußboden und der Einsturz aller Fundamente, auf die er seit Jahren seine Existenz gründete, war das Mindeste, was man von einer Situation wie dieser erwarten konnte, einer Sackgasse, die ihn für immer zu verschlingen drohte und ihn in dem Schlund einer endlosen Spirale verschwinden ließ. Er setzte sich. Ließ seinen Kopf nach hinten fallen.

Er stellte sich die Wut von S vor, die ihn mit blank liegenden Nerven und offenem Mund anstarren würde, als erkenne sie ihn nicht und als sähe sie dieses Reptil zum ersten Mal, das diskret vor ihr hüstelte und ihrem Blick auswich, der sich in seine Haut einbrannte. Er konnte sich keine andere Reaktion vorstellen: Ab diesem Moment schossen die Möglichkeiten unkontrolliert durcheinander. N wusste, von nun an gehörten die geteilten Bonbons für immer der Vergangenheit an, die Marmelade am Sonntagmorgen, der Abendspaziergang, die Küsschen im Fahrstuhl, das Lachen auf der

Pferderennbahn, die einmal unter dem Hut und einmal unter der Serviette versteckten Kinokarten. Stattdessen begannen nun die frostigen Morgen, die Schweizer Wecker, die deprimierenden Nachmittage als Löwe, eingesperrt in einem zu großen Käfig, als Mönch in einer Zelle, als ausgestopfter Vogel, der Motten und Staub fängt.

Natürlich würde es irgendwann wieder tauen und der Raureif zu Wasser schmelzen, dann kämen die Fußballspiele am Donnerstag, die Spielhallen am Samstag, die Bierdosen unterm Bett, die Füße auf dem Tisch, das Sektfrühstück vor dem Schlafengehen. Und nicht nur das: Die Besuche von verrunzelten Verwandten und besserwisserischen Freunden, die bei Pflichtabendessen Asche auf dem Parkett fallen ließen, würden endgültig vorbei sein. Keine Strümpfe mehr auf dem Sofa, keine Ratschläge mehr im falschen Ton, keine Haare mehr im Waschbecken und keine unangebrachten Ansprüche mehr. N lief eine Weile in der Wohnung auf und ab. Dann war ihm schwindelig, und er glaubte, gleichzeitig essen und sich übergeben zu müssen. Er wusch sich, räumte Bücher weg und vertrieb sich die Zeit, indem er den Plattenspieler mal schneller und mal langsamer laufen ließ.

Dann hörte er die Schritte von S: Sie stieg schnell die Treppe hoch, steckte den Schlüssel ins Schloss, öffnete die Tür. Wie ein Kind, das seine Augen zukneift, um nicht gesehen zu werden, sah er weg und hörte nur, wie sie Mantel und Hut auf einen Stuhl warf und »Hallo« sagte. Ihr Blick, viel zaghafter, als er es sich vorgestellt hatte, konnte ihm nichts anhaben. Beunruhigt schaute N auf und nahm es mit ihrem Blick auf: S war völlig fertig und versuchte, das heftige Herzklopfen zu verbergen. N war verwirrt: Er hatte alle Fallstricke gewittert, in denen er sich hätte verheddern können, diese unerwartete Ruhe aber hatte er nicht vorausgesehen. Ganz offensichtlich würde keiner der beiden den Mund aufmachen, da beide gleich durcheinander waren. N erkannte messerscharf, die Pokerrunden waren vorbei, ehe sie überhaupt begonnen hatten, es würde keine Füße auf dem Tisch geben, keinen Fußball am Donnerstag, keine Bierdosen unterm Bett, kein Sektfrühstück vor dem Schlafengehen. Natürlich aber wieder geteilte Bonbons, Marmelade am Sonntagmorgen, zwei unter dem Hut versteckte Eintrittskarten. Doch auch die Haare im Waschbecken, die Strümpfe auf dem Sofa, die Ratschläge im falschen Ton, die Besuche von verrunzelten Verwandten, die besserwisserischen Freunde, die bei Pflichtabendessen Asche auf dem Parkett fallen ließen, die unangebrachten Ansprüche, die Hand, die so oft das Messer packte. Er stand auf (und es war ihm klar, alles, worüber er nachgedacht hatte, war auch ihr durch den Kopf gegangen), sie drückten die Wangen aneinander, sagten noch einmal »Hallo« und küssten sich in einer unbändigen, wütenden Umarmung.

Tricks

Der Morgen zeigte sich muffelig. Beim Tennis gab sich Enric den normalen Wechselfällen auf dem Platz hin: Zum Beispiel war der Schmetterball etwas lang (oder kurz; oder perfekt) und Natxo verlor (wie so oft) den Ball, der gegen eine Wand schlug (oder im Metallnetz oder in den Bäumen landete) und dann neben einem leeren Klappstuhl liegen blieb. Nehmen wir an (um es kurz zu machen), dass er mit diesem Ball das Spiel in der Tasche hatte, den Satz und das Spiel: Das sind Details, die nicht so wichtig sind: Enric gewann fast immer.

Danach duschte er und zog sich an. Natxo schlug vor, zusammen zu Mittag zu essen. Enric lehnte ab: Er musste sich mit Pepa treffen. Sie vereinbarten, wegen des Abendessens zu telefonieren.

Pepa kam zu spät. Sie entschuldigte sich schon unter der Tür. Zudem hatte sie bereits gegessen: ein belegtes Brötchen mit ihren Kommilitonen. Es tat ihr sehr leid. Enric dachte, von einem belegten Brötchen werde man nicht satt. Pepa sagte, sie werde etwas trinken. Der Kellner nahm die Bestellung auf. Pepa lächelte. Enric erzählte, er habe ein Haus auf Menorca gekauft (fürs Wochenende) und überlege, ob er zur Vereinfachung den Pilotenschein mache. Pepa schlug vor, ins Kino zu gehen.

Zwei Stunden später kamen sie aus dem Kino. Sie gingen zu Enric und dann ins Bett. Sie lagen im Halbschlaf, als um acht das Telefon klingelte. Es war der verärgerte Natxo: Er hatte sich zweimal hintereinander verwählt. Immer mit derselben Nummer. Sie verabredeten sich zum Abendessen. Im Schlafzimmer war Pepa noch am Schlafen. Enric biss ihr in die Schenkel.

– Duschen wir zusammen?

Halb eingeseift, klingelte das Telefon noch einmal. Mit einer schaumigen Erektion verbreitete Enric Fußabdrücke auf den Fliesen. Pepa fasste sich beleidigt an eine Brustwarze.

– Ja?

Auf der anderen Seite Schweigen; jemand, der fast unhörbar atmete.

– Ja?

Die Atmung kam ins Zweifeln. Es schien, als würde sie sich das Lachen verbeißen. Enric stellte sich einen Apfelbaum ohne Äpfel und ohne Blätter vor: aus Pappe; oder einen stummen Papagei, der aus einer ganz nahen anderen Welt anruft. Schließlich redete eine Frauenstimme:

– Hallo, Enric. Erinnerst du dich an mich?

Er erinnerte sich nicht. Für einen Moment überlegte er: »Vielleicht Eva oder Anna.« Er ließ alle Möglichkeiten Revue passieren: Diese Stimme war ihm hundertprozentig unbekannt. Die Erektion war dahin, die Seife tropfte auf den Boden und hinterließ eine Pfütze.

– Offen gestanden ...

– Erinnerst du dich nicht an aaalllll das, was wir gemeinsam gemacht haben?

Die Stimme wollte erregend sein und machte sich stattdessen lächerlich. Niemand kann fragen: »Erinnerst du dich nicht an all das, was wir gemeinsam gemacht haben?«, es sei denn aus Jux. Er wollte gerade antworten, als die Stimme wieder sprach:

– Ich schon, ich erinnere mich an dich. Willst du wissen, was ich mache, wenn ich mich an dich erinnere? – Die Stimme atmete übertrieben, schnalzte mit der Zunge an den Gaumen – Kannst du es dir vorstellen? Zuerst lutsche ich an einem Finger, ich sauge daran, als sei er aus Honig. Dann gleite ich mit der Hand ganz langsam, denn ich habe es nicht eilig (ich habe die ganze Zeit der Welt) den Körper entlang nach unten und streichle alles, jede Mulde, denn es ist ein empfindsamer Körper, den man sehr sanft behandeln muss. Und genau da, wo ich mich gerade anfasse, an diesem flackernden Knöspchen, sterbe ich vor Lust; mit der anderen Hand stecke ich einen Finger in ein seidenes Loch, warm und saftig …

Enric legte auf. Er versuchte zu erraten (jetzt, wo er sich sicher war, die Besitzerin der Stimme nicht zu kennen), welcher Bekannte sich, zwei Meter vom Telefonapparat entfernt, vor Lachen bog, während eine Freundin, die sich mit ihm verschworen hatte, die Verführerin spielte. Die Erektion war nun wieder da. Er beeilte sich und warf sich in die Badewanne. Er setzte das ganze Badezimmer unter Wasser.

– Weißt du, was das war? Ein schweinischer Telefonanruf.

– Was hat sie dir gesagt?

– Sie hat mir gesagt, wie sie sich genau so zwei Finger reinsteckt.

Als eine halbe Minute später das Telefon noch einmal klingelte, waren schon drei Finger drin. Sie taten, als hörten sie es nicht. Es klingelte weiter, lang, minutenlang, wie die Sirene eines Krankenwagens.

Am nächsten Tag speiste Enric nach dem gewonnenen Tennisspiel mit einem Bankberater. Später rief Lídia an. Sie verabredeten sich für abends, er würde sie abholen. Zu Hause zog sich Enric um, hörte Musik, las einen Bericht; als um Punkt acht das Telefon klingelte, las er das *International Management* und gähnte.

– Hallo, Enric. Erinnerst du dich immer noch nicht an mich?

– …

– Gestern nacht habe ich ganz intensiv an dich gedacht und …

– Und du hast dir drei Finger reingesteckt?

– Vier. Weil ich sehr feucht war und sie ganz leicht hineinglitten, sanft, wie nie …

Enric legte auf. Es fehlte nur noch, dass er ihr erlaubte, ihn zum Schwanken zu bringen. Er zog sich an. Er legte Klaus Schulze auf (das war die Musik, die Lídia mochte) und bereitete alles so weit vor, dass er nur noch den Plattenspieler anstellen brauchte, sobald sie nach Hause kamen.

Drei Tage lang wiederholte sich der Anruf immer zur gleichen Zeit. Am vierten Abend um acht versammelte Enric alle seine Freunde und Freundinnen, die von der Geschichte wussten, um das Telefon und jedes Mal, wenn es klingelte, nahm eine andere Person ab und leugnete, dass dies die gewählte Nummer sei. Beim fünften Mal sagte die Stimme »Idiot« und rief nicht mehr an.

In jener Nacht ging Enric früher als sonst schlafen. Am nächsten Morgen verlor er zum ersten Mal in sechs Monaten ein Spiel. Irritiert rief er nicht, wie verabredet, Pepa an, sondern verbrachte den Nachmittag damit, lauter nutzloses Zeug zu kaufen einschließlich einer Blumenvase in einem Antiquitätengeschäft. Um halb acht saß er halb eingenickt vor dem Fernseher. Zwei vor acht klingelte das Telefon. Er wunderte sich: Die anonymen Anrufe waren immer überaus pünktlich. Er nahm ab: Pepa: Wie geht's so? Fünfzehn Sekunden vor acht suchte Enric nach einer Ausrede: Er würde sie später anrufen. Sobald er den Hörer aufgelegt hatte, klingelte das Telefon noch einmal.

– Ja?

– Hallo.

Ab diesem Moment ist es leicht, diese Geschichte weiterzuspinnen, und vielleicht wird sie dadurch langweiliger. Es heißt also, sich kurz zu fassen und sowohl psychologische Erklärungen (ständig verfügbare Ausflüchte, mit denen man alles und jedes rechtfertigen kann) zu vermeiden als auch die Beschreibung der Reaktionen von Freunden und Freundinnen, die wachsende Sorge der Bankberater, die Maßnahmen der Familie (erst befremdet, dann nacheinander besorgt, empört, entschlossen): Sie sind leicht vorhersehbar und von Mal zu Mal schärfer.

Tagelang versuchte Enric, sich mit der geheimnisvollen Stimme zu verabreden. Nach vielen Abenden Kampf willigte die Stimme ein: morgen um acht an dem und dem Ort. Enric beschrieb sich, damit sie ihn erkennen konnte: grauer Anzug und rote Nelke am Kragen. Die Stimme fand das lustig. Enric freute sich darüber.

Am nächsten Abend um acht war er zum ersten Mal seit Wochen nicht vor dem Telefon. An dem vereinbarten Ort war es brechend voll, und niemand kam auf ihn zu. Er konnte nicht feststellen, ob sie da war oder nicht, und falls sie da war, wer sie war. Er kam spät und betrunken nach Hause zurück, mit zu großen Schlüsseln für zu kleine Schlösser. Beim nächsten Anruf zeigte er sich verärgert. Die Stimme sagte, sie sei da gewesen, hätte es aber vorgezogen, nichts zu sagen und zu schauen, wie er reagiere. Ärgerlich legte Enric den Hörer auf und bereute es sogleich, denn wenn sie zur Verabredung gekommen war, sich nicht vorgestellt, sondern stattdessen ihn beobachtet hatte, so bedeutete dies, dass sie von diesem Spiel allmählich genug hatte. Er wartete auf einen weiteren Anruf, der nicht kam. Er schlief schlecht. Am nächsten Tag um acht abends blieb das Telefon stumm. Als es drei Tage später endlich wieder klingelte, war es nur, um ihm mitzuteilen, dass das Spiel zu Ende sei, dass sie die Nase voll habe von einer Geschichte, die sie aus Spaß begonnen hatte, rein zufällig, als eines Tages jemand anrief, der sich verwählt hatte und nach einem Enric fragte und dabei die Nummer zwei Mal wiederholte, oft genug, um sie zu notieren und das Spiel zu beginnen. Nun würde sie nicht mehr anrufen. Enric bat um ein Treffen. Sie sagte nein. Er insistierte. Sie lehnte kategorisch ab. Er hatte Angst, sie könne den Hörer auflegen, und hätte sich damit zufriedengegeben, dass alles weiterging wie bisher, ohne ein Treffen: ein täglicher Anruf. Sie antwortete, sie habe ihre Entscheidung bereits gefällt: Sie würde nicht mehr anrufen. Und legte auf.

Enric dachte über verschiedene Möglichkeiten nach: Wenn sie seinen Namen und seine Nummer wegen ein paar verwählter Anrufe herausbekommen hatte, dann mussten beide Telefonnummern sehr ähnlich sein: nur eine oder maximal zwei Ziffern Unterschied. Er beschloss, alle möglichen numerischen Variationen auszuprobieren. Doch die möglichen Kombinationen von sieben Ziffern sind zahlreich. Nach wenigen Tagen war sein Finger müde, und er grämte sich, weil ihre Nummer eine der vielen sein konnte, die er probierte, es unendlich lang klingeln ließ, aber niemand abnahm. Er versuchte es über Wochen hin: Er wählte Tausende von Nummern; nichts, rein gar nichts.

Er stellte sich hunderttausend mögliche Tode vor. Er würde aus Liebe sterben, aus Liebe für eine Frau, von der er nicht mehr kannte als ihre Stimme. Jeden Abend, wenn er nach einem anstrengenden Tag (vor acht, falls sie doch anrufen würde) den Hörer auflegte, entschied er sich für einen anderen Freitod: Schließlich hatte er das größte Handbuch zu dem Thema beisammen. Er stellte sich die Schlussszene in einem Film vor, immer dieselbe: Um acht Uhr abends, der Sarg mit seiner Leiche wird gerade hinausgetragen, da klingelt das Telefon, einen Tag zu spät.

Alles überstürzte sich, doch ganz anders als gedacht: Nachdem er sich wochenlang in der dunkelsten Ecke seiner Wohnung verschanzt hatte (um den polizeilichen Ermittlungen, den Brigaden von Psychoanalysten, die ihm die Familie auf den Hals schickte, der Belagerung von Freunden und Freundinnen aus dem Weg zu gehen) fand er eines Abends unter der Wohnungstür eine Telefonrechnung mit einem Datum, das bereits eine Weile zurücklag, und die die unmittelbar bevorstehende (und daher schon eingetretene) Drohung enthielt, ihm das Telefon abzustellen. Er rannte zum Telefon, hob den Hörer ab, wissend, was ihn erwartete: null Ton. Daraus entnahm er, dass es bei den Bemühungen seiner Familie, ihm (angesichts seines offensichtlichen Wahns) die Konten zu sperren, einen Fehler gegeben hatte und die Sperrung nun auch die Zahlungen betraf. Das Ende der Geschichte verliert sich nun in den Labyrinthen, Fluren und Schaltern des Behördendschungels bei dem Versuch alle ausstehenden Rechnungen zu bezahlen, um sein Telefon wieder angeschlossen zu bekommen, und in der immer weiter verblassenden Hoffnung, der Anruf könne sich doch wiederholen; als er dann eines Tages mal wieder auf der Straße war, nahm er die Gelegenheit wahr, anfangs noch etwas vergrätzt, und rief Lídia (oder vielleicht auch Pepa) aus einer Telefonzelle an:

– Hallo, junge Frau.

– Ach, was für eine Überraschung! Hast du eigentlich inzwischen die vierzig überschritten?

Matruschkas

Er rennt über Wiesen, duckt sich in das hohe Gras, versteckt sich hinter den Säulen. Das Haus rückt in immer weitere Ferne. Rechts am Weg Weiden und dann und wann ein weißes Holzschild, auf dem mit schwarzen Buchstaben steht: BADEN VERBOTEN[1]. Rechtwinklig zum Uferweg gibt es ganz kurze Pfade, die in Treppen mit steinernen Geländern übergehen, in die Vasen und Blumen gemeißelt sind, und deren Stufen in den See hineinführen. Er keucht und schwitzt. Er ist völlig erschöpft. Lehnt sich ans Geländer. Nervös schaut er zurück, dann aufs Wasser, immer wieder, hin und her. Nun läuft er weiter am See entlang bis zur Bootsanlegestelle, die verlassen daliegt. Er sucht den Horizont mit seinem Blick ab. Er weiß, wenn sie noch lange brauchen, wird man ihn schnappen. Er steigt die Treppen wieder hoch. Springt über das Geländer. Versteckt sich hinter den Bäumen. Von da aus übersieht er den See. Er ist ungeduldig. Schaut ständig auf die Uhr. Minuten später hört er ein ganz leises, näher kommendes Geräusch: In der Ferne zwischen dem fahlen Blau von Himmel und Wasser taucht ein Motorboot auf. Ein Vogel durchschneidet die Luft. Er steht vom Boden auf. Ganz vorsichtig biegt er die Zweige auseinander, schaut den Weg hinunter und springt über das Geländer. Als er die Steintreppe zur Bootsanlegestelle hinuntersteigt, hört er hinter sich ein Geräusch. Er dreht sich um: Die Brünette mit Sonnenbrille zielt mit einer Pistole auf ihn. Die Musik wird lauter. Er rennt los, in Richtung Wasser.

Die Leinwand wird schwarz, dann weiß. Die Menge pfeift. Manche brüllen. Die Lichter werden hell. Für einen Mo-

1 Im Original deutsch.

ment lässt der Tumult nach. Dann verstreichen zehn langsame Minuten, in denen die Stimmung im Publikum von einem mehr oder weniger geduldigen Warten in offene Empörung umschlägt: Die Menge trampelt mit den Füßen und verlangt eine Erklärung. Verwirrung kommt auf, als endlich ein Vertreter des Kinos herbeieilt und sich kleinlaut entschuldigt, eine unerhörte Sache sei passiert: Der Schluss des Filmes sei nicht da. Und, fügt er an, es sehe nicht so aus, als habe man ihn abgeschnitten, denn übergangslos folge nach den letzten gezeigten Bildern ein Stück schwarzen Filmstreifens. Er bedauere die Störung außerordentlich, vor allem unter Berücksichtigung der Tatsache, dass solche Angelegenheiten sehr ärgerlich seien, insbesondere bei einer Uraufführung. Unter diesen Umständen sei es also das Beste, schlussfolgert er, das Eintrittsgeld zurückzuerstatten, weshalb er die Zuschauer auffordert, den Saal geordnet zu verlassen und sich an den Kassen anzustellen. Er fügt noch hinzu, man habe den Verleih kontaktiert, der ihm versichert habe, von nichts zu wissen und verspreche, sich, sobald wie möglich, mit dem Produzenten in Verbindung zu setzen. Schließlich macht der Vertreter des Kinos eine ohnmächtige Geste mit den Armen und tritt ab. Nach einigen empörten Buh-Rufen verlassen die Zuschauer langsam den Kinosaal. Ein Zuschauer (irgendeiner: Sie können ihn sich aussuchen) gähnt, steht träge auf und begibt sich ins Foyer. Die Schlange, die ansteht, um sich das Eintrittsgeld erstatten zu lassen, vermengt sich mit der Schlange für die nächste Vorführung, die sich nun, perplex, nicht so recht entschließen kann, ihre gute Position, die sie durch eine beachtliche Wartezeit erlangt hat, wieder aufzugeben. Unser Mann hat keine Lust zu warten: Er gibt das Geld verloren und steigt die Straße hinauf. Als er an der halben Schlange vorbei ist, hört er, was aus der Nachricht inzwischen geworden ist: Es heißt, man habe den Film entführt, um Fördergelder für einen

Film zu erpressen, der von allen Produzenten abgelehnt worden war. Am Ende der Schlange läuft das Gerücht völlig aus dem Ufer: Durch einen anonymen Anruf habe man erfahren, dass im Kino eine Bombe gelegt worden sei. Die Leute zerstreuen sich leicht beunruhigt durch die Seitenstraßen. Er steigt ins Auto und fährt los. Im Radio kommt Dizzy Gillespie. Er fährt durch Vorortstraßen, die in einem Nebel aus undurchsichtigem Weiß liegen. Nun hört man im Radio einen stotternden Journalisten, der eine Frau ohne Arme interviewt, die ein Kind ohne Beine geboren hat. Ein Unglück kommt selten allein, folgert der Sprecher stammelnd und legt gleich darauf noch einmal Gillespie auf: *Russian lullaby*, einen Song, den der Mann (und das überrascht ihn) auch in dem Restaurant hört, das er gleich darauf betritt. Er bestellt ein gastronomisches Palindrom (als Vorspeise Melone mit Schinken; dann Schinkenkrustenbraten und als Dessert Melone), in der Hoffnung, den Maître zu verblüffen, der sich aber nicht so leicht beeindrucken lässt. An einem Nebentisch erzählt jemand von einer australischen Telepathin, die genau im selben Moment entsetzt aus einem Traum hochschreckte, als einem Schweizer Kollegen von einer verspielten Nichte mit einer Vorliebe für ungewöhnliche Verkleidungen ein tüchtiger Schrecken eingejagt wurde. Unser Mann lacht, und das Gelächter wird im Laufe des Essens lauter, bis es beim Dessert zu einem Schellen- und Trommelkonzert angewachsen ist, das noch im untersten Verlies der Burg zu hören ist.

Der Wecker. Er schält sich träge aus dem Bett, duscht, rasiert sich und zieht sich an. Er frühstückt im Café gegenüber. Dann steigt er in sein Auto: Bald lässt er die Stadt hinter sich, zehn Minuten lang ist die Straße leer. Er sieht das Haus von Weitem. Er parkt dicht daneben. Rechts am Weg Weiden. Am Seeufer Scheinwerfer, Kabel und Steckdosenleisten.

Sie warten bereits seit geraumer Zeit auf ihn. Er zieht sich rasch um und wird geschminkt. Der Regisseur gibt Anweisung, mit den Dreharbeiten zu beginnen. Er versteckt sich hinter den Bäumen. Sie filmen verschiedene Einstellungen. Dann springt er über das Geländer. Er wiederholt den Sprung zwei Mal. Während er die Steintreppe hinunterrennt, hört er ein Geräusch hinter sich; er dreht sich um: Die Brünette mit der Sonnenbrille zielt mit einer Pistole auf ihn. Er rennt los, in Richtung Wasser. Die Szene wird wiederholt: zwei Mal zielt die Frau auf ihn und zwei Mal rennt er los. Der Regisseur ist nicht zufrieden. Sie wiederholen die Szene ein drittes Mal: Die Frau zielt mit der Pistole auf ihn, er rennt hinunter ans Wasser. Diesmal unterbricht der Regisseur das Drehen nicht. Die Frau schießt. Der Schauspieler stürzt zur Erde.

Im Parkett herrscht für einen Moment Verwirrung: Auch ein Zuschauer ist gestürzt. Man trägt ihn weg, und der Film ist sofort zu Ende.

To choose

When a man cannot choose he ceases to be a man [...] Is a man who chooses the bad perhaps in some way better than a man who has the good imposed upon him?
ANTHONY BURGESS, A Clockwork Orange

Mitten am Vormittag spürte ich, nachdem ich die Post erledigt hatte und mich gerade anschickte, ein paar Briefe durchzusehen, eine Leere im Magen. Nicht wie Hunger: Es war eher eine körperliche Leere, wie ein Ballon, der sich nur schwer hinunterschlucken lässt. Wenn ich die Hand in den Mund hätte stecken und den Hals hinunterschieben können, hätte ich es tasten können: weich und fettig, jenes Nichts, das sich still beschwerte. Im Parterre trank ich ein paar Kaffee. Eine halbe Stunde später war das Unbehagen immer noch da: Diesmal trank ich Sprudel im Café gegenüber. Ich hielt es noch eine weitere Viertelstunde aus, doch jetzt hatte ich bereits das Gefühl, als sei ich innen aus Luft: Wenn mich einer angepiekst hätte, wäre ich geplatzt. Ich bat den Direktor um ein Gespräch: Ich teilte ihm mit, dass es mir nicht gut gehe, und bat ihn um Erlaubnis, nach Hause zu dürfen. Ich beschrieb die Beschwerden ziemlich vage: im Magen, immer heftiger. Dann fügte ich noch starke Kopfschmerzen hinzu, für den Fall, die Symptome kämen ihm leicht oder geringfügig vor. Er gab mir die Erlaubnis und wünschte mir rasche Besserung.

Auf dem Weg grübelte ich herum: Eine diffuse Angst kroch meinen Rücken hinauf, die sich, ohne dass mir das bewusst war, bereits in ein Verlangen verwandelte, das ich nicht mehr würde kontrollieren können. Am Nachmittag passierte gleichzeitig zweierlei: Ich begriff, was mit mir los war, und wollte es nicht akzeptieren. Um nicht weiter darüber nachzudenken, reparierte ich Stecker, hing Lampen auf, staubte Regale ab. An einem Nachmittag erledigte ich alle Arbeiten, die ich monatelang vor mir her geschoben hatte.

Am Abend beim Fernsehen gelang mir die kohärente Formulierung. Und ich wiederholte (so als vertraute ich darauf, dass ich es durch das Aussprechen und Hören in klaren, deutlichen Worten mit der Angst zu tun bekäme und folglich davon Abstand nehmen würde) ich sie laut:

– Ich muss jemanden töten.

Der nüchterne Klang dieser Worte hatte allerdings die gegenteilige Wirkung wie erhofft: So als machten die Signifikanten das Signifikat weniger schlimm *(vous pigez la feinte?)*. Selbstredend trug ich die moralischen Gründe, die dagegen sprachen, vor und beschrieb das Risiko, das damit einherging. Auch denkt normalerweise jemand, der einen Anderen umbringen will, an eine bestimmte Person, und er hat ein Motiv. Ich jedoch war weit von solch einfachen Gefühlen entfernt. Ich spürte die Notwendigkeit zu töten ohne Motiv und ohne ein bestimmtes Opfer, und dieser Drang ließ mich nicht nur mich nicht schlecht fühlen, sondern würde (da war ich mir ganz sicher), falls ich wirklich zur Tat schritte, dazu führen, dass ich hinterher befreit, munter und glücklich wäre.

In dieser Nacht schlief ich schlecht: Albträume quälten mich, aber nicht, weil ich dabei war, eine, sagen wir mal, Schandtat zu begehen (dabei war? so entschieden war der Traum?), sondern weil ich mir für die Entscheidung zu lange Zeit ließ. Es gab einen Moment im Traum, zwischen einer Maiswüste und einem türlosen Gebäude, in dem ich eine Wahrheit begriff, die mir in ihrer Bestimmtheit entsetzlich erschien: Nicht der ist schuldig, der ein Verbrechen begeht, sondern derjenige, der sich dabei erwischen lässt. In der Früh rief ich schweißgebadet im Büro an und schob eine starke Grippe vor. Der Direktor verschrieb mir Aspirin, Cognac, heiße Milch, Honig mit Zitrone und Bettruhe.

Bei mehreren Gläsern Saft überlegte ich lange hin und her: Wen würde ich umbringen und warum? Dabei fiel mir ein (das hatte ich mal irgendwo gehört, wusste aber nicht mehr wo), dass ein perfektes Verbrechen nur dann zustande kam, wenn man zwischen Verbrecher und Opfer unmöglich eine Beziehung herstellen konnte. Wenn ich einen anonymen Fußgänger ermordete, ohne gesehen zu werden, wie könnte man mich beschuldigen, da ich ihn von nirgendwo her kannte und nicht einmal wusste, wer er war? Ich wäre wie ein Heckenschütze, der ihm unbekannte Leute erschießt; doch würde ich die exhibitionistischen Anwandlungen meiden, die häufig zu seiner Verhaftung führen.

Ich brauchte also nicht weiter darüber nachzudenken, wen ich ermorden sollte: Der Zufall würde mir das Opfer zuführen. In einer einsamen Ecke, ohne sein Gesicht zu sehen, würde ich jemanden umbringen und erst am nächsten Tag in der Zeitung sein Gesicht sehen und seinen Namen lesen. Ich musste einzig noch über das Werkzeug nachdenken. Das Auto schloss ich von vornherein aus: Jemanden mit hundert Stundenkilometern in einer dunklen Gasse zu überfahren, erschien mir zu schwierig und riskant für einen wahrscheinlich ungeschickten Anfänger. Stichwaffen erschienen mir roh. Der Strumpf um den Hals schäbig. Der Revolver sagte mir am meisten zu: Er machte aus mir einen Mörder wie im Film.

Zudem würde ich mich der Tat entsprechend kleiden. Ich entwarf die Kleidung: gestreifter Anzug (mit Weste), dunkles Hemd, helle Krawatte, Schnürschuhe. Für Maßschneiderei und Waffenhandlung brauchte ich weniger lang, als ich gedacht hatte. Ich holte ein wunderschönes Paar Schnürschuhe aus dem obersten Fach eines Schrankes. In der Waffenhandlung stieß ich auf keinerlei Probleme: Die extreme

Leichtigkeit, mit der man Waffen für die eigene Sicherheit kaufen konnte, machte den individuellen Angriff einfacher denn je. Am selben Nachmittag hatte ich bereits alles zusammen. In dieser Nacht schlief ich durch.

Am nächsten Morgen zeigte mir der Spiegel ein völlig unverbrecherisches Gesicht: Nach so vielen gemeinsam verbrachten Jahren kann ich getrost gestehen, dass mein Gesicht irgendetwas zwischen Seehecht und Ei ähnelt, vielleicht etwas zu blass, verdutzt, aber überhaupt nicht aggressiv. Bevor ich auf die Straße hinaustrat (ich glaubte mir das immer noch nicht in Gänze), steckte ich mir die Waffe zwischen Gürtel und Hemd.

Den ganzen Morgen lang streifte ich durch Parks. Auf einem Platz mit einem Springbrunnen in der Mitte aß ich an einem Kiosk zu Mittag. Dann ging ich unter Pappeln spazieren, von denen ich eigentlich gedacht hatte, sie seien verschwunden. Den ganzen Nachmittag lang streichelte ich mit der einen Hand den Kolben meiner Pistole. Neben einem See, der wie Silberpapier dalag, fütterte eine Alte Tauben. Wir waren absolut alleine. Ich ging weiter: Ganz hinten saß ein Wächter auf einer Bank und säuberte gelangweilt seine Fingernägel. Ich war nicht versucht, auf ihn zu schießen. Danach sah ich zwischen den Bäumen ein Pärchen, das sich mehr als küsste. Ein Gefühl von Zärtlichkeit durchlief meinen Körper.

Wenn ich so wählerisch war, wen sollte ich dann umbringen? Alle erschienen mir zu grau, um zu sterben. Vielleicht jemand Herausragendes? Aus einem unbestimmten Gefühl heraus wusste ich, dass keine dieser Personen das war, was ich suchte. Suchte ich also nach einer bestimmten Person? Auf dem Weg zum Ausgang des Parks kam mir nun ein Mann entgegen, weder jung noch alt, weder groß noch klein, so unbestimmt, dass man an ihm hätte vorübergehen können, ohne ihn zu bemerken. So einen Typ sollte ich umbringen? Ich zog den Revolver, der ja zwischen meiner Leber und dem Gürtel steckte, heraus und schob ihn in die Tasche meines Jacketts. Zehn Schritte von dem Mann entfernt legte ich den Finger auf den Abzug. Kurz bevor ich abdrückte (überrascht, wie leicht es mir gefallen wäre), schoss es mir durch den Kopf, dass mich so viel Mittelmaß nicht überzeugen konnte. Ich verfiel wieder ins Grübeln, und um davon loszukommen, machte ich mir zum wiederholten Mal klar, dass der einzig richtige Weg war, ohne Motiv zu töten, denn nur so konnte das Verbrechen ungestraft bleiben. Einen Moment lang dachte ich, mir fehle es an Entscheidungskraft. Wie leicht müsste es sein, auf den Abzug zu drücken, wenn man einen überzeugenden Grund hatte! Ich drehte mich um, der unbestimmte Mann war bereits weit weg.

In einer Bar trank ich einen Gin und fuhr dann mit dem Auto aus der Stadt: Ich wählte Straßen, die ich kannte, und Wege, die mir unbekannt waren. Weit genug entfernt von jeglichem Anzeichen einer Siedlung entdeckte ich unter einem Vollmond und umgeben von Zypressen ein erleuchtetes zweistöckiges Haus. Leise parkte ich das Auto zwischen den Bäumen.

Ich rannte geduckt über die Wiese. Mir kam es vor, als hätte ich das schon einmal erlebt, in einer früheren Reinkarnation oder im Kino. Schon war ich neben der Tür. Durch die Fenster konnte ich hineinschauen: In einem großen Wohnzimmer, die Wände hingen voller Bilder, sah ein Mann in den Vierzigern fern. Ob noch jemand in dem Haus war? Aus einer Holzkiste nahm der Mann eine Zigarre. Ich hörte Geräusche: Im oberen Stockwerk wurde das Licht ausgemacht, und nun erschien eine Frau in einem dicken Pelzmantel unter der Wohnzimmertür. Der Mann und die Frau küssten sich. Gesprächsfetzen drangen bis zu mir. Er sagte, sie möge nicht so spät zurückkommen. Sie versprach, gleich nach dem Kino zurückzukehren. Ich versteckte mich unter einer Treppe hinter ein paar Büschen, doch die Frau verließ das Haus nicht durch die Eingangstür, sondern fuhr in einem weißen Mercedes in einem Affenzahn direkt aus der Garage heraus.

Es wäre weniger glaubhaft, ihn mit der alten Ausrede des Autos und der Panne zu bitten, das Telefon benutzen zu dürfen, als die Situation derart zu dramatisieren, dass er, weil es ihn so direkt betraf, keine Sekunde zögern würde, die Tür zu öffnen. Ich wartete ein paar Minuten, in denen der Mann sich die Zigarre zurechtschnitt und sie mit Bedacht anzündete. Dann klingelte ich ungestüm:

– Machen Sie auf, Ihre Frau hatte einen Unfall!

Ich hörte nur die Stimme im Fernseher. (Jetzt vor der Tür konnte ich nicht sehen, was der Mann tat.) Dann hörte ich, wie er das Gerät abstellte; und Schritte, ich konnte nicht herausfinden, ob sie näher kamen oder sich entfernten. Ich griff nach dem Revolver, der noch in der Tasche war. Ich rief noch einmal:

– Machen Sie die Tür auf! Ein Unfall! Ihre Frau mit einem weißen Mercedes ...!

Der Mann schob den Riegel zurück und öffnete langsam die Tür, fassungslos. Ich schien nicht bösartig auszusehen, denn als er mich sah, machte er die Tür ganz auf, er hatte endgültig Vertrauen gefasst:

– Meine Frau? Ich bin nicht verheiratet. Doch der weiße Mercedes ...

Mein Fehler: Ich hatte falsche Schlüsse gezogen: Die Frau, die weggefahren war, war gar nicht seine Frau. Na und? Vielleicht war sie die Geliebte oder eine Freundin, die mir leidtat: Der Mann hatte nicht in Erwägung gezogen, dass es sich um sie handeln könnte, bis er die Worte weißer Mercedes hörte. Sei wie es sei, ich befand mich in dem Haus, und das Schweigen dauerte schon zu lang. Dies war ganz klar mein Mann. Ich zog den Revolver. Der Mann machte eine überraschte Geste. Ich sah mich gezwungen, ein paar Worte zu sagen, um die Situation klarzustellen:

– Ich bin gekommen, um Sie zu töten.

Der Mann war noch mehr überrascht: Ganz offensichtlich hatte er beim Anblick der Waffe an Raub gedacht. Mit einem dünnen Stimmchen fragte er mich, warum. Ich wollte nicht darauf hereinfallen: Wenn ich anfinge, ihm zu erklären, dass ich in Wirklichkeit gar kein Motiv hatte, ihn zu liquidieren, würde ich mir schnell überflüssig und lächerlich vorkommen. Der Mann fügte hinzu:

– Warten Sie einen Moment, ich gebe Ihnen alles, was Sie wollen.

– Er zog seine goldene Armbanduhr ab und reichte sie mir zusammen mit seiner Brieftasche, die er in der rechten Hosentasche trug. – Oben habe ich Schmuck und noch mehr Geld. Wenn Sie wollen, können Sie auch diese Bilder mitnehmen. Sie können einen ganzen Haufen Geld mitnehmen. Aber verlieren Sie nicht den Kopf, behalten wir die Nerven.

Allmählich hatte er Angst bekommen. Er sträubte sich zu glauben, dass ich nicht da war, um ihn auszurauben: Er war nicht in der Lage, das zu verstehen. Ich dagegen fand es kränkend, dass er mich als einen kleinen Dieb betrachtete, den man mit Flitterkram kaufen konnte. Zitternd und stammelnd stand er vor mir und erschien mir derart als Feigling (und während ich die Kälte des Abzugs an meinem Finger spürte, dachte ich, an seiner Stelle würde ich mich genauso feige verhalten), dass ich ohne die geringsten Gewissensbisse zwei Schüsse auf ihn abfeuerte, die in der Nacht wie zwei Ohrfeigen klangen. Als er auf dem Boden lag, gab ich ihm mit einem dritten den Gnadenschuss. Die Zigarre begann eine Ecke des Teppichs anzusengen. Der Mann umklammerte fest die Brieftasche und die Uhr, die er mir vorher angeboten hatte. Ich bückte mich. Noch ehe ich verstand, was ich tat, nahm ich die Uhr und die Brieftasche. Oben sammelte ich den Schmuck und das Geld ein. Von den Bildern wählte ich fünf aus: einen Modigliani, zwei Bacon, einen Hopper und einen Llimós. Mit dem Taschentuch öffnete ich die Tür. Im Auto fragte ich mich, ob es das nächste Mal genauso einfach sein würde.

Der Brief

Am Mittwoch gegen Mittag schloss er in der Küche sämtliche Türen und Fenster, öffnete den Gashahn und legte sich rücklings auf den Boden; kurz darauf starb er. Am Freitag in der Früh, das Bestattungsunternehmen war noch nicht eingetroffen, brachte der Briefträger einen Brief in einem Umschlag ohne Absender. Ein entfernter Vetter, der einzige Verwandte, den man ausfindig machen konnte, hatte, dringliche Geschäfte vorschiebend, den Ort mit dem Hinweis auf seinen doch recht fernen Verwandtschaftsgrad vor einer Weile verlassen. Zudem meinte er mit Bezug auf seinen militanten Agnostizismus, er habe mit einer Nacht Totenwache das Trauerritual mehr als erfüllt. Der Concierge nahm also den Brief entgegen, doch wusste er dann nicht, was damit tun, und legte ihn auf die Hände des Verstorbenen. Die vom Bestattungsunternehmen kamen zu spät und in Hetze. Sie verschlossen den Sarg und trugen ihn die Treppe hinunter. Der Concierge schloss die Wohnungstür ab. In dem Brief, den niemand las, stand:

»Liebster Scheißkerl,

deine Briefe habe ich erhalten, doch kam ich bis vor wenigen Tagen nicht dazu, sie zu lesen. Ich beantworte sie nun, aber ich sage es gleich, es wird das erste und das letzte Mal sein. Ich habe wahrlich anderes zu tun, als Geistesarmen wie deinesgleichen Trost zu spenden. Du überschüttest mich mit unangebrachten Versprechungen und Erklärungen, um die dich keiner gebeten hat. Du lebst außerhalb jeglicher Realität. Du weißt doch genau, dass ich niemals zu dir zurückkehren werde, denn du und ich, wir haben uns alles gegeben, was möglich war; eigentlich relativ wenig. Komm mir jetzt nur nicht mit rührseligen Geschichten. Ein bisschen mehr Charakter würde dir gut anstehen. Du behauptest, ich hätte mich auf Bert eingelassen, weil er besser im Bett sei als du, und formulierst das so, als wolltest du mir einreden, ich sei eine Hure. Wenn du glaubst, du könntest mir damit Schuldgefühle machen, irrst du ganz gewaltig. Was denkst du dir eigentlich? Allerdings triffst du den Nagel auf den Kopf, wenn du meinst, mit Bert amüsiere ich mich besser. Und wie! Ich würde mich freuen, wenn du begreifst, welche Dimensionen zwischen euch liegen, auch mental. Da du masochistisch veranlagt bist, erzähle ich dir nun mehr: Ich werde nass, schon wenn er mir ins Ohr flüstert, wie er es mit mir treiben wird, so wie du es nie vermocht hast. Ich kann ihn stundenlang streicheln, und wenn mir das zu langweilig wird, lasse ich ihn kommen, wo ich will. Und dann geht's wieder von vorne los. Er ist so anders als du! Er hat das, was man Phantasie nennt, ich weiß nicht, ob du weißt, was ich meine. Im Restaurant lässt er mich mitten beim Essen den Schlüpfer ausziehen oder Ähnliches, was du abwegig findest (was hat man davon, sich im Restaurant den Schlüpfer auszuziehen?, wirst du dich nun fragen), mich macht das völlig verrückt vor lauter Lust, so verrückt, dass wir aus dem Restaurant abhauen müssen. Auf der Straße machen wir uns übereinander her, so als seien wir Gesindel. Wir treiben es in Gärten, wälzen uns auf dem Rasen, erregt, weil uns jederzeit jemand entdecken kann. Dann steigen wir in ein Taxi, und er ist weiter unter meinem Rock zugange, sodass ich mein Gesicht verstecken und in meine Hand beißen muss, damit der Taxifahrer nichts merkt; Bert ist dabei ganz ernst, so als mache er gar nichts mit seiner Hand, und ich komme ein ums andere Mal, bis der Sitz ganz durchnässt ist. Wir steigen aus, und allein bei der Vorstellung der Gesichter der Fahrgäste, die nach uns einsteigen, krümmen wir uns vor Lachen. Magst du, dass ich dir das alles erzähle? Sicher. Du fühlst dich ja so wohl, wenn du leidest … Du hast es schon immer gemocht, dich wegen jeder Kleinigkeit in Selbstquälerei zu ergehen und dich in dein Leid hineinzusteigern. Womöglich findest du die Dinge, die ich dir hier erzähle, sogar erregend? Als du gelesen hast, wie mich Bert angrapscht, war das sehr erotisch für dich? Er grapscht an mir herum, fasst mich an und steckt seine Finger in alle Löcher, die er findet (und ich in seine), und wir lieben uns in Parks und in Kinos und in Absteigen, ganz eilig, als könnten wir nicht warten, bis wir zu Hause sind. Und wenn wir dann daheim sind, fangen wir von vorne an. Und ich fummele an ihm herum, ich fummele überall an ihm herum: auf der Straße, in Bars, vor seinen und vor meinen Freunden, im Auto, wenn er fährt. Im vollen Bus stecke ich meine Hand in seinen Mantel und in seinen Hosenschlitz und packe ihn, hart, steif und warm, und im schaukelnden Rhythmus des Busses reibe ich ihn, bis er sich über meine Finger ergießt, und beim Aussteigen lutsche ich sie ab, und der Fahrgast neben der Tür blickt auf meine Lippen und auf meine Finger und eine Sekunde später versteht er, was passiert ist, und lächelt überrascht. Wenn du willst, kannst du dir von mir aus einen runterholen. Wenn es dir allerdings wehtut, dass ich dir all das erzähle, weißt du, was zu tun ist: Hör auf, mir zu schreiben. Wenn du normal wärst, hättest du nach dieser ganzen Zeit, immerhin wohnen wir jetzt schon fast zwei Monate nicht mehr zusammen, längst eine neue Freundin und würdest ihren Hintern bearbeiten, anstatt mir mit deinen Briefen ein schlechtes Gewissen einzureden. Falls es dich tröstet (oder dein Leiden steigert), will ich dir mitteilen, dass ich nun mit einem Supertypen gehe und Bert ein bisschen eifersüchtig ist, so wie du, als das mit Bert anfing. Mit diesem Typ amüsiere ich mich bombig. Vielleicht noch mehr als mit Bert, was ja ziemlich schwierig ist und was deine Theorie bestätigen würde, dass ich von jedem neuen Typen hingerissen bin und immer glaube, er sei tausendmal besser als der vorige, bis ich, nachdem ich ihn besser kenne, das Interesse verliere. Vielleicht stimmt das auch. Na und? Dieser ist ziemlich jung, und ich muss ihm erst alles beibringen: wie er sich hinlegen muss, was er bei mir machen soll, wie er mich lecken, wie er mich umarmen soll. Ich fühle mich als Beschützerin, so wie eine Mutter. Wie du siehst, kommt jetzt bei mir scheinbar der Mutterinstinkt durch. Er ist zart und stark wie ein Kalb und füllt mir den Mund wie niemand davor. Es muss eine Frage des Alters sein: so ein zartes Lämmchen … Möchtest du noch mehr von mir wissen? Hoffentlich nicht. Und was die Drohung betrifft, dich umzubringen, will ich dir noch eins sagen: Ich finde es völlig geschmacklos und wenig originell, und wenn du meinst, du müsstest mich genauso fies erpressen wie Toni, als ich ihn deinetwegen verlassen habe, so will ich dich doch daran erinnern, dass er wenigstens den Mumm hatte, die Drohung wahr zu machen, etwas, was ich mir bei dir kaum vorstellen kann. Nun zum Schluss, mein Lieber, in der Hoffnung, nie wieder von dir zu hören, sende ich dir nicht gerade überschwängliche Grüße

C.«

Vier Viertelstunden

Pünktlich ist derjenige, steht im Wörterbuch, der eine Sache genau zum festgelegten Zeitpunkt tut. Hast du also um sieben eine Verabredung, bist du pünktlich, wenn du um sieben erscheinst. Bis hierher ist alles klar. Was nicht ganz so klar ist, wie soll man denjenigen bezeichnen, der sich um sieben verabredet hat, aber bereits um sechs durch die Straßen in der Nähe des verabredeten Ortes streift und sich um halb sieben am Kiosk, dem Ort der Verabredung selbst, einfindet, eher, weil es Freitag ist und am Freitag die Kioske wie Gärten im Frühling erblühen, als aus einem anderen Grund: Alle Periodika des Wochenendes erscheinen zum gleichen Zeitpunkt, und wenige Dinge lenken einen besser vom Warten ab als das gemütliche Beäugen der Titelseiten von Zeitschriften (und der Bücher, die in den benachbarten Schaufenstern ausliegen). Doch um drei viertel sieben sind alle Titel angeschaut, und nachdem man immer noch eine Viertelstunde warten muss, bleibt einem nichts anderes übrig, als eine Zeitschrift oder eine Zeitung zu kaufen und langsam in ihr herumzublättern. Wenn man dann in der letzten Zeile der letzten Spalte der letzten Seite angekommen ist (die einzig lesenwerte: die Unterhaltungsseite), ist es sieben Uhr, und es gibt keinen Grund, des Wartens müde zu sein, denn in Wirklichkeit hat das Warten noch gar nicht begonnen. Dieses Individuum, das pünktlich ist (denn es ist genau zum festgelegten Zeitpunkt an dem verabredeten Ort) und gleichzeitig unpünktlich (denn es war zu früh an dem Ort: also nicht genau zu dem festgelegten Zeitpunkt), bin in diesem Fall ich, der immer noch nicht weiß, wie diese verbissene unpünktliche Pünktlichkeit zu bezeichnen ist, die ich von klein auf mit mir herumschleppe, zu meinem eigenen Pech und zur Überraschung aller, mit denen ich verabredet bin und die zwanghaft unpünktlich zu sein pflegen. Unpünktlich sein kann heißen, sich um sieben zu verabreden und eine Minute nach sieben da zu sein, oder fünf nach sieben oder um viertel acht oder um halb acht oder um neun oder um zehn. (Viele Unpünktliche sind unpünktlich, weil es ihnen offensichtlich Spaß macht, andere auf sich warten zu lassen, über die braucht man keine weiteren Worte zu verlieren.) Wenn die Person, mit der du verabredest bist, gar nicht erscheint, hört sie automatisch auf, unpünktlich zu sein, und wird unverschämt. Wenn man Glück hat und die Gewohnheiten desjenigen, auf den man wartet, kennt, kann man ihn in die passende Kategorie einordnen und ihm vielleicht sogar eine Verspätung verzeihen (oder sich von einer ungewöhnlichen Pünktlichkeit überraschen lassen oder sich über einen Unfall beunruhigen, den es gar nicht gegeben hat). Wenn man die Verabredungsgewohnheiten des Anderen nicht kennt, warten Risiko und Abenteuer in der unmittelbaren Zukunft auf einen, und man wird sich höchstwahrscheinlich eine ganze Weile lang in eine regungslose Schaufensterpuppe verwandeln, die, an Wände und Straßenlaternen gelehnt, köstliche Racheakte ersinnt und zur Ablenkung alle Arten von Pünktlichkeit und Unpünktlichkeit klassifiziert, mit denen das Schicksal einen im Laufe des Lebens konfrontiert.

Das war mein Fall: Mir waren die Umgangsformen der Frau, auf die ich wartete, völlig unbekannt (ich hatte sie öfter am Ausgang des Atomkraftwerkes getroffen, wo ich arbeite; und sie auch: Daher kenne ich sie). Nun, um viertel acht hatte ich alle Titelseiten studiert und zwei, nicht eine, Zeitungen gelesen (um genau zu sein, eine Zeitung und eine Zeitschrift). Um halb acht fing ich an, mir Gedanken zu machen, ob wir uns vielleicht irgendwo anders verabredet hatten; ob wir eine andere Uhrzeit vereinbart hatten; ob sie vielleicht einen anderen Ort oder eine andere Zeit verstanden hatte; oder ob ich Ort oder Zeit falsch verstanden hatte; ob ihr etwas passiert sei; ob sie es sich anders überlegt und entschieden hatte, nicht zu kommen (und ich, der ich in der Hoffnung auf eine verrückte Nacht extra den Teppichboden gesaugt und Sekt kalt gestellt hatte!); ob irgendwo in der Stadt ein Verkehrschaos war (mir fiel aber ein, dass sie kein Auto besaß und davon nicht betroffen war); ob vielleicht die U-Bahn ausgefallen war (ein Zusammenstoß: entgleiste Wagen: Leichen auf dem Bahnsteig: ihre auch?); ob vielleicht ein anderer Grund sie abgehalten hatte: die Mutter von einem Taxi überfahren; der Vater in den Aufzugsschacht gefallen; der kleine Bruder (hatte sie überhaupt einen großen oder kleinen Bruder?) verhaftet wegen des Handels mit Murmeln. Um neun zog ich die Möglichkeit einer Entscheidung in Betracht. Um viertel zehn wurde der Kiosk geschlossen (und der Kioskbesitzer schaute mich beim Herunterlassen des Eisengitters an, als sei ich ein Geist oder ein Dieb). Ich dachte, es sei eine gute Idee, im Café genau gegenüber einen Kaffee zu trinken. Um halb zehn betrat ich das Café, die Wärme, die mir entgegenschlug, machte mich erst auf die Hundskälte draußen aufmerksam. Und ich war drei Stunden draußen gestanden! Ich blieb am Tresen, von wo aus (man sagt ja, die Hoffnung sei das Letzte, was man verliere) die Straße und der Kiosk gut einzusehen waren, falls sie doch noch auftauchen und den ganz beträchtlichen Unpünktlichkeitsrekord des Landes schlagen würde. Ich bestellte einen Milchkaffee.

Um zehn (natürlich passieren Dinge nicht genau alle Viertelstunden und in diesem Fall war es nicht anders: Aber auch noch die Minuten zu zählen, wäre wirklich übertrieben) zahlte ich den Milchkaffee, und als ich mich zur Tür wandte, sah ich an einem Tisch Helena, die mir zulächelte. (Aber nun keine vorzeitigen Gefühlsanwandlungen: Helena war nicht die Frau, auf die ich den ganzen Abend gewartet hatte. Die Frau, auf die ich den ganzen Abend gewartet hatte, hieß Hortensia. Bei dieser Gelegenheit kann ich mich ja vorstellen: Ich heiße Hilari.) Helena war in der Uni meine Freundin, bis vor einem Jahr: Als ich mit dem Studium fertig war, machte ich mit ihr Schluss. Jetzt küssten wir uns auf die Wangen:

– Wie du dich verändert hast …

– Nicht so arg, glaube ich. Du siehst aber genauso aus wie früher.

– Wir haben uns ein Jahr nicht gesehen. Aber man meint, es sei viel länger her. Du hast zugenommen. Was machst du so? Erzähl.

– Eigentlich …

– Setz dich …

– … ich wollte gerade gehen.

– Was willst du trinken?

– Ich habe …

– Setz dich. Wenn du stehst, fühle ich mich irgendwie, ich weiß nicht, wie. Bist du gewachsen? Du siehst größer aus.

– Quatsch! Wie soll man in meinem Alter noch wachsen?

– Was trinkst du?

– Hhmmm … Einen Cognac.

Ich griff nach einem Stuhl und setzte mich. Plötzlich wollte ich gar nicht mehr, dass Hortensia auftauchte und mich hier zusammen mit Helena sah. Ich überlegte, ob es besser sei, sofort zu verschwinden und dabei Gefahr zu laufen, dass Hortensia genau in dem Moment am Kiosk eintreffen würde (was relativ unwahrscheinlich war: Denn sie gehörte offensichtlich zu der unverschämten Rasse), oder zu bleiben und ein anderes Risiko einzugehen: nämlich, dass Hortensia wenig später eintreffen würde, in das Café ginge und uns entdecken würde.

– Ich habe dich vor einer halben Stunde hereinkommen sehen.

Mir kam es nicht in den Sinn, sie zu fragen, warum sie mich nicht angesprochen hatte. Ich überlegte, wenn ich nicht gesehen hatte, wie sie das Café betreten hatte (was sehr seltsam war, da ich den ganzen Abend neben dem Kiosk stand), seit wann mochte sie wohl in dem Café sitzen? Sie musste mich die ganze Zeit beobachtet haben: einen verlassenen Gaffer am Kiosk, der ganz offensichtlich auf jemanden wartete, der nicht kam, und immer noch nicht gekommen war? (Und sie, wartete sie auf jemanden? Würde sie mich fragen? Und wenn ja, was sollte ich ihr antworten?)

– Bist du schon lange hier?

Als Stratege von niedrigem Niveau kam ich ihr zuvor.

– Ja, schon eine Weile. Es ist so kalt, da wollte ich etwas Heißes trinken.

Was war für sie eine Weile? Welches Schema benutzte sie, um zu beurteilen, ob eine Weile kurz oder lang war? Und das mit der Kälte … Machte sie sich über mich lustig? Wir schwiegen einige Augenblicke oder einen Augenblick oder vielleicht Fragmente eines Augenblicks, die mir wie ewig lange Sekunden erschienen. Ich musste etwas sagen: Unvorhergesehene Ereignisse (und dieses Treffen war eines) brachten mich durcheinander. Ihr musste es ähnlich gehen, denn ich hatte ihre letzte Frage nicht beantwortet und sie merkte es offenbar gar nicht. Wir wechselten das Thema. Plötzlich wurde Helena ernst:

– Nachdem wir Schluss gemacht hatten, ging es mir sehr schlecht. Hundsmiserabel. Wirklich. Wir müssen nicht noch einmal darüber reden: Wir wissen beide, wie es war. Ich … Ich weiß nicht. Wir haben beschlossen, uns nicht gegenseitig die Schuld in die Schuhe zu schieben. Einverstanden. Ich will dir nur erzählen, dass ich mich in dem Moment, als ich das Gefühl hatte, mir werde der Boden unter den Füßen weggezogen, gleichzeitig sehr wohlgefühlt habe, sehr gut in einer seltsamen Art: so als würde ich wieder ich selbst werden (und mir gefällt dieser Satz nicht: Er erscheint mir billig). Wenige Tage, nachdem wir unsere Beziehung beendet hatten, ging ich ins Kino, allein, ich weiß nicht mehr, in welchen Film. Ich ging ins Kino, und als der Film zu Ende war, trat ich ins Foyer, und mein Blick fiel auf den Fußboden, der mit großen rötlichen Teppichfliesen ausgelegt war. Und es war, als hätte ich ihn zwar schon immer gesehen, aber als schaute ich ihn nun zum ersten Mal an. So als hätte ich zuvor nie hingesehen. Und obwohl ich völlig verzweifelt war, fühlte ich mich ganz sicher beim Anblick dieses Teppichs, der grauen Sofas und der schwarz lackierten Türen und hatte Lust, mit jemandem zu plaudern, mit irgend einem ganz romantischen, ganz sanften, ganz zärtlichen Kerl anzubändeln. Ich weiß nicht, ob ich mich richtig verständlich mache: Die Welt, ob gut oder böse, lag vor mir, und mir ging es wirklich sehr, sehr schlecht; aber ich war es, der es schlecht ging. Als ich auf die Straße hinaustrat, sah ich die Autos und die Menschen, und der Gedanke, mich nicht dann und dann mit dem und dem da und da treffen zu müssen, gefiel mir. Ich konnte, ich weiß nicht, zum Beispiel eine Mandelmilch trinken oder mir einen weiteren Film oder noch einmal denselben Film ansehen oder mich auf eine Bank setzen und warten, bis der Müllwagen vorbeifuhr. Oder mich mit irgendwem treffen oder alleine bleiben.

Ich machte den Mund nicht auf. Sie hielt einen Moment inne, vielleicht nur um Luft zu holen, denn gleich darauf fuhr sie fort:

– In diesem Jahr bin ich mit einem aus meinem Fachbereich gegangen (ich bin noch nicht mit dem Studium fertig): Hipòlit. Ich weiß nicht, ob du dich an ihn erinnerst: ein langer Rothaariger mit einer riesigen Nase, er spielt Basketball. Seitdem haben wir uns regelmäßig gesehen, bis letzte Woche, in der er nicht zu unserer Verabredung kam.

– Ihr wart verabredet, und er ist nicht gekommen?

– Genau. Dann, am nächsten Tag, hat er angerufen und sich entschuldigt. Und ich habe ihm seine Entschuldigung geglaubt, denn (das habe ich sofort überprüft) sie stimmte. Manchmal passiert einfach so was und hat keine Bedeutung. Aber an jenem Tag sah ich ganz klar, Hipòlit und ich hatten unsere Beziehung eigentlich schon viel früher beendet; nicht weil er mich versetzt hat, das war nur eine Lappalie und fungierte lediglich als Auslöser: Auf einmal war mir das klar. Dieses Gefühl, mich erneut in der Welt wiederzuerkennen, habe ich dir deshalb so leidenschaftlich beschrieben, weil ich es gerade aufs Neue erlebe, und den rötlichen Teppich habe ich heute Nachmittag wieder im Kino gesehen.

Während Helena redete, verzieh ich ihr alle und jede einzelne Gemeinheit, die sie mir früher angetan hatte: Sagen wir, ich war geradewegs auf dem Weg, mich abermals in sie zu verlieben. Ich bekam Zweifel, ob ich sie in jenem Jahr tatsächlich so gehasst hatte. Sie schickte sich an aufzustehen. Ich schlug vor, uns zu treffen. Sie senkte den Kopf, schaute mich zweifelnd an. Ich blieb hartnäckig: Montag?

– Montag passt mir nicht.

– Mir auch nicht, wenn ich darüber nachdenke.

– Dienstag geht bei mir nicht.

– Bei mir schon, aber wenn es bei dir nicht …

– Mittwoch auch nicht.

– Und Donnerstag? Nein. Donnerstag nicht. Und Freitag? Ja, Freitag geht bei mir.

– Freitag kann ich nicht. Weißt du was? Jedes Mal, wenn ich mit einem Lover Schluss mache, stopfe ich mir den Tag voll mit Sprachkursen. Als ich mit dir Schluss gemacht habe, habe ich mit Italienisch angefangen. Jetzt mit Deutsch.

– Also dann, was meinst du, ich weiß nicht …

– Und morgen? Morgen kann ich. Wenn nicht, müssen wir warten, bis ich weiß nicht wann.

Wir kamen überein, uns am nächsten Tag zu treffen: in genau diesem Café um sieben Uhr abends. Als ich zu Hause ankam, hatte Hortensia auf den Anrufbeantworter gesprochen: Sie hatte nicht kommen können, weil sie eine halbe Stunde vor unserer Verabredung krank geworden war. Es tat ihr sehr leid. Sie hatte angerufen, als ich schon nicht mehr zu Hause war: um sechs.

Am nächsten Morgen, einem Samstag, schlief ich aus. Ich konnte mich nicht mehr erinnern, ob Helena sehr unpünktlich war oder nur ein bisschen. Für alle Fälle spielte ich die Rolle des kleinen Unpünktlichen, die weniger sehnsüchtig wirkte: Ich würde drei Minuten nach sieben im Café sein. Verbissener unpünktlicher Pünktlicher, der ich aber bin, war ich bereits um sechs drei Straßen vom Café entfernt und betrachtete Schaufenster. Ich kaufte Maronen, futterte sie genüsslich in mich hinein und suchte Abfalleimer für die Schalen. Auf skandalöse Weise pünktlich in meinen eigenen Entscheidungen, stand ich um drei Minuten nach sieben vor dem Café, warf einen schnellen Blick zum Kiosk und zum Kioskhändler (der mich schräg anschaute, so als habe er mich schon einmal gesehen) und betrat das Café. Ich setzte mich an einen Tisch und bestellte einen Anisschnaps. Die Viertelstunden verrannen eine nach der anderen: Helena kam nicht. Um neun ging ich: Ich kaufte am Kiosk eine Zeitung. Neben mir kaufte Hortensia, überrascht mich zu sehen, auch eine Zeitung und bedauerte, dass sie am Tag zuvor nicht habe kommen können; sie zeigte auf den Schuldigen: ein furchtbares Bauchweh wegen eines schwer verdaulichen Mittagessens. Nun aber (und es tat ihr sehr leid) hatte sie es eilig: Wir verabredeten uns für morgen. Am nächsten Tag wartete ich nur bis halb neun: Hortensia kam nicht. An der Ecke traf ich auf Helena, die keine Zeit hatte: Eilfertig entschuldigte sich, am Tag zuvor nicht gekommen zu sein. Wir verabredeten uns für den nächsten Tag (sie würde es schon hinkriegen, versprach sie mir, ihren Termin zu verschieben). Am Tag darauf kam sie nicht. Auf der anderen Gehwegseite traf ich allerdings Hortensia, die versuchte, dasselbe Taxi zu bekommen wie ich (was wir dann auch gemeinsam nahmen): Sie entschuldigte sich tausendfach und bat mich, uns am nächsten Tag zu treffen. Am nächsten Tag wartete ich umsonst, und da ich die Nase voll hatte, ging ich zu Fuß nach Hause und machte einen Umweg durch die Galerien. Vor einem Magritte traf ich Helena, die sich entschuldigte.

Ich stellte mir eine Verschwörung vor: Sie waren befreundet und machten sich über mich lustig; sie erzählten jeden Abend lachend, wo und wie sie mich getroffen hatten und was für ein Gesicht ich gemacht hatte. Ich spielte das Spiel noch einen Monat weiter mit. Bis ich es satt hatte. Ich verabredete mich mit einer der beiden und kam nicht. Anstatt in das Café zu gehen, in dem wir verabredet waren, versteckte ich mich in dem Café gegenüber und beobachtete aus der Ferne, ob die, mit der ich mich nicht verabredet hatte, irgendwo stand und spionierte, um mir dann, wenn ich aus dem Café käme, zu folgen und ganz zufällig über den Weg zu laufen. Ich stand am Tresen, als ein mir nicht ganz unbekannter Mann auf mich zutrat: hochgewachsen mit roten Haaren und dem Aussehen eines Basketballspielers.

– Du bis sicher Hilari – sagte er.

Ich nickte mit dem Kopf und teilte ihm meine Vermutung mit, dass er Hipòlit sei, der Ex-Lover von Helena. Wir unterhielten uns. Er war vor einem Monat und ein paar Tagen aus dem gleichen Grund nicht zu der Verabredung mit Helena gekommen wie ich heute Abend. Natürlich kannte auch er Hortensia und hatte die gleichen Entwicklungsstufen durchlaufen wie ich. Wir tauschten Erinnerungen an die Uni aus (für mich schon ein Jahr her, für ihn noch aktuell). Wir beschlossen, gemeinsam essen zu gehen, und versuchten, beim Essen herauszufinden, warum sie sich so verhielten. Und wenn sie nicht Motuproprio handelten? Vielleicht waren wir nicht die einzigen Narren, und die Stadt war voll mit Clowns wie uns. Vielleicht war es eine Weltverschwörung: Die Frauen aller Länder hatten sich in einem meisterlichen Spiel vereinigt, um uns Männer zum Wahnsinn zu treiben, bevor sie zum letzten Schlag ausholten und wieder das Matriarchat einführten. Wir bestellten die dritte Flasche Sekt. Wir mussten umgehend die Welt über unsere Entdeckung informieren und die Männer gegen diese Gefahr mobilisieren. Hipòlit schlug einen Gegenangriff vor: Einer, der die Ex des anderen kannte, musste sich mit ihr verabreden, doch würde dann nicht er, sondern der andere hingehen: Das Rad käme ins Rollen: Alle Männer auf der ganzen Welt würden sich mit allen Frauen verabreden, und keiner würde zu den Verabredungen kommen.

In den frühen Morgenstunden sagten wir uns Tschüss. Wir verabredeten uns für den nächsten Tag, um die Strategie zu präzisieren: zu der und der Uhrzeit an dem und dem Ort. Selbstverständlich bin ich am nächsten Tag in nüchternem Zustand nicht hingegangen.

Ein Kino

Draußen regnete es.

Es war ein verkommenes Kino, dessen Putz in endgültig verlorenen Zeiten einmal sandfarben gewesen war. An der Fassade hingen verblichene Plakate von Stars, die schon vor Jahrzehnten das Zeitliche gesegnet haben mussten, ihre geschminkten Gesichter waren mit Glittersternchen übersät. Als ich eintrat, wurde noch Werbung gezeigt. Es gab keine Schlange, und die Frau an der Kasse riss auch gleich die Karte ab, eine Personaleinsparung, die andeutete (so als sei es nicht ohnehin ganz und gar offensichtlich), dass es mit diesem Kino bergab ging.

Obwohl das Parkett fast leer war, wurde ich von einem Platzanweiser (der sich gegen seine mehr als lächerliche Entbehrlichkeit immun zeigte) begleitet. Er schlurfte vor mir her über Erdnussschalen, Plastiktüten, Tempotaschentücher, Zeitungspapier und Kondome, die auf dem Boden des Saals einen Teppich bildeten. In dem Moment hätte ich gehen sollen, aber ich tat es nicht. Der Platzanweiser spuckte auf den Boden. Ich wählte einen Platz am Mittelgang, weder zu nah an der Leinwand noch zu weit weg. Die Werbung war zu Ende, und die Lichter gingen kurz an. An den ehemals stoffbezogenen Wänden hingen nur noch karmesinrote Fetzen. Es wurde wieder dunkel, und das Surren des Projektors attackierte auf unerhörte Weise den Saal. Niemand protestierte.

Ein heterosexuelles Pärchen stolperte (lärmend wie eine ganze Armee) herein und ließ sich ausgerechnet in der Reihe direkt hinter mir quietschend in die Sitze fallen. Der Löwe riss sein Maul auf, und hinter mir begannen sie zu plaudern. Beim Vorspann waren sie eine Weile ruhig. Dann tuschelte der Mann seiner Freundin etwas ins Ohr, sie brach in Lachen aus, und der Urheber ihres Gelächters ließ sich von ihr anstecken. Ich drehte mich leicht nach hinten (in solchen Fällen kann eine unumwundene Äußerung, dass man sich gestört fühlt, zu einer unmittelbaren Verhaltensänderung führen) und verzog meinen Mund, um so meinem Ärger deutlich Ausdruck zu verleihen.

Abgesehen von dem Gequietsche der Sitze herrschte für eine Weile Ruhe (ich weiß nicht, ob meine Mimik Erfolg hatte oder ob es nur Zufall war), doch bald darauf hörte ich das Knistern von Zellophan. Sicher war es das Einwickelpapier von einem Bonbon, doch das Geräusch bekam (in dem fast gänzlich leeren Saal) eine absolute Wichtigkeit: Es schien, als sei die Tonspur des Filmes verstummt und als komme das Geraschel des endlosen Zellophans mitten aus den Lautsprechern. Das erste Bonbon war noch nicht ausgewickelt, als die Stimme der Frau sagte: »Willst du eines?«, und das »Ja« des Mannes verschmolz bereits mit dem Auftakt zur neuen Symphonie: Nacheinander wickelten sie sieben Bonbons oder Pralinen aus, was immer es auch war. Dann blieb es still.

Im Film sah man die ganze Zeit öde Landschaften: Panorama, Panorama und noch mal Panorama. Eben jetzt erst begann die Handlung: Der Fremde betrat den Saloon, alle sahen ihn schief an. Er verlangte einen Whiskey, der Kellner stellte ihn miesgelaunt vor ihn hin. Ein Bärtiger mit vertrieften Augen stocherte in einem Zahn herum.

Plötzlich nieste die Frau hinter mir. Und das, was als spontanes Ereignis begann, wurde zu einem lang währenden Rezital (ausgeschmückt mit einem viermaligen Klicken am Verschluss der Geldbörse), das mit dem Schneuzen der Frau zu Ende ging, wobei sie eine beeindruckende Serie von nasalen Winden erzeugte, von der mich der Geruch von geröstetem Mais ablenkte.

Wenn es auf der Welt einen Geruch gibt, den ich nicht ausstehen kann, dann ist das der von geröstetem Mais. Weder rechts noch links von mir futterte irgendjemand Maiskörner, und das Pärchen hinter mir war zu sehr mit dem Auswickeln von Bonbons oder Pralinen beschäftigt, als dass es sich auch noch mit Maiskörnern abgegeben hätte. Doch der Gedanke nahm laut seinen Weg durch meinen Mund:

– Wie kann man nur …

Aus der Reihe vor mir (die mir bis dahin leer erschienen war) tauchte das Köpfchen eines Männleins auf, das mich mit unsichtbaren Tigeraugen anschaute:

– Jetzt reicht's aber langsam mit dem Krach!

Ich setzte an, um zu antworten, dass ich nur der Verursacher des letzten Gemurmels sei und daher völlig unschuldig, was die ganzen Geräusche und Gerüche um uns herum betraf, und er brauche mich deshalb nicht so anzufahren; doch schon nach einem halben Wort drehten sich drei Köpfe, um mich zum Schweigen zu bringen.

Ich stand auf und setzte mich auf der anderen Gangseite zwei oder drei Reihen weiter nach vorne. Jetzt verstand ich nicht mehr, was auf der Leinwand vor sich ging: Vier Kerle, die aussahen wie Gewohnheitsspieler (darunter der Fremde von vorhin) spielten Poker. Anscheinend hatte einer ein Full House: drei Asse und zwei Buben, eine Kombination, die den Fremden merklich überraschte, da er zwei Asse hatte, was bedeutete, dass fünf Asse auf dem Tisch lagen, was angesichts der Tatsache, dass sie nur mit einem Blatt spielten, höchst ungewöhnlich war. Offensichtlich spielte also einer der beiden falsch. Da nun beide jegliche Schuld von sich wiesen und behaupteten, der andere sei schuld, wurde die Affäre mit einem kleinen Duell gelöst, aus dem der Fremde siegreich hervorging, zum großen Ärger der Einheimischen, die die Leiche fortschafften und sogleich einen Ersatzspieler suchten, um das Spiel fortsetzen zu können. Eines der beiden doppelten Asse wurde weggelegt und das Spiel ging weiter. Zum nächsten Krach kam es, als zwei andere Spieler (diesmal beobachtete der Fremde geistesabwesend die Auseinandersetzung), überzeugt von dem guten Spiel, das sie auf der Hand hatten, ihren Einsatz immer weiter erhöhten, bis sie, in der Gewissheit zu gewinnen, alles setzten. Als sie die Karten auf den Tisch legten, hatten beide vier Asse.

Wenn es einige Minuten zuvor wegen eines überzähligen Asses ein Duell gegeben hatte, musste man bei vieren auf ein gegenseitiges Abschlachten gefasst sein. Doch es kam anders: Bevor der Streit überhaupt anfing, hatte bereits einer der potenziellen Angeklagten den anderen erschossen, was ihn auf der Stelle zum Unschuldigen machte. Man suchte nach einem weiteren Ersatzspieler und verlangte ein neues Kartenspiel.

Ich überlegte zum zweiten Mal, ob ich gehen sollte. So als sei die Verkommenheit des Kinos noch nicht genug, fehlte dem Film jeglicher Sinn. Die Musik triefte vor Pathos, die Schauspieler wussten nicht, was sie taten. Nun wurde weiter gepokert: Überall tauchten Asse auf. Sie ließen sich noch einige Male ein neues Blatt bringen, ehe sie schließlich wutentbrannt anfingen, kreuz und quer herumzuballern. Es blieb nur ein Spieler übrig: Der Fremde, der sich nun erhob und in Großaufnahme erschien, so als würde ihn die Tatsache, überlebt zu haben, zu Höherem bestimmen, etwas, an das er nicht einmal selbst glaubte. Zwei Reihen vor mir lachte ein Bursche auf und wickelte sein belegtes Baguette aus einem Zeitungspapier. Mit Thunfisch: Ich konnte es riechen.

Anscheinend war, abgesehen vom Saloonbesitzer, das ganze Dorf bei dem Blutbad umgekommen. Der Fremde lehnte am Tresen, trank und wusste nicht so recht, was er tun sollte (ähnlich wie der Regisseur). Die Szene zog sich minutenlang hin: Der Fremde goss sich einen Schluck nach dem anderen hinter die Binde, so als erwarte er von uns eine Idee, wie es weitergehen solle. Wie würde diese Abfolge von Szenen, eine hirnrissiger als die andere, ausgehen? Es interessierte mich immer weniger. Von der rechten Saalwand fiel eine Kugellampe und zersprang in tausend Stücke. Jemand lachte.

In diesem Moment spürte ich, wie jemand meinen Schenkel berührte. Völlig verblüfft, wusste ich nicht, wie reagieren. Es war das erste Mal, dass jemand versuchte, mich im Kino anzufassen. Ich traute mich nicht, meinen Kopf zu drehen, um zu sehen, wer das heimlich grapschende Individuum war. Als ich mich hingesetzt hatte, war der Platz neben mir frei. War der Jemand männlich oder weiblich (das Gewicht einer Hand sagte mir sehr wenig)?, doch wer auch immer, er oder sie hatte sicher einen verkrüppelten Körper und ein Pickelgesicht. Wahrscheinlich war der Jemand ein Mannweib, ein androgyner Außerirdischer. Ich stellte ihn mir grün vor, den Mund voller Stahlzähne … Vielleicht war es ja das Beste, nicht auf das Etwas zu achten, dann würde die Hand auf Grund der Nichtbeachtung genauso still und leise wieder verschwinden, wie sie gekommen war. Ich tat, als würde ich mich auf den Film konzentrieren: Auf der Leinwand tanzte der Fremde mit einem Frauenzimmer, das eine viel zu moderne Frisur trug. Doch das löste das Problem mitnichten: Die Hand bewegte sich weiter schenkelaufwärts. Ich holte tief Luft und drehte meinen Kopf: Es war die Frau von der Kasse, die sich mit meinem Schenkel beschäftigte und dadurch zu einer dreifachen Angestellten des Hauses wurde. Oder handelte sie aus Eigeninitiative? Ein paar Reihen hinter mir krachte es: Ein Sessel war zusammengebrochen, und alle brachen in Lachen aus: Das ganze Publikum und besonders das Opfer, das sich vom Boden erhob und den Staub von den Hosen klopfte. Die Kassiererin lachte auch kurz auf und sagte mir dann ganz leise:

– Erschrick nicht. Gefällt dir der Film? Ich habe ihn so oft gesehen, dass ich ihn auswendig kenne. Weißt du, dass wir heute schließen? Ich habe dich noch nie hier gesehen. Wenn hier jemand Neues herkommt, fällt das sofort auf. Wir sind schon lange unter uns und sehen uns so oft, dass wir nicht merken, wie wir älter werden. Siehst du das Pärchen da? Sie kommen jeden Tag, seit vielen, vielen Jahren, und sitzen immer auf demselben Platz. Gefällt dir nun der Film? Er ist nicht besonders interessant, stimmt's? Von den Filmen, die wir gezeigt haben (und das waren viele!), gefiel mir einer am besten, den wir im Programm hatten, als wir noch ein Uraufführungskino waren. (Vor vielen Jahren war dies ein Uraufführungskino, nicht, dass du denkst!) Das war wirklich ein schöner Film gewesen. Er hörte genau da auf, wo er begonnen hatte, und der Projektor (der Mann, der den Film zeigte: der Filmvorführer, mein' ich), der damals vielleicht noch jünger war, tat so, als ob der Film nie aufhörte, er lief drei- oder viermal ohne Unterbrechung. Und Gott sei Dank mussten wir spätnachts aufhören, sonst hätte er tagelang so weitergemacht. Der Hauptdarsteller war ein junger Mann, der seinem Schicksal entfliehen wollte. So als ob man dem, was geschrieben steht, entfliehen könnte! Na ja, ich erinnere mich nicht mehr genau an die Geschichte: Ich weiß nur noch, dass es als Kulisse ein Schattenhaus in den Nebeln gab, alt und ganz baufällig. Es kam auch eine junge Frau vor, aber ich weiß nicht mehr, was für eine Rolle sie spielte. Er floh von zu Hause, glaube ich, aber am Schluss kehrte er zurück, denn überall wo er hinkam, brachte er Zerstörung, egal ob in der U-Bahn oder in einem Ferienhaus am Meer, alles versank gleich in Trümmern. Ich erinnere mich nicht mehr so genau, aber die Lektion scheint klar: Niemand kann seinem Schicksal entgehen: Mmmhh. Willst du los? Bleib: Nachher werden wir diese letzte Vorführung feiern. Jetzt bist du eigentlich einer von uns.

Ich stand auf. Es gibt Abende, an denen man besser zu

Hause geblieben wäre. Ich ging, ohne mich umzudrehen: Das Pärchen lachte und sah mich an. Ab und zu fehlte ein Sitz, und die Reihen sahen aus wie kariöse Gebisse. In der letzten Reihe liebte sich ein Paar hemmungslos. Aus der Klotür drangen ohrenbetäubende Schreie. Ein maskierter Dieb griff den Platzanweiser mit einem gigantischen Messer an. Während ich in den Falten des schweren granatroten Samtvorhangs den Ausgang suchte, hörte ich einen lauten Knall: Die Leinwand zerriss schräg von oben rechts nach unten links. Alle brachen in Gelächter aus.

Draußen regnete es nicht mehr. Ich ging schnellen Schrittes. Ich hatte vor irgendetwas Angst: einem unbestimmten Schatten, etwas Unheilvollem, was, dessen war ich sicher, bis Sonnenaufgang dauern würde. Beim Anblick der ersten Morgenstrahlen wäre ich gerettet. Auf dem Weg nach Hause trat ich immer nur auf jede zweite Gehwegplatte. Als ich vor der Haustür stand, merkte ich, dass ich die Schlüssel verloren hatte. Ich hatte sie entweder verloren, oder man hatte sie mir geklaut (vielleicht die Frau an der Kasse?). So, das war es also, wovor ich mich gefürchtet hatte. Doch ein Gefühl in meinem Magen sagte mir, dass mir noch Schlimmeres bevorstand. Ich könnte natürlich die Feuerwehr anrufen, die mir die Tür aufbrechen würde. Oder einen Schlosser. Doch das war nicht die Lösung: Früher oder später musste ich mich stellen. Wenn ich nicht hinginge, würden sie kommen. Der Gedanke, sie anzuzeigen, reizte mich zum Lachen: Auf dem Polizeirevier wären sie der Kommissar, die Polizisten, ein offensichtlich verhafteter Dieb, die Frau an der Kasse als Aufseherin … Das Miauen einer Katze ließ mich aufschreien.

Ich machte mich auf den Weg zurück zum Kino. Ich dachte: Wenn ich dort ankomme, werden sie alle auf mich warten und mich mit schwefeligem Gelächter und den klimpernden Schlüsseln empfangen. Ich dachte: Wenn ich dort ankomme, wird das Abrissunternehmen mit dem Abriss des Gebäudes begonnen haben, und weit und breit wird keine dieser finsteren Gestalten zu sehen sein; dann werde ich wissen, dass ich für immer einen fürchterlichen Fluch mit mir herumtragen werde. Doch genau vor der Straßenecke, an der das Kino liegt, sah ich die Schlüssel, meine Schlüssel, auf dem Boden, leuchtend wie Diamanten. Als ich sie aufhob, dachte ich: Jetzt brauche ich nicht mehr hinzugehen. Ich dachte auch: Zu Hause werde ich vor lauter Angst nicht schlafen können. Wenn ich mich beeile, werde ich vorher da sein, und je früher ich da bin, desto schneller ist alles vorbei. Was ist los? Habe ich Angst vor Geistern? Ich bog um die Ecke und rannte los.

Das Pflanzenreich

Dem Enkel von Matons
vom Enkel von Onkel Ximo

Zu sagen, die Zeiten sind schwer, heißt heutzutage gar nichts mehr, denn wir haben diesen Ausdruck so oft benutzt, dass er schließlich seinen Sinn verloren hat, sollte er jemals einen gehabt haben: Die Zeiten sind in den Redewendungen immer schwer. Vielleicht wäre es genauer zu sagen, dass wir nicht mehr wissen, wo Norden ist; oder noch besser, wenn wir uns fragen, ob es den Norden überhaupt gibt (und folglich auch den Süden, der die Umkehrung desselben ist), alles nichts als herumhuschende Schatten in einem Schulflur. Man sagt, es seien Krisenzeiten, und ich bin gerne bereit zu denken, dass deshalb alles so ist, wie es ist. Denn wenn diese Theorie stimmt, wird der Kompass wieder funktionieren, wenn die Krise vorbei ist. Vor ein paar Jahren schien uns alles klar: Wir stürzten die Idole (nicht alle Idole jedoch: Vielleicht war das der Fehler) und setzten uns auf die leeren Podeste in der Erwartung, dass zwei mal zwei nicht mehr vier ist: Die Fensterstürze waren immer ein Norden, zumindest sie. Nun sind wir erwachsen (wir haben gelernt, dass zwei Schläge mit dem Knüppel und noch mal zwei Schläge mit dem Knüppel vier Schläge sind) und fragen uns, ob wir einige der gestürzten Idole wieder auf das Podest setzen oder selbst dort bleiben sollen, in der Gewissheit, dass in einer kommenden Zeit jemand seine eigenen Kommentare abgeben und neue Statuen errichten wird (möglichst aus Plastik, das brennt besser und verbreitet zudem einen bestialischen Gestank).

Als ich klein war, antwortete ich auf die Frage: »Und du, mein Kind, was willst du werden, wenn du groß bist?« »Unmensch.« Und ich habe meine ganze Kraft in dieses Streben gesteckt. In meiner Generation (vielleicht sollten wir sie eher Degeneration nennen: Wir waren eine begünstigte degenerierte Generation) begann die Akne im Schatten der ersten Rolling Stones und der Kämpfe zwischen Mods und Rockern, und wir projizierten unsere Wut auf alles, was orthodox erschien. Klugerweise verstanden wir, dass Heterodoxie und Skrupellosigkeit Wörter waren, die in keinem Wörterbuch als Synonyme auftauchten.

Ich habe von meiner Berufung zur Skrupellosigkeit berichtet, aber ich habe nicht erzählt, wie sich das zusammengebraut hat. (Ich weiß nicht, ob ich es fertigbringe: Ich kann zwar klar die Wurzeln erkennen, aber dann folgen nur verlorene Evolutionsstufen). Im Enfants Terribles verbrüderten wir uns mit seefahrenden Yankees und Brasilianern, schäbigen Nutten und Nordafrikanern (so werden sie heute genannt), die um Mitternacht mit Sonnenbrillen herumliefen. Von allen lernten wir unseren Zynismus und unser Schmarotzertum; als die ersten Hippies anlandeten, war uns sofort klar, dass wir nie was mit ihnen gemeinsam haben würden: Die andere Backe hinhalten war nicht unser Stil. Wir leugneten unsere Gefühle (und waren sentimental wie kaum einer sonst) und wurden nur durch Ziele motiviert, aus denen wir irgendeinen Gewinn schlagen konnten. Die Zeit hat uns ein wenig Recht gegeben (man bekommt es nie zur Gänze): Von den Hippies hört man heute gar nichts mehr, und die Habgierigen sind die Herren der Welt. In den Siebzigern begann der endgültige Verfall: Die Anhänger der Perversionsethik stellten sich als wenig ethisch und überhaupt nicht pervers heraus; Opportunisten, sonst nichts. Ich hatte die Nase voll von Junkies und Messern, und der neue Schub an Rebellen (Ökos, Vegetarier und Kriegsdienstverweigerer) ließ mir das Herz schwer werden.

Durch die Langeweile überstürzten sich die Ereignisse. In

jener Nacht las ich Baudelaire. Ich lag in der Hängematte auf der Terrasse, umgeben von Zwergpalmen und Hortensien, mit Blick auf den gelben Mond über blauer Bucht. Txitxi lief in der Wohnung auf und ab, angeödet, abstinent, traurig, enterotisiert: Sie wollte nicht trinken, sie wollte nicht reden und vor allem wollte sie nicht vögeln. Genauso gelangweilt wie sie, wand ich mich aus der Hängematte, griff Txitxi am Arm und verdrehte ihn, bis sie anfing zu weinen (sie schaute mich dabei mit Augen an, die beichteten, dass auch ihr plötzlich die Langeweile vergangen war), und ich vergewaltigte sie, ohne dass ihre Schreie mein Gewissen belasteten. Wie bei einem Wunder öffnete sich der Himmel; eine Helligkeit trieb mich vor sich her: Plötzlich wurde mir klar, dass ich jahrelang vor mich hinvegetiert hatte. Nun war ich ein Bär nach dem Winterschlaf, der den ihm würdigsten Weg wählte: mich in einen klassischen Lüstling zu verwandeln. Ich würde nur noch die verbotenen Früchte kosten. Nachdem ich alles andere hinter mich gebracht hatte, spezialisierte ich mich auf die Frauen: eine Frage des Alters.

Von da an ging alles wie von selbst. Das Laster ist eine Ebene mit Wanderdünen, die alles verschlingen und denen niemand entfliehen kann. Vom ersten Experiment animiert, wurde ich zunächst Vergewaltiger. Kurz darauf beschloss ich, im Bewusstsein der Bedeutung meiner Aufgabe in einer Gesellschaft wie der unseren, mich theoretisch mit der Funktion auseinanderzusetzen, die ich zu erfüllen hatte, nicht, dass ich statt Täter zu sein versehentlich in die einfachere Rolle des Opfers schlüpfte. Und da es keine fruchtbringende theoretische Reflexion ohne begleitende bewusste Praxis geben kann, war ich (abwechselnd, hintereinander, gleichzeitig) Exhibitionist, Voyeur, Verführer Minderjähriger, Gigolo, Sadist, Sodomit, Masochist. War mir ein Terrain verboten, so war es zu erobern. Keine Verirrung war mir fremd. Wenn ich deshalb sage, die Zeiten seien schwer, dann tue ich das mit einer tiefen Kenntnis der Sache, Resultat, wie ich bereits sagte, einer gleichermaßen theoretischen wie praktischen Reflexion.

Jetzt erzähle ich euch meinen letzten Coup: Mittwoch war ich gegen halb zwei nachts im Whisky Twist. Den Ellenbogen auf den Tresen gestützt, rauchte ich vor mich hin, betrachtete, eingetaucht in die Anonymität der blauen und roten Lichter des Lokals, die Flaschen auf dem Regal vor mir und versuchte, die Etiketten zu lesen. Hinten wurde getanzt. Am Eingang waren zwei in eine Schlägerei verwickelt, und jeder Faustschlag warf einen der beiden gegen die Tür, bis der Gorilla auftauchte und das Happening beendete. Ich bestellte etwas zu trinken, aber ich weiß weder was noch bei wem. Ich erinnere mich nur noch daran (und ich kann mich kaum an mehr erinnern, denn es ist so, als habe alles, was daraufhin passierte, meine Erinnerung an das, was davor war, ausgelöscht), wie ich sie, als ich mich nach rechts drehte, um auf die Tanzfläche zu schauen, zwei oder drei Barhocker weiter sitzen sah.

Sie trank einen orangefarbenen Saft. Sie hatte lange, dunkle Haare, die ihr über die Schulter fielen. Von der Seite erinnerte sie mich an Silvie Vartan, eine dunkle Silvie Vartan. Sie hatte eine kurze Jeansjacke (Levi's) an, eine jener, die man heute nicht mehr sieht: verwaschen wie Jeans. Nun, ich weiß nicht mehr, ob ich sie, nachdem ich ihr Gesichtchen sah, unschuldig wie ein Lamm, als einen Leckerbissen einstufte, der es wert war, dem Buch meiner Schandtaten hinzugefügt zu werden, oder ob in mir ein Gefühl der Überraschung (ich mit einem Gefühl?) hochstieg, dass ich nach so langer Zeit ein Mädchen in den Klamotten traf, die wir vor einem Jahrzehnt getragen hatten. Sie erinnerte mich an ein Mädchen, das ich mir eines Nachts im Jazz Colon geangelt hatte, als das Jazz Colon noch das Jazz Colon war und sich ein Mädchen angeln hieß, sie zu verführen, sie festzuhalten, sie zu nehmen und eine Dreiviertelstunde später wieder abzulegen. Jenes Mädchen erinnerte mich an die Partys am Sonntagnachmittag, an Twist und Madison, immer auf der Hut, weil die Eltern jederzeit aus dem Kino zurück sein konnten. Sie erinnerte mich an die Shadows, erinnerte mich an Jerry Lee Lewis, erinnerte mich an Michel Polnareff; erinnerte mich an mich selbst, der ich völlig in eine sommersprossige Puppe verknallt war.

Ich fing ein Gespräch mit ihr an, was unnötigerweise meine Absichten verheimlichen sollte. (Unnötigerweise, weil heutzutage die Dinge so schnell vonstatten gehen, dass niemand mehr Umwege macht, denn das Ja oder Nein kommt sofort und bestimmt.) Wir plauderten über Belanglosigkeiten, wir schlenderten durch Born, tranken in der Nähe des Parks Schokolade, liefen die Ramblas hoch. Ich verließ sie an ihrer Haustür, ohne auch nur ein Haar von ihr berührt zu haben, aber ich hatte ihre Telefonnummer in der Tasche. Ich glich eher einem Schutzengel, der seine Noten noch verbessern wollte, als einem Brutalo. Eine Angst beschlich mich, ich könne mich in der Rolle des netten Jungen vielleicht sogar wohlfühlen. Um dem entgegenzuwirken, holte ich mir gleich zu Hause mit Bildern von Tieren (Schweinen, Hunden und Eseln), die blondierte Fräuleins im Mund penetrierten, einen runter: Nun, ich musste meine Integrität bewahren! Mit einer Reißzwecke befestigte ich die Nummer neben dem Telefon. Ich würde sie morgen anrufen. So wie ich als kleiner Junge vor dem Einschlafen betete, so sagte ich mir jetzt ein ums andere Mal, was für ein Fiesling ich sei und sie für mich nicht mehr als ein weiterer Markstein, und malte mir aus, wie ich in ein paar Stunden grausam und gemein zu ihr sein würde.

Es war ein Leichtes, ein Treffen mit ihr zu verabreden. Sogar direkt bei mir zu Hause: So galant war ich am Abend zuvor gewesen! Ich bot ihr Getränke und einen Joint an. Sie wollte nur einen Fruchtsaft, und während im Fernsehen zwei Boxer für die Europameisterschaft im Weltergewicht aufeinander einschlugen, begann ich, sie am Hals zu küssen, ihr in den Kehlkopf zu beißen. Einen Moment lang erschien sie überrascht, und ich fühlte mich lächerlich: Vielleicht hatte sie mich gestern wirklich für einen Milchreisbubi gehalten. Im Mund hielt ich mich eine Ewigkeit auf: Der Weg war genau ausgearbeitet und ganz langsam zu absolvieren, damit sie mir, wenn es drauf ankam, nichts mehr verweigern konnte. Im Fernsehen grüßte einer der Boxer in Siegerpose, der andere lag noch auf dem Boden, k.o. Die Nachrichten begannen. In einer halben Stunde fing *Endstation Sehnsucht* an, mit Marlon Brando und Vivien Leigh, ein Film, der mir immer gefallen hat. Ich wollte ihn nicht verpassen und beschloss daher, mit dem Mädchen fertig zu werden, bevor der Film anfing. Ich begann, sie auszuziehen, sie wehrte sich kaum. Der Kampf, ihr den Rock runterzuziehen, war schon schwieriger. Das ermutigte mich: endlich Widerstand, wie es sich gehörte, nach langer Zeit. (Diese Jugendlichen heutzutage, die keinen Widerstand mehr leisten, verderben dir den Spaß an den kleinen Dingen des Lebens.) Ich sah mich genötigt, Gewalt anzuwenden. Mit dem Bauch nach oben und ohne Rock, presste sie die Beine zusammen und tischte mir völlig durcheinander eine Lüge nach der anderen auf, entschuldigte sich und schlug mir Entschädigungen vor, die mir aber nicht schweinisch genug waren. Ich zerriss ihr Höschen aus Satin, und als ich dann versuchte, einen Finger hineinzustecken, stellte ich fest, dass es nicht ging: Da war irgend etwas Seltsames. Ich spreizte ihre Schamlippen mit einer titanischen Kraft, denn diese Lippen widersetzten sich, als hätten sie ein Eigenleben. Ich versuchte, noch einmal einen Finger hineinzustecken (vorher hatte ich ihn mit Spucke angefeuchtet, hatte sie geleckt, vielleicht ging es ja besser, wenn alles voller Speichel war), doch ich stellte sofort fest: Es war absolut unmöglich: Das Loch war zu, so wie ich es noch nie erlebt hatte. Vermutlich konnte sie auf äußerst ungewöhnliche Art und Weise ihren Vaginalmuskel beherrschen und versperrte mir damit den Zugang. Ich verlor allmählich die Geduld und drohte ihr damit, einen Bohrer zu holen. Völlig entsetzt, begann sie zu reden, und ich beging den Fehler, ihr zuzuhören. Ich hätte es nicht tun sollen. Indem ich ihr zuhörte, hatte ich verloren: Zum jetzigen Zeitpunkt weiß ich immer noch nicht, ob sie mir etwas vorgemacht hat und ob sie es immer noch tut. Sie hob an:

– Halt, warte. Denk nicht, dass ich nicht will. Auch wenn es dir unmöglich erscheint, gibt es ein reales Hindernis dafür, dass du in mich eindringst. Ich bin und bin nicht daran schuld. Ich müsste sehr weit ausholen, um dir alles zu erklären, aber ich werde direkt zum Kern vorstoßen: Ich war immer eine Person mit starken Überzeugungen. Es ist schwer zu erklären: Nicht nur, dass mich als kleines Mädchen allein die Frage, ob ich Grippe hätte oder nicht, mich die eindrucksvollsten Grippen bekommen ließ. Das kann man noch erklären und ist eher hypochondrisch. Auch nicht, dass es mir eines Tages, als ich mit meinem Bruder Cowboy und Indianer spielte, gelang, mich so von meiner Rolle als Sioux zu überzeugen, dass ich zum Schrecken meiner Familie drei Tage lang nur noch rituelle Zeremonien heulte, was so weit ging, dass ich keine andere Sprache mehr verstand als Sioux (und wenn ich sage, verstand, meine ich genau das, und nicht, ich tat so, als verstehe ich sie nicht). Ähnliche Fälle gab es zuhauf. Ich erspare dir die Ausführungen. Mein Problem geht über Hypochondertum und Somatisierung hinaus. Schau mich nicht mit so einem Gesicht an. Tu mir nicht weh. Ich lüg dich nicht an: Wenn sich etwas in meinem Kopf festsetzt, sitzt es dort über meinen Willen hinaus fest und beherrscht mich völlig. Du wirst sehen, was passiert. Vor einem Jahr begann ich, mich für vegetarische Ernährung zu interessieren, und als mir dann die Tugenden dieser Diät einleuchteten, verselbstständigte sich der Prozess und nahm eine Wendung, die ich nicht vorhergesehen hatte: Ich war ganz und gar davon überzeugt. Damit will ich sagen, ich bin Vegetarierin von Kopf bis Fuß, und mein Körper (der ganze Körper, von oben bis unten) nimmt nur noch Pflanzliches an. Und da ist nichts zu machen, bis ich mich davon überzeuge, dass vegetarisch essen schädlich ist oder dass ich es, obwohl es gesund ist, nicht fanatisch befolgen muss.

Ich fiel darauf herein: Dieser wunderschöne Körper zitterte in meinen Armen, und ich glaubte ihr gerührt. Plötzlich fiel meine ganze Konstruktion in sich zusammen. Ich war nicht mehr der unbestechliche Unmensch: Ich hatte nun einmal nachgegeben und versucht, jemanden zu verstehen. Und wie: Ich tat ihr nicht nur keine Gewalt an, sondern benutzte, um sie zu befriedigen, Gurken, Möhren, Auberginen. Sie sagt, sie liebe mich sehr. Der Gynäkologe meint, es sei Sache der Psychologen. Der Psychologe meint, sie müsse sich überzeugen, dass Fleisch essen nicht nur nicht schädlich ist, sondern auch gesunde Aspekte habe. Denn anscheinend gibt es bei ihr keine Graustufen: entweder schwarz oder weiß; entweder sie ist von etwas ganz überzeugt oder gar nicht. Seit Wochen versuche ich, sie von den Tugenden der Perversität zu überzeugen. Wenn es mir gelingt, habe ich leichtes Spiel: Da Vegetarismus ganz offensichtlich nicht pervers ist, wird sie ihn ablehnen. Es sieht aus, als sei sie bereit, sich überreden zu lassen. Sie versteht langsam meinen Spleen, und er scheint ihr nicht zu missfallen: Sie liest inzwischen den Marquis mit mehr Vergnügen als Handbücher über Zitronen und Zwiebeln. Seit gestern aber verfolgt mich ein Gedanke: Was, wenn sie sich nun, so wie sie ist (alles oder nichts oder schwarz oder weiß), die Tugenden der Perversion so zu eigen macht, dass sie durch und durch pervers wird, sozusagen Skorpion und Pygmalion zugleich, und zu dem Schluss kommt, die höchste Form der Perversität, zu der man gelangen kann, sei es, in einer Weise, die ich nicht vorhersehen kann, den giftigen Stachel gegen mich zu richten?

Oldeberkoop

Für Marcelo Cohen,
den tollen Hecht

– Hört es denn nie auf zu schneien? Ich will hier weg. Seit wie vielen Tagen sind wir hier? Elf? Oder zehn? Zehn oder elf: Ich habe den Überblick verloren. Wenn nicht einmal du ihn hast, der der Meinung war, es würde nicht lange schneien und der Schnee bleibe nicht liegen, da es kürzlich geregnet habe! Die Dinge fangen immer klein an und am Ende verschlingen sie dich. Was schreibst du da? Wir sind alle so ernst hier drin ... All diese Leute hier sind so ernst, dass sie irgendwann schlicht anfangen zu saufen. Wenn sie saufen, fürchte ich mich etwas vor ihnen. Und sie betrinken sich so oft ...: Es ist kaum zu glauben, dass es hier immer noch Alkohol geben soll! Die, die ausländisch reden, finde ich lustig. Wir wissen immer noch nicht, was sie sprechen. Holländisch nicht, das steht fest. Und sie sehen auch nicht aus wie Indonesier. Vielleicht sind sie Friesen. Hast du schon einmal Friesisch gehört? Vielleicht ist es Friesisch. Du meinst, sie reden hebräisch, aber wenn sie hebräisch sprächen, wären sie Israelis, und Israelis sprechen als Zweitsprache Englisch; und die hier können kein bisschen Englisch. Wir sind schon so lange hier und wissen immer noch nicht, welche Sprache es ist. Ich würde gerne mit ihnen reden. Ich würde sie fragen, wo sie herkommen, wie sie leben, was sie machen, was sie interessiert: Ich würde sie alles fragen. Ich habe es dir doch schon ein paar Mal erklärt; ich kann da nichts mehr tun: Hier passiert seit zehn oder elf Tagen rein gar nichts. Oder vielleicht zwölf? (Möchtest du einen Zug?) Ich habe Lust zu quatschen. Du kennst mich ja: Wenn ich nichts zu tun habe, rede ich wie ein Wasserfall.

(Weißt du, dass wir keine Milch mehr haben?) Natürlich weißt du es: Ich habe es dir ja vor einer Weile gesagt. Und ich habe es dir gesagt, weil du es mir heute Morgen gesagt hast. Aber ich möchte dir auch etwas mitteilen. Auch wenn du es schon weißt und es deshalb nichts Neues für dich ist. Mmmhh. Wenn ich eine Wohnung hätte, würde ich in der Küche grüne Fliesen verlegen, wie diese hier. Willst du keinen Zug? Was schreibst du da? Mmmhh. Na, komm. Oh, was ist denn da zu Bruch gegangen! Das muss der Junge gewesen sein (wie heißt er gleich? Jan?). Er muss ja das halbe Geschirr zerbrochen haben. Er ist ganz unruhig, der arme Junge. Hast du gehört, was sie jetzt gesagt haben, die Friesen oder Israelis? Sie hören ja gar nicht auf zu lachen ... Das muss ja superlustig sein. Hast du's nicht gehört? Warum schaust du mich so an? Mmmhh, schmeckt dieses Kraut gut! Wo sie das wohl herhaben? Eigentlich war nichts mehr da, und plötzlich taucht eine ganze Menge aus dem Nichts auf. Sicher hatte es dieser eingebildete Schnösel versteckt. Er sieht so unsympathisch aus: Ich mag ihn überhaupt nicht. Bedank dich bei ihnen. Thank you, nicht? Mmmmhh, es ist sehr ... wie soll ich das sagen? (Ach egal ...) Wenn ich daran denke, dass ich das Zeug zu Hause angepflanzt habe: in tausend Töpfen. Jetzt raucht ihn sicher Mary Jane: Mary Jane raucht Mary Jane. Mary Jane raucht sich selbst: eine neue Form der Selbsttötung? Mmhh. Erzähl mir nicht, dass du sie nicht kennst. Mary Jane ist ein Fall für sich: Sie hatte nie eine müde Mark, aber sie hat immer den richtigen Wein angeschleppt, du weißt schon, was ich sagen will. Ich mag die Leute, die so was machen. Mmh. Es wäre das Paradies, wenn hier jetzt jemand LSD hätte. Vielleicht hat der Schnösel welches und läuft deshalb so hochnäsig herum. Hast du schon mal einen Trip geschmissen? Ja? Das wundert mich aber. Und Pilze? Pilze hast du doch sicher noch nie probiert, stimmt's? Nein, natürlich nicht. Ich aber. Pilze sind ... Man kann das nicht erklären. Pilze sind ... Alles. Sie sind wie ein Film, wie ein Film von Walt Disney: der Himmel tiefblau: die Kulisse falsch und gleichzeitig so echt wie nie. So als sei alles Kulisse mit künstlichem Licht. Der Rasen so grün, ein Grün, was es überhaupt nicht geben kann. Nein, Mann, nein. Sie sind nicht wie LSD. Sag mal, zu was sagt man »Schnee«? Zu Heroin oder Kokain? Welche Ironie, jetzt von Schnee zu reden: wo wir so eingeschneit sind. Wir könnten rausgehen und uns den ganzen Schnee spritzen (oder schnüffeln, je nachdem): So würden wir wirklich gleich alles hinter uns lassen. Ich hatte mal einen Lover, der spritzte, und das war echt ein Problem, denn er bekam nie einen hoch; und wenn ich etwas nicht machen kann, krieg ich noch mehr Lust. Stell dir vor: Ich war völlig heiß darauf, mit ihm zu vögeln, und es ging nichts. Mmh. Ich habe dir doch schon gesagt, als es mit dem Schnee anfing: Lass uns gehen. Jetzt wären wir zumindest im nächsten Dorf (wie heißt es gleich?): in einem kleinen Hotel im Bett und würden Kamillentee mit Honig trinken. Was hat der Wirt gesagt? Der arme Mann, der hat nicht mit diesen ganzen Gästen in seiner Kneipe gerechnet. Wenn er wenigstens Gästezimmer hätte. Dann könnte man damit leben. Mit dieser Erfahrung jetzt kann er demnächst ein Hotel aufziehen. Was meint er jetzt? Er sagt sicher, wer ihm heute in der Küche helfen muss. Wir sind heute nicht dran, oder? Er hat uns nicht angeguckt. Einmal musste ich eine Nacht in einer Bar verbringen. Habe ich dir das noch nie erzählt? In der Bar von Pito. Kennst du ihn? Seine Bar ist zu laut und völlig verräuchert, und da läuft immer dieser Scheißfernseher (auf den niemand schaut) und so ’ne Maschine, Pinball glaub ich, mit ganz vielen Zahlen und Buchstaben, die immer an- und ausgehen. Sobald du dich in Richtung Maschine bewegst, um ein Spiel zu spielen, kommt Pito sofort mit dem Staubtuch angerast und fuchtelt auf der Glasplatte herum (damit du die Kugel nicht mehr richtig sehen kannst), und dabei kriegst du ständig seinen Ellbogen in die Rippen, bis du die Kugel (falls du bisher geschickt genug warst, das Spiel trotz des Staubtuchs zu bestehen) endgültig versenkst. Pito ist verrückt: Er ist gleichzeitig durchtrieben und nett. Wenn du ein Bier bestellst, bringt er 'ne Cola und wenn du einen Espresso Macchiato bestellst, bringt er dir einen Cubalibre oder Rum mit Orangenlimonade, und wenn du einen Rum Orange bestellst, serviert er dir Kutteln oder einen Grog, und während er dich zurechtweist, schaut er dich schräg an, stellt dir den Mann neben dir am Tresen vor, ruft nach dem Hund mit den traurigen Augen, dem er immer ähnlicher sieht. (Beide gehören zu derselben Art Wesen, die mehr mit Cafés und Cognac verwandt sind als mit Menschen oder Hunden). In der Nacht, die ich dort verbringen musste, habe ich eines verstanden, um das zu bekommen, was du wolltest, musstest du das Spiel mitspielen, du durftest nie das bestellen, was du wirklich wolltest, und auch nicht das Getränk oder das Essen, was gar nichts damit zu tun hatte. So konnte es dir gelingen, dass Pito zwar nicht genau das servierte, was du wolltest, aber doch etwas, was dem ziemlich nahekam. Ich wollte einen Whiskey: Ich bestellte gefüllte Oliven und eine Orange: Er brachte mir einen Cognac und ein Plunderstückchen. Ich trank den Cognac und ließ das Plundergebäck liegen. Ich lag nur wenig daneben. Bei der zweiten Bestellung hatte ich weniger Glück: Ich hatte wieder Lust auf einen Whiskey und bestellte ein Tonic: Er servierte mir einen trockenen Sherry, den ich hasse. Beim dritten Mal lag ich richtig. Ich bestellte Johannisbeersirup: Ein wunderbarer Malt Whiskey füllte mein Glas fast bis zum Überlaufen. Während dieser ganzen Spielereien goss es draußen wie aus Kübeln: Es goss, wie es auf diesem Planeten noch nie geregnet hatte. Das Wort Sintflut verniedlicht die Proportionen dieses Ereignisses: Keiner kam auf die Idee, nach Hause zu gehen, auch wenn er nur ein paar Häuser weiter wohnte. Wir mussten also bleiben, ein Haufen ganz unterschiedlicher Leute. Wir fingen an zu spielen, was wir (um zwei Uhr nachts, als das Wasser das Erdgeschoss überschwemmte) unterbrechen mussten, um in den ersten Stock umzuziehen. Wir spielten bis um halb sechs morgens, als der Regen nachließ und die einen nach Hause und die anderen zur Arbeit gingen. In der übrigen Stadt hatte es kaum geregnet: Siehst du, was es alles gibt: Vielleicht passiert hier das Gleiche, und es schneit gar nicht im Dorf nebenan: Es schneit nur in dieser Ecke und sonst nirgends auf der Welt. Vielleicht brauchen wir den ganzen Schnee auf, und es wird jahrhundertelang nicht mehr schneien; unsere Kinder und Enkel werden nicht wissen, was Schnee ist, und werden ihn nur von Fotos und aus Filmen kennen. Hast du gesehen, wie hoch der Schnee liegt, schon zwei Handbreit über der Fensterbank? Der Schnee wird die Scheibe doch nicht eindrücken, oder? Warum sagst du nicht dem Wirt, er solle die Läden schließen? Sonst macht der Schnee noch die Scheiben kaputt. Außerdem ist es dann nicht mehr so kalt. Warum ist das bisher noch niemandem eingefallen? Guck mal; jetzt schneit es noch mehr. Mann, liegt der Schnee schon hoch, das wird ja immer mehr. Schau, man kann den Himmel nicht mehr sehen: Wir sehen nichts mehr: nur noch Schnee. Bald bekommen wir keine Luft mehr. Es wird so viel schneien, dass wir unter einer Schneedecke verschwinden werden, wir und die Häuser, wir werden ersticken, wenn uns die Luft ausgeht, was bald sein wird, und bei dieser dauernden Kälte wird der Schnee nie wieder schmelzen, und wenn die Menschen sich dann an die neue Eiszeit gewöhnt haben (das muss es sein: Das hier ist eine neue Eiszeit: Wir sind Jahrmillionen zurück!), werden sie Autobahnen über uns bauen. In tausend Jahren werden dann kurzsichtige Archäologen unsere Leichen in vollkommen erhaltenem Zustand entdecken: wie in einer Tiefkühltruhe. Sie werden uns ausziehen, uns untersuchen, uns analysieren. Welche Horrorvorstellung! Warum kommt eigentlich keines dieser Schneeräumfahrzeuge vorbei? In diesem Land sind solche Stürme doch sicher normal: Ganz so viel Schnee vielleicht nicht, natürlich, aber hier ist man heftigen Schneefall bestimmt gewöhnt. Warum kommt eigentlich keiner und repariert das Telefon? Mmh. Da hast du's: Es geht dem Ende zu. Es bleibt nur die Kiste. Wie spät ist es? Wenn wenigstens der Fernseher funktionieren würde ... Warum passiert das gerade uns? Ah. Ich bin müde. Legst du dich mit mir in die Ecke? Komm, wir machen Mittagsschlaf. Du schreibst. So als ob du nichts anderes könntest. Bringt es dir irgendetwas? Was schreibst du eigentlich, darf man das erfahren? Mal sehen ... Du bist verrückt. Warum schreibst du alles auf, was ich sage? Das heißt: Du saugst dir das nicht einmal selbst aus den Fingern, sondern im Prinzip kann ich dir befehlen, was du schreiben sollst; und dann schreibst du nur das, was ich will. Schreib Scheiße. »Scheiße.« Nein, jetzt habe ich es gelesen. He, hör auf. Du spinnst. Schreib nur das, was ich dir sage, was du schrei ... Hey! Du hast ein halbes Wort aufgeschrieben; also, wenn ich jetzt schweige, wirst du nichts mehr schreiben: Wirst du einen Leerraum lassen oder einen Absatz machen? Zeig mal ... Bah: Du hast Punkt, Punkt, Punkt gemacht: Du bist nicht gerade originell: Das hast du vorhin auch schon mal gemacht. Machst du nie einen Absatz? Mach einen Absatz. Jetzt. Es ärgert mich, dass du nicht auf mich hörst. Du schreibst, damit du nicht reden musst. Du glaubst, du stehst über den Dingen hier, was?, und dabei bist du genauso ein Scheißkerl wie alle anderen auch. Glaubst du vielleicht, mir würde es Spaß machen, hier rumzusitzen? Du könntest ruhig etwas netter zu mir sein. Kommunikation zwischen den Menschen ist zumindest interessant und hilft, die Zeit zu vertreiben. Hast du nie darüber nachgedacht? Schau mir in die Augen. Schau mich an. Schreib nicht »Schau mich an«, sondern schau mich an. Nein: Schreib nicht »Schreib nicht ›Schau mich an‹, sondern schau mich an«, sondern schau mich an. Nein: Schreib nicht »Nein: schreib nicht ›Schreib nicht ›Schau mich an‹, sondern schau mich an‹«, sondern schau mich an, sondern schau mich an. Lass gut sein. Jetzt bin ich still, damit du nichts mehr aufschreiben kannst und mich anschauen musst, oder wenn nicht, dann langweile dich eben. *Non scriverai più*.

Die Aktentasche

P: Quid est vigilanti somnus? A: Spes.
P: Quid est mirum? A: Nuper vidi hominem stantem, molientem, ambulantem, qui numquam fuit.
P: Quomodo potest esse? Pande mihi. A: Imago est in aqua.
A: Quidam ignotus mecum sine lingua et voce locutus est, qui numquam ante fuit nec postea erit, et quem non audiebam nec novi. P: Somnium te forte fatigavit, magister.
A: Quid est quod est et non est? P: Nihil.
A: Quomodo potest esse et non esse? P: Nomine est et re non est.

Disputatio regalis et nobilissimi iuvenis
Pippini cum Albino scholastico

Die Aktentache

Borrell schrieb das letzte Wort, setzte den Schlusspunkt, zog das Blatt aus der Maschine und betrachtete es mit ausgestrecktem Arm von Weitem wie eine Zeichnung. Er las es noch einmal.

Langsam kniet er nieder und merkt nicht,
dass das blendende Scheinwerferlicht,
die dunkle Sibylle, der Trubel ist,
mit der ihn verwirren will die Finsternis.
Erst danach füllt Nitrat den Raum.
Ergeben beugt er sich, bis es empfängt der Mund.
Er wird gesehen von einer Eule ohne Flügelflaum,
von der Gans im Wahn und dem brennenden Hund.

Er legte das Blatt zu den anderen einundzwanzig Blättern, die bereits in einer Mappe aus blauem Karton lagen. Auf das nächste Blatt tippte er den Titel des Buches: *Die Aktentasche* und den ihm vorangestellten Leitsatz: »Aliquando bonus dormitat Homerus«. Er tippte dieses Motto auf einen Umschlag und auf ein weiteres Blatt Papier. Auf dieses weitere Blatt schrieb er zudem seinen Namen, seine Adresse und seine Telefonnummer und steckte alles in den Umschlag. Er leckte ihn an und klebte ihn zu.

Im Copycenter an der Ecke kopierte er das Buch, dreimal. Im Papierwarengeschäft kaufte er Aktendeckel. Wieder zu Hause, schob er einen Satz Fotokopien in eine Schreibtischschublade, legte das Original in der Mappe zu den beiden anderen Stapeln mit Fotokopien und packte daraus ein Paket. Er schrieb die Adresse einer bedeutenden Kultureinrichtung darauf und eilte zur Post. Heute war der letzte Tag, um eine unveröffentlichte Arbeit für den höchsten Dichterpreis des Landes einzureichen.

Borrell hätte nie gedacht, dass die Blitzlichter der Fotografen und die Mikrofone der Journalisten ein so wenig traumatischer Bestandteil der Welt des Dichters sein könnten. Er verlor erstaunlicherweise überhaupt nicht den Kopf, als auf einmal gegen Mitternacht ein Heer von Journalisten in seine Wohnung einfiel. Eine halbe Stunde zuvor hatte ihn das Klingeln des Telefons aus einem Traum gerissen, in dem er mit Riesenzahlen eine geometrische Reihe fantasierte. Er hatte so wenig an eine Auszeichnung geglaubt, dass er, völlig unbeeindruckt vom laufenden Abstimmungsverfahren, schlafen gegangen war.

Die Mund-zu-Mund-Propaganda funktionierte, und die erste Auflage von *Die Aktentasche* war fast vergriffen, bevor die ersten Kritiken veröffentlicht wurden. Als diese schließlich erschienen (seltsamerweise nur positive, außer einer, in der ein paar Reimprobleme entdeckt wurden), stand der Verlag mit der Produktion der dritten Auflage unter Zeitdruck. Bei der Einschätzung eines neuen literarischen Werkes hatte sich die Presse seit Jahrzehnten nicht so einmütig gezeigt. »Die Poesie von Borrell« – schrieb eine Gazette – »zeigt uns, auch wenn uns diese Erkenntnis schwerfällt, dass wir bisher noch nicht alle Seiten dieses enigmatischen, wechselnden Parallelepipedons entdeckt hatten, das die Dichtung sein kann und auch ist.« »Die Qualität dieses Buches« – schrieb eine andere – »macht *Die Aktentasche* bereits kurz nach Erscheinen nicht nur zu einem Markstein der lokalen, sondern der europäischen Dichtung, die sich derzeitig, und das schon seit Jahrzehnten, durch Unentschiedenheit und Orientierungslosigkeit auszeichnet.«

Borrell war glücklich. Nicht wegen des Erfolges, sondern weil die öffentliche Anerkennung ihm zeigte, dass er sich nicht geirrt hatte; dass, so wie er es immer geglaubt hatte, seine Gedichte den Zeitgeist trafen. Mit der Einfachheit seiner Kunst, und offenbar weit entfernt von dem heraufdämmernden einundzwanzigsten Jahrhundert, wurde Borrell zum »Priester all jener unmöglich festzulegenden Empfindungen, von denen die Seelen seiner Zeitgenossen zerrissen wurden«.

Ihm zu Ehren, und weil sie ihn liebten, feierten seine Freunde Feste. Alle freuten sich aufrichtig über Borrells Erfolg, dessen einzige, ständig wiederholte Forderung gewesen war, ihn in Ruhe schreiben zu lassen. Sie schätzten auch eine weitere Eigenschaft an ihm: Im Unterschied zu den meisten anderen hatte er sie nie mit einem Gedichtvortrag oder einem Seminar über das, was seiner Meinung nach Dichtung sei oder zu sein habe, geplagt. Sie wussten, wie sehr er geschwitzt hatte, um die zweiundzwanzig Gedichte herauszudestillieren, die in *Die Aktentasche* Eingang gefunden hatten, denn ganz war er nie zufrieden. Er hatte sich nie wegen des Erfolges selbst verraten. Einen Erfolg, den er viel früher erreicht hätte, wenn er nur den Modeströmungen gefolgt wäre, wenn er nicht überzeugt und frei von prophetischem Dünkel seine Vision von der Poesie am Ende unseres Jahrhunderts vertreten hätte.

Der erste, der ein Fest organisierte, war Josep. Das zweite organisierte Manel. Danach folgten Andreu, Marta, Ignasi, Ramon, Maria, Teresa, Gerard. Auf dem Fest von Gerard erklärte Borrell, dass, wenn sie weiter so viele Feste feierten, Wochen ins Land ziehen würden, ehe er wieder am Schreibtisch sitzen könne. Aber natürlich musste man die Freude über diesen Erfolg ausleben. Die folgenden Feste wurden organisiert von Xesc, Rosa, Corina, Emili, Maria-Rosa, Toni, Anna, Núria, Arcadi, Arau, Josep-Maria, Tomàs, Sumpta, Albina, Miquel, Artur, der anderen Anna und Pepa.

Eines Abends, die Preisverleihung lag zwei Monate zurück, setzte sich Borrell an den Schreibtisch (nachdem er zuerst mit einem Rundfunkjournalisten telefoniert hatte, der seine Meinung zum Tod einer bereits älteren, bedeutenden Dichterin wissen wollte, und dann mit Anna, die sauer war, weil er sie seit Wochen nicht angerufen hatte). Seine Hände strichen über die Schreibtischkanten. Seit der Preisverleihung hatte er sich nur selten hierher gesetzt, und das tat ihm leid, denn in gewisser Weise war ihm dieser Schreibtisch, der ihn jahrelang bei der Arbeit begleitet hatte, ein sehr guter Freund. Er drehte sich um; er sah all die ungelesenen Bücher, die sich auf der Tischecke stapelten, wo er schon von jeher die Bücher hinlegte, die er in der allernächsten Zukunft lesen wollte, eine Ecke, auf der gewöhnlich wenig Bücher lagen, denn sobald sie dort ankamen, waren sie auch schon wieder verschwunden, bereits verschlungen. Während er versuchte, sich zu erinnern, ob es nun genau das dritte oder das vierte Mal war, dass er in jenen zwei Monaten am Schreibtisch saß, klingelte wiederum das Telefon. Ein Journalist der drittgrößten Zeitung der Stadt (hinsichtlich der Auflage) meldete sich. Während des Gesprächs ging es Borrell durch den Kopf, dass er eigentlich die Hälfte der letzten Monate in dieser Stellung verbracht hatte: am Telefon hängend, Interviewtermine vereinbarend, um damit dann die andere Hälfte der Zeit zuzubringen. Nach seiner Einschätzung durfte es im ganzen Land keine Medien (Presse, Rundfunk oder Fernsehen) mehr geben, in denen nicht über ihn berichtet worden war, nach Interviews mit Journalisten, die, wenn sie von Zeitschriften und Zeitungen kamen, in neunzig Prozent der Fälle seine Aussagen gänzlich verdrehten, vielleicht nicht einmal in böser Absicht, sondern weil sie die Nuancen in seinen Antworten nicht gewissenhaft wiedergaben. Auf der anderen Seite der Leitung hatte er nun einen der Journalisten, die ihn in der Nacht der

Preisverleihung zu Hause besucht hatten. Schnell hatte er begriffen, dass es diesmal dem Mann nicht um ein Interview, sondern um einen Beitrag ging. Einen Beitrag in Form eines Gedichtes für die nächste Sonntagsausgabe. Borrell entschuldigte sich. In den letzten Monaten sei er kaum in der Lage gewesen, ein paar Gedanken zu skizzieren, geschweige denn, diese wenigen Gedanken zu einem Gedicht zu verdichten. Der Journalist blieb hartnäckig: Es sei ihm egal, wenn die Gedichte noch im Embryonalzustand seien.

– Denken Sie daran, es ist eine Zeitung. Es muss nicht den Vollkommenheitsgrad erreichen, der für eine Buchveröffentlichung erforderlich wäre. Später werden Sie schon Zeit haben, es nach Ihrem Gutdünken zu überarbeiten, wenn Sie es dann in einem Buch veröffentlichen.

Borrell argumentierte, es ginge nicht so sehr um Vollkommenheit, sondern darum, die Dinge gut zu machen. Der Journalist blieb hart: Man könne auch, falls er wolle, in einer Randbemerkung festhalten, dass es sich »um reine Skizzen zu einem Gedicht« handele, um nichts Fertiges.

Beim Auflegen des Telefonhörers wurde Borrell bewusst, dass er den Vorschlag schließlich akzeptiert hatte. Als Korrektiv zur vorausgegangenen Tat legte Borrell den Hörer neben den Apparat (anderenfalls würde er möglicherweise in den nächsten drei Stunden zwischen zwanzig und dreißig Anrufe erhalten) und bemühte sich, ein Gedicht zu vollenden. Er sollte es noch am selben Abend abgeben, da es für die Sonntagsbeilage vorgesehen war, die genau an diesem Tag Redaktionsschluss hatte. Borrell verstand nicht, warum sie bis zum letzten Tag gewartet hatten, um ihn um etwas zu bitten, was sie auch gut und gerne ein paar Tage vorher hätten einplanen können. Doch schon vor Wochen hatte er sich angewöhnt, sich nicht mehr über die mangelnde Planung der Leute zu wundern, mit denen er nun Umgang pflegte.

Am späteren Abend erklärte er das Gedicht für mehr oder

weniger fertig. Er legte den Hörer wieder auf die Gabel, und sofort klingelte das Telefon. Es war der Journalist, der ihn um das Gedicht gebeten hatte: Was denn los sei, dass er nun seit Stunden telefoniere, ob er wisse, wie spät es sei, und ob er nun das Gedicht vorbeibringen werde oder nicht, denn sie müssten schließen.

Auf der Fahrt zur Zeitung las Borrell das Gedicht noch einmal durch und fand es schwach. Er überlegte, wieder umzukehren und es noch einmal zu schreiben, aber er entschied (nur bei dem Gedanken an das empörte Gesicht des Journalisten), diese Idee zu den Akten zu legen und das Gedicht, so wie es war, abzugeben. Abgesehen davon war es ein Entwurf, und das würde ja auch in Kleinbuchstaben am Rand stehen.

Noch am selben Sonntag (nachdem er mit Emili telefoniert hatte, der ihm vorhielt, nie anzurufen) bat ihn ein Mitglied des Redaktionsbeirats einer bedeutenden Kulturzeitschrift um einen Beitrag. Sie planten eine Nummer über neue Poesie, und seine Mitarbeit war nach dem Eindruck, den *Die Aktentasche* in der Kulturszene gemacht hatte, unentbehrlich. Borrell erklärte ihm das Gleiche, was er dem Journalisten der Zeitung erzählt hatte: Er habe bisher nichts Neues, er habe nur Notizen gemacht, die man beim besten Willen nicht Gedichte nennen könne. Der von der Kulturzeitschrift fragte ihn daraufhin, wie es denn dann komme, dass genau heute eines seiner Gedichte in der drittgrößten Zeitung der Stadt (hinsichtlich der Auflage) erschienen sei (natürlich ohne die erläuternde Randbemerkung, dass es sich um einen Entwurf handelte; die Randbemerkung, die der für das Layout Verantwortliche angeblich ohne Rücksprache weggelassen hatte, weil sie ihm das Aussehen der Seite verdarb). Und wenn er in der drittgrößten Zeitung der Stadt (hinsichtlich der Auflage) ein Gedicht veröffentlicht habe, gäbe es natürlich noch viel mehr Gründe, in seiner Zeitschrift zu schreiben, die sich nicht nur durch ihr erbittertes Ringen um eine fortschrittliche Haltung in der Kultur hervorgetan habe, sondern auch ein Bollwerk in den schwarzen Zeiten der Diktatur gewesen sei. Borrell sagte, er könne nach Belieben aus seinem Band *Die Aktentasche* veröffentlichen. Der von der Kulturzeitschrift war empört: Mit beleidigter Stimme machte er unmissverständlich klar, es müsse etwas Unveröffentlichtes sein.

– Aber ich habe doch nichts fertig – bemerkte Borrell.

– Das ist doch egal. Irgendetwas, gleich was, geht in Ordnung.

In den fünfzehn Tagen, die auf die Veröffentlichung des Gedichtentwurfs in der Kulturzeitschrift folgten, erhielt Borrell neben den üblichen Telefonanrufen im Durchschnitt achtzehn komma vier Anrufe täglich mit der Bitte um einen Beitrag für Zeitschriften jeglicher Größe, Erscheinungsweise, Druckart und ideologischer sowie ästhetischer Richtung.

Am sechzehnten Tag aber, gerade nachdem er den Telefonhörer aufgelegt hatte (er hatte mit Gerard gesprochen, der ihm seine Schlussfolgerung mitteilen wollte, ihm sei wohl der Ruhm zu Kopfe gestiegen, denn anders könne er sich nicht erklären, warum er sich auf einmal nicht mehr melde), rief ihn der Chefredakteur der bedeutendsten Zeitung der Stadt (hinsichtlich der Abonnentenzahl) an.

– Keine Angst, ich will Sie nicht um einen poetischen Beitrag bitten – begann er lachend.

Der Chefredakteur lud ihn zum Mittagessen ein, dabei könne man entspannter plaudern. Sie gingen in ein Luxusrestaurant.

Den Chefredakteur faszinierte vor allem, wie wenig Borrell über den Klatsch in der Szene informiert war. Beim Nachtisch legte er die Karten auf den Tisch: In der Tat wollte er keinen poetischen Beitrag von ihm. Er wollte einen journalistischen Beitrag. Er hatte sich gedacht (und glaubte, damit den Punkt getroffen zu haben), es wäre eine interessante Erfahrung für ihn, wenn er Artikel schriebe. Just in dem Augenblick überrascht, als der Chefredakteur eine Flasche Sekt zur Feier seiner möglichen Mitarbeit bei der Zeitung bestellte, wusste Borrell nichts zu antworten. Er hatte noch nie etwas anderes als Poesie geschrieben. Der von der Zeitung versicherte ihm, seine Dichtung funktioniere nur aus einem Grund: Er habe sich nie einer neuen Möglichkeit verschlossen. Mit einer Kolumne in einer Zeitung könnte er seine Meinung über Politik und Kultur ausdrücken. Zudem, insistierte er, fände er es nicht reizvoll, seinen Kolumnen die gleiche Sorgfalt und Dichte abzuverlangen wie seinen Gedichten? Borrell versuchte eine Widerrede aufzubauen: Er könne nicht so ganz sehen, wie er regelmäßig, einmal in der Woche, schreiben solle.

– Einmal in der Woche? – entgegnete der Chefredakteur.

– Nein, aber nein doch. Einen Artikel täglich.

Er schrieb die Artikel am frühen Nachmittag, gleich nach dem Mittagessen. Die Erfahrung hatte ihn gelehrt, möglichst alle Interviews auf den Vormittag zu legen, so hatte er den Nachmittag für die anderen öffentlichen Verpflichtungen frei. Die Artikel nach dem Mittagessen zu schreiben, erwies sich als ärgerlich, denn gewöhnlich war er satt und leicht berauscht und hatte viel mehr Lust auf ein Mittagsschläfchen als darauf zu grübeln, über welches Thema er einen Artikel schreiben könne, den er noch am selben Nachmittag vor der Cocktailparty, dem Empfang, der Präsentation oder der Vernissage abliefern musste, wo man nach seiner Gegenwart verlangte, häufig nicht nur mit der üblichen per Post zugeschickten Einladungskarte, sondern durch einen verpflichtenden Telefonanruf des Ausstellers, Galeristen, Redners oder Künstlers, je nach Art der Veranstaltung. Es ärgerte ihn, die Artikel unter Zeitdruck schreiben zu müssen, denn wie die Mehrzahl der Dichter war er ein Gegner der Improvisation. Die Gedichte aus *Die Aktentasche* hatte er immer wieder neu geschrieben, über Jahre hinweg, und er feilte noch daran herum, als er die Druckfahnen durchsah. Nun befand er sich in der misslichen Lage, die Artikel in einem knappen Dreiviertelstündchen schreiben zu müssen, ohne genügend Zeit, sie reifen zu lassen und immer wieder neu durchzulesen, um Fehler, Ungenauigkeiten, übertriebene Meinungen, überflüssige Adjektive oder zu kryptische oder zu wenig kryptische Anspielungen aufzuspüren.

In jener Zeit, als *Die Aktentasche* zur siebten Auflage gelangte, wusste Borrell bereits, dass es bei wirklich jeder Cocktailparty, jedem Empfang, jeder Präsentation und jeder Ausstellungseröffnung zwangsläufig zur Verbrüderung mit irgendeinem Maler kam. Die Bescheideneren baten ihn um die Einführungsrede bei der nächsten Ausstellung. Alle anderen schlugen ihm unweigerlich die Schaffung eines gemeinsamen Werkes vor.

– Ich glaube, es könnte sehr interessant sein, aus der Dialektik unserer beiden Sprachen heraus, dem Wort und dem Bild, Experimente zu machen, etwas Gemeinsames zu schaffen – sagte ihm einmal ein etwas klein geratener Maler, der ihn buchstäblich zwang, sofort mit ihm sein Atelier aufzusuchen und das WERK zu betrachten.

Dann folgten die Vorworte zu den Büchern anderer Schriftsteller, über die er sich auslassen sollte, obwohl er sie im Schnellverfahren kaum diagonal gelesen hatte. Ende Januar baten ihn achtzehn Fastnachtskommissionen aus achtzehn verschiedenen Städten und Dörfern (darunter die Hauptstadt der Nation) um Büttenreden. Unmittelbar danach musste er Vorträge über Themen halten, mit denen er sich nur oberflächlich beschäftigt hatte; er nahm an Podiumsdiskussionen zu Literatur und Politik teil, zu Dichtung und Metrik, zu Literatur und sozialer Lage, zu poetischer und architektonischer Struktur, zu Ästhetik, zu Dichtung im Zeitalter der Raumfahrt, zum Engagement des Literaten, zu Poesie und Ökologie, zu Poesie und Elitedenken, zu Literatur und Libido ... Er hielt Vorträge in Instituten und Universitäten. Er kannte jeden einzelnen der Literaturprofessoren, die es übers Land verstreut gab, und erklärte (vor flegelhaften Studenten, die gähnend abwechselnd auf die Uhr und an die Decke schauten), was er unter künstlerischem Schaffen, unter Dichtung verstand, an welche Art Leser er beim Schreiben dachte oder nicht dachte, wie ihm ein Gedicht einfiel und ob er Anhänger des freien Verses sei.

Ein halbes Jahr, nachdem er den Preis erhalten hatte, suchte er eine Lücke in seinen Aktivitäten (Artikel, Vorträge, Podiumsdiskussionen, Ausstellungen, Interviews), um sich zum Mittagessen mit Verlegern zu treffen, die neue Bücher von ihm wollten. Zwei von ihnen begehrten gleichzeitig und unabhängig voneinander einen Roman.

– Nicht, dass uns Ihre Dichtung nicht interessiert. Ganz im Gegenteil: Aber ein von Ihnen verfasster Roman wäre ein durchschlagender Erfolg.

Ein anderer bat ihn um einen Erzählband, jetzt, wo diese Gattung wieder geschätzt wurde.

– Außerdem schreiben sie sich leichter, sind nicht so kompliziert. Du brauchst dir da nicht so den Kopf zu zerbrechen wie bei einem Roman, nicht? Und du kannst sie in ganz kurzer Zeit schreiben.

Der Literaturchef des angesehensten Verlages des Landes meinte, wenn er schon nichts Neues habe, so solle er doch die Schubladen durchforsten und eine Auswahl der Gedichte zusammenstellen, die er vor der *Aktentasche* geschrieben habe.

– Irgendetwas müssen Sie doch irgendwo haben. Sie wollen mir doch nicht erzählen, dass *Die Aktentasche* das Erste war, was Sie geschrieben haben.

Der Literaturchef konnte sich die Ausführungen von Borrell nicht erklären, die besagten, dass *Die Aktentasche* eine sehr strenge Auswahl sei: Von all seinen Gedichten waren sie die einzigen, die er veröffentlichen konnte und wollte. Der Literaturchef, der seine Empörung unterdrückte, verlangte die Rechnung und fragte Borrell, ob er bereit sei, die Rechnung zu teilen.

Tags darauf saß ein Filmregisseur vor ihm und wollte ein Drehbuch von ihm.

– Meiner Ansicht nach ist deine poetische Empfindsamkeit sehr kinematografisch.

Ein Friseur, der gerade in Mode war, bat ihn, darüber nachzudenken, was sie gemeinsam entwerfen könnten. Die Theaterregisseure wollten Bühnenstücke von ihm.

– Deine Poesie ist bühnenreif.

Auch die Fernsehproduzenten kamen angelaufen.

– Ein Dichter muss den Mut haben, sich mit dem Massenmedium schlechthin auseinanderzusetzen. Das Fernsehen ist die Zukunft, die Dichtung ist tot: Sie stinkt schon. Sich dieser Einsicht zu verweigern, ist schlichtweg feige.

Im Ablauf dieser Arbeitsessen musste Borrell nach neuen Lücken suchen. Um mehr Zeit zu gewinnen, organisierte er die Mittag- und Abendessen dergestalt, dass er oftmals den ersten Gang mit einem Verleger einnahm, den zweiten mit einem Filmregisseur, beim Nachtisch gewährte er ein Interview und den Espresso trank er mit einem Comic-Zeichner, der ihn um Storys für seine Comics bat. Er bekam Angebote für Beiträge bei verschiedenen Rundfunksendern und für Übersetzungen.

– Ein Mann mit Ihrer literarischen Sensibilität ist geradezu ideal, das Werk eines anderen Schriftstellers ohne Verrat zu übersetzen.

Ein Bildhauer wollte mit ihm gemeinsam ein aufeinander bezogenes Werk schaffen. Ein innovativer Tänzer teilte ihm mit, er sei zu dem Ergebnis gekommen, dass sie beide auf ihrem jeweiligen Gebiet innovativ seien und daher ein gemeinsames Arbeiten angebracht wäre.

– Das Video, ein noch praktisch unerschlossenes Gebiet, wo es das meiste noch zu entdecken gilt, ist wie geschaffen für einen Mann wie dich – sagte ihm einer, der von ihm eine Idee für etwas im Bereich Videokunst wollte.

Drei Punkbands baten ihn um Drehbücher für Videoclips. Vier Skinhead-Gruppen und ein Ex-Liedermacher wollten Songtexte. Er brauche sich auch nicht um Reim oder Metrik zu kümmern, versicherten ihm die Skins.

– All das ist out, mein Lieber.

Von all den angebotenen Projekten, die ihm in den folgenden Monaten ins Haus flatterten, konnte er aus Zeitgründen nur zwei abschließen. Das eine war ein Drehbuch für einen Videoclip, das der Regisseur völlig umwarf, weil es ihm zu literarisch war. Das andere war der Auftrag für eine Theateradaption von *Il materialismo storico e la filosofia di Benedetto Croce von Antonio Gramsci*, mit der er so unzufrieden war, dass er während der Premiere im zweiten Akt schamrot das Theater verließ. Als er nach Hause kam in jener Nacht, schaute er mit einem Auge fassunglos auf den Bücherstapel, der gelesen werden wollte und jeden Tag größer wurde, vor allem jetzt, wo ihm die Verleger Freiexemplare schickten, wohl wissend, eine Rezension von ihm in der Zeitung, für die er schrieb, könnte zu einem Verkauf von gut sieben zusätzlichen Exemplaren führen.

Als ein Jahr später der Veranstalter die Ehre hatte, ihn anlässlich der nächsten Preisverleihung zum Diner einzuladen, ging *Die Aktentasche* bereits in die dreizehnte Auflage. Borrell erschien es unglaublich, dass bereits ein Jahr vergangen sein sollte. Wie wenig hatte er sich vor zwölf Monaten und einem Tag vorstellen können, dass seine Dichtung in so kurzer Zeit als wertvolles Werk und so weiter anerkannt sein sollte.

Beim nächsten Festessen zur Preisverleihung waren ganz offensichtlich zwei Jahre seit jener glorreichen Nacht vergangen. Der Journalist, der ihn in der damaligen Nacht zum ersten Mal interviewt hatte, begrüßte ihn sehr herzlich. Das Mikro in der Hand fragte er ihn, woran er momentan schrieb.

– Eigentlich an nichts … Ich habe Gedanken notiert, aber …

– Seit der *Aktentasche* sind zwei Jahre vergangen …

– Ja, gewiss: zwei Jahre. Aber Dichtung entwickelt sich langsam, sie muss reifen …

– Es gibt Stimmen, die behaupten, das Schweigen sei der Beweis dafür, dass *Die Aktentasche* nichts weiter als ein Bluff gewesen ist.

Borrell wurde böse.

– Viele möchten, dass ich schnell irgendetwas veröffentliche, nur um mich zu kritisieren, wenn ich dann einen Band, der nicht ganz vollendet ist, veröffentlicht habe.

Im folgenden Jahr, als sein Triumph schon drei Jahre her war, gab es solch einen Skandal wegen einer angeblichen Bestechung der Jury, dass Borrell ziemlich unbemerkt das Festessen absolvierte. In den folgenden Jahren dachte Borrell mehr als einmal daran, dass dieser ganze Trubel mit den Bitten um Beiträge ein Komplott war, um ihn vom Schreiben abzuhalten. Und vom Lesen. Denn der Stapel mit den Büchern war nicht nur über die ihm vorbehaltene Ecke hinausgewachsen, sondern über den ganzen Tisch, über die in der Nähe stehenden Tische, zwischen die Tische auf den Fußboden und in den Flur hinaus.

Neun Jahre später wurde *Die Aktentasche* zum sechzehnten Mal gedruckt, und zu weiteren Auflagen kam es nicht. Borrell jedoch war beim Festessen einer jeden Preisverleihung dabei und konnte beobachten, wie unter dem Innovationsschub von *Die Aktentasche* eine ganz neue Generation von jungen Dichtern heranwuchs, die versuchte, ihn zu imitieren, eine Generation, die nach ein paar Jahren wieder verschwand, verschmäht unter dem wütenden Druck einer Generation von noch jüngeren Dichtern, die *Die Aktentasche* für eine leere, scheinheilige Hülse, für reinen Bluff hielten. Der Beweis war, dass er nichts weiter geschrieben hatte. Die, die ihn liebten, führten zu seiner Verteidigung an, dass beispielsweise Juan Rulfo und J. D. Salinger bedeutende Autoren waren, obwohl sie nur ein wenig umfangreiches Œuvre vorweisen konnten.

Als er fast siebzig war, fesselte ihn eine Krankheit drei Monate ans Bett und zwang ihn, die vielfachen Arbeiten, die immer noch von ihm gefordert wurden, abzulehnen. Da er endlich Zeit zur Langeweile hatte, schrieb er eine Erzählung über sein Leben. Er gab ihr den Titel *Der Raub*. Die Krankenschwester, die ihn pflegte, fand die Erzählung auf seinem Nachttisch und steckte sie, auch weil sie auf die Spinnereien dieses Opas neugierig war, in die Tasche und zeigte sie noch in derselben Nacht einem ihrer Liebhaber, einem ewig jungen Versprechen der Erzählkunst, der sie ohne jede Skrupel ein bisschen überarbeitete (der Stil war so altmodisch) und sie in einen Erzählband mit aufnahm, den er gerade veröffentlichte.

Barcelona

– Du hörst mir nicht zu – sagte sie plötzlich.

Er blickte erschrocken auf. Aber es war die Wahrheit: Schon seit einigen Minuten begleitete der Redefluss der Frau seine abschweifenden Gedanken nur als Hintergrundmusik.

– Du hörst mir nicht zu – wiederholte sie. – Wenn du redest, dann redest du die ganze Zeit von dir. Du interessierst dich nur für dich. Und es interessiert dich nicht im Mindesten, was ich sage. Es kümmert dich nicht, was mir durch den Kopf geht, nicht, wie ich bin und was ich mache …

Der Mann war überrascht. Er hatte Angst, die Frau könnte ihn fragen, worüber sie geredet hatte bis zu dem Augenblick, als sie dann plötzlich abbrach, um ihm unmittelbar danach vorzuhalten, er höre ihr nicht zu. Der Mann wusste nicht, was er antworten sollte. Um eine Antwort auf die Vorwürfe hinauszuzögern, küsste er sie auf die Wange, die sich ganz zart anfühlte, und blieb bei diesem Zärtlichkeitsbeweis länger als nötig. Doch die Zeit verstrich, und er musste irgendeine Antwort finden.

– Glaubst du wirklich, ich rede nur von mir selbst?

– In keinem Augenblick dieser beiden zusammen verbrachten Nächte hast du dich auch nur ein einziges Mal für meine Sachen interessiert …

– Verdammt – Sein Gesicht war traurig, abwesend.

– Du bist schon seltsam. – Und so, als ob er ihr vorwerfe, ihn traurig gestimmt zu haben, fügte sie hinzu: – Schmoll jetzt nicht.

Als sie sich wieder umarmten, gab ihr der Mann insgeheim recht. Und er bedauerte ganz aufrichtig (auf eine Art und Weise, die er fast als Schuldgefühl identifizierte), sich nicht erkundigt zu haben, was der Frau durch den Kopf ging, was sie im Leben machte: was ihre Interessen waren, wovon sie lebte. Er hatte sich, als sie den ersten Abend miteinander ausgingen, kaum, wenn überhaupt, dafür interessiert, ob die Frau alleine oder mit jemandem zusammenlebte, und wenn, dann nur, um herauszufinden, ob ihre Wohnung eine gute Anlaufstelle für die Nacht war oder ob sie in ein kleines Hotel gehen sollten oder im Auto in einer Kurve der Landstraße bleiben mussten. Unwohlsein überkam ihn. Er fühlte sich kleinlich, wie die mieseste Kreatur auf der Erde, und er gestand sich ein, dass ihm in letzter Zeit die Leute tatsächlich ziemlich egal waren. Da hatte ihn die Frau doch tatsächlich auf frischer Tat ertappt: Er war mitten in den lächerlichsten Napf getreten. Ausgerechnet er, der sich immer für »menschlich« und »sensibel« gehalten hatte, meilenweit entfernt von jenen Personen, die sich nur für sich selbst interessierten! Er wandte den Blick ab, so als müsse er schleunigst den Fehler zugeben, und starrte auf die Wand vor sich. Sie saßen bei ihr daheim, und hätte er sie beschreiben sollen, er hätte es nicht vermocht. Aus den Augenwinkeln heraus betrachtete er die lange Schrankwand aus hell lackiertem Holz; dort sah er einen glänzenden Keramikteller, eine marokkanische Trommel, ein Aspirinröhrchen, drei Bücher und eine weiße holländische Pfeife. Er schaute auf den Boden: farbige Fliesen. Die Vorhänge waren eierschalenfarben. Er drehte den Kopf und betrachtete die Zeichnung an der Wand: Linien unterschiedlicher Stärke mit scharfkantigen Ecken, kompakten Kreisen und Pfeilen. Das Sofa, auf dem sie saßen, war aus grauem Stoff und hatte einen rosaroten Besatz. Er betrachtete den Rücken der Frau in seinen Armen: Genau auf der Wirbelsäule, etwa eine Handbreit unter dem Nacken hatte sie einen Leberfleck. Für einen Augenblick stellte er sich vor, wie er sich auf einer Dachterrasse dem Geländer näherte. Sie lösten die Umarmung. Fast mit Tränen in den Augen bemühte sich der Mann schleunigst, den Fehler zuzugeben.

– Du hast recht: immer rede ich von mir. Mir ist das noch nie aufgefallen. Ist das schrecklich! Es ist wirklich ein widerliches Verhalten. Ich meine das ganz aufrichtig. Ich wünschte, du könntest mir glauben. Wirklich. Ich belüge dich nicht; ich erzähle dir keine Märchen, nur um dir zu gefallen. Ich gebe zu, es muss schwer sein, jemanden zu ertragen, wenn auch nur für ein paar Nächte, der nur von sich redet. Ich fände es grausam, mit so jemandem zusammen zu sein. Doch mit der Ehrlichkeit nehme ich es genau. Ich war immer ehrlich, und nicht nur zu dir. Ich bin ziemlich durcheinander. Ich kann das, was du sagst, nicht leugnen. Denn du hast recht, in letzter Zeit rede ich immer nur von mir …

Er war aufgestanden und fuchtelte mit den Fäusten, so als boxe er in der Luft.

– … so als sei ich das Einzige, was mich interessiert. Die Entdeckung, dass ich so bin, erschreckt mich wirklich. Aber früher war ich anders. Mir waren die anderen wichtig. Ich bin sicher. Ich würde gerne wissen, wann ich aufgehört habe, mich für andere Menschen zu interessieren …

Er fiel vor der Frau auf die Knie. Er umschlang ihre Beine, schob seine rechte Hand unter ihren Rock und streichelte ihre Schenkel.

– … ich würde gerne wissen, was, welches Ereignis oder welche Ereignisse aus mir einen Egoisten gemacht haben. Lach nicht. Ich möchte mich gern wieder für meine Mitmenschen interessieren. Und vor allem anderen und an allererster Stelle möchte ich aufhören, zu dir so zu sein. Denn du interessierst mich wirklich. Deshalb brauche ich deine Hilfe, du musst mir sagen, wann ich mich so verhalte. Und warum ich mich so verhalte. Ich möchte gerne mit dir darüber reden.

Haus mit Garten

Der Mann steigt in sein Auto (einen Fiat Uno, blaumetallic) und befördert die Aktentasche auf den Rücksitz. Er ist müde von der Arbeit und zufrieden; denn als er und seine Frau heute morgen das Haus verlassen hatten, war im Briefkasten (an dem er in den nächsten Tagen bestimmt das heruntergefallene Namensschildchen wieder anbringen wird, wozu er immer noch nicht gekommen ist) ein Umschlag von der Sparkasse mit der Quittung über die letzte Hypothekenrate. Der Mann hat das gerade ganz privat in der Kneipe gefeiert, bei der er nach der Arbeit auf dem Heimweg oft auf einen Drink anhält, ehe er auf die Autobahn fährt. Heute hat er, wie immer, wenn er diese Kneipe aufsucht, zwei Bier und einen halben Whiskey getrunken. Als er sich ans Steuer setzt, geht ihm durch den Kopf, dass er wegen dieses Gläschens Whiskey und der zwei Bier eines Tages bei einer Polizeikontrolle Probleme kriegen wird.

Der Mann erinnert sich, wie zu Beginn jener sieben Jahre, die die Abzahlung der Hypothek gedauert hat, die monatliche Überweisungssumme einen Großteil des Budgets aufzehrte, während er sie in den letzten Jahren kaum noch bemerkt hatte. Vielleicht auch, weil er sich langsam an das Haus gewöhnt hat: Anfangs war er nicht sehr begeistert von der Vorstellung, aus der Stadt zu ziehen. Doch seine Frau hatte sich in den Kopf gesetzt, in einem dieser zweistöckigen Häuschen mit Garten zu wohnen, die sie in einer Siedlung am Hang gesehen hatte, und es gab kein Zurück.

Bald fährt er wieder von der Autobahn ab. Eines der Argumente für dieses Haus war gewesen, dass man für die Fahrt von einem Stadtteil in den anderen oft länger braucht als von der Stadt in diese Siedlung, die damit die Vorteile der Stadt und der Natur in sich vereint. Er parkt das Auto direkt

vor der Tür und schimpft vor sich hin, weil er wieder nicht beim Handwerker angerufen hat, um die Automatik des Garagentors reparieren zu lassen. Er stellt den Motor ab, befestigt die Kralle am Lenkrad, nimmt die Aktentasche und schlägt die Autotür zu. Er stößt das Gartentor auf, und kaum hat er den Fuß auf den Steinweg gesetzt, der sich durch den Rasen schlängelt, läuft ihm schon der Hund entgegen, ein Setter, der an ihm hochspringt und freudig mit dem Schwanz wedelt. Der Mann kniet sich nieder, krault ihm den Kopf, hebt ein Stöckchen auf und wirft es ans andere Ende des Gartens. Der Hund rennt hinterher.
An die Eingangstür gelehnt, erwartet ihn die Frau.

– Du kommst spät.

– Ich war noch kurz einen trinken.

– Ich mag es nicht, wenn du in die Kneipe gehst, bevor du nach Hause kommst. Irgendwann kriegen wir deswegen noch Krach.

Die Frau gibt ihm einen Kuss auf die Lippen und steigt die Treppen hoch. Der Mann hängt sein Jackett an die Garderobe neben der Tür. Er holt die Zeitung aus der Aktentasche. Er legt die Aktentasche auf der Konsole ab und geht ins Wohnzimmer. Er setzt sich in den rosa Sessel direkt neben dem Kamin, in dem nun (es ist Frühling) kein Feuer brennt. Nachdem er das Licht angeschaltet hat, schlägt er die Zeitung auf und sucht die Rätselseite. Heute Mittag hat er beim Essen ein Kreuzworträtsel angefangen. Er findet es und macht weiter. Eine Weile löst er es ohne Probleme, doch schließlich verbeißt er sich in eine Frage. Neun waagerecht: Mitglied eines Volksstammes, der 1200 v. Chr. in Griechenland einfiel. Vier Buchstaben. Er seufzt. Eigentlich müsste er aufstehen und das Lexikon konsultieren, doch dazu ist er zu faul. Zu seinen Füßen liegt der Hund. Der Mann legt die Zeitung auf die Armlehne des Sessels. Er steht auf, doch nicht, um im Lexikon nachzuschlagen. Er begibt sich zur

Garderobe am Eingang und holt den Tabak aus dem Jackett. Er setzt sich wieder hin und stopft sich gemütlich eine Pfeife. Er zündet sie an und zieht. Nimmt wieder die Zeitung. Zwölf senkrecht mit zehn Buchstaben: dem Luxus zugehörig oder dazu in Beziehung stehend (pl.). Die Frau kommt ins Wohnzimmer und setzt sich auf das Sofa, das neben dem rosa Sessel steht. Sie schaltet das Fernsehgerät an. Als er den Singsang eines Werbespots hört, hebt der Mann den Kopf und betrachtet einen Moment den Bildschirm und die Lichtreflexe, die auf das Gesicht der Frau fallen. Er fragt sich, wer diese Frau ist und was sie in seinem Haus macht. Jetzt, wo er darauf achtet, erinnert er sich daran, dass es dieselbe Frau ist, die ihm die Tür aufgemacht hat; doch es ist nicht die Frau, mit der er zusammenlebt, auf gar keinen Fall. Es ist nicht so, als ob er sie nicht kenne: Nein, er kennt sie tatsächlich nicht. Er blickt auf den Hund zu seinen Füßen: Was macht er da? Er hat Tiere noch nie gemocht, und nie würde er welche in seinem Haus halten, und er hat auch noch nie welche gehabt. Und das Haus? Er war noch nie hier. Diese Wände, diese Möbel haben nichts mit ihm und nichts mit seinem Haus zu tun. Der Sessel ist fantastisch bequem, und er (und das ist bitter genug) hat nie einen bequemen Sessel besessen. Nun fragt er sich, ob es das Licht des Fernsehers auf dem Gesicht der Frau war, was ihn auf das, was hier vorgeht, aufmerksam gemacht hat, oder der bequeme Sessel. Aber was geht hier eigentlich vor? Er denkt an Gedächtnisschwund: Er hat vergessen, wer er ist, und dieses Haus ist tatsächlich sein Haus, und dies ist die Frau, die mit ihm zusammenlebt, und dieser Hund gehört ihm, auch wenn er sich nicht daran erinnert. Warum wären die beiden sonst so vertraut mit ihm umgegangen? Wie hätte ihn der Hund schwanzwedelnd begrüßen können? Warum hätte ihn sonst die Frau geküsst? Doch rasch erkennt er, dass nicht Gedächtnisschwund sein Leiden ist: Denn er erinnert sich genau an das Gesicht der Frau, mit der er zusammenlebt und von der er sich heute Morgen verabschiedet hat, als er sie an der U-Bahn absetzte, die sie zu ihrer Arbeit bringt. Und er ist sich sicher, dass es in seinem Haus kein behaartes Vieh mit Schwanz und tropfender Zunge gibt. Weder er noch seine Frau ertragen Hunde! Er weiß ganz genau, dass es in seinem Haus keine weißen Wände gibt und dass an den Wänden andere Bilder hängen, und auf der Stelle könnte er die ganzen Namen der Künstler aufsagen. Er steht erneut auf und geht zum Regal an einer Wand im Wohnzimmer. Er betrachtet die Buchtitel: ihm unbekannte Verfasser, Bücher, die ihn nicht interessieren. Da ist auch ein Pokal von einem Schachpreis aus einem Dorf, in dem er nie gewesen ist.

Dieses Haus ähnelt nur in einem seinem Haus: Es ist zweistöckig und hat einen Garten; bei der Ankunft hat er das gesehen, und wie zur Bestätigung sieht er von da aus, wo er sitzt, die Treppe, die in das obere Stockwerk führt. Eine Sekunde lang überlegt er, ob er sich nicht einfach in der Straße geirrt hat: In dieser Siedlung sehen alle Straßen und alle Häuser gleich aus. Doch sogleich schämt er sich dieser Annahme. Selbst wenn es genauso gewesen wäre, warum hat ihn dann diese vor dem Fernsehgerät sitzende Frau erkannt und sich ihm gegenüber so selbstverständlich verhalten, dass selbst er eine ganze Weile gebraucht hat, um zu merken, dass er an einem fremden Ort ist? Er spürt den Impuls, Jackett und Aktentasche zu schnappen und schnellstmöglich zu verschwinden, ins Auto zu steigen und das richtige Haus zu suchen, das, so vermutet er, ganz in der Nähe sein muss. Der Mann hat die Vorhänge des Wohnzimmerfensters zurückgezogen und betrachtet die Häuser auf der anderen Seite des Gartens: Die Aussicht ähnelt gänzlich dem Blick aus dem Fenster seines Hauses.

– Ist etwas mit dir? – fragt die Frau. – Du wirkst nervös.

Der Mann murmelt eine Entschuldigung und überlegt, dass er nur nach draußen zu gehen braucht: Ein Blick auf die Hausnummer, die sich wohl neben dem Gartentor befinden wird, und auf den Straßennamen an der Ecke müsste eine Klärung in dem einen oder anderen Sinne herbeiführen. Doch die Umsetzung dieses Gedankens ängstigt ihn: Er weiß nicht warum, aber es drängt ihn überhaupt nichts zur Klärung dessen, was hier vor sich geht. Zudem verspürt er den Drang zu urinieren, einen sehr starken Drang: Die zwei Bier, die er in der Kneipe getrunken hat, zeigen ihre voraussehbare Wirkung. Er bewegt sich in die Richtung, wo er die Toilette vermutet (bei ihm zu Hause zumindest ist die Toilette ungefähr dort platziert), doch als er die Tür aufmacht, ist er in der Küche. Er folgt dem Flur: Er öffnet die erste Tür links, aber dort befindet sich ein Zimmer. Er vermutet die Toilette in der Nähe der Küche: Diese beiden Räume liegen gewöhnlich immer nahe beieinander, denn beim Hausbau ist es einfacher, die Wasserleitungen und Abflussrohre beisammen zu lassen. Er geht zurück und öffnet wieder die Küche, vielleicht sieht er ja eine weitere Tür, die zur Toilette führen könnte, obwohl er nur in alten Wohnungen Toiletten gesehen hat, die direkt von der Küche aus zugänglich sind. Doch in der Küche gibt es nur die Küchentür. Er kehrt ins Wohnzimmer zurück und sucht mit den Augen. Die Frau (jetzt erst sieht er genau hin: dunkelhaarig, so zwischen achtundzwanzig und dreißig, mit einem reizenden Mund) wendet einen Moment ihren Blick vom Fernseher ab. Der Mann lächelt, traut sich aber nicht zu fragen, wo die Toilette ist. Er sieht eine Tür im Flur unter der Treppe in der entgegengesetzten Richtung von da, wo er eben gesucht hat. Er geht hin, öffnet die Tür und sieht eine kleine, ungestrichene Kammer voller Gerümpel. Der Drang zum Urinieren steigt mit der Nervosität und ist inzwischen unerträglich. Er überlegt, ob die Toilette im oberen Stockwerk sein könnte, aber es erscheint ihm völlig unlogisch, dass im unteren Stock nicht auch eine Toilette sein sollte, wenn die Küche, das Wohnzimmer und ein weiteres Zimmer dort sind, unabhängig davon, ob oben eine ist oder nicht. Er steht neben der Tür zur Straße mit der Hand auf der Türklinke. Ohne sich dem Wohnzimmer zu nähern, ruft er, er ginge einen Moment hinaus in den Garten sich die Beine vertreten. Im Garten rennt er zu einem Strauch, macht seine Hose auf und uriniert ausgiebig. Er prustet vor Vergnügen. Er sieht sich ahnungslos um und bemerkt auf der anderen Seite des Zaunes den Nachbarn, der ihn beobachtet. Der Mann, auf frischer Tat ertappt, hebt die freie Hand und grüßt den Nachbarn mit einem angedeuteten Lächeln. Der Nachbar erwidert den Gruß, ohne Lächeln. Als er fertig ist, macht der Mann die Hose zu und kehrt ins Haus zurück. Sobald er einen Fuß ins Haus gesetzt hat, kommt der Hund schnuppernd heran. Zwei Gedanken brodeln im Kopf des Mannes: Er weiß nicht, wie er dieses Tier loswerden soll (vielleicht mit Gift im Fressen?), und er fürchtet den Moment, wenn er die Frau rufen muss und ihren Namen noch nicht weiß. Ohne dass es unbedingt so kommen muss, stellt er sich vor, dass dies heute nacht im Bett passieren wird. Dieser Gedanke führt bei ihm umgehend zu einer Erektion.

Philologie

Collell hat den ganzen Nachmittag lang die Parallelen und Verschiedenheiten analysiert, die zwischen dem dreiundzwanzigsten Kapitel eines Romans (mit dem offensichtlich kuriosen Merkmal, dass fast alle Personennamen mit dem gleichen Anfangsbuchstaben beginnen), einer frühen Erzählung (die Personennamen beginnen ebenfalls mit dem gleichen Buchstaben) und einer späteren Erzählung (mit Personen, deren Namen unterschiedliche Anfangsbuchstaben haben, aber die genau wie das Romankapitel und die erwähnte Erzählung vom Warten handelt) bestehen und allesamt der Feder desselben Autors entstammen. Gelangweilt hat er um acht damit aufgehört, das Sakko angezogen und ist auf die Straße hinuntergegangen.

Nun kauft er die Abendzeitung, faltet sie zusammen und klemmt sie unter den Arm. Auf dem Weg zur Bar überlegt er, ob sie nicht besser eine bestimmte Kleidung verabredet hätten oder irgendein Erkennungszeichen, was selbstverständlich nicht die altmodische Nelke am Revers hätte sein müssen. Als sie die Verabredung trafen, dachte keiner von beiden an mögliche Erkennungsprobleme. Vielleicht gibt es auch keine, denkt der Kritiker nach einer Weile, und alles ist wie immer unnötiges Kopfzerbrechen.

Eine Philologiestudentin namens Paula hatte ihn angerufen und gemeint, ihm ein paar Fragen zu Agustí Brell stellen zu müssen, dem Schriftsteller, der nach jahrzehntelangem Vergessen gerade vehement wiederentdeckt wird, nachdem vor einem Jahr ein zweitrangiger Verlag sich in Ermangelung neuer Manuskripte für eine Neuauflage von *Adieu in Addaia* entschieden hatte. Die Erstauflage von 1955 war damals sang- und klanglos verschwunden und verstaubte in vergilbten, fleckigen Exemplaren fast dreißig Jahre lang in Antiquariaten. Vor einem Jahr aber wurde das Buch überraschend ein totaler Erfolg. Der Neid machte einen anderen Verlag, der 1963 *Palmen und Zypressen* veröffentlicht hatte, risikofreudig. Die unverkauften Exemplare wurden aus dem Lager geholt, und das waren fast alle, die damals gedruckt worden waren. Die Exemplare verkauften sich in wenigen Wochen. Die zweite Auflage erschien unmittelbar danach und war zur Freude des Verlegers in fünf Tagen vergriffen, der daraufhin jedem, der es hören wollte, versicherte, dass die Welt wahrhaftig verrückt sei.

Der Kritiker erreicht die Straße, in der die Bar liegt, wo sie sich verabredet haben. Noch zwei Querstraßen und er ist da. Er denkt nun, dass die Tatsache, kein Erkennungszeichen vereinbart zu haben, ihm (zumindest bis zum Moment des Treffens) eine Menge Perspektiven eröffnet. Die natürlich auch im absoluten Desaster enden können. Die Stimme der Studentin ist ihm so angenehm vorgekommen, dass er sich alle Möglichkeiten offenhalten will. Und wenn er es genau überlegt, dann hat er nur wegen bestimmter Möglichkeiten in die Verabredung eingewilligt, und nicht, weil er darauf erpicht ist, das wenige, das er über Agustí Brell weiß, zum Besten zu geben. Der Kritiker, der vor einem Jahr (nachdem er Brell immer ignoriert hatte) zu den Ersten gehörte, die sich darüber freuten, dass Brell endlich den ihm gebührenden Platz erhielt, findet nun, dass die Leute (wie so oft in allem) einen Schritt zu weit gegangen sind: Nach dem Gesetz des Pendels haben sie den Autor aus dem dunkelsten Vergessen nun auf das höchste Podest gehoben. In wenigen Monaten ist der Brellismus zu einer frenetischen Mode geworden, und jeder Autor, der nicht die Strukturen, die Themen oder die beschleunigte Syntax von Brell nachahmt, sieht sich unverzüglich Hohn und Spott ausgesetzt, mit der gleichen Selbstverständlichkeit, mit der Brell selbst jahrelang mit Spott und Hohn überschüttet worden war. Sogar sein Tod (der zu dem Zeitpunkt, als er eintrat, als ein weiterer Beweis für seine charakteristische Verantwortungslosigkeit galt) ist nun ein Grund mehr, ihn zu bewundern. Brell und seine Frau starben im Jahr 1966, als ihr Wagen mit ihm am Steuer die Küste von Garraf hinabstürzte. Er hinterließ eine wenige Monate alte Tochter (derer sich, da Brell keine lebenden Verwandten hatte, die einzigen Verwandten seiner Frau, Deutsche, annehmen mussten), zwei unvollendete Romane und einen großen Berg Schulden. Auf alle Fälle, sinniert der Kritiker weiter, weiß er nicht eine kleine Einzelheit mehr als das, was in Vorworten und den kürzlich veröffentlichten Aufsätzen steht (wovon nur einer von ihm ist), Aufsätze und Vorworte, die eine Studentin der Philologie, die eine Doktorarbeit über das Thema schreiben will (wie das bei der Studentin, die ihn angerufen hat, der Fall ist) notgedrungen kennen muss.

Er erreicht ein paar Minuten nach neun die Terrasse der Bar. Diese Verabredung »zwischen neun und zehn« stellt eine Ungenauigkeit dar, die ihm jetzt, wo er sie bemerkt, überhaupt nicht zusagt. Er lässt seinen Blick über die Tische schweifen. Das weibliche Geschlecht ist nur durch zwei ältere, leise kichernde Damen vertreten und durch drei junge Frauen, die so aussehen, als hätten sie den ganzen Tag am Strand verbracht, und nicht so, als könnten sie sich irgendwie für Brell oder jemand ähnlichen interessieren. Bevor er sich nach draußen setzt, wirft Collell einen Blick in das Innere der Bar. Am Tresen diskutieren zwei Männer, ein dritter betrachtet sich in einem Glas Martini. Nun, da er sich vergewissert hat, dass die Frau noch nicht da ist, setzt sich der Kritiker auf der Terrasse an einen Tisch (auf dem ein leeres Glas mit Bierschaumresten und ein Aschenbecher stehen), faltet die Zeitung auseinander, beginnt zu lesen und hebt ab und zu den Blick, jedes Mal, wenn er glaubt, es komme jemand. In der Zeitung scheint das Tagesthema klar: das Bündnis zwischen Links und Mitte-Rechts als Gegengewicht zur Mitte-Links-Mehrheit.

Die erste Frau, die sich der Kritiker genauer anschaut, um herauszufinden, ob sie die mit ihm verabredete Studentin sein könnte oder nicht, nähert sich auf dem Gehsteig gegenüber. Sie trägt eine schwarze Bluse und graue Hosen. In der Hand trägt sie eine Aktenmappe, ein Detail, das Collell bezeichnend erscheint. Zudem schaut die Frau immer von einer Seite auf die andere, so, als kenne sie die Straße nicht gut. Aber genauer betrachtet (denkt der Kritiker rasch), ist das kein verlässliches Zeichen dafür, dass dies die erwartete Frau ist. Genau genommen war diese Bar ihr Vorschlag, da sie bei ihr in der Nähe liegt. Und von daher scheint es mehr als logisch, dass, wenn Bar und Straße bei ihr um die Ecke sind, sie sich hier gut auskennt. Die Frau überquert die Straße und einige wenige Zehntelsekunden lang scheint sie im Begriff, die Bar zu betreten (um zu sehen, sagt der Kritiker irrtümlich voraus, ob er am Tresen sitzt), doch sie geht weiter und verschwindet hinter der nächsten Ecke.

Nach Meinung einiger Beobachter liegt die Bedeutung eines Bündnisses zwischen Links und Mitte-Rechts in dem Bruch mit einer scheinbar unumstößlichen Tradition. Es stellt sich (allen Anzeichen nach) nun die Frage, wie die Mitglieder und Wähler der beiden Parteien darauf reagieren werden. Collell blättert weiter. Fußball: Der Ausgang des Pokalendspiels ist bei Redaktionsschluss noch völlig offen.

Ein junger Mann auf dem Fahrrad klingelt und fährt um einen Hund herum, der über die Straße läuft. Eine Frau auf dem Gehweg nähert sich der Bar. Sie trägt eine Brille, eine Tasche über der Schulter und ein papageiengrünes Kleid. Der Kritiker zuckt zusammen. Und wenn dies die Studentin wäre? Welch Ärgernis, mit ihr essen zu gehen und sie einen ganzen Abend lang ertragen zu müssen, selbst wenn sie am anderen Ende des Tisches im Restaurant säße. In Gedanken verflucht er Brell und seine unerwarteten Bewunderinnen. Die Frau ist schon auf der Höhe der Terrasse. Doch bevor Collell herausfinden kann, ob sie ihn zu finden versucht, hat man sie schon gefunden. Die beiden leise kichernden Alten machen ihr Zeichen mit der Hand. Die Frau im papageiengrünen Kleid läuft eilig zu dem Tisch und verteilt Küsschen: eines auf jede Wange der beiden Alten.

Genau neben den vorderen Tischen hält ein Taxi. Als der Taxifahrer zum Zahlen das Licht anschaltet, sieht der Kritiker auf dem Rücksitz eine Frau sitzen, die rasch das Wechselgeld einsteckt, die Autotür öffnet, aussteigt und die Tasche über die Schulter hängt. Wie sehr wünscht sich Collell, diese Frau möge Paula sein! Er stellt sich bereits vor, mit ihr essen zu gehen, sie zum Lachen zu bringen und ihr zu erzählen, was er über Brell weiß. Und das, was er nicht weiß, erfindet er. Mit einer Studentin wie dieser fühlt er sich in der Lage, wenn nötig einen ganz neuen Brell zu fabrizieren, einen Brell, der ganz speziell zu dieser Frau paßt, die den Blick gerade über die Gäste auf der Terrasse schweifen lässt. Der Kritiker versucht genug Spannung in seinen Blick zu legen, damit es in dem flüchtigen Moment des Zusammentreffens ihrer Augen zu einem Kurzschluss kommt und das Mädchen nicht anders kann, als zu erkennen, dass er es ist, den sie sucht, der Mann, der ihr die Tore zur Welt von Brell öffnen wird. Die Frau widersteht jedoch der elektrischen Ladung, so als sei sie nichts, öffnet die Tür zur Bar und setzt sich an den Tresen.

Was tun? Einerseits bedeutet die Tatsache, dass sie sich an den Tresen gesetzt hat, dass sie es nicht ist. Sie sind auf der Terrasse verabredet: Das ist klar. Und wenn es nun doch nicht ganz so klar war, wie er meint? Einmal angenommen, die Verabredung war vielleicht doch nicht ganz so eindeutig, was sollte er dann tun? Aufstehen und mit einem superbreiten Grinsen fragen, ob sie Philologiestudentin sei? (Der Gedanke, dass sie Philologiestudentin sein könnte und nicht die Philologiestudentin, die er erwartet, geht über das hinaus, was er sich vorstellen mag. Noch weniger in Betracht kommt die Möglichkeit, dass die Frau Paula heißt, aber nicht die Paula ist, auf die er wartet.) Und diese Frau, wenn sie wirklich die sein sollte, die er erwartet, welche Vorstellung hat sie sich von ihm gemacht, dass sie ihn nicht erkennt? Eine Weile sitzt der Kritiker perplex da. Die Möglichkeit, sie könnte Paula sein und ihn nicht erkennen, beunruhigt ihn. Denn normalerweise macht man sich eher ein optimales Bild von unbekannten Dingen, auf die man sich freut. (Und wenn sie sich nicht auf ihn freut?) Wenn sie ihn nicht erkennt, liegt das ganz gewiss daran, dass seine wirkliche Erscheinung ihre Erwartungen enttäuscht. Er fragt sich noch, ob er sich vom Stuhl erheben und sie ansprechen soll, da sieht er, wie die Augen der Frau zu leuchten beginnen, und nicht etwa seinetwegen. Sie lächelt: Durch die Tür ist gerade ein Mann mit Mütze hereinspaziert, der am Tresen ankommt und sie ohne auch nur den Anflug eines Lächeln küsst.

Der Kritiker schaut auf die Uhr. Halb, plus minus. Ab welcher Uhrzeit soll er sich versetzt fühlen? Kurz vor zehn? Um drei viertel? Oder muss er bis zehn warten? Er versucht, einen Leitartikel über das berühmte Parteienabkommen zu lesen, aber es gelingt ihm nicht, sich zu konzentrieren: Mit einem Auge betrachtet er die Seite, mit dem anderen den Tresen mit der Frau (die sich nun auf den Arm ihres Begleiters gelehnt hat) und die Straße, falls die Studentin auftauchen sollte.

Plötzlich merkt er, dass sein Tisch noch leer ist. Er wartet schon so lange, und noch hat ihn kein Kellner gefragt, was er trinken möchte. Das macht ihn wütend. Wie ist es möglich, dass sich in der halben Stunde, in der er hier sitzt, noch kein Kellner an seinen Tisch bequemt hat? Das führt ihn zu düsteren Reflexionen über die wachsende Ineffektivität und das anmaßende, schlechte Benehmen der Beschäftigten, die mit Publikum zu tun haben, vor allem der Kellner. Er hebt den Arm und winkt, um die Aufmerksamkeit des Kellners auf sich zu ziehen, der an seinem Tisch bedient. Doch der Kellner steht mit dem Tablett unterm Arm an der kleinen Durchreiche zur Küche und hält ein Schwätzchen mit seinem Kollegen hinter dem Tresen. Rufen hat keinen Sinn, denn beide Kellner sind drinnen, und sie würden nicht nur nichts hören, sondern Rufen erscheint ihm auch wenig elegant. Zudem stellt er sich vor, wie sich die Köpfe der Leute auf der Terrasse (denn die würden ihn hören) nach ihm umdrehen. Aufstehen, in die Bar gehen und den Kellner bitten, ihn zu bedienen, erscheint ihm unangemessen. Ein Kellner muss wissen, dass seine Arbeit darin besteht, die Leute zu bedienen und nicht darauf zu warten, dass die Gäste sich die Mühe machen, ihn daran zu erinnern.

Gäbe es nicht die Studentin, er würde sofort aufstehen und gehen. Und was ist nun mit dieser Frau, kommt sie nun zu der Verabredung oder nicht? Der Kellner mit dem Tablett unterm Arm dreht kurz den Kopf. Er raucht lustlos und gähnt. Collell hebt erneut den Arm, um seine Aufmerksamkeit zu erlangen, aber der Kellner sieht ihn nicht einmal, denn er konzentriert sich wieder auf das Plaudern mit dem Kellner hinter dem Tresen und entfernt einen Tabakkrümel von seinen Lippen. Einige Minuten später kommen zwei unangenehm lachende Männer auf die Terrasse. Kurz darauf kommt der Kellner heraus und nähert sich dem Tisch der Männer. Collell versucht nun, den Kellner auf sich aufmerksam und das Recht des länger Anwesenden geltend zu machen. Er hebt den Arm und winkt mit der Hand; er ruft ihn sogar! Der Kellner scheint es nicht einmal zu bemerken. Der Kritiker, auf dem Höhepunkt seiner Empörung, wirft das leere Glas mit den Bierschaumresten auf den Boden.

Zehn Minuten und eine Auseinandersetzung später steht vor ihm ein Glas Sherry, auf das er genau genommen jetzt gar keine Lust hat: In der Tat hat er nur Lust wegzugehen. Es ist bereits drei viertel und die für das Treffen verabredete Zeitspanne nähert sich ihrem Ende. Warum soll er weiter auf jemanden warten, der nicht die Höflichkeit besitzt, zur verabredeten Zeit zu erscheinen, noch dazu, wo sie ihn ja angerufen hat und sie also diejenige ist, die mit ihm reden will? Er schließt die Augen, und mit wenigen Schlucken schüttet er den Inhalt des Glases in sich hinein. Als er die Augen wieder öffnet, steht vor ihm eine betörende Schönheit. Dass sie so schön ist, empört ihn noch mehr. Sie hätten so glücklich sein können ... Er sieht sie hasserfüllt an.

– Ich komme gerade noch rechtzeitig. Ein bisschen spät? Es tut mir leid. Es ist so viel Verkehr – entschuldigt sich die Frau mit leicht germanischem Akzent. – Sind Sie Herr Collell? Denn wenn ich nun diese ganzen Erklärungen abgebe und dann sind Sie es nicht ...

Der Kritiker sieht sie wortlos an. Die Frau dreht den Kopf und sucht auf der Terrasse, ob Collell möglicherweise an einem anderen Tisch sitzt. Doch es gibt keinen anderen Tisch mit einem einzelnen Mann, und die beiden maßlos lachenden Männer kommen nicht in Frage. Verwirrt entschuldigt sich die Frau, betritt die Bar, um einen Blick hineinzuwerfen, kommt wieder auf die Terrasse und setzt sich an einen leeren Tisch. Sie wartet bis halb elf, dann bezahlt sie und geht weg. Wenig später steht der Kritiker auf (der nur so lange gewartet hat, um genüsslich zu beobachten, wie sie auf ihn wartet, genau wie er auf sie gewartet hat, und der sich ab und zu fragt, ob er sich nicht womöglich aus lauter Groll die Verwirklichung seiner Träume entgehen lässt), zahlt den Sherry, streitet mit dem Kellner, ob er nun das zerbrochene Glas bezahlen muss oder nicht, und geht.

Fieber

Mit kläglicher Stimme ruft der Knabe nach der Mutter, die schnellstens herbeiläuft und nur die Hand auf die Stirn zu legen braucht, um zu merken, wie heiß das Kind ist. Die Augen des Knaben glühen. Die Mutter eilt zur Hausapotheke und holt die Fieberzäpfchen. Sie gibt ihm eines. Da das Fieber aber nicht sinkt, sucht sie die Telefonnummer des Arztes heraus; als sie auf die Uhr schaut, fällt ihr ein, dass die Praxis erst um zehn Uhr aufmacht. Wenn sie den Arzt morgens um acht wegen etwas, das gewiss nur eine Grippe ist, zu Hause anruft, wird er verärgert reagieren. Sie wird ihn Punkt zehn anrufen, wenn die Praxis öffnet. Der Vater des Kindes ist gerade vor einer Viertelstunde zur Arbeit aufgebrochen. Ihm wird sie es später telefonisch mitteilen. Unterdessen kann sie genau die Temperatur messen. Sie geht das Thermometer holen.

Für den Knaben ist das Fieber nicht das Schlimmste. Er ist genau an dem Tag krank geworden, an dem seine Klasse einen Ausflug macht. Er schaut auf die Uhr (viertel neun) und denkt, wenn er es ganz arg will, verschwindet das Fieber vielleicht rechtzeitig bis neun Uhr, der Abfahrtszeit des Busses. Doch sogleich erkennt er, dass ihn die Mutter nicht gehen lassen würde, selbst wenn er in so kurzer Zeit wieder gesund wäre. Und das bei all der Mühe, die es immer macht, krank zu spielen, um nicht zur Schule zu müssen, und nun hat er ausgerechnet heute Fieber bekommen. Er hat sich so auf den Ausflug gefreut. Letztes Jahr war er beim gleichen Ausflug schon einmal dabei, und deswegen ist er um so wütender, denn er weiß, bei diesem Ausflug hat man richtig Spaß. Er erinnert sich noch haargenau an den Ausflug vom letzten Jahr, und das Fieber hilft ihm, ihn sich zwar nicht deutlicher, aber doch großartiger auszumalen. Nun hat die Mutter das Zimmer betreten (er hat sie erst gehört, als sie direkt vor ihm stand: so als ob das Fieber die Geräusche dämpfte), und während sie ihm Essigumschläge auf die Stirn legt, sagt sie ihm, sie werde in der Schule anrufen, damit sie nicht unnötig auf ihn warten müssten und losfahren könnten. Der Junge ist kurz davor, sie um einen Aufschub des Telefonanrufes zu bitten für den Fall, dass ... Doch er braucht sich nur das Gesicht seiner Mutter vorzustellen, wenn er ihr erzählt, er sei vielleicht um neun wieder gesund, falls er sich das nur richtig vornähme, und beschließt zu schweigen. Zudem hat er überhaupt keine Lust zu reden. Er fühlt sich wirklich sehr matt. Nachdem sie ihm schließlich die Umschläge (die ihn haben erschauern lassen) auf die Stirn gelegt hat, sagt die Mutter beim Ausschalten der Lampe, er werde sich ohne Licht besser fühlen. Der Knabe ist ganz schnell eingeschlafen, in einer warmen Wolke aus zerbrochenem Glas.

Er wacht um drei viertel zehn wieder auf. Ein Lichtstrahl, der zwischen den Holzlatten der Persianen hindurchscheint, fällt auf den Wecker. Ob seine Mutter bereits in der Schule angerufen hat? Wie peinlich, wenn sie es vergessen haben sollte und alle (Lehrer und Schüler) auf ihn gewartet haben, ehe sie, nach Ablauf der Höflichkeitsfrist, schließlich zu Hause angerufen haben, um zu erfahren (aber das Telefon hat nicht geklingelt, oder doch?), dass er krank ist. Aber nein: Eingepackt in sein Fieber, sieht er sie ganz deutlich im Bus auf der Autobahn, eine halbe Stunde, nachdem sie die Stadt verlassen haben, singend, lachend und sich balgend. Er sieht Vidal, der wie immer von seinen Heldentaten erzählt, die ihm keiner mehr glaubt. Er sieht Ibort, wie er die Stulle zu früh verspeist; den Fahrer, der um Ruhe bittet; Herrn Sanchis, der die Bitte des Fahrers in energischerem Ton wiederholt; Cabrera, der sich mit dem kleinen Iborra streitet; Bellver und Garcia, die sich über Herrn Sanchis lustig machen. Er sieht alles mit solcher Deutlichkeit vor sich, dass er glauben würde, er erinnere sich nur an den letzten Ausflug, wenn da nicht kleine zusätzliche Ereignisse wären, die letztes Jahr nicht passiert sind. Aber nein: Letztes Jahr saß er nämlich neben Bellver, und Garcia saß neben Compte, und der kleine Iborra war nicht mitgekommen, doch jetzt sieht er ihn, als stehe er vor ihm: Er sieht, wie er Cabrera in den Rücken knufft und dann so tut, als sei er es nicht gewesen; er sieht, wie Bellver (der sonst so schüchtern ist) sich (vielleicht zur Feier des Tages) in den Streit einmischt; er sieht, wie Vidal (wie immer mit dem Gehabe desjenigen, der bestimmen will, wo es langgeht) versucht, Ordnung zu schaffen, ohne dass ihn irgendwer beachtet; er sieht, wie Herr Sanchis den Kopf dreht; er sieht, wie der Fahrer sich ebenfalls um Ruhe bittend umdreht; er sieht die Kurve weiter links, als sie eigentlich sein dürfte; er sieht den Schrei von zweiundfünfzig Stimmen; er sieht das Entsetzen im Gesicht des Herrn Sanchis und macht selbst entsetzt die Augen zu, ohne Zeit, darüber nachzudenken, dass er wohl besser das Fieber nicht verheimlicht hätte und heute morgen im Bett geblieben wäre.

Ich habe nichts zum Anziehen

Der Mann steht vor dem Spiegel. Er ist soeben mit dem Rasieren und dem Duschen fertiggeworden. Er nimmt den kleinen Rettungsring, der sich um seinen Bauch gebildet hat, zwischen zwei Finger, betrachtet ihn im Spiegel und schüttelt den Kopf.

Er fragt sich, was er anziehen soll. Da er sich darüber im Unklaren ist, glaubt er damit weiterzukommen, wenn er schon einmal das Unterhemd und den Slip anzieht. Er wählt einen weißen mit blauen Streifen. Er sieht nach, ob auch kein Loch darin ist. Er zieht ihn an. Als er dann das Unterhemd in der Hand hält, erscheint es ihm doch besser, keines anzuziehen, und er legt es in die Schublade zurück. Er öffnet den anderen Teil des Schrankes und betrachtet die Oberhemden. Da ist ein weißes, italienisches aus Baumwolle, das er vor ein paar Wochen gekauft hat und das ihm ganz besonders gut gefällt. Er nimmt es mitsamt dem Kleiderbügel heraus und schaut es an: Er mag den Stoff auf seiner Haut. Doch Weiß macht ihn dick. Er hängt es wieder an seinen Platz. Wie jemand, der ein Buch durchblättert, streicht er mit den Fingern über die Ärmel aller Hemden. Eindeutig, die beiden, die ihm am besten stehen, sind das graue und das schwarze. Doch er hat sie in der letzten Zeit oft angehabt, so oft, dass er sie über hat. Sollte er sich schließlich für eines der beiden entscheiden, könnte er dazu die graue Hose oder die schwarz gefärbte Levi's anziehen.

Zu der bereits traditionellen Frage, was anziehen, um möglichst gut auszusehen, kommt hinzu, dass er keine Ahnung hat, wie sie angezogen sein wird. Wird sie in einem besonders auffallenden Kleid kommen oder in einem schlichten? Angenommen, sie käme im sportlichen Dress, würde er mit den schwarzen Levi's und dem grauen oder schwarzen

Hemd gut aussehen? Und dem Sakko aus Leinencrash? Denn das mit dem Sakko ist die nächste Frage: Soll er das graue Sakko (das klassischste) oder das mit den grünlichen Karos anziehen? Sollte er sich für das schwarze Hemd entscheiden, könnte das karierte Sakko etwas von der Strenge von Hemd und Hose zurücknehmen, die unter Umständen übertrieben wirkt. Natürlich ließe sich auch mit einer Krawatte die grau-schwarze Strenge von Hose und Hemd mildern. Mit oder ohne Krawatte? Er schiebt mit der Hand die Hemden zur Seite und holt den Krawattenbügel heraus. Welche soll er sich umbinden? Ohne Muster, gestreift, kariert? Zusammen mit dem karierten Sakko könnte die karierte Krawatte geschmacklos aussehen. Oder die Kombination aus Karos gibt dem Ganzen gerade, weil so brutal, den Pfiff.

Natürlich ginge es auch ohne Krawatte. Doch sieht er, wenn sie sehr gut angezogen auftritt, ohne Krawatte nicht etwas zu leger aus? Die Mischung Krawatte und Jeans wird seinem Stil Ambivalenz verleihen und ihn vielleicht aus der Affäre ziehen, egal wie sie angezogen ist. Die Frage ist, ob die Zusammenstellung karierte Krawatte, Jeans und kariertes Sakko nicht zu sehr ironisiert, je nachdem, was sie anhat. Und wenn er die Cheviothose anzieht? Mit der Cheviothose würde zu der Strenge des dunklen Hemdes und dem ironischen Schock der Karos auf Krawatte und Sakko nicht noch der burleske Touch der Jeans kommen, der zwar zu ihm passen würde, aber, wie er sich nun schon mehrmals gesagt hat, befürchtet er ja, dass diese Mischung ganz und gar nicht zu ihrer Kleidung passt.

Er wird also (wiederholt er im Kopf, um zu prüfen, ob ihm die beschlossene Zusammenstellung gefällt) mit dem grauen Hemd, der Krawatte mit den bräunlichen Karos und dem Sakko mit den grünlichen Karos und der ebenfalls bräunlichen Cheviothose hingehen. Vielleicht sollte er nun die Theorie in die Praxis umsetzen. Gedacht, getan: Er zieht das graue Hemd an, die Cheviothose, die Krawatte mit den bräunlichen Karos und das Sakko mit den grünlichen Karos. Er betrachtet sich im Spiegel. Die noch unbeschuhten Füße stehen in skandalösem Gegensatz zu seiner restlichen Erscheinung. Er muss entscheiden, welche Schuhe er anziehen soll, und beschließt eine schnelle Wahl, damit er erst gar nicht in eine Kette neuer Zweifel wegen der Schuhe gerät. Er zieht die aus braunem Leder an, ohne lange zu überlegen.

Doch was, wenn sie nun in einem Cheviotkleid zur Verabredung kommt, das eine ähnliche Farbe hat wie seine Hose, eine ähnliche, aber nicht genau die gleiche, wie es also nicht schlimmer sein könnte? Ganz zu schweigen von der Möglichkeit, dass sie mit einem karierten Kleid auftaucht ... Eine Sache ist es, bewusst damit zu spielen, zwei verschiedene Arten Karos zusammenzubringen (die grünlichen des Sakkos und die bräunlichen der Krawatte), weil er findet, das könnte reizvoll aussehen. Doch wenn sie ebenfalls mit Karos kommt, wirkt dieses Nebeneinander einfach lächerlich. Wie kann er herausfinden, was sie anziehen wird? Sie hat ihm nicht gesagt, zu was für einem Fest sie gehen. Jetzt, wo er darüber nachdenkt, fällt ihm auf, dass sie am Telefon nicht gerade verbindlich war. Vielmehr hat sie sich, als er sie (beim Klang ihrer blechern-rauen Stimme) fragte, ob sie erkältet sei, herausgeredet und schnell aufgelegt. Vielleicht sollte er, nachdem es offenbar menschenunmöglich war herauszufinden, was sie tragen würde, besser nicht mit den Karos spielen. Sollte sie mit irgendeinem karierten Kleidungsstück auftauchen (es wäre schon tödlich, wenn sie in einer karierten Jacke käme), liefe er wenigstens nicht Gefahr, dass sie beide zusammen lächerlich aussähen. Doch, was soll er weglassen, das Sakko oder die Krawatte? Während er darüber nachdenkt, macht er sich einen Kaffee. Er gießt ihn in ein Glas und trinkt ihn ohne Zucker. Endlich entschließt er sich: Er wird das Sakko weglassen, nicht nur, weil es sehr viel wahrscheinlicher ist, dass sie sich mit karierter Jacke präsentiert, als mit karierter Krawatte, sondern auch weil eine Krawatte kleiner ist (und folglich viel unauffälliger) als ein Sakko, für den Fall, dass nun beide in diesem Aufzug erscheinen. Welches Sakko soll er also anziehen? Das schwarze aus Leinencrash? Das klassischere, graue? Er probiert das graue an, und es zeigt sich klar, dass dies nicht das Sakko ist, das ihm steht. Er zieht es aus und schlüpft in das schwarze Jackett. Doch obwohl es das Jackett aus Leinencrash ist und er das graue Hemd anhat, findet er es zu klassisch, nicht nur in dem Fall, dass sie sich vielleicht doch in schlichter Kleidung präsentiert, sondern auch dann, wenn er nur sich alleine betrachtet und nicht überlegt, was sie anhat. Würde er in schwarzem Jackett, grauem Hemd, karierter Krawatte, Cheviothose und Lederschuhen nicht befremdlich klassisch aussehen neben ihr, wenn sie zum Beispiel in Jeans, Pullover und Strickjacke ankommt? Natürlich könnte er tricksen: Er könnte durch den Spion gucken und, je nachdem, wie sie vor der Tür steht, noch im letzten Moment entscheiden, ob er die Krawatte anlässt oder sie in einer Sekunde ablegt, um genauso leger gekleidet zu sein wie sie.

Ist es aber so wichtig, dass ihre und seine Kleidung sozusagen aufeinander abgestimmt sind? Ist es nicht, genauer betrachtet (und je mehr er es betrachtet, desto mehr glaubt er es), übertriebener Perfektionismus? Was für ein Problem besteht darin, dass er so und sie anders gekleidet daherkommt? Es könnte sogar einen gewissen Charme haben, dass einer so und die andere anders angezogen ist. Oder glaubt er, die Tatsache, dass die Kleidung aufeinander abgestimmt ist, sei ein gutes Omen für die Beziehung? Anstatt sich den Kopf darüber zu zerbrechen, wie er es anstellen könnte, damit sich ihre Kleidung nicht mit seiner beißt, sollte er sich so anziehen, wie er meint, am besten auszusehen. Aber was hatte er eigentlich entschieden, wie er am besten aussehen würde?

Er greift die Idee mit den Jeans und dem karierten Sakko wieder auf. Er zieht die Schuhe und Cheviothose aus und zieht die schwarzgefärbte Levi's und wieder seine Schuhe an. Er wechselt das Jackett. Er betrachtet sich im Spiegel: Genau besehen erscheint ihm jetzt das schwarze Jackett passender. Er zieht das karierte Sakko aus und zieht wieder das schwarze an. Aber braune Lederschuhe mit den schwarzen Levi's? Verheerend. Er sucht die schwarzen Schnürschuhe und findet sie auch: schmutzig. Die schwarzen Mokassins sind dagegen sauber. Doch er findet sie seit zwei Jahren so altmodisch, dass er sie nicht einmal in Betracht zieht. Er setzt sich schnell hin, krempelt die Ärmel hoch und schmiert Schuhcreme auf die schwarzen Schuhe.

Er wechselt die Schuhe und betrachtet sich im Spiegel. Es ist okay, aber irgendetwas passt nicht. Und wenn er die Theorie mit den dunklen Hemden verwerfen würde und zum Beispiel das rote Hemd herausholt, das seinem Teint schmeichelt? Er zieht schwarzes Jackett und graues Hemd aus und das rote Hemd an und darauf wiederum das schwarze Jackett. Er betrachtet sich im Spiegel. Nein. Er zieht Jackett und Hemd wieder aus. Ohne Zeit zum Theoretisieren probiert er alle möglichen Varianten durch: das beige Hemd mit dem schwarzen Jackett, das grüne Hemd mit dem karierten Sakko, das gelbe T-Shirt mit dem schwarzen Jackett, das grüne T-Shirt mit dem grauen Sakko, das graue T-Shirt mit dem grauen Sakko, das weiße T-Shirt mit dem karierten Sakko, das gelbe Hemd mit der grünen Krawatte und dem schwarzen Jackett, das fuchsiafarbene Hemd mit der blau-gelb gestreiften Krawatte und dem karierten Sakko, das braune Hemd mit dem beigen Jackett (das er vorher noch nicht in Betracht gezogen hat), das weiße T-Shirt mit dem grauen Sakko …

Als es klingelt, hat er eine blaue Jacke, ein weißes Hemd, eine abscheuliche Fliege, eine braun, beige und grün gesprenkelte Wollhose und schwarze Socken an. Noch hat er die Schuhe nicht ausgesucht. Damit er nicht noch einmal in einem neuen Meer voller Zweifel ertrinkt, beschließt er im letzten Moment die Tür zu öffnen, ohne durch den Spion zu gucken, um zu sehen, wie sie angezogen ist. Vor ihm steht ein Skelett in einer einfachen schwarzen Tunika mit einer Sense in der Hand. Der Mann fragt teils enttäuscht, teils überrascht:

– Sag nicht, wir gehen auf ein Kostümfest …

– Nein.

Eisenbahn

RECHTS HERUM

Z hatte geträumt, eine junge Frau, die ihm bekannt vorkam, betrete einen unbestimmten Raum (eine Art U-Bahn-Waggon oder einen weiß gefliesten Krankenhaussaal mit Sitzplätzen aus grünem Samt). Er fragte sich, ob es nicht jene Frau vom Bahnhof war, als er einmal … Er verband sie mit einer Landschaft aus Rauch und Reise. Wenn er gewusst hätte, wie sie hieß, wäre er auf sie zugegangen. Doch er hatte das Gefühl, ohne Kenntnis ihres Namens (sie hatten sich wohl nie vorgestellt: Plötzlich erschien sie ihm wie die Bewohnerin einer Landschaft voller Missverständnisse) hatte er nicht das Recht, sich ihr zu nähern. Die Möglichkeit, sie könne ihn nicht erkennen, machte ihn traurig: Doch als die Frau ihn anschaute, fühlte er sich sicherer; sehr wahrscheinlich erkannte sie ihn und gleich ihm traute sie sich nicht, ihn anzusprechen. Vielleicht hielt sie, genau wie ihn, die Tatsache zurück, dass sie sich nicht vorgestellt hatten, dass keiner der beiden den Namen des anderen kannte. Deshalb ging sie nicht auf ihn zu. Vielleicht dachte sie das gleiche: Z gehe es genau wie ihr. Er dachte noch einmal, dass sie das denken musste, was er dachte, dass sie dachte, dass er dachte, dass sie das Gleiche dachte wie er. Er könnte auf sie zugehen und sagen: »Hallo, ich heiße Z; ich kenne dich, aber nie hat mir jemand gesagt, wie du heißt.« Vielleicht, dachte er, erkannte sie ihn und meinte aus einem ihm unerfindlichen Grund, es sei besser, ihn nicht zu grüßen. Sie machte eine seltsame Bewegung mit ihrem Bein, so, als ob es ihr weh täte, und Z bemerkte (und es überraschte ihn zugleich, dass es ihm bisher noch nicht aufgefallen war), dass die Frau wunderschöne Beine hatte, auch wenn sie unter der Hose verborgen waren. Z grübelte darüber nach, dass es gewiß sehr schwierig war zu behaupten, unter einer Hose verborgene Beine seien wunderschön, und schon bald umarmte er sie in einem Regen trockener Blätter, in einem feuchten Herbst, auf einer glitschigen Wiese, durch die er jetzt wanderte, in der Nähe einer Felsküste von Monden, die sich den Wellen entgegenstürzen und eine Kehle und Zähne …

Er wachte auf und hatte jedes Gefühl für die Zeit verloren. Es ließ sich nicht (nicht einmal ungefähr) einschätzen, wie lange er geschlafen hatte. Zudem fuhr der Zug genau in diesem Moment durch einen Tunnel, was ihn (aus dem Vorhimmel der Träume kommend) noch mehr verwirrte und ihn im Ungewissen darüber ließ, ob der Kokon, der ihn umhüllte, Tag oder Nacht war. Im Abteil waren lauter neue Gesichter. Er war nun in Begleitung von zwei gut gekleideten Herren (die aussahen wie Filmboys aus den fünfziger Jahren oder Mormonenprediger), einem Bauernehepaar und einer wunderschönen jungen Frau, und er wünschte, sich wahnsinnig in sie zu verlieben.

Auf jedem Bahnhof wechselten ein paar Mitreisende. Es kamen und gingen: zwei Militärangehörige, fünf oder sechs normale Personen, eine extrem magere Alte, ein junger Mann mit schwarzen Rändern unter den Augen, eine Nonne, ein Touristenpärchen, ein Handelsreisender in Sachen Mandeln, eine Gruppe Pfadfinder, eine Mutter mit doppeltem Nachwuchs, ein zurückkehrender Auswanderer, Randy Newman, die Bläsergruppe eines Festorchesters und der Leiter eines Ferienlagers … Nun unterhielt sich ein Pärchen von einem Sitzplatz zum anderen, von Angesicht zu Angesicht, sie mit den Füßen auf seinem Sitz, er mit den Füßen auf ihrem:

– Die Lage ist folgende: Xina (verheiratet mit Xavier) hat Llorenç verlassen (der sich von Rosa getrennt hat), um mit Pep (der mit Marta verheiratet ist und mit Joan zusammenlebte) zusammenzuziehen. Xavier lebt nun allein, hat aber eine Affäre mit Rita, die heftig mit Leopold liiert war ...

– Rita war mit Leopold zusammen?

– Und wie!

– Ich wusste von Leopold, dass er sich von Julia getrennt hatte, um mit Maria zusammenzuziehen, mit dieser nichtssagenden Frau, die mit Joan verheiratet war.

– Mit dem Joan, der mit Pep zusammenlebte?

– Ja.

– Und was macht Joan jetzt?

– Er lebt mit Conxita zusammen.

– Mit der Conxita von Manel?

– Nein: mit Conxita Farguell, der Schwester von Joan, die vor drei Jahren mit Llorenç zusammengewohnt hat, als er sich von Rosa trennte.

– Rosa lebt nun mit Carles zusammen.

– Carles?

– Ja, ein Typ aus Valencia, der Postkarten macht.

– Den kenne ich nicht.

– Er ist neu.

– Ich kannte einen Carles, der war während des Studiums mit Xina zusammen, aber er war aus Manresa und studierte Jura.

– Carles Codina?

– Nein, ich weiß nicht, wie der, den ich meine, mit Nachnamen heißt. Ich weiß nicht, wo er jetzt ist. Er war in Ibiza, als Tònia und Oriol dort hingefahren sind. Er hatte eine Affäre mit Tònia und ist dann verschwunden. Damals war Tònia sehr deprimiert, denn als sie mit Carles zusammen war, hatte Oriol etwas mit einer kleinen Schwester von Pau.

– Pau kenne ich nicht.

– Er ist jetzt in Madrid, aber er war ziemlich lange im Atelier von Minguell, als sie die Entourage für ein Happening von Marta entwarfen. Da wo Nasi und Conxita zusammen aufgetreten sind. Und auch Julia, kurz bevor sie mit der Frau von Leopold zusammengezogen ist.

– Der Frau von Leopold?

– Ja, die …

– Aber Julia ist doch die Frau von Leopold!

– Julia?

– Wie kann sie mit sich selbst zusammenziehen? Du meinst sicher, dass sie für sich alleine eine Wohnung gesucht hat …

– Nein.

Verwirrt schauten beide aus dem Fenster. Sie schlug eine neue Variante vor. Er lehnte sie ab. Sie nahm ihre Füße von seinem Sitz. Der Zug hielt auf einem Bahnhof.

– Irgendwo sind wir durcheinandergekommen. Mal sehen …

– Mal sehen: Fangen wir noch einmal von vorne an: Xina …

Der Zug fuhr los. Das Pärchen erreichte eine halbe Stunde später seinen Zielort. Im Abteil verblieben nur die junge Frau, die sich Luft zufächelte, und Z. In einem Augenblick, als die Frau den Blick zu ihm wandern ließ, verlor Z das Gleichgewicht: zwei Augen mit einem Silberblick wie zwei Schwimmbäder mit Sonnenschirmen aus Koralle: das Paradies.

Danach langweilte er sich. Er ließ die Reisetasche auf dem Platz und spazierte langsam an die Spitze des Zuges. Auf den Bahnhöfen bellten Hunde. Eine Kirchturmuhr schlug sechs. Auf dem Gang trank ein Mann Bier aus der Dose. Im Nachbarabteil hielt ein Pärchen Händchen und küsste sich auf die Lippen wie Vögelein. Am Boden des Ganges streichelte ein Mädchen auf einem großen, alten Koffer den Kopf eines jungen Mannes, der lachte und an ihrem Pullover zog. Z ging in den nächsten Waggon. Vor der Klotür las ein Mann mit dunkler Brille die Zeitung. Im Gang schob ein Angestellter des Restaurantservice einen Getränkewagen vor sich her. Während er seine Waren in einem Abteil mit zugezogenen Vorhängen anbot, drückte sich Z vorbei. Wie ein Blitz raste der Zug ohne Halt durch einen Bahnhof. Im zweiten Abteil küssten sich zwei junge Männer und eine Frau leidenschaftlich. Drei Abteile weiter schnürte ein Mann seine Schuhe auf, während die bereits barfüßige Frau sich die Bluse auszog.

Er machte kehrt. Er presste sich an die Wand, um das Wägelchen vorbeizulassen. Die Frau und einer der beiden jungen Männer des ersten Abteils waren schon nackt. Der andere beeilte sich, es ihnen nachzutun. Hinter den zugezogenen Vorhängen des nächsten Abteils vernahm Z Stöhnen. Vor dem Klo las der Mann mit der dunklen Brille Zeitung. Z ging in seinen Waggon zurück. Im Gang auf dem Koffer presste sich das Mädchen an die Scham ihres Begleiters, näherte ihre Lippen und küsste ihn. Im Nachbarabteil von Z saß die Frau auf dem Mann, mit dem Rücken zu ihm, wie auf einem tief eindringenden Pfahl, und bewegte sich.

Er öffnete seine Abteiltür. Die junge Frau fächelte sich weiter Luft zu und schaute aus dem Fenster. Nun ließen sie den Bahnhof von Castagnaro hinter sich: Auf dem Bahnsteig ging der Mann mit der dunklen Brille, der vor der Klotür Zeitung gelesen hatte, in Richtung Ausgang. Als Z die Abteiltür schloss, hörte die Frau eine Sekunde mit dem Fächeln auf und schaute ihn an. Sie lächelten sich zu. Inmitten dieses neutralen Schweigens erschien es ihm absurd, ihr zu erklären, was sich im restlichen Zug abspielte. Feige und unschlüssig erging er sich in Platitüden:

– Fahren Sie weit?

– Nach Casteggio.

– ?

– In der Nähe von Voghera, zwischen Alessandria und Piacenza.

Z setzte sich neben sie, und sie belohnte den Platzwechsel mit einem Lächeln. Schon bald erzählten sie sich nichts mehr: Sie küssten und umarmten sich, suchten sich unter Rock und Hose. Sie machten es auf jede erdenkliche Art und Weise. Sie flüsterte immerzu:

– Ich mag es, wenn Ihr meine Höschen langsam herunterzieht, ohne Eile: Eure Finger auf dem feinen Stoff. Ich mag es, wenn Ihr meinen Arsch mit der weit geöffneten Hand, mit allen beiden Händen beide Pobacken berührt, dass Ihr ihn öffnet, ihn leckt, zwei Finger hineinsteckt, während ich mir auf die Lippen beiße. Bewegt Euch. Ich mag es, wenn Ihr zuschaut, wie ich meine Möse öffne, wenn Ihr sie leckt, mit dem Finger über die Schamlippen streicht, wenn Ihr an den Härchen zieht. Ich mag es, wenn Ihr mich fickt. Ich ficke Euch gerne. Ich lecke Euch gerne. Ich lecke Euch gerne, wenn Ihr nach meinem Saft schmeckt. Ich lecke Euch gerne, wenn Ihr die Hosen noch anhabt, damit ein Tropfen Eure Hosen befleckt. Mir macht es Spaß, irgendeine Treppe auf irgendeiner Straße hochzusteigen, Euch den Hosenschlitz zu öffnen, ihn herauszuholen und abzulutschen, meinen Slip herunterzuziehen und auf den Treppenstufen zu vögeln. Ich mag es, wenn dann aus allen Wohnungen an der Treppe Damen und Herren heraustreten und alles mit ansehen. Ich mag es, Euer Schambein an meinem Arsch zu spüren. Ich mag es, wenn wir es wie die Hunde und Pferde treiben, ich mag es, wenn Ihr mich umarmt und in meine Brüste beißt, ich mag, wenn Ihr euch selbst in meinem Beisein berührt: mag die leuchtenden Fontänen sehen, die die samtbezogenen Wände des Waggons bespritzen. Ich mag den Rock hochkrempeln, mich bücken, mich ganz öffnen und dass Ihr Euch in mich versenkt. Ich wäre gerne eine junge Tänzerin, um mich mitten auf der Bühne von dem schwarzen Trikot und dem grünen Slip zu befreien und dabei ganz ernst weiße Milch aus einem Glas zu trinken und

Euch in dem dreiviertelärmeligen T-Shirt mit nacktem Po zuzulächeln. Ich mag es, Champagner zu trinken, zu spüren, wie er über mich läuft. Ich mag es, Eure in superengen Hosen verborgenen Schenkel zu umschlingen, die Stufen eines Autobusses emporsteigend, mir das Nachthemd hochschiebend, erneut den Hintern hochreckend, auf den Knien, Ihr mit der Hand die Feuchtigkeit auffangend, eine Brustwarze aus meiner Jacke hervorspießend, als ich zur Tür gehe, um aufzupassen, wann der Kontrolleur kommt. Ich mag nackte Männer, die auf große Motorräder steigen, ich mag es, wenn sie den Kopf drehen und mich mit Augen ansehen, die mich nicht sehen. Ich mag es, wenn Ihr Eure Hosen herunterlasst und ich sehe, wie Ihr gleichgültig und erregt zugleich seid. Ich mag es, dass Ihr es seid, der auswählt, welche der beiden Öffnungen (die eine feucht, die andere befeuchtbar) Euch mehr interessiert. Ich mag, wenn Ihr geradewegs Euer Ziel anstrebt, Ihr nicht wisst, in welche der beiden Ihr eindringt. Ich liege gerne mit erigierten Brustwarzen auf blauen Matratzen mit weißen Streifen in Eisenbetten, meine Scham streichelnd, mit ganz weit geöffneten Beinen in dunklen Strümpfen, mit superhohen Absätzen an den Schuhen, sie mit Augen, Brauen, Nase und einem amüsierten Lächeln liebkosend, riesig und vibrierend, während ich die Augen schließe und mir ganz sanft auf die Zunge beiße, den Kopf hebe und die Haare nach hinten werfe, die Schweißtropfen zittern an den Spitzen meiner sepiafarbenen Brustwarzen, wie auf den Fotos von Jane Birkin mit Sonnenbrille, mit ärmellosem T-Shirt und verschwitztem Slip. Ich mag es, wenn Ihr mir zuseht, wie ich im Büro hinterm Fenster meine Strümpfe zurechtziehe. Ich würde gerne Eure Glut spüren, die mich verbrennt. Ich wollte, Ihr würdet mich immer mit dem Fernglas aus dem Haus gegenüber beobachten, wenn ich meinen weißen BH ausziehe …

Danach ruhten sie sich aus. Die Frau öffnete die Reisetasche, und beide aßen Kuchen. Sie zogen sich an. Sie warfen das Papier, in dem der Kuchen eingepackt war, auf die Gleise. Der Zug hielt in Marcaria.

– Liebt Ihr mich?

– Und wie ich Euch liebe!

Die Abteiltür ging auf. Es trat ein zurückhaltender Herr mit einem dunklen Aktenkoffer ein. Er setzte sich neben die Tür. Die Frau näherte ihre Lippen dem Ohr von Z:

– Ich heiße X.

– Ich heiße Z.

Sobald der Zug den Bahnhof hinter sich gelassen hatte, öffnete der Herr den Aktenkoffer und entnahm eine Zeitung, er faltete sie auseinander und begann, sie lustlos zu lesen. Gleich darauf fuhren sie in einen Tunnel, und angesichts des spärlichen Lichtes der Glühbirne entschied sich der Mann, die Zeitung zusammenzufalten und die Wand anzustarren.

Sie fuhren aus dem Tunnel und ins Licht hinein. Der Mann nahm die Lektüre wieder auf. X schaute nach draußen. Auf dem nächsten Bahnhof war Z verdutzt: Das Schild sagte PREMILCUORE, wo man doch nach Marcaria Bozzolo erwarten konnte.

– Premilcuore?

– Cosa hai detto? – fragte X.

– Premilcuore ...? È impossibile ... Dov'è Bozzolo? – gab Z zu bedenken.

– Si accomodi, prego – sagte der Mann beim Zusammenfalten der Zeitung.

– Non capisco ...

– Non hai capito?

– Abbia la gentilezza ...

– Abbia la bontà di ...

– Non ho tempo.

– Cosa c'è di nuovo? Quanto costa questo?

– Questo è troppo caro. Cosa facciamo oggi? Venga presto!

– Purtroppo no.

– Da quale binario partiva il treno? Dov'è il gabinetto? Cameriere, il conto! Tanto piacere di fare la sua conoscenza. Porti questa valigia. Quanta costa questa camera con pensione completa? Che giorno è oggi?

– Oggi è lunedì.

– Che ora è?

– Sono le quattro; è l'una.

– Prego, stia seduto.

– Tante grazie.

– Mille grazie.

– Prego.

– Non c'è di che.

– Scusami.

– Scusi.

– Non fa niente.

– Questo posto è occupato. Questo posto è riservato. C'è un caldo terribile.

– Sí: fa molto caldo: fa freddo: fa bel tempo: è tardi. È possibile. È necessario.

– Piove. Tira vento. Nevica.

– Con permesso.

– Buon giorno. Buona sera. Buona notte. Questo luogo mi piace.

– Poco fa. Domani. Dopo domani. Stanotte. Affatto, mica. Niente affatto. Senza dubbio. Su per giù.

Nach Premilcuore anstelle von Bozzolo kam Lizzano anstelle von Piadena und Sabionetta anstelle von Cicognolo. Anstelle von Cremona verkündete das Schild BERGAMO. Gleich darauf erreichten sie Marseille – das völlige Chaos. Und sie hatten Marseille noch nicht verlassen, da fuhren sie schon in Mailand ein. Danach kamen in einer mysteriösen Ordnung Bordeaux, Lyon, Limoges, Bilbao, Toulouse, Straßburg, Brüssel, Udine, Regensburg, Mondsee, Menaggio, Aarhus … Am Ende musste man nicht einmal mehr den Bahnhof verlassen: Jedes Schild auf demselben Bahnsteig zeigte eine andere Stadt an. X schien dem keine Bedeutung beizumessen.

– X, nun mal ehrlich …

Z streckte die Hand aus, bis er ein Knie von ihr streicheln konnte. X, überrascht, schrie auf und beschimpfte ihn. Der Mann mit der Zeitung, gentlemanlike und wutentbrannt, gab ihm mit dem Sportteil eine Ohrfeige. Draußen flogen aus einer Baumkrone Spatzen in die Luft.

Z dachte: »Dies ist ein Traum, der enden wird, wenn ich richtig aufwache, in einem Tunnel; doch ich fuhr aus einem Tunnel, als ich aus einem Traum erwachte: Vielleicht träume ich einen Traum im Traum: konzentrische Träume: ein Traum in einem Traum in einem Traum in einem Traum …; vielleicht ist dieser Zustand, den wir Leben nennen, nur ein weiterer Traum, der schrecklichste von allen, der letzte, von dem wir erst erwachen, wenn wir sterben …« Und so weiter.

Als die Blicke weniger wurden und die Beschimpfungen nachließen, stand Z auf, holte den Koffer herunter und trat auf den Gang hinaus. In den Nachbarabteilen hatten die Pärchen wieder eine entspannte Haltung eingenommen. Angekleidet plauderten sie leise mit einer Zigarette in der Hand. Z zweifelte.

Auf dem nächsten Bahnhof stieg er aus. Er ging auf dem Bahnsteig spazieren. Ein grellgelbes Plakat störte ihn. Er dachte daran (aber es war offensichtlich, dass er es nicht tun würde), umzukehren und X zu umarmen. Wie in einer überbelichteten Fotografie stellte er sich vor, wie X in den Armen des Mannes mit der Zeitung hing. Er setzte sich auf eine Bank. Er wartete auf den nächsten Zug. Er dachte, dass er eigentlich frieren müsste, doch es war ihm warm.

Der Mann vor ihr hatte wild geschnarcht, und als er aufwachte (weil im Gang ein Koffer umgefallen war und man Gelächter und Witze hörte) und bemerkte, dass sie durch einen Tunnel fuhren, schien er verwirrt und schlecht gelaunt. Marta beobachtete, wie er jeden der Mitreisenden anschaute: die zwei gut gekleideten jungen Herren, die Bauern, sie selbst, die den Blick hinter den Zeitungsseiten verbarg.

Danach stiegen Leute ein und aus. Kurz nachdem ein schäbiges Pärchen anfing, sich einen Film zu erzählen, begann der Mann vor ihr wieder zu schnarchen.

Zwischen zwei Bahnhöfen blieben sie alleine im Abteil. Danach betrat ein junger Mann das Abteil, der sich lächelnd neben sie setzte, ihr eine Zigarette anbot (die sie ablehnte), den *Playboy* aufschlug und einen Artikel über die Fußballweltmeisterschaft las. Der Mann gegenüber murmelte im Schlaf vor sich hin. Dann wachte er auf und kaute auf seinen Zähnen herum. Dabei streichelte er ein Knie von Marta, die vor lauter Überraschung nicht wusste, was sie tun oder sagen sollte und kaum Zeit hatte zu fragen: – Aber was machen Sie da? – denn da hatte der Mann neben ihr, der mit dem *Playboy*, brutal auf den anderen eingeschlagen, der sich erst zusammenkrümmte, aber schließlich aufstand und ihn mit einem Faustschlag über die Sitzplätze warf. Danach waren sie eine Weile stumm. Der Mann gegenüber von Marta nahm den Koffer und trat auf den Gang hinaus. Marta sah ihn noch, als der Zug am nächsten Bahnhof losfuhr: auf einer Bank sitzend schrieb er in ein Heft. Der Mann mit dem *Playboy* sprach sie an:

– Solche Typen sollte man …

Zwei Bahnhöfe weiter stieg Marta aus. Der Mann mit dem *Playboy* bot ihr seine Hilfe beim Tragen ihrer Reisetasche an. Während sie die Wagenstufen hinunterkletterte (und der

Mann ihr aus dem Abteilfenster nachschaute), stolperte Marta, fiel hin, und ein starker Schmerz machte ihr klar, dass sie sich den Knöchel verstaucht hatte. Der Zug fuhr los.

Ihr Bein wurde bandagiert und sie wurde krankgeschrieben. Sie blieb eine Woche im Bett, sie schlief, las Bücher und schaute fern: Sie sah einen tollen Film. Bedauerlicherweise hatte er schon angefangen: Ein Fettsack spielte mit Freunden Billard. Er verabschiedete sich frühzeitig von ihnen und schlenderte ohne Eile durch Straßen ohne Läden und ohne Straßenlaternen, die in der Tat überflüssig gewesen wären, da der Mond voll am Himmel stand, der im Kontrast dazu ganz schwarz aussah. Er kam nach Hause, als die Glocken zwölfmal schlugen. Langsam stieg er die Treppen hoch und bat mit leiser Stimme einen Himmel, an den er nicht zu glauben schien, sein Schicksal möge nicht wahr sein. Auf dem Treppenabsatz riss er zwei trockene Blätter von einer Pflanze ab, die in einem Alabastertopf vor sich hin starb. Er atmete tief durch, öffnete die quietschende Tür. Er schlich auf Zehenspitzen, wünschte, sich aufzulösen, wünschte sich hundert Kilometer weit weg, das Herz klopfte ihm bis zum Hals, als er daran dachte, jene fette Schleimschnecke könnte bereits in irgendeiner Ecke des Hauses versteckt sein und die Fingernägel wetzen, mit Wolfsaugen und einem messerscharfen Lachen. Das Haus lag im Dunkeln, und er wagte nicht, das Licht anzuschalten. In einem Zimmer klapperte ein Fensterladen. Völlig kopflos stieß er mit der Schulter ein Bücherregal um. Der Lärm ließ ihn aufschreien, doch die Angst erstickte den Schrei in seiner Kehle; Schweigen. »Nun« murmelte er wie irre geworden, »hat man mich sicher bemerkt.« Er hob alle Schauerromane seiner Sammlung auf und stellte sie an ihren Platz zurück. Er tastete sich langsam vorwärts, trat auf ein offenes Buch, das er vergessen hatte aufzuheben, weil es halb unter einem Stuhl versteckt lag. Er stolperte darüber oder rutschte darauf aus, egal: Er und seine (mindestens) hundert Kilo Körpergewicht fielen zu Boden. Wenn zuvor der Lärm schon beträchtlich gewesen war, dröhnte nun der Fußboden beim Aufprall seines Körpers. Irgendwo im Haus hörte man ein Ächzen, irgend etwas wälzte sich hin und her. Panisch verstand der Mann im Film, dass das, was passieren sollte, passiert war: Die finsteren Pläne waren Wirklichkeit geworden: Von diesem Augenblick an würde nie wieder etwas sein wie vorher. Er bedeckte das Gesicht mit beiden Händen. Doch anstatt zu weinen, schlich er ganz leise in die Küche und schenkte sich einen Wodka ein. Er dachte: »Ich könnte fliehen. Aber wohin? Man würde mich verfolgen. An keinem Ort auf der Welt wäre ich in Sicherheit. Oder doch?« Danach gab der Film elliptisch zu verstehen, dass der Mann die Nacht wach zubrachte. Mit einem Glas nach dem anderen leerte er die Flasche *Stolichnaya* und begann eine *Moskovskaya*. Um sechs klarte der Himmel auf. Stockbesoffen sang er über das Spülbecken gebeugt Habaneras. Um neun Uhr morgens hörte er Ächzen und Erschütterungen aus dem Nebenzimmer, irgendetwas wurde über den Fußboden geschleift. Er ließ die leere Flasche auf den Boden fallen. Sein Gesicht verzerrte sich vor Entsetzen. Er hatte sich nicht geirrt: Als die Silhouette sich in der Küchentür abzeichnete, schrie er auf. Mit einem wattierten Bademantel und Lockenwicklern auf dem Kopf stand die Silhouette mit verschränkten Armen an den Türrahmen gelehnt. Danach kamen die Danksagungen und ein Zitat von Edgar Allan Poe. Marta aber war schon eine Weile zuvor eingeschlafen.

Nach einer Woche verließ sie das Bett. Mit einer Krücke hinkte sie eine weitere Woche im Haus hin und her. Am ersten Morgen, an dem sie wieder auf die Straße hinaustrat, um zur Arbeit zu gehen, bemerkte sie beim Einsteigen in die

U-Bahn einen Mann, der demjenigen, der vor zwei Wochen ihr Knie berührt hatte, so ähnlich sah, dass sie versucht war, ihn zu grüßen, um herauszufinden, ob er es war oder nicht, obwohl sie keine Lust hatte, mit ihm zu reden. Sie dachte, er sei vielleicht gar nicht so ein blöder Typ, wie sie angenommen hatte. Sie erinnerte sich daran, wie er nach dem Aussteigen im Bahnhof auf der Bank gesessen hatte, als der Zug losgefahren war, und ihr fiel auch ein, wie dieser Anblick nicht so sehr Mitleid, sondern vielmehr Sympathie in ihr geweckt hatte. Die Möglichkeit aber, er könne sie wiedererkennen, ließ sie erschaudern, denn sie glaubte, wenn er als Erster auf sie zuginge, verschwände ganz plötzlich die gesamte neugeborene Zuneigung. Der andere sah sie kurz an, und sie dachte, dass er sich wahrscheinlich auch an sie erinnerte und sich nur nicht traute, sie anzusprechen: Er musste denken (und wer weiß, ob er nicht das ganze Recht der Welt auf seiner Seite hatte), es sei aufgrund der Umstände ihres Kennenlernens besser, nicht zu grüßen; oder vielleicht hatte er sie oder den Ort ihres Kennenlernens vergessen und ging aus einem dieser Gründe nicht auf sie zu. Vielleicht dachte der andere aber auch das Gleiche: dass es ihr genauso erging wie ihm, dem irgendeine dieser Einzelheiten nicht einfiel. Sie dachte noch, dass er denken musste, dass sie dachte, dass er dachte, dass sie dachte, dass er das Gleiche dachte wie sie. Sie dachte auch, dass sie auf ihn zugehen und sagen könnte: »Hallo, ich heiße Marta; wir haben uns vor zwei Wochen im Zug getroffen, aber ich weiß nicht, wie du heißt: Du hast mir ans Knie gefasst, ohne dich vorzustellen.« Er machte eine Kopfbewegung (kein Zeichen), und Marta schaute sich ihn erneut an: Jetzt kam er ihr ganz anders vor: rasiert, mit Trenchcoat, Hut und Sportschuhen. Der Trenchcoat war derselbe wie vor zwei Wochen, als sie überlegt hatte, ob er im Ausland gekauft sei, doch schließlich hatte sie gedacht, vielleicht verstehe sie doch nicht so viel davon, und er sei nichts anderes als ein hier in irgendeiner Boutique gekaufter Burberry's, in einem Regen trockener Blätter, in einem feuchten Herbst, auf einer glitschigen Wiese, durch die sie jetzt wanderten und sich umschlungen hielten, um sich vor der Kälte zu schützen, in der Nähe einer Felsküste aus Monden, die sich den Wellen entgegenstürzen …

Als im nächsten U-Bahnhof die Türen geöffnet wurden, stieg er aus, und auf dem Bahnsteig drehte er einen Moment lang den Kopf, um sie anzusehen. Marta stieg zwei Stationen später aus. Sie kam früh zur Arbeit. Der Pförtner war eingenickt. Um zehn Uhr rief sie der Chef in sein Büro und teilte ihr mit, dass sie eine Gehaltserhöhung bekomme.

Das Mobiliar als Menschenfreund

Gewiss denken viele, es sei von großem Reiz, sich in den Augenblicken größter Intimität unter den Menschen aufzuhalten. Vor allem die Stühle (die meinen, sie ertrügen die Menschen zu langweiligeren Zeitpunkten) machen den lieben langen Tag Andeutungen. Sie stellen sich vor, dass immer, wenn sich jemand auf uns legt …

Nach allem, was ich erlebt habe, kann ich euch versichern, es ist in den seltensten Momenten erregend, Altar der intimen Augenblicke zu sein. Nun, mein Leben ist recht kurz: Sie stellten mich vor elf Jahren her, aus Eichenholz im Louis-XVI-Stil. Vom Schreiner ins Möbelgeschäft (in dem ich gut ein Jahr zubrachte) und vom Möbelgeschäft in das Haus eines Zahnarztes, eines Witwers, der so reich wie gebrechlich war und nach Mottenpulver roch. Wen könnte es erregen, das Bett einer solchen Person zu sein?

Sechs Jahre später starb der Zahnarzt. Und ich hielt Einzug in ein anderes Haus. Anfangs, als ich feststellte, dass meine neue Nutznießerin ein dreizehnjähriges Mädchen war, versuchte ich vergeblich herauszufinden, warum sie einem Mädchen so ein Riesenbett hingestellt hatten. Später berichtete mir ein Stuhl (die Stühle werden beim Hausputz manchmal treppauf und treppab getragen und nicht immer an denselben Platz zurückgestellt), das ganze Haus sei voll alter, sehr gepflegter Möbel. Offenbar mochten diese Leute Antiquitäten. Wenn sie gewusst hätten, dass es mich, Stil hin, Stil her, erst seit elf Jahren gab …!

In unserem Haus wohnten drei Personen. Außer dem Mädchen waren da noch ihre Mutter und ihr Vater. Die Mutter machte mich jeden Tag um die Mittagszeit. Sie war eine große, lustige Frau. Der Vater war immer beschäftigt; ich weiß bis heute nicht womit. Gerne hätte ich gewusst, in was für einem Bett sie schliefen und (wenn sie, wie wohl zu vermuten war, in einem mir ähnlich großen Bett schliefen) warum sie mich für das Mädchen auserkoren hatten. Um die Eifersucht loszuwerden, doch ohne richtig daran zu glauben, redete ich mir ein, dass diese Eltern ihre Tochter so sehr liebten, dass sie ihr das bessere der beiden Betten gegeben hatten. Oder vielleicht hatte der gute Geschmack des Mädchens mich dem anderen vorgezogen ... Oder noch einfacher: Sie hatten mich der Tochter überlassen, weil ich später als das andere große Bett eingetroffen war, das sie logischerweise von vornherein für sich vorgesehen hatten.

Jeden Abend kam das Mädchen ins Zimmer, legte die Schultasche auf einen Sessel und warf sich mit einem Sprung auf mich. Sie ruhte sich einige Sekunden aus, so als sei sie richtig müde, atmete tief durch und stand sofort wieder auf. Sie setzte sich an den Tisch, schlug die Bücher auf, las eine Weile, stand wieder auf, legte eine Schallplatte auf den Plattenspieler (einen dummen, aufgeblasenen Plattenspieler, der im Regal stand) und setzte sich wieder hin. Sie hatte beim Lernen den Kopf tief in den Büchern vergraben und bewegte dabei den Fuß im Takt. Sie war in der ersten Klasse der Oberschule und immer, wenn sie gerade nicht hinter ihren Schulbüchern steckte, spielte sie Gitarre und tat so, als ob sie Tonleitern übte. Spätabends entkleidete sie sich, ohne sich meiner Gegenwart bewusst zu sein; oder besser ausgedrückt, nicht ahnend, dass ein Bett Bewusstsein hat. Sie hob das Betttuch an und schlüpfte darunter. Es war teils angenehm, teils quälend, ihr Fliegengewicht und ihre gelegentlichen Bewegungen auf mir zu spüren.

Eines Tages erschienen drei lärmende Männer in blauen Overalls. Sie brachten ein Klavier herein. So etwas hatte ich bereits vermutet, denn einen Tag zuvor waren Vater und Mutter in das Zimmer gekommen und hatten eine Ecke mit dem Kommentar ausgemessen: »Das ist der ideale Platz.« Sie hatten den Raum verlassen und ließen das Mädchen die Spielsachen und den anderen Krimskrams aus der Ecke räumen. Aus ihrem Singen, das fröhlich klang beim Aufräumen (während sie sich normalerweise davor drückte), schloss ich, dass sie etwas bringen mussten, auf das sie sich sehr freute.

Nun also, es war ein Klavier. Kaum stand es an seinem Platz, stürzte sich das Mädchen darauf. Sie klappte den Deckel hoch und begann sozusagen zu spielen, ohne auch nur einen Gedanken daran zu verschwenden, dass es nicht gestimmt war. Es bedurfte sehr vieler Erklärungen von Mutter und Vater, bevor sie einsah zu warten, bis alles fertig war.

Am nächsten Morgen kam bereits der Klavierstimmer und drei Tage später der Lehrer. Der Klavierlehrer (das erkannte ich auf den ersten Blick) war ein eingebildeter Typ mit blondem, gestutztem Schnauzer und einem nervenden, absolut unerträglichen Auftreten. Wenn jemand mit ihm sprach, zog er eine Braue hoch. Er stand sicher jedes Mal vor Verlassen des Hauses eine Stunde vor dem Spiegel. Zudem hatte er, entgegen der landläufigen Meinung, schmale Hände seien für Pianisten ein Muss, kurze, fleischige Finger. Vielleicht bestärkte mich das in meiner Vermutung, dass er nicht einmal ein passabler Klavierspieler sein konnte. Daher gab er Klavierunterricht, sagte ich zu mir, denn als Pianist musste er den Höhepunkt seiner Karriere, seinen eigenen, ganz kleinen, lächerlichen Höhepunkt bereits überschritten haben. Dem Klavier passte der Klavierspieler auch nicht. Unendlich viel besser als dieser Mann, erzählte es mir, hatten andere zuvor auf ihm gespielt.

Von nun an kam der Klavierlehrer täglich abends von sechs bis sieben. Sie setzten sich beide nebeneinander vor das Klavier. Die Wochen gingen vorbei, und das Mädchen spielte von Mal zu Mal besser, bis der Moment kam (seit Ankunft des Klaviers waren höchstens ein paar Monate vergangen), als der Klavierlehrer das Mädchen bewundernd ansah. Offensichtlich hatte er bemerkt, dass das Mädchen ein Wunderkind war. Er schaute sie nun weniger überheblich an, wurde umgänglicher, erkundigte sich nach der Schule und interessierte sich für das, was sie werden wollte, wenn sie einmal groß war. Das Mädchen wollte Pianistin werden, so behauptete sie. (Doch in vielen ähnlichen Situationen mit Freundinnen oder den Eltern hatte sie ganz anderes kundgetan: Friseuse, Architektin, Ärztin, Höhlenforscherin ...) Der Klavierlehrer sah sie erfreut an und trommelte mit seinen kurzen, fleischigen Fingern auf der Kante des Klavierdeckels herum, so als ob nichts in der Welt ihn mehr freute, als wenn das Mädchen das erreichen würde, wovon er immer nur geträumt hatte. Der Pianist erzählte ihr von seinen vergangenen Glanzpunkten: einem Mal, als er in London, einem anderen Mal, als er in Hamburg aufgetreten war; er erwähnte nicht einen Namen eines Konzertsaals, denn es müssen wohl ganz düstere Orte gewesen sein ... Das Mädchen, von diesen elenden Höhepunkten des Meisters beeindruckt, hing mit staunendem Blick an seinem Mund. Nach einem Abend, an dem die Klavierstunde mal wieder durch eine der Geschichten des Klavierlehrers unterbrochen worden war, begann das Mädchen (etwas, was sie noch nie zuvor getan hatte), sich beim Ausziehen zu streicheln. In jener Nacht war mir, bis sie eingeschlafen war, ihr leichtes Gewicht schwerer als je zuvor: Sie bestand nur noch aus Zuckungen und Seufzern.

Das Mädchen spielte tagtäglich besser Klavier. Eines Abends spielten sie und der Lehrer vierhändig. Und bereits jetzt war sie es, die ganz frech wesentlich besser war als er. Als sie das Stück beendet hatten, sahen sie sich an. Der Klavierspieler umfasste ihre Taille und küsste sie. Sie wehrte die Küsse nicht ab, auch nicht seine Zärtlichkeiten, aber sie machte auch nicht mit. Beim Versuch des Klavierspielers, zu einem intimeren Zusammensein zu gelangen, verschloss sie sich, schob seine fetten Finger von ihrem Körper weg und sagte: »Meine Eltern ...«

Ich zitterte bei dem Gedanken daran, was passieren könnte, wenn der Klavierspieler anstatt an irgendeinem Tag an einem Freitag zu weit gehen würde, dem Tag, an dem die Eltern erst gegen neun nach Hause kamen. Das Klavier machte sich ebenfalls Sorgen und versuchte, im Rahmen seiner Möglichkeiten das Seine beizutragen. Es tat das Einzige ihm Mögliche: Wenn das Mädchen spielte, ließ es die Tasten engelsgleich klingen. Spielte dagegen der Lehrer, verkrampfte es sich und entließ den Ton schräg und scheußlich. Mal sehen, ob das Mädchen auf diese Art merkte, wie wenig der Meister ihr noch Meister war, und ihn vom Podest stürzte.

Doch wie jede Woche kam auch diesmal zwangsläufig irgendwann der Freitag. Der Klavierlehrer erschien fünf Minuten vor sechs. Vor dem Klavier sitzend nahmen sich Lehrer und Schülerin bei der Hand. Der Klavierspieler sagte ihr, wie wunderbar sie sei und dass sie alles erreichen könne. Das Mädchen ließ es mit hochroten Wangen geschehen. Danach umarmte sie ihn und landete in den Armen des Klavierspielers auf mir. Wie euch meine Qual beschreiben? Was konnte ich tun? Das einzig Mögliche: die Beine anspannen und loslassen und abwechselnd die Sprungfedern anspannen; das Quietschen wurde von Mal zu Mal stärker, bis schon eine kleine Liebkosung von ihm sich in ein furchterregendes Ächzen verwandelte. Das Mädchen geriet außer sich:

– Man wird uns hören!

– Es ist doch niemand da …

– Und die Nachbarn? Sie hören sicher die Geräusche … Man kann unmöglich überhören, dass sie von einer Matratze kommen. Dieses Bett ist so alt …

Eilig und verängstigt machte das Mädchen die Knöpfe zu. Der Klavierspieler ebenfalls, ohne mir seinen vor Wut funkelnden Blick zu verhehlen, allerdings weniger wütend, als wenn er gewusst hätte, dass wir Betten in solchen Situationen absichtlich lauter quietschen. Soll er mich doch anblicken, wie er will! Doch mir war bewusst, dass mein Triumph nur ein Sieg auf Zeit war. Ich musste immer auf der Hut sein, und jedes Mal, wenn der Klavierspieler ein ähnliches Manöver starten würde, müsste ich wiederum in Aktion treten.

Samstag und Sonntag gingen vorüber. Das Mädchen schmachtete. Zwischendurch weinte sie oder improvisierte am Klavier die schönsten und traurigsten Melodien, die sie jemals gespielt hatte. Am Montagnachmittag, als das Mädchen über ihren Schulbüchern saß, kamen die Eltern mit ein paar Männern in blauen Overalls ins Zimmer. Die Mutter zeigte sogleich auf mich: – Geben Sie acht, damit Sie die Wände nicht zerkratzen.

Die Männer zeigten offen ihren Ärger über diese Bemerkung, die ihre Berufsehre verletzen musste. Das Mädchen hatte die Bücher weggelegt und stand nun hinter ihren Eltern.

– Der Sportlehrer sagt mir immer, für den Rücken sei es besser, auf Holz zu schlafen, als auf Sprungfedern … Außerdem kann ich in den Schubladen des neuen Bettes gut meine Sachen unterbringen. Dann beschwert ihr euch nicht mehr darüber, dass hier immer alles so unordentlich ist ... – Der Vater machte ein Gesicht, als hätte er diese Geschichte in der letzten Zeit sehr häufig gehört. Das Mädchen fuhr fort: – Niemand könnte bei diesem Quietschen schlafen. Und ich muss ja gut schlafen, damit ich ausgeruht Klavier spielen kann. Vor allem jetzt, wenn ich am Konservatorium anfange.

Ländliche Literatur

B zurrte das Seil kräftig fest und ließ es dann ganz langsam hinunter. J, mit den Ellenbogen auf den Brunnenrand gestützt, guckte etwas gelangweilt zu. Von unten ließ sich die sonore Stimme von P, der das Seil ein Stückchen länger haben wollte, durch das Echo zweifach aus großer Tiefe vernehmen, so als dringe sie von jenem See in der Mitte der Erde herauf. J fiel jener Film mit den verblichenen Farben ein, den er vorigen Winter im Fernsehen gesehen hatte. Das Laufrad quietschte.

– Wir müssen ein neues Riemsel besorgen – sagte B und nieste. Dann schloss er:

– Dieses ist ganz schön verschlissen.

J verstand, was B sagen wollte, mehr dadurch, wie er mit den Fingern über die aufgerauten Fasern des Seils strich (die schon ausgingen, wenn man nur ein bisschen an ihnen zog), als durch seine tatsächlichen Worte. J hatte immer Probleme mit den Wörtern, die B und P benutzten. Er kam aus der Stadt und machte erst seit drei Jahren Ferien in diesem Dorf: seit seine Eltern hier ein ziemlich verfallenes Haus gekauft und renoviert hatten. In diesen drei Sommern hatte J alles Mögliche getan, um die von B und P gebrauchten Wörter zu lernen. In der ersten Woche des ersten Sommers, den er hier verbrachte, sprach er, nachdem er sie kennengelernt hatte, mit seinem Vater darüber: Er erzählte ihm, dass P und B sehr komisch redeten. Sein Vater machte ihm klar, dass es nicht P und B waren, die komisch redeten. Eher das Gegenteil: In diesem, wie in den meisten Dörfern, haben die Leute einen viel reicheren Wortschatz als in der Stadt, vor allem für Dinge vom Land, die ja auch unmittelbar um sie herum sind. Dafür können die Leute aus der Stadt ohne Mühe einen Renault 5 von einem Renault 12 unterscheiden, was niemandem seltsam vorkommt, denn da man täglich Dutzende davon sieht, muss man sie logischerweise unterscheiden können. Da P und B nun aber tagtäglich Pflanzen, Tiere und Berge sehen, kennen sie alle einzeln beim Namen. Die Leute aus der Stadt sind es nicht gewohnt, sie mit ihren Namen zu bezeichnen, da sie all diese Dinge nur dann und wann sehen (einmal im Jahr in den Ferien, und in seinem Fall war's das denn auch). Das erklärte ihm der Vater.

Soviel Wortreichtum machte J ganz fertig. P und B kannten, um nur ein Beispiel zu nennen, die Namen aller Bäume. Nicht, dass J gar nichts davon verstand. J konnte, ohne auch nur eine Sekunde zu zögern, eine Pinie, eine Palme, eine Zypresse und sogar einen Olivenbaum erkennen. Und er wusste, dass die Bäume, die häufig am Dorfeingang zu beiden Seiten der Landstraße standen, Platanen hießen. Er konnte sie sogar zeichnen. Er zeichnete sie oft in der Schule, und es waren ganz tolle Zeichnungen, die der Lehrer vor der ganzen Klasse lobte ... Aber B und P kannten unzählige weitere Baum- und Pflanzenarten: Ulmen, Steineichen, Weiden, Eichen, Eschen, Pappeln, Bergulmen, Nussbäume, Kirschbäume, Kastanien, Buchen, Apfelbäume, Pflaumenbäume, Buchsbaum, Brombeersträucher, Flieder, Geißblatt ... Und gar die Pilze. Die Kenntnisse von J zu diesem Thema beschränkten sich auf Pfifferling und Champignon (und das in gekochtem Zustand), und nun hörte er Namen ohne zugehöriges Bild: Stachelpilz, Pantherpilz, Schirmling, Stockschwämmchen, Wintertrüffel ... Hunderttausend Pflanzenarten, die J nie würde auseinanderhalten können. Und so, als wäre das noch nicht genug, benutzten sie auch noch den Kollektivplural, was die Dinge noch komplizierter machte.

– Komm, laufen wir zur Schache – hatte P eines Morgens in einer bösen Geschwindigkeit gerufen. J blieb wie angewurzelt stehen.

– Wohin?

– Zur Schache.

– Lass es sein, es ist zwecklos – hatte ihn B unterbrochen. – Merkst du nicht, dass er ein Dubel ist?

Er wusste nicht einmal, was Dubel genau hieß. Natürlich begriff er, dass sie es immer dann benutzten, wenn er oder seine Schulkameraden in der Stadt »Trottel«, »Idiot« oder »Rindvieh« gesagt hätten. Aber so, wie er die ursprüngliche Bedeutung von jedem einzelnen Wort kannte (die von Idiot, zugegebenermaßen, hatte er erst vor ein paar Monaten erfahren), kannte er die von Dubel nicht, und er wusste auch nicht, ob die ursprüngliche Bedeutung bereits direkt das Schimpfwort war.

In seinem ersten Sommer im Dorf hatte J manches Mal gedacht, sie verwendeten all diese fremden Worte nicht ohne Grund. Sie benutzten sie, so glaubte er, damit die Grenzen klar feststanden. Doch schon bald merkte er, dass dem nicht so war: B und P sprachen genau wie alle anderen Leute im Dorf, ob er (oder irgendein anderer aus der »Stadt«) nun da war oder nicht. Und das hieß folglich, sie dachten sich keine Barrieren speziell für ihn aus: Die Grenzen existierten, ohne dass sie sich irgendwer aus den Fingern saugen musste.

Stutz war eines jener Wörter, die ihn am meisten verdutzt hatten, als er es zum ersten Mal hörte. Es war an einem Abend, als sie einen Berg hinunterliefen. Urplötzlich waren P und B losgerannt, so als sei ein wildes Tier hinter ihnen her.

– Mal sehen, wer als erster am Stutz ankommt!

Wo ankommt? Kaum hätte er das Wort buchstabieren können, trotz seiner Kürze: Stutz? Noch bevor er Zeit hatte, die Frage zu klären, waren B und P bereits über alle Berge und rannten weiß Gott wohin. J rannte auch los, hinterher. Doch dann waren da nur noch Wege, die sich verzweigten,

Pfade, die sich den Berg hinaufwanden, und Trampelpfade, die zum Fluss hinunterführten. J schaute sich jeden Baum, jeden Stein genau an. Könnte dieser Riesenfels ein Stutz sein? Oder war dieser seltsame, rötliche Baum ein Stutz? Irgendwie sah er ganz danach aus. Oder war Stutz ein Synonym für jenes Wort, das er gerade erst vor ein paar Wochen gelernt hatte: Gumpe? Er stieß auf eine halb verfallene Schäferhütte. Vielleicht nannte man halb verfallene Schäferhütten Stutz ...

Als die Dunkelheit hereinbrach, wusste er schon seit Stunden nicht mehr, wo er hin wollte und was er eigentlich suchte. Er hatte sich verirrt, und in der Nacht konnte er unmöglich den Rückweg finden. Sie fanden ihn tags darauf in der Frühe zusammengekauert unter einem Felsvorsprung. Es kamen drei Männer und die Eltern von J. Die Mutter weinte. Die drei Männer verbissen sich das Lachen. Der Vater sah sie nervös an.

Bald darauf wusste er, was ein Stutz war (er schaute zu Hause sofort im Wörterbuch nach), und vergaß es nie wieder. Er freute sich aber kaum über sein neues Wissen: Denn mit der Zeit hatte er begriffen, je mehr neue Wörter er lernte, desto mehr kamen hinzu. Dieses unerbittliche Gesetz hatte er im zweiten Sommer entdeckt, als er sich damit abmühte, alle fremden Wörter, die seine Spielgefährten sagten, in ein Heft einzutragen und nach ihrer Bedeutung zu fragen. Später daheim, des Nachts, wenn seine Eltern ihn in tiefem Schlaf glaubten, lernte er sie auswendig. Doch es war ein nutzloses Tun: Jeden Tag entdeckte er von Neuem, dass B und P außer den soeben gelernten weitere fünfzigtausend Wörter verwendeten, die für ihn ebenfalls neu und fremd waren. Es erstaunte ihn, dass das Seil Riemsel hieß. Die ganze Nacht lang lernte er dieses Wort, nur damit tags darauf P – statt Seil oder Riemsel – Reip sagte.

– Es reicht.

P war an der Wasseroberfläche angelangt. B und J schauten hinunter. B zog das Seil ganz straff, J hielt die Laterne und leuchtete den Brunnengrund aus. P schwamm ruhig darin, tauchte ab und zu hinunter, holte eine Münze vom Grund hoch und steckte sie in eine Tasche, die er um die Taille trug (Säckel hieß sie bei ihnen, lernte er). Ungefähr zwei Meter tief, ein bisschen weniger, sei das Wasser, ließ B verlauten.

Es war letztes Jahr der Einfall von J gewesen, das Gerücht im Dorf zu verbreiten, dass, wenn man Münzen in den Brunnen warf und sich dabei etwas wünschte, die Wünsche sofort in Erfüllung gingen. P und B hatten den Vorschlag sogleich aufgegriffen. Zum allerersten Mal hatten sie ihn mit Bewunderung in den Augen angeschaut. Die Idee hatte er aus einem Film, den er im Fernsehen gesehen hatte. Darin kam ein Brunnen in Rom vor, in den die Leute Münzen warfen und sich dabei etwas wünschten. Es war leicht, das Gerücht unter die Sommergäste zu bringen. Obwohl der Brunnen nicht nur kein architektonisches Wunderwerk war, sondern im Prinzip aussah wie alle Brunnen in der Gegend, hatten die Leute aus der Stadt diesen Beweis an Genialität mit Sympathie aufgenommen, und mehr als einer glaubte, eine lokale Tradition sei wiederbelebt worden. Die Idee war erfolgreicher, als selbst J zu träumen gewagt hatte. Der Brunnen lag etwas vor dem Dorf, nahe der Landstraße, auf dem Weg, der tagsüber zu den meistbesuchten Quellen der Sommerfrischler und abends zu den Ecken führte, in denen sich die Liebespärchen verloren.

Nun sprachen die Erwachsenen davon, ein Gitter daraufzusetzen, um zu verhindern, dass jemand hineinfiel. Die Erwachsenen waren auf den Gedanken mit der Abdeckung des Brunnens gekommen, nachdem sie mehrmals beobachtet hatten, wie die Buben sich hinunterließen. B und P wurden richtig wütend, als sie von der möglichen Anbringung des Gitters erfuhren, denn damit wäre ihre Einnahmequelle versiegt. Und obwohl J den Einfall gehabt hatte, nahm er es gelassener auf. P und B hatten die Idee so sehr vereinnahmt, dass sich J nun fast als Eindringling vorkam. Zum Teil auch deshalb, weil er nie in den Brunnen hinuntergewollt hatte. Der Gedanke, mit Moos und Farn in Berührung zu kommen, ekelte ihn, zudem stellte er sich den Brunnengrund voller Tiere vor: Wasserschlangen, Spinnen, furchterregende kleine Fische. J fühlte sich überflüssig: Hätte es nicht im Winter keine Sommergäste und damit auch keine Münzen gegeben (die Dörfler waren zu knickerig und standen viel zu sehr mit beiden Beinen auf der Erde, um auch nur einen Groschen in den Brunnen zu werfen, selbst wenn man ihnen dafür den Himmel versprochen hätte), wären P und B ohne Weiteres fähig gewesen, die Münzen ohne ihn hochzuholen. Sogar einer alleine würde ausreichen, hatte ihm B einmal erklärt (zum Teil auch, um J ihre Großzügigkeit zu beweisen, wenn sie ihn am Gewinn beteiligten). Durch Abseilen konnte sich einer alleine mühelos hinunterlassen, und nach getaner Arbeit konnte er ebenfalls leicht wieder die sechs oder acht Meter am Seil bis zum Brunnenrand hochklettern.

– Zieh! – rief P.

Sofort begann B, das Seil straff zu ziehen. J leuchtete den Brunnen aus und bemühte sich, die Augen von P nicht mit dem Lichtstrahl zu blenden. Das Laufrad quietschte. Endlich erschien der Kopf von P. Gleich auf dem Brunnenrand leerte P das Säckel aus: sieben Fünfpesetenmünzen, drei Fünfundzwanzigpesetenstücke und acht Einpesetenstücke.

– Macht zusammen ... Fünfundsiebzig plus fünfunddreißig ... Achtzig ... Neunzig ... Hundert ... Hundertzehn! Hundertzehn plus acht. Hundertachtzehn. Hundertachtzehn durch drei ...

– Neununddreißig, ein bisschen mehr – errechnete J.

– Warte, wart' – sagte B. Lass mich erst deine Hosentaschen sehen.

P knotete mit besorgter Miene das Seil auf, das er um die Taille gebunden hatte.

– Dieses Riemsel muss man auswechseln ... es ist ziemlich verschlissen ...

– Du wirst mich nicht reinlegen. Du behältst immer ein paar Münzen für dich. Los, leer die Taschen aus!

– Lügner! Du machst das immer so, nicht ich ...

Es war jedes Mal dasselbe. Egal wer von beiden hinunterstieg, er behielt ein paar Münzen in den Hosentaschen. Das erlaubte ihnen dann, sich eine Weile zu kloppen. Prügeleien, die immer zu noch dickerer Freundschaft führten. Nun lagen P und B auf der Erde und traktierten sich mit den Fäusten, bis P bäuchlings liegen blieb. B saß auf ihm und verdrehte ihm den Arm. Er steckte seine Hand in die Hosentasche und holte zwei Fünfundzwanzigpesetenstücke heraus. Zufrieden schaute er sie an und musste niesen. Um beim Niesen die Kontrolle nicht zu verlieren, verdrehte er P's Arm noch mehr.

– Die hatte ich schon vorher. Das sind meine!

J verstand nicht, warum sie die Münzen versteckten, wenn beide wussten, dass der andere das auch wusste und es folglich herausfinden würde. Und dennoch, jeden Montagabend wiederholten sie das gleiche Spiel. Hofften sie, dass irgendwann der andere es vergessen oder nicht merken würde? Nachdem sie den Staub abgeklopft hatten, drehten sie sich, während sie das Seil aufwickelten, zu J um.

– Na J, kommst du mit s' Guscht-Vieh herrichten?

Einmal hatte J versucht, ihnen verständlich zu machen, genauso wie sein Vater es ihm erklärt hatte, wie logisch es genauer betrachtet war, dass er, ein Junge aus der Stadt, nicht viel von den Dingen verstand, die sie ihm sagten: dass er weder die Namen aller Bäume noch die aller Pflanzen, noch die verschiedenen Bergketten und auch nicht den Artenreichtum der Vögel kannte. (Die Vögel, noch so eine Sache für sich! Für J waren einfach alles Vögel und fertig: Er konnte höchstens Tauben, Störche und Möwen erkennen. Für die anderen gab es Dutzende von Namen: Feldlerchen, Spatzen, Kleiber, Schwalben, Amseln, Grünfinken, Wiedehopfe, Schleiereulen, Steinkäuzchen, Waldohreulen ...) Sie wiederum, erklärte er ihnen, die das ganze Jahr lang auf dem Land lebten, kannten gewiss die Bezeichnungen für viele Dinge aus der Stadt nicht.

– Glaubst du etwa, wir wissen nicht, was eine Ampel ist?

Sie lachten. J versuchte, ihnen zu erklären, dass er, genauso wie sie wussten, was eine Buche und eine Ulme sei, völlig mühelos einen Renault 12 und einen Peugeot 205 auseinanderhalten könne.

– Wir auch, du Waldheini! Was denkst du denn? Guck, das Auto, das da auf der Landstraße fährt, das blaue. Welche Marke ist das?

J schaute dem Auto nach, das in die Richtung der Kurve fuhr, wo die Mühle lag. Es war so weit weg, er konnte es unmöglich erkennen: Es erinnerte ihn an das Auto seines Onkels, einen Renault 5.

Wenn es aber ihm schon Schwierigkeiten bereitete, die Marke zu erkennen, so musste es für P und B schier unmöglich sein.

– Es ist ein Renault 5.

– Stoffel – schrie P. – Es ist ein Citroen LNA. Dieser Strohkopf kennt weder Bäume noch Autos.

– Es hat keinen Zweck. Er ist und bleibt eine Großstadtmemme.

J war gerne allein. Doch jeden Tag in der Woche alleine sein war zu langweilig, und dann noch in den Ferien. Einen oder zwei Tage lang konnte er alles Mögliche allein machen: vor dem Elternhaus Ball spielen, mit dem Computer spielen, Comics lesen. Früher oder später begab er sich dann schließlich doch langsam in Richtung Dorfplatz, wo die Kinder spielten. Und in einem so winzigen Dorf wie diesem hier waren die Kinder (zumindest die Kinder seines Alters) unweigerlich P und B. Natürlich gab es auch noch R, T und S, aber die kamen aus der Stadt: Sie verbrachten hier genau wie er den Sommer. Eines Abends, als seine Mutter ihm kalte Lauchsuppe servierte (mein Gott, wieso gab es im Sommer fast jeden Tag kalte Lauchsuppe?), gab sie ihm den Rat, sich mit den anderen Jungen, die hier die Sommerferien verbrachten, anzufreunden. J aber fand sie aufgeblasen und weibisch … Manchmal, wenn er sah, wie sie sich benahmen, dachte er, B und P hätten tatsächlich recht, wenn sie sich über die aus der Stadt lustig machten. Darum regte ihn das alles noch mehr auf, einerseits, weil sie recht hatten (die aus der Stadt waren Memmen), andererseits hatten sie aber nicht ganz recht: Er zumindest fühlte sich als Ausnahme. Er war kein Schulmeister, der meinte, alle Dörfler seien geistig zurückgeblieben. Und er war auch keine Zimperliese wie die anderen aus der Stadt, die bei der kleinsten Schramme Angst hatten zu verbluten.

Am Sonntag, als J seine Zeit damit totschlug, ein Comic-Heft vor dem Haus von B zu lesen (um abzuwarten, ob er herauskam), verließ P und nicht B das Haus. P lächelte eine Spur zu breit; er legte eine Hand auf seine Schulter und dämpfte die Stimme:

– Hilfst du mir morgen beim Einkapschen der Münzen? B ist krank. Und er wird eine Weile das Bett hüten müssen. Seine Mutter sagt, er habe eine Erkältung nicht richtig auskuriert, und nun haben sie ihn wieder ins Bett gesteckt. Ich könnte auch alleine hinunterklettern, wie du weißt. Aber ich habe es lieber, wenn du mir hilfst. Doch du darfst auf keinen Fall B etwas davon erzählen. Ich habe ihm versprochen, bis nächsten Montag nicht hinunterzusteigen. Aber morgen steigen du und ich hinunter und machen halbpart. Nächsten Montag, wenn es B dann besser geht und er wieder mitkommt, tun wir so, als sei nichts gewesen ...

Das Seil langsam hinunterzulassen und gleichzeitig den Brunnen auszuleuchten, war viel schwieriger, als er gedacht hatte. Zudem fand er, dass P sehr anspruchsvoll war, er verlangte die ganze Zeit einen ganz bestimmten Rhythmus, einmal langsam, dann plötzlich schneller. Außerdem ließ ihn ein Gedanke nicht los: Da P genau wusste, dass er sich wegen der paar Münzen, die er in der Tasche behalten würde, auf keine Klopperei einließe, würde er versuchen, ihn um viel mehr als die üblichen zwei oder drei Fündundzwanzigpesetenstücke zu betrügen. Und wenn er ihm zu seiner Überraschung zeigte, dass der »aus der Stadt« sich zum ersten Mal wie sie verhielt und dass er sogar mit Fäusten die von P eingesteckten Münzen herausprügelte? Je mehr er darüber nachgrübelte, desto weniger ließ ihn der Gedanke in Ruhe und desto mehr geriet sein Blut in Wallung. Beschlossene Sache: Oben angelangt, würde J von ihm verlangen, die Hosentaschen zu leeren. Mit fester Stimme. Wichtig war vor allem, dass seine Stimme nicht zitterte. Und sollte P Widerstand leisten, würde er ihm den Kopf verhackstücken. (Das Verb verhackstücken hatte er von ihnen gelernt, es lag für ihn ein fast aristokratischer Klang darin.) In der Ferne hörte man die laufenden Fernsehgeräte, der Einklang der Westernserie, die jeden Montag um diese Zeit lief.

– Lass mich noch etwas weiter hinunter! – schrie P von drinnen.

J ließ das Seil schneller hinunter. Auf einmal ein dumpfes Geräusch: Das Seil war plötzlich gerissen. J hörte, wie der Körper ins Wasser fiel: ein leises Plumpsen mit Echo und ein Schrei. Dann für ein paar Sekunden Stille. Gleich darauf inmitten des Plätscherns die ärgerliche Stimme von P:

– Was hast du da gemacht?

Die Stimme von P klang sehr weit weg da unten, wo er darum kämpfte, in dem kleinen, tiefen, runden Becken mit moosbewachsenen Wänden an der Oberfläche zu bleiben.

– Ich? Nichts. Das Seil ist gerissen.

– Renn. Lauf zum Bytt und bring mir die Hälsig, die im Rebschuppen hängt!

J rührte sich nicht. Mit der Laterne leuchtete er den Brunnen aus: P fiel das Schwimmen schwer, und er versuchte krampfhaft, sich an den Wänden festzuhalten, doch das Moos ließ die Finger abgleiten. In der Ferne hörte man die ersten Schüsse des Westerns.

– Lauf schon und hör auf, mich mit der Lampe zu blenden.

– Wo soll ich hin?

– Zum Bytt. Im Rebschuppen hängt eine Hälsig. Die musst du mir bringen!

J machte die Laterne aus. In der so entstandenen Dunkelheit war es, als gäbe es P da unten nicht. Es war so, als wäre überhaupt nichts. J beschloss, ihm noch eine Chance zu geben.

– Was soll ich dir bringen?

P antwortete nicht. Man hörte noch, wie er sich abmühte, an der Oberfläche zu bleiben. J ließ das Stück Seil, das er noch in der Hand gehalten und fest mit der Faust umklammert hatte, in den Brunnen fallen. Das Geräusch beim Auftreffen auf dem Wasser war kaum zu hören.

Er machte kehrt und hörte noch, wie P nach ihm rief. Langsam marschierte er in Richtung Dorf. Dabei fragte er sich, wer von beiden, B oder er, bei Erhalt der Nachricht mehr

Überraschung zeigen würde. Doch er würde es B überlassen zu sagen: – Dieser Lump! Wollte uns hintergehen und ganz allein das Geld einkapschen! – Er kam gerade rechtzeitig nach Hause, um zu sehen, wie der gute Cowboy seine Jagd auf die bösen Indianer begann, die versucht hatten, der guten Indianerin ein Leid anzutun. Zum Abendessen gab es wieder kalte Lauchsuppe.

Mundgeruch

Er ist ein schlanker Mann mit großen Geheimratsecken. Er hat Architektur studiert und in einem Büro für Stadtplanung gearbeitet. Vor sieben Jahren gründete er zusammen mit zwei weiteren Architekten eines der derzeit angesehensten Büros. Er mag Pflanzen, unanständige Romane und Liz Taylor. In dem Raum, welchen er als Esszimmer nutzt, hat er einen Billardtisch stehen; an der Wand ein Foto von damals, als er den ersten Preis bei einem international ausgeschriebenen Wettbewerb für den Entwurf einer Sporthalle in einem Ort in der Nähe von Oslo erhielt; und ein Hut, den er nie aufsetzt. Und er hat ein großes Problem, das alle anderen Probleme des Lebens klein erscheinen lässt: Er stinkt aus dem Mund.

Doch handelt es sich nicht um einen, sagen wir mal, irgendwie erträglichen Geruch, einen, den man bemerkt, wenn man ungefähr eine Handbreit vom Gesicht dessen entfernt ist, der darunter leidet. Nein: Sein Atem stinkt in einer ganz und gar unangenehmen Weise, ständig, und so stark, dass in den ersten Tagen, nachdem die Krankheit ausgebrochen war, sich alle Gesichter bereits in zwanzig Metern Entfernung vor Ekel verzerrten.

Der Mundgeruch trat nicht allmählich auf, sondern plötzlich eines Morgens. Am ersten Tag glaubte er, es sei vorübergehend: ein übler Magen oder das gestrige Abendessen (jene grünen Bohnen mit Cabralessoße vielleicht). Doch das Problem hielt tagelang mit derselben monströsen Intensität an wie an jenem unglückseligen Morgen, als seine Frau (sich die Nase mit der Hand zuhaltend) entsetzt aufstand, sich eiligst anzog, das Haus verließ und nie wieder auftauchte.

Niemand konnte seine Gegenwart ertragen. Man braucht

nicht zu erwähnen, dass der Mann mit allen Mitteln versuchte, dem Problem beizukommen. Er probierte alle möglichen desodorierenden Mundsprays, er trank Wermuttee und besuchte Zahnärzte und Ärzte, die ihn mit Schutzmasken empfingen. Nach vielen Untersuchungen und Checkups bescheinigten sie ihm, dass der Grund für dieses Übel weder ein besonders kränkelnder Magen noch Karies war. Trotz seiner Angst hätte er vielleicht daran gedacht, sich das Leben zu nehmen, aber da er nun schon die Tatsache überlebt hatte, dass es kein Heilmittel dagegen gab …

Nun lebt der Mann ziemlich weit entfernt vom nächsten Dorf, in einem Haus mit Erdgeschoss und erstem Stock, das durch seine völlige Abgeschiedenheit der Welt den peinigenden Gestank erspart. Überlegen Sie einmal, wie dankbar er sein muss, dass er selbst diesen für alle unaushaltbaren Gestank nicht riecht. Er macht Heimarbeit: Er näht Glasaugen an Filzpuppen. Er hat sich so organisiert, dass er mit dem Problem leben kann. Jeden Mittwochmittag hält ein Lieferwagen vor dem Haus. Sobald er ihn kommen hört, steigt der Mann in den ersten Stock und verschließt fest die (gepanzerte) Tür und beobachtet durch die (doppelt verglasten) Fenster die Bewegungen des Lieferanten. Der Fahrer des Lieferwagens ist ein Fettwanst, dem das Unternehmen Sonderprämien zahlt, die es selbstverständlich vom Arbeitslohn des Mannes abzieht. Er geht mit sechs Säcken voll Puppen und einem Sack voll Glasaugen beladen bis zur Tür. Jeden Mittwoch in der ersten Morgenstunde stellt der Mann die sieben Säcke neben die Tür, die der Fahrer am Mittwoch zuvor dort abgeliefert hatte, nun aber voller Puppen mit angenähten Augen. Der Lieferant stellt die sieben neuen Säcke (samt dem Umschlag mit dem Geld für die geleistete Arbeit) ab, nimmt die sieben Säcke der Woche zuvor mit, lädt sie ein und fährt schnellstens wieder los.

Der Mann schaut dem wegfahrenden Lieferwagen nach.

Am nächsten Tag kommen wie jeden Donnerstag die vom Tante-Emma-Laden aus dem Dorf und bringen ihm nach einem ähnlichen System die Lebensmittel, die er telefonisch bestellt hat. Während er hinuntergeht, um die sieben neuen Säcke samt dem Umschlag mit dem Geld hochzuholen, schiebt er mit dem Fuß Staubwolken vor sich her und beschließt, heute Nachmittag zu fegen.

Wie immer, wenn er abends nach Hause kommt, gibt der Lieferant seiner Frau einen Kuss auf die Wange, schaltet den Fernseher an, setzt sich an den Tisch und klopft mit den Fingern auf dem Messer herum, während die Frau mit der Kelle die Suppe in den Teller schöpft. An diesem Mittwoch aber unterbricht die Frau einen Moment lang das Servieren, verharrt reglos mit der Suppenkelle in der Luft, nähert ihre Nase dem Lieferantengesicht, riecht daran und sagt:

– Du hast Mundgeruch.

Der Mann misst dem keine besondere Bedeutung bei.

– Wahrscheinlich der Magen.

Am nächsten Tag ist der Gestank bereits so unerträglich, dass seine Frau plötzlich die Kinder nimmt und aus der Wohnung verschwindet. Da keiner diesen Gestank aushalten kann, wird er am Nachmittag, nachdem man ihm die Autoschlüssel abgenommen hat, entlassen. Zwei Tage später denkt er einen Moment lang (der wohl hellsichtigste Moment in seinem Leben), dass der Mann, den er jeden Mittwoch mit Puppen beliefert, ihn mit Mundgeruch angesteckt habe. Aber der gesunde Menschenverstand setzt sich durch: Er selbst lässt den Gedanken fallen, weil, wie jedermann weiß, Mundgeruch nicht ansteckend ist, eine Wahrheit, die ihm alle Ärzte, die zu einer Visite bei ihm bereit sind, bestätigen.

Am folgenden Mittwoch, als er bemerkt, dass der Lieferant ein Neuer ist, fragt sich der schlanke Mann mit den großen Geheimratsecken, was dem fetten Fahrer der Spedition, der sonst immer gekommen ist, wohl widerfahren sein mag. Er hatte sich an ihn gewöhnt. Seine Gegenwart war fast familiär, die einzige familiäre Gegenwart in seinem so isolierten Leben. Er hat Lust, das Fenster zu öffnen und den Neuen zu fragen. Doch er weiß ja, dass, selbst wenn er das Fenster nur einen kleinen Spalt öffnen würde, der Gestank so unerträglich wäre, dass der Lieferant fliehen müsste, unfähig ihn zu ertragen. Außerdem ist es nun so wichtig auch nicht: Gewiss hat es eine neue Einteilung der Schichten oder Strecken gegeben oder der bisherige Fahrer hat ganz einfach Firma oder Arbeit gewechselt.

Der neue Fahrer der Spedition ist groß und jung. Man merkt, dass er von der Firma gut in seine Arbeit eingewiesen wurde, doch er ist noch etwas ungeschickt und schüchtern. Er muss die Arbeit komisch finden. Ab und zu hebt er den Blick und schaut zum Fenster hoch. Für einen Augenblick kreuzen sich die Blicke der beiden, und der Lieferant, wie auf frischer Tat ertappt, beeilt sich: Er kommt an die Tür, stellt die sieben neuen Säcke (samt Lohntüte) davor, nimmt die sieben Säcke der vorigen Woche und lädt sie in den Lieferwagen, während der Mann hinterm Fenster ihm zuschaut und nicht weiß, dass er seit genau einer Woche nicht mehr aus dem Mund stinkt.

Tafelspitz mit Meerrettich

Der Anruf hat ihn durcheinandergebracht. Der plötzliche Beschluss seines Vetters, in die Stadt zu ziehen, überrascht ihn unangenehm. Er hat gerade das Gespräch beendet und hält noch den Telefonhörer in der Hand. Dass der Vetter im Hotel wohnt, bis er eine Wohnung gefunden hat, würde darauf hindeuten, dass ihm klar ist, dass es zwischen ihnen beiden nicht einmal mehr die Möglichkeit eines höflichen Verwandtschaftsverhältnisses gibt, hätte er ihn nicht auf der anderen Seite, unmittelbar nachdem er das Zimmer bezogen hat, angerufen, um ausgerechnet ihn als Immobilienmakler mit der Suche nach einem Haus zu beauftragen.

Einige Stunden später also wartet der Makler auf seinen Vetter, der jeden Moment eintreffen muss. Das Büro ist nüchtern: Holzfußboden, Metallmöbel, ein Aktenschrank, eine Pflanze auf dem Aktenschrank und helle, kahle Wände, abgesehen von einer Pinnwand aus Kork, auf der, außer ein paar Reißnägeln, nur das Foto eines Gebäudes angepinnt ist. Als es läutet, steht der Makler langsam auf. Auf halbem Weg zur Tür läutet es noch einmal, ungeduldig. Das ärgert den Makler. Er öffnet die Tür. Die Vettern betrachten sich. Der Fremde deutet ein Lächeln an. Der Makler streckt ihm distanziert die Hand hin. Sie geben sich die Hand. Der Immobilienmakler bittet den Vetter, hereinzukommen und Platz zu nehmen, und als der Fremde sich anschickt, über die Jahre zu reden, die sie sich nicht gesehen haben, fällt ihm der Makler ins Wort: Er fragt ihn, was für ein Haus er möchte. Der Vetter erklärt ihm, er interessiere sich für eine Villa. In einer Wohnnung zu leben, bemerkt er, sei nichts für ihn. Der Immobilienmakler zeigt ihm folglich Fotos von Villen: nicht nur solche, die zum Verkauf anstehen, sondern auch welche, die er an bedeutende Leute verkauft hat (Schauspieler, Aristokraten, Großunternehmer); er zählt die Vor- und Nachnamen auf wie jemand, der eine Qualitätsbürgschaft präsentiert. Der Vetter verliebt sich augenblicklich in eine der Villen.

Mit dem Auto des Vetters (das falsch geparkt ist und mit dem er deshalb lieber fährt als mit dem Auto des Maklers) fahren sie zur Villa. Sie ist prachtvoll: vier luxuriöse Stockwerke, ein riesengroßer Garten mit Schwimmbad und Wintergarten. Der Vetter ist so begeistert, dass er an Ort und Stelle die Verträge unterzeichnet und einen Scheck als Anzahlung ausstellt. Die Immobiliengesellschaft pflegt bei Verkäufen diesen Ausmaßes den potenziellen Käufer zum Abend- oder Mittagessen einzuladen, um ihn schließlich doch noch zum Kauf zu bewegen, doch nach Besiegelung eines Geschäftes ist dies unüblich, da ja nicht mehr nötig. Überrascht, den Vertrag so schnell unter Dach und Fach gebracht zu haben, wird der Makler unerwartet großzügig und denkt, er brauche nicht ganz so hart zu sein. Er erkundigt sich, ob der Vetter zum Abendessen verabredet ist. Dieser verneint: Wie bereits gesagt, sei er neu in der Stadt, und da er noch niemanden kenne, habe er auch noch keine Verabredungen. Der Makler lädt ihn zum Essen ein. Der Vetter nimmt die Einladung gerne an, überrascht von einer Freundlichkeit, mit der er nicht mehr gerechnet hat. Sie gehen in ein Brauhaus. Sie essen Tafelspitz mit Meerrettich und trinken Bier. Beim Nachtisch angelangt, rauchen sie und verspeisen Schokoladenkuchen. Der Makler verlangt die Rechnung, doch der Fremde reißt sie ihm aus der Hand und besteht darauf zu bezahlen. Aus der Brieftasche holt er ein ganzes Bündel Kreditkarten. Der Makler schätzt ihn als vermögend ein: Anscheinend sind die Dinge für ihn wirklich so gut gelaufen, wie man sagt. Schließlich beschließen sie auf Vorschlag des Vetters, ins Kino zu gehen.

Sie sehen einen ziemlich schlechten Krimi, in dem ein betrogener Ehemann versucht, das perfekte Verbrechen zu begehen. Beim Verlassen des Kinos erklärt der Vetter, dieser Firlefanz mit dem perfekten Verbrechen sei ihm immer dumm vorgekommen, er habe die Nase voll von Filmen und Romanen zu dieser Thematik.

– Aber betrachte das doch mal genauer, es scheitert immer an ein und demselben: Der Verbrecher denkt nie an ... – sagt der Makler und schweigt.

– Denkt nie woran? – fragt der Vetter ganz begeistert von dem ersten längeren Satz, der an diesem Abend von den Lippen seines Verwandten kommt.

Der Makler antwortet nicht. Es überrascht ihn, dass man sich darüber schon so lange den Kopf zerbricht, ohne auf diese absolut sichere (wenn auch opferreiche) Methode zu kommen. Diese plötzliche Gewissheit macht ihn fertig. Er schlägt vor, eine Cocktailbar aufzusuchen. Der Vetter ist richtig erfreut darüber. Der Immobilienmakler empfindet unweigerlich Abscheu vor der Anbiederung des anderen.

Der Immobilienmakler betrachtet die Sache von allen möglichen Seiten. Es ist das erste Mal seit Jahren, dass ihn etwas richtig fesselt. Beim ersten Glas malt er sich die Ausführung der Idee aus. Er lässt das mit dem Ausmalen, als er begreift, dass kein Ausweg mehr offen ist, jetzt, da es diesen Riss in der Weltordnung gibt. Welchen Wert hätte das Ganze, wenn es aus dem Stadium der genialen Extravaganz nicht herauskäme?

Stundenlang schleppt der Makler seinen Vetter durch alle Kneipen, in denen er normalerweise verkehrt, und stellt ihm jeden möglichen Kellner vor. In der letzten Bar bricht er wegen einer Lappalie einen Streit vom Zaun, wird laut und bezichtigt seinen Vetter der Dummheit wegen seiner Meinung über eine absolut unwichtige Frage. Der andere reagiert pikiert und ist verärgert über die plötzlich wieder aufgetretene Feindseligkeit. Sie schreien sich an und werfen sich

Schimpfwörter an den Kopf. Sie zahlen und treten in wütendem Streit auf die Straße hinaus. Nach zehn Metern aber gibt der Makler nicht nur seinen Irrtum zu, sondern gesteht auch seine Unhöflichkeit ein. Sie vertragen sich wieder, und der Vetter bringt den Makler nach Hause. Zur großen Freude des Vetters (der darin eine neuerliche Gelegenheit sieht, den alten Groll zu begraben) lädt ihn der Makler auf ein letztes Glas vor seiner Rückkehr ins Hotel zu sich ein.

Sie trinken Whiskey aus großen Gläsern. Der Immobilienmakler zeigt dem Vetter die Pläne für seine Traumvilla, die er schon immer bauen wollte und die nun, wie er bekräftigt, niemals gebaut werden würde.

– Warum? – fragt der Vetter mit den Plänen in der Hand.

– Bau sie. Ich leihe dir das Geld. Die Geschäfte laufen gut, wie du weißt.

Der Blick des Maklers verfinstert sich wieder.

– Nun hat es keinen Sinn mehr. Früher habe ich davon geträumt.

Der Vetter senkt schweigend den Kopf. Der Makler zeigt ihm ein paar Bücher über die Stadt. Der Vetter blättert darin. Auf einmal entdeckt er das Foto einer Frau auf der Konsole. Er nimmt es und betrachtet es von Nahem. Der Immobilienmakler empört sich, reißt es ihm aus der Hand und stellt es wieder an seinen Platz.

– Du wirst mir nie verzeihen – sagt der Vetter.

– Ich habe daran gedacht, dich umzubringen ... – Plötzlich lächelt er. – Doch das perfekte Verbrechen gibt es nicht: Du hast es ja heute gesehen.

Beide lächeln. Aus einer Schublade zieht der Makler einen Kasten. Darin liegen fünf Pistolen (eine Flintschlosspistole, zwei Perkussionspistolen, ein Revolver und eine Automatik), die er von seinem Vater geerbt hat. Er zeigt ihm von den fünfen die Automatik. Der Vetter wird bleich. Der Makler lächelt und reicht ihm die Waffe. Sie ist nicht geladen. Verwirrt nimmt der Vetter die Pistole, mehr aus Höflichkeit, betrachtet sie und legt sie schleunigst wieder in den Kasten zurück. Er sieht auf die Uhr, entschuldigt sich für seinen plötzlichen Aufbruch. Zum Abschied gibt ihm der Immobilienmakler einen Stadtplan mit, damit er sich besser zurechtfindet.

Auf der Schwelle geben sie sich die Hand. Als er wieder alleine ist, zerbricht der Immobilienmakler einige Gegenstände im Haus: den Spiegel der Anrichte, eine mexikanische Vase und eine Frauenbüste, die ihm offen gestanden nie gefallen hat. Er lässt die Gegenstände, die der andere angefasst hat (das Glas, die Bücher, die Pläne, das Foto), dort, wo sie sind. Er stößt einen Stuhl um, zerreißt einen Vorhang, lädt die Pistole und richtet sie mit ausgestreckten Armen auf sich, bemüht, die Fingerabdrücke des anderen nicht mit den eigenen zu verwischen. Er gibt einen einzigen Schuss in seine Brust ab. Er fällt auf den Rücken, eineinhalb Meter von dem Ort entfernt, wo die Waffe hinfällt.

Während des ganzen Gerichtsprozesses beteuert der Vetter seine Unschuld. Und als er vor dem Richter das Gespräch jener Nacht über die Möglichkeit oder Unmöglichkeit des perfekten Verbrechens wiedergibt, denkt er, dass es selbst ihm unmöglich wäre, jenes kurze, abgehackte Gespräch als Hinweis zu deuten, dass der Immobilienmakler sich nur umgebracht hat, um ihm die Schuld zuzuschieben. Trotzdem und obschon er von der Nutzlosigkeit weiß, erzählt er es. Gleichermaßen führt er an (wohl wissend, dass die Behauptung nur dazu dienen wird, die Anklage zu der Bemerkung zu veranlassen, dass, wenn er so viele Spuren hinterlassen habe, dann wohl deshalb, damit alle denken – so wie er es nahelegt –, jemand, der so klare Spuren hinterlasse, könne nicht der Mörder sein), wenn er seinen Vetter wirklich ermordet hätte, hätte er weder die Waffe am Tatort zurückgelassen noch die Spuren auf der Anrichte.

Während die Garotte ihm die Kehle zudrückt, denkt er, dass es eine Ungerechtigkeit, ein Verbrechen sei, das, was sie da mit ihm machten. Er sucht ein Adjektiv, um das Substantiv »Verbrechen« zu beschreiben, ein Adjektiv, das die Empfindung von Hilflosigkeit ausdrückt, die er fühlt; er denkt an das Adjektiv »absurd«, aber irgendetwas sagt ihm, dass es nicht völlig absurd ist. Er überlegt weiter, wenn es wirklich nicht völlig absurd ist, vielleicht ist es das Gegenteil (auch wenn das gleichfalls nicht ganz stimmt): Vielleicht ist es »logisch«, »perfekt«, »mathematisch«. Für einen Moment fällt es ihm schwer, den wirklichen Unterschied zwischen Antonymen wie »logisch« und »paradox« herauszufinden. Er denkt auch, dass diese hartnäckige Suche nach Adjektiven, zu welchem Zweck auch immer, ein Mittel ist, die Sekunden schneller vorbeigehen zu lassen, und zugleich denkt er, dass die Schwierigkeit, das Adjektiv zu finden, und der Versuch, diese Mischung aus Wut, Trauer und Ohnmacht in ihm zu definieren, angesichts der Umstände völlig verständlich sind.

Seien Sie sich da nicht so sicher

An einem Septembermorgen um elf Uhr rief ihn Herr A, der Personalchef, zu sich. I bediente gerade einen Herrn, der sich nicht entscheiden konnte, ob er einen grauen oder einen beigen Trenchcoat wollte.

Nach Abschluss des Verkaufes eilte I nach oben. Wie immer traf er neben dem Kaffeeautomaten O beim Plausch mit einer der Schneiderinnen. O sagte zu I, er solle nicht so hetzen, es sei gut, die Vorgesetzten warten zu lassen. I wusste nicht, was antworten, murmelte irgendetwas Unverständliches und eilte weiter die Treppen hoch. Er wusste nicht, warum ihn der Personalchef gerufen hatte, und wie immer, wenn er mit Vorgesetzten reden sollte, spürte er ein gewisses Bauchflattern.

Er klopfte an. Von drinnen bat ihn eine Stimme einzutreten. I öffnete sachte die Tür und blieb auf der Schwelle stehen. Herr A hob den Blick von einem Stapel Papier und zeigte lächelnd mit der Hand auf den Stuhl auf der anderen Seite des Schreibtisches.

– Ich habe eine Nachricht für Sie, die Sie vermutlich freuen wird – sagte er.

Mit absoluter Deutlichkeit und obschon die Lippen des Herrn A bereits aufgehört hatten, sich zu bewegen, hörte I zudem noch: »Er kann zufrieden sein. Andere schreien ihr Leben lang nach einer Gehaltserhöhung, und dieser da bekommt sie sofort. Die Dickfelligen kommen immer voran.« I hörte ganz deutlich die Stimme des Personalchefs, und es erschreckte ihn nicht, den Mund unbewegt zu sehen, denn seit Tagen passierte ihm derartiges; er maß dem keine Bedeutung bei: Er glaubte, es seien Hirngespinste, so als versuche er – bei jedem Gesicht, das ihn ansah –, ohne es sich eigentlich vorzunehmen, zu raten, was es dachte.

I wusste nicht genau, wann das alles angefangen hatte. Es war noch nicht allzu viele Jahre her, dass er sich in der U-Bahn damit amüsierte, den Gedankengängen des schweigenden Gesichtes auf dem Sitzplatz gegenüber nachzuspüren. Obwohl in letzter Zeit die Gedanken, die er in den Gehirnen der Leute las, jedes Mal mit den Worten übereinstimmten (abgesehen von den Fällen sozial schicklicher Heuchelei), die sie dann auch sagten, war ihm noch nicht aufgefallen, dass es nicht mehr sein Spiel war, sondern er tatsächlich und ohne Vorsatz die Gedanken seines Gegenübers las.

An diesem selben Morgen hatte er gehört, wie ein den Laden betretender Kunde daran dachte, »die schwarze Hose vorne rechts im Schaufenster« zu verlangen. Und tatsächlich fragte der Kunde nach der »schwarzen Hose vorne rechts im Schaufenster«. Der Mund des Herrn A hatte sich wieder geöffnet.

– Ich habe das große Vergnügen, Ihnen mitzuteilen, dass die Firma Sie für eine Gehaltserhöhung ausersehen hat.

I war baff. Es war wieder passiert: Ohne irgendwelche vorausgehenden Anzeichen hatte er von der Gehaltserhöhung gewusst. Herr A vermutete, das Schweigen von I lasse sich auf den Überraschungseffekt zurückführen, den die Gehaltserhöhung bei ihm ausgelöst hatte, während sein stummes Dasitzen in Wirklichkeit von seinem Erstaunen kam, dass er es wusste, bevor der Personalchef es ausgesprochen hatte. »Warum sagt er nichts, dieser Trottel?«, dachte Herr A.

– Vielen Dank – antwortete I.

– Wir haben uns gedacht, dass jetzt nach der Überwindung der wirtschaftlichen Schwierigkeiten, die unsere Firma letztes Jahr durchgemacht hat, Sie aufgrund Ihres Engagements, das Sie allzeit gezeigt haben, eine Gehaltserhöhung verdienen, auch wenn es nur eine kleine ist. Ich sage kleine, weil wir zwar die Schwierigkeiten überwunden haben, aber noch immer in der Krise stecken, doch es scheint so, als könnten wir sie mit der Hilfe aller in ein paar Jahren bewältigen …

I machte ein frohes Gesicht, da er annahm, dies sei das Gesicht, das man nun von ihm erwartete. Er war kein Mann von vielen Worten und wusste nichts zu sagen. Er bedankte sich noch einmal.

– Dann nichts weiter. Die Firma erwartet viel von Ihnen. Wir vertrauen darauf, dass diese Erhöhung ein weiterer Anreiz für Sie sein wird, sich noch mehr im Tagesgeschäft zu engagieren. Sie sind jung und können es bei uns noch weit bringen.

Neben dem Kaffeeautomaten traf I wieder O, diesmal alleine. Noch bevor sie irgendein Wort miteinander wechseln konnten, hatte I wie in einem Nebel bereits die Gedanken von O gelesen. »Ah, mal sehen, ob dieser Schleimi Kleingeld hat …«

– Hast du Münzen für den Kaffeeautomaten? – fragte O.

I legte seine rechte Hand an die Schläfen und schloss die Augen. Natürlich ist es ohne Weiteres möglich, dass jemand neben dem Kaffeeautomaten um Kleingeld für einen Kaffee bittet. Doch gerade vor einem Augenblick im Büro des Herrn A, wie konnte er da von der Gehaltserhöhung wissen, bevor der andere es ausgesprochen hatte? Und heute Morgen, wie konnte er im Voraus genau wissen, dass der Kunde nach der schwarzen Hose fragen würde? I begriff, dies konnte nicht nur eine Sache von erfolgreichem Gedankenraten sein. Es war unmöglich, in den fünf oder sechs Tagen, die das nun andauerte, jedes Mal zu hundert Prozent richtig geraten zu haben. Jene nebligen Stimmen, die er hörte, waren nichts anderes als das Echo der Gedanken der anderen, die ganz ruhig in seinem Gehirn nachhallten. Sie waren weder Ergebnis von Intuitionen noch von Vermutungen ... Es waren wirklich die Gedanken der anderen. Wieso war er fähig, die Gedanken der anderen zu hören? War er eine Art Monster? Würde ihm dieses seltsame Talent nicht mehr Ärger als Vorteile einbringen? Nie in Unkenntnis darüber bleiben, was die anderen in seiner Umgebung denken ... Wie zur Bestätigung hörte er O erneut: »Du redest mit ihm, und er hört nicht zu. Ich habe ihn etwas gefragt, und er antwortet nicht. Er redet nur mit den Chefs. Wie viele weitere unbezahlte Überstunden hat er A wohl angeboten?« I hob die Augen.

– Was sagtest du?

– Ob du Kleingeld für den Kaffeeautomaten hast ...

I suchte in seiner Hosentasche und fand keines.

– Nein – sagte er.

»Nein? Er hat sicher welches und sagt nein, weil er so knickerig ist«, hörte I, wie O dachte.

Er hatte Angst. Das mit dem Kunden und den schwarzen Hosen vorne rechts im Schaufenster wurde Normalzustand. Bevor die Kunden ihren Wunsch äußerten, wusste I ihn schon. Er wusste auch, was alle seine Kollegen über ihn, über die anderen, über die Arbeit, die Freunde dachten, welche Pläne sie verheimlichten ... Ganz allmählich entdeckte er das ganze Gespinst von Hass, Groll, Liebe und Missverständnissen zwischen den Menschen seiner Umgebung. Wenn ihn der Abteilungsleiter am anderen Ende der Ladentheke rief, ging I zu ihm hin und wusste bereits, was er von ihm wollen würde. Ab und zu, dem Wunsch des Abteilungsleiters vorgreifend, brachte I (zum großen Erstaunen desselben) das Hemd, den Quittungsblock oder die Kasse gleich mit, um die ihn der andere bitten wollte.

Wie an vielen Wochenenden ging er am Sonntagnachmittag mit E aus. Doch diesmal war I nach dem Kino und nach dem Spaziergang - zum ersten Mal - in der glücklichen Lage, ohne Schüchternheit oder Angst vor einer Abweisung zu handeln, denn er konnte in den Gedanken von E die gleiche Glut sehen wie in den seinen.

Er begann, sich diese Fähigkeit zunutze zu machen. Nach dem Sonntag mit E (und weiteren ähnlichen Sonntagen) konnte er an einem Donnerstag im Oktober lesen, was hinter dem scheinbar höflichen Lächeln einer Kundin steckte, und er ließ diese Gelegenheit nicht aus. Weder diese noch alle anderen vergleichbaren Gelegenheiten, die sich ihm hinter dem Ladentisch boten.

Ende Oktober bat er um ein Gespräch mit dem Abteilungsleiter. Er verriet ihm den genialen Trick, den die Kassiererin sich ausgedacht hatte, um einige der gewichtigsten Verkäufe nicht zu buchen, sodass sie sich das Geld völlig straffrei einstecken konnte. Um Weihnachten herum ließ er den Personalchef wissen, dass der Abteilungsleiter Informationen über das Design der nächsten Herbst-Winter-Kollektion (und über die Stofflieferanten) an die Konkurrenz, eine bedeutende Boutique, weitergab, die neu auf dem Markt und sehr daran interessiert war, ihren Stil zu kopieren, um sich einen Namen zu machen. Im Juni war er bereits Abteilungsleiter und kontrollierte seine Untergebenen mit totaler Perfektion. Er wusste, wer ihn hasste, wer ihn nicht ernst nahm und wer ihn schätzte ... Er entdeckte, wann ein Verkäufer nur taktierte, wer nur auf der Toilette war, um sich etwas auszuruhen, wer die Absicht hatte, einen Mantel mitgehen zu lassen ... Er versetzte O ins Lager auf die niedrigste Stelle, die er finden konnte. Eine Schneiderin, die von I nach einer Woche Krankfeiern entlassen worden war, sagte zu ihm, während sie ihre restlichen Sachen aus dem Schrank holte:

– Man könnte meinen, Sie können unsere Gedanken lesen.

Dank dieser Fähigkeit entwickelte er ein raffiniertes Spiel von Beförderungen und Degradierungen, sodass er schließlich im September selbst Personalchef war. Am Morgen des Tages, an dem er den neuen Posten antreten sollte, fühlte er sich überglücklich. Nun würde er endlich Herrn U, den Direktor des Unternehmens, kennenlernen, den er bisher nur einige Male von Weitem gesehen hatte. Und dann gäbe es auch ein Treffen mit dem Aufsichtsrat. Nichts könnte ihn mehr aufhalten, wenn er erst einmal jedes einzelne Aufsichtsratsmitglied kannte, mit allen Tugenden und Kümmernissen, jedem einzelnen Geheimnis ... Und das umso mehr, wenn man berücksichtigte, dass Direktor wie Aufsichtsrat ihm zu Dank verpflichtet waren, denn er hatte rechtzeitig die Unterschlagung von Geldern vereiteln können, die Herr A, der Personalchef, von langer Hand geplant hatte.

– Mit dieser Ernennung, Herr I, mache ich nichts weiter, als Ihre Treue zu unserem Unternehmen zu honorieren. Sie können sicher noch sehr weit kommen. Man muss sich nur Ihre Karriere in diesem Haus, vor allem im letzten Jahr, ansehen.

I saß vor Herrn U. Er fühlte nun kein so starkes Kribbeln mehr im Bauch. Dennoch beeindruckte es ihn immer noch, Vorgesetzten gegenüberzusitzen. Beweis war, dass es ihm nicht gelang, die Gedanken von Herrn U zu lesen. Oder dachte dieser Mann vielleicht nicht?

– Vielen Dank, Herr U, doch ich glaube nicht unbescheiden zu sein, wenn ich Ihnen sage, dass ich nur meine Pflicht erfüllt habe – antwortete I, glücklich, dass er in jenen Monaten gelernt hatte, förmliche Antworten zu geben. Im Geiste rieb er sich die Hände und dachte, wie leicht es ihm fallen würde, mit diesem Trottel, den er da vor sich sitzen hatte, fertig zu werden und nach ein paar Monaten (maximal einem Jahr) auf der anderen Seite des Schreibtisches zu sitzen.

– Seien Sie sich da nicht so sicher – sagte U und sah ihm fest in die Augen. – Es wird Ihnen nicht so leicht fallen, wie Sie denken.

Anisschnaps

Herr Nonell hatte mit dem, den er als seinen besten Freund betrachtete, in einem libanesischen Restaurant zu Mittag gegessen. Sie hatten den dreiundsiebzigsten Geburtstag von Herrn Nonell gefeiert. Nachdem er schon lange nicht mehr so opulent gespeist und getrunken hatte, kam er recht lustig nach Hause. Zu seiner Überraschung öffnete er die Tür ohne große Probleme: Als er nämlich kurz nach Verlassen des Restaurants bemerkt hatte, wie viel er getrunken hatte, stellte er sich die ganze Fahrt über vor, wie er (so wie im Film) mit dem Schlüssel und dem Schlüsselloch kämpfen würde. Sein Rausch versetzte ihn in jenen Gemütszustand, der einen noch zu einem weiteren Glas animiert. Deshalb betrat er das Zimmer (Schlaf- und Arbeitszimmer zugleich) und holte aus dem Barschrank, der ehemals gut sortiert war, die Anisflasche heraus, das Einzige, was sich noch darin befand, nachdem ihm der Arzt Alkohol verboten hatte.

Sie war leer. Seit Langem hatte er den Verdacht, dass Matilde ab und zu einen Schluck daraus nahm. Aber noch nie war die Flasche ganz leer gewesen; und diesmal war sie ganz leer, grübelte Herr Nonell, obwohl er, nicht ohne Bedauern, in den letzten Wochen (und das zum ersten Mal in Jahrzehnten) nicht einen Tropfen Alkohol getrunken hatte. Schnell reimte er sich das Geschehene zusammen. Matilde hatte hier und da einmal einen Schluck genommen, in dem Glauben, dass Herr Nonell zwischen ihren beiden Schlucken mittrank: Sie war sicher, dass der Flüssigkeitsspiegel jedes Mal nur ein bisschen sank, und ahnte nicht, dass sie, da Herr Nonell gar nichts daraus trank, langsam aber sicher die ganze Flasche ausgetrunken hatte.

Herr Nonell hatte sich nie sonderlich um diese heimlichen

Schlucke geschert. Matilde stand seit siebenundvierzig Jahren in seinen Diensten und war immer eine perfekte Haushälterin gewesen. An jenem Mittag allerdings war Herr Nonell zutiefst verletzt. Wenn er schon die Willensstärke gehabt hatte, wochenlang keinen Tropfen Alkohol zu trinken, so war das Mindeste, was er verlangen konnte, an einem Tag, an dem er nach einem großen Mittagessen nach Hause kam und Lust auf ein (einziges) weiteres Glas hatte, genau das: es trinken zu können.

Mit ihr über diese Angelegenheit von Angesicht zu Angesicht zu sprechen, erschien ihm unwürdig. Er beschloss, sie auf frischer Tat zu ertappen. So begab er sich am selben Nachmittag in den Supermarkt und kaufte eine neue Flasche Anisschnaps. Zu Hause schenkte er sich ein Gläschen ein und machte ein heimliches Zeichen an das Etikett am Flaschenhals, um die Höhe der Flüssigkeit zu markieren und damit zu überwachen, wann und wie viel sie trank. Den ganzen Tag lang, während Matilde im Zimmer beschäftigt war (entweder das Bett machte oder die Bücher ins Regal stellte, die er tags zuvor konsultiert hatte), ließ Herr Nonell sie nicht aus den Augen.

Obwohl er sie nicht erwischt hatte, war am nächsten Tag weniger Anis in der Flasche. Daraus folgerte er, dass Matilde den Betrug nicht wagte, während er wach war. Sie beging die Tat sicher morgens vor zehn, bevor sie die Vorhänge richtig aufzog, um ihn zu wecken. Folglich stand Herr Nonell nun jeden Tag vor Matilde auf und saß heimlich auf der Lauer. Er sah sie nie in Aktion. Es gab nur zwei Möglichkeiten: Entweder war er wieder eingeschlafen, bevor sie hereinkam, oder sie nahm den Schluck nicht um diese Uhrzeit. Und dennoch fehlte jeden Morgen ein Fingerbreit vom Schnaps. Das ließ ihn vermuten, dass sie den Frevel vielleicht vor dem Schlafengehen beging und nicht beim Aufstehen.

Nach drei Wochen fühlte sich Herr Nonell vollständig an

der Nase herumgeführt. Völlig besessen ging er nicht zu Bett, bevor er nicht sicher war, dass Matilde schon eine Weile schlief. Er stand vor ihr auf und ließ den ganzen Tag das Barschränkchen nicht aus den Augen. Und kam Matilde in seine Nähe, mit der Ausrede (nun war er sich ganz sicher, dass es eine Ausrede war), Staub zu wischen, so ließ er sie keinen Augenblick aus den Augen. Und wenn sie den Kopf schüttelte (weil sie die Haltung und den angespannten Gesichtsausdruck von Herrn Nonell für Altersstarrsinn hielt), interpretierte er dieses Kopfschütteln als ein Zeichen des Ärgers darüber, dass sie sich kontrolliert fühlte und daher, außer heimlich, kein Schlückchen mehr aus der Flasche nehmen konnte. Nachts träumte Herr Nonell davon, dass er nicht nur nichts aus der Flasche trinken konnte, sondern auch noch mit ansehen musste, wie der Anis beständig schwand, und der Zorn, den diese Posse in ihm auslöste, verschlimmerte sein Magengeschwür, es wurde immer größer, so groß, dass es schließlich größer war als er selbst. Er starb, ohne irgendetwas ans Licht gebracht zu haben, und vom Sarg aus, den sie auf das Bett gestellt hatten, sah er endlich, von Kerzen umgeben, wie sich Matilde zwischen den Schatten hindurch dem Schränkchen näherte, die Flasche herausnahm und trank. Die Wut in diesem Teil des Traumes rührte nicht daher, gestorben zu sein, ohne sie erwischt zu haben, sondern daher, tot zu sein, und obgleich er sie erwischt hatte, sie weder zur Rede stellen noch etwas dagegen tun zu können.

Herrn Nonell ging es schlechter. Er verbrachte mittlerweile die meiste Zeit im Bett und konnte nicht mehr aufstehen, und Matilde musste nun zusätzlich zu den Arbeiten eines Dienstmädchens auch noch die einer Krankenschwester verrichten. Doch Herr Nonell ließ die Augen nicht von dem Schränkchen, und wenn er einmal am Tag sich mühevoll aus dem Bett quälte, um den Stand des Schnapses zu kontrollieren, sah er, dass er unweigerlich gesunken war. Allmählich glaubte Herr Nonell, obschon es ihm schwerfiel, genau zu sagen, wie und warum, dass es einen direkten Zusammenhang zwischen der Menge Schnaps in der Flasche und dem ihm verbleibenden Leben gab. Als die Flasche kaum noch einen Fingerbreit Anisschnaps enthielt, entschied sich Herr Nonell für eine drastische Lösung: Als Matilde zum Markt hinunterging, tat er Gift in die Flasche. Er ging mit einem Lächeln auf den Lippen schlafen, kaum anders als das, welches Matilde am nächsten Morgen auf seinen Lippen sah, als sie ihn tot auffand.

Die Qualität und die Quantität

Juni

Alle nannten ihn Morell. Schon in der Schule war er für jedermann Morell. Als in der Universität alle anderen Kommilitonen den Freundschaftsgrad erreicht hatten, um sich mit Vornamen anzureden, nannten sie ihn weiterhin Morell. Während in dem Büro der Reederei, in dem er jetzt arbeitete, alle anderen Josep, Joan oder Maria hießen, war er Morell. Selbst Babà nannte ihn bei seinem Nachnamen, sogar in jenen Augenblicken höchster Intimität, in denen sich ihre Fingernägel in seinen Rücken gruben.

Nichts wäre wirklichkeitsfremder, als zu glauben, er sei verschlossen oder irgendwie eingebildet. Morell war genau das Gegenteil: sympathisch und kontaktfreudig. Babà war begeistert von ihm. Umso mehr, als sie in den letzten vier Jahren eine Reihe depressiver Liebhaber hinter sich gelassen hatte, von jener Sorte, die den ganzen Tag auf der Suche nach Schultern zum Weinen waren.

Jene Nacht verbrachten sie in der kleinen Wohnung von Morell: ein einziges großes Zimmer (das gleichzeitig als Schlaf-, Wohn- und Arbeitszimmer diente), eine Küche und ein Bad. Sie saßen auf dem Bett. Auf dem Boden eine Flasche Sekt und zwei Sektkelche. Und auf den Leintüchern zwischen beiden ein Kartenhaus, das Morell soeben zu seiner eigenen Überraschung und zur großen Freude von Babà gekonnt aufbaute. Babà musste ob der Sprachlosigkeit, die Morell wegen seiner frisch entdeckten Geschicklichkeit an den Tag legte, herzlich lachen. Bei der letzten Karte des Kartenhauses lachte Babà zu viel, was die Matratze erzittern ließ, und das Kartenhaus fiel in sich zusammen. Morell tat wütend und Babà beeilte sich mit Zärtlichkeiten so zu tun, als bäte sie um Verzeihung.

Als Babà sich in Richtung Klo bewegte, stand Morell ebenfalls auf. Er machte aus einem Haufen Postkarten, die auf dem Fenstersims lagen, einen Stapel. Und stellte den Aschenbecher parallel zum Rand. Morell war Unordnung systematisch zuwider.

Zum Lüften des Zimmers zog er die Vorhänge auf und öffnete das Fenster. Draußen war es gänzlich Nacht: Das Schwarz des Himmels und des Gebäudes gegenüber flossen zu einer einzigen Fläche zusammen, ohne wahrnehmbare Grenzen. Zu jener Stunde waren noch drei Balkonfenster erleuchtet. Bei einem waren die Vorhänge zugezogen: im ersten Stock, wo eine Familie den lieben langen Tag stritt. Ein anderes (unter dem Dach) lag einfach zu hoch, um mehr zu sehen als einen jungen Mann, der von Zeit zu Zeit heraustrat, um eine Zigarette zu rauchen. Der dritte Balkon war genau auf der gleichen Höhe wie das Fenster von Morell. Er gehörte zu einer Wohnung, die monatelang leer gestanden hatte und in der seit ungefähr drei Wochen eine junge Frau wohnte, die im selben Gebäude wie Babà, aber in einer anderen Firma, arbeitete. Sie hatten sich einmal auf der Straße getroffen, als sie aus dem Kino kamen, und Babà und die Frau hatten sich mit einem Lächeln begrüßt. Nun saß sie wie so oft in ihrem roten Sessel und las in einer Zeitschrift.

Sobald er heimkam, ging Morell mit einem unveränderlichen Ritual unter die Dusche. So, als spüle er mit dem Wasser alle Spannungen des Tages den Abfluss hinunter. Danach zog er eine kurze Hose und ein Hemd an. Er blieb barfuß: Er spürte gerne die kühle Frische der Fliesen an seinen Fußsohlen. Nun saß er mit einem Glas kaltem Wasser vor dem Fernseher. Dort lief ein Handballspiel. Dann schaltete er aus und blätterte in einem Fotoband von Terence Donovan. Als er aufblickte, um auf die Uhr zu schauen, war es halb sieben. Zu spät, um Babà im Büro anzurufen und zu früh, um sie zu Hause anzutreffen.

Er erreichte sie um sieben. Sie verabredeten sich. Babà würde zu ihm zum Essen kommen. So drei- bis viermal die Woche aßen und schliefen sie bei Morell. Nie bei ihr, da sie mit drei Freundinnen zusammenwohnte und die Stimmung dort aufgrund der höheren Wohndichte weniger zum Plaudern anregte.

Babà kam um neun. Um halb zehn hatten sie fertig gedeckt und setzten sich an den Tisch. Genau sieben Sekunden später (als sich Morells erste Gabel auf halbem Weg zwischen Teller und Mund befand) bat Babà ihn um den Pfeffer. Morell schluckte und legte die Gabel auf dem Teller ab. Dies war eine jener Eigenarten der Frau: Man saß kaum am Tisch, da fiel ihr ein, dass sie etwas wollte, was garantiert nicht auf dem Tisch stand. Morell befand sich noch in jener Phase der Verliebtheit, in der man schier alles verzeiht. Er stand auf und begab sich in die Küche. Als er auf dem Weg zurück am Fenster vorbeiging, schaute er auf das Gebäude gegenüber und sah die Nachbarin diesmal nicht im roten Sessel, sondern auf dem Bett sitzend, mit einem Glas in der Hand.

Zwei Tage später lehnte Morell, den Kopf auf die Ellbogen gestützt, am Fenster und beobachtete, wie sich die Familie im ersten Stock des Gebäudes gegenüber stritt. Vor dem sonoren Hintergrund zweier weinender Kinder (das einzige, was von Weitem an sein Ohr drang) lief der Ehemann hin und her und fuchtelte wutschnaubend mit den Armen, indes seine Frau eine Blumenvase nach der anderen an die Wand schmetterte. Morell fragte sich, woher die Frau die ganzen Vasen holte. Er schaute ihr seit ungefähr fünf Minuten zu, und dabei waren schon drei Vasen zu Bruch gegangen.

Danach sah Morell in das Zimmer der jungen Frau, und wie im Traum glaubte er sie nackt zu sehen, als sie von rechts nach links das Zimmer durchschritt. Er traute seinen Augen nicht. Aufgrund des Kontrastes zwischen den noch unbeleuchteten Zimmern und der Straße, die noch hell im Licht lag, waren die Innenräume etwas schummerig.

Samstag und Sonntag fuhren Morell und Babà ans Meer in eine Wohnung ihrer Eltern und nutzten deren Abwesenheit aus. Montagnachmittag, nachdem Morell Babà angerufen hatte, setzte er sich ans Fenster. Gegen sieben kam die Nachbarin nach Hause, warf ihre Sachen aufs Bett und verschwand nach rechts. Sie kehrte mit einem Glas in der Hand zurück. Sie setzte sich aufs Bett und trank, während sie sich auszog, ein paar Schlucke aus dem Glas.

Morell hatte Schuldgefühle, weil er in ihre Intimsphäre eingedrungen war. Doch sofort beruhigte er sich, er mache ja nichts Strafbares: Er saß bei sich daheim am Fenster und schaute auf das, was er vor Augen hatte. Kein Gericht, dachte er, hätte hier etwas verurteilen können. Jedermann hat das Recht, an einem schwülen Nachmittag sich zu Hause in einem kühlen Lüftchen zu erfrischen. Und sollte die Nachbarin Probleme damit haben, gesehen zu werden, so hätte sie das sehr leicht lösen können: Sie hätte nur die Vorhänge zuzuziehen brauchen. Morell schaute genauer hin. Das Balkonfenster der Frau hatte keine Vorhänge. So, wie es aussah, hatte sie die Wohnung mit einem Minimum an Möbeln eingerichtet. Morell strengte sich an, mehr zu sehen, doch er konnte die Gegenstände kaum erkennen.

Etwa eine Stunde später gingen allmählich die Lichter in den Wohnungen an. Die junge Frau setzte sich mit einem Buch in den roten Sessel. Gerne hätte Morell gewusst, mit welchem. Genau in diesem Moment klingelte es an der Tür. Babà stürzte verschwitzt und ausgehungert herein.

– Was gibt es zum Abendbrot?

– Zum Abendbrot?
– Wir waren zum Abendessen verabredet, Süßer …
– Ich fange sofort damit an.

Juli

Welches ist das stärkste von allen?

Morell kaufte schließlich eines, das eigentlich für Sternbeobachtungen gedacht war.

Zu Hause stellte er fest, dass das Zusammenbauen kinderleicht war, wie es ihm der Verkäufer versichert hatte. Zur Übung wanderte er damit einmal über alle Balkone des Gebäudes. Im zweiten Stock spielte ein kleiner Bub auf dem Balkon mit einem Eimer, auf den lauter Seesterne aufgedruckt waren.

Als die Frau gegen drei viertel sieben nach Hause kam, war Morell schon auf Beobachtungsposten. Trotz der Dunkelheit im Zimmer sah er, wie sie die Tasche aufs Bett legte und sich auszog. Danach wanderte sie durch die rechte Tür. Sie kam zurück mit einem Glas voller orangefarbener Flüssigkeit in der Hand, aus dem sie langsam trank. Die Tür rechts musste also die Küche sein. Gleich darauf verschwand sie durch die linke Tür. Eine Viertelstunde später kam sie im Bademantel wieder heraus. Morell zeichnete in Gedanken den Grundriss der Wohnung: links das Badezimmer, rechts die Essküche und weiter hinten im Flur außerhalb seiner Sichtweite die Eingangstür. Er war fasziniert. Wenn er bei so wenig Licht so deutlich sehen konnte, was dort vor sich ging, hätte er optimale Sichtverhältnisse, sobald die Straße im Dunkeln läge und es Licht in den Wohnungen gäbe.

In der Tat. Als gegen neun Uhr abends das Licht im Zimmer der Frau anging, war Morell begeistert: Die Sicht war perfekt. Er sah jede Einzelheit mit kinematografischer Deutlichkeit: sogar das Schimmern des Stoffes auf dem roten

Sessel. Das Bett und der Nachttisch, die hinten an der Wand standen und ihm weit weg erschienen waren, befanden sich nun fast in Reichweite seiner Hand.

Erst gegen halb eins legte sich die Frau zu Bett. Zuvor machte sie die Zimmerlampe aus und das Nachttischlämpchen an. Sie las eine Stunde lang in einem Buch mit schwarzem Umschlag und weißen Buchstaben. Morell gelang es, den Titel des Buches zu entziffern: *The Black Path of Fear*. Was ihm nicht gelang, war, den Namen des Autors zu entziffern, weil die Schriftgröße der Buchstaben um einiges kleiner war.

Als die Frau das letzte Licht löschte, machte auch Morell Schluss. Er baute das Fernrohr auseinander, räumte es in den Schrank und ging schlafen.

Ein Problem bestand darin, dass er das Gerät nicht benutzen konnte, wenn Babà in der Wohnung war. Um die Zeiträume zwischen ihren Besuchen auszudehnen, begann er liegen gebliebene Arbeit vorzuschieben, und zum Trost erzählte er ihr voller Vorfreude von ihrem Urlaub im September, dem ersten, den Babà und er gemeinsam verbringen würden.

Schon bald hatte Morell den Tagesablauf der Nachbarin so fest im Griff, dass er sich nicht mehr vor der Zeit vors Fernrohr zu setzen brauchte. An jenem Abend kam sie wie fast immer so gegen viertel vor sieben nach Hause. Sie legte die Kleider aufs Bett und ging umgehend unter die Dusche. Als sie wieder aus dem Bad kam, sammelte sie sofort ihre Kleider ein und zog ein T-Shirt und Jeans an. Sie betrat die Küche und verließ sie erst eine knappe Stunde später wieder. Sie glättete den Bettüberwurf, räumte den Nachttisch auf, machte die Lampen an und setzte sich in den roten Sessel. Fünf Minuten vor neun sprang die Frau auf, durchschritt das Zimmer nach hinten, verschwand hinter der

Ecke des Flurs und kam kurz darauf in Begleitung eines jungen Mannes zurück.

Morell bekam einen Schreck. Einerseits stellte sich die Situation interessanter denn je dar, andererseits war ihm auch klar, dass dies der Moment war, um das Ganze auf sich beruhen zu lassen, Babà anzurufen, mit ihr in die Kneipe zu gehen und alles zu vergessen, anstatt hier sitzen zu bleiben und auf diese intime Bühne zu starren, auf der sich gegenwärtig, und das seit einer geraumen Weile, niemand aufhielt, weil die Hauptdarsteller wohl in der Küche zu Abend aßen. Morell stand auf und bewegte sich seinerseits in die Küche.

Er brauchte nicht lange und bezog wieder seinen Platz hinter dem Fernrohr. Alles war gleich geblieben: das Paar in der Küche und das Zimmer leer. Und wenn sie sich nun ganz exotisch gleich in der Küche der Liebesexstase hingaben?

Um halb elf kamen sie mit einem Glas in der Hand lachend ins Schlafzimmer. Die Frau legte eine Schallplatte auf und begann nach dem Rhythmus einer Musik zu tanzen, die Morell nicht hörte. Es war frustrierend, ihnen beim Reden zuzusehen und nicht zu hören, was sie sich sagten. Er hätte gern von den Lippen lesen können. Der Mann tanzte nun auch. Doch bald ließen sie das Tanzen sein und näherten sich lächelnd ganz allmählich dem Bett.

Dieser Mann besuchte die Nachbarin ein paarmal die Woche. Ein ums andere Mal kam auch ein anderer. Morell stellte fest, dass es unmöglich war, genau vorherzusehen, an welchen Wochentagen sie kommen würden. In der ersten Woche kam der Übliche montags und donnerstags; der andere freitags. In der zweiten kam der Übliche dienstags und samstags; der andere kam gar nicht. In der dritten Woche kam der Übliche am Dienstag, der andere am Sonntag. Auch wenn Babà in der Wohnung war, konnte Morell mit einem

Blick feststellen, ob die Nachbarin alleine schlief oder mit jemandem zusammen.

Eines Abends, als Morell eine Verabredung mit Babà unter einem nichtigen Vorwand verschoben hatte, stand die Nachbarin in Begleitung des Üblichen am Balkongeländer. Sie schauten erst in den Himmel, dann auf die Straße. Obwohl die Nachbarin ihren Blick schweifen ließ, blieb er einen kurzen Moment am Fenster von Morell hängen: kaum eine Zehntelsekunde. Doch es reichte völlig, um Morell zu verunsichern. Vielleicht hatte sie ihn gesehen, obwohl er kein Licht angemacht hatte. Aber wenn es so gewesen wäre, dachte er, während er das Fernrohr abbaute, hätte sie mit dem Liebhaber nicht weitergemacht, so als sei nichts. In jener Nacht träumte Morell davon, durch das Fernrohr zu sehen, dass der Mann, der die Frau besuchte, weder der Übliche noch der andere war, sondern er selbst, und dass er sie so ganz nah vor sich wenig attraktiv fand, mit einer zu großporigen Haut, die nach Säugling roch.

August

Bald hatte Morell genug von der Geschichte. Er lud Babà wieder häufiger zu sich ein. An vielen Tagen ging er nach der Arbeit, bevor er nach Hause kam, noch ins Kino und danach flanieren. Oft hielt er, bevor er in seine Wohnung hinaufging, noch in dem Feinkostladen an der Ecke und genoss den Anblick der Biere, Liköre und Würste. Er kochte gar nicht gerne. Darum gab es normalerweise kaltes Abendbrot. An jenem Abend kam er um viertel neun nach Hause. Er legte die Einkäufe auf die Marmorplatte in der Küche. Babà würde nicht vor halb zehn kommen. Er fing mit der Zubereitung des Abendessens an und war bereits um neun Uhr fertig. Da er Babà erst in einer halben Stunde erwartete, stellte er noch für eine Weile das Fernrohr auf.

Er erstarrte vor Schreck. Auf ihn gerichtet stand im Zimmer der Frau ein Fernrohr. Und die Frau dahinter schaute hinein. Morell fühlte, wie die Fliesen auf dem Fußboden in Stücke zersprangen. In einigen wenigen Minuten würde Babà an der Tür klingeln und sich hier einem Fernrohr ausgesetzt wiederfinden, das sie vom gegenüberliegenden Balkon aus betrachtete. Morell wusste nicht, was tun. Die Vorhänge zuziehen? Wenn er die Vorhänge zuzog, würde sich die junge Frau sicherlich ärgern und ihrerseits als Revanche bei sich Vorhänge anbringen. Das alles hatte sich bereits in ein klares Duell verwandelt. Du betrachtest mich, ich betrachte dich. Sie hatte das Fernrohr nicht rein zufällig gekauft, sondern weil sie gesehen hatte, wie er sie beobachtet hatte. Wann? In welchem Augenblick hatte er den Fehler begangen?

Es war ganz klar, er musste der Neugier der Nachbarin entsprechen, genau wie sie, freiwillig oder nicht, seiner entsprochen hatte. Während er allmählich die Bedingungen dieses Paktes positiver einschätzte, fiel ihm noch eine zusätzliche Gefahr ein: Gesetzt den Fall, das Fernrohr der Frau war stark genug (und es sah ganz danach aus), dann konnte sie Babà erkennen: Beide arbeiteten im selben Gebäude. Würde die Frau nicht die Gelegenheit oder ein Treffen am Fahrstuhl nutzen, um Babà von den Aktivitäten Morells zu erzählen? Nach ein paar Sekunden des Nachdenkens betrachtete Morell das Problem aus einer anderen, beruhigenderen Sicht: Da die Nachbarin ebenfalls ein Fernrohr aufgestellt hatte, war sie nicht mehr oder weniger im Recht, ihn zu verhöhnen, wie er sie.

Morell baute das Fernrohr ab und räumte es in den Schrank. Und ganz langsam (so, als sei die Langsamkeit ein Beweis für seine Ausgeglichenheit) deckte er den Tisch fertig. Es war nicht genau Verwirrung, was er empfand. Es war eine Mischung aus Leid und Lust.

Ihm gefiel Babà besser denn je. Nach dem Essen, während sie ins Bett gingen, bat Babà ihn, die Vorhänge zuzuziehen.

– Man sieht uns ...

– Von wo aus? Das Haus gegenüber ist zu weit weg, als dass man uns sehen könnte. Wir lassen das Fenster auf. Es ist heiß, und so weht ein kleines Lüftchen herein.

In jener Nacht, angespornt durch den erahnten Blick der Nachbarin, agierte Morell über seinem üblichen Durchschnitt. Als er fertig war, näherte er sich wie der kleine Junge, der seine gerade vollendete Zeichnung herumzeigt, dem Fenster und schaute hinüber. Es schien ihm, als stünde sie neben dem Fernrohr. (Doch in dieser Dunkelheit hätte sie genauso gut nicht da sein können.) Er war sehr zufrieden. Am nächsten Tag würde er sie nicht nur im Bett beobachten, sondern er wüsste auch, dass es ihr bewusst war, beobachtet zu werden.

Um sieben richtete sich Morell hinter dem Fernrohr ein. Die junge Frau war bereits zu Hause. Er sah sie im Bademantel aus dem Badezimmer kommen. Nachdem sie ihn ausgezogen hatte, kleidete sie sich nur langsam wieder an, so als ob sie sich zeigen wollte. Und sie kleidete sich deshalb so langsam an, damit er Gelegenheit hatte, jede einzelne Phase dieses umgekehrten Striptease zu genießen, dachte Morell. Danach trat die Frau mit einem Glas in der Hand auf den Balkon. Sie schaute auf die vorbeifahrenden Autos, den Ladenbesitzer, der die Metallgitter herunterließ, und lächelte zu ihm herüber.

Um neun verschwand sie hinter der Ecke im Flur. Als sie zurückkam, war keiner der beiden Liebhaber bei ihr, die Morell kannte, sondern zwei Unbekannte, von denen einer einen Stapel Bücher dabei hatte. Morell, der einen Moment lang glaubte, dass das Ganze auf eine Arbeits- oder Studiersitzung hinauslief, wollte schon enttäuscht das Fernrohr verlassen. Zum Glück tat er das nicht: Eine Viertelstunde später lagen alle drei im Bett, während Morell grübelte, wie er es fertigbringen könnte, ihr morgen – wenigstens – Ebenbürtiges zu bieten.

Babà vorzuschlagen, mit ihm und einem oder einer anderen ins Bett zu gehen, erschien ihm außerhalb des Vorstellbaren. Morell wusste, dass sich Babà manchmal mehr, manchmal weniger mit anderen Männern einließ, genau wie er mit anderen Frauen (auch wenn er in der letzten Zeit durch den Tick mit dem Fernrohr keinerlei Aufmerksamkeit für die selteneren Geliebten übrig hatte). Doch auf gar keinen Fall würde Babà ein derartiger Vorschlag gefallen. Vor allem nicht, ohne ihr vorher erklärt zu haben, warum, und ihr das beim augenblicklichen Stand der Dinge zu erklären, erschien ihm unmöglich.

Er verbrachte den Morgen mit der Durchsicht von Anzeigen: »Frischverheiratete Dame in finanziellen Schwierigkeiten empfängt zwischen 22 und 3 Uhr. Tel ...« »Privat. Jung, schlank und sehr attraktiv. Tel ...« »Katalanisches Modell. Sanft. Ohne Tabus. Tel ...« »Sie, 28, getrennt, sucht Begleiter für die Sommernächte. Tel ...« »Anna, 19. Wunderschön. Kein Profi. Erwartet dich in ihrer Privatwohnung. Nur liquide Herren. Höchste Diskretion. Adr.: ...« »Häusliche Witwe. Tel. ...« »Mari + Pat. Komplett: 3000. Doppel: 6000. Griechisch: 8000. Rund um die Uhr. Auch samstags. Tel ...« Das kam dem, was er sich vorstellte, schon näher. Er sah weitere ähnliche Anzeigen durch: »Dora + Lidia: Zusammen: 5000. Adr.: ...« »Irene + Tània. Superjung mit Klasse. Tel ...« »Beda + Mari, schwarz + weiß. Ohne Tabus. Adr.: ...« »Warum nicht? Eva, 18, + Marisol, 23. Tel ...« »Zwei Studentinnen, 18 + 19. Höchste Diskretion. Adr.: ...« Schließlich wählte er das ihm für seine Bedürfnisse am passendsten scheinende Angebot aus: »Zwei Freundinnen.

18 + 24. Gesundheitskontrolle. Bei uns oder bei dir? Auch Hotelbesuche. Tel ...«

Er wählte die Telefonnummer und verabredete sich mit ihnen gleich heute abend um halb zehn. (Morell fand, dass halb zehn eine hinreichend diskrete Uhrzeit war: Das Treppenhaus wäre nicht voller Mütter, die ihre Kinder aus der Schule abholten, wie um sieben, und er würde keinen Verdacht errregen, wie um zwölf.)

Die Mädchen waren attraktiver, als er gedacht hatte. Alle beide dunkelhaarig. (Ohne eigentlich zu wissen, warum, hatte er sich eine Doppelnummer immer mit einer Blondine und einer Brünetten vorgestellt, auch wenn sich eine davon die Haare gefärbt hätte.) Die Größere (sie sagte ihm, sie heiße Mari) bat ihn, als sie sich in die Kissen kuschelte, er möge die Vorhänge zuziehen. Morell schob Hitze und Klaustrophobie vor.

– Klaustrophobie? – fragte die andere (namens Paqui), das Gesicht verziehend, als sei Klaustrophobie vielleicht eine Geschlechtskrankheit. – Geh nur weiter mit offenen Vorhängen ins Bett, eines Tages wird man dich erpressen.

– Damit dich jemand erpresst, musst du viel Geld haben ...

– Wo wir gerade beim Geld sind ...

Morell zahlte, indem er versuchte, mit seinem Körper den Austausch der Geldscheine zu verdecken. Bevor er es noch richtig merkte, waren alle beide schon im Bett, splitternackt, und warteten auf ihn. Morell gefiel dieses »Auf! Los geht's!« überhaupt nicht. Die Nachbarin würde das nicht erregend finden. Zur Entschädigung strengte er sich besonders an.

Während sie die zweite Runde abwarteten, sorgte sich Morell, dass die Nachbarin vielleicht herausbekommen könnte, dass sie Huren waren; nicht so sehr durch ihre Kleidung und ihr Make-up (beides absolut diskret), sondern durch dieses extrem schnell zur Sache kommen. Paqui bat ihn um etwas zu trinken. Morell schenkte ihr einen Whiskey ein. Mari ging ins Bad. Morell blieb auf der Bettkante sitzen, während Paqui mit ihren superlangen Fingernägeln die Innenseiten seiner Schenkel streichelte. Morell konnte es nicht fassen. Wie kam er dazu, mit zwei Damen im Bett zu sein, die ihn offen gestanden eher wenig interessierten, nur damit die Nachbarin von gegenüber, die Nachbarin!, ihn sehen konnte? Gleich welche Art Wettbewerb sie wortlos etabliert hatten, dies war wohl die Grenze. Er stand auf und ging zum Fenster. Alles war dunkel. Wenn es schon schwierig war, die Frau mit dem Fernrohr zu erkennen, so war es absolut unmöglich zu sehen, ob sie zufrieden war oder nicht. Plötzlich kam es ihm so vor, als sei die Nachbarin aufgestanden. Sie war tatsächlich aufgestanden, denn das Licht in der Küche projizierte unverzüglich ein Lichtquadrat ins Zimmer. In der Mitte ragte das Fernrohr hervor. Schon bald verschwand das Viereck und die Dunkelheit war noch vollkommener.

– Wohin starrst du denn die ganze Zeit? – fragte Paqui beim Umrühren der Eiswürfel in ihrem Whiskey.
Morell drehte sich um. Paqui warf ihm einen Kuss zu und lud ihn mit einer Handbewegung ins Bett ein.

Die ganze Nacht lang dachte er, die Nachbarin von gegenüber müsse ahnen, dass die Frauen bezahlt waren. Sicherlich hielt sie das für Betrug. Und dieser Betrug, davon war er überzeugt, hatte die Frau so sehr geärgert, dass mit dem Fernrohr nun Schluss wäre. Vielleicht noch heute Nachmittag (oder vielleicht sogar schon heute Morgen, während er im Büro war) würde die Frau Vorhänge an ihrem Balkonfenster anbringen.

Nach der Arbeit ging Morell in den Feinkostladen. Neben der Tür hing eine kleine Maschine, die Wartenummern ausgab. Er nahm eine Nummer: die 93. Langsam leerte sich der

Laden, bis vor Morell nur noch die Nummer 92 war: eine junge Frau, die Schinken, Blutwurst und Wein kaufte. Als sie sich zum Ausgang drehte (und während der Verkäufer »Dreiundneunzig!« rief), erstarrte Morell. Sie auch. Zum ersten Mal, seitdem das alles angefangen hatte, sahen sie sich von Angesicht zu Angesicht, sie waren sich nicht nur optisch, sondern auch physisch nahe. Die Frau erschien ihm wunderschön und viel jünger, als er sie in Erinnerung hatte: ein echter Teenager. Hätte er den Mut gehabt, er hätte sie angesprochen. Doch die Art, wie sie ihn anlächelte, entwaffnete ihn. Während die junge Frau den Laden verließ, hörte er, wie der Verkäufer seine Nummer ein ums andere Mal aufrief.

So wie er es aus dem Lächeln in dem Feinkostladen an jenem Nachmittag geschlossen hatte, waren bei der Nachbarin gegenüber keine Vorhänge aufgehängt worden. Doch in jener Nacht gab es im Bett der Nachbarin keinen Gast. War für sie der Wettbewerb zu Ende? Das konnte nicht sein. Morell spürte nun auf seinen Schultern die Verantwortung, die Schraube etwas weiter anzuziehen.

Am Morgen wälzte er stundenlang die Idee hin und her. Und beim Mittagessen besprach er es mit Joan. Morell schlug vor, eine Freundin, die er schon seit Langem nicht mehr gesehen hatte, anzurufen, eine Frau aus Reus, die gerne solche Nummern schob. Wenn Joan eine andere mitbrächte …

– Sie werden das nicht mitmachen …

– Versuchen wir's.

Morell verbrachte den Nachmittag damit, die Bühne vorzubereiten. Sekt und Meeresfrüchte, nicht so sehr, weil er an ihre aphrodisischen Qualitäten glaubte, deretwegen sie gerühmt wurden, sondern eher, weil die Frauen genau dieses Rufes wegen sofort wüssten, wo es langging, und im entsprechenden Moment nicht überrascht wären. Während er die Sektkelche auf den Tisch stellte, fiel ihm ein, wie schrecklich es wäre, wenn die Frau genau heute Abend Besuch hätte und das Fernrohr nicht aufstellen könnte, um sie zu beobachten.

Dem war nicht so. Die Nachbarin von gegenüber war allein mit dem aufgestellten Fernrohr. Auf der Bühne Joan mit Marta, einer Freundin von ihm, Alicia, die Ex-Freundin von Morell, und er selbst. Die Nummern waren weniger erfolgreich, als Morell erträumt hatte, aber erfolgreicher, als die Umstände es hätten vermuten lassen.

Wenigstens war das Schauspiel »echt«, dachte Morell am nächsten Tag, als er die Ausführungen von Joan über sich ergehen ließ, der (nach dem Erfolg des Unternehmens, den er als total einstufte) nun fest entschlossen war, jeden zweiten Tag eine solche Party abzuziehen. Morell hatte seinen Kopf woanders: In einer der nächsten Nächte, dachte er, müsste die Frau zumindest nachziehen, wenn nicht mehr. Oder hatte sie beschlossen aufzugeben?

Am späten Vormittag (völlig gespannt darauf, ob die Nachbarin von gegenüber heute Nacht den Einsatz erhöhte) rief Morell Babà an, um ihr zu sagen, dass, entgegen der vor ein paar Tagen vereinbarten Verabredung, es ihm heute Abend nicht passte, sich mit ihr zu treffen. Babà beruhigte ihn: Sie war gerade im Begriff gewesen, ihn ihrerseits anzurufen, weil sie auch etwas anderes vorhatte.

Am Abend baute Morell das Fernrohr sofort auf, als er nach Hause kam. Er lag die ganze Zeit auf dem Bett, das noch nach der vergangenen Nacht roch, und rauchte. Um drei viertel sieben kam die Nachbarin von gegenüber wie gewöhnlich nach Hause. Bevor sie sich auszog, ging sie auf den Balkon und schaute lächelnd zu ihm herüber. Morell lächelte auch.

Gegen zehn ging die Frau zur Wohnungstür. Und kam zurück in Begleitung von Babà.

Der Grund der Dinge

Sir, – Jean Giraudoux (*in Siegfried et le Limousin*, Chapter 2) raised the interesting question of how, sometimes, minor mysteries in one's life are suddenly if belatedly explained. He adds:

Je ne désespère pas de voir se résoudre un jour, en Océanie ou à Mexico, quelques autres énigmes de mon passé; un nœud finit toujours par se défaire du simple dégôut d'être un nœud. La seule d'ailleurs que me péoccupe vraiment est l'énigme Tornielli; cet ambassadeur en exercice, que je voyais pour la première fois à la distribution des prix du concours général, me fit signe d'aller à lui et me glissa dans la main un œuf dur.

My intensive research on the Torniella Enigma has so far yielded only the information that Count Giuseppe Tornielli di Vergano (1836–1908) was Italian Ambassador in Paris from 1895 to 1908. The obvious unanswered questions are: was Giraudoux actually handed a hardboiled egg by the ambassador of a foreign Power? or did he play on the reader the French trick of dissociating «le narrateur» from «l'auteur»? If the former, did Giraudoux die without elucidating the Tornielli Enigma? Or has someone else cleared it up?

I wonder if any of your readers knows the answers.

MARQUÈS DE TAMARÓN, Brief an den Herausgeber,
veröffentlicht in The Times Literary Supplement
am 28. Januar 1983

Die Ethik

Ein Wägelchen mit einem Tablett vor sich herschiebend, auf dem sich ein Glas Wasser, ein Medikamentengläschen, ein Thermometer und eine Mappe befinden, geht die Krankenschwester in das Zimmer Nummer 93, sagt »Guten Abend« und tritt an das Bett des Kranken heran, der mit geschlossenen Augen daliegt. Sie sieht ihn ohne übermäßiges Interesse an, konsultiert die Akte, die am Fußende des Bettes hängt und worauf steht, was zu tun ist, holt eine Kapsel aus dem Gläschen, das sie auf dem Wägelchen hat, und sagt, während sie das Glas Wasser in die Hand nimmt:

– Herr Rdz, es ist Zeit für Ihre Tablette.

Herr Rdz bewegt nicht eine Wimper. Die Krankenschwester fasst an seinen Arm.

– Auf, Herr Rdz.

Mit den schwärzesten Vorahnungen nimmt die Krankenschwester das Handgelenk des Patienten, um den Puls zu messen. Er hat keinen. Er ist tot.

Sie legt die Kapsel in das Gläschen zurück, schiebt das Wägelchen an die Wand und verlässt das Zimmer. Sie läuft schnell zum Dienstzimmer des Krankenhausflügels (mit der Bezeichnung D) und berichtet der Oberschwester, dass der Kranke von Zimmer Nummer 93 verstorben ist.

Die Oberschwester sieht auf die Uhr. Es passt ihr gar nicht, dass gerade jetzt ein Patient gestorben ist. Es ist eine Viertelstunde vor Dienstschluss, und heute, mehr noch als sonst, möchte sie pünktlich Feierabend machen. Denn sie hat es endlich erreicht, dass der Freund ihrer besten Freundin sich mit ihr verabredet hat, und zwar just unter dem Vorwand, über diese Freundin zu reden. Obwohl sie weiß (gerade aufgrund der Erzählungen ihrer Freundin), dass er ein Mann ist, der nichts für Romanzen übrighat, den nichts in der

Welt weniger interessiert als Gespräche und der sie ganz zweifellos nur deshalb zum Abendessen zu sich eingeladen hat, um sie nach wenigen Minuten direkt auf dem Tisch inmitten der Kerzen und der Teller voll Spaghetti zu vögeln, falls er, wie fast immer (auch dies weiß sie von ihrer Freundin), Spaghetti zum Abendessen gemacht hat. Sie kann es kaum erwarten. Nun aber muss sie, ob sie will oder nicht, wegen der Nachricht, dass der Patient von Zimmer Nummer 93 verstorben ist, um einiges länger bleiben, auch wenn die darauffolgende Schicht, die in einer Viertelstunde beginnt, bereits da ist. Der Tod bringt viel Papier mit sich. Er gehört zu den Dingen, die sich nicht eben mal schnell erledigen lassen. Und das bedeutet, dass sie zu spät zur Verabredung kommt. Natürlich kann sie den Freund ihrer Freundin anrufen, ihm erklären, was los ist, und vorschlagen, dass man sich später oder an einem anderen Tag sieht. Aber die Erfahrung hat ihr gezeigt, dass es fatal ist, eine erste Verabredung zu verschieben. Denn verschiebt man eine erste Verabredung aus irgendeinem Grund, so verschiebt man sie das nächste Mal aus einem anderen. Und so, heute wegen der einen und morgen wegen einer anderen Sache, wird das Verschieben endgültig. Außerdem war heute ein schrecklicher Tag, und sie hat wahnsinnig Lust, Feierabend zu machen, zu ihm zu gehen und ihn an sich ranzulassen.

Wenn sie mehr Vertrauen zu ihr hätte, könnte sie sie (die Krankenschwester, die den toten Patienten gefunden hat) ja bitten, so zu tun, als hätte sie nichts bemerkt. So würde ihn eine Krankenschwester der Nachtschicht finden, und die nächste Oberschwester hätte sich um die nachfolgenden Komplikationen zu kümmern. Denen der nächsten Schicht wäre das egal. Sie hätten gerade erst mit der Arbeit angefangen, und ein Toter würde ihnen nicht den ganzen Tag verderben. Auf diese Weise könnte sie sich der Angelegenheit entledigen und käme pünktlich zur Verabredung. Doch sie traut der Krankenschwester überhaupt nicht. Sie ist neu, und es besteht sogar die Gefahr, dass sie jener gewissen Moral ergeben ist, die Neulingen manchmal eigen ist. Es könnte aber auch sein, dass sie keinerlei ethische Bedenken hat, sich aber den Fall merkt, um ihn dann eines Tages bei einer passenden Gelegenheit gegen sie auszuspielen.

Die Oberschwester sieht wieder auf die Uhr. Sie wird immer nervöser. Die Zeiger wandern unerbittlich auf den Feierabend, auf die Verabredung zu, die sie um nichts in der Welt verpassen will. Was tun? Sie muss eine rasche Entscheidung treffen, da die Krankenschwester, die den Toten gefunden hat, sie langsam mit einem Gesicht ansieht, als könne sie überhaupt nicht verstehen, warum sie so seelenruhig mit offenem Mund dasteht und nichts entscheidet. Sie sagt ihr, sie werde das übernehmen, und sie solle mit ihrer Runde weitermachen.

Die Oberschwester der nächsten Schicht kann sie auch nicht um diesen Gefallen bitten. Nicht weil die Frau moralische Anwandlungen hätte, sondern weil sie sich, ein bedauerlicher Umstand angesichts der Klemme, in der sie sitzt, nicht ausstehen können, und zwar schon seit dem ersten Tag.

Und wenn sie nun keine Lösung findet, soll sie dann mit verschränkten Armen sitzen bleiben und auf die Verabredung verzichten? Um nichts in der Welt. Aber ihre Nervosität lässt keinen klaren Gedanken zu. Sie sieht immer schwärzer.

Gerade im schlimmsten Augenblick, als ihre Verzweiflung so groß ist, dass sie keinen Ausweg mehr sieht, kommt die Lösung durch die Tür spaziert: der neue Arzt, der erst seit Kurzem im Krankenhaus arbeitet und sie immer so vielsagend anlächelt, mit einem Lächeln, halb verführerisch, halb fragend. Er ist die einzige Möglichkeit. Sie wird zu dem jungen Arzt hingehen, ihm erklären, dass sie eine unaufschiebbare Verabredung hat, und ihn um einen Gefallen bitten: sich um den Toten zu kümmern.

Auch wenn sie weiß, dass sich dann das verführerische Lächeln, sozusagen als Gegenleistung, in konkrete Avancen umwandeln wird. Aber hat sie überhaupt Lust, auf die Annäherungsversuche dieses Arztes einzugehen? Sie hat daran noch nie ernsthaft gedacht. Eigentlich hätte sie erst mal nein gesagt. Doch nachdem sie sich einen möglichen Ort des Geschehens ausgemalt hat und ihn sich noch einmal ansieht ... warum eigentlich nicht? Außerdem könnte sie ja, wenn sie nun wirklich überhaupt keine Lust darauf hätte, immer noch nein sagen. Einen Gefallen macht man ohne Gegenleistung. Ein Gefallen, für den man bezahlt, ist kein Gefallen.

Doch je länger sie darüber nachdenkt, desto weniger Lust hat sie, nein zu sagen. Tatsächlich bekommt sie Lust, ja zu sagen. Mehr noch: Sie hätte es sehr gern, wenn er ihr Avancen machte. So sehr, dass sie immer weniger an den Mann denkt, mit dem sie nachher verabredet ist und der sie in ihrer Phantasie auf dem Tisch inmitten der Spaghetti vögelt.

Sie geht zu ihm hin, macht den Mund auf und strengt sich an, nicht stumm dazustehen. Die Lippen des Arztes bringen sie völlig aus der Fassung. Sie sind fleischig, samtig. Auf der Stelle würde sie daran herumbeißen. Stattdessen bittet sie ihn um den Gefallen. Der Arzt lächelt sie an, sagt ihr, sie könne unbesorgt gehen, er werde sich darum kümmern. Die Oberschwester entfernt sich über den Flur, und bevor sie das Umkleidezimmer betritt, dreht sie sich ein letztes Mal um, um sich zu vergewissern, dass er ihr auch nachgesehen hat, und tatsächlich, er blickt ihr immer noch nach, sie lächeln sich zu, und sie geht in den Umkleideraum. Rasch zieht sie sich um, es sind schon zehn Minuten nach Feierabend! Sie tritt auf die Straße, hebt einen Arm, um ein Taxi herbeizuwinken. Doch dann überlegt sie es sich noch einmal, senkt den Arm wieder und bleibt einen Augenblick wie angewachsen stehen. Schließlich geht sie los, sucht eine Telefonzelle, und während sie mit dem Freund ihrer Freundin telefoniert und eine wenig glaubhafte Entschuldigung murmelt, spekuliert sie, wie lange der neue Arzt wohl brauchen wird, um ihr Avancen zu machen, und wie sie ihn dazu bringen könnte, falls es ihr zu lange dauert.

Die Liebe

Die Archivarin ist eine hochgewachsene, hübsche Frau mit ausgeprägten und lebendigen Gesichtszügen. Sie ist intelligent, amüsant und hat das, was die Leute Charakter nennen. Der Fußballspieler ist ein hochgewachsener, hübscher Mann mit ausgeprägten und lebendigen Gesichtszügen. Er ist intelligent, amüsant und hat das, was die Leute Charakter nennen.

Die Archivarin behandelt den Fußballspieler von oben herab. Sie zeigt sich spröde, gleichgültig. Wenn er sie von Zeit zu Zeit anruft (und immer ist er es, der anruft; sie ruft ihn nie an), dann sagt sie ihm, auch wenn sie nichts zu tun hat, dass sie gerade an dem Tag nicht kann. Sie gibt zu verstehen, dass sie andere Liebhaber hat, damit der Fußballspieler nicht etwa glaubt, er könne irgendwelche Ansprüche stellen. Manchmal denkt sie darüber nach (aber auch nicht zu viel, sonst könnte sie ja merken, dass sie sich falsch verhält) und kommt dabei zu dem Schluss, dass sie ihn deshalb von oben herab behandelt, weil sie ihn im Grunde sehr liebt. Sie hat Angst davor, ihn nicht mehr von oben herab zu behandeln, denn dann könnte sie ihm ins Netz gehen und sich so in ihn verlieben, wie er in sie verliebt ist. Jedes Mal, wenn die Archivarin schließlich mit ihm ins Bett geht, kann der Fußballspieler sein Glück kaum fassen und weint vor lauter Freude wie bei keiner anderen Frau. Warum? Er weiß es nicht. Aber er glaubt, dass ihre Herablassung nicht alles ist. Es ist auf keinen Fall der entscheidende Faktor. Er weiß, im Grunde liebt sie ihn, und er weiß auch, dass sie sich nur deshalb so hart zeigt, damit sie ihm nicht ins Netz geht und sich so in ihn verliebt, wie er in sie verliebt ist.

Der Fußballspieler wünscht sich, dass die Archivarin ihn nicht von oben herab behandelt oder zumindest weniger.

Denn dann würde sie auf der einen Seite sehen, dass dies nicht die einzige mögliche Beziehungsform zwischen beiden ist, und auf der anderen Seite, dass sie keine Angst davor haben muss, sich in ihn zu verlieben. Denn er würde die Zärtlichkeit der Archivarin lieben, jene Zärtlichkeit, die sie im Augenblick vor lauter Angst nicht zeigt.

Manchmal lässt sich der Fußballspieler mit anderen Frauen ein. Weil er glaubt, an die Grenze gekommen zu sein, weil er es nicht mehr erträgt, dass sie ihn wie einen x-beliebigen Gegenstand behandelt, ihn kaum ansieht, benützt und dann stehen lässt.

Aber er kommt immer wieder zurück. Nicht, weil die anderen ihn nicht interessierten. Ganz im Gegenteil, es sind wunderbare, intelligente, schöne und beliebte Frauen. Aber keine verschafft ihm so viel Lust wie sie.

Eines Tages (an einem Nachmittag, während die Archivarin ihm rauchend beim Ausziehen zusieht) fasst sich der Fußballspieler ein Herz und redet mit ihr darüber. Er sagt ihr, sie brauche nicht so spröde, so mürrisch zu sein, er liebe sie so sehr, dass sie ohne Angst zeigen könne, wie sie sei. Er werde keine ihrer Schwächen ausnutzen und werde sie noch mehr lieben, wenn sie zärtlich sei (und er weiß, dass sie es ist, und er weiß, dass sie so tut, als sei sie es nicht). Wutentbrannt fragt sie ihn, wer er denn sei, um ihr zu sagen, was sie zu tun oder zu lassen habe. Sie zieht ihn zu sich herunter und gibt ihm eine Ohrfeige. Jenen Nachmittag genießt der Fußballspieler wie keinen zuvor.

Aber völlig unerwartet ist sie eines Tages nicht ganz so schroff wie sonst. Der Fußballspieler ist überrascht. Vielleicht hat sie noch einmal darüber nachgedacht und geht jetzt doch auf ihn ein, ohne ein Wort darüber zu verlieren. Am nächsten Tag ist sie sogar zärtlich. Der Fußballspieler freut sich sehr. Endlich hat sie verstanden, dass sie keine Angst haben muss. Dass sie sich zeigen kann, wie sie im

Grunde ist, ohne dass ihr wehgetan wird. Sie sind im Bett. Der Fußballspieler ist so gerührt, dass er bei jeder Liebkosung außer sich gerät. Jede zarte Berührung lässt ihn im Glück versinken. Da ist so viel Zärtlichkeit, dass er nicht einmal Lust hat, mit ihr zu schlafen: Es reicht ihnen, sich zu umarmen und zu sagen, wie sehr sie sich lieben (sie sagt es nun in einem fort).

Die Archivarin behandelt ihn nie wieder von oben herab. Sie ist so sehr in den Fußballspieler verliebt, dass sie ihm nun morgens, mittags und abends sagt, wie sehr sie ihn liebt. Sie schenkt ihm Hemden, Bücher. Sie gibt sich ihm jederzeit hin, wann er will. Jetzt ruft sie ihn an, immer öfter, und will ihn jeden Tag sehen. Und eines Abends schlägt sie ihm vor zusammenzuziehen.

Der Fußballspieler sieht sie mit einem eiskalten, starren Blick an. Bis vor gar nicht allzu langer Zeit hätte er für den Vorschlag, den sie soeben gemacht hat, seinen rechten Arm gegeben.

Eheleben

Um einige Dokumente zu unterschreiben, müssen Zgdt und Bst (seit acht Jahren miteinander verheiratet) in eine ferne Stadt reisen. Sie kommen am Spätnachmittag an. Da sie die Angelegenheit nicht vor dem nächsten Tag erledigen können, suchen sie ein Hotel für die Nacht. Man gibt ihnen ein Zimmer mit zwei Einzelbetten, zwei Nachttischen, einem Schreibtisch (auf dem eine Mappe mit Briefumschlägen und Papier mit dem Briefkopf des Hotels liegt), einem Stuhl und einer Minibar mit einem Fernsehgerät darauf. Sie essen zu Abend, gehen am Fluss spazieren, und, zurück im Hotel, geht jeder in sein Bett und holt ein Buch hervor.

Wenige Minuten später hören sie, wie im Zimmer nebenan gevögelt wird. Sie hören ganz deutlich das Quietschen der Matratze, das Stöhnen der Frau und, etwas schwächer, das Keuchen des Mannes. Zgdt und Bst sehen sich an, lächeln, machen eine witzige Bemerkung, wünschen einander eine Gute Nacht und schalten das Licht aus. Zgdt, von dem Vögeln, das er immer noch durch die Wand hört, ganz heiß geworden, überlegt, ob er Bst etwas sagen soll. Vielleicht ist sie genauso heiß wie er. Er könnte zu ihr hinübergehen, sich aufs Bett setzen, über die Zimmernachbarn einen Witz machen und so ganz nebenbei zuerst ihr Haar und das Gesicht streicheln und gleich darauf ihre Brüste. Bst würde sehr wahrscheinlich sofort mitmachen. Und wenn sie nun aber nicht darauf eingeht? Und wenn sie seine Hand wegschiebt und das Gesicht verzieht oder, noch schlimmer, zu ihm sagt: »Ich habe keine Lust«? Vor ein paar Jahren noch hätte er keine Zweifel gehabt. Er hätte vor dem Lichtausmachen genau gewusst, ob Bst Lust hat, ob das Stöhnen aus dem Nebenzimmer sie heiß gemacht hat oder nicht. Nun aber, da an den Jahren so viele Spinnweben kleben, ist gar nichts klar. Zgdt dreht sich auf die Seite, masturbiert und achtet darauf, keinerlei Geräusch zu machen.

Zehn Minuten, nachdem er fertig ist, fragt ihn Bst, ob er schon schläft. Zgdt sagt nein. Im Nebenzimmer stöhnen sie nun nicht mehr, jetzt hört man ein leises Gespräch und unterdrücktes Kichern. Bst steht auf und geht zu Zgdts Bett. Sie deckt das Laken auf, streckt sich neben ihm aus und fängt an, ihm den Rücken zu streicheln. Die Hand wandert den Rücken hinunter bis zu den Pobacken. Da Zgdt nicht den Mut aufbringt, ihr zu sagen, dass er gerade masturbiert hat, sagt er, dass er keine Lust habe. Bst hört auf, ihn zu streicheln – ein kurzes Schweigen, unendlich lang –, und geht zurück zu ihrem Bett. Er hört, wie sie das Laken aufdeckt, wie sie in das Bett steigt und wie sie sich hin und her wälzt. Zgdt fasst sich ein Herz, wendet sich ihr zu und gesteht, dass er vor wenigen Minuten masturbiert hat, weil er geglaubt hatte, dass sie keine Lust auf Sex habe. Bst sagt nichts.

Minuten später vermutet Zgdt aufgrund der versteckten Geräusche, die an sein Ohr gelangen, dass Bst masturbiert. Zgdt fühlt sich unendlich traurig, denkt, dass das Leben grotesk und ungerecht ist, und heult los. Er heult ins Kissen, versenkt sein Gesicht darin so tief er kann. Die Tränen fließen reichlich und heiß. Und als er hört, wie Bst den letzten Seufzer im Handballen erstickt, schreit er den Schrei, den sie hinunterschluckt.

Die Unterwerfung

Der Frau, die am ersten Tisch des Cafés gerade ein Vanilleeis verspeist, war es schon immer ganz klar. Sie sucht (und wird ihn suchen, bis sie ihn findet) den, den sie einen richtigen Mann nennt, einen, der sofort zur Sache kommt, der keine Zeit mit galanten Details, mit unnötigen Liebeshudeleien verliert. Sie will einen Mann, der dem, was sie ihm beispielsweise am Mittagstisch erzählt, keine Aufmerksamkeit schenkt. Sie erträgt die Männer nicht, die die Verständnisvollen mimen und ihr mit einem Engelsgesicht sagen, dass sie an ihren Problemen Anteil nehmen wollen. Sie will einen Mann, dem ihre Gefühle egal sind. Seit der Pubertät flieht sie vor den Grünschnäbeln, die den Tag damit verbringen, ihr etwas von Liebe zu erzählen. Von Liebe! Sie will einen Mann, der nie von Liebe spricht, der ihr niemals sagt, dass er sie liebt. Sie findet einen Mann lächerlich, der ihr mit verliebten Augen sagt: »Ich liebe dich.« Dass sie ihn liebt, das wird sie ihm schon sagen (und sie wird es ihm oft sagen, denn sie wird ihn wirklich lieben), und danach wird sie bereitwillig den mitleidigen Blick empfangen, den er ihr zuwirft. So einen Mann will sie. Einen Mann, der im Bett mit ihr macht, was er will, der sich nicht um sie schert. Denn sie zieht ihr Vergnügen aus dem, was ihm Lust verschafft. Nichts regt sie mehr auf als einer jener Männer im Bett, die sich in irgendeinem Moment des Beischlafs dafür interessieren, ob sie einen Orgasmus gehabt hat oder nicht. Aber das ja: Es muss ein erfolgreicher und intelligenter Mann sein, einer mit einem eigenen, intensiven Leben. Der nicht von ihr abhängig ist. Der reist und neben ihr (und das braucht nicht unbedingt im Geheimen zu sein) noch andere Frauen hat. Das macht ihr nichts aus, denn er weiß, dass sie jederzeit, er braucht nur zu pfeifen, zu seinen Füßen liegen wird, um seine Befehle zu empfangen. Denn sie will, dass er ihr befiehlt. Sie will einen Mann, der sie dressiert, dominiert. Der sie (wenn es ihm gefällt) rücksichtslos vor allen Leuten angrapscht. Und der sie, denn in diesen Dingen des Lebens hat sie keine schamhaften Anwandlungen, ins Gesicht schlägt, ohne auch nur einen Gedanken daran zu verschwenden, ob dabei Leute zusehen oder nicht. Sie will, dass er sie auch zu Hause schlägt, teils, weil ihr das Spaß macht (sie ist völlig hin und weg, wenn man sie schlägt), und teils, weil sie überzeugt ist, bei so viel Hingabe werde er nie von ihr lassen können.

Der Monatszyklus

Im dritten Jahr ihres Biologiestudiums ist Grmpf in Pti und Pti in Grmpf verliebt. Da Pti aber nicht nur schüchtern, sondern auch stolz ist, sagt er Grmpf nichts davon, und Grmpf glaubt schließlich, er sei tatsächlich nicht in sie verliebt. Aus diesem Grund versucht sie mühselig, ihn sich aus dem Kopf zu schlagen. Es kostet sie wirklich ungeheuer viel, weil sie wahnsinnig verliebt ist, aber schließlich gelingt es ihr, ihn fast zu vergessen. Vor allem dann, als sie Xevi kennenlernt und sich für ihn zu interessieren beginnt. Xevi ist momentan jede recht, die ihm über den Weg läuft: Er hat gerade mit Mari Schluss gemacht und fühlt sich total allein. Mit der Geschwindigkeit, die denen eigen ist, die die Vergangenheit so schnell wie möglich begraben wollen, heiraten Xevi und Grmpf. Als Pti davon erfährt, bricht er zusammen: Ihm wird plötzlich klar, wie sehr er in Grmpf verliebt war. Er wartet vor ihrer Haustür auf sie und klingelt, als er Xevi weggehen sieht. Grmpf öffnet die Tür und traut ihren Augen nicht: vor ihr mit einem Knie auf dem Boden Pti, der ihr seine Liebe erklärt. Ihre Gefühle geraten völlig durcheinander, fast packt sie der Zweifel; aber sie ist stark, sie atmet tief durch und sagt ihm, es sei zu spät. Pti schweigt, steht auf, verzweifelt, und geht fort, damit sie seine Tränen nicht sieht. Mittlerweile hat Xevi auf dem Weg ins Büro Mari getroffen. Was für ein Wiedersehen. Sie brauchen sich nur in die Augen zu sehen und wissen, welch ein Fehler es war, sich zu trennen. Sie umarmen sich und schwören sich ewige Liebe. Aber Mari traut Xevi nicht ganz: Sie kann kaum glauben, dass ihm so schnell klar geworden ist, dass sie es ist, die er liebt, und nicht Grmpf. Xevi beharrt aber darauf, dass sie es ist, die er liebt, und zum Beweis geht er nach Hause, als er vermutet, dass Grmpf nicht da ist, packt seinen Koffer und schreibt Grmpf einen Zettel, auf dem er ihr mitteilt, was los ist, und sich dafür entschuldigt. Als Grmpf nach Hause kommt, sieht sie den Zettel und verzweifelt. Wie dumm von ihr, dass sie nicht auf den Antrag von Pti eingegangen ist. Sie macht eine Flasche Wodka auf und trinkt sie leer. Das macht ihr Mut. Sie ruft Pti an, sagt ihm, dass sie noch einmal darüber nachgedacht habe und dass sie ihn liebe.

Auf der anderen Seite der Leitung Schweigen. Endlich räuspert sich Pti und spricht. Er sagt ihr, dass diese Erklärung zu spät komme, denn als sie ihn abgewiesen habe, sei er so fertig gewesen, dass er sofort angefangen habe, sie zu verteufeln. Und da er ein Mann von schnellen Entschlüssen sei, habe er zu dieser abendlichen Stunde bereits die gute Meinung, die er von ihr hatte, völlig zerstört, und die Liebe, die er bis heute Nachmittag für sie empfunden habe, sei wie weggeblasen. Jetzt verspüre er nur noch Hass, einen geballten Hass, der es ihm erlaube, sie ohne Weiteres fallen zu lassen und sofort aufzulegen. Mit dem Hörer in der Hand weint Grmpf, sie bekommt prompt Fieber: Es steigt sofort auf neununddreißig komma zwei Grad. Am nächsten Tag geht sie nicht zur Arbeit. Am selben Nachmittag erscheint hinter einem Blumenstrauß Toni, ein Kollege, der gekommen ist, um sich nach ihrer Gesundheit zu erkundigen; vielleicht braucht sie ja etwas? Grmpf spürt, dass sich hinter diesem Interesse und dem Berg Blumen eine Spur Liebe verbirgt. Aber das ist nicht der richtige Moment. Sie kann jetzt nur an Xevi denken, bis die Wunde verheilt ist.

Die Wunde verheilt, Grmpf erholt sich wieder, und Toni ist hartnäckig: Er macht mit ihr Spaziergänge, führt sie zum Essen aus, sie gehen ins Kino. Er hätte gerne mehr, aber sie macht von Anfang an klar, dass sie gute Freunde sein werden und fertig. Toni gibt sich damit zufrieden. Er gibt sich damit zufrieden, weil er verständnisvoll ist. Er versteht, dass Grmpf noch zum Weinen zumute ist und man mit Gefühlen nicht spielen darf. Jeden Samstag bringt er sie nach dem Kino oder nach dem Essen bis an die Haustür, und sie verabschieden sich mit einem Kuss auf die Wange.

Bis Toni eines Tages Anni kennenlernt. Es ist das, was man Liebe auf den ersten Blick nennt. Sie sind sofort ein Paar, und Toni hört auf, sich mit Grmpf zu treffen. Grmpf, verstimmt, folgert daraus, dass Toni nur deshalb nicht mehr mit ihr ausgeht, weil er einzig und allein mit ihr ins Bett wollte, und da sie nicht mit ihm im Bett war, will er nun auch nicht mehr mit ihr ausgehen. Das ist der Beweis: Da sie kein leichtes Mädchen ist, hört er auf mit der Heuchelei der Abendessen, der Kinoabende und jenes sich immer wiederholenden Satzes: »Das macht mir nichts aus. Ich verstehe, dass dich das mit Xevi noch schmerzt; es macht mir gar nichts aus, dass wir nicht zusammen ins Bett gehen. Wirklich nicht.« Heuchler. Aus Rache geht Grmpf in eine Bar und schleppt den Erstbesten ins Bett ab: einen Schotten namens Eric, der gerade aus Aberdeen gekommen ist und eine Woche bleiben will, um sich ein Mädchen namens Fiona aus dem Kopf zu schlagen.

Der Realitätsverlust

Die Universitätsprofessorin isst beim Universitätsprofessor zu Mittag. Vor etwa zwölf Jahren haben sie zusammengearbeitet, und ab und zu (einmal im Jahr oder alle zwei Jahre) essen sie nun miteinander und erzählen sich, wie es ihnen in der Zwischenzeit ergangen ist. Sie haben sich fast drei Jahre nicht gesehen: das letzte Mal vor ihrer Scheidung.

Die ganze Zeit redet die Universitätsprofessorin ausschließlich davon, ob irgendwelche Leute toll oder nicht toll sind. »Findest du Kim Basinger toll?«, fragt sie. »Mickey Rourke finde ich nicht besonders toll.« »Aber Bruce Willis ist toll.« »In meinem Fachbereich gibt es einen Professor, der wirklich toll ist.« »Hältst du Andreu für toll?«

Sie ist die negative Karikatur eines bestimmten Typus von Mann, der über Frauen redet. Aber mit einigen lächerlichen Details. Die Männer, die sie unbewusst karikiert, würden nie fragen, ob diese oder jene Frau toll ist. Sie wüssten es vom ersten Augenblick an, egal ob sie sie im Kino, in einer Zeitschrift oder in der Uni sehen. Sie hätten auch nicht nur »Sie ist toll« als einzigen Satz in ihrem Repertoire, sondern fünfzig andere, poetische und ordinäre Sätze, um jedes anatomische Detail oder laszive Potenzial zu beschreiben, das sie in der Frau sehen.

Nach den vielen Jahren totaler Ehe hat sie nunmehr (nach der Scheidung) das Mittelmeer entdeckt. Aber nach den vielen Jahren ohne Praxis hat sie das Schwimmen verlernt beziehungsweise schwimmt so schlecht, dass sie es kaum ein paar Meter ins Meer hinaus schafft.

Sie kann nicht ruhig auf ihrem Stuhl sitzen. Sie zündet eine Zigarette nach der anderen an und zieht gierig daran. Sie hat knallrot bemalte Lippen. Vor der Scheidung hat sie ihre Lippen nicht geschminkt. Sie hat sich überhaupt nicht geschminkt. Nun allerdings ist ihr Gesicht ein Malkasten. Lächelt sie (und sie lächelt ständig), kräuselt sich das Make-up in den Mundwinkeln wie Krepppapier. Die perfekt geschnittenen Haare hat sie kastanienrot gefärbt, ein Kastanienrot, das an den Stellen, an denen die Haare bereits weiß sind, in einem grauen Kupferrot schimmert.

Sie sitzen beim Kaffee, der Universitätsprofessor hört ihr zu und beobachtet sie. Ob sie die ganzen verlorenen Jahre im monogamen Glauben bereut? Ob sie die vielen Männer zählt, die sie hätte haben können und sich nicht genommen hat? Ob ihr bewusst ist, dass mit ihrer Treue zur Treue ihr Fleisch schlaff und ihre Haut faltig geworden sind und jemand, der vor zehn Jahren mit ihr hätte vögeln wollen, heute nicht einmal mehr auf die Idee kommt?

– Warum starrst du mich so an? – fragt sie plötzlich. – Willst du etwa was von mir?

Der Glaube

– Vielleicht liebst du mich nicht.

– Ich liebe dich.

– Woher weißt du das?

– Ich weiß es nicht. Ich fühl es. Ich merk es.

– Wie kannst du sicher sein, dass das, was du fühlst, Liebe ist und nicht etwas anderes?

– Ich liebe dich, weil du anders bist als alle Frauen, die ich je in meinem Leben kennengelernt habe. Ich liebe dich, wie ich noch nie jemanden geliebt habe und wie ich niemals wieder werde lieben können. Ich liebe dich mehr als mich selbst. Für dich würde ich mein Leben geben, ließe ich mir bei lebendigem Leib die Haut abziehen, ließe ich es zu, dass man mit meinen Augen wie mit Murmeln spielt. Dass man mich in ein Meer aus Salzsäure wirft. Ich liebe dich. Ich liebe jede Mulde deines Körpers. Ich bin glücklich, wenn ich nur in deine Augen sehe. In deinen Pupillen sehe ich mich, ganz klein.

Sie bewegt nervös den Kopf.

– Sagst du das im Ernst? Oh Raul, wenn ich nur wüsste, ob du mich wirklich liebst, ob ich dir glauben kann, ob du dich nicht selbst täuschst und folglich mich … Liebst du mich denn wirklich?

– Ja. Ich liebe dich so, wie noch nie jemand fähig war zu lieben. Ich würde dich auch noch lieben, wenn du mich zurückweist, wenn du mich nicht mehr sehen wolltest. Ich würde dich im Stillen, heimlich lieben. Ich würde warten, bis du von der Arbeit kommst, nur um dich von Weitem zu sehen. Wie kannst du daran zweifeln, dass ich dich liebe?

– Wie sollte ich nicht daran zweifeln? Was für einen wirklichen Beweis habe ich denn von deiner Liebe? Ja, du sagst, du liebst mich. Aber das sind Worte, und Worte sagt man halt so dahin. Ich weiß, dass ich dich sehr liebe. Aber wie kann ich sicher sein, dass du mich liebst?

– Indem du mir in die Augen siehst. Kannst du darin nicht lesen, dass ich dich wirklich liebe? Sieh mir in die Augen. Glaubst du, dass sie dich betrügen können? Ich bin von dir enttäuscht.

– Du bist von mir enttäuscht? Dann kannst du mich nicht sehr lieben, wenn eine solche Winzigkeit dich schon enttäuscht. Und dann fragst du mich noch, wie ich an deiner Liebe zweifeln kann?

Der Mann schaut ihr in die Augen und nimmt ihre Hände.

– Ich liebe dich. Hörst du genau hin? Ich lie-be dich.

– Oh, »ich liebe dich«, »ich liebe dich« ... Es ist so einfach zu sagen »ich liebe dich«.

– Was soll ich denn machen? Soll ich mich umbringen, um es dir zu beweisen?

– Werd nicht melodramatisch. Dieser Ton gefällt mir überhaupt nicht. Du verlierst immer sofort die Geduld. Wenn du mich wirklich lieben würdest, würdest du nicht so schnell die Geduld verlieren.

– Ich verliere gar nichts. Ich frage dich nur eines: Wie kann ich dir beweisen, dass ich dich liebe?

– Nicht ich kann dir das sagen. Es muss aus dir selbst kommen. Die Dinge sind nicht so einfach, wie sie aussehen. – Sie macht eine Pause. Sie betrachtet Raul und seufzt resigniert. – Vielleicht muss ich dir wirklich glauben.

– Natürlich musst du mir glauben!

– Aber warum? Was gibt mir die Sicherheit, dass du mich nicht täuschst oder du am Ende selbst an deine Liebe zu mir glaubst, es mir deshalb auch sagst, obwohl du ganz tief im Innern, ohne es zu wissen, mich gar nicht wirklich liebst? Es kann sehr wohl sein, dass du dich irrst. Ich glaube nicht, dass du unaufrichtig bist. Ich glaube, dass du, wenn du mir sagst, dass du mich liebst, es auch tatsächlich glaubst. Aber wenn du dich nun irrst? Und wenn das, was du für mich empfindest, nicht Liebe, sondern Zuneigung oder etwas Ähnliches ist? Woher weißt du, dass es wirklich Liebe ist?

– Du machst mich ganz krank.

– Entschuldigung.

– Ich weiß nur, dass ich dich liebe, und du bringst mich mit deinen Fragen ganz durcheinander. Mir reicht's.

– Vielleicht liebst du mich nicht.

Pygmalion

Das junge Mädchen ist so wunderschön, dass Pygmalion, kaum dass er sie kennengelernt hat, eine Skulptur von ihr machen möchte. Er bringt sie in sein Atelier und verbringt dort Stunden (indem er sie zuerst zeichnet, dann malt), bevor er den ersten Versuch in Ton macht. Ganz im Gegensatz zum Film ist das Mädchen weder dumm noch spricht sie Dialekt. Als er die Skulptur vollendet, sind sie ineinander verliebt.

Im Bett entdeckt Pygmalion, dass sie genauso schön und kultiviert wie unerfahren ist. Seiner Rolle in dieser Geschichte bewusst, bringt er ihr alles bei, was er kann, überrascht über die Leichtigkeit, mit der das Mädchen lernt. Bis er sie schließlich zur vollkommenen Geliebten gemacht hat, die sich dessen auch noch bewusst ist: die Frau seiner Träume. Sie lässt sich auf jedes seiner Spiele ein, bis er ihr alle, die er kennt, gezeigt hat. Angespornt durch die Empfänglichkeit des Mädchens, wühlt er in dem Sack der unausgelebten Phantasien. Bis schließlich nicht nur er der Initiator ist, sondern beide zusammen ein Crescendo der Erregungen komponieren. Jetzt sitzt ihm das Mädchen zu Füßen mit offenem Mund und glühenden Augen. Mit einem Löffel fängt Pygmalion die Mischung aus Samen und Tränen auf, die dem Mädchen über das Gesicht läuft, und schiebt sie in ihren Mund; er füttert sie wie ein Baby. Pygmalion sieht, verzaubert und unruhig, wie das Mädchen an dem Löffel leckt. Was kann er noch mit ihr machen? Das Mädchen fleht ihn an, mit ihr zu machen, was er will.

– Du brauchst es mir nur zu sagen, und ich gehe auf die Straße und schleppe Männer an, damit du sehen kannst, wie sie mich ficken. Sag »Nutte« zu mir; du hast mich dazu gemacht.

Es ist die Wahrheit. Er weiß, dass er es ihr nur zu befehlen braucht, und sie würde auf die Straße gehen. Aber er weiß auch, dass sie es sowieso tun wird, auch ohne seinen Befehl. Man muss sie nur anschauen. Jedem, der ihr in die Augen sieht, muss ihre Lüsternheit entgegenspringen. Sie wird sich nicht nur nie und nichts verweigern, sondern wird ihn bei der erstbesten Gelegenheit betrügen, um das Gefühl zu genießen, den, der ihr Meister war, zu hintergehen. Und wenn sie ihn nun bereits betrügt, wohl wissend, dass er das gerne und mit allen Details wissen würde, und es ihm nicht sagt, weil sie so pervers ist? Die Möglichkeit, dass ein anderer Mann sie fickt, ohne dass er dabei ist, und ihm das entgehen könnte, macht ihn rasend. Er sieht sie voll Wut und Leidenschaft an. Er wirft den Löffel beiseite und steht auf; als er sie wieder ansieht, klopft ihm wild das Herz. In einem Anfall sammelt er die vier, fünf Sachen ein, die das Mädchen im Atelier hat (eine Haarbürste, ein paar Ohrringe, einen Lippenstift, ein Buch), stopft alles in eine Tasche, packt das Mädchen am Handgelenk, steckt ihr die Tasche unter die Achsel, öffnet die Tür, schiebt sie hinaus und knallt die Tür hinter ihr zu.

– Du Nutte!

Das Opfer

Ehemann und Ehefrau betrachten die Umrisse des Turmes. Die Ehefrau ist ausgesprochen zärtlich und umarmt den Ehemann.

– Ich hatte wirklich große Lust auf diese Reise.

Sie küssen sich. Der Ehemann streicht der Frau über die Haare. Sie schauen wieder in Richtung Turm.

– Um wie viel Uhr müssen wir in Florenz sein? – fragt die Frau.

– Am Abend. Hast du schon Hunger? Wollen wir das Auto nehmen und hier irgendwo in der Nähe essen gehen?

– Ja, aber erst steigen wir auf den Turm.

– Auf den Turm? Nein, kommt gar nicht in Frage.

– Was heißt nein? Mal sehen, ob wir nach Pisa gekommen sind und wieder wegfahren, ohne auf dem Turm gewesen zu sein.

– Nein, nein und noch mal nein. Solange ich ich bin, steige ich nicht auf diesen Turm.

– Warum nicht?

– Weil er nicht sicher ist. Ich fände es überhaupt nicht lustig, wenn er genau in dem Moment umfällt, wenn wir nach oben steigen.

– Wie soll er denn umfallen? Er steht schon seit Jahrhunderten so da. Du wirst doch nicht etwa glauben, dass er genau dann zusammenbricht, wenn wir hinaufsteigen?

– Richtig, er ist schon seit Jahrhunderten schief. Aber es stimmt nicht, dass er seit Jahrhunderten so schief ist. Er wird immer schiefer. Und eines Tages muss er zusammenfallen. Jeder wird sagen: »Siehst du, heute ist es passiert, wer hätte das gedacht?« Ich jedenfalls möchte nicht an dem Tag auf dem Turm sein, an dem es passiert.

– Er war jahrelang geschlossen, weißt du das nicht? Bis sie

ganz sicher waren, dass nichts passieren kann, bis ein Untersuchungssausschuss aus Geologen, Architekten und was weiß ich aus wem noch entschieden hat, dass keine Gefahr besteht.

– Dass er jahrelang geschlossen war, beweist doch gerade, wie gefährlich es ist. Wenn er eingestürzt ist, gibt es keine Gefahr mehr. Dann kann niemand mehr hochsteigen. Die Gefahr besteht nur, solange er noch nicht zusammengebrochen ist. Außerdem ist das Einzige, was sie getan haben, den Turm mit Stahlringen zu sichern, ihn in einer Betonplatte zu verankern und ein Gegengewicht aus Blei herzustellen. Und dass jedes Mal nur eine bestimmte Anzahl von Leuten hochgehen darf, bestätigt nur, dass sie das Problem nicht gelöst haben.

– Nein, das bestätigt, dass sie die nötigen Sicherheitsmaßnahmen getroffen haben. Jetzt kann nichts mehr passieren.

– Im Gegenteil. Jetzt kann mehr passieren als vorher. Vorher hat der Turm im Laufe der Zeit ein Gleichgewicht gefunden. Jetzt, mit all diesen Stahlringen und anderen Pflästerchen, haben sie ihm sogar noch diese relative Stabilität genommen. Jetzt kann er noch am ehesten zusammenfallen. Jeden Moment.

– Du machst mich sprachlos. Willst du wirklich nicht mit mir hochgehen? Sind wir nach Pisa gefahren, ohne dass du mit mir auf den Turm steigst?

– Es ist ein unnötiges Risiko.

– Alles ist ein unnötiges Risiko. Fliegen. Auto fahren. Rauchen. Sogar zu Hause bleiben. Es kann sein, dass die Nachbarin von unten das Gas nicht richtig zugedreht hat, jemand ein Streichholz anzündet und das ganze Haus in die Luft fliegt.

– Du bist eine Nervensäge.

– Ich gehe hinauf. Wenn du willst, kannst du ja hier unten auf mich warten.

Der Wind pfeift furchterregend. Das Halstuch, das die Frau um den Hals trägt, weht ihr ins Gesicht. Sie nimmt es aus dem Gesicht und sieht ihren Mann mit gekränkter Miene an. Der Ehemann spürt, dass eine Verweigerung der erste Riss in der Mauer wäre, die sie eint, eine Mauer, die sie in vielen Jahren aufgebaut haben. Weil er alles tun würde, damit die Mauer keinen Riss bekommt, willligt er ein.

– Komm, gehen wir –, sagt er.

Die Frau lächelt, legt ihren Arm um seine Taille, und sie schlendern zum Turm, beginnen den Aufstieg. Doch sie bemerkt ihn noch nicht einmal, diesen Liebesbeweis.

Die Vernunft

Jedes Mal, wenn die vernünftige Frau mit jemandem ins Bett geht, erzählt sie ihrem Freund, sie habe es nicht aufgrund eines plötzlichen Anfalls von Lust getan, sondern weil sie sich verliebt hat. Nicht dass sie sich schuldig fühlen müsste (die Frau und ihr Freund haben diesbezüglich eine ganz klare und flexible Abmachung), doch sie fühlt sich irgendwie reiner, wenn sie dazu sagt, sie tue es aus Verliebtheit. Jedes Mal, wenn ihr Freund sich mit jemandem einlässt, denkt die Frau indes, er tue es nur aus Geilheit, und das ärgert sie. Nicht, weil sie das eifersüchtig macht. Nein. Sie ist absolut nicht eifersüchtig. Es stört sie einfach, dass ihr Freund so vulgär, so fleischlich ist. Der Freund hingegen wird eifersüchtig, wenn sie mit einem anderen ins Bett geht. Aber seine Eifersucht ist verständlich: Sie verliebt sich ja. Und wenn die Person, mit der du (mit einer mehr oder weniger flexiblen Abmachung) zusammenlebst, sich in jemand anderes verliebt, ist Eifersucht nur logisch.

Nach welchem Maßstab bestimmt die Frau, dass ihre Bettgeschichten Produkte der Liebe und die ihres Freundes Produkte der Wollust sind? Ganz einfach, sagt ihr Freund: Sie ist sie selbst (und das rechtfertigt alles), und er ist nicht nur nicht sie, sondern er ist ein Mann mit der ganzen Last der Geschichte, die es bedeutet, ein Mann zu sein. Die Frau streitet das ab, auch wenn sie im Laufe der Jahre festgestellt hat, dass Mann und Frau sich im Allgemeinen tatsächlich unterschiedlich verhalten. Doch sie gibt es nicht zu, auch wenn sie immer weniger daran zweifelt, weil dies eine Verallgemeinerung wäre. Und es gibt immer Ausnahmen! Obwohl sie sich noch nie in ihrem Leben so nah an der Erkenntnis sah, dass die Redensart, die besagt, alle Männer seien gleich, auch wenn das ein Klischee ist (und damit abstoßend), zumindest teilweise stimmt: Vielleicht nicht alle, aber die meisten Männer sind wirklich gleich. Die vernünftige Frau weiß, wovon sie redet: Sie hat sich in viele verliebt, und alle, ausnahmslos, haben sich mit ihr im Grunde aus lüsternen Beweggründen eingelassen, auch wenn sie es schön umschrieben haben. Einer Begierde, der sie sich gerne und häufig überlässt, denn (und das muss sie schon zugeben) bereits von klein auf war sie von Natur aus verliebt, und die Liebe macht sie derart trunken, dass, sobald ein Mann seinen Arm um ihre Schultern legt, ihr das Ohrläppchen küsst und seine Hand zwischen ihre Schenkel schiebt, auch wenn sie den Mund aufmacht, um nein zu sagen, sie nie nein, sondern immer ja sagt.

Der Entschluss

Am Abend treffen sich die Femme fatale und der unwiderstehliche Mann in einem Café mit ockerfarbenen Wänden. Sie sehen sich in die Augen; sie wissen, dass dies das letzte Mal sein wird. In den letzten Wochen ist beiden die Brüchigkeit des Fadens bewusst geworden, der sie mehr als drei Jahre lang verbunden hat, der sie einander zu jeder Stunde anrufen ließ, füreinander leben ließ; ein Gefühlsrausch, der nicht einmal die Sonntagnachmittage langweilig werden ließ. Nunmehr ist der Faden kurz vor dem Zerreißen. Der Augenblick ist gekommen, die Liebe füreinander in Zweifel zu ziehen, also Schluss zu machen.

Früher sahen sie sich fast täglich, und sahen sie sich einmal nicht, telefonierten sie miteinander, sogar während eines Kongresses in Nova Scotia. In den letzten Wochen haben sie sich kaum dreimal gesehen; es waren keine fröhlichen Treffen. Ohne darüber gesprochen zu haben, wissen beide, dass mit dem Treffen heute unwiderruflich der Abschied gekommen ist. Sie sind an einen derartigen Punkt gegenseitiger Durchdringung gelangt, dass keinem von beiden explizit gesagt werden muss, wie sehr sie sich langweilen; denn beiden wird es zeitgleich klar. Sie nehmen sich bei der Hand und erinnern sich (jeder still für sich) an die Vollkommenheit des unzüchtigen Treibens, zu der sie inzwischen gelangt sind: Sie selbst sind darüber erstaunt. Es verwundert also nicht, dass ihnen der Rest ihres Lebens angesichts solcher akrobatischen Kunststücke lahm erscheinen muss. Sie trinken den Kaffee, sagen Adieu, und jeder geht seines Weges. Sie hat sich mit einem Mann zum Essen verabredet; er hat sich mit einer Frau zum Essen verabredet.

Nach dem Dessert braucht die Femme fatale eineinhalb Stunden, um mit dem Mann, mit dem sie verabredet ist, ins

Bett zu gehen. Der unwiderstehliche Mann braucht drei, um mit seiner Begleiterin ins Bett zu gehen. Beide sind richtig gerührt, als sie entdecken, wie ungeschickt sie sich dabei anstellen. Wie passiv! Wie unerfahren! Wie viel Bangen und wie viel Ungeduld! Vor ihnen liegt ein recht langer Weg, um mit den neuen Geliebten zu der Vollkommenheit zu gelangen, von der sie sich heute Abend mit einem Kaffee verabschiedet haben.

Die Bewunderung

Mit offenem Mund lauscht die junge Frau, wie der Kryptoschriftsteller ein Kapitel aus seinem neuen Roman vorliest. Als er fertig ist und die Leute applaudieren, nützt sie die Zeit, um sich in eine strategisch günstige Position zu begeben. Als dann der Schriftsteller den Saal verlässt, mit dem einen oder andern plaudert und zwischendurch eine Hand schüttelt, spricht sie ihn an. Sie sagt ihm, wie sehr sie sich für seine Arbeit interessiere und dass sie ihn gerne, wenn es denn möglich wäre, näher kennenlernen würde. Die Frau ist hübsch, und dem Schriftsteller gefallen hübsche Frauen. Während er sie betrachtet, hält die Frau den Blick aus und lächelt zurück. Der Schriftsteller nimmt an; er wimmelt die Veranstalter ab, und sie gehen in ein Restaurant.

Es ist ein einfaches Restaurant, denn der Schriftsteller hat, obwohl er sehr gut ist (oder gerade weil er es ist), nicht den finanziellen Erfolg, um sich Luxusrestaurants leisten zu können. Das ist ihr auch ziemlich egal. Sie ist (das merkt sie, als sie ihm in die Augen sieht) vollkommen verliebt. Er redet und redet, ohne Unterbrechung, und ihr gefällt, was er erzählt. Sie lacht viel. Arm in Arm verlassen sie das Restaurant. Sie gehen in seine Wohnung, im obersten Stock ohne Fahrstuhl (»Wie im Film!«, begeistert sie sich), und verbringen die Nacht gemeinsam. Am nächsten Tag sehen sie sich wieder.

Schließlich ziehen sie zusammen. Nach vier Monaten ist sie schwanger. Sie bekommen ein Mädchen. Nicht nur die Wohnung wird ihnen zu klein, sondern auch das Treppensteigen ist zu beschwerlich mit einem Kind. Eines Abends trifft der Kryptoschriftsteller eine Entscheidung: Wie auch immer, er muss für höhere Einkünfte sorgen. Die Kryptoromane bringen kaum etwas ein. Und das, was er für die

Schachkommentare in der Zeitung bekommt, ist zusammen mit dem, was sie als Verkäuferin in einer Parfümerie verdient, ein Hungerlohn.

Glücklicherweise findet ein Freund (der Jahre zuvor ein paar Gedichtbände veröffentlicht hat und jetzt als Cutter arbeitet) für ihn eine Stelle in einer Werbeagentur. Er fängt dort als Werbetexter an. An Einfällen hat es ihm nie gemangelt, und vom Schreiben versteht er genug. Sogar so viel, dass die Geschäftsführung das sofort honoriert. Die Dinge bessern sich, finanziell und beruflich.

Schließlich können sie in eine andere Wohnung ziehen. Sie wird wieder schwanger. Manchmal denkt er an die Zeit, als er noch Kryptoromane schrieb. Die Zeit liegt immer weiter zurück. Eine abgeschlossene Phase seines Lebens. Manchmal kann er sich nicht einmal mehr vorstellen, jemals Kryptoromane geschrieben zu haben. Für nichts in der Welt möchte er dahin zurück. Literatur kommt ihm vor wie etwas aus der Mottenkiste, eine Kunst vergangener Jahrhunderte. Die Zukunft, die Gegenwart gehören nicht den Büchern, da ja niemand mehr liest, sondern den Zeitungen, dem Fernsehen, dem Radio. Und die Werbung ist, da sie sich bewusst prostituiert, die höchste Kunst. Und er hat in dieser höchsten Kunst Erfolg. So viel, dass er drei Jahre später bereits eine eigene Agentur hat. Er kommt jeden Tag völlig zerschlagen nach Hause und hat gerade noch Zeit, seinen beiden Mädchen einen Kuss zu geben, bevor er sich auf dem Sofa ausstreckt, tief durchatmet und der Frau wie ein Maschinengewehr die tausend Scherereien des Tages erzählt.

Die Frau betrachtet ihn mitleidig. Sie weiß, er vermisst die Zeit nicht, in der er Kryptoromane schrieb. Sie weiß, er kämpft jeden Tag von morgens bis abends, damit die Familie angenehm leben kann, sie weiß, ihm macht das Spaß, er hat Erfolg und er freut sich darüber. Er würde ihr Mitleid sicher nicht verstehen, aber es ist das, was sie empfindet.

Wenn sie mit ihm zu Bett geht und er sofort einschläft, lässt sie aus diesem Grund das Licht an und liest einen Roman, einen komplikativen Roman (der neue Trend; die Kryptoromane sind out). Er ist vor zwei Wochen erschienen und in diesen zwei Wochen bereits ein Erfolg geworden, ein Riesenerfolg in der zurückgebliebenen Welt der Literatur. Sie findet ihn spannend, so spannend, dass sie auf keinen Fall die Lesung mit dem Schriftsteller am folgenden Abend in einem angesehenen Kulturinstitut der Stadt verpassen will.

Warum dreht sich der Uhrzeiger im Uhrzeigersinn?

Der blaue Mann sitzt im Café und rührt mit dem Löffel in einer Tasse Kräutertee. Ein purpurroter Mann mit gequältem Gesichtsausdruck nähert sich.

– Ich muss mit Ihnen reden. Kann ich mich setzen?

– Bitte setzen Sie sich.

– Ich weiß nicht, wo ich anfangen soll.

– Am Anfang.

– Letzten Monat habe ich Ihre Frau verführt.

– Meine Frau?

– Ja.

Der blaue Mann braucht vier Sekunden, ehe er antworten kann.

– Warum erzählen Sie mir das?

– Weil ich seitdem nicht mehr lebe.

– Warum? Lieben Sie sie so sehr, dass Sie mit ihr zusammenleben möchten? Liebt sie Sie nicht, und das macht Sie krank?

– Nein.

– Haben Sie vielleicht Gewissensbisse?

– Nein. Sie lässt mich nicht mehr leben, das ist es. Sie ruft mich Tag und Nacht an. Und wenn ich nicht abnehme, kommt sie zu mir nach Hause. Und wenn ich nicht da bin, sucht sie mich überall. Sie besucht mich an meiner Arbeitsstelle und meint, sie kann ohne mich nicht leben.

– Und?

– Ich habe keine Ruhe mehr. Seit ich sie kennengelernt habe, hat sie mich nicht einen einzigen Tag in Frieden gelassen. Ist Ihnen nichts aufgefallen?

– Wann haben Sie sie kennengelernt?

– Vor eineinhalb Monaten. Sie waren in Rom.

In der Tat war der blaue Mann vor eineinhalb Monaten in Rom.

– Woher wissen Sie, dass ich in Rom war?

– Sie glauben mir nicht? Sie hat es mir erzählt, als ich sie kennenlernte. Ich habe sie in einem EDV-Kurs kennengelernt.

In der Tat hat die Frau einen EDV-Kurs gemacht, um die Zeit zu nutzen, die er in Rom war.

– Also, was wollen Sie? – fragt der Blaue.

– Sie sollen mir helfen, da herauszukommen. Nicht, dass mir Ihre Frau nicht gefiele. Sie ist wunderbar, intelligent, sinnlich. Ich brauche Ihnen das nicht zu erzählen! Aber …

– Sie ist sehr besitzergreifend.

– Genau, nicht wahr? – sagt der purpurrote Mann glücklich, als er sieht, dass ihn der blaue Mann versteht.

– Wollen Sie sie loswerden?

– Offen gesagt, ja.

– Sie lässt Sie keinen Moment in Ruhe, nicht? Wenn sie sieht, dass Sie alleine sind, eine Zigarette rauchend oder frische Luft schnappend, die Zeitung lesend, am Schreibtisch arbeitend oder Ihr Lieblingsprogramm im Fernsehen guckend, egal was Sie tun, sie stürzt sich sofort auf Sie und überschüttet Sie mit Zärtlichkeiten.

– Außerdem denkt sie, sie stört, wenn man nicht ganz für sie da ist, und sie wird dann so, wie sie eben ist. Deshalb möchte ich Sie um einen Gefallen bitten, auch wenn ich weiß, dass ich dazu keinerlei Recht habe: Reden Sie mit ihr, machen Sie ihr eine Eifersuchtsszene, drohen Sie ihr. Irgendetwas, damit wir uns nie wiedersehen.

– Wollen Sie sie wirklich loswerden?

– Ja. Bitte!

– Nichts einfacher als das. Machen Sie es wie ich. Fliehen Sie nicht mehr vor ihr, verstecken Sie sich nicht, seien Sie charmant, zärtlich, rücksichtsvoll. Seien Sie mehr hinter ihr her als sie hinter Ihnen. Rufen Sie sie an, sagen Sie ihr, dass Sie sie lieben, so wie Sie noch nie jemanden zuvor geliebt haben. Versprechen Sie ihr, dass Sie das ganze Leben mit ihr verbringen wollen. Heiraten Sie sie.

Die Eifersucht

Tamar liebkost ihn noch einmal mit der Zunge und hebt dann ganz langsam die Augen, bis sie sich mit Onans Augen treffen.

– Dein Schwanz gefällt mir sehr.

Sie ist erschöpft. Schließt die Lider. Kurz darauf ist sie eingeschlafen, mit dem Kopf auf der Scham des Mannes, in dessen Kopf es rattert: »Dein Schwanz gefällt mir sehr.« »Dein Schwanz gefällt mir sehr.« ... Warum sagt sie ihm immer dasselbe? Wie oft, seitdem sie sich kennen und miteinander im Bett liegen, hat sie ihm das schon gesagt? Unzählige Male. Sie sagt ihm hingegen nie, wie sehr ihr sein rechter Arm gefalle oder seine Schulterblätter. Nein, immer dasselbe: der Schwanz. Gelegentlich, wenn Tamar ihn in ihrer Hand hält, lautet der Satz anders:

– Du hast einen wunderschönen Schwanz.

Nun schläft sie, und der Mann hat sich zur Seite gedreht. Dazu musste er ihren Kopf weglegen. Sogar schlafend klebt sie noch an ihm. Was für ein Tick mit dem Schwanz. Gefällt ihr etwa nur der Schwanz an ihm? Oder gefällt er ihr auch so, als Mensch? Sie hat es ihm noch nie gesagt. Anfangs mochte er diese exklusive Zuwendung. Er empfand sie als zärtlich und erregend. So, wie wenn er zu ihr sagte: »Ich bin verdammt gerne in deiner Möse.« Aber so langsam hat das Ganze etwas Zwanghaftes. Sein Schwanz gefällt ihr wirklich sehr. Er sieht das in ihren Augen, wie sie ihn betrachtet, merkt das an dem Rhythmus ihrer Sätze und daran, wie sie das Wort »sehr« betont: »seeehhrrr«.

Am nächsten Morgen weckt ihn Tamars Mund, der ihn leckt. Onan dreht sich weg, so als sei er beleidigt.

– Was machst du?

– Er gefällt mir sehr.

– Er gefällt dir sehr?

– Ja. – Einen Moment lang gibt es eine Pause. – Dein Schwanz gefällt mir sehr.

Da sind sie wieder.

– Würdest du mich auch lieben, wenn ich keinen Schwanz hätte?

Sie guckt ihn von der Seite an.

– Was ist los mit dir?

– Was soll schon los sein? Du redest immer nur vom Schwanz.

– Von *deinem* Schwanz.

– Mir sagst du nie, dass ich dir gefalle.

Barsch schiebt er ihre Hand weg. Tamar steht auf. Sie ist wunderschön und empört.

– Du bist wohl verrückt geworden.

– Nein, nicht verrückt. Aber mich gibt es auch. – In einem spitzen, absichtlich lächerlich klingenden Ton fügt er hinzu: – Glaubst du nicht?

Tamar zieht sich eilig an. Sie knallt die Tür hinter sich zu. Die Schritte der Frau verhallen treppab. Onan setzt sich aufs Bett, legt die rechte Hand unter sein schlaffes Glied, hebt es etwas hoch und mustert es teils wütend, teils neugierig.

Das Herz auf der Hand

Sie verloben sich an Silvester, genau um Mitternacht, als in der Stadt das Feuerwerk losgeht und die Menschen sich überall umarmen: in den Häusern, auf den Straßen, in den Festsälen. Für beide endet damit die Zeit der Freundschaft, und es beginnt die Verlobungszeit, die sie in den Hafen der Ehe bringen soll. Wann werden sie heiraten? Das entscheiden sie zu einem anderen Zeitpunkt; im Augenblick sind sie zu sehr von ihren Gefühlen überwältigt. Sie sehen einander in die Augen und schwören sich Liebe und Treue bis in alle Ewigkeit. Sie beschließen, die mehr oder weniger heißen Liebesaffären, die jeder der beiden bis jetzt hatte, aufzugeben, und versprechen sich auch, immer ganz aufrichtig zu sein; sich nie zu belügen.

– Wir werden immer ehrlich miteinander sein. Wir werden uns nie belügen, unter keinen Umständen und mit keiner Ausrede.

– Eine einzige Lüge wäre der Tod unserer Liebe.

Diese Versprechungen stimmen sie noch romantischer. Um zwei Uhr morgens schlafen sie eng umschlungen auf dem Sofa ein.

Mittags stehen sie mit einem Kater auf. Sie duschen, ziehen sich an, gehen mit Sonnenbrillen auf die Straße.

– Gehen wir essen? – fragt er.

– Ja. Für mich nur eine Kleinigkeit. Ein paar Tapas reichen mir. Aber du, du musst riesigen Hunger haben.

Er wollte schon widersprechen, sagen, ihm sei alles recht, aber ihm fällt das Versprechen ein.

– Ja. Ich habe Hunger. Aber wir können trotzdem Tapas essen. Ich esse ein paar mehr und du ein paar weniger.

– Nein. Du willst sicher richtig an einem Tisch essen. Ist es dir nicht lieber, wenn wir in ein Restaurant gehen?

Sie haben sich versprochen, immer ganz ehrlich zu sein. Er kann ihr also nicht sagen, was er ihr sonst gesagt hätte, nämlich, dass es ihm schon recht sei, mit ihr in einer Bar Tapas zu essen. Jetzt muss er zugeben, dass er sich tatsächlich lieber in einem Restaurant an einen Tisch setzen würde.

– Gut, also gehen wir –, sagt sie. – Gehen wir in das japanische Restaurant von letzter Woche, wo dir das Essen so gut geschmeckt hat?

Vor einer Woche hatten sie sich noch nicht versprochen, immer ganz ehrlich zu sein. Außerdem hat er ihr nie gesagt, ihm habe das Essen so gut geschmeckt. Er erinnert sich ganz deutlich daran: Auf ihr Fragen hin hatte er gesagt, er finde das Restaurant okay, eine Formulierung, die nicht gerade die Begeisterung ausdrückt, die sie nun in seinen Mund legen will.

– Ich habe dir gesagt, es ist okay, und nicht, es ist gut.

– Willst du damit sagen, es war nicht gut?

Er muss es ihr sagen:

– Ich hasse japanisches Essen.

Sie sieht ihm in die Augen. Missgestimmt.

– Du weißt, dass ich gern japanisch esse.

– Ja, ich weiß.

Er fragt sich, ob das Versprechen es erfordert oder nicht, aber da er es lieber durch zu viel als zu wenig Ehrlichkeit bricht, verkündet er auch den übrigen Teil dessen, was er denkt: nämlich, dass eines der Dinge, die er an ihr nicht ausstehen könne (einhergehend mit einer bestimmten Haltung, die sie für snobistisch halte, die aber tatsächlich nur ihre Stillosigkeit offenbare), ihr Hang sei, immer in jenen Restaurants einzukehren, die gute Küche durch PR ersetzten. Sie sagt ihm, dass er ein Idiot sei. Er fühlt sich genötigt, ihr zu sagen, er fühle sich keineswegs als Idiot, sondern sei vielmehr überzeugt, dass sie gewiß nicht den Sieg davontrüge, wenn es zu beweisen gelte, wer mehr Hirn im Kopf habe. Diese Worte verletzen schließlich die Frau, und wütend gibt sie ihm eine Ohrfeige und sagt ihm dabei noch einmal, dass er ein Idiot sei, ein chronischer Idiot, der sein ganzes Leben lang ein Idiot bleiben werde, und dass sie ihn nie wieder sehen wolle, ein Vorschlag, mit dem er sofort einverstanden ist.

Die Unbeständigkeit

Herr Trujillo war es leid, dass sie ihm ein ums andere Mal das Radio aus dem Auto rissen. Darum ließ er sich ein Radio einbauen, das man herausnehmen und wieder einsetzen konnte. So würde man es ihm nie wieder stehlen.

Er fuhr aus der Werkstatt und hörte eine Sendung. Es war ein gutes Radio. Jedes Mal, wenn er nun nach Hause käme und das Auto in der Tiefgarage abstellte, würde er das Radio herausnehmen, es unter den Arm klemmen und in seine Wohnung hinauffahren. Dasselbe, wenn er ins Büro ginge. So würde er das Radio immer nur ganz kurz unter dem Arm tragen. Von der Tiefgarage in die Wohnung und von der Tiefgarage des Büros ins Büro: in beiden Fällen nur kurze Zeit im Fahrstuhl. Deshalb störte es ihn nicht weiter, es unter dem Arm zu tragen. Hätte er das Radio auf der Straße unter dem Arm tragen müssen, hätte er es sich noch einmal überlegt. Denn er hatte immer die Leute verachtet, die überall mit dem Autoradio unter dem Arm herumliefen. Es ärgerte ihn, wenn er sie in der Bar am Tresen mit dem Apparat neben dem Glas sah. Oder wenn sie in den Geschäften das Radio von Ladentisch zu Ladentisch schleppten, ohne es jemals aus den Augen zu verlieren, auch wenn der Verkäufer fünfzehn Hemden daraufstapelte.

Aus diesem Grund blieb er eineinhalb Wochen später plötzlich mitten auf der Straße stehen und guckte unter seine Achsel. Was machte er mit dem Autoradio unterm Arm? Warum war ihm das erst aufgefallen, als er schon fünfzehn Meter vom Auto weg war? Er war zum Einkaufen in die Stadtmitte gefahren, und nachdem er verzweifelt eine Runde nach der anderen gedreht hatte, ohne einen Parkplatz zu finden, nahm er, als er endlich einen fand, das Autoradio ganz automatisch heraus. Die angesammelte Anspannung der schwierigen Parkplatzsuche ließ sein Gehirn (einen Augenblick lang) autonom die Bedenken, mit dem Radio unterm Arm durch die Straße zu gehen, als eine unwichtige Albernheit einstufen. Aus diesem Grund war es ihm erst nach fünfzehn Metern aufgefallen. Er fühlte sich lächerlich. Er kehrte um, öffnete die Tür und setzte sich mit dem Radio auf dem Schoß hinein. Wo könnte er es hintun? Unter den Sitz? Vielleicht würde es der potenzielle Dieb durch das Rückfenster sehen. Ins Handschuhfach? Er schaute auf die Straße, um zu sehen, ob ihn jemand beobachtete? Nein, niemand. Er öffnete das Handschuhfach, legte das Radio hinein und schloss das Handschuhfach. Er stieg aus dem Auto. Sah noch einmal nach, ob das Auto auch wirklich zu war, und betrat das erste Geschäft. Dort kaufte er ein Paar grüne Schuhe.

Als er eine Dreiviertelstunde später mit Tüten beladen zurückkam, war das linke kleine Seitenfenster eingeschlagen und das Radio geklaut.

Am nächsten Tag fuhr er wieder in die Werkstatt. Er gab den Auftrag, das Fenster einzusetzen und ein neues Radio einzubauen. Er holte das Auto am Nachmittag ab und fuhr voller Zweifel nach Hause. Was sollte er in Zukunft tun? Solange er nur nach Hause oder ins Büro fuhr, war alles in Ordnung: Das Radio wäre im Auto, und einmal zu Hause oder im Büro würde er es heraus- und mit sich nehmen. Aber wenn er an einen anderen Ort fuhr (einkaufen oder ins Restaurant), könnte er es nicht im Auto lassen, denn dort würde man es klauen.

Aus diesem Grund ließ er am folgenden Abend das Radio zu Hause. Er hasste es, ohne Radio zu fahren. Er hörte beim Fahren sehr gerne Musik. Außerdem: Warum hatte er sich ein Radio einbauen lassen, wenn er es letztendlich zu Hause lassen musste? Er beschloss, das Auto in der Tiefgarage zu lassen und ein Taxi zu nehmen, bis er das Problem gelöst hatte.

In einem Taxi kam er fünf Tage später zu dem Schluss, dass es idiotisch war, jeden Tag ein Vermögen für Taxis auszugeben, während das Auto in der Tiefgarage Staub ansammelte. Er dachte daran, das Auto zu verkaufen. Doch er verwarf die Idee sofort wieder: Sie war nur Resultat seiner Empörung und somit unangemessen. Es musste eine Lösung geben, die er womöglich aus lauter Stress nicht fand. Im Augenblick würde er Folgendes machen: Da er vor Wut platzte, wenn er mit dem Taxi fuhr, während das Auto in der Tiefgarage stand (damit er weder ohne Radio Auto fahren musste, noch mit dem Radio, es dann aber mit sich herumschleppen musste), würde er daheimbleiben und das Haus nicht mehr verlassen. Zudem konnte er, sollte es zwingend notwendig sein, immer noch zu Fuß in die Bar, den Laden oder ins Restaurant kommen, oder wohin er auch sonst wollte. Dieser Entschluss schränkte allerdings seinen Handlungsspielraum sehr stark ein; es sei denn, er akzeptierte drei Stunden für den Hin- und drei Stunden für den Rückweg.

Nachdem er jeden Abend gelangweilt zu Hause gesessen hatte, holte er am achten Tag den Fernseher aus der Abstellkammer, wohin er ihn ein paar Wochen zuvor verbannt hatte, als er sich mit jener Frau einließ, die meinte, es sei neuerdings in, das Fernsehen sein zu lassen. Er wischte den Staub ab. Steckte den Stecker in die Steckdose. Es lief ein Film mit Jean-Louis Trintignant. Nach einer Viertelstunde wurde der Bildschirm purpurrot. Er machte den Fernseher aus. Zog den Stecker aus der Steckdose und stellte das Gerät wieder in die Abstellkammer. Er nahm sein Jackett, ging auf die Straße, lief drei Straßen weiter zu einem Warenhaus, kaufte einen Fernsehapparat (mit einem riesigen, rechteckigen Bildschirm), ging zusammen mit dem Techniker nach Hause, der schloss ihn an (den Fernsehapparat) und suchte das Programm, in dem der Film mit Jean-Louis Trintignant lief.

Als der Film zu Ende war, kam ein Fernsehspiel, dessen Held der Sohn eines Polizisten war, der seinem Vater unbemerkt bei der Lösung seiner Fälle half. Danach Nachrichten. Dann ein Quiz. Als Teilnahmevoraussetzung musste man zuvor in einem mit Namen, Adresse und Telefonnummer versehenen Umschlag einen Aufkleber einer bekannten Gemüsekonservenmarke einsenden. Der Umschlag kam in einen Stapel. Wurde dein Umschlag herausgezogen, rief man dich an, und du musstest (live) eine ganz leichte Frage beantworten. Wenn du die richtige Antwort gefunden hattest, durftest du an dem Spiel teilnehmen und versuchen, Buchstabe für Buchstabe zu erraten, welches Wort die weißen Quadrate auf der Stellwand bildeten. Jedes Quadrat war ein Buchstabe und ein Foto. Die Fotos: verschiedene Mengen Geld, eine Ferienwohnung am Meer, ein Posten Haushaltsgeräte, ein Tempel in Bangkok, eine Videokamera, ein Fahrrad, ein Auto und ein Strand in der Karibik. Jedes Foto zeigte den gewonnenen Preis. Je einfacher der Buchstabe, desto kleiner der Preis. Je ungewöhnlicher der Buchstabe, desto größer der Preis. Wenn der Spieler sich für die leichten Vokale oder Konsonanten entschied, gewann er wenig. Wenn er, um die großen Preise zu gewinnen, ungewöhnliche Buchstaben nannte, war es schwieriger, den richtigen Buchstaben zu erraten, und das Wort blieb unvollständig, er würde somit auch nicht alle möglichen Preise erhalten.

Am nächsten Morgen kaufte Herr Trujillo sogleich ein Konservenglas mit dem Gemüse der erforderlichen Marke, er schnitt den Aufkleber aus und schickte ihn weg. Eine Woche später sah er, wie sein Brief aus dem Stapel gezogen wurde. Man rief ihn sofort an und stellte ihm die einfache Frage. Welches der folgenden Produkte wurde nicht von der genannten Firma verarbeitet: Erbsen, grüne Bohnen, Thunfisch oder Möhren? Er antwortete richtig: Thunfisch. Die Kamera schwenkte zur Stellwand, wo das geheimnisvolle

Wort stand. Herr Trujillo sagte einen Buchstaben nach dem anderen. Er vervollständigte das Wort: »Unbeständigkeit«. Für die Es gab es Bündel mit 25 000 Peseten. Für die Ts Bündel mit 50 000 Peseten. Für die Ns Bündel mit 100 000 Peseten. Für das B ein Fernsehgerät mit Videotext und für das Ä eine Ferienwohnung am Meer.

Die Wohnung war in einem dreistöckigen Haus mit einem gemeinsamen Garten. Der Nachbar von unten war ein Holländer mit einer Glatze, der den ganzen Tag im Garten werkelte, einer jener Rentner aus dem Norden, die ihre letzten Lebensjahre in einem warmen und billigen Land verbringen, wo sich die Rente leicht strecken lässt. Die Nachbarn von oben waren ein Pärchen. Er traf sie häufig auf der Treppe oder hörte sie oben in der Wohnung. Sie kamen samstagmorgens an und fuhren sonntagabends wieder weg. Herr Trujillo kam jedes Wochenende. Er fuhr Freitagnachmittag (mit Auto und laufendem Radio) aus der Stadt und fuhr Sonntag, wenn es dunkel wurde, zurück.

Eines Samstags luden ihn die Nachbarn von oben zum Abendessen ein. Er nahm die Einladung an. Sie hieß Raquel. Er Bplzznt. Sie aßen Avocados mit Scampi in rosaroter Soße und Roastbeef in brauner Soße und tranken dazu zwei Flaschen Wein. Sie legten Musik auf. Das Ehepaar tanzte. Danach, Bplzznt schenkte gerade ein paar Whiskeys ein, nötigte Raquel lachend Herrn Trujillo zum Tanz. Die Nähe der Frau erregte ihn. Als der Song zu Ende war, setzte er sich aufs Sofa. Das Pärchen setzte sich ebenfalls aufs Sofa. Sie erzählten ihm, was sie arbeiteten, wie lange sie schon verheiratet waren. Sie wollten ganz viele Kinder haben. Herr Trujillo ging um ein Uhr morgens. Beim Einschlafen hörte er, wie das Pärchen sich noch lange unterhielt.

Am nächsten Tag klingelte es mittags an der Tür. Es waren Raquel und Bplzznt auf dem Weg zum Strand. Sie fragten, ob er mitkommen wolle. Da er nichts zu tun hatte, kam er mit. Raquel und Bplzznt kannten eine versteckte Bucht, in der aus dem Wasser drei gleich weit voneinander entfernte Felsen ragten. Außer ihnen war niemand in der Bucht. Sie legten sich auf die Strandtücher. Das Pärchen ging baden. Sie schwammen bis zu einem der Felsen, ungefähr hundert Meter vom Strand weg. Herr Trujillo nickte ein. Schreie weckten ihn. Er stand auf. Wenige Meter vom Felsen entfernt schwenkte Raquel die Arme und rief um Hilfe. Herr Trujillo stürzte sich ins Wasser. Er war kein besonders guter Schwimmer. Als er ankam, fühlte er sich erschöpft, trotzdem versuchten sie mit vereinten Kräften, Bplzznt zu finden. Umsonst. Als sie zurück am Strand waren, erzählte ihm Raquel unter Tränen, wie Bplzznt zu einem anderen Felsen schwimmen wollte und er auf der Hälfte der Strecke um Hilfe gerufen habe. Sicher ein Krampf.

Die Polizei fand die Leiche ein paar Stunden später. Sie beerdigten ihn zwei Tage danach. Die Frau war an drei Wochenenden nicht in der Wohnung. Am vierten kam sie. Als Herr Trujillo ihre Schritte in der oberen Wohnung hörte, stieg er hinauf. Die Frau warf sich unter Tränen in seine Arme. Die Nähe der Frau erregte ihn. Er strich ihr tröstend über das Haar. Wenig später küssten sie sich. Sie setzten sich Händchen haltend aufs Sofa. Von Zeit zu Zeit ließen sie, einmal sie, einmal er, eine Hand los, holten ein Taschentuch hervor und trockneten die Tränen. Am selben Abend noch beschlossen sie zu heiraten. Sie heirateten am Freitag darauf. Einmal verheiratet, beschlossen sie, eine der beiden Wohnungen zu verkaufen. Sie trennten sich von Herrn Trujillos Wohnung, denn hätten sie die Wohnung von Raquel verkauft, um in die Wohnung von Herrn Trujillo zu ziehen, wären womöglich die neuen Nachbarn in der Wohnung darüber laut gewesen. Mit dem Verkaufserlös richteten sie Herrn Trujillos Wohnung in der Stadt her. Zwei Jahre später bekamen sie einen Jungen. Sie nannten ihn Bplzznt nach dem verstorbenen Ehemann. Nach einem weiteren Jahr bekamen sie ein Mädchen. Das kleine Pärchen! Sie nannten es Clara. So hieß die Mutter des Herrn Trujillo. Das dritte Kind (zwei Jahre später) war auch ein Mädchen. Sie nannten es Chachachà.

Frühmorgens an jedem Werktag, bevor er ins Büro geht, nimmt Herr Trujillo die Aktentasche und den Jungen an der einen und die Mädchen an der anderen Hand und fährt sie mit dem Auto. Bplzznt ist jetzt schon sechs Jahre alt, Clara fünf und Chachachà drei. Zuerst bringt er den Jungen in die erste Klasse der Grundschule. Dann das große Mädchen in den Kindergarten und die Kleine in die Krippe. Gleich darauf läuft Herr Trujillo die Treppe hinunter, grüßt unterwegs einen Vater oder eine Mutter, krault den Kopf irgendeines Kindes, das er kennt, und geht zum Parkplatz. Er setzt sich ins Auto und holt das Radio aus der Aktentasche: Er hat sie gekauft, um das Radio zu verstecken, wenn er die Kinder weg bringt. Er setzt das Radio ein, schaltet es an, sucht einen Sender, bedeckt das Gesicht mit beiden Händen und versucht mit allen ihm zur Verfügung stehenden Kräften zu weinen, aber es gelingt ihm nie.

Valentinstag

Der Mann, der sich nie verliebt, verlässt das Museum und setzt sich auf dem Platz davor auf eine Bank. Im Museum hat er vor einer Zeichnung von Manolo Hugué eine Frau kennengelernt: mit klaren, tiefen Augen, in denen ein wenig der Schalk blitzte. In diese Frau, denkt er, könne er sich vielleicht doch verlieben. Und, denkt er weiter, was ihm an ihr so gefällt, sind nicht nur die klaren und etwas schalkhaften Augen, sondern auch ihre Art zu reden. Während der ganzen Unterhaltung im Museum hat sie ihm keinerlei Belanglosigkeiten erzählt, kein auswendig gelerntes Dogma rezitiert. Deshalb ist er ihr, nachdem sie sich voneinander verabschiedet haben, schließlich in einiger Entfernung gefolgt, bis sie in einem Toreingang verschwunden ist; jetzt wartet er.

Schon als er klein war, ahnte der Mann, der sich nie verliebt, dass das mit der Traumfrau keine leichte Sache sein würde. Bereits als Baby begehrte er die Beine mit den weißen Söckchen des Babysitters, und irgendetwas in seinem Innern sagte ihm, dass es ein beschwerlicher Weg werden würde. Vor allem, weil er keine klare Vorstellung davon hatte, wie seine Traumfrau denn eigentlich beschaffen sein sollte, nicht einmal, ob es sie denn (überhaupt) geben würde. Er hatte keine besonderen Vorlieben. Er stellte sie sich weder groß noch klein, weder blond noch dunkelhaarig vor. Außerdem sehnte er sich nicht, wie einige andere, nach einer außergewöhnlich intelligenten oder einer besonders einfältigen Frau. Mit fünf Jahren verliebte er sich in die Tochter des Buchhändlers um die Ecke, wo er auch seine Bleistifte, Radiergummis, Füller, Federn, Tinte und Spiralhefte kaufte. Selbstverständlich sagte er ihr nichts davon. Es war eine geheime Liebe, die ihn des Nachts nicht schlafen ließ.

Nächte, in denen er sich mit dem Bild der Tochter des Buchhändlers auf der Netzhaut hin und her wälzte: ihre klaren Augen, in denen der Schalk blitzte. Auch heute noch denkt er, wenn er von der Frau träumt, in die er sich verlieben könnte, an ihre klaren, schelmischen Augen. Eines Tages jedoch verkaufte der Buchhändler den Laden und ging aus der Stadt fort. Er hat nie wieder etwas von ihr gehört. Er sehnte sich nach ihr. Das ging so weit, dass er mehr darunter litt, nichts von ihr zu hören, als er früher darunter gelitten hatte, sie vor sich zu haben und sich nicht zu trauen, ihr seine Liebe zu gestehen. Er verliebte sich erst wieder mit acht Jahren. Er wusste es damals nicht, aber dies sollte das letzte Mal gewesen sein. Er verliebte sich in eine Freundin seiner großen Schwester, die häufig zum Spielen vorbeikam. Er hatte Schuldgefühle deswegen: Es kam ihm wie ein Verrat an der Tochter des Buchhändlers vor. Die Freundin seiner Schwester war etwa zwölf Jahre alt, und er, ein achtjähriger Junge, hatte da keine Chancen. Vielleicht später, wenn er älter sein würde und der Altersunterschied, der ihm jetzt abgrundtief erschien, sich relativierte ... Danach rasten die Jahre mit hundert Stundenkilometern vorbei, immer schneller. Jetzt ist er schon neunzehn. Er ist seit einem Jahr volljährig. Noch ein Jahr, und er ist zwanzig. Zwanzig! Nie hätte er geglaubt, dass er dahin gelangen sollte, er, der zwischen zwölf und vierzehn aus dem Sterben vor zwanzig ein mystisches Muss gemacht hatte: bei einem Auto- oder Motorradunfall oder zumindest durch Selbstmord. Der Zweifel bleibt: Wird er sich nie wieder verlieben? Seit zwei Jahrfünften hat er sich nun in niemanden mehr verliebt, und langsam sehnt er sich nach den schlaflosen Nächten zurück, in denen er sich mit dem Bild der Geliebten auf der Netzhaut im Bett hin und her wälzte. Vielleicht ist genau das Erwachsenwerden. Letzten Endes, grübelt er, ist Sichverlieben ein Zeichen von Unreife, ein Beweis dafür, dass man nicht unabhängig genug ist. Allerdings versteht er nicht, wie er eine rational so unselige Sache so vermissen kann. Wieso fühlt er sich leer? Warum hat er sich nicht in Marta, das Mädchen aus dem Zeichenkurs, verliebt? Tugenden fehlen ihr nicht. Auch Fehler nicht. Es sind verzeihliche Fehler. Wie alle Fehler: Alle Fehler kann man letztlich verzeihen. Das dachte er, als er schließlich Schluss machte. Aber warum die von Marta verzeihen und die von irgendeiner anderen nicht? Wenn er jemanden liebt und wenn lieben wirklich das heißt, was er vermutet, können ihn so unbedeutende Fehler doch nicht verärgern. Und die Fehler von Marta ärgern ihn. Sie ist arrogant und zwanghaft. Natürlich ist sie auch warm, verständnisvoll und herzlich. Aber auch Neus ist warm, verständnisvoll und herzlich. Neus hingegen hat das Manko, zu banal zu sein, noch nie einen originellen Gedanken gehabt zu haben. Sie macht das Maß voll, indem sie (aus Unsicherheit) aggressiv wird. Mit der typischen Aggressivität jener Leute, die ständig in Diskotheken herumhängen und bei voll aufgedrehter Musik in kürzester Zeit zeigen müssen, dass sie *interessant* sind. Das Bild *interessant* konstruieren sie mit vorgefertigten Sätzen, mit denen sie einem ständig ins Wort fallen. Und Tessa? Tessa ist intelligent, einfallsreich, amüsant. Und sie harmonieren gut miteinander. Ohne ein Wort zu sagen, mit einem Blick über den Tisch im Restaurant, wissen sie nur durch das Blitzen in den Augen, was sie denken und über wen sie sich lustig machen. Zudem verstehen sie sich wunderbar im Bett. Aber sie ist auch ein verwöhntes Mädchen, das den Mund verzieht, wenn man ihr eine Laune verwehrt. Und dann ist sie faul, hängt den ganzen Tag auf dem Sofa herum und raucht schlaff eine nie endende Zigarette. Das ganze Gegenteil von Anna, die immer irgendwas macht. Sie ist ein Energiebündel, deren Lebenslust ansteckend ist. Welchen Fehler hat aber Anna? Sie ist so besitzergreifend wie keine

Frau zuvor in seinem Leben. In den Monaten, die sie zusammen waren, hat sie ihn Tag und Nacht kontrolliert und immer daran gezweifelt, dass er sie genauso liebt wie sie ihn. Und es stimmt. Denn es ist ihm nicht gelungen, sie zu lieben, so sehr er es auch versucht hat. Er schätzt sie, er mag sie. Aber sie lieben, lieben ... Und er sucht nicht nach unerreichbaren Idealen. So dumm zu glauben, er könne jemanden ohne Fehler finden, ist er nicht. Wenn man wirklich jemanden liebt, räumt man die Fehler in eine Schublade und holt sie nicht ständig wieder heraus. Er hat versucht, sie zu lieben. Genauso wie er versucht hat, Tessa, Neus und Marta zu lieben. Er würde sein Leben geben, um sich in eine von den dreien zu verlieben. Denn alle drei sind es wert, dass man sich in sie verliebt. Doch so sehr er es auch probiert, es gelingt ihm nicht. Warum kann er sich nicht verlieben wie alle anderen auch? Sefa (eine weitere Frau, die die Liebe eines jeden verdient, der einen Funken Verstand besitzt) sagt ihm, es sei sicherlich ein Trauma aus seiner Kindheit. Wahrscheinlich hätten ihm weder seine Mutter noch sein Vater genügend Liebe gegeben, und aus diesem Grund sei er jetzt so, wie er ist. Eine andere originelle Meinung hat Cuqui, die ihm neulich vor dem letzen Adieu sagte, dass er deshalb niemanden lieben könne, weil er nur sich selbst liebt. Weil er ein Egoist sei und der Liebe der Frauen, die sich in ihn verlieben, unwürdig. Welch große Schlussfolgerung, wenn sie denn stimmen würde! Denn hier ist noch eine: Viele Frauen verlieben sich in ihn. Er kann das nicht verstehen. Warum verlieben sich alle so maßlos und leidenschaftlich in ihn? Und warum ist er unfähig, sich seinerseits in eine von ihnen zu verlieben?

Während er darüber meditiert, sieht der Mann, der sich nie verliebt, die Frau, die er im Museum kennengelernt hat, aus dem Toreingang kommen und in eine Straße einbiegen. Er springt auf. Folgt ihr. Langsam verringert er die Distanz zwischen sich und ihr. Je mehr er sie so vor sich hergehend betrachtet, desto besser gefällt sie ihm, und wenn er das im Museum richtig verstanden hat, missfällt er auch ihr nicht. Und wenn es diesmal ernst wäre? Er ist genau hinter ihr, sie ist in seiner Reichweite. Er bräuchte nur ihre Schulter zu berühren, und sie würde sich umdrehen.

Die Euphorie der Trojaner

Der Mann, der in seiner Kindheit etwas religiös war, ist nicht faul. Es macht ihm wenig aus, sich aus den Betttüchern zu schälen, sich zu strecken, mit einem Sprung aufzustehen, durch den Flur zur Toilette zu laufen und dabei die Knie nach oben zu ziehen wie Fußballer beim Training. Er rasiert sich. Der Duft des Aftershaves festigt seinen Glauben ans Leben. Er zieht sich an, schließt die Wohnungstür ab, betritt pfeifend den Fahrstuhl, steigt im Erdgeschoss aus, weicht auf der Straße den Menschen aus und geht in den U-Bahnhof hinunter, der gerade mal zwei Schritte von seinem Haus entfernt ist. Er steckt die Fahrkarte in den Entwerter, holt sie auf der anderen Seite wieder heraus und passiert das Drehkreuz; während er die Treppen hinuntersteigt, hört er, wie die U-Bahn losfährt und eine Menschenmenge sowohl die rollenden als auch die steinernen Treppen hinaufstürmt. Er nutzt die Zeit auf dem Bahnsteig, um sich die Kinoplakate anzusehen. Die nächste U-Bahn fährt ein. Die Türen gehen auf, er steigt ein, hält sich an einer Stange fest und beobachtet das Gesicht eines Mannes mit geschwollenen, geschlossenen Augenlidern. Er wendet den Blick ab und richtet ihn auf einen Jungen, der ihn mit ernster Miene beobachtet.

Der Mann, der in seiner Kindheit etwas religiös war, lächelt das Kind an. Das Kind streckt ihm die Zunge heraus. Der Mann, der in seiner Kindheit nicht nur etwas religiös war, sondern auch Interesse an Mathematik hatte, lacht. Der Kontrolleur taucht auf und verlangt die Fahrscheine. Der Mann, der in seiner Kindheit an Mathematik interessiert war, ist überrascht, dass es immer noch Kontrolleure gibt. Seit Jahren hat er keinen mehr gesehen. Daran denkt er, als er die Taschen umdreht und die Fahrkarte sucht, die er gerade entwertet hat. Er findet sie nicht. Weder in der Innentasche des Jacketts (wo sie eigentlich sein müsste) noch in den Außentaschen und auch nicht in den Hosentaschen. Sie ist nirgends; der Kontrolleur wird ungeduldig.

Der Mann, der sich in seiner Kindheit ebenso für Mathematik wie für Religion interessiert hatte, zieht seine Brieftasche heraus und öffnet sie, obwohl er sich nicht erinnern kann, die Fahrkarte dort hineingesteckt zu haben. In der Tat, sie ist nicht dort. Er muss sie verloren haben. Das sagt er auch dem Kontrolleur: »Ich muss sie verloren haben.« Der Kontrolleur fordert ein Bußgeld. Der Mann, der in seiner Kindheit nicht nur Interesse für Religion und Mathematik hatte, sondern auch Probleme, sich anzupassen, zahlt das Bußgeld, geht auf die Straße und nach oben ins Büro. Er zieht sein Jackett aus, setzt sich an den Schreibtisch, denkt noch einmal an den Kontrolleur und an das (angenehm) nostalgische Gefühl in dem Moment, als er festgestellt hat, dass es noch welche gibt. Er sieht auf den Berg Akten, der sich vor ihm auftürmt. Er öffnet die erste Akte und macht sich an die Arbeit.

Acht Stunden später hebt er den Kopf, steht vom Stuhl auf, zieht sein Jackett an, geht auf die Straße und wieder in die U-Bahn. Er kommt nach Hause; sein Jüngster empfängt ihn weinend an der Tür. Er umarmt ihn. Der Hund ist gestorben; dem Kind laufen die Tränen nur so die Backen hinunter. Der Mann, der in seiner Kindheit gewisse Probleme hatte, sich anzupassen, kniet nieder, nimmt den Sohn in den Arm und versucht, ihn zu trösten. Er sagt ihm, dass der Hund ganz alt war und dass sie einen neuen Hund kaufen werden, der genauso toll ist wie der verstorbene. Als die Tochter aus dem Englischunterricht kommt, versucht er ihr die Nachricht so sanft wie möglich beizubringen. Als beide Kinder im Bett sind und er und seine Frau auf dem Sofa vor dem Fernseher sitzen, nimmt er die Hand seiner Frau und sagt zu ihr, dass durch solche kleinen Unglücksfälle die Kinder erwachsen werden.

Seine Frau trinkt einen doppelten Gin. Der Mann, der in seiner Jugend neben gewissen Problemen, sich anzupassen, eine Lederjacke besaß, an die er sich immer noch erinnert, sieht seine Frau mit dem doppelten Gin und bekommt Lust, noch etwas trinken zu gehen. Er schlägt ihr vor, den Babysitter anzurufen und zusammen auszugehen. Seine Frau schenkt sich nochmals Gin ein und sagt, er solle allein gehen; sie habe keine Lust auszugehen.

Er geht also. Er kehrt in seiner Stammkneipe ein. In den zwei Stunden dort trinkt, redet und flirtet er. Er verlässt das Lokal, als sie schließen. Eine Bekannte von ihm bricht gleichzeitig mit ihm auf. Der Mann, der eine Lederjacke besaß, an die er sich immer noch erinnert, fragt sie, ob er sie nach Hause bringen soll. Sie lehnt ab, da sie selbst mit dem Auto da ist. Jeder steigt in sein Auto und fährt los. Ein paar Straßen weiter treffen sie sich vor einer roten Ampel wieder. Sie stehen nebeneinander und sehen sich durchs Fenster an. Sie lächeln sich zu. Die Ampel wird grün. Sie fahren wieder an. Bei jeder roten Ampel treffen sie sich und lächeln sich zu.

Der Mann, der in seiner Jugend eine Jacke besaß, an die er sich immer noch erinnert, macht der Frau schöne Augen. Eine Technik, so sagt er, mit der er sehr erfolgreich sei. Doch weil er sie anschaut, passt er an einer der roten Ampeln nicht auf, bremst nicht stark genug und fährt auf das Auto vor ihm auf; der Fahrer steigt empört aus und fuchtelt mit den

Armen in der Luft herum. Der Mann, der in seiner Jugend nicht nur eine Jacke besaß, an die er sich immer noch erinnert, sondern nach dem Abitur auch eine Klassenfahrt nach Mallorca machte, steigt seinerseits aus dem Auto aus, mit einem beschwichtigenden Lächeln auf den Lippen, während er die Frau lachend und zum Abschied winkend wegfahren sieht.

Der Zusammenstoß ist harmlos. Die Autos sind ein bisschen zerbeult, das ist alles. Es hätte schlimmer kommen können. Sie füllen die Versicherungsformulare aus und tauschen Namen und Telefonnummern. Am nächsten Tag bringt der Mann, der nach dem Abitur die Klassenfahrt nach Mallorca gemacht hat, den Wagen sofort in die Werkstatt. In einer Woche sind Ferien, bis dahin muss er fertig sein. Man sagt ihm, dass er ihn in zwei Tagen abholen kann. Zwei Tage später ruft er den Kfz-Mechaniker an: Er will wissen, ob das Auto fertig ist. Der Kfz-Mechaniker sagt ihm, dass er persönlich mit ihm reden müsse und er vorbeikommen solle. Er geht hin: Die Werkstatt ist in Brand geraten, und die drei Autos, die darin standen, sind verbrannt. Seines ist eines von den dreien.

Ratlos verlässt er die Werkstatt. Er überlegt, für die Ferien ein Auto zu mieten. Doch seine Frau ist damit nicht einverstanden: Sie sieht darin ein schlechtes Omen. Ihr Herz sagt ihr, dass sie einen tödlichen Unfall haben werden, wenn sie ein Auto mieten. Aber auch dann, wenn sie mit dem Flugzeug, der Bahn oder dem Bus reisen. Der Mann, der eine Klassenfahrt nach Mallorca machte, glaubt nur bedingt an die Vorahnungen seiner Frau, aber er hat keine Lust zu streiten. Sie beschließen also, in diesem Jahr nicht in Urlaub zu fahren, um den unheilvollen Vorahnungen zu entgehen. Einen ganzen Monat lang in der Wohnung mit beiden Kindern, ohne irgendwo hinzufahren, da wird es eng; die Spannungen, die es schon seit einer Weile zwischen den beiden gibt, entladen sich. Plötzlich gibt es nur noch Ärger; sie streiten wegen Kleinigkeiten. Der Zorn packt sie. Eines Tages hebt die Frau die Hand und gibt dem Mann eine Ohrfeige. Der Mann tut dasselbe. Sogleich beruhigen sie sich. Sie kommen überein, dass es so nicht weitergehen kann. Sie beschließen, sich zu trennen.

Sie trennen sich zu Beginn des Herbstes. Er packt die Koffer und zieht in eine (kleine) Mietwohnung, die er sofort einrichtet. Er nimmt einen Kredit auf, um das Sofa, den Fernseher, das Videogerät, den Kühlschrank, die Tische, die Stühle, die Betten zu bezahlen. Er ist zufrieden: Das Auto hat er behalten (die Versicherung wird wahrscheinlich keinen Totalschaden feststellen, hat man ihm gesagt, man wird das Auto wohl reparieren können). Der Mann, der nicht nur die Klassenfahrt nach dem Abitur nach Mallorca gemacht, sondern als Jugendlicher auch die BHs seiner Mutter vor dem Spiegel anprobiert hat, kann kaum glauben, wie gut ihm die Trennung tut. Es verwundert ihn, dass sich (obwohl doch aller Augenschein dagegenspricht) die verhängnisvolle menschliche Sitte, sich paarweise zusammenzutun, die ganzen Jahrhunderte hindurch gehalten hat.

Mit diesen Gedanken im Kopf steigt er in einem großen Kaufhaus die Treppen zur Herrenabteilung hoch. Bei den Hemden lernt er eine wirklich attraktive Frau kennen. Sie fühlen sich sofort zueinander hingezogen. Drei Stunden später macht der Mann, der als Jugendlicher die BHs seiner Mutter anprobiert hat, in einem Café auf der Diagonal der attraktiven Frau den Vorschlag, (zu ihm) nach Hause zu gehen. Das tun sie. Es ist die Frau, die den Whiskey in die Gläser gießt. Sie vögeln. Sie sind sofort fertig. Der Mann findet, dass es kein besonders toller Fick war. Aber man weiß ja, dass oft die ersten Male nicht ganz so erfolgreich sind; aus diesem Grund muss man der Hoffnung eine Tür offenhalten. Er schläft ein. Als er am folgenden Tag, mitten am Vormittag, aufwacht, ist die Wohnung leer; sie haben (sie allein konnte das unmöglich weggetragen haben) das Geld, die Kreditkarten, den Fernseher, das Videogerät, das Sofa, die Stühle, die Tische, den Kühlschrank und sogar die Whiskeyflaschen mitgenommen.

Eine Woche später entdeckt er beim Duschen an der Eichel einen riesigen, gelblich weißen Pickel. Er geht zum Arzt, der ihm als Vorsichtsmaßnahme für eine Zeit zwischen vier Monaten und einem Jahr Abstinenz, ein paar Spritzen und eine Salbe verordnet. Zu Hause im Badezimmer trägt er die Salbe auf, als das Telefon klingelt. Die von der Versicherung sind am Apparat: Aufgrund des Gutachtens wurde entschieden, dass ein Totalschaden vorliegt und er daher 80 Prozent des Zeitwertes erhält, eine klägliche Summe, die er als Anzahlung für einen Gebrauchtwagen nimmt, den er in Monatsraten drei Jahre lang abzahlen wird und mit dem er zwei Tage später einen Unfall auf der Autobahn hat. Er wird ins Krankenhaus eingeliefert und sofort operiert, sein rechter Arm wird amputiert. Der Mann, der nicht nur die BHs seiner Mutter vor dem Spiegel anprobiert hat, sondern mit fünfzehn seine erste Freundin hatte, verkauft das Auto für einen lächerlichen Preis, um das nötige Geld für eine Prothese zusammenzubekommen. Als das Auto verkauft und sachgemäß Maß genommen ist, reicht der Verkaufserlös kaum dazu, die erforderlichen Anproben zu bezahlen, um zu entscheiden, welcher orthopädische Arm für ihn infrage kommt. Der Arm bleibt also außerhalb seiner finanziellen Möglichkeiten.

Ab diesem Moment überstürzen sich die Ereignisse. Er geht wieder zur Arbeit. Ausgelöst durch die Wirtschaftskrise, die sich schon jahrelang hinschleppt, sich aber seit einem Jahr immer deutlicher abzeichnet, wird gerade ein Personalabbau eingeleitet. Sie entlassen ihn und versichern ihm, dass die Entlassung nichts mit dem Verlust seines Armes zu tun hat, aber selbst er (der den anderen Arm dafür geben würde, um es wahr zu machen) merkt, dass sie wenig davon überzeugt sind. Der Mann, der mit fünfzehn seine erste Freundin hatte, versucht der Lage etwas Gutes abzugewinnen: Er wird für ein paar Monate Arbeitslosengeld erhalten. Er freut sich nicht darüber, weil er sich dann auf die faule Haut legen kann. Er freut sich darüber, weil er so die nötige Zeit hat, einen Neuanfang zu versuchen.

Er ruft seine Frau an. Nun, wo er mehr Zeit hat, möchte er gern die Kinder (die Tochter und den Kleinen) häufiger sehen, für die er sich bisher offen gestanden nicht im wünschenswerten Umfang Zeit genommen hat. Seine Tochter geht ans Telefon. Sie sagt ihm, dass sie ihn nie wieder sehen will, dass er sie anwidert. Der Mann, der die erste Freundin mit fünfzehn hatte und das erste Gehalt mit sechzehn, legt auf; eine Träne fließt ihm die Wange hinunter. Der Mann schaut aus dem Fenster: Polizisten gehen mit Schlagstöcken gegen eine Gruppe Demonstranten vor.

Als er das zweite Mal das Arbeitslosengeld abholt, sagt man ihm, dass es kein weiteres Arbeitslosengeld geben werde. Die Wirtschaftslage erlaube keinen Wohlfahrtsstaat mehr. Der Mann, der das erste Gehalt mit sechzehn hatte, kann seine Miete nicht mehr bezahlen und muss die Wohnung aufgeben. Er lebt von dem, was die Leute ihm in der U-Bahn geben. Er sucht sich immer den vollsten U-Bahn-Wagen. Er geht hinein, nimmt würdevoll die Mütze ab (er hat sich eine besorgt; sie ist absolut unverzichtbar) und rezitiert: »Meine Damen und Herren, entschuldigen Sie bitte die kleine Störung. Ich bin behindert und Familienvater mit Frau und zwei Kindern: ein Mädchen und ein kleiner Junge. Ich komme gerade aus dem Gefängnis und bitte Sie um eine kleine Gabe, damit ich nicht wieder zum Dieb werde. Es ist traurig, betteln zu müssen. Aber noch trauriger ist es, das, was andere an einem harten Arbeitstag verdient haben, stehlen zu müssen. Jede Gabe ist mir willkommen, danke.« Er streckt die Mütze hin und zieht an den Fahrgästen vorbei. Bis er eines Tages auf jemanden trifft, der ihm gerührt von einer Behindertenorganisation erzählt, die Lotterielose verkauft. Er ist einer ihrer wichtigsten Förderer und wird das Nötige veranlassen, um ihn dort unterzubringen. Dies war am Morgen. Am Nachmittag ist er bereits dort aufgenommen.

Dem Mann, der sein erstes Gehalt mit sechzehn hatte, gibt man ein Plätzchen in einer Straße nahe einer großen Ecke, wo viele Autos und wenig Leute vorbeikommen. Aus diesem Grund kommt er auf die Idee, den Stand (wie bei einigen Schnellrestaurants, die die Gäste bedienen, ohne dass sie aus dem Auto steigen müssen) zu den Autofahrern hin zu verlegen und die Lose zu verkaufen, ohne dass sie ihren Wagen verlassen müssen. Die Autofahrer halten dicht am Bürgersteig und kaufen das Los direkt vom Auto aus. Der Erfolg ist total. Er steht direkt am Bordstein zwischen zwei Müllcontainern und hat die Losscheine mit Wäscheklammern an sein Hemd geklammert. Die Autos fahren ganz dicht an ihm vorbei. Einige halten an. Manche beschweren sich; denn da, wo er steht, müssen die Autos auf einer Spur halten, auf der es nicht erlaubt ist. Da aber unmittelbar darauf das Benzin rationiert wird, fahren immer weniger Autos, und die, die noch auf der Straße sind, haben auch keine große Lust auf Streit.

Bald fahren gar keine Autos mehr, nur noch Panzer. Der Mann, der nicht nur seine erste Freundin mit fünfzehn hatte und das erste Gehalt mit sechzehn, sondern auch seinen Master in Business Administration nicht fertig gemacht hat, verkauft hoffnungsvoll weiter seine Lose, bis ein Soldat mit einem Panzer aus Jux den Stand zusammenfährt. Nun empört sich der Mann, der seinen Master nicht fertig gemacht hat, doch. Vernünftigerweise schluckt er aber seinen Ärger hinunter, als er (durch eine Frau, die dicht an der Hauswand vorbeirennt) erfährt, dass heute früh um halb neun der Krieg ausgebrochen ist. Der Krieg!

Da er behindert ist, wird er nicht eingezogen. Doch er lebt in Armut und isst (wenn er Glück hat und kein anderer in der gleichen Situation vor ihm da war) die essbaren Abfälle, die er in den oberen Stadtvierteln in den Mülleimern findet, und schläft in den U-Bahn-Eingängen. Es ist jetzt zwecklos, in der U-Bahn zu betteln, denn nun sind alle gleich, und keiner gibt etwas. Die Monate verstreichen, als wären es Jahre, und eines Tages (fast um den Wahrheitsgehalt des Sprichwortes zu beweisen, dass vor der Morgendämmerung die Nacht immer am schwärzesten ist) endet der Krieg. Wie immer sind die anderen die Sieger, die selbstverständlich das Land besetzen und ihm neue Sitten aufzwingen. Der Mann, der seinen Master in Business Administration nicht fertig gemacht und zudem drei Jahre lang regelmäßig mit seinen Arbeitskollegen Hallenfußball gespielt hat, freut sich darüber. Der Krieg ist aus, und, egal wer der Sieger ist, es kann keine bessere Nachricht geben.

Viele seiner Landsleute denken aber nicht so. Vorher gab es wenigstens die Hoffnung, dass eines Tages der Krieg aufhört. Nun, da der Krieg vorbei ist, bleibt ihnen nicht einmal diese Hoffnung. Die Verzweiflung ist derart groß, dass sich die Selbstmorde häufen. Von den Dachterrassen und den Balkonen der Häuser werfen sich die Männer im Anzug und mit Hut auf die Straße. Unter die Räder der Eisen- und der Straßenbahnen werfen sich die Mütter mit ihren Töchtern an der Hand. Die Alten wählen das Gas zum Sterben. Die Schüchternen binden sich einen richtig großen Stein um den Hals und werfen sich ins Meer. Die Realschüler stecken ihre Finger in die Steckdose und versuchen, sich mit einem Stromschlag zu töten. Der Mann, der drei Jahre lang regelmäßig mit seinen Arbeitskollegen Hallenfußball gespielt hat, leidet jedes Mal, wenn er über einen Selbstmörder stolpert oder wenn er sieht, dass sich eine Balkontür öffnet und jemand hinunterstürzt. Wenn er losrennen und sie retten könnte ... Doch die Körper fallen in rasender Geschwindigkeit, und wenn er ankommt, sind sie schon auf der Erde aufgeprallt. Wenn er ihnen nur sagen könnte, dass man sich von den Enttäuschungen und Widrigkeiten des Lebens nicht unterkriegen lassen darf ... Wenn man sich dem Unglück entgegenstellt, kommt der Wind immer aus der richtigen Richtung.

Aus diesem Grund zögert der Mann, der nicht nur drei Jahre lang regelmäßig Hallenfußball mit seinen Arbeitskollegen gespielt, sondern auch die Wirtschaftsseiten der Zeitung übersprungen hat, keine Sekunde, als er die Möglichkeit hat, einen Selbstmörder zu retten. Wie Dutzende Male zuvor hört er das Geschrei, in das die Leute ausbrechen, wenn sich jemand aus dem Fenster stürzt oder gerade aus dem Fenster stürzen will. Diesmal ist das Fenster aber nicht weit entfernt, sondern in demselben Gebäude, neben dem er in einem Karton seine Habseligkeiten aufbewahrt. Er hebt die Augen zum Himmel und sieht eine Frau, die soeben von der Fensterbank des siebenundzwanzigsten Stockwerkes springt. Ohne auch nur einen Moment zu überlegen, berechnet er die Fallstrecke und stellt sich mit offenen Armen (eigentlich mit einem Arm und einem Stumpf) darunter, um sie aufzufangen. Durch den Aufprall bleibt der Mann, der immer die Wirtschaftsseiten der Zeitung übersprungen hat, zerquetscht auf der Erde liegen, wie ein blutiger Kaugummi. Die gegen ihren Willen gerettete Frau verflucht ihn, und rasend vor Wut und Enttäuschung springt sie auf der Leiche herum, was dazu führt, dass die unsterbliche Seele des Mannes, der nicht nur die Wirtschaftsseiten der Zeitung übersprungen, sondern auch vor seiner Hochzeit jede Woche zwei- bis dreitausend Peseten fürs Lottospielen ausgegeben hat, fluchtartig die sterbliche Hülle verlässt, in die Höhe steigt, die Zirrokumulusschicht, die die Stadt überdeckt, die Stratosphäre, die Ionosphäre und die Exosphäre durchquert, in den außerirdischen Raum gelangt, das Sonnensystem, die Galaxie verlässt und erst einige Lichtjahre weiter innehält und, den Meteoriten ausweichend, vergeblich eine Ruhestatt sucht.

Gegen halb eins

Der Mann zieht an seiner Zigarette und nimmt den Telefonhörer ab.

– Ja.

– Hallo – sagt eine Frauenstimme. – Ich bin's.

Der Mann wird kerzengerade und drückt die Zigarette im Aschenbecher neben dem Telefon aus. Er redet leise:

– Ich habe dir schon hundertmal gesagt, dass du mich nie zu Hause anrufen sollst.

– Aber ich ...

– Ich habe immer gesagt, du sollst mich im Büro anrufen.

– Kannst du reden?

– Natürlich nicht. Wie du dir sicher vorstellen kannst.

– Wo ist ... sie?

– Im anderen Zimmer.

– Hört sie uns ... dich?

– Nein. Aber sie kann jederzeit hereinkommen.

– Entschuldigung. Es tut mir leid. Aber ich musste dich jetzt anrufen. Ich konnte nicht bis morgen, bis zur Arbeit, warten.

Es entsteht eine Pause. Es ist der Mann, der sie bricht.

– Warum?

– Weil mich diese Situation fertigmacht.

– Welche Situation?

– Unsere. Welche denn sonst?

– Aber ... Mal sehen, ob wir uns verstehen ...

– Nein! Nein. Sag nichts. Das ist nicht nötig. – Sie versucht, ironisch zu sein, aber es gelingt ihr kaum. – Sie könnte dich hören.

– Sie hört mich jetzt nicht. Hör zu ...

– Ich glaube, jetzt ist der Augenblick gekommen, um eine Entscheidung zu treffen.

– Was für eine Entscheidung?

– Kannst du dir das nicht denken?

– Ich habe keine Lust auf Rätselraten, Maria.

– Ich muss mich entscheiden. Zwischen dir und ihm.

– Und weiter?

– Und da du mir nicht alles geben kannst, was ich will ... Machen wir uns nichts vor: Für dich werde ich nie mehr sein als ... – Sie atmet tief durch. Man hört einen Krankenwagen vorbeifahren. – Du wirst sie nicht verlassen, oder? Ich weiß nicht einmal, warum ich dich das frage. Ich weiß ja die Antwort.

– Was ist denn das für ein Krach?

– Ich bin in einer Telefonzelle.

– Wir haben hundertmal darüber geredet. Ich war immer ehrlich zu dir. Ich habe dir nie verheimlicht, wie die Dinge liegen. Wir sind uns sympathisch, nicht? Also ...

– Aber ich bin voll von dir abhängig. Dass das umgekehrt nicht so ist, weiß ich.

– Ich hab dir immer gesagt, dass ich dir nicht wehtun will. Ich hab dir nie etwas versprochen. Oder hab ich dir jemals etwas versprochen?

– Nein.

– Du musst entscheiden, wie es mit uns weitergeht.

– Ja.

– Habe ich dir nicht schon immer gesagt, dass du diejenige bist, die entscheiden muss, wie es mit uns weitergeht?

– Ja. Deshalb ruf ich dich an. Ich hab ja eine Entscheidung getroffen.

– Ich habe immer mit offenen Karten gespielt. – Er hält inne. – Welche Entscheidung hast du getroffen?

– Ich habe beschlossen ... dich nicht mehr zu sehen.

Nachdem sie das gesagt hat, bricht die Frau in Tränen aus. Sie weint ziemlich lange. Langsam lässt das Schluchzen nach. Der Mann nützt die Gelegenheit und fängt an zu reden.

– Es tut mir leid, aber wenn es wirklich das ist, was …

Die Frau unterbricht ihn:

– Aber verstehst du denn nicht. Ich will nicht aufhören, diiiich zu seeeehhhhhen?!

Als der Mann keine Tränen mehr wahrnimmt, sagt er:

– Maria …

– Nein. – Sie putzt sich die Nase. – Mir ist es lieber, du sagst nichts.

Plötzlich hebt der Mann die Stimme:

– Mann, ich würde eher ein Auto mit mehr PS nehmen.

– Was?

– Vor allem, wenn du so lange Strecken fährst. – Er hält einen Augenblick inne. – Ja.– Er macht eine weitere Pause. – Ja, ich versteh das schon. In diesem Punkt weiß ich natürlich nicht, was ich dir raten soll. Aber ich denke, richtig wäre für dich ein Auto mit viel mehr … mit viel mehr … – Er tut so, als suche er das richtige Wort. – Einverstanden, ja. Aber das verbraucht zu viel Benzin.

– Kannst du nicht reden?

– Nein, das ist doch klar.

– Ist sie in der Nähe?

– Ja.

– Neben dir?

– Ja. Aber so groß ist der Preisunterschied nicht zu den Japanern. Und die Japaner …

– Deine Frau steht neben dir, und ich bin hier und weiß nicht, was ich machen soll. – Immer aufgebrachter: – Ohne mich ein für alle Mal zu entscheiden und diese ganze Qual zu beenden.

– Ideal ist ein Viertürer. Für euch ein Viertürer.

– Siehst du, dass es keine andere Lösung gibt? Wir können so nicht weitermachen. Wir können uns nicht einmal zivilisiert unterhalten.

– Aber der verbraucht sechseinhalb Liter.

– Du redest von Autos, von Benzinverbrauch, von Viertürern, und ich steh hier und kann mich nicht einmal dazu durchringen aufzulegen.

– Moment mal. – Der Mann legt die Hand auf den Hörer. Die Frau hört eine gedämpfte Unterhaltung. – Sie sagt, dass … – Er legt die Hand wieder auf den Hörer. Er nimmt die Hand wieder weg. – Anna lässt Luisa ausrichten, dass der Kuchen wirklich super geworden ist.

– Mit wem denkt sie denn, dass du redest?

– Na, bis bald dann.

– Willst du, dass ich auflege oder …? Aber bevor ich auflege, sag mir, ob wir uns morgen sehen.

– Ja.

– Es ist hoffnungslos. Ich ruf dich an, um dir zu sagen, dass Schluss ist, und am Ende frag ich dich, ob wir uns morgen … Am selben Ort wie immer?

– Ja.

– Zur selben Zeit wie immer?

– Genau.

– Und – jetzt spricht sie mit einer honigsüßen Stimme – werden wir auch dasselbe machen wie immer? Ich stelle mir vor, wie du vor mir kniest, mir den Rock hochschiebst … Wirst du mich lecken? Wirst du mich beißen? Wirst du mir richtig wehtun?

– Jaa. – Plötzlich spricht er wieder leise. – Verdammt, Maria! Fast hätte sie etwas gemerkt. Jetzt ist sie in der Küche, aber sie kann jederzeit zurückkommen. Und wenn sie mir den Hörer aus der Hand genommen hätte, um mit dir zu sprechen?

– Warum hätte sie mit mir reden wollen?

– Nein, ich mein natürlich nicht mit dir, sondern mit dem, mit dem sie meint, dass ich rede.

– Niemand kann dich verstehen. Aber mich kann auch niemand verstehen. Nicht mal ich selbst verstehe mich. Ich bin mit meinen Nerven fertig und beschließe, Schluss zu machen, und kaum höre ich deine Stimme, gehen meine ganzen Vorsätze wieder den Bach runter. Ich wäre jetzt gerne mit dir zusammen. Komm. Kannst du nicht kommen? Natürlich nicht. Ist schon okay. Es ist nur, wenn ich dich nicht hören kann, dann krieg ich Angst. Liebst du mich?

– Natürlich.

– Besser ich leg jetzt auf. Tschüss.

– Wo bist du?

– In einer Bar; das habe ich dir doch schon gesagt.

– Nein. Du hast gesagt, in einer Telefonzelle.

– Wenn du gewusst hast, dass ich in einer Telefonzelle bin, warum fragst du dann überhaupt?

– Aber du bist nicht in einer Telefonzelle, sondern in einer Bar. Zumindest behauptest du das jetzt.

– Eine Bar, eine Telefonzelle, ist doch egal.

– Aha, »egal«, »egal« ...

– Hey, aufhören, das reicht!

– Was willst du jetzt machen?

– Jetzt? Meinst du mit uns?

– Nein. Ich meine jetzt. Gehst du ins Kino? Hast du schon gegessen? Musst du zum Schauspielunterricht?

– Hör, ich leg jetzt auf.

– Halt, wart noch einen Moment.

– Das ...

– Maria, manchmal denk ich, wenn wir nur wollten, wenn wir es uns nur richtig vornehmen würden, könnte alles ganz anders sein, ohne diese ganzen Spannungen.

– Ja, also gut.

– Ja, was ja?

– Ja.

– Was hast du? Kannst du nicht reden? Ist da jemand, und deswegen kannst du nicht reden?

– Mmhh ... Ja.

– Bist du mit ihm in einer Bar verabredet, und er ist inzwischen da? Oder war er schon da und ist jetzt ans Telefon gekommen? Ja oder nein? Oder was?

– Ich geb dir das Buch schon zurück, Frau. Du kannst ganz beruhigt sein.

– Jetzt redest du mich schon als Frau an.

– Tschüss dann. Ruf mich an. Und erinner mich dran, dir das Buch zurückzugeben.

– Ah neee. Jetzt kannst du nicht auflegen! Du hast mich die ganze Zeit damit gequält, dir zuzuhören, ohne dass ich dir mehr als Quatsch erzählen konnte, und jetzt …

– Das kenn ich nicht. Wie heißt das Buch?

– Perfekt. Du machst das wirklich gut. Und jetzt sagst du den Titel. Oder etwa nicht?

– Nun …

– Sehr gut, dieses »nun«. Das gibt Authentizität, macht den Dialog mit dieser Frau, mit der du angeblich redest, real.

– *Liebe am Abend*, sagst du, heißt es?

– Bedeutet dieser Titel etwas, vielleicht eine Einladung?

– Aber viel besser als *Liebe am Abend* waren *Die hundert Kreuze*. Na ja, zumindest fand ich das.

– Denk dir nur, dieses habe ich nicht gelesen. Ist das auch ein Roman?

– *Die hundert Kreuze* langweilig?

Plötzlich redet der Mann wieder mit einer ernsten Stimme:

– Mensch, das habe ich dir doch schon gesagt. Es verbraucht wesentlich weniger Benzin als das andere.

– Die Protagonistin in *Liebe am Abend* ist aber glaubwürdiger.

– Wie kann das passieren, dass eine Firma wie Peugeot an einen solchen Fall nicht gedacht hat?

– Das war doch in *Jetzt sind wir beide gleich*. Oder irre ich mich?

– Absolut.

– Ja und?

– Nichts.

Es tritt eine kurze Pause ein.

– Siehst du, dass nichts zu machen ist? Ich kann jetzt wieder reden. – Es entsteht wieder eine Pause. – Du sagst nichts? Ist dir die Lust am Reden vergangen, oder willst du die Autobranche aufgeben und zu einem anderen Thema wechseln?

– Ich bin nun auch wieder alleine.

– Gut, dann tschüss.

– Du hast recht. Es ist besser, wir verabschieden uns.

– Vorher muss ich dir aber noch was sagen.

– Sag schon.

– Ich bin schwanger. – Er antwortet nicht. – Hörst du? Ich bin schwanger. Von dir.

– Was heißt von mir? Woher willst du wissen, dass es von mir ist?

– Weil ich seit der letzten Regel nur mit dir geschlafen habe, Blödmann!

– Und dieser Typ, der dir all das gibt, was ich dir nicht geben kann? Hat er nicht …? Verzeih. Was willst du machen?

– Was soll das heißen, was ich machen will? Hast du da nichts mitzureden?

– Ich? Nein.

– Na endlich. Jetzt wird mir klar, wie du bist. Jetzt begreif ich. Wenn ich jemals in diese Situation käme, würdest du jegliche Verantwortung von dir schieben.

– Was heißt: »wenn ich jemals in diese Situation käme«?

– Das heißt, dass ich offenbar nicht schwanger bin. Du hältst mich wohl für arg dumm? Ich wollte nur mal sehen, wie du in so einer Situation reagierst. Denkst du dir vielleicht, wenn ich wirklich schwanger wäre, hätte ich dich gefragt, was ich tun oder lassen soll?

Seine Stimme klingt aufgebracht.

– Hör zu, Maria …!

Die Frau unterbricht ihn.

– Was? Was soll ich mir anhören?

– Du weißt, dass ich es weder toleriere, dass du so, in diesem Ton, mit mir redest, noch dass du so mit mir umspringst!

– Ach nein?

– Ich knall dir eine in die Fresse.

– Ach ja?

– Ich geb dir mit den Fäusten eins aufs Maul.

– Ja …

– Bis du schreist.

– Ja …

– Ich fessle dich an die Bettpfosten.

– Ja, ja …

– Ich spuck dir in den Mund.

– Ja!

– Ich schlage dir dein Gesicht blutig.

– Ja, ja!

– Und ich zwinge dich …

– Wozu? Wozu?

– Ich zwinge dich …

– Wozu?

– Ich spritz dir den ganzen Mund voll. Und zwinge dich, alles runterzuschlucken, du wirst keinen Tropfen danebengehen lassen.

– Nicht einen.

Die Frau atmet aufgeregt. Der Mann ist erregt.

– Ich habe gesagt, nicht einen. Leck diesen auf, der dir von der Unterlippe runterläuft.

– »Sau«, sag »Sau« zu mir …

– Sau, knie nieder und mach den Mund auf.

Die Frau keucht.

– Genug. Ich muss es dir sagen, egal, was dann passiert. Es

wäre absurd, das noch länger weiterzumachen. – Sie schweigt einen Augenblick, so als wolle sie Luft holen. – Hör zu: Ich bin nicht Maria.

– Was soll das heißen, du bist nicht Maria?

– Dass ich nicht Maria bin: Das soll das heißen. Maria ist ... Maria hat mich gebeten, dich anzurufen und so zu tun, als sei ich sie.

– Du verarschst mich.

– Sie musste wegfahren und wollte, dass ...

– Wohin fahren?

– Aus der Stadt raus. Sie wollte, dass du glaubst, sie sei hier und nicht ... Das heißt ... Ich kann dir nicht noch länger etwas vorspielen. Also, Maria und ich kennen uns vom Schauspielunterricht. Ich studiere ebenfalls an der Schauspielschule ... Sie hat mich gebeten, dich anzurufen und einen Streit vom Zaun zu brechen. Denn morgen solltet ihr euch sehen, aber morgen ist sie noch nicht wieder zurück. Hörst du?

– Wo ist sie?

– Sie ist eine Woche weggefahren. Mit einem Liebhaber.

– Mit wem?

– Mit Jaume.

– Mit Jaume?

– Ja.

– Mit welchem Jaume?

– Mit Jaume Ibarra.

– Aber hör mal: Ich bin doch Jaume Ibarra. Mit wem glaubst du denn zu reden? Welche Nummer hast du gewählt?

– Du bist Jaume?

– Ja.

– Verdammt.

– Mit wem hast du denn gedacht, dass du redest?

– Mit Joan.

– Mit Joan? Das heißt, dass Maria und Joan ...

– Ja, klar: Ich hab die Nummern verwechselt.

– Und wie kommt es, dass du meine Telefonnummer hast?

– Maria hat mir alle beide Nummern aufgeschrieben, die eine genau über der anderen, und ich habe wohl aus Versehen die Nummern verwechselt.

– Warum hat sie dir meine Nummer aufgeschrieben, wenn du mich doch gar nicht anrufen solltest? Oder solltest du mich auch anrufen? Aber du sagst ja, dass du dachtest, sie sei mit mir weggefahren ...

– Wenn ich es dir erkläre, würdest du mir nicht glauben.

– Sag mir eins, hmm ... Wie heißt du eigentlich?

– Carme.

– Carme, sag mir eins ...

Die Frau unterbricht ihn.

– Moment mal. Bist du wirklich Jaume? Jaume wohnt doch mit gar niemandem zusammen. Es ist Joan, der mit seiner Frau zusammenwohnt! Warum hast du mir gesagt, dass deine Frau neben dir steht?

– Du bist auch nicht die Wahrheit in Person.

– Wenn du geglaubt hast, mit Maria zu reden, warum wolltest du mir weismachen, dass du mit einer Frau zusammenlebst?

– Maria und ich machen manchmal (sicher, in der letzten Zeit nicht mehr so häufig, aber doch noch manchmal) solche Spielchen. So aus Jux.

– Sie hat mir das nie erzählt.

– Warum hätte sie dir das erzählen sollen? Erzählt ihr euch alles?

– Fast.

– Ach ja? Und was erzählt sie über mich?

– Ohhh.

– Was heißt dieses »Ohhh«?

– Es heißt, dass sie mir die interessanten Dinge alle erzählt.

– Mit allem Drum und Dran?

– Mit allem Drum und Dran und was sonst noch dazu gehört.

– Wo bist du?

– In einer Bar, das habe ich dir doch schon gesagt.

– Du hast mir auch gesagt, dass du in einer Telefonzelle bist.

– Schon wieder die Telefonzelle!

– Was machst du jetzt?

– Das hast du mich vorhin schon mal gefragt.

– Als du Maria warst. Jetzt, wo du Carme bist, könnte es ja sein, dass du was anderes vorhast. Außerdem hast du mir als Maria die Frage auch nicht beantwortet. – Der Mann kaut auf seiner Lippe herum. – Warum sehen wir uns nicht?

– Wann?

– Heute?

– Es geht erst heute Abend. Am Nachmittag habe ich Unterricht.

– Also, heute Abend.

– Wo?

– Im Ritz?

– Einverstanden.

– Um acht?

– Der Unterricht geht bis um acht. Lass uns halb neun sagen.

– Wie werde ich dich erkennen?

– Ich zieh die Lederjacke an. Die, die du ihr geschenkt hast, einen Monat, bevor … Ich hab die Lederjacke an.

– Einen Monat, bevor … wovor? – Die Frau schweigt. – Die Jacke, die ich ihr einen Monat wovor geschenkt habe?

– Ich muss es dir sagen, Jaume, ich halt das nicht mehr aus.

– Dann sag's mir doch.

– Maria ist tot. Du hast ihr die Jacke einen Monat, bevor sie gestorben ist, geschenkt. Sieh mal … Hör zu … Ich hätte nicht … Sie … Ich wusste, wie sehr ihr euch geliebt habt.

Und als sie starb, habe ich beschlossen, haben wir, die ganze Klasse, beschlossen ...

– Ich finde das einen sehr geschmacklosen Witz.

– Komm, wir treffen uns und reden darüber. Um halb neun. Okay. Oder wenn du willst, schwänz ich den Unterricht.

– Ich habe sie letzte Woche gesehen.

– Sie ist schon fünf Monate tot.

– Ich habe sie in den letzten fünf Monaten häufig gesehen. Letzte Woche war ich mit ihr zusammen, und sie war quicklebendig und sehr schön. Sie war kein Geist.

– Seit fünf Monaten bist du mit einer Maria zusammen, die nicht Maria ist.

– Und wer hat deiner Ansicht nach die ganze Zeit Maria gespielt?

– Ich.

– Das hätte ich gemerkt.

– Ich sag dir die Wahrheit.

– Wenn das stimmt, warum hättest du beschließen sollen, dass du morgen nicht zu unserer Verabredung kommen willst?

– Ich habe es satt, Maria zu spielen.

– Aber du hast doch gerade akzeptiert, dass wir uns sehen.

– Weil ich dort als Carme hingehe, nicht als Maria. Jaume, bitte, ich erklär dir das später.

– Und warum ist dir nicht aufgefallen, dass ich nicht Joan, sondern Jaume bin?

– Denkst du, ich hätte nicht gewusst, wen ich anrufe? Es war klar, dass du Jaume bist. Ich kenne dich sehr genau. Du bist seit fünf Monaten mein Liebhaber. Und fünf Monate sind viel. Sodass ich sogar gemerkt habe ... – die Stimme der Frau stockt – dass ich mich wie eine Blöde in dich verliebt habe. Ich will dieses Spiel nicht weiterspielen.

– Ich glaub nichts von alldem. Wie hättest du das bewerkstelligen können, dass ich die ganzen Male, die wir uns gesehen haben (die wir uns deiner Aussage nach gesehen haben), nicht gemerkt hätte, dass du nicht Maria bist?

– Vergiss nicht, ich nehme Schauspielunterricht.

– Und wenn du noch so viel Schauspielunterricht nimmst. Wie willst du mir weismachen, dass ich den Unterschied nicht gemerkt hätte? Jetzt fehlt nur noch die Nummer mit der Zwillingsschwest … Aber wart mal: Maria hat, hatte wirklich eine Zwillingsschwester.

– Das bin ich.

– Ich hab sie nie zu Gesicht bekommen.

– Und ob du sie gesehen hast. Ich mein natürlich: Und ob du mich gesehen hast! Seit fünf Monaten mehrmals die Woche. Ein paar Wochen nur ein Mal: Und genau darüber müssen wir reden. Denn ich will dich häufiger sehen. Bleibt es dabei? Um halb neun?

– Heißt du wirklich Carme?

– Um halb neun, einverstanden?

– Ja.

– Ich liebe dich sehr. Wenn ich jemals aufhöre, dich zu lieben, werde ich sterben.

Das Streben nach Höherem

Dorotea sitzt vor dem Frisiertisch. Sie fährt langsam mit der Bürste durch ihr Haar, während sie im Spiegel beobachtet, wie Tintin lustlos seinen Pullover auszieht, ihn lustlos auf das Sofa wirft, lustlos mit der Hand durch den Bart streicht, gegen den Strich, und wie er unter der Dusche verschwindet. Dorotea steht auf, zieht den Morgenmantel aus, lässt ihn auf den Hocker fallen, schlüpft ins Bett und hört auf das Rauschen des Wassers. Sie erwägt die Möglichkeit, das Buch zur Hand zu nehmen, in dem sie gestern gelesen hat, aber eigentlich hat sie keine Lust dazu. Besser, es dort zu lassen, wo es ist, auf dem Nachttisch, und zu warten, bis ihr Ehemann aus der Dusche kommt. Sie könnten eine Weile plaudern, Tintin und sie. Als Tintin, noch dabei, sich abzutrocknen, aus der Dusche kommt, sieht Dorotea ihm seine Müdigkeit an und denkt, dass er überhaupt keine Lust zu einem kleinen Plausch haben wird. Sie fragt ihn, ob er müde sei. Tintin sagt ja, geht ins Bett, sagt Gute Nacht, schaltet das Licht aus, und sieben Sekunden später (während Dorotea ihn betrachtet und sich fragt, ob sie ebenfalls ihr Licht ausschalten oder auf ihre ursprüngliche Idee zurückgreifen und etwas lesen soll) hört sie bereits sein Schnarchen.

Schon lange ist er nicht mehr so wie früher. Wann haben sie das letzte Mal zusammen geschlafen? Dorotea zieht an der Haut am Arm. Sie ist schlaff. Sie streichelt ihre Brüste. Sie hängen. Es waren nie besonders große Brüste, aber früher waren sie wenigstens straff. Vielleicht ist das der Grund. Ihre Freundin Carlota sagt, dass so etwas oft vorkommt. Sie schlägt das Laken zurück, steht auf, macht das Nachttischlämpchen aus und geht ins Wohnzimmer. Sie zündet eine Zigarette an, und während sie Rauchringe aus dem Mund bläst (sie hat das von ihrem ersten Freund gelernt, mit siebzehn), betrachtet sie ihr Bild im Pyjama, das sich im Balkonfenster spiegelt. Sie streicht mit der Hand übers Gesicht. Sie hat sich noch nie für schön gehalten. Diese schmalen Lippen ... Die viel zu dichten Augenbrauen ... Diese spitze Nase ... Wie sollte Tintin sie denn auch begehren? In der Jugend wird ein mittelmäßiges Gesicht durch die Zartheit der Haut, die Hitze des Fleisches kompensiert. Aber wenn man über vierzig ist, ändern sich die Dinge.

Aus diesem Grund beschließt sie, eine Kosmetikerin aufzusuchen. Gleich am nächsten Morgen begibt sie sich dorthin. Sie lässt sich die Augenbrauen zupfen. Sie verbringt den ganzen Morgen dort und ist ganz begeistert, als sie den Laden verlässt. Sie betrachtet sich im Schaufenster eines Schuhgeschäftes. Als ihre Freundin Carlota sie sieht, sagt sie, dass ihr Gesicht durch die weniger dichten und vor allem durch die nun auseinanderliegenden Augenbrauen viel gewonnen habe. Sie kommt mit gemischten Gefühlen nach Hause, teils Vorfreude, teils Angst. Vorfreude darauf, dass Tintin sie wunderschön findet und sie dann wieder genauso verliebt sind wie am Anfang. Und Angst davor, dass ihm die Veränderung nicht gefällt, er sie als frivol und banal abweist. Oder noch schlimmer, dass er sich darüber lustig macht.

Doch Tintin kommt nach Hause und merkt es nicht einmal.

Eine Woche später sucht Dorotea einen Schönheitschirurgen auf. Sie sagt ihm, dass ihr ihre Lippen nicht gefallen: schmal, kalt, ohne Reiz. Sie lässt sich Silikon spritzen. Sie bekommt volle, sinnliche, begehrende Lippen. Carlota sagt ihr, dies sei eine außergewöhnliche Veränderung, und fragt sie, was sie sonst noch vorhabe. Trotz der Zustimmung der Freundin lässt die Erfahrung mit den Augenbrauen Dorotea ohne allzu große Hoffnungen nach Hause gehen. Sie irrt sich: Diesmal bemerkt es Tintin sofort. Nach Monaten verkehren sie wieder miteinander.

Ermutigt durch den Erfolg, sucht Dorotea wieder den Chirurgen auf. Sie lässt sich Silikonkissen in die Brüste implantieren. Sie werden wunderbar. Voll, straff, Idealgröße. Dieses Mal rümpft Carlota die Nase. Sie fragt sie, ob sie sicher sei, nicht zu weit zu gehen, ob dies alles sie nicht in gewisser Hinsicht so verändere, dass sie nicht mehr sie selbst sei, sondern eine Plastikfrau wie im Film und in den Männerzeitschriften. Ist sie noch sie selbst, trotz der Augenbrauen, der aufgeblasenen Lippen und der Silikonbrüste? Hat sie nicht das Gefühl, ein bisschen android zu sein?

Dorotea ist beleidigt; natürlich ist sie sie selbst. Wer denn sonst? Sie kommt zu dem Schluss, dass Carlota vermutlich langsam neidisch auf ihre positiven Veränderungen wird. Dorotea sucht wieder den Chirurgen auf. In diesem Stadium der geschäftlichen Beziehung gibt es schon das, was man Vertrauen nennen könnte. Denn diesmal ist es der Chirurg, der ihr sagt, dass der nächste Schritt die Nase sein müsse. Dorotea denkt, dass er sich nicht diese Mühe machen müsste, um ihr zu sagen, dass sie eine grässliche Nase habe; aber sie fängt sich wieder: Es ist albern, beleidigt zu sein. Der Arzt hat recht; sie weiß es, und sie weiß, dass er das in ihrem Interesse sagt. Sie lässt sich die Nase verkleinern. Das aufgestylte Näschen macht Tintin wieder völlig geil und wild.

Doch gleich nach dem Verkehr sieht er sie misstrauisch an:

– Für wen machst du dich so schön? Wem willst du gefallen? Für wen hast du dir die Lippen, die Brüste, die Nase operieren lassen? Mach mir nichts vor, Dorotea.

Dorotea lehnt den Kopf auf den ehelichen Bizeps. Sie macht sich für niemanden schön, sagt sie. Nur für ihn, auch wenn er das für eine Lüge hält. Und als sie das gesagt hat, beginnt sie zu phantasieren. Vielleicht kann sie nun mit dem neuen Gesicht und den prallen Brüsten alle Männer, die sie haben will, blenden. Aber will sie das überhaupt?

Nein, das will sie nicht. Sie will ihrem Mann jeden Tag besser gefallen. Aus diesem Grund macht sie schnurstracks ein Lifting. Darauf folgt ein Austausch der Hüften. Der Chirurg hat ihr das geraten. Eine neue Methode, vor wenigen Jahren noch unvorstellbar, die es erlaubt, ihre alten superbreiten Hüften gegen neue aus einem halborganischen Material auszutauschen. Cellulitis und Fettabsaugungen sind damit für immer vergessen. Zuvor aber lässt sie sich die Beine auswechseln (sie bekommt superschlanke), die Arme, die Arterien, den Hals. Dass all diese Veränderungen ein Erfolg sind, wird ihr eines Tages durch folgenden Vorfall bestätigt: Beim Verlassen der Klinik sieht sie Carlota hereinkommen, die sich an der Anmeldung einen Termin geben lässt. Trotz aller Voreingenommenheit hat sie schließlich doch den Chirurgen aufgesucht! In diesem Stadium hat sich Dorotea bereits so verändert, dass sie sich den Luxus leisten kann, Carlota zu beobachten, ohne von ihr erkannt zu werden.

Am nächsten Tag ist Dorotea wieder in der Klinik. Um die Backenknochen anmutiger zu gestalten, wechseln sie den Schädel aus. Daher fühlt sie sich ein paar Tage lang sonderbar. Vor allem wegen eines kleinen integrierten Schaltkreises, der, eingebaut zwischen den beiden Gehirnhälften, erlaubt, Scans von ihrer Umgebung zu machen, in der Dunkelheit zu sehen, das Innere der Menschen wie mit Röntgenstrahlen zu analysieren. Nachdem sie ihr den Verband abgenommen haben, macht sie einen Spaziergang über den Flur. Ärzte, Patienten und Besucher sehen sie von oben bis unten an. Wenn sie wüssten, dass die Beine künstlich, die Hüften aus einem halborganischen Material und die Augenbrauen und Backenknochen verändert sind, wenn sie wüssten, dass sie sogar einen kleinen integrierten Schaltkreis eingebaut hat, mit dessen Hilfe sie auf dem Bildschirm, den ihre Augen darstellen, die Obszönitäten lesen kann, die ihnen bei ihrem Anblick durch den Kopf gehen. Auch Tintin weiß das nicht; aus diesem Grund entdeckt Dorotea, als er sie an jenem Abend in der Klinik besucht (später, als er gesagt hatte) und eine banale Entschuldigung für die Verspätung dahinmurmelt, auf dem Bildschirm, den seine Augen darstellen, dass Tintin die Entscheidung zwar viel gekostet hat, er aber heute Abend endlich (daher die Verspätung) Carlota gesagt hat, dass er sie nicht mehr wiedersehen wolle. Dorotea umarmt ihren Mann und weint vor lauter Freude.

Der Eid des Hippokrates

Den herzlosen Menschen hat es viel Mühe gekostet, seinen Freund volltrunken zu machen, um sich dann unter dem Vorwand, ihn nach Hause ins Bett zu bringen, in seiner Wohnung die Klagen von dessen Frau anzuhören, die von einem Säufer als Ehemann die Nase voll hat. Der herzlose Mensch hört verständnisvoll zu und, als sie fertig ist, lädt er sie zu einem Glas ein. Bei dem einen bleibt es nicht. Schließlich sind sie, nachdem er sie volltrunken gemacht hat, im Bett; sie sagt, dass sie wegwill. In diesem Moment platzt dem herzlosen Menschen die Leber: Zehntausend kleine Stückchen spritzen an die Wand, an die Decke, auf die Bettwäsche und auf die betrunkene Frau, die er gerade vergewaltigen will und die sich halbherzig wehrt und immer wieder sagt: »Warum tust du mir das an? Warum tust du das?« Sie hat nicht einmal bemerkt, dass dem Mann die Leber geplatzt und sie über und über mit Leberfetzen bedeckt ist. Entsetzt steht der herzlose Mann auf, voller Angst zu fallen. Er geht ins Bad. Im Spiegel betrachtet er das Loch, das er nun auf der rechten Seite seines Körpers unter den Rippen hat. Dort, wo einmal die Leber war, klafft eine riesige, dunkle Öffnung. Nun ist also der Moment gekommen, den ihm Jahr für Jahr (genau genommen seit seinem sechzehnten Lebensjahr) die Halbgötter in Weiß prophezeit haben. Schlussendlich erfüllen sich die Voraussagen, und die Jahrzehnte voller Alkohol bringen die voraussehbaren verheerenden Leiden.

Der Tod steht also unmittelbar bevor. In jedem Moment kann er das Bewusstsein verlieren und zu Boden fallen. Mit solch einem Loch in der Seite kann niemand lang leben. Das eigentlich Merkwürdige ist nur, dass er noch nicht umgefallen ist. Wie kommt es, dass er noch lebt? Wie kommt es, dass er noch vernünftig denken kann? Wie kommt es, dass der Rest des Körpers funktioniert, ohne irgendwelche Auswirkungen zu spüren, so als ob nichts passiert sei? Er hat soeben eines seiner lebensnotwendigen Organe verloren, ist quicklebendig und steht bestürzt im Badezimmer. Vielleicht ist die Leber, auch wenn sie ein ganz lebensnotwendiges Organ ist, doch nicht das lebensnotwendigste von allen. Im Klartext: Es ist ja nicht das Herz geplatzt. Gewiss wäre er schon eine Weile tot, wenn das Herz geplatzt wäre. Offenbar gibt es lebensnotwendige Organe und nicht ganz so lebensnotwendige Organe, wodurch sie eigentlich nicht mehr lebensnotwendig sind. Zu dieser Kategorie der lebensnotwendigen, die nicht ganz so lebensnotwendig sind, zählt offensichtlich die Leber, jene Leber, die jetzt zur Dekoration des Schlafzimmers gehört, aus dem die Frau in ihrem Delirium zu hören ist, die nun nicht mehr fragt, warum er ihr das antue, sondern wo er sei: »Wo bist du? Warum hast du mich allein gelassen?«

Er legt sich wieder an ihre Seite. Wenn schon sterben, dann am besten in aller Brutalität. Er muss zur Sache kommen, sodass die Frau wieder ein ums andere Mal fragt: »Warum tust du mir das an?« Als er genug hat, geht der herzlose Mensch auf die Toilette, uriniert lange, beglückwünscht sich zu dem optimalen Zustand seiner Nieren (darauf war er immer stolz), wäscht sich das Gesicht, kehrt ins Schlafzimmer zurück, fasst die Frau am Nacken, hebt sie hoch, setzt sie in den Sessel, wechselt die mit Leberfetzen bespritzte Bettwäsche, bezieht das Bett neu und legt sich hin. Nach einer Weile erhebt sich die Frau aus dem Sessel und kommt ans Bett, schwankend, da sie nicht einmal die Augen öffnen kann. Sie legt sich an die Seite des Mannes und fragt ihn, ob er Frederic sei.

Am nächsten Morgen steht der herzlose Mensch mit einem superklaren Kopf auf. Und der Kater, den er eigentlich haben müsste? Er erinnert sich an das Platzen der Leber und kommt nicht einmal dazu, an einen Traum zu glauben, denn er stellt sofort fest, dass es kein Traum war: Er steckt die Hand in das Loch, das er auf der rechten Seite hat. Es ist enorm, ungefähr faustgroß, und blutet, aber nicht so stark wie in der letzten Nacht. Er kann die unteren Rippen genau fühlen. Er trocknet sich mit der Bettdecke die Hand ab und bemerkt, dass die Frau neben ihm schläft. Er vergewaltigt sie noch einmal. Diesmal fleht sie: »Nicht noch einmal. Bitte, nicht noch einmal.«

Der herzlose Mensch duscht, kleidet sich an und fordert die Frau auf, sich ebenfalls anzuziehen. Während sie die Treppe hinuntergehen, übergibt sich die Frau zweimal. Der herzlose Mann fühlt sich dagegen frisch. Er setzt sie in das Auto; für den Fall, dass sie sich nicht erinnert, ruft er ihr ins Gedächtnis, in welchem Zustand er ihren Ehemann gestern nach Hause gebracht hat, und setzt sie an einem U-Bahn-Eingang ab. Darauf betritt er eine Buchhandlung, um einige Bücher über Lebererkrankungen durchzublättern.

Er kommt früher als sonst in die Bar. Das erste Glas bestellt er voller Angst, es könnte aus dem Loch herauslaufen. Es läuft nichts heraus. Die Öffnung vernarbt auf eine widerwärtige Weise, aber schnell. Als seine Freunde langsam eintrudeln, trinkt der herzlose Mann schon stundenlang. Die ganze Nacht hindurch trinkt er soviel er will und er spürt keine der unangenehmen Nebenwirkungen, die man sonst spürt, wenn man maßlos trinkt. Und am Tag darauf: keine Spur von Kater.

Er trinkt nun immer soviel er will und kann keine der negativen Auswirkungen feststellen. Er ist zu der Schlussfolgerung gelangt, dass die Leber etwas in den menschlichen Körper eingebautes Außerirdisches ist. Und ganz im Gegensatz zu dem, was man sagt (nämlich, dass der exzessive Genuss von Alkohol schuld an den Leberleiden sei), ist es die Leber, die schuld an den Leiden des Trinkers ist. Und der einzig vernünftige Weg besteht darin, den Alkoholkonsum, soweit es geht, zu steigern, die Mahnungen der Halbgötter in Weiß in den Wind zu schlagen und sehnsüchtig auf das Platzen zu warten. Das Platzen der Leber stellt eine höhere Entwicklungsstufe des Menschen dar, natürlich und logisch, wie das Ausfallen der Milchzähne, die ersten nächtlichen Samenergüsse, der Kalkverlust der Knochen oder die Wechseljahre. Im Allgemeinen nun halten die Leute, eingeschüchtert durch ärztliche Ratschläge, eines Tages inne, hören auf zu trinken oder reduzieren die Menge. Und genau da liegt der Fehler: Denn wenn man weniger trinkt, wird die wünschenswerte Entwicklung, die zu einem Platzen der Leber führt, unterbrochen, und man lebt ziemlich schlecht mit diversen Leiden oder mit schlechtem Gewissen oder mit beidem. Dass das Platzen eine ganz normale Angelegenheit ist, beweist die Tatsache, dass die Öffnung spontan verheilt, völlig problemlos. Ganz anders, als wenn ein Arzt die Leber mit einem chirurgischen, einem künstlichen Eingriff entfernt hätte.

Der herzlose Mensch schaut zu, wie die Freunde umfallen, einer nach dem anderen, jede Nacht berauscht. Und es kommt immer ein Tag, an dem sie aufgeschreckt durch Beschwerden zum Arzt gehen und unweigerlich dessen Anweisungen befolgen. Opfer ihrer Leber, reduzieren sie den Alkoholkonsum. Eines Abends gibt der herzlose Mann ihnen den Rat, dass sie viel mehr trinken müssen, immer mehr, bis die Leber platzt. Wenn ihnen das gelingt, wird ihnen der Alkohol nie wieder zum Problem werden. Alle Ärzte wissen das, aber diese untereinander verschworene Clique würde das nie zugeben. Die Freunde glauben ihm nicht, trinken ein wenig mehr und schleppen sich volltrunken nach Hause. Er gibt ihnen nie wieder Ratschläge. Und wenn einer an Leberzirrhose oder Hepatitis stirbt, weil er nicht in der Lage war, sich seiner Leber zu entledigen, kauft er ihm einen Kranz, begleitet die Witwe zur Beerdigung, und unter dem Vorwand, ihren Schmerz zu lindern, macht er sie anschließend volltrunken.

Der Pilzkenner

Bei Anbruch der Morgendämmerung verlässt der Pilzkenner mit einem Stock und einem Korb das Haus. Er wandert die Landstraße entlang und biegt einen Moment später in einen Feldweg ein. Dem folgt er bis zu einem Pinienwald. Von Zeit zu Zeit bleibt er stehen. Mit dem Stock schiebt er die Piniennadeln beiseite und legt Maronen frei, bückt sich, dreht sie ab und tut sie in den Korb. Ein Stückchen weiter findet er Butterpilze. Er wandert weiter und sammelt in einem Steineichenwald Pfifferlinge, Parasolpilze, Reizker, Wiesenchampignons und Steinpilze.

Mit vollem Korb macht er sich auf den Rückweg. Plötzlich sieht er den abgerundeten, scharlachroten und weiß getupften Hut des Fliegenpilzes. Damit ihn niemand mitnimmt, gibt er ihm einen Fußtritt. Inmitten der Staubwolke, die der Pilz bei seinem Zerfall in der Luft bildet, taucht, plopp, ein Gnom auf, mit einem grünen Mützchen, weißem Bart und spitzen Stiefeln mit Schellen dran; er schwebt einen halben Meter über der Erde.

– Guten Tag, guter Mann. Ich bin der Glücksgnom, der aus manchen Fliegenpilzen entsteht, wenn sie zu Staub zerfallen. Du bist ein Glückspilz. Nur in einem von hunderttausend Fliegenpilzen ist ein Glücksgnom. Du hast einen Wunsch frei. Sag ihn mir, ich werde ihn dir erfüllen.

Der Pilzsammler schaut ihn entgeistert an.

– Das gibt es doch nur im Märchen.

– Nein – antwortet der Gnom. – Das gibt es auch in der Wirklichkeit. Also los, sag mir, was du dir wünschst, und ich werde es erfüllen.

– Ich kann das einfach nicht glauben.

– Du wirst es schon glauben. Sag deinen Wunsch, und du wirst sehen, egal was du willst, auch wenn es dir noch so groß oder unerreichbar erscheinen mag, du wirst es von mir bekommen.

– Wie kann ich mir denn von dir etwas wünschen, wenn ich gar nicht glauben kann, dass es Gnome gibt, die mir alles, was ich mir wünsche, geben können?

– Du siehst vor dir ein Männchen, das einen halben Meter über der Erde schwebt, mit weißem Bart, grünem Mützchen, Glöckchen an den Stiefelspitzen, und du glaubst es nicht? Komm, sag endlich, was du dir wünschst.

Nie hätte er sich träumen lassen, jemals in eine solche Lage zu kommen. Was sollte er sich wünschen? Reichtümer? Frauen? Gesundheit? Glück? Der Gnom liest seine Gedanken.

– Wünsch dir greifbare Dinge. Nichts Abstraktes. Wenn du Reichtümer willst, wünsch dir eine bestimmte Menge Gold oder einen Palast oder ein Unternehmen mit diesen oder jenen Charakteristika. Wenn du Frauen haben willst, sage, welche konkret. Ob das, was du dir gewünscht hast, dich letztendlich wirklich glücklich macht oder nicht, ist deine Sache.

Der Pilzsammler ist unschlüssig. Greifbare Dinge? Einen Range Rover? Ein Herrenhaus? Eine Yacht? Eine Fluggesellschaft? Kelly McGillis? Debora Caprioglio? Den Thron eines Balkanstaates? Der Gnom macht ein ungeduldiges Gesicht.

– Ich kann nicht ewig warten. Ich habe es vorhin nicht erwähnt, weil ich dachte, du brauchst nicht so lange, aber du hattest fünf Minuten Zeit, dich zu entscheiden, und drei Minuten sind schon vorbei.

Es bleiben ihm also nur noch zwei. Der Pilzsammler wird langsam unruhig. Er muss entscheiden, was er will, und er muss es sofort entscheiden.

– Ich wünsche mir …

Er hat »Ich wünsche mir« gesagt, noch ohne entschieden

zu haben, was er sich wünscht, nur damit der Gnom nicht die Geduld verliert.

– Was willst du? Sag.

– Sich unter einem derartigen Druck etwas wünschen zu müssen, ist eine Zumutung. In einer solchen Situation, die vielleicht einmalig im Leben ist, braucht man Zeit, um sich zu entscheiden. Man kann nicht gleich das Erstbeste sagen, was einem durch den Kopf geht.

– Du hast noch eineinhalb Minuten.

Vielleicht wäre es besser, sich Geld zu wünschen: eine konkrete Summe. Tausend Billionen Peseten zum Beispiel. Mit tausend Billionen Peseten könnte er alles haben. Und warum nicht zehntausend oder hunderttausend Billionen? Oder eine Trillion. Er entscheidet sich für keine Summe, denn sich in einer Situation wie dieser, so voll Magie, Geld zu wünschen, wäre in der Tat ordinär, wenig einfallsreich und überhaupt nicht geistreich.

– Eine Minute.

Die Geschwindigkeit, mit der die Zeit vergeht, hindert ihn daran, einen kühlen Kopf zu bewahren. Es ist ungerecht. Und wenn er sich Macht wünschen würde?

– Dreiunddreißig Sekunden.

Je mehr die Zeit drängt, desto schwerer fällt es ihm, sich zu entscheiden.

– Fünfzehn Sekunden.

Also die Trillion? Oder eine Million Trillionen? Und eine Trillion Trillionen?

– Vier Sekunden.

Er schlägt sich endgültig das Geld aus dem Kopf. Ein außergewöhnlicher Wunsch muss raffinierter, mehr durchdacht sein.

– Zwei Sekunden. Los, sag schon.

– Ich wünsche mir noch so einen Gnom wie dich.

Die Zeit ist abgelaufen. Der Gnom löst sich in Luft auf,

und plopp, erscheint sogleich an genau derselben Stelle ein neuer Gnom, der aufs Haar genauso aussieht wie der vorige. Einen Moment lang ist der Pilzsammler unsicher, ob es vielleicht nicht doch derselbe Gnom ist wie vorher, aber offenbar nicht, denn dieser hier wiederholt den gleichen Singsang wie der andere, und wäre es derselbe, denkt er, könnte er sich das wohl sparen.

– Guten Tag, guter Mann. Ich bin der Glücksgnom, der aus manchen Fliegenpilzen entsteht, wenn sie zu Staub zerfallen. Du bist ein Glückspilz. Nur in einem von hunderttausend Fliegenpilzen ist ein Glücksgnom. Du hast einen Wunsch frei. Sag ihn mir, ich werde ihn dir erfüllen.

Die neuen fünf Minuten, in denen er entscheiden muss, was er sich wünscht, beginnen schon zu verrinnen. Er weiß, wenn sie ihm nicht reichen, bleibt ihm die Möglichkeit, sich einen neuen Gnom zu wünschen, genau wie diesen hier, aber das befreit ihn nicht von seiner Angst

Die Kröte

Der Prinz trägt eine hautenge, blaue Hose, die sein Gesäß betont, ein kleines, knackiges Gesäß, nach dem sich Päderasten und Mädchen auf die Unterlippe beißend umsehen, wenn der Prinz vorübergeht. Außerdem trägt er ein buntscheckiges Wams, ein kurzes, rotes Cape, eine große, graue Kappe mit einer grünen Feder und über der hautengen, blauen Hose halbhohe Stiefel.

Er reitet gerne. Bei Anbruch des Tages nach dem Frühstück reitet er oft aus, verliert sich in den Wäldern, alles Nadelwälder, dicht und feucht, mit tief hängenden Nebelschwaden. Zuweilen, mitten auf einem freien Feld, auf einer Hügelkuppe oder neben einer Tanne, die hundertmal höher ist als er, bringt der Prinz sein wieherndes Pferd zum Stehen und fängt an nachzudenken.

Worüber denkt der Prinz nach? Er denkt über seine Zukunft nach, darüber, wie er regieren wird, wenn er das Reich erbt, welche Neuerungen er einführen und welche Frau er sich erwählen wird, um sie an seiner Seite auf den Thron zu setzen. Der Thron jenes Reiches ist ein zweisitziger Thron, mit purpurrotem Samt bezogen, einem Sofa oder einer Chaiselongue sehr ähnlich. Nicht, dass er verheiratet sein müsste, um das Reich zu erben. Sein Großvater, zum Beispiel, war ledig und blieb auch die ersten acht Jahre seiner Regentschaft ledig, bis er schließlich eine würdige und geziemende Prinzessin, die Großmutter des Prinzen, kennenlernte. Er braucht also nicht unbedingt zu heiraten, aber er hätte diese Angelegenheit gerne vorher geregelt, um sich dann nach der Krönung zum König ganz dem Regieren seines Landes zu widmen.

Aber es ist nicht so ganz einfach für ihn, das mit der hinreichend würdigen und geziemenden Frau. Er geht wenig aus. Seine Freunde, alles Prinzen wie er, gehen jeden Abend aus, ziehen von Taverne zu Taverne, von Fest zu Fest, bis in die frühen Morgenstunden, manchmal ohne ihre königliche Herkunft zu verbergen, manchmal als Plebs verkleidet. Sie sind es leid, Prinzessinnen und Mägde auf den Festen und in den Tavernen kennenzulernen. Jeden Tag nach dem Aufstehen um die Mittagszeit treffen sich die Prinzen zum Aperitif mit dickem Brummschädel und roten, hinter Sonnenbrillen versteckten Augen. Sie erzählen sich, über welche Frauen sie in der Nacht zuvor gestiegen sind. Und wie, in allen Einzelheiten. Sie kommen immer zu dem gleichen Ergebnis: Egal ob Prinzessin oder Magd, alle sind sie Säue. Diese Konzession an die Gleichheit aller ist ebenso ungewöhnlich, wie sie unter dem großen Gelächter aller gefeiert wird. Nur der Prinz mit der blauen Hose lacht nicht. Dem Prinzen missfällt nicht nur, dass sie frivol Prinzessinnen mit Mägden vergleichen, sondern dass es laut ihrer Expertise keine Frau gibt, die keine Sau ist.

Deshalb geht er niemals mit den anderen Prinzen aus, die ihn, um ihn von ihrer Meinung zu überzeugen, überreden wollen, eine Nacht mitzukommen. Ginge er mit, würde er feststellen, dass die Dinge so sind, wie sie sagen. Er weigert sich. Er weigert sich nicht, weil er ihnen nicht glaubt. Er weigert sich aus Angst: Denn er könnte ja feststellen, dass sie tatsächlich recht haben. Und er wird die reine Prinzessin finden, nach der er seit seiner Jugend sucht, davon ist er überzeugt, wenn er nur den Mut nicht verliert. Kommt er aber zu der Überzeugung, dass, ob Adel oder gemeines Volk, alle Frauen gleich sind, wird er sie niemals finden können.

Noch nie hat er irgendjemandem gestanden, wie sehr er hofft, seine ideale Prinzessin zu finden. Denn er weiß, dass man ihn auslachen würde. Sie wird verzaubert sein, und zwar in eine Kröte. Er weiß es ganz genau. Und genau aus diesem Grund wird sie auch anders sein als all die anderen, denn sie wird fern von menschlicher Banalität und Dekadenz gelebt haben. Er hat es von klein auf in den Märchen gelesen, und auch wenn die anderen Prinzen (dieselben, die sich jetzt jeden Mittag zum Aperitif treffen) sich schon damals über diese Geschichten lustig gemacht haben, so glaubte er doch voller Überzeugung daran. Eine Überzeugung, die sich im Laufe der Jahre durch eine merkwürdige und bedeutungsvolle Tatsache gefestigt hat: Es ist ihm noch nie gelungen, eine Kröte zu Gesicht zu bekommen. Obgleich er bereits von klein auf sehnsüchtig danach sucht. Er weiß, wie sie aussehen, von Zeichnungen und Fotos aus naturwissenschaftlichen Büchern, aber er hat noch nie eine gefunden.

Aus diesem Grund klopft ihm das Herz bis zum Hals, als er an einem Morgen nach mehrstündigem Galopp an einem Tümpel anhält, um sein Pferd zu tränken, und eine Kröte (eine leuchtende, fette, grünlich-violette Kröte) auf einem bemoosten Felsen sitzen sieht. Er springt ab. Endlich hat er eine Kröte gefunden, von Angesicht zu Angesicht, live. Die Kröte begrüßt ihn:

– Quack.

Das Tier ist noch viel ekelerregender, als er es sich nach den Zeichnungen und Fotos in den Büchern vorgestellt hat. Aber nicht einen Moment zweifelt er daran, dass dies das Tier ist, dem er einen Kuss geben muss. Es ist die erste Kröte, die er nach Jahren des Suchens gefunden hat. Daher weiß er, dass es nicht irgendeine Kröte ist, sondern eine verzauberte Prinzessin, die nicht durch ein mondänes Leben verdorben ist. Er bindet die Zügel des Pferdes an eine Pappel und geht voller Angst auf die Kröte zu, Angst vor der Enttäuschung, wenn sich herausstellen sollte, dass die Kröte trotz seiner Überzeugung nur eine Kröte ist und mit einem Sprung im Tümpel landet. Er kniet neben dem Felsen nieder.

– Quack – tönt das Tier zum zweiten Mal.

Der Prinz bückt sich und streckt den Kopf vor. Die Kröte sitzt genau vor ihm. Die Schallblase ist unaufhörlich in Bewegung. Jetzt, wo er sie so ganz nah vor sich sieht, überwältigt ihn der Ekel; aber er überwindet ihn sofort und nähert seine Lippen dem Maul des Krötentiers:

– Schmatz.

In weniger als einer tausendstel Sekunde und mit einem ohrenbetäubenden Knall verwandelt sich die Kröte in ein Prisma aus hunderttausend Farben, das Gesichter ins Unendliche vervielfältigt, bis sich alle Farben und Gesichter zu einem wunderschönen Mädchen mit goldenem Haar zusammenfügen. Sie trägt eine Krone auf dem Haupt, die ihre adlige Herkunft beweist. Endlich hat der Prinz die Frau gefunden, die er immer gesucht hat, die, mit der er Thron und Leben teilen wird.

– Endlich bist du gekommen – sagt sie. – Wenn du wüsstest, wie sehr ich auf den Prinzen gewartet habe, der mich von dem Zauber befreit.

– Ich kann dich verstehen. Ich habe dich von klein auf ständig gesucht. Und ich wusste immer, dass ich dich finden würde.

Sie sehen sich in die Augen und nehmen sich bei der Hand. Für immer, und beiden ist das bewusst.

– Es kam mir vor, als sollte dieser Augenblick niemals kommen – sagt sie.

– Nun, jetzt ist er da.

– Ja.

– Wunderbar, nicht?

– Bist du glücklich?

– Ja. Und du?

– Ich auch.

Der Prinz schaut auf die Uhr. Was soll er ihr noch sagen? Worüber sollen sie reden? Soll er ihr sofort vorschlagen, nach Hause zu gehen, oder wird sie ihm das übel nehmen?

Eigentlich haben sie es auch nicht eilig. Sie haben das ganze Leben vor sich.

– Endlich …

– Ja.

– Siehst du …

– So lange warten und, plopp, plötzlich ist es so weit.

– Ja. Jetzt ist es so weit.

Schneewittchen

Auf einer Lichtung erblickt der Reiter den Körper des Mädchens, das auf einem mit bunten Blumen umrankten Bett aus Eichenzweigen schläft. Er steigt schnell ab und kniet sich an ihrer Seite nieder. Er nimmt ihre Hand. Sie ist kalt. Ihr Gesicht ist weiß wie das einer Toten. Die Lippen dünn und blau. Der Reiter, sich seiner Rolle in dieser Geschichte wohlbewusst, küsst sie sanft. Auf der Stelle spuckt das Mädchen das Apfelstück aus und öffnet die Augen, große, mandelförmige, dunkle Augen, und blickt ihn an: mit einem überraschten Blick, der zusehends (nachdem sie darüber nachgegrübelt hat, wer sie ist und wo sie ist und warum sie hier ist und wer dieser Mann an ihrer Seite sein mag, der sie wohl geküsst haben muss) zärtlich wird. Die Lippen verlieren den bläulichen Ton und öffnen sich zu einem Lächeln, als sie wieder die Röte des Lebens angenommen haben. Sie hat wunderschöne Zähne. Dem Reiter macht es überhaupt nichts aus, sich mit ihr zu vermählen, wie es die Tradition gebietet. Mehr noch: Er sieht sich schon für immer Arm in Arm mit ihr, stellt sich vor, wie er alles mit ihr teilen wird, wie sie zuerst einen Sohn, dann eine Tochter und zum Schluss wieder einen Sohn bekommen werden. Sie werden ein glückliches Leben führen und zusammen alt werden.

Die Wangen des Mädchens haben die Totenblässe verloren und sind taufrisch, sinnlich, zum Reinbeißen. Er steht auf und reicht ihr die Hände, alle beide, damit sie sich festhalten und aufrichten kann. Und während dann (ohne den verliebten Blick abzuwenden) das Mädchen (von der langen Zeit des Liegens geschwächt) mit Unterstützung der kräftigen männlichen Arme aufsteht, bemerkt der Reiter, dass (so etwa in zwanzig oder dreißig Meter Entfernung, bevor die

Lichtung in den Wald übergeht) ein weiteres Mädchen schläft, gleichfalls auf einem mit bunten Blumen umrankten Bett aus Eichenzweigen und genauso schön wie dasjenige, das er gerade wachgeküsst hat.

Die Monarchie

Und alles nur wegen jenes Schuhs, den sie verlor, als sie überstürzt den Ball verlassen musste, weil der Zauber um zwölf Uhr endete. Das Ballkleid verwandelte sich wieder in Lumpen, die Kutsche hörte auf, eine Kutsche zu sein, und wurde wieder zum Kürbis, die Pferde zu Mäusen und so weiter. Es hat sie immer in größtes Erstaunen versetzt, dass der Schuh nur ihr perfekt passte, denn ihre Schuhgröße (36) ist keinesfalls unüblich, und es gibt sicher andere Mädchen mit derselben Schuhgröße im Dorf. Sie erinnert sich noch gut an die bestürzten Gesichter der beiden Stiefschwestern, als sie sahen, dass sie es war, die sich mit dem Prinzen vermählte und (ein paar Jahre später, als das Königspaar starb) die neue Königin wurde.

Der König war ein aufmerksamer und feuriger Ehemann. Ihr Leben war ein Traum, bis zu dem Tag, an dem sie Lippenstiftspuren auf dem königlichen Hemd entdeckte. Der Boden wurde ihr unter den Füßen weggezogen. Welch Kummer! Wie soll sie sich verhalten, sie, die Verkörperung der Tugend? Sie, die immer aufrichtig und arglos gehandelt hat?

Dass der König eine Geliebte hat, ist gewiss. Lippenstiftspuren auf dem Hemd sind schon immer ein klarer Beweis für Ehebruch gewesen. Wer mag die Geliebte ihres Mannes sein? Soll sie ihm ihre Entdeckung mitteilen oder sie besser geheim halten, wie es sich traditionsgemäß für Königinnen ziemt, um die Monarchie als Institution nicht in Gefahr zu bringen? Und warum hat sich der König eine Geliebte genommen? Stellt sie ihn nicht zufrieden? Vielleicht sucht ihr Mann, weil sie sich gewissen Praktiken verweigert, die sie als pervers empfindet (im Wesentlichen Analverkehr und Natursekt), diese außer Haus?

Sie beschließt zu schweigen. Sie schweigt auch an dem Tag, an dem der König erst um acht Uhr morgens mit schwarzen Rändern unter den Augen nach Frau riechend ins königliche Schlafzimmer kommt. (Wo treffen sie sich? In einem Hotel, bei ihr zu Hause, im Palast selbst? Es gibt so viele Zimmer in diesem Palast, dass er es sich erlauben könnte, die Geliebte einfach in einem der vielen ihr unbekannten Nebentrakte unterzubringen.) Sie sagt auch nichts, als die fleischlichen Kontakte, die sie früher mit der Regelmäßigkeit eines Metronoms vollzogen (jede zweite Nacht), seltener werden, bis sie eines Tages feststellt, dass schon mehr als zwei Monate seit dem letzten Mal vergangen sind.

Sie weint still vor sich hin, im königlichen Zimmer, jede Nacht; denn nun geht der König keine Nacht mehr mit ihr ins Bett. Die Einsamkeit zehrt an ihr. Besser, sie wäre nie zu dem Ball gegangen oder der Fuß irgendeines anderen Mädchens hätte in den Schuh gepasst und nicht der ihre. So wäre der Gesandte des Prinzen nach getaner Arbeit nie zu ihr nach Hause gekommen. Und wenn er doch gekommen wäre, so wäre es ihr sogar lieber gewesen, wenn eine ihrer Stiefschwestern auch die Größe 36 gehabt hätte anstatt 40 und 41, Schuhnummern, die hierzulande viel zu groß für ein Mädchen sind. So hätte der Gesandte nicht gefragt, was ihr jetzt, am Boden zerstört durch die Untreue ihres Mannes, schicksalhaft erscheint: ob es in dem Haus keine andere Frau gebe außer der Stiefmutter und den beiden Stiefschwestern..

Was nützt es ihr, Königin zu sein, wenn sie nicht die Liebe des Königs hat? Sie würde alles geben, um die Frau zu sein, mit der sich der König außerehelich vereinigt. Sie würde tausendmal lieber die ehebrecherischen Liebesnächte des Monarchen teilen als die Leere des ehelichen Bettes erleiden. Lieber Geliebte als Königin.

Sie beschließt, der Tradition zu folgen und dem König

nicht zu sagen, was sie entdeckt hat. Sie wird ganz sibyllinisch handeln. Am Abend darauf, als der König sich wohlerzogen verabschiedet, folgt sie ihm. Sie folgt ihm durch Flure, die sie nicht kennt, durch unbekannte Palastflügel, in Zimmer, deren Existenz sie nicht einmal ahnte. Der König geht mit der Taschenlampe vor ihr her. Schließlich macht er die Tür eines Zimmers hinter sich zu, und sie bleibt draußen auf dem Flur im Dunkeln. Sogleich hört sie Stimmen von drinnen. Die ihres Mannes zweifelsohne und das gackernde Lachen einer Frau. Aber außer diesem Lachen hört sie noch die Stimme einer anderen Frau. Ist er mit zwei Frauen zusammen? Ganz vorsichtig und darauf achtend, kein Geräusch zu machen, öffnet sie die Tür einen Spalt. Sie legt sich auf den Boden, damit man sie vom Bett aus nicht sehen kann; sie kriecht mit dem halben Körper ins Zimmer. Das Licht der Leuchter wirft die Schatten dreier kopulierender Körper an die Wand. Sie hätte sich gerne etwas erhoben, um zu sehen, wer da im Bett liegt, denn durch das Lachen und Flüstern kann sie die Frauen nicht identifizieren. Von da aus, wo sie ist, auf dem Boden liegend, kann sie kaum mehr sehen; sie sieht nur am Fuße des Bettes, achtlos hingeworfen, die Schuhe ihres Mannes neben zwei Paar Damenschuhen, mit superhohen Absätzen, die einen schwarz und Schuhgröße 40, die anderen rot und Schuhgröße 41.

Die Fauna

Die Katze jagt die Maus durchs ganze Haus und tappt nacheinander in die Fallen, die sie selbst dem Nager gestellt hat. Sie fällt in den Topf mit Teer, rutscht auf der Bananenschale aus und endet im Fleischwolf, der aus ihr Hackfleisch macht. Sie hat sich noch nicht wieder erholt, als sie auf die Türklinke drückt, ohne zu ahnen, dass die Maus sie unter Strom gesetzt hat: Alle Haare richten sich auf, ihre Farbe wechselt von schwarz zu weiß, gelb, violett, die Augäpfel springen aus den Augenhöhlen und drehen sich achtzehnmal um sich selbst, die Zunge rollt sich in Zickzackfalten auf und ab, sie stürzt angesengt zu Boden und verwandelt sich in einen Haufen schwarzen, qualmenden Pulvers. Dann kommt die Hausfrau mit Besen und Schaufel, kehrt sie zusammen und schüttet sie in den Mülleimer.

Aber sofort liegt sie wieder auf der Lauer. Ach! Sie würde alles geben, um sich dieser elenden Maus zu entledigen, die niemandes Sympathien wecken sollte. Warum gewinnt sie nie? Warum ist es immer das kleine Tierchen, das davonkommt? Außerdem weiß die Katze, dass Mäuse bei einem Großteil der Menschheit Ekel erregen. Was vielen Menschen von allen Kriegsgeschicken (mehr als Bomben, mehr als Dumdumgeschosse, mehr als die schlaflosen Nächte, mehr als die Tage ohne Essen und die Märsche ohne Schuhe mit in Lumpen gewickelten Füßen) in schrecklichster Erinnerung geblieben ist, sind die Ratten. Warum also vergessen einige Menschen diesen Ekel und stellen sich auf die Seite der Maus? Nur weil sie das kleinere Tier ist?

Die Katze geht wieder zum Angriff über. Sie schwört wieder einmal, dass diesmal die Maus nicht davonkommen wird. Sie steckt das Haus in Brand; alles brennt ab, doch die Maus rettet sich. Und als der Hausherr von der Arbeit nach Hause kommt, verprügelt er die Katze mit dem Besenstiel. Die Katze gibt nicht auf. Wieder verfolgt sie die Maus. Schließlich erwischt sie sie und steckt sie in eine Zementmaschine. Gerade als sie dabei ist, die Maschine anzuschalten, erscheint der Hund. Aufgrund eines genauso unverständlichen wie atavistischen Gesetzes ist der Hund immer Freund der Maus. Dieser Hund hat einen kolossalen Hammer in der Hand. Er lässt ihn auf den Kopf der Katze niederfallen, der platt wie ein Blatt Papier liegen bleibt.

Aber sie ist sofort wieder auf den Beinen; jetzt bekommt sie mit der Post ein Paket, sie lächelt. Sie stopft das Loch, in dem sich die Maus versteckt hält, mit Pulver voll und legt Feuer. Das Ganze explodiert just in dem Augenblick, als sie bemerkt, dass die Maus nicht in ihrem Loch ist, sondern sie mit einem widerwärtigen Lachen von der Haustür aus beobachtet. Es ist immer das Gleiche.

Bis eines überraschenden Tages, viele Episoden später, die Katze triumphiert.

Nach einer Jagd durch den Hausflur (einer Jagd wie so vielen anderen zuvor) erwischt die Katze die Maus. Das ist schon so oft vorgekommen, doch ... So oft hat die Katze die Maus wie jetzt in den Krallen gehabt, und sie ist ihr wieder entwischt, sodass nicht einmal die Katze selbst glauben kann, dass es diesmal ums Ganze geht. Sie spießt die Maus mit einer dreizinkingen Gabel auf. Aus jeder der drei Wunden schießt ein Blutstrahl. Die Katze macht den Herd an. Sie stellt eine Pfanne darauf und gießt Öl in die Pfanne. Als das Öl heiß ist, legt sie die Maus hinein und röstet sie ganz langsam unter so wahnsinnigen Schreien, dass sogar die Katze sich die Ohren mit zwei Korken zustopfen muss. Da merkt sie, dass diesmal etwas Seltsames vor sich geht. Diesmal ist es wahr. Der Mausekörper wird steif, schwarz und schwärzer und qualmt immer mehr. Die Maus guckt die Katze mit Augen an, die diese nie vergessen wird, und stirbt.

Die Katze röstet die Leiche weiter. Danach nimmt sie die Pfanne vom Feuer und hält die Maus direkt über die Flammen, bis nur noch eine schwarze, zerknitterte Haut übrig bleibt. Sie nimmt die Leiche aus dem Feuer, guckt sie aus der Nähe an und berührt sie mit dem Finger: Sie zerfällt in zehntausend verkohlte Teilchen, die der Wind hochwirbelt und in alle vier Himmelsrichtungen verstreut. Einen Moment lang ist die Katze unendlich glücklich.

Die Willenskraft

Der hartnäckige Mann weiß, dass es nur darum geht, einen festen Willen zu haben (und ihn dann lang genug durchzuhalten), um das zu erreichen, was man erreichen will. Da gibt es nichts weiter, auch keine irgendwie gearteten Geheimnisse. Er kniet sich nieder, beugt den Oberkörper vor, bis sein Gesicht eine Handbreit von dem Stein entfernt ist (einem etwas länglichen, abgerundeten, grauen Stein) und vokalisiert ganz klar:

– Da.

Er fixiert den Stein mit seinem Blick, bohrt seine Augen in jede kleine Unebenheit und versucht, ihn ganz zu erfassen, eine absolute Kommunikation aufzubauen, damit der Stein sich, eine Handbreit von ihm entfernt, in eine Erweiterung seiner selbst verwandelt. Es ist Mittag; die Brise mildert die Kraft der Sonne. Mit Bedacht öffnet er wieder die Lippen:

– Da.

Er hat »Da« gewählt, weil er immer gehört hat, dass Kinder das als Erstes sagen. Es ist der Ausruf, mit dem sie die Eltern überraschen, die leichteste Silbe, um mit dem Sprechen zu beginnen.

– Da.

Der Stein schweigt weiter. Der hartnäckige Mann lächelt. Er gibt sich nicht leicht geschlagen, wenn Widrigkeiten auftauchen. Als er sich das Ziel gesetzt hat, dem Stein das Sprechen beizubringen, war ihm klar, dass dies keine leichte Aufgabe sein würde. Er weiß, dass die Menschen jahrhundertelang die verbalen Möglichkeiten des Mineralreiches unterschätzt haben und dass es vielleicht das erste Mal seit vielen Jahren ist, dass ein nüchterner Mann von Angesicht zu Angesicht vor einem Stein sitzt und versucht, ihn zum Sprechen zu bringen. Wenn man dann noch die traditionelle Nachlässigkeit der Schülerschaft bedenkt, dann wird einem die Schwierigkeit des Unternehmens klar.

– Da – insistiert der hartnäckige Mann.

Der Stein schweigt. Der Mann wirft für einen Moment den Kopf nach hinten, um ihn aber sofort erneut vorzubeugen, bis das Gesicht zehn Zentimeter vor dem Stein ist:

– Da da da da da da. Da!

Keine Antwort. Der Mann lächelt wieder, streicht über sein Kinn, richtet seinen Oberkörper auf, steht auf, holt eine Schachtel Zigaretten aus der Tasche, nimmt eine Zigarette aus der Schachtel und zündet sie an. Rauchend beobachtet er den Stein. Wie soll er den Kontakt herstellen? Wie mit ihm kommunizieren? Mit den Fingern schnippt er die Zigarette gegen einen Baum und stürzt sich (wie ein Kämpfer auf seinen Gegner) auf den Stein und schreit:

– DAAA!!!

Die offensichtliche Gleichgültigkeit des Gesteins rührt ihn. Er streichelt es mit den Fingerspitzen. Jetzt spricht er mit verführerischer Stimme:

– Stein. Hallo, Stein. Stein? Ste – in. S t e i n. Stein …

Er streichelt ihn in einem fort. Mal langsam, mal schnell. Erst streichelt er ihn sanft, dann stürmisch.

– Komm, sag: da.

Der Stein sagt nichts. Der hartnäckige Mann gibt ihm einen Kuss.

– Ich weiß, dass du es kannst. Ich weiß nicht, ob du mir zuhören kannst, aber du kannst mich zumindest verstehen. Verstehst du mich? Hörst du, was ich sage? Ich weiß, dass du es sagen kannst. Ich weiß, dass du »da« sagen kannst. Ich weiß, dass du reden kannst, wenn auch nur ein bisschen. Ich weiß auch, dass es für dich schwierig ist, denn vielleicht hat noch nie jemand mit dir geredet oder dich zum Reden aufgefordert, und am Anfang, wenn man nicht daran gewöhnt ist, ist das alles sehr mühselig. Mir ist das alles klar. Darum habe ich Verständnis für dich; ich verlange nichts von dir, was du nicht mit ein bisschen Anstrengung hinkriegen könntest. Ich sage es jetzt noch einmal, und du wirst es dann gleich mit mir zusammen wiederholen. Einverstanden? Komm. Es ist nicht einfach, aber auch nicht unmöglich. Komm, sag: da. Da. Da.

Er legt das Ohr auf die Oberfläche des Steines, um zu hören, ob die Anstrengungen desselben sich vielleicht wenigstens in einem Flüstern bemerkbar machen. Aber nein: Schweigen. Absolutes Schweigen. Der hartnäckige Mann atmet tief durch und wendet sich wieder seinem Auftrag zu. Er trägt dem Stein neue Argumente vor, erklärt ihm, warum es für ihn so anstrengend sein könnte zu sprechen und wie es ihm trotzdem gelingen könnte. Als es Abend wird, nimmt er ihn in die Hand und reibt die Erde ab, die unten an ihm klebt. Er bringt den Stein nach Hause. Er legt ihn auf den Tisch im Esszimmer, achtet darauf, dass er bequem liegt. Er lässt ihn die ganze Nacht ausruhen. Am nächsten Morgen wünscht er ihm einen guten Tag, wäscht ihn sorgfältig unter dem Wasserhahn mit lauwarmem Wasser, nicht zu kalt und nicht zu warm. Danach legt er ihn auf den Balkon. Vom Balkon aus überblickt man das ganze Tal mit den verstreuten Villen der Sommergäste, man sieht einen Zipfel des Sees und in der Ferne die Lichter der Autobahn. Er legt den Stein auf den Tisch und setzt sich auf einen Stuhl.

– Komm, sag: da.

Drei Tage später zeigt der hartnäckige Mann seinen aufkommenden Zorn:

– Nun gut. Wenn du nicht willst, dann redest du eben nicht. Glaubst du etwa, ich merke deine schweigende Verachtung nicht? Man braucht nichts zu sagen, um seine Verachtung zu zeigen. Ich sag dir nur eins: Über mich macht sich niemand lustig.

Der hartnäckige Mann nimmt den Stein mit der rechten

Hand, drückt ihn zusammen (so sehr, dass sein Gesicht ganz rot wird) und wirft ihn schließlich mit Schwung in die Luft. Am Himmel beschreibt der Stein einen Bogen: über dem Tal, den Villen und Swimmingpools der Sommerfrischler, über dem Mann, der den Rasenmäher laufen lässt, über der Straße mit der Baustelle, über der ziemlich leeren Autobahn, über dem Gewerbegebiet, über dem Fußballplatz, auf dem eine Mannschaft mit grünen Trikots und weißen Hosen und eine mit gelben Trikots und blauen Hosen ein Spiel austragen, das im Augenblick unentschieden steht, über den Häusern der Provinzstadt; bis er schließlich mitten auf einem Platz vor den Füßen von ein paar deutschen Touristen landet, die so inbrünstig die Kathedrale fotografieren, dass sie den Fall des Steines nicht bemerken, der beim Aufprall auf das Pflaster auseinanderbricht und dabei einen kurzen Ton von sich gibt, der ziemlich ähnlich klingt wie »da!«.

Die Physiognomie

Der Gehirnakrobat ist unfähig, sich irgendein Gesicht zu merken. Wenn er auf der Straße jemanden trifft, der ihn grüßt, dann weiß er nie, wer es ist und woher er ihn kennt. Vielleicht kommt ihm manch ein Gesicht irgendwie bekannt vor, aber es gelingt ihm nie, einen Namen damit in Zusammenhang zu bringen oder zu erraten, woher er es kennt. Er ist inzwischen so sehr Fachmann in der Vermeidung unangenehmer Situationen, die einem ein derart schlechtes Gedächtnis unweigerlich einbringt, dass er (damit die Leute nicht entdecken, dass er sie nicht erkennt) jeden grüßt, der ihn grüßt. Mit einer vollkommenen Gelassenheit, mit einer derartigen Natürlichkeit, dass keiner merkt, dass er ihn eigentlich gar nicht wiedererkennt. Er ist sogar in der Lage, Gespräche über allgemeine (und nicht ganz so allgemeine) Themen zu führen. Und wenn man sich dann mit einem Schulterklopfen oder Händeschütteln verabschiedet, geht der Unbekannte fort, überzeugt davon, dass sein Gegenüber keinen Moment darüber in Zweifel war, wer er ist. Vor allem muss man von Anfang an große Freude zeigen. Damit dem andern nicht für eine Sekunde Zweifel kommen. Gleich, wenn er sich erkannt weiß, ruft er ganz laut aus: »Wie geht's? Was macht das Leben?« Nichts ist schlimmer als ein fragendes Gesicht oder ein Gruß mit schwacher Stimme, denn der Unbekannte würde ihn dann argwöhnisch anschauen und die schicksalhafte Frage stellen: »Du erinnerst dich nicht an mich, nicht wahr?« Eine Frage, bei der Lügen unsinnig ist, denn sie zeigt, dass der Befragte ganz offensichtlich nicht die geringste Ahnung hat, wen er vor sich hat.

Er hat sich noch nie ein Gesicht merken können. Auch nicht, als er klein war. In der Schule erkannte er den Lehrer daran, dass der größer und kräftiger war als der Rest der Personen, die in der Klasse saßen. Die Klassenkameraden konnte er, da sie alle klein waren (in etwa gleich groß wie er), nicht auseinanderhalten. Jeder mit einem anderen Gesicht, wie kann man da erwarten, dass er sich alle merkt und dann auch noch weiß, wem welches gehört? Zu Hause wusste er glücklicherweise, dass sein Vater sein Vater war, weil er der Große und Ältere im Haus war. Und auch wenn der Vater sich jeden Tag rasierte, so spürte er doch den Bart, vor allem wenn er ihm einen Kuss gab. Seine Mutter dagegen hatte keinen Bart, sondern eine sehr zarte Haut. Normalerweise hatte sie einen Rock an, was ihm das Wiedererkennen zusätzlich erleichterte. Vielleicht geriet er deshalb momentweise völlig aus der Fassung, wenn sie manchmal Hosen anzog, bis er sich auf die Schlankheit der Hände und die Zartheit der Wangen konzentrierte. Seinen Bruder erkannte er sehr leicht, er war der andere Junge, der andere Kleine im Haus. Mit mehr Erwachsenen oder mehr Geschwistern hätten die Probleme angefangen. Dasselbe passierte jeden Morgen, wenn er vor dem Spiegel stand und sein Gesicht nicht erkannte. Es war natürlich seines, aber mit fünf anderen Gesichtern zusammen hätte er es nicht wiedererkannt.

Aus diesem Grund erstarrt er vor Schreck, als er eines Tages auf der Treppe in den U-Bahnhof in der Nähe seiner Wohnung eine Frau erkennt, die ihm entgegenkommt. Sie kennen sich nicht, sie haben noch nie ein Wort miteinander gewechselt, aber er erinnert sich ganz genau, dass er sie an dem Morgen, als er sein Diplom abholte, vor etwa achtunddreißig Jahren, gesehen hat, nur einen Augenblick lang. Sie kam aus dem Sekretariat in einer kurzen, blauen Jacke, einer weißen Bluse und einem grauen Rock.

Zum ersten Mal in seinem Leben hat er ein Gesicht wiedererkannt, ein Gesicht, das er nur einmal gesehen hat, und das vor vielen Jahren. Das erstaunt ihn. (Hätte er es sich noch einmal überlegen und aus der U-Bahn aussteigen sollen, um der Frau zu folgen und ihr zu erklären, dass er sich daran erinnert, wie sie eines Tages vor Jahren aus dem Sekretariat des Fachbereiches kam? Das hätte keinen Sinn gehabt. Wahrscheinlich hätte die Frau es als billige Anmache aufgefasst und ihn nicht weiter beachtet.) Er kann es einfach nicht fassen; das einzige Gesicht, das er bisher im Laufe seines Lebens wiedererkannt hat, ist ausgerechnet das einer Frau, die er nur einmal vor achtunddreißig Jahren gesehen hat. Das müsste ihm Aufschluss über seine Persönlichkeit, über sein Wesen, über die Ursachen seiner fehlenden physiognomischen Fähigkeiten, die ihn sein ganzes Leben begleitet haben, geben können. Er ist überzeugt, genau in diesem Geheimnis liegt der Schlüssel, der seinem Leben Sinn gibt, einem ansonsten erfolgreichen Leben, das aber unweigerlich durch die Unfähigkeit geprägt ist, sich an ein Gesicht zu erinnern. Es kann keinesfalls ein Zufall sein, dass er dieses einzige Mal, als er die Frau wiedergesehen hat, keine Probleme hatte, sich an sie zu erinnern und sie sofort zu erkennen. Aber er kann noch so viel nachdenken, er findet keinen passenden Schlüssel. Die Tage, Wochen, Jahre vergehen. Der Rest seines Lebens zieht vorüber, ohne dass er ein Gesicht erkennt. Er denkt oft darüber nach. Sie ist der Beweis, dass er fähig ist, sich an ein Gesicht zu erinnern. Sie hat er wiedererkennen können, als er sie auf der Treppe des U-Bahnhofs gesehen hat. Das macht ihm Hoffnung. Dabei weiß er nicht, dass sie schon immer in derselben Straße wie er wohnt (genau zwei Häuser weiter) und er sie schon hundertmal vor und nach jenem Tag gesehen hat.

Die göttliche Vorsehung

Der Gelehrte, der geduldig und systematisch fünfzig Jahre seines nun achtundsechzig Jahre währenden Lebens dem Schreiben des Großen Werkes (von dem er bis jetzt zweiundsiebzig Bände vollendet hat) gewidmet hat, stellt eines Morgens fest, dass die Tinte der Buchstaben der ersten Seiten des ersten Bandes verblasst. Das Schwarz verliert seine Intensität und wird gräulich. Da er sich angewöhnt hat, alle bisher geschriebenen Bände öfters noch einmal durchzugehen, sind, als er das Unglück entdeckt, erst die zwei ersten Seiten beschädigt, die ersten, die er geschrieben hat, vor fünfzig Jahren. Auf der zweiten Seite kann man die unteren Zeilen gerade noch lesen. Eilig zeichnet er die verbleichenden Buchstaben nach, einen nach dem anderen. Mit Tusche und Geduld zieht er die Linien nach und stellt Worte, Zeilen, Absätze wieder her. Doch als er fertig ist, bemerkt er, dass die Wörter der letzten Zeilen der Seite 2 und die ganze Seite 3 (die einen waren, als er mit der Reparatur begonnen hatte, in gutem Zustand und die anderen in einem relativ guten Zustand) nun ebenfalls verschwunden sind. Das bestätigt ihm den fortschreitenden Charakter der Krankheit.

Vor fünfzig Jahren, als der Gelehrte beschloss, sein Leben dem Schreiben des Großen Werkes zu widmen, war er sich bereits darüber im Klaren, dass er auf jegliches Tun verzichten musste, das ihm auch nur das kleinste bisschen Zeit rauben könnte, und dass er im Zölibat und ohne Fernsehgerät leben musste. Das Große Werk würde wirklich so GROSS sein, dass er nicht eine Minute Zeit mit etwas verlieren wollte, auf das man auch verzichten konnte. Und faktisch konnte er auf alles verzichten, außer auf das Große Werk. Genau aus diesem Grund beschloss er auch, keine Minute damit zu verlieren, einen Verleger zu suchen. Die Zukunft würde ihn schon finden. Er war sich des Wertes seines Vorhabens gewiss. Wenn jemand die unveröffentlichten Bände des Großen Werkes entdecken würde, einen Band neben dem anderen auf dem Regal in dem Flur seines Hauses aufgereiht, würde der erste Verleger, der davon erfuhr (wer immer es auch sei), unweigerlich sofort die Bedeutung dessen, was er da vor sich hatte, erkennen. Wenn nun aber die Buchstaben verbleichen, was bleibt dann noch von dem Großen Werk?

Die Zersetzung hört nicht auf. Kaum sind die ersten drei Seiten wiederhergestellt, da stellt sich heraus, dass die Buchstaben der Seiten 4, 5 und 6 ebenfalls verschwinden. Als er die Buchstaben der Seiten 4, 5 und 6 wiederhergestellt hat, stellt er fest, dass die Seiten 7, 8, 9 und 10 vollständig verschwunden sind. Als die 7, die 8, die 9 und die 10 wiederhergestellt sind, ist von der 11 bis zur 27 alles verschwunden.

Er kann keine Zeit damit verlieren, herauszufinden, warum die Buchstaben verschwinden. Er setzt sich hin und schreibt eilig den ersten Band (die ersten Bände: Denn bald sieht er, dass auch Band zwei und drei angegriffen sind) wieder ab und verbringt so viel Zeit damit, dass ihm klar wird, er wird an den letzten Bänden nicht weiterschreiben können. Doch ohne den Schluss, der den bereits geschriebenen Bänden erst den Sinn geben muss, werden die fünfzig Jahre Fleiß umsonst gewesen sein. Die ersten Bände sind nur das Gerüst, das notwendig, aber nicht wesentlich ist, um die Dinge zu situieren, um das herum jetzt die wahrhaft innovativen Thesen aufgebaut werden müssen: die letzten Bände. Ohne diese wird das Große Werk nie das Große Werk sein. Daher der Zweifel: Ist es nicht vielleicht sinnvoller, die ersten Bände verbleichen zu lassen? Keine Zeit damit zu verlieren, sie wiederherzustellen? Ist es nicht besser, schnell im Wettlauf mit der Zeit ein für alle Mal die letzten Bände fertigzustellen (wie viele fehlen genau: sechs, sieben?), um damit das Werk zu vollenden, auch auf die Gefahr hin, dass einige der ersten Bände für immer verloren gehen? Er kann gut und gerne akzeptieren, dass von den bisher zweiundsiebzig geschriebenen Bänden die ersten sieben oder acht verloren gehen, die ihm zwar erlaubt haben, Schwung zu holen, aber nichts wesentlich Neues bringen. Aber da ist schon der nächste Zweifel: Wenn er den Schlusspunkt gesetzt hat, werden dann nur die ersten sieben oder acht Bände verblichen sein? Entschlossen, keine Minute zu verlieren, macht er sich an die Arbeit. Doch sogleich hält er inne. Wie kommt es, dass ihm das bisher nicht eingefallen ist? Was ist, wenn er stirbt und dieser Jemand, der dazu auserkoren ist, das Große Werk zu entdecken und einem Verleger vorzulegen, nun länger braucht, es zu finden, und dann nicht nur sieben oder acht Bände, sondern alle zerstört sind? Was soll er nur machen? Soll er, um dieser Gefahr zu entgehen, mit Schreiben aufhören und sofort einen Verleger suchen, auch wenn ohne die letzten Bände unmöglich gezeigt werden kann, dass er etwas wirklich Bedeutendes in den Händen hält? Aber wenn er Kraft und Zeit für die Suche nach einem Verleger aufwendet, wird er weder die notwendige Zeit haben, die Bände in dem Maße, in dem sie kaputtgehen, wiederherzustellen, noch wird er die Schlussbände schreiben können. Was soll er nur machen? Er bekommt Angst. Ist es möglich, dass sein ganzes Arbeitsleben umsonst war? Es ist. Wozu die ganzen Mühen, die Ausschließlichkeit, das Zölibat, die Opfer? Er empfindet es als maßlose Farce. Er fühlt, wie in ihm der Hass hochsteigt: Hass gegen sich selbst, weil er das Leben verschenkt hat. Die verlorene Zeit nicht wieder einholen zu können, versetzt ihn nicht so sehr in Panik wie die Gewissheit, dass er nicht rechtzeitig wissen wird, wie die verbleibende Zeit zu genießen ist.

Die Erzählung

Am späten Nachmittag setzt sich der Mann an den Schreibtisch, nimmt ein Blatt weißes Papier, spannt es in die Schreibmaschine ein und beginnt zu schreiben. Der erste Satz fließt ihm sofort in die Tasten. Der zweite auch. Zwischen dem zweiten und dem dritten Satz zögert er ein paar Sekunden.

Er schreibt eine Seite voll, zieht das Blatt aus dem Wagen und legt es beiseite, mit der weißen Seite nach oben. Diesem ersten Blatt fügt er ein weiteres hinzu und dann noch eines. Hin und wieder liest er noch einmal durch, was er geschrieben hat, streicht Wörter, ordnet sie innerhalb der Sätze neu, nimmt Absätze heraus, wirft ganze beschriebene Blätter in den Papierkorb. Plötzlich schiebt er die Maschine weg, nimmt den ganzen Stapel mit den vollgeschriebenen Blättern, dreht ihn richtig herum, und mit einem Kugelschreiber streicht und ändert er, fügt hinzu und lässt weg. Er legt den Stapel mit den korrigierten Blättern auf die rechte Seite, zieht die Schreibmaschine wieder zu sich heran und schreibt die Geschichte von Anfang bis Ende noch einmal neu. Als er damit fertig ist, korrigiert er sie wieder per Hand und tippt sie daraufhin noch einmal ab. Die Nacht ist schon hereingebrochen, als er sie zum elften Mal liest. Es ist eine Erzählung. Sie gefällt ihm sehr. So sehr, dass er vor Freude weint. Er ist glücklich. Vielleicht ist es die beste Erzählung, die er je geschrieben hat. Er findet sie fast vollkommen. Fast, denn ihr fehlt der Titel. Wenn er den passenden Titel findet, ist es eine Erzählung, die man nicht besser machen kann. Er überlegt, welcher Titel in Frage kommt. Es fällt ihm einer ein. Er schreibt ihn auf ein Blatt Papier, um ihn auf sich wirken zu lassen. Er passt nicht ganz. Genauer gesagt, er passt überhaupt nicht. Er streicht ihn durch. Er denkt sich einen anderen aus. Nachdem er ihn nochmals gelesen hat, streicht er ihn ebenfalls durch.

Alle Titel, die ihm einfallen, verderben ihm die Erzählung: Entweder sind sie zu offensichtlich oder sie lassen die Geschichte in einen Surrealismus abgleiten, der die Einfachheit kaputtmacht. Oder sie sind ganz einfach Unfug und verunstalten die Erzählung. Einen Moment überlegt er, ob er sie ›Ohne Titel‹ nennen soll, aber das ruiniert sie noch mehr. Er denkt auch an die Möglichkeit, ihr wirklich keinen Titel zu geben und den Platz, wo der Titel sonst steht, weiß zu lassen. Aber das ist die schlechteste aller Lösungen: Vielleicht gibt es irgendeine Erzählung, die keinen Titel braucht, aber nicht diese; diese braucht einen ganz präzisen – sie braucht den Titel, der sie von einer fast vollkommenen Erzählung in eine ganz vollkommene Erzählung verwandelt: die beste, die er je geschrieben hat.

Im Morgengrauen gibt er sich geschlagen: Es gibt keinen hinreichend meisterhaften Titel für diese so meisterhafte Erzählung, für die kein Titel gut genug ist, was verhindert, dass die Erzählung vollends vollkommen wird. Resigniert (aber wohl wissend, dass er nichts anderes tun kann) nimmt er die Blätter mit der Erzählung und reißt sie in der Mitte durch, dann reißt er die halben Blätter in der Mitte durch; und immer so weiter, bis er daraus lauter kleine Papierschnipsel gemacht hat.

Guadalajara

Ils commencèrent lentement,
puis allèrent plus vite.
GUSTAVE FLAUBERT, Madame Bovary

1

Familienleben

Armand stürmte in die Werkstatt, brummte laut einen Motor imitierend und raste durch die auf der Erde verstreuten Holzspäne, die er dabei möglichst geräuschvoll aufwirbelte. Er kurvte zweimal um die Tischlerbank, betrachtete dabei die Fuchsschwänze, die Hohlbeitel, die Schraubzwingen, die Hobel, all diese aufs Ordentlichste aufgehängten Werkzeuge, jedes an seinem Platz an der Wand (auf die man ihre Umrisse gezeichnet hatte), und steuerte in Richtung Korridor, an dessen Ende die eigentliche Wohnung begann. Onkel Reguards Werkstatt lag hinter dem Haus, und obgleich die Erwachsenen das Haus immer von vorne betraten, ging Armand lieber hinten durch die Werkstatt. Es faszinierte ihn, dass die Werkstatt des Onkels sich direkt hinter dem Wohnhaus befand. Er nämlich lebte in einer Etagenwohnung, und die Schreinerwerkstatt seines Vaters lag zu ebener Erde vier Häuserblocks weiter. Bei den anderen Vettern und Cousinen war es genauso. Nur bei Onkel Reguard lagen Werkstatt und Wohnung beisammen; die beiden Bereiche wurden durch ein kleines Zimmer getrennt, das zugleich als Rumpelkammer diente. Von der Werkstatt aus kommend, trat man von dort direkt in das Wohnzimmer mit dem großen Tisch, dem Kronleuchter, den Sesseln, den Korridoren und den Zimmertüren.

Als Armand im Wohnzimmer ankam, waren schon alle da, gaben sich Küsschen, lachten dabei und unterhielten sich immer lauter, um überhaupt noch gehört zu werden: sein Vater, seine Mutter, Vettern und Cousinen, der Onkel, die Tanten, die anderen Onkel und seine entfernten Vettern, die eigentlich keine Vettern waren, und wenn er sie Vettern nannte, dann nur deshalb, weil sie zu so weit entfernten Familienzweigen gehörten, dass er nicht wußte, in welche Kategorie sie einzuordnen waren.

Sie speisten zu Mittag, ein Essen, das Stunden dauerte. Gleich danach wurden die Zigarren angezündet, die alles verräucherten. Die leeren Sektflaschen sammelten sich in der Kammer zwischen Wohnraum und Werkstatt, die Tanten schnitten einen Kuchen nach dem anderen in Stücke, und die größeren Vettern legten Schallplatten auf. Die Luft war stickig und roch nach Schokolade. Die kleinen Vettern und Cousinen (Armand, Guinovarda, Gisela, Guitard, Llopart …) baten um Erlaubnis, vom Tisch aufstehen zu dürfen, und stürmten in das Zimmer von Eginard, um in den Holzhäuschen, die richtig mit Dächern, Türen und bunt bemalten Fenstern ausgestattet waren, zu spielen. Durch die angelehnte Zimmertür konnte Armand in der Ecke des Korridors die Harfe sehen. Die Harfe, die Onkel Reguard vor dreißig Jahren gebaut hatte, war der ganze Stolz der Familie, da sie (sagte der Vater von Armand immer) die Arbeit des Schreiners mit der des Instrumentenbauers verband. Seit er sich erinnern konnte, hatte Armand die Harfe bei Onkel Reguard immer am selben Ort gesehen: in der Ecke, den der Korridor beim Abbiegen bildete. Sie erschien ihm schöner als alle Harfen auf den Fotos oder Zeichnungen, die er aus Zeitschriften ausgeschnitten hatte und zu Hause in einer blauen Mappe sammelte: eine Harfe in den Händen eines mythologischen Gottes, eine sumerische Harfe, die in einem unidentifizierbaren Tierkopf auslief, ein Schild aus Irland, zwei norwegische Harfen (eine lief in einem Drachenkopf aus, die andere in einem Frauenkopf mit verbundenen Augen) und eine Harfe aus einem Ast, auf der Harpo Marx spielte.

Der Vetter Reguard betrat, von den Erwachsenen umringt und gefeiert, weinend und grinsend zugleich das Zimmer. In der rechten Hand hielt er ein Schokoladen- und Pfefferminzeis; die linke war verbunden. Dies war eine Szene, die Armand bei jedem Familientreffen wieder erlebte, egal ob daheim, bei den richtigen Vettern und Cousinen oder den entfernteren Vettern und Cousinen, von denen einige sogar in anderen Städten wohnten. Immer erschien ein Kind mit verbundener linker Hand. Der Verband bedeckte vor allem den Bereich des Ringfingers. Armand wusste, dass darunter bereits kein Finger mehr war, und wenn die Binde fallen würde, käme nur ein winziger, vollkommen geheilter Stumpf zum Vorschein. Wieder einmal ließ Armand den Blick über die Hände seiner Verwandten streifen. Wie er nun schon seit geraumer Zeit immer wieder feststellte, fehlte der linke Ringfinger bei allen, die älter als neun Jahre waren.

Armand war sieben, als ihm zum ersten Mal klar wurde, dass es kein Zufall war, wenn bei jedem Fest schließlich einem Kind der linke Ringfinger fehlte. Bisher hatte er dem Ganzen nicht allzu große Aufmerksamkeit geschenkt. Natürlich hatte er bemerkt, dass die größeren Kinder ihren Ringfinger verloren, aber das war eigentlich ganz normal. Es war schon immer so gewesen. Es erschien ihm gleichbedeutend mit Erwachsensein. Allen erwachsenen Verwandten fehlte der Finger aus einem ihm unerfindlichen Grund, was ihn aber nicht sonderlich bekümmerte; es gab so viele Dinge, die er nicht verstand und von denen er wusste, er würde sie erst verstehen, wenn er groß wäre, sodass er sich über diese Lappalie keine Gedanken machte, im Vergleich mit anderen Fragen, die ihn in jenen Tagen weitaus mehr beschäftigten: die Opferbereitschaft der Bernhardiner, der Ursprung des Seins oder das passive Abseits. So wie er die Sache einschätzte, musste man, um die Welt der Kinder zu verlassen und Jugendlicher zu werden, den Ringfinger der linken Hand verlieren. Es erschien ihm so einleuchtend, normal und wünschenswert wie das Ausfallen der Milchzähne.

Als er in die Schule kam, erstaunte es ihn, dass viele Erwachsene völlig selbstverständlich weiterhin fünf Finger an jeder Hand hatten. Es überraschte und befremdete ihn. Er fand es auch ein bisschen unpassend und war stolz, zu einer normalen Familie zu gehören. Die Monate vergingen, und durch das Leben mit den anderen Kindern glaubte er schließlich, irgendein Zufall führe vielleicht dazu, dass alle Mitglieder seiner Familie einem Unfall mit der linken Hand zum Opfer fielen und diese Unfälle immer den Verlust des Ringfingers zur Folge hatten. Sein Banknachbar erklärte ihm, es sei typisch für Schreiner, Finger zu verlieren. Der Schreiner in der Nähe seines Zuhauses (erklärte er) habe drei Finger weniger. Seine Mutter habe ihm gesagt, dies sei bei vielen Schreinern so, denn an dem einen oder anderen Tag erwische die Kreissäge eben irgendeinen Finger. Armand wusste, ganz so war es in seiner Familie nicht. Sie waren zwar eine Schreinerfamilie, aber die Finger wurden nicht von der Kreissäge erwischt, und es gab auch keine Unfälle. Neunjährige Kinder waren noch keine Schreiner und wussten schon gar nicht, ob sie es später werden würden; auch wenn alle Mitglieder seiner Familie seit Menschengedenken im Allgemeinen eine unleugbare Neigung zu diesem Beruf verspürten und schließlich alle, abgesehen von wenigen Ausnahmen, Schreiner wurden.

Armand grübelte nächtelang. Vielleicht gab es eine Weisung der Zunft, diesen Finger abzuhacken? Er kam zu einem Ergebnis, von dem er nicht wusste, wie er es überprüfen sollte: Sie hackten diesen ersten Finger ab, damit man sich daran gewöhnen konnte. Der Verlust dieses ersten Fingers nahm ihnen die Angst vor dem Verlust der weiteren. Dabei merkten sie, es war nicht so schlimm; es machte ihnen Mut und half ihnen, den Beruf erhobenen Hauptes anzutreten. Doch eine Sache ließ ihn nicht mehr los: Er hatte den Vater eines Schulkameraden aus einer anderen Klasse kennengelernt, der auch Schreiner war, und (er achtete jedes Mal darauf, wenn dieser seinen Sohn von der Schule abholte) bei ihm waren noch alle Finger dran.

Da die Erwachsenen kein großes Drama daraus machten und sie zudem im Augenblick des Fingerverlustes besonders glücklich schienen (vor allem die Eltern des Kindes, dessen Finger gerade amputiert worden war), hatte Armand es bisher nicht weiter tragisch gefunden. Bis zu jenem Nachmittag vor zwei Jahren, als ihm zum ersten Mal klar wurde, dass alle Familienmitglieder an irgendeinem Tag in dem Jahr, in dem sie neun wurden, den Finger verloren, und es so auch ihn treffen würde; an jenem Nachmittag packte ihn die Angst. Er war im Zimmer mit den Vettern und Cousinen, und sie spielten zusammen in den Holzhäuschen. Eginard, Gisela und Gimfreu war bereits der Finger abgehackt worden. Llopart und er hatten noch alle fünf Finger, und das machte sie zu Kindern. Als Eginard das Spiel einen Moment unterbrach, ging er zu ihm hin, schluckte und fragte, was es mit den Fingern auf sich hatte. Llopart, Gisela und Gimfreu drehten einen Augenblick den Kopf; doch dann wanderten sie weiter durch die Häuschen hindurch. Vielleicht um Zeit zu gewinnen und eine Antwort zu überlegen, ließ sich Eginard die Frage wiederholen. Armand erweiterte sie: Was passierte mit den Fingern? Dem kleinen Reguard hatte man heute den Finger abgehackt; und allen wurde der Finger abgehackt, an irgendeinem Tag, nachdem sie neun Jahre alt geworden waren. Llopart schaute sie an, ohne etwas zu verstehen. Eginard stand auf, strich Armand über den Kopf und schob ihn behutsam aus dem Zimmer. Armand blieb hartnäckig: Warum fehlte bei allen Familienmitgliedern der gleiche Finger an der linken Hand und bei allen, die nicht zur Familie gehörten, nicht? Armand betrachtete den Finger von Eginard, der genau über der Mittelhand abgehackt war. Es war eine saubere, vollkommene Narbe.

Und warum der Ringfinger der linken Hand und nicht der rechte kleine Finger oder einer der beiden Zeigefinger? War es eine hygienische Maßnahme, deren durch die Jahrhunderte vergessener Grund ihm heute unverständlich blieb? Dass ein althergebrachter Brauch gepflegt wurde, war offensichtlich, doch wie war er entstanden? War er schon viele Jahrhunderte alt? Oder handelte es sich nur um Jahrzehnte? An dem Tag, an dem er schließlich neun Jahre alt wurde, fand ihn sein Vater schluchzend im Bett.

– Ich will nicht, dass man mir den Finger abhackt.

– Was erzählst du da?

– Ich möchte ganz normal sein wie die anderen Kinder in der Schule.

– Normal sein hat nichts damit zu tun, ob man einen Finger mehr oder weniger hat.

Er trocknete ihm die Tränen und erklärte ihm, dass Normalität ein kultureller Wert und damit relativ sei; es gäbe welche, die sich den Kopf kahl rasierten, und solche, die die Haare lang trügen, solche, die Bart und Schnauzer stehen ließen, solche, die nur einen Schnauzer oder nur einen Bart hatten, und solche, die sich ganz rasierten; es gab Völker, bei denen sich Männer und Frauen den Körper rasierten, und andere Völker, bei denen sich nur die Frauen die Körperhaare entfernten. Wir schneiden uns die Nägel, und genau darum unterscheiden wir uns von den Tieren und den primitiven Völkern, die sie lang wachsen lassen. Armand war mit diesen Vergleichen nicht einverstanden: Haare und Nägel wuchsen wieder, Finger nicht. Die Sonne schien durchs Fenster; Vater und Sohn schauten auf die Linien, die sie warm auf den Boden malte.

– Du brauchst dich nicht sofort zu entscheiden.

– Ich habe mich bereits entschieden, und ich will es nicht.

– Warum?

– Weil man mit einem Finger weniger keine Harfe spielen kann.

Er war selbst überrascht. Er hatte die Worte ausgesprochen, ohne nachgedacht zu haben. Doch obwohl er es selbst nicht gewusst und nie zuvor daran gedacht hatte, konnte es nach außen hin, seinem Vater gegenüber, sehr wohl sein, dass er wirklich Harfe spielen wollte, und er klammerte sich daran. Vor Monaten hatte er im Fernsehen eine Reportage über den Harfenisten Nicanor Zabaleta gesehen, und er brauchte ganz klar alle Finger. Ein Harfenist benötigt sie alle. Der Vater schaute ihn mit ernster Miene an. Er hatte ihn noch nie so ernst gesehen.

– Es gibt viele verschiedene Instrumente, wenn du Musik magst. Es muss nicht unbedingt Harfe sein.

– Ich finde aber Harfe schön.

– Du bist nur von der Harfe deines Onkels besessen. Doch die Welt der Instrumente hört nicht bei der Harfe auf. Denk daran, dass es viele andere gibt: Pauke . . ., Basstrommel . . ., Becken . . ., Tamburin . . ., Bongos . . ., Triangel . . . – Armand schaute ihn ohne große Begeisterung an. – Vielleicht hältst du von Maracas nicht so viel, aber von Schlagzeug? Schlagzeug ist wirklich komplex: Basstrommel, kleine Trommel, Standtom, kleines und großes Becken. Und was sagst du zum Vibrafon?

Armand stand in den nächsten Monaten vor einer Herausforderung. Von jeher war in der Familie das Gerücht herumgegangen (immer mit einem spaßigen Unterton), dass eines Tages einem Kind der Finger abgehackt werde und der im Laufe der folgenden Monate wieder nachwachse. Manche behaupteten, es sei ein Zeichen für irgendetwas, sie konnten sich aber nie einigen, wofür genau. Andere sagten, der Finger würde in der Tat bei einem Kind irgendwann einmal nachwachsen, aber dies sei kein Zeichen für was auch immer. In Armand weckte diese Geschichte neue Zweifel: Wenn er sich nun weigerte, dass man ihm den Finger abhackte, er aber ausgerechnet der Auserwählte sein sollte, dem der Finger nachwuchs? Welch absurde Situation! Die Weigerung verhinderte möglicherweise den Eintritt eines Wunders.

Künftig achtete er nur noch auf die Finger. Ihm fiel auf, dass manche Leute einen Ring am Ringfinger der linken Hand trugen. Da es in seiner Familie keinen linken Ringfinger gab, wurde der Ring am kleinen Finger getragen, und bei Hochzeiten sah man immer wieder die gleiche betretene Miene des Pfarrers, wenn der Moment kam, an dem Braut und Bräutigam die Ringe anstecken sollten. Einmal sah Armand auf der Straße einen Unbekannten, der an der linken Hand keinen Ringfinger mehr hatte, und er forschte tagelang, ob er vielleicht ein entfernter Verwandter war, so entfernt, dass er ihn nicht einmal kannte. Vielleicht pflegten andere Familien denselben Brauch? Oder ähnliche Riten: andere Finger amputieren oder andere Körperteile, um … Warum? Welcher Sinn steckte dahinter? Und was machten sie mit den abgehackten Ringfingern? Wurden sie beerdigt? Armand stellte sich vor, dass sie vertikal begraben wurden wie Spargel auf winzigen Fingerfriedhöfen. Vielleicht wurden sie auch eingeäschert.

Nach und nach betrachtete er die Eltern und die übrigen Verwandten mit neuem Blick. Was für eine makabre Tradition war das, und wie konnten sie, ohne auch nur eine Spur von Mitleid zu zeigen, dahinterstehen? Da er ihnen nicht traute, steckte er die linke Hand beim Schlafen unter das Kopfkissen und legte den Kopf darauf. Er hatte ausprobiert, dass es absolut unmöglich war, seinen Kopf hochzuheben, das Kissen wegzunehmen und die Hand zu packen, um ihm den Finger abzuhacken, ohne dass er dabei aufwachte. Manchmal träumte er davon, dass allen Vorsichtsmaßnahmen zum Trotz die Eltern (mit verklärtem Blick) es schafften, Kopf und Kissen zu heben, die Hand herauszuziehen und auf einen Schlag mit einem Fleischermesser den Finger abzuschneiden.

Als er erfuhr, dass am nächsten Sonntag wieder ein Familientreffen stattfinden sollte, ergriff ihn Panik. Zum ersten Mal war er einer der Kandidaten für die Fingeramputation. Unter allen Vettern und Cousinen würde es ihn oder Guitard am wahrscheinlichsten treffen. Alle beide waren sie nun neun. Er seit drei Monaten; Guitard seit sieben. Wenn das Ganze nach dem Altersprinzip ging, war also Guitard dran. Aber die Amputationen erfolgten nicht immer nach dem Altersprinzip, daher konnte es sehr wohl auch ihn treffen.

Der Sonntag kam, und keinem der beiden, weder dem einen noch dem anderen, wurde ein Finger abgehackt, sondern Teodard, einem Vetter, der noch keine neun Jahre alt war (es war noch ein Monat bis dahin) und den es eigentlich nicht hätte treffen dürfen. Guitard schäumte vor Wut. Er wäre jetzt dran gewesen, nicht jener Vetter. Sie erklärten ihm den einleuchtenden Grund der Vorverlegung: Die Mutter von Teodard war schwanger, und man wollte diese Angelegenheit schnell erledigt haben, um sich nach Ankunft des Babys nicht mehr um die Fingeramputation des großen Bruders kümmern zu müssen. Armand war von der Empörung Guitards beeindruckt. Er fragte ihn, ob es ihm nichts ausmache, dass ihm der Ringfinger abgehackt würde. Wie, ob ihm das etwas ausmache? Er sah darin nicht nur kein Problem, sondern er wunderte sich über die Frage Armands.

– Sie schneiden dir nicht den Hals ab. Nur einen Finger, und nicht den wichtigsten.

Guitard war ganz versessen darauf, groß zu werden. Deshalb rannte er beim nächsten Familientreffen ins Zimmer, wo die übrigen Kinder mit der Spielzeugeisenbahn spielten, und schwenkte stolz seine verbundene Hand.

Bei der Geburt des neuen Vetters (er bekam den Namen Abelard) gab es ein großes Durcheinander: Geflüster oder schlagartige Stille, immer wenn eines der Kinder ein Zimmer betrat. Natürlich weckte diese Geheimnistuerei die Neugier Armands. Er erfuhr aber erst drei Tage später, dass Abelard mit sechs Fingern an der linken Hand geboren worden war.

Die ganze Familie war entsetzt. Was sollten sie machen, wenn Abelard neun Jahre alt wurde? Hackte man ihm einen Finger ab, hätte er zehn Finger und nicht neun wie alle anderen. Die einen meinten, dies könne im Vergleich mit den anderen Familienmitgliedern als eine Beleidigung angesehen werden, und man müsse ihm zwei Finger abhacken, um ihn dem Rest der Familie gleichzustellen. Aber anderen erschien es übertrieben, ihm zwei Finger abzuhacken, wenn alle anderen Verwandten nur einen Finger verlören. Man solle ihm also nur einen Finger abhacken. Das hatte man seit je so gemacht, und es gab keinerlei Anlass, diesen Brauch zu ändern. Die Diskussionen liefen auseinander, dehnten sich aus, fingen wieder von vorne an. Schließlich kam man zu dem ganz offensichtlichen Ergebnis, dies sei ein außergewöhnlicher Fall, und von daher müsse man eine außergewöhnliche Lösung finden. Zudem bräuchte man sich ja nicht zu beeilen. Es dauere noch Jahre, bis Abelard neun würde, dann reiche es immer noch, die Entscheidung zu treffen.

Diese beruhigende Schlussfolgerung wurde jedoch hinfällig, als wenige Wochen später die Cousine Gerarda geboren wurde: ebenfalls mit einem zusätzlichen Finger und gleichermaßen an der linken Hand. Der Fall war folglich nicht mehr außergewöhnlich, und die anfänglichen ernsten Zweifel tauchten wieder auf. Es hatte keinen Sinn mehr, die Entscheidung aufzuschieben, bis Abelard und Gerarda neun Jahre alt sein würden. Ein Onkel, Stenotypist von Beruf und ein Liebhaber des französischen Jazz, wagte zu fragen, wohin diese Tradition führen solle. Das war die Provokation, die gerade noch gefehlt hatte. Die Familie reagierte geschlossen wie ein Mann. Man könne nicht ein uraltes Erbe infrage stellen, nur weil zwei Kinder aus purem Zufall mit sechs Fingern an der Hand geboren worden waren. Dem Abweichler wurde klargemacht, dass diese seine Frage unnötig und unpassend sei, und mit autoritärer Entschiedenheit setzte man das Datum des nächsten Treffens fest: einen Monat später, Anfang Dezember.

Doch die Woche darauf traf die Nachricht ein, dass in Barbastre der dritte (mehr oder weniger entfernte) Vetter mit sechs Fingern geboren worden war. Plötzlich merkten alle, dass es völlig fehl am Platze war, von Zufällen zu reden, und dass eine Verschiebung der Entscheidung um neun Jahre gar nichts brachte. Einige Familienmitglieder brachten vor, man müsse das nicht so schwernehmen: Die Kinder mit den sechsfingrigen Händen in der Familie seien das Resultat einer logischen Entwicklung. Derselbe Onkel Reguard wagte sich sogar so weit vor, zu behaupten, dass nach vielen Jahrhunderten (manche sprachen sogar von Jahrtausenden), in denen der linke Ringfinger abgehackt werde, es schließlich zu einer Mutation gekommen sei, die den Finger, der mit neun Jahren verlorengehen musste, kompensiere, was dazu führe, dass die Kinder mit einem Finger mehr auf die Welt kämen. Diese Meinung wurde von anderen Familienmitgliedern, die nicht glauben wollten, dass so gewaltige Mutationen in solch kurzen Zeiträumen wie Jahrhunderten oder Jahrtausenden erfolgen, als absurd angesehen. Doch eigentlich war es egal, wer recht hatte. Zum ersten Mal war die Familie zutiefst gespalten und ihr Zusammenhalt gefährdet. Auf der einen Seite standen diejenigen, deren Meinung nach man den Kindern, die sechs Finger an der linken Hand hatten, zwei Finger abhacken müsse (den Ringfinger wie bisher und diesen neuen Zwischenfinger zwischen dem Ring- und dem Mittelfinger, der keinen Namen hatte). Man solle damit auch nicht warten, bis sie neun Jahre alt wären, sondern sofort zur Tat schreiten, sozusagen als Machtdemonstration, um jegliches Dissidententum im Keime zu ersticken. Auf der anderen Seite standen diejenigen, die meinten, wenn die Tradition bestimme, dass ein Finger abgehackt werden solle, müsse man, gleich wie viele anatomische Veränderungen sich ergäben, der Tradition folgend weiterhin nur einen einzigen Finger abhacken. Auf dem Höhepunkt der Debatte tauchte eine dritte Meinung auf, die vorerst in der Minderheit war und die von dem Stenotypisten-Onkel und zwei Schwägerinnen vertreten wurde. Sie prangerten den Brauch als barbarisch an.

Dass es die Schwägerinnen waren, die die Sitte verurteilten, erschien besonders schlimm, denn von jeher waren die angeheirateten Familienmitglieder, nachdem sie in der Verlobungszeit von dem Brauch überzeugt worden waren, seine glühendsten Verteidiger. Ein Höhepunkt der Verlobungszeit (und Grundlage der bei den Familientreffen üblichen Witze) war just der Moment, in dem sich das Familienmitglied, wenn die Beziehung dabei war, sich für immer zu konsolidieren, mit der Ankündigung an den zukünftigen Ehepartner wandte, dass es da noch eine Sache zu klären gäbe, bevor das Verlöbnis fest sei. Eine Sache, die anfangs gewiss seltsam erscheine, aber es eigentlich nicht sei, und von der die Zukunft der beiden als Ehepaar abhänge. Und dann erklärte das Familienmitglied: »Mit neun Jahren hacken wir unseren Kindern den Ringfinger der linken Hand ab.«

Zuerst stieß die Mitteilung regelmäßig auf große Zurückhaltung (man fasste es als einen Scherz auf), doch kurz darauf (wenn bemerkt wurde, dass es sich keineswegs um einen Witz handelte) auf Entsetzen. Die Einwände waren immer dieselben: »Wie ist so ein barbarischer Brauch in unserem Jahrhundert noch möglich?« »Welchen Sinn hat das?« »Unseren Kindern wirst du das nicht antun!« Daraufhin begann die Überzeugungsarbeit in stundenlangen Gesprächen und Diskussionen. Tag für Tag wurde erklärt, nuanciert und auf den Punkt gebracht, bis die zukünftigen Familienmitglieder schließlich Verständnis zeigten. Von diesem Zeitpunkt an waren sie die glühendsten Verfechter der Maßnahme und (obwohl das eigentlich keiner von ihnen verlangt hatte) boten den eigenen Ringfinger an, um auf diese Weise ganz und gar zur Familie zu gehören. Sie schrien auch als Erste danach, das Ritual mit allem Drum und Dran zu vollziehen, sobald ihr Kind neun Jahre alt wurde, und stellten sich freiwillig zur Verfügung, die Hand des Kindes festzuhalten.

Deshalb war es schlimm, dass der Revisionismus aus der Fraktion der Konvertiten kam, die augenscheinlich am meisten dem Brauch zugetan waren. Doch diese Betrachtung verlor allmählich an Bedeutung; bald schon gab es keine Unterschiede mehr, und der ursprünglichen Fraktion, bestehend aus dem Stenotypisten und den beiden Schwägerinnen, schlossen sich immer mehr an. Es wurde ein vierter Vetter mit sechs Fingern geboren. Die Familie steckte in einer Krise: Die ersten Distanzierungen vollzogen sich, und das Treffen, das Anfang Dezember stattfinden sollte, wurde auf den Sankt Nimmerleinstag verschoben. »Bis eine definitive Entscheidung gefällt wird.« Doch viele ahnten, dass dies nur eine Ausrede war, um aus der Sackgasse herauszukommen, und dass es nie eine andere definitive Entscheidung geben würde als die, die offensichtlich keine war.

Für Armand wurde eine Harfe gekauft. Er wurde zum Musik- und Harfenunterricht angemeldet, der jeden Dienstag und Donnerstag nach der Schule stattfand. Am Wochenende übte er, ganz und gar bei der Sache und mit viel Fleiß, wurde aber nicht immer mit Erfolg belohnt. Mit der Zeit bestätigte sich, dass die Familiensitte, Finger abzuhacken, der Vergangenheit angehörte, und damit wurde auch der Ehrgeiz Armands, auf der Harfe zu spielen, allmählich geringer, und im nächsten Kurs blieb die Harfe in einer Ecke stehen und verstaubte, bis Jahre später Elisard, einer der Vettern mit sechs Fingern, sich dafür interessierte. Jedes Mal, wenn es bei der Familie von Armand ein Mittagessen gab (inzwischen kamen kaum noch sieben oder acht Verwandte zusammen, wo sie doch früher immer mehr als zwanzig gewesen waren), setzte sich Elisard ins Zimmer von Armand und spielte Harfe. Bei jedem Treffen spielte er besser, bis er schließlich Stücke von Halffter, Milhaud und Ginastera und (um der Familie zu gefallen) Lieder aus Paraguay spielte. Auch eines aus Mexiko spielte er immer wieder und von Mal zu Mal feuriger. Die Eltern von Armand machten den Vorschlag, ihm die Harfe zu schenken. Armand fasste es als Anspielung auf (als einen Vorwurf, dass er, nachdem er so vehement seine Berufung als Harfenist betrieben hatte, nun so wenig Interesse zeigte); um ihnen keinen Gefallen zu tun, sagte er ihnen, ihm sei es völlig egal, was sie mit der Harfe machten. Die Eltern beschlossen, Elisard beim nächsten Mal die Harfe zu schenken.

Aber Elisard kam nicht mehr zu Armand. Ohne das zusammenschweißende Element des Rituals lagen die Familientreffen rasch immer weiter auseinander; die vereinzelten, die es noch gab, wurden immer weniger besucht, und jeder hatte eine andere Entschuldigung, um nicht zu kommen: Im Winter musste man Ski fahren gehen; im Sommer ans Meer; und in jeder Jahreszeit gab es eine Verabredung, die unmöglich verschoben werden konnte. Innerhalb weniger Jahre gehörten die Familientreffen endgültig der Vergangenheit an, und selbst die nächsten Verwandten waren sich so fremd, dass man höchstens einmal im Jahr am Telefon miteinander sprach.

Elisard war das einzige Familienmitglied, von dem alle immer wieder etwas hörten, denn im Laufe der Jahre (man munkelte, dass seine anatomische Besonderheit dazu beitrug) wurde er zu einem außergewöhnlichen Harfenisten, der dem Instrument das Prestige und die Klasse wiedergab, die mangels größerer Talente in den zurückliegenden Jahrzehnten verloren gegangen waren. Armand hatte dazu eine andere Meinung. Er betrachtete ihn als Wunderkind, das ein paar Sternstunden gehabt, sich aber mit dem Älterwerden in eine Figur voller Pathos verwandelt hatte: Er, die Harfe und diese affektierten Melodien. Nun, auf den Tresen in einer Bar gestützt, sieht Armand wieder einmal Elisard im Fernseher, der neben den vollen Flaschenregalen steht. Er dreht den Kopf, prustet großtuerisch, redet Übles über ihn und plädiert lautstark für die Wiedereinführung der alten Sitte, den Ringfinger abzuhacken und damit bei dem angesehenen Harfenisten anzufangen. Die anderen am Tresen schauen ihn nicht einmal an. Da sie ihm nicht zuhören, erzählt er ihnen die Familiengeschichte. Zwei, die schließlich doch zuhören, halten ihn für verrückt oder betrunken oder beides zugleich. Nur eine junge Frau betrachtet ihn mit einem gewissen Interesse, und als er mit dem Reden aufhört, geht sie auf ihn zu. Sie ist schön und zeigt ihm ihr strahlendes Lächeln. Ein paar kastanienbraune Locken fallen ihr ins Gesicht und verdecken es zur Hälfte, so wie manche Frauen ihre Haare tragen, um ein Glasauge zu verbergen.

2

Vor den Toren Trojas

Das Holzpferd ist am frühen Morgen endgültig fertig, poliert und lackiert. Es war harte Arbeit, die Dutzende von Soldaten unter Anleitung von drei Schreinermeistern beschäftigt hat. Das Pferd erhebt sich majestätisch und unbeweglich mitten auf dem Strand. Sie lassen es den ganzen Tag trocknen. In der Nacht, darauf achtend, dass man sie von der Stadtmauer aus nicht sehen kann, steigen die auserwählten Krieger über eine Rohrleiter hinein, einer nach dem anderen, geschwind und geräuschlos. Sie sind bewaffnet und tragen einen kleinen Beutel mit Pökelfleisch an ihrem Gürtel, um sich des Morgens zu stärken, und eine Ration Wasser, um den Durst zu stillen. Nachdem der letzte Krieger hineingestiegen ist, holen sie die Leiter ein und verschließen die Tür so, dass sie von außen nicht zu sehen ist.

Sie sitzen geduldig, in Reih und Glied, ganz eng beisammen und füllen den Bauch des Tieres aus. Der Lackgeruch hat sich noch nicht vollständig verflüchtigt und benebelt sie leicht. Sie schlafen mit der Unruhe ein, die die Gewissheit über den unmittelbar bevorstehenden Sieg mit sich bringt. So wie vereinbart packen die Soldaten im Lager bei Morgengrauen ihre Utensilien ein, stecken die Zelte in Brand und besteigen die Schiffe, um zu zeigen, dass sie den Krieg verloren geben und sich endgültig zurückziehen. Die auserwählten Krieger beobachten diese Bewegung durch die Ritzen in den Brettern des Pferdes. Als die achäischen Schiffe am Horizont verschwinden, wenden sie den Blick auf die Tore der Stadt. Bald werden sie sich öffnen, die Trojaner werden herausströmen, werden das Pferd als Kriegsbeute nehmen und es in die Stadt führen. Die achäischen

Krieger nutzen die Zeit und verspeisen das mitgebrachte Fleisch.

Die Stunden verstreichen langsam, und niemand verlässt die Stadt. Odysseus verbietet dem Ersten, der sich darüber wundert, das Wort. Niemand darf den Mund aufmachen, und alle müssen so leise wie möglich sein. Denn käme ein Trojaner daher und hörte die Unterhaltung der Männer im Pferd, würde die ganze List auffliegen.

Am frühen Nachmittag geht ihnen das Wasser aus. Unter dieser sengenden Sonne ist der Pferdebauch ein Ofen. In der Nacht schlafen sie, ohne zu frieren. Sie sind so viele und sitzen so eng beieinander, dass sie keine Decke brauchen. Problematisch ist das Wasserlassen. Sie haben den ganzen Tag und die letzte Nacht im Pferd verbracht, und einige urinieren schließlich verstohlen in die Ecken, unfähig, weiter an sich zu halten. Doch Anticlus hat kein kleines, sondern ein großes Bedürfnis. Odysseus befiehlt auszuhalten. Anticlus sagt, er könne nicht (der Bauch krampft sich zusammen, er sieht sich nicht in der Lage, auch nur einen Augenblick länger durchzuhalten), er verliert die Nerven und beklagt sich, dass die Trojaner das Pferd schon längst geholt haben müssten. Sie dürften nicht so lange hier drin sein. Er schreit das alles heraus; Odysseus erwürgt ihn und bringt ihn so zum Schweigen.

Mit dem Morgengrauen erwacht neue Hoffnung. Heute werden die Trojaner kommen, endlich das Pferd nehmen und es in die Stadt führen. Es ist ganz logisch, dass sie gestern davon Abstand genommen haben, denn noch trauten sie dem Ganzen nicht. Heute muss es für sie offensichtlich sein, dass die Achäer fortgezogen sind. Dies bestätigt sich dadurch, dass man mitten am Vormittag Musik aus der Stadt hört, seltsame, doch eindeutig freudige Lobgesänge. Sie feiern sicher den Sieg. Am Nachmittag öffnen die Trojaner endlich die Tore zur Stadt. Die achäischen Krieger freuen sich und beobachten (aufgeregt und reglos, um kein Geräusch zu machen), wie eine Gruppe Trojaner die Stadt verlässt und sich dem Pferd nähert. Die Achäer halten die Luft an. Die Trojaner laufen um das Holzpferd und betrachten es neugierig. Sie schwatzen miteinander, doch die Achäer verstehen nicht, was sie sagen, obwohl sie die Ohren spitzen. Nur ein Wortgemurmel, mit dem Rauschen des Meeres vermischt, gelangt bis zu ihnen. Jetzt werden sie endlich das Pferd nehmen und in die Stadt führen. Doch stattdessen gehen sie den Weg in die Stadt zurück und verschließen die Tore.

In jener Nacht fällt es den Achäern schwer zu schlafen. Alle leiden unter Hunger und Durst. Sie haben kein Wasser und keine Nahrungsmittel mehr, und es fehlt die Möglichkeit, irgendetwas zu besorgen. Das führt zu häufigem Streit, den Odysseus im Keim erstickt: Er will nicht ein Wort hören. Nicht ein Schnarchen. Jedes Geräusch könnte die Trojaner vor dem Hinterhalt warnen. Der Morgen dämmert. Der Tag vergeht, ohne dass sie in die Stadt geholt werden. Odysseus verbirgt seine Nervosität. Die übrigen Krieger nicht. Sie haben Hunger, und jedes Mal, wenn sich einer beschwert, dass es nicht so läuft, wie es laufen sollte, droht Odysseus, jeden zu erwürgen, der nicht den Mund hält.

Zwei Tage später schlagen zwei vor, hinunterzusteigen, sei es, wie es sei, auch wenn dadurch die Trojaner die List entdeckten. Ganz offensichtlich hat die List nicht funktioniert, und es ist schwachsinnig, ein Projekt fortzuführen, das nicht funktioniert. Odysseus verhindert die Meuterei, wie angedroht: Er bringt sie auf die gleiche Weise um wie Anticlus. Da sie seit Tagen nichts mehr zu essen haben, verschlingen die Krieger die beiden Leichen. Ein Krieger mit zu empfindlichem Magen erbricht beim ersten Biss alles wieder. Um nicht auszutrocknen, beschließen sie, ihren eigenen Urin zu trinken.

Zum Gestank von Urin und Exkrementen mischt sich nun der Verwesungsgeruch des ersten Leichnams (der von Anticlus, der sich bei der Hitze allmählich zersetzt) und der Eingeweide der beiden anderen. Einer schlägt vor, sich des Ganzen zu entledigen und einen Augenblick die Tür zu öffnen, um sie hinauszubefördern. Das bringt Odysseus zur Verzweiflung. Wie kann jemand auf so eine Idee kommen? Wie soll es möglich sein, sie hinauszuwerfen, ohne den Verdacht der Trojaner zu erregen? Am Fuße des Pferdes drei Leichen liegen zu sehen (zwei davon auf einen Haufen Knochen und Eingeweide reduziert), würde ganz offensichtlich den Hinterhalt verraten. Ein anderer schlägt vor, sich ihrer nachts zu entledigen: sie die Treppe hinunterzutragen und ins Meer zu werfen. Wieder ein anderer meint, mit dem Gestank der Leichen und der Exkremente zu leben, sei nicht das Schlimmste, sondern die ungewisse Zukunft. Während dieser ganzen Tage mussten die achäischen Schiffe Kundschafter ausgeschickt haben, um zu sehen, ob das Holzpferd wie vorgesehen bereits innerhalb der Mauern von Troja war. Sie würden nicht viel länger im Versteck ausharren, bis sie die List als gescheitert ansehen und, die Niederlage endgültig akzeptierend, nach Hause fahren würden. Wenn sie das nicht bereits getan haben. Odysseus wirft sich auf ihn, doch auch er hat keine Kraft mehr. Da sie beide nicht mehr in der Lage sind, mit einem Minimum an Energie zu kämpfen, fallen sie auf die anderen Krieger, die sich abgemagert und kaum noch bei Sinnen an eine Seite quetschen. Ein paar liegen so unbeweglich da, dass es schwer ist zu sagen, ob sie überhaupt noch leben. Sogar Odysseus wird matt, aber er kann es sich nicht leisten. Die Trojaner, wiederholt er, von Mal zu Mal weniger überzeugt, werden jeden Augenblick die Stadt verlassen und das Pferd mitnehmen. Es ist nur eine Frage der Zeit. Wenn das eintritt, werden sie (die besten Krieger, auserwählt unter den Besten der achäischen Jugend) warten, bis die Nacht anbricht, sie werden aus dem Pferd steigen, wenn alles schläft, die Stadt plündern und die Tore niederreißen. Durch die Ritzen im Holz beobachtet er gierig die Stadtmauern und hält sich die Ohren zu, um das Todesröcheln seiner Krieger nicht zu hören.

Die helvetischen Freiheiten

Wieder einmal bittet der Sohn den Vater, die immer gleiche Geschichte zu erzählen: Ganz genau, wie der Großvater ihm den Apfel auf den Kopf gelegt hat und wie er es geschafft hat, das alles zu überstehen, ohne vor Angst zu schlottern, und ob es wirklich wahr ist, dass er sich überhaupt nicht gefürchtet hat. Walter Tell hat diese Bitte schon oft aus dem Mund seines Sohnes gehört. Als er noch klein war und der Großvater noch lebte, war es der Großvater Wilhelm selbst, der ihm die Geschichte erzählte. Er erzählte, wie er eines Tages mit dem Sohn Walter nach Altdorf wanderte und dort auf dem Marktplatz mit einem Dekret des österreichischen Landvogts Geßler konfrontiert wurde, in dem stand, dass jeder Vorbeikommende sich vor einem Pfahl mit seinem Hut (als Symbol für ihn und das große Österreich) huldvoll verneigen müsse, wie er sich weigerte, woraufhin er verhaftet wurde und auf Geßlers Befehl gehängt werden sollte, wie Walter die Geschicklichkeit seines Vaters mit Pfeil und Bogen lobte und Geßler dabei auf eine Idee kam: Um dieses Geschick unter Beweis zu stellen, würde er auf den Kopf des Kindes einen Apfel legen, und Wilhelm Tell müsste ihn auf achtzig Schritte Entfernung treffen. Träfe er ihn, würde ihm dies das Leben retten. Träfe er ihn nicht, müsste er sterben.

Als er klein war, faszinierte den Enkel gleichermaßen die Geschicklichkeit des Großvaters wie die Tapferkeit des Vaters, der sich dieser Mutprobe freiwillig unterworfen hatte. Deshalb fragte er jedes Mal, wenn ihm diese Geschichte erzählt wurde, ob dieser nicht (auch nur für eine Tausendstelsekunde) Angst gehabt habe, der Pfeil könne ein paar Fingerbreit zu tief losfliegen und in seine Stirn eindringen. Er stellte sich vor, wie sich die Spitze in das Fleisch bohrte, ihm den Schädel spaltete und der Schwall Blut gleich darauf die Augen überschwemmte. Nie stellte er sich einen anderen möglichen Fehler vor: zum Beispiel, der Pfeil könne sich zu weit oben, ein paar Fingerbreit über dem Apfel in den Baum bohren. Oder dass er rechts oder links vom Apfel vorbeischießen, nicht einmal den Baumstamm treffen und sich im Nirgendwo verlieren würde. Von allen möglichen Fehlern erschien ihm der folgende am wahrscheinlichsten: Aus Angst, die Stirn des Sohnes zu treffen, zielte Wilhelm Tell unbewusst auf einen höheren Punkt. Um diese Tendenz zu korrigieren, die ihn das Ziel verfehlen lassen könnte, hätte es allerdings auch sein können, dass er sich dazu zwang, etwas tiefer zu zielen.

Der Sohn von Walter Tell zweifelte, ob er sich in einer vergleichbaren Situation freiwillig zur Verfügung gestellt hätte. Nicht aus mangelndem Vertrauen zum Vater, sondern weil niemand, auch nicht der beste Bogenschütze, unter solch einem Druck sicher sein kann zu treffen. Walter Tell erzählte ihm immer wieder, dass er in keinem Augenblick Angst verspürt hatte. Wie an seinem Vater zweifeln, der genau wegen dieser Heldentat schließlich zum Nationalhelden geworden war? Walter Tell strich über den Kopf seines Sohnes und verschwieg, dass im Laufe der Jahre diese Heldentat ein Trauma geworden war. Nicht in jenem Moment, als er ein Kind war. Deshalb log er nicht, wenn er sagte, er habe nicht eine Tausendstelsekunde lang daran gezweifelt, dass der Vater den Apfel treffen würde. Später, als er größer wurde, da dachte er darüber nach und stellte sich die gleichen Fragen wie sein Sohn heute. Im Augenblick des Ereignisses selbst war er zu klein gewesen, um die Gefährlichkeit dieser Herausforderung einzuschätzen, doch sein Vater war kein Kind gewesen. Wie hatte er sein Leben, ohne vor Angst zu zittern, aufs Spiel setzen können? Nicht einmal ein leichtes Beben der Hand! Und das, was im Grunde Ausdruck seiner Gewissheit war, den Apfel zu treffen, erschien ihm schließlich als ein Beleg für seine Leichtfertigkeit. Hätte er gezittert, wenn auch nur ein ganz kleines bisschen, wäre das ein Hinweis darauf gewesen, dass er sich, wenn auch nur ein ganz kleines bisschen, Sorgen machte, ob er denn treffen würde, und sich somit auch Sorgen um ihn machte. Nach langem Grübeln kam er schließlich zu dem Schluss, dass sein Vater ihn im Grunde wenig liebte. Gewiss war er der beste Bogenschütze weit und breit, aber hätte er das Ziel nur um ein paar Fingerbreit verfehlt, hätte der Pfeil anstatt des Apfels seinen Kopf durchbohrt. Im Laufe der Jahre und mit zunehmenden Bewusstsein wurde Walter Tell immer verschlossener. Das Bild des blitzschnell auf ihn zufliegenden Pfeils quälte ihn jede Nacht im Traum. Er stand am Baumstamm, sein Kopf gerade und ganz ruhig, damit der Apfel (ein Kantapfel, der einen betörenden Duft verströmte) nicht herunterfiel. Vor ihm eine Reihe Personen: Geßler, ein paar Soldaten und mittendrin sein Vater, der mit dem Bogen auf ihn zielte. Plötzlich (unaufhörlich, ein ums andere Mal) schießt der Pfeil aus dem Bogen (anfangs klein und weit weg und dann ganz schnell riesengroß), berührt fast seinen Kopf, dann hört man das Pflasch des durchbohrten Apfels und dann das Krk, als der Pfeil sich in den Baumstamm bohrt. Doch manchmal traf der Pfeil im Traum nicht den Apfel, sondern ihn. Walter wachte dann auf, setzte sich hoch und schrie vor Entsetzen. Seine Mutter eilte herbei und tröstete ihn. »Walter, du hattest einen Albtraum, schlaf wieder ein.« Während seine Mutter ihn in den Armen hielt, hörte Walter das Schnarchen seines Vater im elterlichen Schlafzimmer.

In seiner Jugend war Walter Tell einige Jahre in einer anarchistischen Gruppe, die für die Abschaffung des Schweizer Staates kämpfte. Sie lasen Bakunin, veröffentlichten eine Untergrundzeitschrift, sangen Lieder aus der Dritten Welt (vor allem aus Lateinamerika) und pinselten im Bierrausch

Kreise mit As an die Hauswände von Fribourg, wo er rätoromanische Philologie studierte und Mitglied in der olympischen Mannschaft für Bogenschützen war. Jahre später legte er sein Diplom ab, kehrte nach Hause zurück, lebte vom Familienvermögen und widmete sich ausschließlich seinen wirklich großen Leidenschaften: dem Bier und dem Bogenschießen. Er heiratete die Frau, mit der er seit dem ersten Semester zusammen war. Sie bekamen einen Sohn. Auf den Wunsch seiner Frau hin (große Bewunderin des Schwiegervaters) gaben sie dem Kind den Namen Wilhelm; sie beschlossen, ihn nach gewaltfreien pädagogischen Richtlinien zu erziehen.

Der kleine Wilhelm bewunderte Vater und Großvater, und wenn er darum bat, ihm die Geschichte ein ums andere Mal zu erzählen (ganz genau, wie der Großvater ihm den Apfel auf den Kopf gelegt hat und wie er, ohne vor Angst zu schlottern, in der Lage war, das zu überstehen, und ob es wahr sei, dass er sich nicht im Mindesten gefürchtet habe), so tat er das wirklich aus einem Gefühl der Faszination heraus. Er hegte eine tiefe und reine Bewunderung für seine Erzeuger. Doch der Lauf der Zeit und die natürliche Rebellion gegen die Vaterfigur führten dazu, dass er nun als Jugendlicher mit falscher Stimme (aus Hohn) fragt: »Vater, erzähl mir noch einmal genau, wie es war, als der Großvater dir den Apfel auf den Kopf gelegt hat. Wie hast du das ertragen können? Hast du wirklich kein bisschen Angst gehabt?« Die Worte sind fast die gleichen. Doch nun liegt ein hämischer Ton in seiner Stimme, und er redet vor allem vor seinen Schulkameraden so, damit sie ihn (abgesehen davon, dass sie ihn als Enkel von Wilhelm Tell und als Sohn des Kindes verehren, das keine Angst hatte, als es als Zielscheibe benutzt wurde) auch noch dafür bewundern, dass er sie nicht vergöttert. Für ihn sind diese Helden nichts weiter als Vater und Großvater, wie jeder Vater und Großvater von irgendeinem Freund. Daher kommt der höhnische Ton, den er nun hineinlegt: »Vater, erzähl mir noch einmal genau, wie es war, als der Großvater dir den Apfel auf den Kopf gelegt hat. Wie hast du das ertragen können? Hast du wirklich kein bisschen Angst gehabt?«

Walter Tell trinkt sein Bier aus, nimmt den Bogen und geht in den Garten zum Trainieren. Er ist ein guter Bogenschütze. Er hat immer im Schatten seines Vaters gestanden; doch nun mit vierzig kann er ohne Dünkel sagen, dass er sogar besser ist als sein Vater im gleichen Alter. Wenn sie heute gegeneinander antreten könnten, würde er gewinnen. Deshalb stört ihn diese ständige Frotzelei seines Sohnes ein wenig. Nicht so sehr der Vorwurf, er habe seinem Vater vertraut (dies könnte auch etwas Neid sein), als vielmehr der Zweifel: Hätte sein Sohn in einer ähnlichen Situation genauso viel Vertrauen in ihn wie er in seinen Vater? Heute hört er wieder bei jedem Glas Bier die Provokationen des Sohnes: »Vater, erzähl mir noch einmal genau, wie es war, als der Großvater dir den Apfel auf den Kopf gelegt hat. Wie hast du das ertragen können? Hast du wirklich kein bisschen Angst gehabt?«

Walter betrachtet ihn eine Weile lang und fragt ihn dann, ob er es ausprobieren möchte. Um genau zu wissen, wie die Dinge sind, sagt er, muss man sie tun, das sei das, was man Erfahrung nennt. Durch das, was man erzählt bekommt, kann man sich eine annähernde Vorstellung von den Dingen machen; doch man wisse nie, wie sie wirklich seien, bis man sie erlebt habe. Wenn er sich den Apfel auf den Kopf lege, werde er den Pfeil abschießen. Er brauche keine Angst zu haben: Er wisse ja, dass er genauso gut sei wie der Großvater.

Der Sohn zeigt sich überrascht, er lächelt. Der Vater kommt wieder darauf zurück: Ohne irgendeinen Grund habe das Ganze einen noch höheren Stellenwert. Während seiner Rede läuft er mit großen Schritten um seinen Sohn herum. Vor dem österreichischen Landvogt hatte das Ganze einen heroischen Kern, sagt er, das Risiko sei also nicht ganz rein gewesen, denn auf Dauer habe jedes Heldentum seinen Preis. Hingegen sei bei ihnen beiden allein im Garten kein Heldentum in Aussicht. Es handele sich nur um eine Frage des Vertrauens. Ob er ihm vertraut oder nicht. Er wird ihm den Apfel auf den Kopf legen, Wilhelm wird sich an den Baum lehnen und ruhig stehen bleiben.

Damit ist der junge Wilhelm Tell völlig einverstanden: Diese Herausforderung anzunehmen, ist, wenn auch nicht heldenhaft, so doch ehrenvoller. Weil unnötig. Eigentlich nimmt er die Herausforderung nur an, um seinem Vater zu zeigen, dass dieses ständige Provozieren eben nichts anderes ist als Provokation. Denn wenn er ihn weiter provoziert, obwohl er weiß, dass er ihn damit letztendlich verletzt, dann nur, um sich erwachsener zu fühlen, weit weg vom Vater und seiner Welt voller Vaterlandshelden. Doch wünscht er sich nicht in seinem Innersten, zu dieser Heldenwelt dazuzugehören? Auf den väterlichen Vorschlag einzugehen, ist weitaus verwegener. Auf einen Schlag überträfe er sie beide, denn seine Tapferkeit bliebe anonym und somit ohne Anerkennung. Die Herausforderung anzunehmen, würde ihn auf der Stelle zum Erwachsenen machen. Er läuft in die Küche, holt einen Apfel, kehrt in den Garten zurück, sucht einen Baum, der achtzig Schritte entfernt ist, lehnt sich gegen den Stamm und legt sich den Apfel auf den Kopf, während sein Vater den Bogen spannt.

Gregor

Als der Käfer eines Morgens aus der Puppe schlüpfte, fand er sich in einen fetten Jungen verwandelt. Dieser lag auf seinem erstaunlich weichen und ungeschützten Rücken und sah, wenn er den Kopf ein wenig hob, seinen blassen, aufgeblähten Bauch. Die Zahl seiner Glieder war drastisch dezimiert, und die wenigen, die er spürte (vier würde er später zählen), waren schmerzlich fleischig und so dick und schwer, dass es ihm unmöglich war, sie zu bewegen.

Was war mit ihm geschehen? Nun erschien ihm das Zimmer winzig, und der Schimmel duftete weniger intensiv. An der Wand waren Haken für Besen und Wischmopp befestigt. In einer Ecke zwei Eimer. An einer anderen Wand ein Regal mit Beuteln, Kisten, Gläsern, einem Staubsauger und an die Wand gelehnt das Bügelbrett. Wie klein kamen ihm nun all diese Dinge vor, die er gestern kaum in Gänze hatte wahrnehmen können. Er drehte den Kopf. Er versuchte, sich auf die rechte Seite zu wälzen, aber die Schwere der Körpermasse hinderte ihn daran. Er versuchte es ein zweites Mal; und noch einmal. Schließlich musste er sich erschöpft ausruhen.

Unruhig schlug er die Augen wieder auf. Und seine Familie? Er drehte den Kopf nach links und sah, wie sie ihn, ohne sich zu rühren, aus einer unbestimmbaren Entfernung entsetzt und ängstlich beobachteten. Es schmerzte ihn, ihnen Angst einzujagen; hätte er es vermocht, er hätte sie um Verzeihung gebeten wegen dieses traumatischen Ereignisses, das sie seinetwegen durchmachten. Jeder neue Vorstoß, sich auf sie zuzubewegen, erwies sich als grotesk. Der Versuch, sich auf dem Rücken fortzubewegen, fiel ihm besonders schwer. Der Instinkt gab ihm ein, die Bewegungen könnten ihm vielleicht leichter fallen, wenn er versuchte, sich so weit zu drehen, dass er auf dem Bauch zu liegen kam, obwohl er nicht wusste, wie er sich mit nur vier Gliedern (die so wenig biegsam waren) fortbewegen sollte. Glücklicherweise vernahm er keine Geräusche, die ihn hätten vermuten lassen, Menschen könnten im Hause sein. Der Raum hatte eine Tür und ein Fenster. Er hörte Regentropfen auf das Fensterblech aufschlagen. Er fragte sich, ob er sich zuerst zur Tür oder zuerst zum Fenster begeben solle, und entschied sich schließlich fürs Fenster, denn von dort aus würde er sehen, wo genau er war, obwohl ihm nicht ganz klar war, was ihm dieses Wissen nutzen sollte. Mit allem, was er an Kraft aufbringen konnte, machte er sich daran, sich zu drehen. Kraft hatte er, aber offenkundig wusste er nicht, wie sie zu beherrschen war. Seine Bewegungen waren wirr und unkoordiniert, ohne Zusammenhang. Wenn er lernte, wie die Glieder zu benutzen waren, würde sich seine Lage beträchtlich verbessern, und er könnte mit den Seinen von dannen ziehen. Plötzlich fiel ihm auf, dass er dachte, und diese Einsicht führte ihn zu der Frage, ob er zuvor auch schon gedacht hatte. Er hätte das bejaht, aber im Vergleich mit dem jetzigen Denken wäre das vorige sehr schwach ausgeprägt gewesen.

Viele Versuche später gelang es ihm, den rechten Arm über den Rumpf zu schieben; so verlagerte er das Gewicht nach links, und mit einer letzten Anstrengung drehte er den Körper um, der schwerfällig auf den Bauch fiel. Seine Familie flüchtete rechtzeitig; sie blieb in sicherem Abstand, aus Angst, eine weitere abrupte Bewegung seinerseits könne sie zerquetschen. Er hatte Mitleid mit ihnen, er legte seine linke Wange auf den Boden und blieb reglos liegen. Die Verwandten näherten sich seinen Augen bis auf wenige Millimeter. Er sah, wie die Fühler sich bewegten, die Kiefer in einer fassungslosen Grimasse erstarrt. Er hatte Angst, sie zu verlieren. Und wenn sie ihn verstießen? So als habe sie gehört, was er dachte, streichelte seine Mutter mit ihren Fühlern seine Augenbrauen. Gewiss, dachte er, empfindet sie die bei mir als ihr am ähnlichsten. Gerührt (eine Träne lief ihm die Wange hinunter und bildete um die Füße seiner Schwester herum eine Pfütze) wollte er die Liebkosung erwidern, er versuchte den rechten Arm zu bewegen, hob ihn hoch, und außerstande, ihn im erhobenen Zustand zu halten, sackte er schwer hinunter, was eine wilde Flucht seiner Angehörigen auslöste, die Schutz hinter einer Flasche Weichspüler suchten. Sein Vater lugte vorsichtig um die Ecke. Sicher verstanden sie, dass er ihnen kein Leid zufügen wollte, sondern diese gefährlichen Bewegungen Produkt der Unerfahrenheit waren, seinen monströsen Leib zu beherrschen. Das bestätigte sich, als sie wieder näher kamen. Wie klein sahen sie nun aus! Klein und (das schmerzte ihn) weit weg, so als würden sich ihre Leben unwiederbringlich auseinanderentwickeln. Er wollte ihnen sagen, dass sie ihn nicht zurücklassen sollten, dass sie nicht gehen sollten, bis er sie begleiten könne, doch er wusste nicht wie. Er wollte ihre Fühler betasten, ohne dass diese Liebkosung sie zerstörte, doch bekanntermaßen trugen seine ungeschickten Bewegungen ein offensichtliches Risiko in sich. Bäuchlings machte er sich daran, den Weg zum Fenster zurückzulegen. Langsam schleppte er sich mithilfe der Glieder durch den Raum (die Familie war auf der Hut) bis zum Fenster. Doch das Fenster war sehr weit oben, und er wusste nicht, wie hinaufkommen. Er sehnte sich nach seinem früheren Körper, klein, beweglich, hart und mit vielen Beinchen, die ihm erlaubt hätten, leicht und flink herumzulaufen. Erneut floss eine Träne, diesmal aus Ohnmacht.

Bald lernte er, seine Glieder zu bewegen, sie zu koordinieren, das richtige Maß an Kraft in jedem Arm einzusetzen. Er lernte, die Finger zu bewegen, und er klammerte sie an die Fensterbank. Einige Viertelstunden später gelang es ihm schließlich, den Rumpf aufzurichten. Das erschien ihm als Sieg. Nun hockte er auf den gebeugten Beinen und lehnte mit der linken Schulter an dem Stück Wand unter dem Fenster. Halb bewundernd, halb in Panik beobachtete ihn seine Familie aus einer Ecke. Er kam endlich auf die Knie, und mit beiden Händen an die Fensterbank geklammert, um nicht umzufallen, schaute er aus dem Fenster. Auf der anderen Straßenseite stand ganz klar ein Ausschnitt des gegenüberliegenden, endlosen, grauschwarzen Hauses mit seinen hart die Front durchbrechenden, regelmäßigen Fenstern. Der Regen fiel noch nieder, aber nur mit großen, einzeln sichtbaren und förmlich auch einzeln auf die Erde hinuntergeworfenen Tropfen. Mit letzter Kraft gelang es ihm, sich aufzurichten. Dieser aufrechte Zustand faszinierte ihn und ließ ihn sich gleichzeitig unbehaglich fühlen. Es schwindelte ihn, und er musste sich an die Wand lehnen, um nicht zu fallen, bald versagten ihm die Beine, und sanft ließ er sich hinuntergleiten, bis er erneut auf den Knien war. Auf den Knien rutschte er zur Tür. Sie war einen Spaltbreit geöffnet. Um sie ganz zu öffnen, holte er mit einer solchen Kraft zum Schlag aus (es kostete ihn viel Mühe, in jede Bewegung das genaue Maß zu legen), dass sie gegen die Wand knallte, zurückschlug und sich beinahe gänzlich geschlossen hätte. Er wiederholte die Aktion, diesmal weniger schroff. Als es ihm schließlich gelang, die Tür offen zu halten, schob er sich immer noch auf Knien in den Flur hinaus.

Gab es in irgendeiner Ecke des Hauses Menschen? Doch jetzt (nahm er an) würden sie ihm nichts zuleide tun, wenn er auf einen träfe: Denn nun sah er ja aus wie sie. Diese Vorstellung faszinierte ihn. Nun müsste er nicht mehr fliehen, aus Angst, zertreten zu werden. Dies war der erste positive Aspekt seiner Verwandlung. Er fand nur einen wunden Punkt: Sie könnten mit ihm sprechen wollen, und er konnte nicht antworten. Im Flur richtete er sich mithilfe beider

Arme wieder auf. Diesmal war ihm nicht ganz so schwindelig. Langsam (nun trugen die Beine die Last besser) wanderte er im Flur hin und her, von Mal zu Mal unbefangener. Am anderen Ende des Flurs gab es eine Tür. Er öffnete sie. Dahinter verbarg sich das Badezimmer. Das Klosett, das Bidet, die Badewanne, zwei Waschbecken und über beiden ein Spiegel. Er hatte sich noch nie gesehen, doch ihm war auf der Stelle klar, dass er es war, nackt, dick und aufgeschwemmt. Aus der Höhe, in der sich sein Gesicht im Spiegel befand, schloss er, dass er kein Erwachsener sein konnte. War er ein Kind? Oder ein Jugendlicher? Sich nackt zu sehen, irritierte ihn, er wusste nicht warum, denn nackt herumzukrabbeln hatte ihn nie gestört. Lag es an der Unförmigkeit seines Leibes, diesen ganzen pfundschweren Fleischmassen und seinem aufgeschwemmten Aknegesicht? Wer war er? Was tat er? Mit immer größerer Stabilität wanderte er durch das Haus. Er öffnete das Zimmer neben dem Bad. Neben dem Bett lagen ein paar Rollschuhe. Und an den Wänden hingen lauter Fähnchen. Im Zimmer stand auch ein Schreibtisch mit Heften und Büchern. Und ein Regal mit Comics, einem Fußball und Fotos. Auf einem Foto war er zu sehen (er erkannte sich sofort, er sah darauf genauso aus wie im Badezimmer: dick, voller Akne und im Hallenfußball-Trikot, blau mit einem weißen Streifen auf jedem Ärmel). Im Schrank fand er Kleider. Er holte eine Unterhose, ein T-Shirt, ein Polohemd, Trainingshosen, Socken und Sportschuhe heraus und zog sich an.

Er schaute durch den Spion an der Wohnungstür. Draußen war ein Vorplatz, von dem drei weitere Wohnungstüren abgingen. Er kehrte in das Zimmer zurück und strich mit dem Finger über die wenigen Bücher, die auf dem Regal standen. Er betastete eine Porzellanvase. Er drückte auf den Radioknopf. Die Musik war schreiend laut, und der Text war ihm unverständlich:

... colomitos inolvidables,
inolvidables como las tardes
en que la lluvia desda la loma
no nos dejaba ir a Zapooopan ...

Er drückte wieder auf den Knopf. Stille. Er setzte sich auf das Sofa und nahm die Fernbedienung in die Hand. Er schaltete das Fernsehgerät ein. Er wechselte von einem Programm zum anderen, erhöhte die Farbstufen, bis es nicht mehr weiterging, und stellte die maximale Lautstärke ein, dann die minimale. Es war leicht. Auf dem Sofa lag ein aufgeschlagenes Buch. Er nahm es in der Überzeugung in die Hand, kein Wort zu verstehen. Stattdessen las er, sobald seine Augen auf die Seiten fielen, ohne große Probleme: »Ich bin umgezogen. Früher wohnte ich im Hotel Duke an einer Ecke des Washingtonplatzes. Meine Familie wohnte dort seit Generationen, und wenn ich von Generationen spreche, so meine ich mindestens zwei- oder dreihundert Generationen.« Er schlug das Buch zu, und genau in dem Moment, als er es zurücklegte, fiel ihm ein, dass es offen und nicht zugeschlagen war. Er nahm es wieder in die Hand, und während er die vormals aufgeschlagene Seite suchte, hörte er den Schlüssel im Schloss. Ein Mann und eine Frau kamen herein, beide eindeutig erwachsen. Der Mann sagte: »Hallo.« Die Frau ging auf ihn zu, gab ihm einen Kuss auf die Wange, musterte ihn von oben bis unten und fragte: »Warum hast du die Hosen falsch herum angezogen?« Er schaute auf seine Trainingshosen. Wie hätte er wissen können, was falsch herum ist? Er zuckte mit den Achseln. »Hast du schon die Hausaufgaben gemacht?«, fragte der Mann. Oh nein, Hausaufgaben! Er stellte sich (so als erinnere er sich) ein Vorher vor, in dem es keine Hausaufgaben und keine falsch angezogenen Hosen gab. »Beeil dich!« Das war wieder die Frau. Träge stand er auf. Bevor er das Zimmer aufsuchte, um die Hausaufgaben zu machen, betrat er die Küche, öffnete den Kühlschrank, holte eine Dose Pepsi light heraus, und bei dem Versuch, sie zu öffnen (er war noch so ungeschickt mit den Händen), vergoss er die Hälfte auf dem Boden. Damit sie ihn nicht ausschimpften, ging er zur Besenkammer, und während er den Wischmopp vom Haken nahm, sah er an der Wand drei Käfer, die sich nach einem kurzen Moment absoluter Reglosigkeit schlagartig auf die Flucht machten. Mit einem gewissen Ekel setzte er seinen rechten Fuß darauf und verlagerte sein Gewicht, bis er das Knacken hörte, als er sie zertrat.

Hunger und Durst nach Gerechtigkeit

Die Tatsache seiner adligen Herkunft hindert Robin Hood nicht daran, die soziale Ungleichheit aus tiefstem Herzen zu hassen. Von klein auf hat es ihn empört, wie die Reichen im Überfluss schwelgen, während die Armen im Elend dahinvegetieren. Dieser Gegensatz, der den Rest der Familie unberührt lässt, bringt Robin zur Weißglut.

Er ist der Überzeugung, dass das Recht immer auf der Seite der Mächtigen steht. Da er diesem unwürdigen Schauspiel nicht mehr länger gleichgültig und tatenlos zuschauen kann, entschließt er sich eines Tages, Abhilfe zu schaffen. Seine Wahl fällt auf die reichste der reichen Familien der Grafschaft. Um seinen ausgetüftelten Plan zu realisieren, muss er nicht einmal ihren Tagesablauf ausspionieren. Er kennt sie alle so gut, dass er jeden ihrer üblichen Schritte kennt, er weiß, was sie machen, wo und wann sie es tun und in welchem Augenblick er sie unvorhergesehen antreffen kann. Er legt also einen Tag zur Ausführung seiner Aktion fest. Doch zuvor muss er sich entsprechend anziehen. Er kann nicht in seiner normalen Kleidung agieren, denn sie würden ihn sofort erkennen. Aus der Truhe auf dem Speicher sucht er sich eine schwarze Seidenmaske und einen Jägerhut mit einer grauen, schlanken Feder, den ihm Onkel Richard von einer Reise aus Tirol mitgebracht hat. Er nimmt den Bogen, den Köcher und die Pfeile und steigt auf sein bestes Pferd.

Von Weitem sieht er schon die hell erleuchteten Schlossfenster, aus denen Musik strömt. So wie er es vorausgesehen hat, sind sie mitten beim Feiern. Perfekt. So wird er sie alle zusammen erwischen, und die Beute wird groß sein, denn zu der Beute der auserwählten Reichen kommt noch die der geladenen Gäste. Er bricht in das Schloss ein, ohne sich um die Verschmutzung der purpurroten Teppiche durch die Hufeisen seines Pferdes zu kümmern. Die Crème de la Crème ist versammelt: nicht nur die Gastgeber (die Schlossherren und Reichsten der Reichen und eigentlicher Zweck seines Überfalls), sondern auch ihre Freunde: Markgrafen, Barone, Herzöge, die vielleicht nicht ganz so reich, aber im Vergleich zum statistischen Durchschnitt der Bevölkerung immer noch unermesslich reich sind.

Die Ausbeute ist überwältigend. Robin Hood raubt ihnen die Diademe (aus Silber und Gold, manche mit Edelsteinen besetzt), die Ringe (nicht ein einfacher ist dabei: alle sind so groß wie Kettenglieder), die Ohrringe (einige sind so beladen und lang, dass sie bis zu den Schultern reichen), die Medaillons (eines aus Platin), die Haarspangen (unterschiedlichster Qualität). Er stopft das ganze Geld, das sie bei sich tragen, Münzen und Scheine, alles durcheinander, in einen Sack und zwingt die Hausherren (die Reichsten der Reichen der Grafschaft), den Tresor zu öffnen und den Inhalt zu leeren. In denselben Sack kommen auch die Kandelaber und das Tafelsilber. Eine Tasche aus blauem Samt füllt er mit allen Speisen, die er in der Vorratskammer findet. (Da sind so viele Delikatessen dabei, in deren Genuss die Bedürftigen niemals kommen!) Ohne dass ein Anwesender ihn erkannt hätte, galoppiert er sodann in die Nacht hinaus. Die Reichsten der Reichen und ihre aristokratischen Freunde beschließen, durch das Ereignis (das Abwechslung in ihr eintöniges Leben gebracht hat) in helle Aufregung versetzt, am nächsten Tag ihre Pagen zu den Freunden zu schicken, die in dieser Nacht nicht dabei waren, um ihnen die Neuigkeit zu überbringen: Ein maskierter Mann habe sie überfallen und ihnen Juwelen, alle Wertgegenstände und das Geld geraubt. Damit sie ihnen das Ganze in allen Einzelheiten erzählen können, werden sie zu einem ausschweifenden Essen eingeladen.

Robin Hood galoppiert mit einem klaren Ziel vor Augen von Westen kommend ostwärts durch den Wald. Zwei Wochen hatte er gebraucht, um unter allen Einwohnern von Sherwood die Ärmsten zu finden. Es ist eine Familie, die in einer Elendshütte neben einer wilden Müllkippe lebt. Die arme Familie sieht Robin Hood von Weitem kommen und versteckt sich. Jedes Mal, wenn bisher jemand kam, geschah dies, um ihnen das Wenige, das sie besaßen, auch noch zu nehmen. Manchmal maskierte Räuber in quer gestreiften T-Shirts, manchmal die Steuereintreiber mit Krawatte und kariertem Sakko, dann wieder die Herren, die frisches Fleisch für ihre Feste brauchten. Robin Hood klopft an die Tür und bittet um Einlass: Er komme in friedlicher Absicht. Die Armen antworten nicht. Robin Hood insistiert: »Macht die Tür auf, ich bringe euch, was ich den Reichen genommen habe!« Sie reagieren nicht. Er sieht sich gezwungen, die Tür aufzubrechen. In einer Ecke des einzigen Raums im Bretterverschlag (Wohn- und Esszimmer, Küche und Schlafzimmer, alles in einem) kauern die Armen zitternd, ganz dicht zusammen und flehen um Gnade. Robin Hood erklärt ihnen, sie bräuchten vor ihm keine Angst zu haben, und wiederholt, er sei gekommen, ihnen die Beute zu übergeben, die er bei den Reichen gemacht habe. Das sei genau die Idee, insistiert er: die Reichen auszurauben, um die Beute den Armen zu übergeben. Er erklärt es ihnen ein ums andere Mal, denn beim ersten Mal verstehen sie es nicht. Sie schauen erst einander an, dann voller Misstrauen ihn. Robin Hood wiederholt seine Rede. Er ist stolz auf diesen seinen ganz besonderen Gerechtigkeitssinn. Wie manche meinen, nimmt er »das Recht in seine Hand«. Aber aufgepasst! Er agiert nicht zu seinen Gunsten, sondern zum Wohle der Nächsten. Er raubt die Reichen aus (dies ist offensichtlich eine Straftat, denn die Tatsache, dass einer reich ist, gibt niemandem einen Freibrief zur Verletzung des unveräußerlichen Rechts auf Privateigentum, zumindest nicht in einer Marktwirtschaft), doch er behält die Beute nicht wie etwa ein gemeiner Dieb, sondern gibt sie an die Bedürftigen weiter; er steckt nicht einen Pfennig ein. Er raubt für die Armen, und das ist ein Akt von Großmut, weshalb ihm die vorausgehende Straftat, davon ist er überzeugt, in den Augen Gottes vergeben wird. Der Zweck heiligt die Mittel? Für Robin Hood gibt es da keinen Zweifel. Deshalb legt er sich mit allen an, dem Sheriff, den Behörden, den Grundbesitzern, ob sie zur Kirche gehören oder nicht. Darum auch bemüht er sich, Frauen und armen Leuten mit ausgesuchter Höflichkeit zu begegnen.

Doch bald sind die Früchte des Raubes dahingeschwunden. Eine arme Familie, wie die auserwählte, die viele Münder zu stopfen hat und seit Jahrhunderten nichts anderes als den Hunger kennt, verschwendet mit Leichtigkeit die Speisen, das Geld, die Münzen, die Kandelaber, die Ohrgehänge, das Tafelsilber, die sie auf dem Schwarzmarkt zu einem lächerlichen Preis losschlagen. Die Armen bleiben arm, und die Reichen haben bald neue Kandelaber gekauft, neues Tafelsilber, neue Ohrgehänge, neue Ringe. Vielleicht haben die Armen ein bisschen den Hunger gestillt und die Reichen haben vier Taler verloren, doch der Unterschied bleibt gigantisch.

Robin Hood holt erneut die schwarze Seidenmaske und den Federhut heraus. Er steigt aufs Pferd; über Stock und Stein, auf Wegen, die sich durch den Wald winden wie ein Labyrinth, erreicht er wieder das Schloss der reichsten Reichen. Diesmal platzt er mitten in den Debütantenball. Die Reichen sind überrascht. »Schon wieder?« Sie finden es nicht ganz so aufregend wie das erste Mal. Es gibt sogar jemanden, der sich beschwert. »Soll das nun zur Gewohnheit werden?« Robin Hood nimmt ihnen die Ohrgehänge (mit Smaragden und Perlen) ab, die Diademe (eines stammt aus der griechischen Antike, aus Ampurias, das über die Jahrhunderte hinweg von Mutter zu Tochter weitervererbt worden war), die Ringe (mit Rubinen, schlicht aus Gold, mit einem Lapislazuli), die Armbänder, Broschen (eine aus Elfenbein gefällt Robin Hood besonders gut) und eine Perlenkette. Eine Frau beklagt sich, weil sie die Ohrringe, die ihr Robin Hood ohne Mitleid abnimmt, als Ersatz für die beim letzten Mal geraubten gekauft hat. Es schmerzt sie vor allem, weil es sie viel Mühe gekostet hat, die gleichen wiederzufinden. Sie versucht, ihn zu überzeugen, dass ihre Gründe, um Nachsicht zu bitten, völlig gerechtfertigt seien: Wenn er ihr diese Ohrringe raubt, wird sie keine derartigen mehr finden, denn dies seien die letzten gewesen. Ungeachtet der Proteste entreißt Robin Hood ihr die Ohrringe und stopft sie zum Rest in den Sack. Diesmal gibt es keine Kandelaber. Robin Hood fragt erstaunt, warum nicht. Es sei noch keine Zeit gewesen, neue zu kaufen, entschuldigt sich der Hausherr. Zum Ausgleich raubt er ihnen das Linnen, ein *Bacchanal* von Poussin, das an der Wand des Salons hängt, und eine Kommode im Stil Richard II. Als der Sack voll ist, durchreitet Robin Hood den Wald ostwärts und erreicht die Hütte der Armen, die ihn mit Tränen in den Augen und mit offenen Armen empfangen. »Es ist höchste Zeit«, sagt der Vater, »wir sind kurz vor dem Ende.«

Das Mal darauf sind die Reichen noch weniger willens, Robin Hood hereinzulassen. Es gibt Klagen, während er das Geld (Schmuck trägt nur noch eine Dame, die unvorbereitet war: eine Silberspange mit zwei Rubinen) und die Teppiche (drei persische und einen aus Turkmenistan), eine Vitrine und zwei Betten in den Sack stopft. Ein Herzog versucht sogar, Widerstand zu leisten. Mit einem Fußtritt entledigt sich Robin Hood seiner. Die übrigen Anwesenden schreien. Robin Hood gibt dem Pferd die Sporen und entschwindet im Wald. Die Armen empfangen ihn mit großer

Freude, obwohl einer, als er sieht, was er mitbringt, sich fast beklagt, weil die Beute diesmal bescheidener ausgefallen ist als die ersten beiden Male.

Neben seinem Durst nach Gerechtigkeit hat Robin Hood noch eine andere Tugend: seine Beharrlichkeit. Er wiederholt die Überfälle ganz methodisch. Im Laufe dieser Überfälle trägt er das Geschirr, die Kissen, die Sofas, die Tische, die Sessel fort. Er nimmt die Bücher, die Regale, den Schirmständer und eine Rüstung mit (vollständig: mit Helm, Visier, Kinn-, Kehl-, Hals- und Schulterstück, Plastrons, Armschienen, Armkacheln, Vorderschürze, Panzerhandschuhen, Panzerschurz, Diechlingen, Kniebuckeln, Beinröhren, Bärlatschen, dem runden Schild und dem Schwert). Er hängt einen rechteckigen Schild französischen Typs von der Wand ab und nimmt ihn mit. Er ist azurblau, mit einem goldenen Baum und zwei Löwen, die sich ganz natürlich an seinem Stamm aufrichten; im goldenen Schildbord sieben rote Schrägkreuzchen in der Reihung zwei, zwei, drei; als Würdezeichen ein frontal gestellter geschlossener Helm und eine silberblaue Helmdecke; als Helmzier ein roter Wimpel. Er trägt die noch übrig gebliebenen Betten fort, die Sofagarnitur, die Kochstellen. Er baut die Schränke ab, sammelt die Schreibtische, die Kommoden, die Konsolen, die Liegen, die Vitrinen, die Papierkörbe, die Stehlampen, die Sitzkissen, das Kinderspielzeug, die Waschbecken, die Handtuchhalter, die Spülbecken, die Badewannen, die Bidets, die Waagen, die Hausapotheke, die Duschvorhänge, die Vorhangstangen für die Duschvorhänge, die Taschenlampen, die Fackeln, die Schemel, die Stores, die Flaschen (Whiskey, Cognac, Wein), die Kamine zusammen.

Bis eines Tages, lange Zeit danach, die Reichen in Lumpen vor Robin Hood auf die Knie fallen und ihn anflehen:

– Herr Robin Hood, wir zweifeln nicht an Eurer Güte, an Eurem edelmütigen Geist und Eurem legendären Großmut.

Wir wissen, dass Ihr alles für einen guten Zweck getan habt, um Gerechtigkeit unter die Menschen zu bringen und die sozialen Ungleichheiten auszugleichen, die das Erbrecht in die Ewigkeit hinein fortsetzt. Aber seht genau hin, und Ihr werdet merken, dass die Dinge nicht mehr sind wie vordem, dass uns nichts mehr bleibt außer diesen vier Wänden. Wir müssen auf der Erde schlafen, weil Ihr sogar unsere Betten fortgetragen habt. Wir haben kein Bettzeug zum Zudecken und keine Kessel für heißes Wasser, das uns über das Hungergefühl hinwegtäuschen könnte. Herr Hood, was wollt Ihr uns noch nehmen? Ihr könnt uns nichts mehr nehmen, denn es sind nur noch die Wände übrig, denn sogar die Dachziegel habt Ihr weggeschleppt.

Robin Hood ist sprachlos vor Erstaunen. Mit einem Blick sieht er an dem, was vor nicht allzu langer Zeit ein herrliches Schloss war, dass sie recht haben. Die Wände sind nackt, die Wohnräume leer, und die ehemaligen Reichen schlafen in den Ecken und schützen sich vor dem Regen, der da hindurch fällt, wo vormals ein Dach war. Die Reichen sind also eigentlich keine Reichen mehr. Es ist ganz offensichtlich, dass sie ärmer sind als die ehemaligen Armen, die nun reicher sind als sie, teilweise aufgrund der Gaben von Robin Hood, teilweise aufgrund geschickter Investitionen, die ihren Reichtum vervielfacht haben. Doch Robin Hood, großherzig, besessen und verbissen, hat weiterhin die nun offenkundig armen Reichen ausgeraubt, um die nun offenkundig reichen Armen zu beglücken. Seine großmütige Haltung hat die Umwälzung der Dinge so weit fortgetrieben, dass jetzt (plötzlich wird es ihm klar) die Reichen im Elend darben und die Armen so in Überfluss und in Verschwendung leben, dass aus der alten Hütte von einst eine Gruppe nebeneinanderliegender Villen mit Schwimmbad, Sauna und den neuesten Errungenschaften rund ums Haus geworden ist. Schon seit Jahren werden im Schloss keine

Feste mehr gefeiert, stattdessen werden in der Siedlung der einst Armen jede Woche, wenn auch keine Fressorgien, so doch Grillabende abgehalten. Wieso ist ihm das nicht schon vorher aufgefallen? Er betrachtet die Reichen, die für ihn bisher Ausbeuter waren, mit neuen Augen und stellt sich gleichzeitig die finanzielle Zügellosigkeit derjenigen vor, die er bis vor wenigen Sekunden als arm angesehen hat. Er schäumt vor Wut. Von klein auf hat es ihn empört, wie die Reichen im Überfluss schwelgen, während die Armen im Elend dahinvegetieren. Er setzt sich die schwarze Seidenmaske auf und rückt den Jägerhut mit der grauen, schlanken Feder zurecht, den ihm Onkel Richard von einer Reise aus Tirol mitgebracht hat. Er zügelt sein Pferd, lenkt es ostwärts und peitscht mit den Zügeln auf den Rücken des Tieres ein.

3

Ein Tag wie jeder andere

Seit einer Stunde sitzt der zwanghafte Lügner auf der Terrasse und sonnt sich. Nach einem kalten Winter tut das sehr gut, doch irgendwann kommt der Moment, in dem ihm von so viel Sonne schwindlig wird. Er bedeckt die Augen mit seiner Hand, steht träge auf, kehrt ins Haus zurück, zieht sich Hemd und Sakko über und verlässt das Haus. Während er über das planierte Gelände schlendert, schaut er auf das Auto, das dort schon zwei Jahre lang neben dem Fußballplatz steht, inzwischen ohne Reifen und Türen. Warum wird es nicht endlich abtransportiert und verschrottet? Eine Elster fliegt über den Friedhof. Er biegt nach links in die lange, steile Straße ein.

Er flaniert an der Bar vorbei, die auf halber Strecke liegt; kurz bevor er sie hinter sich lässt, bleibt er stehen. Er überlegt einen Moment lang, ob er hineingehen soll oder nicht, und entscheidet sich schließlich dafür: Er stößt die Tür auf und verkündet ein allgemeines »Guten Tag«, das sowohl dem Wirt als auch den Dominospielern an einem Tisch gelten soll. Er lehnt sich an die Bar und bestellt ein Bier. Der Kellner bringt es ihm und fragt unausbleiblich, wie es bei ihm so läuft. Der Lügner antwortet, es sei alles in Ordnung, und nimmt einen großen Schluck von seinem Bier. Sein Schnurrbart wird weiß. Im Radio, in dem der Sender nicht ganz richtig eingestellt ist, hört man eine vibrierende Melodie, gespickt mit Worten, die allgemeinhin Schmerz ausdrücken. Eine Weile schaut er beim Dominospiel zu. Einer der Spieler fragt ihn, ob er bei der nächsten Runde mitspielen will; er lehnt mit einer Handbewegung ab. Er dreht sich um, trinkt einen weiteren Schluck und betrachtet die Ensaladilla Russa hinter der Vitrinenscheibe. Die Farbe der Mayonnaise, die zwischen golden und bräunlich liegt, verdirbt ihm den Appetit. Der Wirt, der beobachtet hat, wie er den Salat anschaut, fragt ihn, ob er etwas davon haben will. Der Lügner verneint, denn wenn er jetzt etwas äße, könne er nicht zu Abend essen und seine Frau würde ihm Vorwürfe machen. Der Wirt lächelt, denn dies ist sein üblicher Scherz: Der Lügner hat keine Frau und lebt mit niemandem zusammen, doch er führt diese Phantasiefrau immer als Entschuldigung an; zum Beispiel, wenn er gehen will und die anderen ihn drängen, noch ein Glas mit ihnen zu trinken, oder wenn sie ihn auffordern, mit ihnen sonntags Fußballspielen zu gehen, und er keine Lust dazu hat. Manchmal schmückt er das Ganze noch mit Kindern aus: einem Mädchen, das je nach Laune zwischen drei und sieben Jahre alt ist, und einem Jungen, den es zuerst nicht gab und der nun sogar älter ist als das Mädchen. Der Wirt spült ein Glas unter dem Wasserstrahl und will gerade als Teil des Rituals den Scherz des Lügners über seine mutmaßliche Frau kommentieren, indem er ihn fragt, von welcher Frau er denn spreche, er habe doch gar keine; aber bevor er den Mund öffnen kann, fragt ihn der Lügner mit lauter Stimme, damit alle ihn hören können, ob er schon den Zirkus gesehen habe, der auf dem planierten Gelände aufgebaut werde. Der Wirt trocknet das Glas ab. Niemand antwortet. Der Lügner dreht den Kopf zu den Dominospielern und wiederholt: Das Zelt werde bereits aufgebaut; es gebe zwei Lkws und einen Anhänger, der so riesengroß sei wie ein Käfig. Einer der Spieler zieht eine Augenbraue hoch, schaut ihn an und meint: Ja, sicher. Der Lügner tut so, als sei er empört: Was er damit sagen wolle, mit diesem: Ja, sicher. Etwa, dass es nicht wahr sei? Er schwört, dass auf dem planierten Gelände ein Zirkus aufgebaut werde. Er habe auf dem Boden die Buchstaben aus Glühbirnen gesehen, die bald an dem Zelt leuchten würden: Russischer Zirkus.

Das Zelt, sagt er nun, sei fast fertig aufgebaut. Es gebe vier Lkws. Nein, nicht vier: fünf. Und sechs Käfige: mit Löwen und Tigern. Und drei Elefanten, so groß wie ein Haus. Die Dominospieler haben ihre Runde beendet und starren ihn fasziniert an: Wie kann es angehen, dass er schon wieder versucht, ihnen eines seiner Lügenmärchen aufzutischen? Wie könnten sie, auch beim besten Willen, diesem Mann, der immer lügt, Glauben schenken, ihm, der sogar lügt, wenn es keine Veranlassung dazu gibt und er nicht einmal etwas davon hat? Nicht einen Moment lang wird ihre Ungläubigkeit in Zweifel übergehen. Doch wie jedes Mal erzählt der Lügner so vehement und mitreißend, dass sie, ebenfalls wie jedes Mal, nicht etwa anfangen, ihm Glauben zu schenken, aber doch allmählich mitgerissen werden von der Begeisterung, mit der er seine Lügengeschichte vorträgt und entwickelt: Die Elefanten, zum Beispiel, sind bald zwölf anstatt drei; das Zelt besteht nicht mehr aus einfachen Zeltplanen, sondern aus drei übereinander; und die dicht nebeneinander geparkten Lkws stehen in Kürze auf einem Terrain so groß wie ein Fußballplatz. Beim Zuhören spürt einer der Männer, die Domino gespielt haben (sie haben das Spiel zu Ende gebracht und keine neue Runde angefangen), wie es ihm vor den Augen flimmert. Seit mehr als dreißig Jahren kam kein Zirkus auch nur in die Nähe des Dorfes, und so wie die Dinge stehen, wird gewiss kein Zirkus jemals wieder sein Zelt auf dem planierten Gelände aufschlagen. Und niemand vermisst ihn (auch der Lügner nicht, selbst wenn er im Falle eines Falles das Gegenteil behaupten würde). Käme jemals wieder ein Zirkus in das Dorf, würde sich kein Mensch dafür interessieren: Zirkus ist etwas aus alten Zeiten, und schon in jenen alten Zeiten hat sich niemand dafür interessiert. Dieses Desinteresse am Zirkus hindert aber keinen daran, gebannt zuzuhören, wie der Lügner vor ihnen das Zelttuch auffaltet, wie er die Zeltbahnen über die bereits aufgebauten Bahnen legt, wie er die Trommeln verdoppelt und die Trapezkünstler mit einer bewundernswerten Überzeugung vervielfacht. Um so bewunderungswürdiger, als ihm nicht im Entferntesten die Möglichkeit in den Sinn kommt, einer der Zuhörer könne ihm glauben, und schon gar nicht, dass er schließlich selbst durch sein hartnäckiges Beharren daran glauben könnte. Nur einer (der ein wenig taub ist) fragt unnötig laut, ob jemand noch einmal eine Runde mitspielt. Doch niemand antwortet ihm; denn ein anderer hat vorgeschlagen, auf der Stelle zum planierten Gelände zu marschieren. Er braucht niemanden zu überreden. Sie reihen sich ein, ziehen ihre Mäntel an, wickeln sich ihre Schals um den Hals, und schon sind sie auf der Straße und ziehen an der Seite des Lügners davon, der ihnen von einer Menschenpyramide aus sechsunddreißig Gleichgewichtskünstlern auf acht Einrädern erzählt, und von einem seiltanzenden Pferd. Der letzte, der das Lokal verlässt, ist der Wirt, der seine Jacke anzieht, den leicht tauben Mann vor die Türe setzt, zusperrt und der Gruppe Männer hinterherrennt, die die Straße hinuntereilen.

Das Leben ist so kurz

Der Mann rennt zum dritten Aufzug, bei dem gerade die Türen schließen; es gelingt ihm, den rechten Fuß in den noch offenen, fußbreiten Spalt zu setzen, und er erreicht dadurch, dass sich die beiden Türhälften sofort wieder öffnen. Er betritt den Fahrstuhl und grüßt die Frau (»Guten Tag«), die dort bereits steht: eine Schönheit mit lang wallenden Haaren und kastanienroten Lippen. Der Mann (eingeschüchtert, denn er glaubt, eine Spur von Missfallen in den Augen der Frau zu bemerken, weil er der Grund ist, warum der Fahrstuhl sich wieder geöffnet hat und der Start des Aufzugs damit gestoppt wurde) lehnt sich gegen eine Wand, betrachtet die Anzeigenleiste und sieht, dass die 9 leuchtet, macht einen Schritt vorwärts, drückt auf die 12 und lehnt sich wieder an die Wand zurück. Die Tür schließt sich sehr zögerlich; er bemüht sich, die Frau nicht allzu unverschämt anzustarren. Aber er kann nicht umhin, sie wenigstens aus den Augenwinkeln heraus anzuschauen. Die Augen, das Kinn, die Beine ... Die Tür schließt sich, der Aufzug bewegt sich aufwärts. Auf der Leiste erscheinen die Zahlen: 1, 2, ... Aus dem Lautsprecher ertönt eine sterile Melodie. Der Mann schaut auf die Uhr, die er am Handgelenk trägt. Sie ist vor einer Weile stehen geblieben. Er schüttelt sie so, als ob das Schütteln ihr wieder Leben einhauchen könnte, doch das funktioniert nur mit mechanischen, nicht mit batteriebetriebenen Uhren. Es ist ein gemächlicher Aufzug, und diese Gemächlichkeit bestätigt das Gefühl von Sicherheit, das von Wänden und Türen ausgeht, die dick und gepolstert sind. Die Sauberkeit im Aufzug trägt ebenfalls zu diesem Sicherheitsgefühl bei. Ein schmutziger Fahrstuhl macht einen verkommenen und damit unsicheren Eindruck. Dieser hier nicht: Dieser ist neu, sauber. Auf der Anzeigenleiste leuchtet nun schon die 5 auf, und jetzt kommt die 6. Als die 6 blinkt, bleibt der Aufzug stehen, die Türen gehen auf, und ein alter Mann mit Brille und einem kleinen Hut auf dem Kopf streckt sein Gesicht herein.

– Geht es abwärts?

Der Mann verneint. Der Alte rümpft die Nase und verschwindet nach rechts mit ausgestrecktem Zeigefinger, in klarer Absicht, den anderen Aufzug zu holen, ohne zu wissen, dass der kaputt ist und gerade im Erdgeschoss repariert wird. Die Tür schließt wieder. Einen Augenblick lang betrachtet die Frau den Mann, und die Blicke der beiden kreuzen sich. Er lächelt. Sie schaut weg. Auf der Anzeigenleiste sehen sie die 7 und dann die 8. Genau zwischen dem achten und neunten Stockwerk (auf der Anzeigenleiste leuchtet noch die 8, und die 9 ist noch dunkel) bleibt der Aufzug stecken. Der Mann schaut abwechselnd auf die Frau, die Anzeigentafel und die Tür (»Da haben wir den Salat!«). Die Frau schaut ihrerseits abwechselnd auf ihn, die Anzeigenleiste und die Tür. Die Frau drückt als Erste ihre Fassungslosigkeit aus (»Und jetzt?«), der Mann versucht so zu tun, als sei nichts (»Vor allem dürfen wir die Ruhe nicht verlieren«). Die Frau drückt auf den Knopf der 9, den Knopf der 12, den Knopf für das Erdgeschoss und, als keiner dieser Knöpfe reagiert, fragt sie den Mann, ob sie den Alarmknopf drücken soll, auf dem eine Glocke abgebildet ist. Der Mann ist einverstanden. Sie drücken also den Alarmknopf, dessen Klingel sofort deutlich ertönt, so als sei sie genau auf der anderen Seite der Aufzugswände. Wo könnte die Klingel sein? Im Erdgeschoss? In der Pförtnerloge? Gibt es mehr als eine? Ab und zu unterbrechen sie das Läuten und spitzen die Ohren, um auf eventuelle Geräusche zu hören, vielleicht hat sie ja jemand gehört und bereits die Rettungsaktion eingeleitet oder ist zumindest auf dem Weg zu ihnen, um sie mit Rufen zu beruhigen. Doch man hört nichts außer dem Lautsprecher, aus dem unerschütterlich ein Song nach dem anderen trällert.

Minuten später stellt sich die Frau vor (»Nachdem wir ja nun offensichtlich eine Zeit lang miteinander verbringen müssen …«), der Mann stellt sich seinerseits vor und versucht, die Situation mit Humor zu betrachten, indem er sie fragt, ob sie auch nicht unter Platzangst leide. Die Frau lächelt. Sie hat keine Platzangst. Er auch nicht (»Wir können uns glücklich schätzen. Wenn einer von uns Platzangst hätte, wäre es für beide schrecklich«). Sie lächelt erneut, und dieses Lächeln macht ihm Hoffnung. Zweifelsohne haben beide in diesen Minuten, die sie nun im Aufzug zwischen zwei Stockwerken eingesperrt sind, zumindest einen Augenblick lang, an diesen ganzen, sagen wir populären Mythos gedacht, der ihre Lage umrankt (zwei Personen in einem Fahrstuhl zwischen zwei Stockwerken eingeschlossen), vergleichbar mit den Witzen über den Mann und die Frau auf einer einsamen Insel, vollkommen allein und von der Welt abgeschnitten für wer weiß wie lange Zeit. Er erkennt, dass er sich offenbar von der Frau angezogen fühlt, doch sie, fühlt sie sich von ihm angezogen?

Die Frau fragt ihn, ob die Angelegenheit, die ihn heute früh in dieses Bürohaus geführt hat, wichtig oder dringend gewesen sei. Relativ wichtig, antwortet er (»Geschäftliches«). Es ist auffallend, dass nun, da sie hier drin sind (schon so etwa eine Dreiviertelstunde), nichts wirklich wichtig ist. Sie findet es vielsagend, dass so dringende Angelegenheiten, wie diejenigen, die sie in das Gebäude hier geführt haben, von einer Minute zur anderen durch einen Vorfall wie diesen so viel von ihrer Dringlichkeit verlieren können. Vor einer Stunde, erzählt sie, hatte sie einen genauen Zeitplan und konnte sich nicht erlauben, auch nur eine Sekunde zu verlieren. Nun könne sie plötzlich den Tag als verloren ansehen. Zumindest den Morgen. Dauert es noch lange, bis sie hier herausgeholt werden? Der Mann wagt zu sagen, sie müsse es tatsächlich sehr eilig gehabt haben, da ihm ihr Blick, als er seinen Fuß zwischen die Fahrstuhltüren gesetzt hatte, tadelnd vorkam. Die Frau lächelt und gesteht ein, sie könne Leute nicht ausstehen, die beim Schließen der Fahrstuhltür ihren Fuß dazwischensetzten, ohne an die Rücksichtslosigkeit zu denken, die dieser Akt gegenüber jenen bedeute, die drinnen stünden (die schnellstmöglich losfahren wollten und damit eigentlich auch schon begonnen hätten, womit das ganze Recht auf ihrer Seite sei). Der Mann will gerade sagen, seinen Fuß zwischen die Türen gesetzt zu haben, hätte zumindest eine gute Seite, nämlich sich kennengelernt zu haben; doch zum Glück schluckt er diese affige Bemerkung rechtzeitig hinunter. Sie erwähnt einen Film von Woody Allen, in dem ein Aufzug eine zentrale Rolle spielt. Es gibt auch einen von Brian de Palma mit seiner so wunderschönen Frau, wie hieß sie gleich? Er erzählt ihr von einem Roman, den er einmal gelesen hat, mit einem Fahrstuhl, der durchs Dach in den Himmel flog.

Der Fahrstuhl, erklärt sie, sei in den letzten Jahrzehnten zum wichtigsten Transportmittel avanciert, und das, obgleich viele ihn gar nicht als Transportmittel betrachteten. Die Beziehung zwischen den Fahrstühlen und der Höhe, die Gebäude inzwischen erreicht haben, ist naheliegend. Nicht so sehr, dass in den Gebäuden Aufzüge installiert wurden, weil sie immer weiter in den Himmel wuchsen; vielmehr wuchsen sie immer weiter in den Himmel, weil die Aufzüge von Mal zu Mal leistungsfähiger und sicherer wurden. Sie zieht ihre hochhackigen Schuhe aus und stellt sie ordentlich in eine Ecke unter die Anzeigenleiste. Von Zeit zu Zeit drückt einer der beiden für einige Minuten auf die Alarmglocke. Wenn einer müde wird, löst der andere ihn ab, doch schließlich haben beide keine Lust mehr und hocken sich nebeneinander auf den Boden. (»Irgendwann müssen sie uns hier ja herausholen. Sie werden uns hier nicht ewig sitzen lassen.« – »Vielleicht werden wir wie Schiffbrüchige, die sich gegenseitig verschlingen, um zu überleben.«) Die Frau denkt, es sei interessant, dass sie sich nebeneinandergesetzt haben.

Irgendwann verlieren sie beim Warten das Zeitgefühl. »Schau nicht auf die Uhr«, sagt einer von beiden. Es fällt ihnen relativ leicht, Sekunde für Sekunde bis dreißig zu zählen, was dann eine halbe Minute ergibt. Es fällt ihnen schon schwerer, die Sekunden nacheinander zu zählen, bis es fünf Minuten oder eine halbe Stunde ergibt. Würden sie einige Stunden lang Sekunde für Sekunde zählen, wäre die Fehlerquote noch größer.

Später schlafen sie ein. Sie wachen gleichzeitig auf (»Hast du kein Geräusch gehört?«), halb in den Armen des jeweils anderen liegend, ein Kopf auf die Schulter des anderen gefallen, die Augen so nah, dass, als einer einen unverständlichen Satz murmelt, der andere zwangsläufig den Mund öffnet, »Was?« fragt, und die Lippen des einen sich langsam auf die Lippen des anderen zubewegen, um dann plötzlich mitten auf dem Weg innezuhalten (sechs Millimeter vor dem Ziel), denn genau in dem Augenblick bewegt sich der Aufzug wieder, beschleunigt rasant, stoppt und erreicht (endlich, holpernd) das Erdgeschoss, wo der Pförtner und einer der Handwerker auf sie warten (»Ist alles in Ordnung?«). Der Mann und die Frau schauen sich an. Eigentlich müssten sie sich etwas sagen, sich verabreden … Doch obwohl er sie anschaut, scheint ihr, er schlage das nicht schnell genug vor, und obwohl sie ihn anschaut, kommt es ihm so vor, als liefe sie direkt nach hinten zum vierten Fahrstuhl, sodass er sagen würde, sie sei im Grunde gar nicht interessiert. Das Erlebnis im Fahrstuhl zu Ende, und alles zu Ende? Der Mann bewegt sich also in Richtung Ausgang und grübelt darüber nach, dass er nicht hätte gehen sollen, ohne sich mit ihr zu verabreden oder zumindest die Telefonnummern auszutauschen. In dem Moment, als er auf die Straße hinaustreten will, fragt er sich, was er da eigentlich macht, denn an sich musste er ja in den zwölften Stock hinauf. Er macht also kehrt, öffnet die Tür zum Hochhaus, durchquert die Vorhalle, weicht dem Handwerker und dem Pförtner aus, die einem weiteren Handwerker zuschauen, wie er auf dem Dach des neuen, kaputten Fahrstuhls mit einer riesigen Taschenlampe die Kontroll- und Zugkabel und die Laufschiene überprüft. Der Mann rennt zum vierten Aufzug, bei dem gerade die Türen schließen; es gelingt ihm, den rechten Fuß in den noch offenen, fußbreiten Spalt zu setzen, und er erreicht dadurch, dass sich die beiden Türhälften sofort wieder öffnen.

Die Macht des Wortes

Der Mann am Tresen des Restaurants, der wartet, bis der Kellner einen Tisch für ihn gedeckt hat, redet mit sich selbst. Als er noch klein war, hatte er tausendmal gehört, wie man jemanden, der mit sich selbst redet, als verrückt bezeichnete. »Er redet mit sich selbst. Er ist verrückt.« Nun erkennt er, wie verlogen dieser Satz war. Ihm ist vollkommen bewusst, dass die Tatsache, mit sich selbst zu reden, ihn nicht daran hindert, sich gänzlich bei Sinnen zu fühlen. Er spricht leise. Er murmelt Sätze, eine angeregte und lebhafte Unterhaltung mit einem oder mehreren anderen, die alle unsichtbar und gleichzeitig er selbst sind. Er redet hier am Tresen mit sich selbst, doch dies tut er auch beim Autofahren, zu Hause und im Büro. Er redet sogar mit sich selbst, wenn er mit jemandem zusammen ist. Manchmal denkt dieser Jemand, wenn er ihn etwas murmeln hört, er wolle ihm etwas sagen, und fragt nach. Nichts, antwortet er dann, denn eigentlich sagt er nichts (er selbst weiß nicht, was er genau sagt; es interessiert ihn dabei mehr das Gemurmel an sich, das sonore Geräusch, das Blablabla, der Anschein eines Gesprächs), und das, was er sagt, richtet er nicht an den, der ihn fragt, sondern an jenen anderen (oder jene anderen), mit dem (oder denen) er sich unterhält. Er weiß nicht, wann er anfing, mit sich selbst zu reden, und es würde ihm schwerfallen, ein Vorher, als er noch nur mit anderen sprach, und ein Nachher festzulegen. Manchmal denkt er, eigentlich habe er irgendwie schon immer mit sich selbst geredet. Nur habe er sich mit der Zeit nicht mehr darum gekümmert, es ergo offen getan, ohne darüber nachzudenken, ohne es zu bemerken und auf alle Fälle, ohne es zu unterdrücken. Im Grunde genommen, sagt er manchmal zu sich selbst, sind diese Gespräche nichts anderes als die Fortführung jener imaginären Gespräche, die er, als er klein war, mit seinem erfundenen Freund geführt hat (an dessen Namen er sich komischerweise nicht mehr erinnert), mit dem er jeden Abend, wenn er zu Bett ging, Abenteuer voller Palmen und Lianen erlebte. Die Gespräche mit diesen Anderen, den Nichtexistierenden sind genauso interessant wie die Gespräche, die er, wenn ihm nichts anderes übrig bleibt, mit Leuten führt. Worüber spricht er, wenn es so aussieht, als würde er sich an das Glas wenden? Über nichts Besonderes, über irgendetwas. Er kann über Tennis reden und die Perspektiven im Leben. Er kann vom Thema abschweifen, glauben, an einen besonderen Höhepunkt der ausführlichen Darlegung zu gelangen oder aber an Nichtssagendes. Oftmals passiert ihm Folgendes: Er argumentiert schon eine Weile alleine vor sich hin und bemerkt dann, alles, was er diesem anderen Er, mit dem er spricht, erzählt, ist völlig nichtssagend. Um nicht in Schweigen zu verfallen, wechselt er dann das Thema.

Der Mann hingegen, der an einem Tisch im Restaurant mitten zwischen Menschen sitzt, die sich angeregt unterhalten, sagt nichts. Seit Jahren verharrt er ungerührt in Schweigen. Bisher reagieren die anderen auf dieses Schweigen verständnisvoll. Alle respektieren, dass er ihnen schweigend zuschaut, wie sie reden und diskutieren und alles von allen möglichen Seiten betrachten. Dass der schweigende Mann die Dinge banal findet, über die sie diskutieren und die sie von allen Seiten betrachten, wissen sie nicht, eben weil er schweigt, aber sie ahnen es. Eigentlich ahnen sie auch, dass er keine besondere Abneigung gegen sie hegt und sein Urteil über ihre Banalität nicht negativ gemeint ist, sondern eher agnostizistisch. Agnostizistisch in Bezug auf die anderen und in Bezug auf sich selbst. Er ist nicht dagegen; es ist ihm egal. Er selbst fühlt sich absolut banal und überflüssig, und genau darum schweigt er. Er könnte also schlecht die anderen als banal abwerten, da er ja selbst in der allergrößten Banalität lebt. Er begann eines Tages zu schweigen, als er mitten in einer Unterhaltung, die schließlich in eine Darlegung über den Grad des Einflusses des Fandango auf die Entstehung des Huapango abdriftete, nicht mehr wusste, was er sagen sollte. Er wusste nichts, weder über den Fandango noch über den Huapango; solche Dinge hatten ihn nie interessiert, und folglich hatte er dazu auch überhaupt nichts zu sagen. Was sollte er tun, um sein Scherflein beizutragen, wie man es von ihm erwartete? Eine Meinung erfinden und sie dann vertreten? Stattdessen zog er es zum ersten Mal in seinem Leben vor zu schweigen. Bis dahin hatte er sogar mit ungespieltem Interesse und Vehemenz an allen möglichen Gesprächen und Diskussionen teilgenommen. Trotz der Überraschung in den Gesichtern der anderen fand er, dass er niemandem wehtat, wenn er nichts sagte. Und nichts zu sagen, war gar keine so unangenehme Rolle. Die anderen zeigten auch keine übermäßig ablehnende Haltung. Gewohnt, völlig improvisierte Meinungen zu vertreten, empfand er plötzlich den Luxus, zu schweigen und nichts zu sagen, als unerwartete Befreiung. Er sah, wie die anderen weiterhin lebhaft diskutierten, ob dies oder jenes zuträfe, und bemerkte, wie sie ihn dann und wann in der Hoffnung ansahen, dass er seine Haltung vielleicht geändert habe und doch noch seine Meinung einbringen wollte. Nicht, dass seine Meinung sie besonders interessiert hätte. Sie brauchten sie nur als Teil des nächtelangen Gesprächsrituals. Der Beweis war, er hätte irgendetwas antworten und zu Protokoll geben können, in vier voraussagbaren Worten. Sie fanden das völlig normal! Denn sie erwarteten keine wirklich aufrichtige oder durchdachte Antwort von ihm: Eine ausschließlich formale Antwort war mehr als ausreichend. Sein jetziges Schweigen hingegen belegte das Geplauder der anderen mit einem Interdikt, und das war es, was sie wirklich störte, weit mehr als das Schweigen selbst. Er schwieg weiterhin, und mit jeder Sekunde, in der er nichts sagte, gefiel ihm das besser. Schließlich, einige Viertelstunden und verwunderte Gesichter später, sprach ihn einer an und fragte, ob er nichts dazu zu sagen habe. Der Mann verneinte mit einer leichten Kopfbewegung. Die anderen schwatzten weiter, denn schließlich hatte jeder mal seinen stillen Tag. Am folgenden Tag machte er aber auch in keiner Unterhaltung den Mund auf. Seither sagt er nichts mehr, nie und nirgends. Er weiß, einige empfinden das als Snobismus oder meinen, ihm sei etwas zu Kopf gestiegen, oder halten ihn für ungesellig. Er findet das nicht. Er hat einfach überhaupt nichts Interessantes zu sagen; darum spricht er nicht und hört zu, wie die anderen angeregt schwatzen.

Zum Beispiel dem, der am anderen Ende des Tisches wie ein Wasserfall redet. Er ist der Vielschwätzer am Tisch, derjenige, der die anderen nicht zu Wort kommen lässt, der sich hastig vordrängt, damit sie nicht vor ihm die Allgemeinplätze, die über das gerade aktuelle Gesprächsthema gesagt werden müssen, aussprechen können. Denn mit einer beängstigenden Geschwindigkeit verändert, verflüchtigt und verwandelt sich der Gesprächsstoff in andere Themen. Zu allem hat er eine Meinung, und um nichts auf der Welt würde er es zulassen, egal welches Thema gerade angesprochen ist, ohne gut begründete Meinung dazustehen. Er kennt sich in Wirtschaft und Malerei, Viehzucht und Basketball aus (oder tut so, als kenne er sich aus). Es gibt kein Thema, zu dem er nicht vier schlagende, manchmal sogar brillante Sätze sagen könnte. Wenn man die beträchtliche Menge der Themen berücksichtigt, über die er sich auszulassen bemüßigt fühlt, müssen diese vier Sätze im Allgemeinen austauschbar, vielseitig und hinlänglich mehrdeutig sein, damit sie sowohl für die eine als auch für die andere

Materie und für unterschiedliche Materien gleichzeitig einsetzbar sind.

Es wäre unmenschlich zu behaupten, er habe eine originelle und von Thema zu Thema wechselnde Meinung. Da sie sich allen Möglichkeiten anpassen müssen, mangelt es diesen vier Sätzen notgedrungen und verständlicherweise an Schärfe und Subtilität. Die Welt ist voller Diskussionen, in denen der Mann, der wie ein Wasserfall redet, seinen Beitrag leisten muss. Er muss immer auf der Lauer liegen, immer bereit sein, bei jeder sich bietenden Gelegenheit irgendwas zu sagen. Darum beobachtet er von Zeit zu Zeit in einer Mischung aus Nervosität und Mitleid den Mann, der am anderen Ende des Tisches sitzt und schweigt. Wie kann man diese fast pflanzliche Existenz nur aushalten, das Leben vorbeigehen sehen, ohne permanent seinen Kommentar dazu abzugeben? Wo es doch so viel zu sagen gibt! Zudem kommt er nicht umhin, zu denken, jener schweige nur, um sich interessant zu machen, um zu zeigen, wie wenig er diejenigen, die um ihn herumsitzen, achtet. Doch den Mann, der mit sich selbst redet, während er sich an den inzwischen gedeckten Tisch setzt, den betrachtet er nicht mitleidig, sondern in einer Mischung aus Neid (wegen der Selbstgenügsamkeit, die er zeigt) und Respekt, so als sei er ein vollkommenes Modell.

Die Literatur

Er tippt den letzten Satz, aufgeregt und gleichzeitig etwas konfus. Es ist sein erster Roman, der mit einem Tod endet. Diese Tatsache ist bemerkenswert, denn die Abwesenheit von Toten in seinen Büchern war eine bewusst gewollte Konstante, die Ablehnung der leichten Lösung, auf die so viele Schriftsteller verfallen, wenn sie nicht wissen, wie sie den dramatischen Höhepunkt erreichen können. Durch die Logik der Erzählung getrieben, sieht er sich nun zum ersten Mal gezwungen, diese Konstante aufzugeben und den Protagonisten zu töten. Er zieht das Blatt aus der Schreibmaschine, legt es hinter die anderen und liest noch einmal den Anfang: »An jenem Mittag fiel dem Mann beim Tischdecken das Salzfass um, und das Salz verteilte sich über das Tischtuch. Dies löste bei ihm Entsetzen aus.«

Der Schriftsteller hat einen Vertrag mit einem Verlag, in dem vereinbart ist, dass er einen Roman pro Jahr schreiben muss. Er hat ihn vor siebzehn Jahren unterschrieben, und regelmäßig im Januar liefert er beim Verlag einen neuen Roman ab. Er hat also inzwischen sechzehn Romane veröffentlicht. Einen Roman zu schreiben, ist für ihn keine besonders schwierige Sache, und er macht sich systematisch über Schriftsteller lustig, die zehn Jahre für einen Roman brauchen. Mit dem Ergebnis ist er, je nachdem, mal mehr oder weniger zufrieden. Manchmal fließt ihm die Geschichte aus der Feder, er begeistert sich dafür, er schreibt sie fast an einem Stück und korrigiert sie mit Vergnügen. Manchmal ist die Geschichte erzwungen, er schreibt den Roman, als sei es eine Strafe (weil er ihn laut Vertrag, wie auch immer, vor Ablauf eines Jahres fertig haben muss), und bringt lustlos nur wenige Korrekturen an. Einerlei: Niemand beschwert sich, solange er flüssig geschrieben ist. Die Nachfrage nach

Qualität ist gering in diesem seinem Land, und das ist so bekannt, dass sich sogar die eigenen Bewohner darüber lustig machen. Die Kontinuität sichert ihm den Lebensunterhalt. Er kann keine großen Sprünge damit machen, aber er braucht auch nicht um acht Uhr morgens aufzustehen. Das Einzige, worum er diesen Gott, an den er nicht glaubt, anfleht, ist, nie vor einem weißen Blatt Papier zu versagen. Das könnte er sich nicht leisten.

Am Tag der Buchpräsentation hat der Verleger eine gute Nachricht für ihn: Sein erster Roman wird in einer neuen Reihe wieder aufgelegt, und wenn er wolle, könne er, da der Text neu gesetzt werde, ihn noch einmal lesen und Änderungen anbringen, wenn er sie für notwendig halte. Er liest ihn erneut. Er hat so viele Romane geschrieben, dass er den genauen Verlauf dieses ersten vergessen hat. Er erinnert sich nur dunkel an ein paar Personen. Er weiß noch, dass es sich um einen Schriftsteller handelt, der einen Roman schreibt und damit einen gewissen Erfolg hat, was ihm erlaubt, das Jahr darauf einen weiteren zu veröffentlichen und ein Jahr später noch einen dritten. Doch als er ihn von vorne bis hinten noch einmal liest, ist er erschrocken. Die Handlung und die Personen sagen konkrete und genaue Einzelheiten seines Lebens voraus, die Monate oder gar Jahre nach der Veröffentlichung passiert sind. Nach nun sechzehn Jahren kann er exakt jene Person in einer Nebenrolle identifizieren, in die sich die Frau des Protagonisten verliebt. Denn kurz nachdem er diesen ersten Roman veröffentlicht hatte, lernte er eine ähnliche Person kennen, und die Frau, die sich in diese Person verliebte, war seine eigene gewesen. Und der Kampf des Protagonisten gegen den Druck von außen ist der Kampf, den er selbst nach seinem ersten Erfolg gegen den Druck von außen geführt hatte.

Neugierig liest er seine anderen Romane, einen nach dem anderen, in der Reihenfolge, wie er sie verfasst und veröffentlicht hat. Die Voraussagen wiederholen sich. Er erkennt Personen wieder, Empfindungen, Freuden, Misserfolge, über die er immer Monate im Voraus geschrieben hat. Er sieht Buch für Buch sein ganzes Leben prophezeit. Er sagte Ereignisse, deren Umstände, die Frauen, die Dramen, die Freuden voraus. Die Omnipotenz der Figur aus *Grüne Zistrose* sieht seine eigene Omnipotenz kurz danach voraus. Die Angst des Protagonisten aus *Reine nasse Erde* ist die Ankündigung der Angstzustände, unter denen er kurze Zeit später litt. Und das Eingeständnis des Scheiterns des Musikers in *Das ganze Feuer seiner großen Sonne* ist sein eigenes ein paar Monate später. Er erkennt auch konkrete Personen wieder. Die Frau in *Die Fohlen auf der Weide* ist Luisa, die er genau am Tag der Buchpräsentation kennenlernte. Teresa wird in *Die Seele* in fotografischer Genauigkeit abgebildet, doch als er das Buch schrieb, kannte er sie nicht einmal. Er hat systematisch die Dinge, die ihm Monate später passieren würden, vorausgesehen und aufgeschrieben.

Als er schließlich zum letzten Buch kommt, das er erst vor ein paar Tagen veröffentlicht hat, versetzt ihn der Tod des Protagonisten in Schrecken. Er legt das Buch auf den Schreibtisch, begibt sich in die Küche, sucht eine Dose mit Eintopf, öffnet sie, schüttet den Inhalt in einen Topf und stellt ihn in die Mikrowelle. Im Buch erkennt er keine Personen und keine Ereignisse wieder. Auf der einen Seite ist das klar, denn es sind noch nicht genügend Monate vergangen, um das, was er geschrieben hat, Wirklichkeit werden zu lassen. Auf der anderen Seite jedoch schöpft er Hoffnung, denn er erkennt absolut nichts wieder: Sollte dieser Roman aber auch eine Voraussage sein, hätten zumindest einige der erzählten Ereignisse schon geschehen sein müssen. Dass dem nicht so ist, kann vielleicht ein Hinweis darauf sein, dass es sich mit diesem Roman anders verhält als mit den anderen. Letztendlich steht es nirgends geschrieben, dass die

Regel sich auf ewig fortsetzen muss. Daran denkt er, als er den Tisch deckt; er bemerkt es und versucht, das Unvermeidliche zu vermeiden.

4

Die Zentripetalkraft

Seit dem frühen Morgen versucht der Mann erfolglos, seine Wohnung zu verlassen; jedes Mal, wenn er die Tür öffnet, passiert ihm das Gleiche: Er befindet sich nicht im Treppenhaus, sondern erneut in der Diele seiner Wohnung, die er ja gerade zu verlassen versucht. Er hat es schon Dutzende Male versucht und probiert es jetzt noch einmal: Er öffnet die Wohnungstür, draußen ist alles dunkel, er macht zwei Schritte vorwärts und tastet die Wand nach dem Lichtschalter im Treppenhaus ab, der direkt neben dem Fahrstuhl angebracht ist. Er findet ihn nicht. Stattdessen findet er die Garderobe. Und darunter den Schirmständer. Er steht also wieder in der Diele, die er soeben verlassen hat. Er streckt die Hand in die Richtung aus, in der sich in seiner Diele der Lichtschalter befindet. Er entdeckt ihn, schaltet das Licht an und sieht, dass er erneut mit dem Rücken zur Wohnungstür steht. Er dreht sich um und stellt sich noch einmal vor die Tür. Er macht sie auf und schaut nach draußen. Die Dunkelheit ist vollkommen, und nur auf dem Fußboden schimmert ein einziger Lichtschein: eben der, der aus seiner Diele durch die halb geöffnete Tür fällt, zu wenig, um zu erkennen, ob sich hinter der Türschwelle der gleiche Treppenabsatz wie immer befindet, großzügig geschnitten wie in allen Altbauten. Er könnte es noch einmal versuchen, doch es würde ihm nichts nützen. Er probiert es ja schon seit dem frühen Morgen, ohne Erfolg. Also schließt er die Tür und lehnt sich dagegen.

Dann, im Esszimmer, schaut er aus dem Fenster. Einige Leute gehen die Straße hinauf, ein paar mehr die Straße hinab. Er bemüht sich, nicht nervös zu werden. Er muss das

Haus verlassen, egal wie. Also nimmt er den Telefonhörer ab, wählt eine Nummer und ruft eine Freundin an. Es ist eine Freundin, die er noch nicht lange kennt und mit der er noch nicht intim war, was er bedauert. Warum nicht? Aus Schüchternheit? Aus Mangel an Gelegenheit? Vielleicht, geht ihm durch den Kopf, gerade, weil er noch nicht mit ihr intim war, bittet er jetzt ausgerechnet sie um diesen Gefallen: Sie möge doch sofort zu ihm kommen. Die Freundin fragt, warum. Er spricht mit ernster Stimme und ohne genau zu erklären, was bei ihm los ist (er hat Angst, sie könnte ihm nicht glauben oder ihn für verrückt erklären und käme dann nicht vorbei), erzählt er ihr, er befinde sich in einer ungewöhnlichen Lage (nicht schlimm, aber ungewöhnlich), so ungewöhnlich, dass sie ihm nicht glauben oder ihn für verrückt erklären würde, wenn er ihr nun am Telefon darüber berichtete; sie müsse ihm einfach helfen. Sie schweigt einige Sekunden lang und sagt ihm schließlich ihr Kommen um drei Uhr nach der Arbeit zu.

Die zwei Stunden bis drei Uhr starrt der Mann die Tür an und raucht eine Zigarette nach der anderen, bis ein Milchtopf mit Zigarettenkippen voll ist. Tatsächlich, drei Minuten nach drei erscheint die Freundin. Mit wenigen Worten erklärt der Mann so gut er kann die Lage, und ohne ihr Zeit für Erstaunen zu lassen, teilt er ihr mit, was sie nun tun werden:

– Wir machen Folgendes: Wir verlassen gemeinsam diese Wohnung. Allein gelange ich nie ins Treppenhaus. Stattdessen lande ich immer wieder in meiner Diele.

Was ihn zu der Annahme verleite, es sei anders, wenn er mit ihr hinaustrete, befragt ihn die Frau. Er antwortet nicht darauf, sondern hakt sich bei ihr unter und geht mit ihr zur Tür, er atmet tief durch, dreht den Türgriff, öffnet die Tür, und sie treten hinaus; tatsächlich, so wie er es vermutet hat, kommen sie auf den Treppenabsatz. Der Mann atmet erleichtert auf. Sie sieht ihn belustigt an. Er drückt auf den Fahrstuhlknopf. Sie meint, er brauche den Knopf nicht zu drücken, da der Fahrstuhl nicht funktioniere: Sie habe zu Fuß die Treppe hochkommen müssen. Sie steigen die Treppe hinab. Im Erdgeschoss hängt ein Schild am Fahrstuhl: Außer Betrieb.

Sie machen einen Spaziergang, bummeln an Schaufenstern entlang und betrachten die Lichterketten aus Sternen, Tannenbäumen und Glocken in den Straßen. Sie kauft zwei Weihnachtsgeschenke für ihre beiden Neffen. Einen Lkw und einen Zementmischwagen, beide riesengroß und aus Plastik.

Mit den Geschenken beladen, essen sie gemeinsam zu Abend, trinken einen Tee in einem Café, und schließlich schaut sie auf die Uhr und kündigt ihr Gehen an. Er nimmt ihre rechte Hand in seine linke.

– Komm mit zu mir – schlägt er ihr vor – lass mich nicht alleine; denn dann kommt das alles wieder.

Die Frau lacht und meint anerkennend, diesen Trick habe vor ihm noch niemand draufgehabt, aber er sei doch nicht genial genug, um sie dazu zu bewegen, die Nacht bei ihm zu verbringen. Sie haben schon oft darüber geredet. Sie weiß, er möchte mit ihr ins Bett, doch ihr ist es recht, so wie es im Moment ist. Sie versteht seinen Frust, denn sie weiß, Männer tendieren normalerweise dazu, die Möglichkeit einer einfachen Freundschaft ohne Sex mit einer Frau auszuschließen. Er findet diese ganze Argumentation billig, und eingeschnappt beschließt er, letzten Endes sei es besser, wenn sie jetzt gehe. Sie küssen sich auf die Wangen, und sie verschwindet in einem U-Bahn-Eingang. Der Mann macht sich wieder auf den Weg. Er hat keine Lust (es ist keine Angst, es ist Trägheit), nach Hause zu gehen, denn er weiß, sobald er dorthin zurückkehrt, wird er nicht wieder herauskommen. Er beschließt also, seine Rückkehr hinauszuzögern. In der Nähe gibt es eine Cocktailbar, die ihm ganz besonders gut gefällt, mit Holzfußboden und Holzdecke und an allen Wänden Vitrinen voller Flaschen. Er geht in die Richtung. Von Weitem sieht er bereits die längliche Beleuchtung, die das vergoldete Namensschild anstrahlt. Er stößt die dicke, schwere Tür auf, schiebt den rotsamtenen Vorhang beiseite und, pardauz!, betritt er die Diele seiner Wohnung. Er dreht sich um und öffnet wieder die Tür: Jeder Schritt, den er tut, um die Wohnung zu verlassen, ist ein Schritt hinein. Er dreht sich wieder um, öffnet erneut die Tür, macht einen Schritt hinaus, also hinein. Da war's wieder.

Er beschließt, es über das Fenster zu probieren. Er stellt einen Hocker davor, stellt sich darauf, öffnet das Fenster, duckt sich und hangelt sich hinaus. Die Fensterbank ist schmal. Die Autos auf der Straße sind winzig. Es ist ihm tatsächlich gelungen, durch das Fenster die Wohnung zu verlassen, und nun hält er mühsam das Gleichgewicht. Es ist kalt. Er braucht eine Weile, um zu überlegen, was er nun weiter machen soll. Er hat auch nichts Besonderes vor. Es geht ihm gut da draußen. Wäre es nicht so windig, würde er sich noch wohler fühlen: Draußen sein bedeutet vor allem, nicht drin sein. Um nicht ruhig dazustehen, spaziert er mit dem Rücken zur Wand und das Gesicht dem Nichts zugewandt langsam auf dem Fenstersims entlang, bis er zum Nachbarfenster gelangt. Drinnen hilft die Nachbarin ihrem Sohn bei den Hausaufgaben. Es hat ihn stets gerührt, Alltagsszenen durchs Fenster zu beobachten. Beim Schlendern durch die Straßen wirft er immer einen Blick in irgendeinen Innenraum der unteren Wohnungen. Auf eine Lampe an der Zimmerdecke und zwei Köpfe an einem Tisch, auf ein Stück Regalwand, auf ein Bild, auf jemanden in einem Sessel. Er spielt nicht einmal mit dem Gedanken, am Fenster der Nachbarin zu klopfen. Denn er weiß, die Frau begänne dann, vor lauter Schreck zu schreien, selbst wenn sie ihm das Fenster öffnen würde, sobald sie ihn erkannt hätte. Die Frau würde ihn sicher hereinlassen; er kann sich nichts anderes vorstellen: Sie kennt ihn und weiß, dass er ihr Nachbar ist. Es gibt keinen Anlass, warum sie sich nicht denken sollte, dass es schon seinen Grund haben wird, wenn er hier auf dem Fensterbrett steht. Zudem ist sie eine Klatschbase, die sich unter keinen Umständen eine solche Gelegenheit entgehen lassen würde. Doch was hätte er davon? Wenn er in der Wohnung der Nachbarin wäre und beschließen würde, sie ohne ihre Begleitung zu verlassen, beträte er unmittelbar darauf, ohne auch nur den Treppenvorplatz überqueren zu müssen, wieder seine eigene Wohnung: Er bräuchte nur die Tür der Wohnung aufzumachen und würde damit die zu seiner eigenen öffnen, und alles wäre wie gehabt. Er beschließt umzukehren. Er begibt sich auf den Rückweg, Schritt für Schritt, wie er gekommen war. Kurz darauf ist er bei seinem Fenster. Er will sich gerade umdrehen, um wieder durch sein Fenster einzusteigen, da bemerkt er unten auf der Straße, klitzeklein, eine Menschenansammlung, die hochstarrt und auf ihn zeigt. Er erschrickt. Dass sie ihn so anstarren und auf ihn zeigen, kann nur eines bedeuten: Sie glauben, er wolle sich umbringen! Oder er wolle ein Fenster einschlagen, um in eine Wohnung einzubrechen. Es ist eine logische Überlegung. Welchen Grund könnte jemand haben, auf dem Fenstersims entlangzuspazieren? Entweder um einzubrechen oder um sich umzubringen. Oder zu fotografieren. Er könnte ein Detektiv sein, der Fotos von der Ehefrau seines Klienten machen will, in flagranti mit ihrem Geliebten. Er bleibt eine Weile stehen und beobachtet die Menschen, amüsiert. Es stehen immer mehr Schaulustige da unten. Es rührt ihn, dass sie meinen, er wolle sich umbringen oder einbrechen. Bald bricht der Verkehr zusammen. Die Autos hupen, die Polizei trifft ein, die Polizisten schauen einen Augenblick zu ihm hoch, doch dann bemühen sie sich, mit ihren Trillerpfeifen Ordnung zu schaffen. Die Menschenmenge wird größer. Kurz darauf hört man das Martinshorn, und mit höchster Geschwindigkeit und Blaulicht trifft ein Feuerwehrauto ein. Sieben Männer steigen aus. Sie spannen ein Sprungtuch, in das er springen soll. Der Mann erschrickt noch mehr (sie meinen wirklich, er wolle sich umbringen!), er dreht sich endgültig um, duckt sich, steigt in das Fenster ein und ist wieder in seiner Wohnung. Er schließt das Fenster und atmet tief durch. Sein Blick richtet sich auf die Straße. Die Menschenmenge ist immer noch da. Er schenkt sich ein Glas Wasser ein und setzt sich auf das Sofa. Er schwitzt. Er schaltet das Fernsehgerät ein.

Wenige Minuten später klingelt es an der Tür. Er steht auf und öffnet. Es sind zwei Feuerwehrleute, einer von ihnen extrem dick, was dazu führt, dass der andere dünn aussieht, obwohl er es eigentlich gar nicht ist. Sie schnaufen. Der extrem Dicke wischt sich mit dem Taschentuch den Schweiß von der Stirn, er legt es zusammen, schnauft noch einmal und sagt in vorwurfsvollem Ton:

– Der Fahrstuhl ist kaputt.

Der andere Feuerwehrmann macht einen Schritt nach vorn.

– Guten Abend. Achtes OG, rechte Tür? – Der Mann nickt.

– Wir müssen einen Einsatzbericht schreiben. Vor einer Weile stand eine Person auf der Fensterbank und war kurz davor zu springen. Wer war das?

– Nein. Ich wollte nicht springen. Ich werde Ihnen das erklären.

Nun, da die Feuerwehrleute hier stehen, ist auch der Treppenabsatz da. Es ist immer das Gleiche: Ist jemand bei ihm, so ist der Treppenabsatz da; will er sich aber alleine hinausbegeben, ist der Treppenabsatz nicht da, sondern an seiner Stelle die eigene Diele. Auf der anderen Seite des Treppenabsatzes steht die Wohnungstür der Nachbarin (die gerade ihre Bilder in der Diele zurechtrückt) einen Spalt offen, gerade ein paar Zentimeter, damit sie besser sehen und hören kann. Der Mann bittet die Männer herein, und während er die Tür schließt, sieht er, wie die Nachbarin ihrerseits die Tür zumacht. Und wenn er nun im Beisein der Feuerwehrmänner versuchte, die Wohnung zu verlassen? Würde er sich aufs Neue in seiner Diele wiederfinden, oder käme er dann endlich ins Treppenhaus hinaus? Um das herauszufinden, entschuldigt er sich bei den Feuerwehrleuten, lässt sie in der Diele stehen, und tatsächlich, sowie er hinaustritt, steht er wiederum in seiner Diele und schlägt die Tür zu. Doch in dieser neuen Diele sind keine Feuerwehrleute. Er steckt den Kopf durch die Esszimmertür: Auch dort sind sie nicht. Er öffnet den Barschrank und mixt sich einen Cocktail; er setzt sich hin und schaut wieder fern.

Zwanzig Minuten später läutet es noch einmal an der Tür. Davor stehen drei andere Feuerwehrmänner.

– Guten Abend. Verzeihen Sie die Störung. Zwei unserer Kollegen sind vorhin hier hochgekommen, um einen Bericht zu schreiben, und sind noch nicht wieder unten.

– Sie sind schon vor einer Weile wieder gegangen.

– Wir haben unten auf sie gewartet, sie sind aber nicht zurückgekommen.

Der Feuerwehrmann, der mit ihm redet, hat einen riesengroßen Schnurrbart, er öffnet eine Aktenmappe, um seinerseits einen Bericht zu schreiben.

Der Mann bittet sie herein und sieht die leicht geöffnete Tür der Nachbarin. In der Wohnung nehmen die Feuerwehrleute ihren Helm ab. Haben die davor das auch getan? Er hat nicht aufgepasst. Der mit dem riesengroßen Schnurrbart fragt ihn, ob es zwei Feuerwehrleute waren, die ihn besucht haben. Der Mann nickt mit dem Kopf. Sie bitten ihn um eine Beschreibung der beiden. Der Mann weiß nicht genau, wie er sie beschreiben soll. Er hat nicht so genau hingeschaut.

– Es ist eine rein formale Frage. Wir müssen wissen, ob die physische Beschreibung der Männer, die Sie besucht haben, mit der unserer Kollegen übereinstimmt.

Durch die angelehnte Tür sieht der Mann, wie die Nachbarin ihn beobachtet, nun tut sie so, als poliere sie den vergoldeten Spion. Mit einer Handbewegung bittet der Mann sie, die Tür offen zu halten. Er wendet sich an die Feuerwehrleute:

– Entschuldigen Sie mich einen Augenblick; ich komme sofort zurück.

Er verlässt seine Wohnung, schließt leise die Tür, und im Schutz (so vermutet er) des Blickes seiner Nachbarin, der verhindert, dass der Treppenabsatz sich in seine Diele verwandelt, überquert er ihn. Die Nachbarin öffnet die Tür. Der Mann fragt, ob er etwas ausprobieren dürfe. Die Frau bittet ihn herein. Er betritt die Wohnung. Ob er wohl für einen Moment durch das Fenster hinaussteigen dürfe? Die Nachbarin sagt ihm völlig begeistert, er könne tun, was ihm gefalle.

– Ihre Wohnung ist offensichtlich voller Feuerwehrleute – schwatzt sie, während sie ihm eine kleine, dreistufige Leiter bringt. Der Sohn der Nachbarin hört sofort mit seinen Hausaufgaben auf, beißt auf seinen Lippen herum und beobachtet sie. Der Mann lächelt, nickt mit dem Kopf und klettert durch das Fenster hinaus. Er hangelt sich auf dem Fenstersims Schritt für Schritt dicht an der Wand entlang, bis zum Fenster seiner Wohnung. Die Menge auf der Straße deutet wieder auf ihn. Kurz vor dem Fenster zu seiner Wohnung streckt er den Kopf vor, schaut hinein und sieht, wie die Feuerwehrleute mit dem Helm in der Hand sich gegenseitig anschauen und ab und zu zur Wohnungstür gucken, um zu sehen, ob er zurückkommt. Auf der Straße vergrößert sich die Menge wieder, nachdem sie nach seinem letzten Auftauchen kleiner geworden war. Die Nachbarin streckt den Kopf aus dem Fenster. Der Mann tastet sich langsam zurück.

– Alles in Ordnung.

Er duckt sich. Springt hinein, bedankt sich bei der Frau, und sie begeben sich in die Diele. Im Treppenhaus (es bestätigt sich: Immer wenn er mit jemandem zusammen ist, verwandelt sich der Treppenvorplatz nicht in seine Diele) bedankt er sich noch einmal, und noch bevor sie die Tür schließt, rennt er, anstatt sich in seine Wohnung zu begeben, die Treppen hinunter. Er erreicht das Erdgeschoss und tritt auf die Straße hinaus. Es weht ein kalter Wind, der einzelne Zeitungsseiten herumwirbelt, die auf der Erde entlangfliegen, bis sie an Bänken, Abfalleimern oder zwischen den Beinen der Spaziergänger hängen bleiben. Er erreicht die Menschenmenge, die zu seiner Wohnung hinaufstarrt. Er gesellt sich dazu.

Eine halbe Stunde später sind die nach oben gestiegenen Feuerwehrleute immer noch nicht wieder unten. Einer der beiden im Auto verbliebenen Feuerwehrmänner steigt nun hinauf, um sie zu suchen. Minuten verstreichen. Das Blaulicht dreht sich lautlos auf dem Wagen. Der Feuerwehrmann, der alleine zurückgeblieben ist, sieht müde aus. Er wäre lieber zu Hause. Heute gibt es zum Abendessen Gemüse mit paniertem Fisch. Er würde sich die Hausschuhe und den granatroten Pulli anziehen, und nach dem Essen würde er mit seiner Frau darüber reden, was sie unternehmen könnten. Zehn Minuten später erscheinen am Eingang des Gebäudes die drei Feuerwehrmänner, die hochgestiegen waren, um die anderen zwei zu holen, in Begleitung des Feuerwehrmannes, der als Letzter nach oben gegangen war. Von den ersten beiden jedoch keine Spur. Bevor sie am Feuerwehrauto angelangt sind, zieht sich der

Mann diskret zurück, aus Angst, sie könnten ihn erkennen, und voller Schuldgefühle, die er ganz und gar ungerechtfertigt findet.

Der extrem dicke Feuerwehrmann klappt das Buch zu, keucht, legt das Buch auf den Couchtisch, der vor dem Sofa steht, und legt seine Füße auf das Sofa. Der im Verhältnis dazu dünne steckt noch einmal die Blumen zurecht, die in einer Vase auf dem Barschrank stehen. Er tritt ein paar Schritte zurück, betrachtet sie, geht wieder hin und arrangiert sie neu.

– Dieser Typ kommt nicht mehr zurück. Ich würde gehen.

– Wir haben es nicht eilig. So können wir uns wenigstens ausruhen. Ich sitze lieber hier herum, als zur Wache zurückzufahren, um fünf Minuten später wieder hinauszumüssen. Mach mir einen Whiskey.

– Wenn wir noch einen trinken, fällt es auf.

– Na und? Er ist sicher schon eine Dreiviertelstunde weg. Dann soll er uns doch ein paar Whiskey spendieren. Das ist das Mindeste, was er tun kann. Ich hole in der Küche Eis.
Der extrem dicke Feuerwehrmann steht auf und marschiert in die Küche.

– Wirklich, wir sollten wieder hinunter. Es ist mir ziemlich egal, wo er abgeblieben ist – meint der Dünne. – Wir füllen den Bericht aus und gehen wieder hinunter.

– Je länger wir warten, desto wahrscheinlicher ist der Fahrstuhl wieder repariert. Wir sind hier im achten Stock, ohne das Zwischengeschoss mitzuzählen. – Der Dicke kommt aus der Küche zurück mit zwei Gläsern voller Eiswürfel. Der Dünne möchte gerade den Mund aufmachen, um anzudeuten, dass sie nun wirklich hinuntermüssten, als er durch das Fenster sieht, wie das Feuerwehrauto gestartet wird und wendet.

– Sie fahren weg.

Der Dicke rennt zum Fenster. Beide beobachten, wie das Auto, immer noch mit Blaulicht, die Straße hinunterfährt. Die Menschenmenge, die nach oben schaute, löst sich allmählich auf. Die beiden Feuerwehrleute schnappen ihre Helme und eilen aus der Wohnung. Sie drücken auf den Knopf am Fahrstuhl, denn vielleicht wurde er ja inzwischen repariert. Doch sie müssen feststellen, dass das nicht der Fall ist, und machen sich auf den Weg abwärts.

Nach fünf Minuten bemerkt der im Verhältnis Dünne das Schild an der Wand: Sie sind gerade mal im sechsten Stock. Sie bleiben stehen. Das kann nicht sein. So lange, wie sie jetzt schon hinunterlaufen, müssten sie schon längst im Erdgeschoss sein. Sie sind schon mindestens vierzehn oder fünfzehn Stockwerke hinuntergelaufen und sollen noch immer im sechsten Stock sein? Sie gehen ein Stockwerk weiter hinunter. Auf dem Schild steht: FÜNF. Doch unter dem fünften hat das Stockwerk kein Schild. Sie steigen weiter die Treppe hinab: ein, zwei, drei, vier Stockwerke. In keinem hängt ein Schild. Beziehungsweise: Man sieht die Spuren der Schilder, Rechtecke, die heller sind als die übrige Wand, und die Löcher mit den Dübeln, wo sie gehangen haben müssen. Im folgenden Stockwerk hängt wieder ein Schild: VIER. Im Stockwerk unter dem vierten ist wieder keines. Darunter noch ein Stockwerk ohne Schild. Und noch eines. Unter diesem hängt wieder ein Schild: VIER, noch einmal. Sie steigen weiter abwärts. Eine Weile lang hängt in jedem Stockwerk dasselbe Schild: VIER. Sie ruhen sich einen Moment aus. Der extrem Dicke schlägt vor, an einer Tür zu klingeln und darum zu bitten, in der Feuerwache anrufen zu dürfen. Der verhältnismäßig Dünne zeigt mit einer theatralischen Handbewegung auf die Schilder und versucht anzudeuten, dass dies zwecklos sei. Doch der andere versteht die Geste nicht.

Auf jedem Treppenabsatz gibt es zwei Türen. Sie halten

das Ohr an die nächstgelegene Tür. An die, auf der eine 2 steht: der rechte Eingang im vierten Stock. Doch sie hören nichts. Sie laufen zum linken Eingang im vierten Stock. Dort hört man einen Fernseher. Sie schauen sich an. Ohne es aussprechen zu müssen, denken beide, wie lächerlich es sei, wenn zwei Feuerwehrmänner an einer Tür klingeln mit der Bitte, die Feuerwehr anzurufen, damit sie befreit werden. Sie gehen ein weiteres Stockwerk hinunter. Sie sind immer noch im vierten. Sie halten ihr Ohr an die nächste Tür. In diesem vierten Stock hört man Lachen von verschiedenen Stimmen. Eine Familie, die zusammengekommen ist? Ein Fest? Im vierten Stock links hören sie eine Schreibmaschine. Wer schreibt heutzutage noch Schreibmaschine? Sie laufen ein Stockwerk weiter hinunter. Es ist ein Treppenabsatz ohne Schild. Aus der rechten Tür tönt ein Ehekrach. Je mehr Zeit verstreicht, desto verwirrter werden die Feuerwehrleute. Das Feuerwehrauto hätte nicht ohne sie abfahren dürfen. Man hätte sie vorher suchen müssen. Welche Entschuldigung werden sie sich nachher in der Feuerwache einfallen lassen, dafür, dass man sie im Stich gelassen hat? Dass sie, weil sie zu spät dran waren, einfach weggefahren sind, und fertig? Aus einem weiter entfernt liegenden Stockwerk hört man ein Klavier. Alle beide stellen sich übereinstimmend eine Frau beim Klavierspiel vor. Sie spielt sehr linkisch eine fröhliche Melodie: la, la, la, do, mi, mi, re, do, re, do, si, b-Moll, re, do, do, do … Sie bemühen sich erfolglos, die Melodie wiederzuerkennen.

Der extrem Dicke läuft, gefolgt vom verhältnismäßig Dünnen, die Treppen hinunter. Sollten sie an einer Tür klingeln, so würden sie dies, da sind sie sich einig, an der Tür der Klavierspielerin tun. Angestrengt versuchen sie herauszufinden, aus welchem Stockwerk die Klaviermusik ertönt. Sie können sie immer deutlicher hören. Bis sie schließlich vor der Tür stehen, aus der die Musik erklingt. Nicht nur, dass man sie ganz klar hören kann, sondern einige Achtelnoten quetschen sich unter der Tür hindurch. Der extrem dicke Feuerwehrmann schaut den dünnen an, der nickt, und läutet. Das Klavier tönt weiter. Der Feuerwehrmann läutet noch einmal eindringlicher. Nun schweigt das Klavier. Kann man Schritte hören? Beide stehen mit gespitzten Ohren an der Tür. Wenn das Klavier schweigt, heißt das, man hat sie jetzt gehört. Doch niemand nähert sich, um ihnen die Tür aufzumachen. Sie läuten noch einmal. Plötzlich geht die Tür auf. Durch den Spalt, den die Sicherheitskette offen lässt, streckt eine Frau mittleren Alters ihren Kopf heraus und betrachtet sie vom Helm bis zu den Stiefeln. Vielleicht die Klavierspielerin? Beide haben sich die Frau viel jünger vorgestellt. Die Feuerwehrmänner grüßen und erklären ihr, sie müssten in der Feuerwache anrufen, um abgeholt zu werden. Die Frau betrachtet sie noch einmal, diesmal von den Stiefeln bis zum Helm. Sie fühlen sich lächerlich. Die Frau schließt die Tür einen Augenblick lang, nimmt die Kette weg, macht die Tür wieder auf, diesmal sperrangelweit, und bittet sie herein. Sie treten ein. Die Frau schließt die Tür und zeigt ihnen das Telefon. Der dünnere Feuerwehrmann nimmt den Hörer ans Ohr und wählt.

– Es ist besetzt – sagt der dünnere Feuerwehrmann zum dicken Feuerwehrmann, doch auch zu der Klavierspielerin. Es ist offensichtlich, dass sie die Klavierspielerin ist: Hier steht das riesige Klavier, das fast den ganzen Raum ausfüllt.

– Wie kann das Telefon der Feuerwache besetzt sein?

Die Klavierspielerin schaut sie verärgert an, schlingt die Arme um sich und reibt sich die Hände vor Kälte. Der dünne Feuerwehrmann erklärt ihr:

– Wenn ich Ihnen erzählen würde, was uns passiert ist, würden Sie mir nicht glauben.

Der dicke Feuerwehrmann bezweifelt, dass der dünne

Feuerwehrmann die richtige Nummer gewählt hat. Er nimmt den Telefonhörer und wählt. Tatsächlich, es ist besetzt. Er legt auf und sieht seinen Kollegen an. Die Klavierspielerin schaut abwechselnd einmal ihn und dann den anderen Feuerwehrmann an. Plötzlich hört man im Treppenhaus einen Schrei.

Der Schrei ertönt abermals. Eine Tür geht auf, noch ein Schrei, diesmal lauter und deutlicher, verschiedene weitere Türen gehen auf. Die Klavierspielerin wendet sich zur Tür und öffnet sie. Auf dem oberen Treppenabsatz erzählt eine Nachbarin im wattierten Morgenmantel unter Schluchzen, sie habe soeben ihren Ehemann tot in der Diele aufgefunden. Die Wohnungstür sei aufgebrochen und er umgebracht worden.

Die Klavierspielerin dreht mit fragendem Blick den Kopf zu den Feuerwehrmännern. Bevor sie ihnen die Frage stellen kann, schütteln sie einhellig verneinend den Kopf:

– Wir haben damit nichts zu tun.

Die Klavierspielerin öffnet sperrangelweit den Mund (ein riesiger, ungeschminkter Mund voller Zähne und mit gut sichtbaren Mandeln) und schreit. Die Nachbarn strecken ihre Köpfe durch das Treppenauge. Es sind Hunderte, sie strömen umgehend die Treppe herunter und umringen die verdächtigen Feuerwehrmänner, die sich verteidigen, indem sie fortwährend beteuern, dass sie mit der Sache nichts zu tun haben.

– Welche Schande für die Zunft der Feuerwehrleute! – sagt der Nachbar, der bereits die Polizei gerufen hat. Sekunden später hört man das Martinshorn, und kurz darauf treten zwei Polizisten, den nicht funktionierenden Fahrstuhl verfluchend, herein, legen den Feuerwehrmännern Handschellen an und bringen sie zum Erdgeschoss hinunter, dann auf die Straße und stecken sie ins Polizeiauto. Abgesehen von der verständlichen Empörung darüber, dass man sie für

Mörder hält, sind die Feuerwehrmänner (in der irrigen Annahme, ihre Unschuld würde sich aufklären) erleichtert, als sie endlich ins Erdgeschoss gelangen.

Die Nachbarin, die den wattierten Morgenmantel angehabt hat, sitzt nun in einem schwarzen Kleid vor dem Sarg, der die sterblichen Überreste ihres Mannes enthält. Ab und zu führt sie das Taschentuch an ihre Augen und trocknet die Tränen. Sie ist in Begleitung ihrer Verwandten: ihres Schwagers (Bruder des Ehemannes), ihrer beiden Schwestern, ihres Sohnes und der Freundin ihres Sohnes. Nicht weit davon sitzt die Nachbarschaft. Die Klavierspielerin nimmt einen vorrangigen Platz ein und hat (zumindest glaubt sie das) ein gewisses Vorrecht, eine Art Besserstellung den anderen Nachbarn und sogar einigen Verwandten, vor allem den entfernteren gegenüber, da die Feuerwehrmänner in ihrer Wohnung festgenommen wurden. Doch verständlicherweise steht die Witwe im Zentrum der Aufmerksamkeit und lässt sich ganz systematisch von allen Anwesenden in den Arm nehmen.

Als die Angestellten des Bestattungsinstituts eintreffen, machen alle Anwesenden den Platz um den Sarg frei. Während die Angestellten den Deckel schließen, schluchzt die Witwe laut auf: Sie wird nie wieder ihren Mann sehen, weder tot noch lebendig. Der Sohn nimmt sie in den Arm, die Angestellten des Bestattungsinstituts versiegeln den Sarg, und inmitten des Tränencrescendos tragen sie ihn auf ihren Schultern fort. Als der Sarg über die Schwelle getragen wird, erhöht die Witwe noch einmal die Lautstärke des Weinens. Es sind bereits alle im Treppenhaus. Eine Schwester der Witwe schließt die Tür ab und steckt den Schlüssel in ihren Geldbeutel. Die vom Bestattungsinstitut drehen sich in Richtung Treppe und tragen den Sarg langsam hinunter. Es sind viele Stufen, und es dauert seine Zeit, den Sarg zu manövrieren, ohne ihn zu Fall zu bringen. Schließlich kommen sie doch im Erdgeschoss an, öffnen die Tür zur Straße und treten hinaus. Es weht ein frischer Wind. Vor der Tür wartet mit Blumenkränzen bedeckt der Leichenwagen. Ein paar Kränze liegen auf der Erde, weil es unmöglich war, alle am Wagen anzubringen. Sie hätten zu weit übergestanden, und dies hätte gegen die Verkehrsregeln verstoßen. Mit einer letzten Anstrengung schieben sie den Sarg ins Auto. Die vom Bestattungsinstitut klopfen sich den Staub aus den Jacketts und steigen in das Auto. Die Verwandten verteilen sich auf die beiden anderen Wagen, die zu diesem Anlass tadellos sauber sind. Die Klavierspielerin steigt in das dritte Auto ein. Sie ist die einzige Nichtverwandte, die zugelassen wird, und sie ist offensichtlich stolz darauf und beobachtet mit einem halb verächtlichen Lächeln die übrigen Nachbarn, die an der Haustür zurückbleiben. Einige Frauen haben Taschentücher in der Hand, trocknen sich die Tränen und schneuzen sich.

Um auf die Autobahn zum Friedhof zu gelangen, müssen sie durch die Stadt fahren. Sie fahren im Konvoi: Das erste der drei Autos ist der Leichenwagen. In Reih und Glied folgen dicht die beiden anderen. Sie beachten peinlich genau jede Ampel und fahren im Schritttempo. Sie sind nun auf der großen Straße, die zum Autobahnzubringer führt. Es ist viel Verkehr, und einige Insassen vorbeifahrender Autos drehen sich unweigerlich nach ihnen um. Wenn es Kinder sind, bleibt ihnen vor Angst der Mund offen stehen. Für viele ist es das erste Mal, dass sie einen Leichenwagen sehen, und sie starren ängstlich den Sarg an: Da drinnen liegt ein Toter. Schließlich erreichen sie die Schnellstraße. Hier ist der Verkehr viel flüssiger, und je weiter sie vorwärtskommen, desto weniger Autos sind auf der Straße. So fahren sie einige Minuten lang. Plötzlich müssen sie wegen einer Baustelle eine Umleitung fahren. Der Fahrer des Leichenwagens folgt den Umleitungsschildern, doch nach und nach gibt es immer weniger davon; schließlich verschwinden sie ganz. Der Fahrer ist gezwungen, seinem Orientierungssinn zu folgen. Er biegt entschlossen in eine Straße ein, doch sie stellt sich als Sackgasse heraus. Er müsste rückwärts fahren, doch die beiden folgenden Wagen sind zu dicht aufgefahren, und er kann nicht mehr zurück. Er steigt aus dem Auto und bittet sie, zurückzusetzen, um in eine der Seitenstraßen einbiegen zu können, die sie gerade hinter sich gelassen haben, und so zu versuchen, wieder zur Straße zurückzufinden, die zur Autobahn führt, oder zumindest zu den Umleitungsschildern. Sie fahren rückwärts: zuerst das letzte Auto, danach das zweite und schließlich der Leichenwagen, der sofort, nachdem er den Stau hinter sich gelassen hat, großtuerisch aufs Gas drückt und damit einen schlechten Eindruck sowohl bei den Verwandten als auch bei der Klavierspielerin hinterlässt. Die beiden anderen Autos folgen ihm jedoch dicht dahinter und lassen ihre Reifen quietschen. Sie sind in einer Gegend voller Lagerhäuser, Fabrikhallen und (riesiger) Lkws, die auf Parkplätzen herumstehen. Die Straßennamen sind ihnen so unbekannt wie den meisten Anwohnern der Stadt.

Es ist wenig Verkehr auf der Straße, doch das hilft ihnen keineswegs weiter. Ganz im Gegenteil: Wäre mehr Verkehr, gäbe es Leute auf der Straße, und sie könnten jemanden fragen, wie man hier wieder herausfindet. Plötzlich müssen sie nach rechts abbiegen und kommen vor dem Strand zum Stehen, zu dem parallel eine Straße verläuft. Der reinen Logik folgend müsste man nach links abbiegen, doch als der Fahrer des Leichenwagens den Blinker setzt, um zu zeigen, in welche Richtung er fahren möchte, hupt der Fahrer des folgenden Autos. Er kurbelt sein Fenster herunter und meint, auf dieser Seite gehe es nicht weiter. Sie müssten entweder nach rechts abbiegen oder aber wenden und die Straße zurückfahren, durch die sie gerade gekommen sind. Auch wenn es eine Einbahnstraße sei, bestehe darin die einzige Möglichkeit, in die Gegend zurückzukommen, wo zuerst die Umleitungschilder waren. Der Fahrer des Leichenwagens gibt zu, dass er nicht weiß, wo sie sind, doch er meint, nachdem der großstädtische Friedhof mehr oder weniger im Norden liegt, hinter dem ersten Gürtel mit Schlafstädten, müssten sie die Straße in Richtung Norden nehmen: das heißt nach links. Die wenigen Insassen der drei Autos, die bisher noch nicht ausgestiegen sind, um ihre Meinung zum Besten zu geben, steigen nun auch aus; sie schlagen die Autotüren zu. Der Sohn, die Freundin des Sohnes, der Schwager, der Vater, der Schwiegervater, die Schwiegermutter und die Klavierspielerin haben jeweils ganz klare Vorstellungen, was zu tun ist; obwohl die Vorstellungen der einen nicht mit denen der anderen übereinstimmen. Die Witwe bricht wieder in Tränen aus. Zu guter Letzt entscheiden sie, dem Vorschlag des Fahrers des Leichenwagens zu folgen, vor allem, weil sie ihn als Fachmann betrachten: Von den drei Fahrern ist er der einzige, der dies beruflich tut. Sie steigen wieder in die Autos ein und fahren los. So wie er wollte, biegen sie nach links in die Straße ein, die parallel zum Strand verläuft. So fahren sie vielleicht ein oder zwei Kilometer, bis die Straße genau vor der Fassade eines Schwimmclubs endet. Der einzige asphaltierte Weg geht nach links in eine Straße, die noch schmaler ist als die, über die sie hierhergekommen sind. Sie biegen also nach links ab, doch bald wird diese enge Straße Teil eines Straßenquadrats, dessen Sträßchen ebenfalls ganz schmal, aber bewohnt sind. Es sind einfache Häuser aus dem letzten Jahrhundert mit einem Stockwerk zu ebener Erde und einem Obergeschoss mit Balkon und Rollos aus grünen Holzlatten. Alle Häuser sind weiß getüncht. Im Erdgeschoss sind die Türen aus Holz und Glas. Man kann die Leute drinnen sehen: ein Mann vor einem

Fernsehgerät, ein Mädchen, das lernt, ein Mann, der einen Radioapparat repariert, eine junge Frau, die an der Nähmaschine sitzt. Auf der Straße spielen Kinder Ball. Der Fahrer des Leichenwagens hält an, steigt aus und wendet sich an zwei Frauen, die neben einer Haustür auf Stühlen sitzen und nähen. Er fragt sie, welche Straße hier wieder heraus- und auf die Autobahn führt. Die Frauen heben den Arm und zeigen mit ausgestrecktem Zeigefinger auf die Straße, von der sie gerade kommen. Der Fahrer sagt ihnen, sie kämen gerade daher und hätten den Weg nicht gefunden. Die Verwandten des Verstorbenen steigen wieder aus den Autos aus. Der Sohn des Verstorbenen schlägt vor, noch einmal durch die ganze Stadt zu fahren, sie in Richtung Süden zu verlassen und über die andere Autobahn, die um die Stadt herumführt, in den Norden und somit in den Ort, wo der Friedhof liegt, zu gelangen. Der Bruder des Verstorbenen ist damit nicht einverstanden. Sie sind im Norden der Stadt. Es ist absurd, noch einmal durch die ganze Stadt zu fahren, nur um außen herum wieder in die Nähe ihres jetzigen Standortes zu kommen. Was sie machen müssen, ist ruhig Blut zu bewahren und die große Straße zur Autobahn zu suchen. Sie muss gleich hier sein, ganz in der Nähe: Eine der Straßen muss zwangsläufig dorthin führen. Der Fahrer steigt wieder in den Leichenwagen ein, die anderen tun es ihm gleich, sie fahren bis zur nächsten Straße, biegen nach links ab, an der nächsten fahren sie auch nach links und versuchen, die breitere Straße zu finden, die zum Schwimmclub und zum Strand geführt hat. Doch sie schaffen es nicht und befinden sich plötzlich auf einem quadratischen Platz. Er ist nach einem General benannt, der vor ein paar Jahrhunderten gelebt hat. In der Mitte steht ein großer Baum, der einen verdrehten Stamm hat und auf dem zwei Jungs versuchen, sich gegenseitig hinunterzuwerfen. Hier gibt es keine andere Straße als die, von der sie gerade kommen.

5

Strategien

1

Sobald der Prüfer die Tür öffnet, eilt der besonders bleiche Prüfling in die Aula und drängt sich durch die Gruppe von Prüflingen hindurch, die den Eingang verstopfen. Er bewegt sich flink und setzt sich an das erste leere Pult, das er findet. Die Pulte sind aus hellgrünem Resopal mit Seitenteilen aus Holz. Auf der Oberfläche sind Kugelschreiberkritzeleien und Messereinkerbungen, zwei davon sind obszön. Der Lärmpegel (durch das Rücken mit den Pulten und Stühlen und durch das Geschwätz) steigt mit den zunehmend eintretenden Prüflingen; der Prüfer fordert sie auf, sie mögen sich doch bitte (mit einem langsamen »bitte« im Befehlston) leise hinsetzen. Die Prüflinge hören kurz auf ihn: Der Lärmpegel sinkt ein paar Sekunden lang, doch bald ist er wieder auf seinem früheren Niveau. Der Prüfer steht nun mit dem Rücken zu ihnen: Er wischt ein paar Sätze, die noch von der vorigen Klasse dastehen, von der Tafel ab, dreht sich um (der Lärmpegel sinkt wieder) und steigt vom Podium herab, als alle auf ihren Plätzen sitzen, wendet sich zur Aulatür, schließt sie, wischt die Kreide ab, die der Schwamm an seinen Händen zurückgelassen hat (eine Handbewegung, die das letzte Gemurmel zum Schweigen bringt), und ruft zwei Nachnamen auf. Zwei Prüflinge stehen auf und gehen nach vorne. Jedem der beiden gibt er einen Stoß zusammengehefteter Blätter; sie machen sich daran, sie auf alle Pulte zu verteilen. Sowie ein Stoß Blätter auf ihrem Pult liegt, strengen die Schüler ihre Augen an, um die in einer winzigen Schrift geschriebenen Fragen zu lesen, doch keiner unternimmt den Versuch, die Blätter näher heranzuholen oder heimlich das erste Blatt hochzuheben. Sie rühren sie nicht an, bis der Prüfer, nachdem alle verteilt sind, bekannt gibt, dass sie nunmehr anfangen können. Unisono rascheln beinahe fünfzig Papierstapel im Saal. Der besonders bleiche Prüfling atmet tief durch, nimmt seine Blätter, legt sie genau vor sich hin und beginnt, ganz ruhig zu lesen. Er hat das Wochenende mit den Ellbogen auf den Tisch gestützt verbracht, und jetzt, wo die Prüfung endlich angefangen hat, fühlt er in sich eine Mischung aus Verzagtheit und Desinteresse. Er hat Wochen mit der Vorbereitung dieser Prüfung zugebracht, von der wieder einmal sein Weiterkommen abhängt. Vor Jahren hätte er gesagt, es sei eine entscheidende Prüfung, doch mit der Zeit hat er gelernt, dass alle Prüfungen entscheidend sind, sodass er heute sogar sagen würde, eine Prüfung, die nicht entscheidend ist, käme ihm nicht wie eine richtige Prüfung vor und wäre auch keine. Er hat nun die fünf Fragen durchgelesen und atmet ruhig. Von fünfen kann er vier vollständig beantworten. Somit kann er zumindest sicher sein, die Prüfung zu bestehen. Plötzlich fällt ihm auf, dass er seit einer Weile mit den Fingern der rechten Hand auf das Pult trommelt: tatatatatta, tatatatatta, tatatatatta ... Er wendet seinen Blick zu den anderen Prüflingen und sieht, wie nervös sie alle sind: Die meisten schreiben hektisch; so als könne ihnen die Zeit weglaufen, schreiben sie mit furchtloser Miene ein Blatt nach dem anderen voll. Zwei denken angestrengt nach. Man sieht das, weil sie mit gerunzelter Stirn an die Decke starren; einer kaut zudem auf seinem Kuli herum. Ein anderer hat den Kopf vorgebeugt, um sich vor dem Blick des Prüfers verborgen an seinen Nebenmann zu wenden; er bewegt die Lippen und formt langsam ein Wort, doch der am Nebenpult versteht ihn nicht; er antwortet ihm, indem er die Unterlippe über die Oberlippe schiebt und die Schultern hochzieht. Der, der ohne Ton vokalisiert, wiederholt das Wort ein ums andere Mal. Sie machen so weiter, bis der Prüfer anfängt, durch die drei Reihen zu spazieren, die die Schulbänke bilden. Der, der sich vorgebeugt hat, richtet sich mit übertriebenem und verräterischem Ernst auf. So als könnte man ihn gleichfalls auf frischer Tat ertappen, richtet sich auch der besonders bleiche Prüfling auf und beschließt, endlich anzufangen. Er zieht die Kappe vom Kugelschreiber und schreibt seinen Namen. Er beantwortet die erste Frage Wort für Wort mit deutlicher, ausgeglichener Schrift in dichten, geraden Zeilen. Als er mit der ersten Frage fertig ist, beginnt er mit der zweiten. Doch nach ein paar Zeilen verzagt er wieder und hört auf zu schreiben. Er ist müde. Die letzten Tage, in denen er intensiv gelernt hat, können ihn nicht so ermüdet haben; vielleicht erschöpft ihn die rasche Folge von Prüfungen, die er seit seiner Kindheit nacheinander bestehen musste. Wenn wenigstens ein Ende in Sicht wäre ... Doch nach dieser Prüfung wird es eine weitere geben und danach noch eine. Er weiß, die Vorbereitungen sind mit Anstrengungen verbunden, man weiß eigentlich nie genug oder zeigt nicht, was man alles weiß, ob es nun genug ist oder nicht. Diese Überzeugung jedoch hindert ihn nicht daran, sich die Frage zu stellen, ob es denn niemals eine letzte Prüfung geben wird. Er schreibt lustlos weiter. Er weiß, er wird wie immer bestehen. Denn alle bestehen immer. Nicht weil die Prüfer gutherzig sind. Sie sind streng, und trotzdem kennt er niemanden (und niemand, den er kennt, kennt jemanden), der durchgefallen wäre. Alle bestehen immer: Denn alle bereiten sich gewissenhaft vor. Da alle immer bestanden haben, mutet diese Panik, durchzufallen, etwas seltsam an. Ist denn bisher wirklich niemand durchgefallen? Und wozu dann eine Prüfung, wenn immer alle bestehen? Nur darum, weil sich die Leute ohne Prüfungen weniger sorgfältig wie gegenwärtig vorbereiten würden?

Eine Frage, die ihn nun schon seit mehreren Prüfungen

verfolgt, geistert ihm wieder durch den Kopf: Und wenn er nun absichtlich durchfallen würde? Er ist immer mehr der Überzeugung, dass ihm nichts wahrlich Schlimmes passieren würde. Bestehen heißt nur, schon morgen erneut loslegen zu müssen: die Bücher wegräumen, mit denen er studiert hat, neue Bücher aufschlagen, sich Tausende von Seiten einprägen. Die Wände seines Zuhauses sind voller Bücher. Früher stellte er sie in Regale. Als es keine Wände mehr gab, wo er sie hätte hinstellen können, stapelte er sie schließlich auf Tischen, unter dem Bett, auf dem Bett. Nun sind die Bücher überall. Die alten wegzuwerfen, um Platz für die neuen zu machen, wäre falsch, denn häufig beziehen sich die neuen Prüfungen auf Erklärungen, die man nur in Büchern findet, die er bereits vor langer Zeit studiert hat, als er noch klein war und sich auf die ersten Prüfungen vorbereitete. Vor vier oder fünf Prüfungen war ihm aufgefallen, dass er sich an seine allererste Prüfung nicht mehr erinnert; vor der ersten Prüfung, an die er sich entsinnen kann, gab es noch eine oder zwei andere.

Warum sollte er sich weiter prüfen lassen? Was nützt ihm das, beziehungsweise was könnte es ihm irgendwann nützen? Wäre es nicht besser, sofort damit aufzuhören? So, wie er sich nicht an seine ersten Prüfungen erinnern kann, hat er auch das Ziel aus den Augen verloren, das ein anderes sein müsste, als zeitweise Prüfer zu werden. Er weiß, die Prüfer (die die Folge von Prüfungen ebenfalls hinter sich gebracht haben müssen) prüfen sich gegenseitig, aber er weiß eigentlich nicht, warum. Warum (wenn auch nur für eine bestimmte Zeit) Prüfer von Prüfern werden? Er ist sich nicht einmal sicher, ob er wirklich Prüfer sein könnte. Genauso wenig wie er, als er in zartem Alter damit anfing, wusste, dass sein vorrangiges Ziel (dem er sich anzunähern glaubt) war, Prüfer zu werden. Damals, glaubt er sich zu entsinnen, fing er damit an, weil seine Eltern (wie absolut alle Eltern) wollten, dass er studierte. Doch seine Eltern sind vor Jahren bei einem Sportflugzeugunglück ums Leben gekommen, an einem Nachmittag, an dem er eine Prüfung ablegte. Er versucht, die Bruchstücke aus seiner Kindheit und Jugend, an die er sich erinnern kann, zusammenzusetzen. Hat ihn jemals irgendetwas von dem, was er gelernt hat, interessiert?

Es ödet ihn an, wieder zu bestehen. Seit Jahren lässt er sich prüfen und besteht unweigerlich. Hat er es nötig, dem Prüfer zu beweisen, dass er fähig ist, vier von den fünf Fragen zu beantworten? Und wie viele Prüfungen mehr hat dieser Prüfer über sich ergehen lassen, um Prüfer zu werden? Aus der Existenz der Prüfer heraus müsste man eigentlich die Existenz einer letzten Prüfung ableiten können. Doch stimmt das wirklich? Oder sind die Dinge vielleicht komplizierter (oder einfacher), als er denkt? Ist er kurz vor diesem letzten Examen oder ist er noch Jahre davon entfernt? Warum ist er immer mehr davon überzeugt, er müsse diese Kette durchbrechen? Und die einzige Form, die ihm einfällt, um diese Kette bestandener Prüfungen zu durchbrechen, ist durchzufallen. Seit einigen Prüfungen vermutet er zudem, dass viele, die sich mit ihm zusammen in dieser Aula prüfen lassen, irgendwann einmal mit dem Gedanken, der ihm in letzter Zeit durch den Kopf geht, spielen oder gespielt haben: falsche Antworten zu geben. Er kann unmöglich der Einzige sein, der es dumm findet, (auf ewig?) eine Prüfung nach der anderen zu bestehen. Am Anfang zittert er noch, doch bald wird er zuversichtlich: Wort für Wort mit deutlicher, ausgeglichener Schrift und in dichten, geraden Zeilen beantwortet er aus freien Stücken eine Frage nach der anderen falsch. Wenn er fertig ist, wird er aufstehen, dem Prüfer den Stapel Papier überreichen und wird (so denkt er sich) durchfallen.

2

Egal wann er letztendlich ins Bett geht, stellt sich der Kandidat am Abend vor dem Wahltag mindestens einen Wecker, und, wenn er sehr müde ist oder befürchtet, der normale Wecker könne genau am morgigen Tag ausfallen, auch zwei oder mehr. Der Kandidat muss sicher sein, früh genug aufzustehen, obwohl der Wahlkampf eigentlich zu Ende ist und er an und für sich ausschlafen könnte nach all den Wochen, in denen er von einer Wahlveranstaltung zur nächsten hetzte und nur zu zwei bis drei Stunden Schlaf pro Nacht kam. Er muss früh aufstehen, denn er weiß, kurz vor dem Ziel macht nichts einen schlechteren Eindruck, als wenn ein Kandidat zu spät, in unordentlichem Aufzug oder verschlafen im Wahllokal erscheint. Ein Kandidat, der um zwölf Uhr mittags wählen kommt, ist leichtsinnig, denn die Wähler schimpfen ihn dann Langschläfer: Er komme ja nicht einmal an dem Tag aus dem Bett, an dem seine unmittelbare Zukunft auf dem Spiel stehe und vermutlich auch die der Stadt. Die Überlegung ist verständlich: Wenn er sich jetzt schon, noch nicht Bürgermeister, von der Trägheit übermannen lässt, wie wird es erst, wenn er Bürgermeister ist?

Das wäre nicht so ausschlaggebend, wenn man diese Trägheit erst im Nachhinein sehen würde: heute Abend oder morgen, wenn die Wahlen vorbei sind. Doch die Interviews mit den Kandidaten, die in ihren Wahllokalen wählen, werden in den Mittagsnachrichten im Fernsehen ausgestrahlt. Und mittags ist es noch Stunden hin, bis die Wahllokale schließen, womit diese Interviews eigentlich die letzte Wahlpropaganda darstellen, auch wenn dies offiziell nicht zutrifft. Das Gesetz schreibt vor, dass die Wahlpropaganda vorgestern um Mitternacht enden musste. Doch viele potenzielle Wähler (diejenigen, die immer alles bis zum letzten Moment aufschieben: das Abendessen im Supermarkt kaufen, wenn gerade geschlossen wird, und ins Kino kommen, wenn der Film bereits angefangen hat) werden diese Interviews am Mittag sehen, und das Verhalten des Kandidaten während seines Urnengangs kann sie letztlich doch noch bewegen, vom Sofa aufzustehen und zur Wahl zu gehen. Und vielleicht sogar (und das ist für ihn das Wichtigste): ihn zu wählen. Daher ist sein Auftreten bei der Ankunft im Wahllokal, beim Händeschütteln mit den Wahlhelfern am Tisch, während der Stimmabgabe und beim anschließenden Hinaustreten auf die Straße so enorm wichtig. Ein ernstes, untadeliges Gesicht kann auf jene Unentschiedenen einen positiven Einfluss haben, die etwa meinen, während des Wahlkampfes sei der Kandidat nicht ernst genug oder zu siegesgewiss gewesen. Doch werden einige andere in diese plötzlich seriöse Haltung nicht die Angst vor einem möglichen Scheitern hineininterpretieren, eine Interpretation, die ihre Absicht, ihn zu wählen, konterkarieren würde? Ein frivoles und witziges Auftreten könnte sich im Gegensatz dazu im Hinblick auf diejenigen, die ihn während des Wahlkampfes als zu kalt empfunden haben, positiv auswirken. Wäre es aber nicht geradezu kontraproduktiv, wenn sie darin die Arroganz dessen sehen, der bereits von seinem Sieg überzeugt ist? Nichts ist weniger angebracht, als pfeifend im Wahllokal aufzutauchen. Schlecht, wenn du weinst, und schlecht, wenn du lachst; doch wenn du weder weinst noch lachst, ist das auch nicht besser.

Als Entschädigung für den Kreuzweg zum Gemeinderat hat der Kandidat einen maßgeblichen Vorteil: Er ist der Bürger, der in der Stunde der Stimmabgabe theoretisch die geringsten Entscheidungsnöte haben dürfte. Sogar seine Verwandten und Mitstreiter könnten (aus Ehemüdigkeit, aus Neid oder wegen interner Intrigen) einen anderen wählen, um ihn hereinzulegen oder um den inneren Lausbub auszuleben. Doch er darf keine Zweifel haben. Das ist ungeschriebenes Gesetz. Es zu übertreten, spukt seit einem Augenblick als Möglichkeit im Kopf des Kandidaten herum, während er tatsächlich im Wahllokal ankommt, aus dem Auto steigt, den Blitzlichtern der Fotografen entgegenlächelt, das Wahllokal betritt und durch die Wählermenge schreitet. Und wenn er sich nicht selbst wählen würde? Es heißt, wenn er wirklich aufrichtig an sein vorgelegtes Wahlprogramm glaubt, muss jeder Kandidat zwangsläufig sich selbst wählen. Denkt man aber in Ruhe darüber nach, ist dann diese Stimme für einen selbst nicht gewissermaßen ein Aberglauben, ein Zauberritual, um die Dinge positiv zu beeinflussen? Er erinnert sich an das erste Mal, als er wählen durfte (lange bevor er in die Politik ging), an die Gefühle, die er dabei hatte, an die Zweifel, wen er wählen sollte und wen nicht, an das eingehende Analysieren der Wahlprogramme der einzelnen Kandidaten, an seinen Glauben. Er nimmt einen Wahlzettel von jeder Partei, betritt die Wahlkabine und zieht den Vorhang zu. Die Journalisten grinsen und denken, es sei ein Witz. Denn genau er braucht nicht die Wahlzettel aller Parteien, und er braucht sich auch nicht in die Kabine zurückzuziehen, um zu entscheiden, wen er wählt. Jedermann weiß, wen er wählen wird, und er braucht daraus kein Geheimnis zu machen.

Allein in der Kabine, liest der Kandidat die Wahlzettel durch und denkt, man könne vielleicht auch den entgegengesetzten Gedanken in Erwägung ziehen: Ein Kandidat, der sich seiner Aufrichtigkeit und des Wertes seines Wahlprogrammes so gewiss ist, braucht sich in keinem Moment einem Hexenwerk ausgeliefert zu fühlen. Ganz im Gegenteil: Seiner selbst und seiner Argumente sicher, kann er sich erlauben, seine Stimme dem Rivalen zu schenken, denn seine Argumente sind so offenkundig richtig, dass sie die Mehrheit begeistern und für ihn einnehmen müssen. Es wäre schlimm, wenn sein Sieg von seiner eigenen miserablen Stimme abhinge. Er verschließt den Umschlag, schiebt den Vorhang zurück, tritt mit einem Lächeln auf den Lippen aus der Kabine heraus und schwenkt den Umschlag mit seiner Stimme. Hat es in der Geschichte der Menschheit schon einmal einen Kandidaten gegeben, der (in einem Anfall von Aufrichtigkeit oder Schizophrenie) im Schutz eines verschlossenen Umschlages für den Gegner gestimmt hat?

3

Der Vorhang hebt sich. Auf der Bühne ist ein Speisezimmer zu sehen. Die Wände sind mit blauen und grünen Blumen tapeziert. In der Mitte steht ein großer rötlicher Holztisch, darauf befinden sich eine Vase mit Blumen und ein Stapel Partituren (die die Zuschauer vom Parkett aus nur als Stapel Papier erkennen). Rechts steht eine Anrichte; links ist ein offener Kamin mit einem großen Holzscheit aus Plastik, das so aussieht, als brenne es. Über dem Kamin das Gemälde einer hässlichen Frau mit Diadem. Der Schauspieler betritt mit festem Schritt die Bühne und bewegt sich auf den Tisch zu, doch auf halbem Weg bleibt er stehen. So als habe er seine Meinung geändert, schüttelt er den Kopf und macht kehrt, doch wieder hält er inne, schüttelt wiederum den Kopf und bewegt sich erneut auf den Tisch zu. Er versucht so, die Idee von Verunsicherung, Unentschiedenheit, von schweren Sorgen zu vermitteln. Er legt die rechte Hand auf den Tisch und beginnt schließlich, nachdem er die vorgeschriebenen Sekunden abgewartet hat, mit dem Monolog. Er rezitiert ohne Eile mit leerer, deutlicher Stimme in einem ergreifenden Rhythmus. Der Darsteller reflektiert in dem langen Monolog, den der Autor eigens hierfür geschrieben hat, über die Ungastlichkeit der Existenz, über das zweifelhafte Leben, das er bis dahin geführt hat, und die Bitterkeit, die einen befällt, wenn man sich sowohl über seine Irrtümer als auch über die damit verschwendete Zeit klar wird. All diese Betrachtungen führen unweigerlich dazu, dass sich der Schauspieler seinerseits täglich (während er seine Rolle spielt) damit auseinandersetzt, wie bitter es in der Tat ist, sich seiner Fehler bewusst zu werden, und er geht (während er die Irrtümer des Protagonisten aufzählt) gleichzeitig diejenigen durch, die er im Laufe seines Lebens begangen hat, wobei der letzte große Fehler genau diese Rolle in diesem Theaterstück ist, das er von Tag zu Tag peinlicher findet. Obwohl er ein erfahrener Schauspieler ist, fällt es ihm nicht leicht, den Faden der Erzählung aufrechtzuerhalten und sich zugleich den eigenen Gedanken hinzugeben. Eigentlich müsste er sich ausschließlich auf seinen Monolog konzentrieren und die Meditationen für später aufheben. Doch es ist ihm unmöglich. Er langweilt sich von Mal zu Mal mehr, von Mal zu Mal erträgt er das Stück weniger; noch nie ist ihm eine Rolle so schwergefallen. Die Anerkennung durch das Publikum bringt ihm gar nichts. Er weiß, das Stück ist ein Bluff. Anfangs war ihm das nicht nur nicht aufgefallen, sondern er war von dem Stück völlig überzeugt. Er war begeistert von dieser Rolle! Er erinnert sich an den Tag, an dem man ihm die Rolle angeboten hat, an den Nachmittag, an dem er das Stück zum ersten Mal gelesen hat, von vorne bis hinten in einem Rutsch, an den Anruf beim Regisseur noch am selben Abend, um begeistert zuzusagen. Doch nun fällt ihm bei jeder Aufführung auf, wie wenig sich hinter den brillanten Worten verbirgt. In dem Maße, wie die Kritik das Stück von A bis Z analysiert und (in seltener Einmütigkeit) durchweg begeistert begrüßt hat, in dem Maße, wie die Zuschauer Abend für Abend den Saal füllen und zudem eine Lawine von Angeboten hereingeflattert ist, das Stück im Ausland aufzuführen, zerrinnt ihm das Werk in den Händen. Niemand kennt es so gut wie er. Ohne die Proben zu zählen (die Monate gedauert haben), hat er das Stück neunhundertdreiundzwanzig Mal aufgeführt. Heute ist die neunhundertvierundzwanzigste Aufführung. Und nach neunhundertvierundzwanzig Aufführungen weiß man alles über ein Werk. Er weiß, bei einem guten Theaterstück hätte er diese Anzahl ohne Probleme bewältigt: neunhundertvierundzwanzig oder fünfzehntausendsiebenhundertdreizehn, jeden Tag hätte er neue Aspekte entdeckt. Bei schlechten Stücken hingegen bedeutet jede Aufführung einen weiteren Riss, und nach neunhundertvierundzwanzig Aufführungen fällt das Stück in sich zusammen. Es spielt keine Rolle, dass dies sonst niemandem auffällt. So zum Beispiel jenen nicht, die gerade loslachen, ganz folgsam, just in dem Moment, in dem er kurz schweigt, um sie zum Lachen zu bringen. Sobald das Gelächter sich gelegt hat, kehrt er wieder zum Monolog zurück, und ohne seine Rede zu unterbrechen, setzt er sich auf einen Stuhl, stützt die Ellbogen auf den Tisch und den Kopf in seine Hände. Er hat diese Szene so oft geprobt ... Warum sollte er nicht eines Abends, anstatt sich hinzusetzen und den Kopf auf die Hände zu stützen, zum Vorhang gehen und daran riechen oder den Fuß heben und die Schuhsohle betrachten? Das Stück ist so oft geprobt worden, dass er es (von der ersten bis zur letzten Szene) völlig im Dunkeln spielen könnte, selbst wenn die ganze Bühne voller Minen wäre. Eine mit System verminte Bühne wäre für einen systematischen Schauspieler kein Problem: Er könnte ohne Angst herumspazieren, sicher, auf keine Mine zu treten, jede Bewegung ist millimetergenau in seinem Gehirn eingegraben. Die heutigen Schauspieler hingegen, die disziplinlos von einer Aufführung zur anderen die Bewegungsabläufe veränderten, nicht um sie zu perfektionieren (wenn es der Vervollkommnung diente, wäre nichts dagegen einzuwenden!), sondern aus Mangel an Systematik, würden bereits nach zwei Schritten in die Luft fliegen. Ha! Er spielt einen Hustenanfall, die letzten Sätze des Monologs sind abgehackt, er hämmert mit der Faust (sanft, obwohl die Schläge durch den ganzen Saal ertönen) an die mit blauen und grünen Blumen tapezierte Wand und setzt sich wieder hin. Wenn er den Monolog mit dem Satz »Ohne das wäre alles vergebens gewesen!« beendet, wird die Schauspielerin die Bühne betreten (sie ist begeistert von dem Stück und wird nie, auch nach Jahren nicht, merken, wie hohl es ist), sie wird so tun, als sei sie überrascht und sagen: »Hallo, Lukas. Ich habe dich hier nicht erwartet.« Der Schauspieler hört Schritte, täuscht großes Erstaunen vor, steht vom Stuhl auf und schließt: »Ohne das wäre alles vergebens gewesen!« Auf der Stelle betritt die Schauspielerin die Bühne, sagt: »Hallo, Lukas. Ich habe dich hier nicht erwartet«, der Schauspieler bewegt sich mit fast tänzerischen Schritten auf sie zu, umarmt sie, sie stößt ihn mit einer theatralischen Geste weg, er weicht bis zur Anrichte zurück und beschließt, dass er das Ganze lassen sollte: Heute noch, sofort nach dieser Aufführung, sollte er ankündigen, dass ihn das Werk nicht mehr zufriedenstellt, dass er frischen Wind braucht, und fertig. Doch unter welchem Vorwand? Er kann nicht ohne weitere Erklärungen bekannt geben, er lasse das Stück fallen, das er nun seit Jahren ununterbrochen aufführt, mit dem ihm nach jahrzehntelanger Anstrengung endlich Ruhm und Anerkennung zuteil wurde. Er kann seine allmähliche Entdeckung nicht zugeben: Trotz seiner erfolgreichen neunhundertvierundzwanzig Aufführungen ist das Stück Humbug. Wenn er eine Krankheit vortäuscht (nun küssen sich Schauspieler und Schauspielerin leidenschaftlich), würden sie die Aufführungen suspendieren. Doch wie lange könnte er den Kranken mimen, ohne dass der Theaterdirektor Verdacht schöpft? Zwei Wochen? Einen Monat? Würde die falsche Krankheit länger andauern, würde der Theaterdirektor (gegen seinen Willen und obwohl er an so etwas wie Täuschung gar nicht denkt) einen Ersatzschauspieler suchen. Das Stück hat nun seinen Höhepunkt erreicht. Man kann es nicht aus heiterem Himmel suspendieren. Ostentativ wischt sich die Schauspielerin nach dem Kuss den Mund mit dem Handrücken ab und weist ihn zurecht; er beschimpft sie, er stellt sich den Ersatzschauspieler in der Rolle vor, die er zum Erfolg gebracht hat. Diese Vorstellung lässt ihn erschaudern (nicht für einen Moment geht ihm durch den Kopf, der andere könne vielleicht besser spielen als er). Es graust ihm aber auch bei dem Gedanken, dass dies der einzige Grund ist, warum er die Rolle nicht aufgibt und Abend für Abend weiter auf der Bühne steht. Als der Vorhang fällt und er den Applaus der Zuschauer hört, verneigt er sich mechanisch und voller Stolz.

Prophetenleben

1

Der Mann erhebt sich schnell atmend mit leuchtenden Augen und einem Entschluss: der Welt zu offenbaren, was ihm gerade offenbart worden war. Er reibt sich die Augen; die Offenbarung ist weiterhin klar vor ihm. Bis zu diesem Augenblick hätte er es schwerlich akzeptiert, wenn man ihm angekündigt hätte, er könne sich plötzlich eines Tages in einen Propheten verwandeln. Nun hingegen merkt er, wie er dieses Schicksal mit dem sich geziemenden Glauben und einem kühlen Kopf annimmt. Die Trompeten dröhnen noch in seinem Kopf, als er im Pyjama die Treppen hinabeilt (seine Mission ist zu großartig, um an solch belanglose Details wie Hose, Hemd und Jacke zu denken), und beim Vorbeihuschen sieht er, wie seine Frau in der Küche das Frühstück zubereitet, und hört das Kind in der Wiege aus vollem Hals schreien. Seine Frau wundert sich über sein frühes Aufstehen. Sie sagt ihm das, doch er kann sie schon nicht mehr hören, weil er die Tür öffnet und auf die Straße hinaustritt, entschlossen, zu verkünden, was ihm offenbart wurde. Er erreicht den Platz, sieht einen grünen Passat, der neben der Bäckerei geparkt ist, und klettert darauf. Das ist genau die richtige Kanzel. Die vier Personen (gut eingemummelt, mit Schals und bis ins Gesicht gezogenen Hüten), die aus dem Haus gegangen sind, um Brot, Kuchen oder Milch zum Frühstück zu holen, schauen ihn mit verschlafenen Augen an. Im eisigen Wind flattert ihm sein Schlafanzug, himmelblau mit grauen Streifen, um die Beine. Er friert bis auf die Knochen. Ohne Zeit zu verlieren atmet er tief durch, hebt einen Finger, öffnet den Mund, heftet seinen Blick auf die trägen Gesichter der vier zu ihm hochschauenden Personen (ein Mann knabbert an einem

Stückchen von dem Baguette, das er unter dem Arm trägt) und hat einen Blackout. Was sollte er prophezeien? Er erinnert sich nicht.

Je nervöser er wird, weil er sich nicht erinnern kann, desto leerer wird sein Kopf. Die Zeit rast. Die Leute schauen ihn regungslos an, und das macht ihn noch nervöser. Ist das, was er prophezeien soll, gut oder schlecht? Ergreifend sicher: Er erinnert sich an seine Empfindung. Doch war diese Empfindung aus guten oder schlechten Gründen so ergreifend? War sie ihm nicht irgendwie schockierend vorgekommen? Vielleicht soll er einen furchterregenden Weltuntergang prophezeien? Nein, nichts dergleichen. Oder vielleicht ganz im Gegenteil eine Morgendämmerung voller Hoffnung? Zu bombastisch. Da war nichts von einer kolossalen Prophezeiung gewesen. Vielleicht handelt es sich um eine diskrete Prophezeiung. Aber welche? Aus einem nahe gelegenen Fenster tönt ein Fernseher. Ein Tanzorchester sorgt für angenehme Unterhaltung im Morgenprogramm. Er versucht, sich zu konzentrieren, um sich doch noch zu erinnern. Aber es gelingt ihm nicht. Die Sekunden kommen ihm wie Minuten vor, die vier Personen, die ihn betrachtet haben, ziehen von dannen (eine nach der anderen), und er steht immer noch mit erhobenem Finger und offenem Mund da, ohne ein Wort zu sagen. Bis der Besitzer des Passats kommt und ihn erstaunt auf dem Dach seines Autos stehen sieht. Er schreit ihn voller Empörung so lange an, bis er herunterkommt. Er packt ihn am Kragen und stößt ihn gegen die Wand, während der Prophet (erfolglos) versucht, sich zu erinnern, ob es vielleicht diese Schläge gegen die Wand waren, die er prophezeien sollte, oder diese Ungewissheit oder die Unmöglichkeit, sich an die Prophezeiung zu erinnern.

Er grübelt tagelang. Eines weiß er sicher: Er hat sich auf keinen Fall getäuscht und geglaubt, er habe etwas zu prophezeien, obwohl da in Wirklichkeit gar nichts war. Sein Gefühl trügt nicht. Er sollte ein außergewöhnliches Ereignis ankündigen. Doch außergewöhnlich für die Welt oder außergewöhnlich nur für ihn? Er war die Treppen hinuntergerannt, auf die Straße, um auf das Ereignis aufmerksam zu machen. Aber hat er sich noch daran erinnert, als er die Treppen hinunterlief, oder hatte er schon da die Offenbarung vergessen, besessen von dem Gedanken, der ganzen Welt davon Kunde zu geben?

Wie kann man eine Offenbarung vergessen? Man kann etwas Alltägliches vergessen, etwas, was jedweder Sterbliche mit einem normalen Gehirn erfassen oder mit genügend Geld auf der Bank erwerben kann: einen Namen, die Handlung eines Films, den Regenschirm. Aber eine Prophezeiung nicht. Das zeigt ihm, bis zu welchem Grad das Gedächtnis trügerisch ist, und zwingt ihn dazu, die Möglichkeit in Erwägung zu ziehen, es sei nicht so sehr eine Prophezeiung als vielmehr ein Traum gewesen. Ein Traum von solcher Eindringlichkeit, dass er ihn mit einer Prophezeiung verwechselt hat. Doch er weiß, es war kein Traum. Und er weiß auch, sollte ihm die Prophezeiung nicht wieder einfallen, würde er auf immer diesen Stachel in sich spüren. Seine Frau macht ihm, wann immer sie kann, Vorhaltungen:

– Was für ein Prophet bist du denn? Wenn dir die Prophezeiung nicht mehr einfällt, gibt es auch keine. Hesekiel und Jesaja wären keine Propheten gewesen, wenn sie vergessen hätten, was sie prophezeien sollen. Das ist ja wirklich zum Totlachen. Kannst du dir vorstellen, wie sie dastehen und sagen, sie könnten sich nicht erinnern?

– Und wenn ein Prophet ein schlechtes Gedächtnis hat? Das ist doch nicht seine Schuld. Ich kann sogar akzeptieren, dass ich ein schlechter Prophet bin, ein unfähiger oder auch ein mittelmäßiger. Doch auf alle Fälle bin ich ein Prophet. Mir ist eine Wahrheit offenbart worden. Ich weiß das, und ich täusche mich nicht. Wenn ich mich jetzt nicht mehr daran erinnere, stellt das nicht die Tatsache an sich infrage. Vielleicht kann ich mich ja irgendwann wieder erinnern. Doch selbst wenn nicht, ist das ohne Bedeutung. Auch wenn es bisher im Laufe der Menschheitsgeschichte keine vergesslichen Propheten gegeben hat, heißt das nicht, dass ich kein Prophet bin. Schließlich kam vor Elias auch kein Prophet in einem Feuerwagen dahergeflogen.

Ein prophetischer Zustand kann spontan eintreten oder mithilfe verschiedener Techniken: durch Meditation, durch magische oder mystische Formeln, durch Handbewegungen, durch körperliche Kasteiung. Auch durch Musik, vor allem Schlagzeug. Oder durch Tanz oder Drogen. Vielleicht, überlegt der vergessliche Prophet, sollte er sich durch eines dieser Hilfsmittel stimulieren. Das Schlimmste ist nicht, so wird ihm immer klarer, dass er vergessen hat, was er prophezeien soll, sondern wie er damit fertig wird. Das stürzt ihn in Kummer und Verzweiflung und lässt ihn schließlich vermuten, dies sei genau die Offenbarung gewesen, die ihn hechelnd und mit leuchtenden Augen sich erheben ließ: Nach der anfänglichen Freude hätte er auf der Straße plötzlich alles vergessen.

Ein paar Jahre später hört der Prophet eines Nachts unvermutet wieder die Offenbarung. Die Trompeten, das aufblitzende Licht, die mit ernster Stimme langsam und deutlich gesprochenen Worte. Er hat einmal gelesen, dass sich Offenbarungen wiederholen, vor allem bei widerspenstigen Propheten, die ihre Rolle nicht annehmen wollen. Damit ihm diesmal die Offenbarung nicht entgeht, zündet er das Nachttischlämpchen an und sucht in der Schublade nach Papier und Stift. Nichts da. Er springt aus dem Bett. Im ganzen Schlafzimmer nichts. Er läuft in die Küche; dort hängt ein Notizblock an der Wand in Form eines Kochs mit Kochmütze und einem Block als Schürze. Doch als er dort ankommt, sieht er, der Block ist leer, und der Koch zeigt nun, statt der Schürze aus Papier, ein obszönes Loch. Das hatte er vergessen. Der Block ist schon seit Tagen leer, und er hat nicht daran gedacht, einen neuen zu kaufen, eben weil kein Papier mehr da ist, auf dem man die notwendigen Einkäufe hätte notieren können. Das ist eine Ungereimtheit, die den Propheten ärgert. Sollte ein Notizblock nicht ein Blatt Papier auf der Rückseite haben, damit man, wenn er aufgebraucht ist, aufschreiben kann, dass man einen neuen kaufen muss? An und für sich sollte das letzte Blatt des Notizblockes diese Funktion erfüllen, das ist richtig. Doch wie soll man wissen, wann wir auf das letzte Blatt schreiben, wenn nichts es als das letzte kennzeichnet? Dahinter könnte sehr wohl noch ein weiteres Blatt Papier sein. Eine mögliche Lösung, um sicher zu sein, dass es das letzte ist, um es sofort mit einem Blick zu identifizieren, wäre eine andere Farbe: gelb, hellgrün, bläulich, jedenfalls hell genug, damit man mit normalen Stiften und Kugelschreibern darauf schreiben kann, aber hinreichend verschieden vom Weiß, damit einem sofort nach dem Abreißen des letzten weißen Blattes einfällt, das vorliegende Blatt mit Folgendem zu beschreiben: »Einen neuen Block kaufen!« Das könnte im Prinzip sogar schon aufgedruckt sein, wie bei bestimmten Kalendern, auf denen Mitte Dezember eine Bemerkung erscheint: »Den neuen Kalender Soundso kaufen!«, wobei Soundso selbstredend die vorliegende Marke ist. Natürlich würde ein solches letztes Blatt (sowohl wegen der anderen Farbe als auch wegen des Aufdrucks) den Verkaufspreis verteuern, doch um einen lächerlichen Prozentsatz im Vergleich zu dem sich daraus ergebenden Vorteil. Dieses letzte Blatt wäre gewissermaßen das Äquivalent zu dem Blatt im Scheckheft, das vor den letzten fünf Schecks liegt, um anzuzeigen, dass die Schecks bald zu Ende sind und man bei der Bank ein neues Scheckheft bestellen muss.

An all das denkt der Prophet, während er fieberhaft versucht, ein Blatt Papier zu finden, um die Offenbarung aufzuschreiben. Doch noch bevor er eines gefunden hat (im Schulranzen seines Sohnes findet er ein Heft und reißt ein Blatt heraus), weiß er, wenn er endlich das Papier vor sich liegen hat und den Kugelschreiber (er holt ihn aus der Federtasche desselben Schulranzens) in der Hand hält, wird er sie nach so viel Stress und so langer Zeit wieder vergessen haben. In der Tat, als er das Blatt Papier vor sich und den Kuli in der Hand hat, erinnert er sich nicht mehr an die Offenbarung. Es bleiben ihm, das dann doch noch, Fetzen, Fragmente, vage Vorstellungen. Doch es ist unmöglich, sie zu rekonstruieren. Und zudem verfolgt ihn eine Frage. War diese Offenbarung dieselbe wie letztes Mal, oder sind es zwei verschiedene? Hat ihm Gott die Botschaft wiederholt, die er letztes Mal nicht behalten konnte, oder gibt er jene verloren und hat ihm nun eine neue geschickt?

Am nächsten Morgen beschließt er, ein Heft und einen Kugelschreiber in den Nachttisch zu legen, für den Fall, dass die Offenbarung sich wiederholt. Sie wiederum vergessen zu haben, tut ihm natürlich leid, doch überhaupt wieder eine Offenbarung gehabt zu haben, freut ihn ungemein; wir könnten sogar sagen, seit der ersten Offenbarung war er nicht mehr so optimistisch gewesen wie heute. Denn die zweite Offenbarung bestätigt ihm, dass er wahrhaftig ein Prophet ist. Mit der einzigen Besonderheit, ein schlechtes Gedächtnis zu haben. Noch ein Grund zur Hoffnung: Wenn die Offenbarung sich einmal wiederholt hat, kann sie sich ein weiteres Mal wiederholen.

In einem Elektrogeschäft kauft er einen kleinen Kassettenrekorder; er trägt ihn stets bei sich und legt ihn nachts auf den Nachttisch, startbereit, für den Fall, dass die Offenbarung wieder auftritt und er merkt, wie sie entschwinden will. Damit kann er sie sofort aufnehmen und braucht sie nicht aufzuschreiben. Dennoch lässt er das Heft und den Stift dort, wo sie sind, falls im entscheidenden Moment der Kassettenrekorder nicht funktioniert oder unerwartet die Batterien leer sind, obwohl er sie einmal wöchentlich überprüft und sie, lange bevor sie verfallen, wegwirft und neue einsetzt.

Doch die Jahre vergehen, ohne dass ihm diese ganzen Vorbereitungen irgendetwas nützen. Er hat keine Offenbarung mehr. Der Sohn, der in der Wiege lag, als sich die erste Offenbarung ereignete, ist nunmehr achtundzwanzig Jahre alt. Sein Vater hat ihm für die Zukunft eines mitgegeben: Jederzeit kann etwas Unerwartetes geschehen, und deshalb muss man im Leben stets auf der Hut sein. Als er sieben Jahre alt war, starb seine Mutter; der Sohn grübelte gemeinsam mit dem Vater tagelang, ob dies die Prophezeiung war: Die Mutter würde sterben und aus ihm einen Halbwaisen machen. Dem Vater kam das indes nicht bekannt vor. Doch sie grübelten immer wieder darüber nach. Jedes Mal, wenn in der Welt ein Krieg ausbrach oder sich eine andere Katastrophe ereignete, fragten sich Vater und Sohn, ob es nicht das war, was ihm verkündet worden war.

Jetzt liegt der Vater auf dem Sterbebett und ruft seinen Sohn. Der Sohn, mit gesenktem Kopf, sitzt vor der Tür auf einem Stuhl. Im Schlafzimmer ist der Arzt, der nun heraustritt, ihn hineinruft und ermahnt, er dürfe seinen Vater auf keinen Fall überanstrengen. Der Sohn betritt aufgewühlt das Zimmer. Die Augen des Propheten leuchten auf, er will etwas sagen, doch es strengt ihn an. Er versucht, ihm etwas mitzuteilen, sein Atem stockt, jetzt atmet er tief durch, schließt einen Moment lang die Augen, so als ob es ihn viel

Mühe koste, sie offen zu halten, doch dann schlägt er sie wieder auf und haucht: »Mein Sohn …« Der Sohn tritt zum Vater ans Bett, nimmt seine rechte Hand. »Bevor ich sterbe …«, flüstert der Prophet. Aber er verstummt sofort wieder. Nun wendet er seinen Blick ab und heftet ihn auf die Wand. Der Sohn blickt dorthin, wo sein Vater hinschaut, vielleicht ist ja an der Wand irgendein Zeichen von besonderem Interesse, irgendein Hinweis darauf, was er ihm mit diesen gestammelten Worten sagen will, die, das ist offensichtlich, seine letzten sind, der Abschied für immer. Der Sohn drückt die Hand seines Vaters fester. »Sag nichts, ruh dich aus.« Plötzlich spürt der Prophet noch einmal etwas Energie in sich aufsteigen: »Ich möchte dir sagen, dass …« Die Tür öffnet sich, und die Krankenschwester, mit klappernden Absätzen, betritt den Raum. Die Stimme des Sterbenden geht in dem Lärm unter. Der Sohn nähert sein Ohr dem Mund seines Vaters, in der Hoffnung, er sage es noch einmal. Die Krankenschwester wechselt die Infusionsflasche, aus der ein Schlauch kommt, der in einer Vene des Sterbenden endet. Der Sohn ist nun buchstäblich über dem Vater. Nachdem die Flasche ausgewechselt ist, verlässt die Krankenschwester den Raum, bemüht, leiser aufzutreten. Der Prophet schlägt wieder die Augen auf. Als er den Mund öffnet, entsteht in den Mundwinkeln eine gräuliche Falte. »Deshalb …« – »Streng dich nicht an …« – »… wusste ich nicht, wie …«

Der Alte schließt die Augen und atmet schwer. Was will er ihm nur sagen? Ist ihm vielleicht auf dem Totenbett die Prophezeiung wieder eingefallen? »Jetzt möchte ich dir noch sagen …« Der Sterbende öffnet weit seine Augen, sperrt seinen Mund auf und rührt sich nicht mehr. Der Sohn schluchzt. Er verlässt das Zimmer, holt den Arzt. Der Arzt bescheinigt den Tod. Mit den Fingerspitzen schließt er die Augenlider. Der Sohn verlässt das Schlafzimmer. Im Wohnzimmer sind einige Verwandte, die ihn umarmen. Die Trauerbekundungen nehmen ihren Lauf. Er nimmt die Kondolenzen entgegen, wird in die Arme geschlossen, schüttelt Hände, trocknet Tränen, seine und fremde. Im Laufe seines Lebens wurde in der Familie kaum von der prophetischen Seite seines Vaters gesprochen, und jetzt erahnt der Sohn nur in manch blitzenden Augen ein vages Interesse, eine unbestimmte Neugier, ob er sich im letzten Moment vielleicht doch noch an eine seiner Offenbarungen erinnert hat. In der Küche hat jemand Kaffee gekocht. Der Sohn schenkt sich eine Tasse ein. Er trinkt in kleinen Schlucken, weil der Kaffee sehr heiß ist. Die Verwandschaft umarmt ihn weiter. Er sucht einen Ort, wo er allein sein kann. Er beschließt, sich im Vorraum zu verstecken. Dort im Dunkeln wird ihn niemand sehen, und er wird ein paar Minuten allein sein können. Während er auf dem Weg dorthin ist, sieht ihn von Weitem ein Cousin, er kommt näher, nimmt ihn in den Arm und erkundigt sich nach seinem Befinden. Als der Cousin wieder ins Wohnzimmer geht, öffnet der Sohn die Tür zum Treppenhaus, tritt hinaus und schließt leise die Tür, damit ihn niemand hört. Er eilt die Treppen hinunter, auf die Straße hinaus.

2

Er findet Arbeit in einer anderen Stadt. Es wird ihm guttun, in einer anderen Stadt zu leben. Er verkauft das väterliche Haus und zieht um. Mit zwei Arbeitskollegen macht er sich nach ein paar Monaten selbstständig. Er hat sein Auskommen, ist mehr oder weniger glücklich und spielt freitagnachmittags mit ein paar Freunden Karten.

In einer kalten Winternacht erwacht er mit der Vision einer Stadt in Flammen: zusammengefallene Häuser, aufgerissene Straßen, durch die sich nun abgrundtiefe Gräben ziehen, und Menschen, die vor Entsetzen fliehen. Die Bilder folgen in einer rasenden Geschwindigkeit mit Trompetenmusik. Die Vision ist kurz, aber sehr intensiv. Er strengt sich an, zu behalten, was in Weiß auf dem blauen und grünen Schild steht: Place Lachambeaudie. Das Schild hat Form und Farbaufteilung wie die Straßenschilder in Paris. Wenn er einen Stadtplan hätte, würde er nachsehen, ob es in Paris einen Platz namens Lachambeaudie gibt.

Am folgenden Tag geht er in eine Buchhandlung und kauft einen Straßenführer von Paris: *Guide général de Paris. Répertoire des rues. Editions L'Indispensable*. Während er auf der Schwelle der Buchhandlung den Führer aus der Tasche holt und Lachambeaudie im alphabetischen Straßenverzeichnis sucht, hört er das Wort »Erdbeben« aus dem Mund zweier junger Frauen, die in dem Moment die Buchhandlung betreten. Er macht kehrt, geht auf sie zu, entschuldigt sich wegen der Störung und fragt, von welchem Erdbeben sie sprächen. Eine der Frauen antwortet, vom Erdbeben, das sich zwei Stunden zuvor in Paris ereignet habe. Der Sohn des Propheten rennt los. Vor einem Radio- und Fernsehgeschäft betrachtet er gleichzeitig auf zwölf Bildschirmen die Bilder aus Paris, das einem Erdbeben, das nicht einmal mit den üblichen Detektoren vorauszusehen war, zum Opfer gefallen ist.

Er fühlt sich schuldig, weil er keine Mitteilung gemacht hat. Er beobachtet, wie in tausend Kilometer Entfernung die Leichen geborgen werden, und gesteht sich ein, einen großen Fehler begangen zu haben, als er schwieg, die Behörden nicht informierte und durch den Kauf des Stadtplans auf jämmerliche Weise Zeit verlor, nur um zu überprüfen, ob es in Paris einen Platz mit dem Namen Lachambeaudie gab. Das Einzige, was ihn tröstet, ist der Gedanke, dass ihm sowieso niemand geglaubt hätte und all diese Menschen auch dann gestorben wären.

Eineinhalb Jahre später sieht er, ebenfalls mitten in der Nacht (einige Zehntelsekunden lang und wieder mit Trompetenmusik), eine fürchterliche Epidemie, die in wenigen Wochen ein Land (anscheinend in Asien) heimsucht, das er nicht identifizieren kann. Damit sich die Panne wie bei der Vision vom Erdbeben in Paris nicht wiederholt, berichtet er den Gesundheitsbehörden umgehend davon. Er erzählt ihnen vom väterlichen Vorläufer, vom Erdbeben in Paris, das er vorhergesehen hat, welches aber zur Tragödie wurde, weil er nichts gesagt hatte. Sie danken ihm und reden von einem Vermerk, den sie schreiben wollen, doch er weiß, sie wollen ihn nur loswerden, denn im Grunde glauben sie ihm nicht.

Eine Woche später reden die Zeitungen von nichts anderem als dem Massensterben in Laos und Kambodscha. 98 Prozent der Bevölkerung von Laos und 20 Prozent der Einwohner von Kambodscha sind ihm bereits zum Opfer gefallen. Als Monate später die Epidemie unter Kontrolle ist, sind Laos, Kambodscha und halb Thailand verwüstet.

Ein Jahr später erwacht er eines Nachts und sieht (wieder in wenigen Zehntelsekunden mit der üblichen Trompetenmusik), wie ein Schulbus einen Abhang hinunterstürzt. Er weiß, um welche Schule es sich handelt, weil der Name in Großbuchstaben oben auf der Windschutzscheibe steht. Er eilt zum Schuldirektor. Er berichtet ihm von der Vision: dem Bus, der Landstraße mit der Serpentine. Der Direktor ist beeindruckt, weil der Schulbus in der Tat immer über die Straße fährt, die er im Traum gesehen hat, und die Serpentine nimmt, von der er spricht. Er lässt den Fahrer rufen und erzählt ihm davon. Als der Sohn des Propheten (inzwischen eigentlich selbst Prophet) ihn sieht, schreit er auf. Genau dieser Mann fährt den Schulbus, als er die Schlucht hinunterstürzt. Der Schuldirektor ist wirklich beeindruckt und sehr dankbar. Doch an welchem Tag soll das passieren? Der

Prophet kann das nicht genau sagen. Der Direktor fasst einen Entschluss: Eine Weile wird der Schulbus eine andere Strecke fahren, und der normale Busfahrer wird durch einen anderen ersetzt.

Zwei Monate später übernimmt der Fahrer, nachdem das angekündigte Unglück nicht eingetreten ist, wieder seinen Platz im Schulbus, doch aus Vorsicht fährt er weiter die Alternativstrecke. Nach einem halben Jahr fährt er wieder die alte Strecke, weil man ja nicht für immer die längere und damit kostenintensivere Strecke fahren kann. Jedes Mal, wenn er die Serpentine nimmt, erhöht der Fahrer die Vorsichtsmaßnahmen. Wochen und Monate vergehen, ohne Zwischenfall. Anfang Juni stürzt der Schulbus den Abhang hinunter.

Einige Leute sehen ihn böse an, so als sei er der Schuldige. Eines Abends muss die Polizei einen Lynchversuch der Familienangehörigen der tödlich verunglückten Schulkinder abwenden. Der Prophet erklärt es ein ums andere Mal: Ein Ereignis voraussagen heißt nicht, seine Ursache zu sein. Der Schuldirektor steht auf seiner Seite, er fühlt sich irgendwie, wenn auch ungerechtfertigt, schuldig. Was hätte er auch tun sollen? Die Strecke für immer ändern? Grundlos den Fahrer entlassen? Es deutete nichts Bestimmtes auf die Unvermeidlichkeit des Unfalls hin.

Der Prophet zieht sich zurück. Als ihm eines Nachts, Monate später, die Trompeten und Lichtblitze verkünden, ein Flugzeug von British Airways mit der Flugnummer 5397 werde auf dem Weg von Barcelona nach Birmingham abstürzen, beschließt er zu schweigen. Auch wenn man sich noch so sehr abmühte, das Unglück zu verhindern, so würde es dennoch geschehen. Kündigt er es an, macht man ihn nach dem Unglück gewissermaßen dafür verantwortlich. Behält er es für sich, wird ihm niemand etwas vorwerfen. Doch es fällt ihm schwer, mit diesem Wissen zu leben und zu schweigen. Im vorliegenden Fall erscheint ihm zudem die Lösung ganz einfach. Wenn der Flug Barcelona-Birmingham, auf dem das Flugzeug abstürzen soll, die Flugnummer 5397 hat, müsste es ausreichen, die Nummer 5397 zu ändern und dem Flug eine Nummer zu geben, die niemand benutzt (zum Beispiel 7612). Doch ist es überhaupt möglich, eine Prophezeiung abzuwenden? Er kann bei dem Gedanken, dass durch den einfachen Trick, die Flugnummer zu ändern, unter Umständen Tote vermieden werden können, nicht mehr schlafen. Wenn die Fluggesellschaft ihn anhören würde, könnte das Problem gelöst werden. Er informiert die Fluggesellschaft, berichtet von der Geschichte seiner Prophezeiungen und seiner Vision hinsichtlich des Fluges Nummer 5397. Die Geschäftsleitung der Fluggesellschaft empfängt ihn ganz liebenswürdig und erklärt: Würde man auf jeden hören, der von einer Vorahnung hinsichtlich dieses oder jenes kommenden Flugzeugabsturzes erzählte, könnte man nirgendwo mehr hinfliegen. Man habe schon vor Jahren beschlossen, solche Dinge nicht ernst zu nehmen.

Damit die Sache nicht unbemerkt bleibt, berichtet der Prophet (der einzigen Zeitung, einem Boulevardblatt, die ihn anzuhören bereit ist) von dem Vorfall, erzählt die Geschichte seiner Weissagungen, vom väterlichen Vorläufer und sagt der Fluggesellschaft voraus, sollte sie weiterhin beharrlich seine Warnungen in den Wind schlagen, werde das Flugzeug mit der Flugnummer 5397 von Barcelona nach Birmingham verunglücken. Die Zeitung, in Ermangelung anderer Themen, veröffentlicht die Nachricht (auf der linken Seite, unten) und präsentiert den Propheten als halb verrückten Seher. Als drei Tage später das Flugzeug wirklich abstürzt, wird ihm durch das Unglück allgemeine Anerkennung zuteil. Alle Augen richten sich plötzlich auf ihn, und die öffentliche Meinung stellt sich gegen die Fluggesellschaft. Wie konnte man eine solch klare und leicht zu vermeidende Vorhersage ignorieren? Die Zeitungen, die sich nicht für seine Geschichte interessiert hatten, als er vorstellig wurde, um den Absturz des Fluges Nummer 5397 anzukündigen, verlangen nun Interviews mit ihm. Bei allen lautet die letzte Frage, ob er neue Vorhersagen in petto habe. Ein Kolumnist der zweitgrößten Zeitung des Landes macht sich darüber lustig, dass er beharrlich von Prophezeiungen spreche, wo es sich doch um nichts anderes als um Visionen handele. Eine Prophezeiung sei etwas Höheres, Transzendenteres. Der Prophet bleibt hart: Angesichts des Ausmaßes seiner Offenbarungen ließen sie sich nicht in Kategorien und Schubladen hineinpressen. Die globale oder persönliche Natur einer Offenbarung berühre nicht ihre Bedeutung: Ein zukünftiges Ereignis werde offenbart, und das sei das Einzige, was zähle. Und außerdem: Vielleicht habe sich sein Vater das ganze Leben lang nicht an seine Offenbarungen erinnern können, eben weil er sich darauf versteift hatte, darin einen universalen Wert, eine Art Erlösung zu suchen.

Der Ruhm des Propheten ist bereits so groß, dass ihm die Behörden bei seiner nächsten Offenbarung (das Kreuzfahrtschiff Soundso wird auf seiner Weihnachtskreuzfahrt in der Ägäis sinken) sofort glauben. Sie lassen das Kreuzfahrtschiff dieselbe Route fahren, doch ganz ohne Passagiere. Als das Schiff wahrhaftig sinkt, ist es umringt von Fernsehkameras, die jedes Detail von seinem Untergang und von der Rettung der Mannschaft mit Hubschraubern, die das Schiff auftragsgemäß begleiten, übertragen. Kurz darauf prophezeit er einen neuen Krieg zwischen zwei südamerikanischen Ländern, doch nicht einmal die große Politik kann ihn verhindern, und somit bricht er schließlich aus. Er kündigt eine Flutwelle an, die Schäden in Chile, Hawaii und Japan anrichtet. Er sagt ein Eisenbahnunglück in der Nähe von Bologna und den plötzlichen Tod des Königs von Norwegen voraus. Als er die Entstehung eines Vulkans auf der Insel Mezcala im Chapala-See vorhersieht, evakuieren die Behörden umgehend das Gebiet, und obwohl die umliegenden Ortschaften von der Lava ausgelöscht werden, gibt es keine Toten. Von nun an verlangt man von ihm, alles vorauszusagen: Ob der und der Tag zur Abhaltung von Wahlen geeignet sei, ob ein bestimmer Platz für den Bau eines Flughafens in Betracht komme oder was die Zukunft irgendeinem neuen Minister bringe. Er fühlt sich behandelt wie eine Wahrsagerin. Auf der Straße wird er von Leuten angehalten, die ihn nach dem Wetter am nächsten Wochenende fragen oder nach den Gewinnzahlen beim Lotto. Ein ums andere Mal muss er erklären, er wisse von der Mehrzahl der Dinge nichts, er könne nur prophezeien, was ihm offenbart werde. Das enttäuscht die Journalisten, die sich vorstellen, sie könnten bei ihm Weissagungen à la carte bestellen.

Als eine Bombe im Bahnhof Zoo in Berlin explodiert (neunundsiebzig Tote), erscheint die Nachricht auf der Titelseite aller Zeitungen, und alle Augen richten sich auf ihn. Wieso hat er das nicht vorausgesehen? Wieder einmal erinnert er daran, er habe keine Macht darüber, welche Ereignisse ihm offenbart werden und welche nicht, er habe auch nicht die Möglichkeit zu erahnen, was ihm nicht offenbart wird. Doch er kann noch so viele Erklärungen abgeben, von nun an werfen ihm Einzelne (hierbei tut sich vor allem der Kolumnist hervor, der ihn weniger für einen Propheten als vielmehr für einen Seher hält) jedes nicht vorausgesagte Ereignis vor, besonders wenn es sich um eine Katastrophe handelt. »Vielleicht werden wir nie erfahren, aus welch finsteren Motiven heraus er kein Interesse hatte, dieses Ereignis vorauszusagen«, endet ein Artikel über den Bombenanschlag im Bahnhof Zoo, der ihn fast als Sympathisanten der Terroristen anklagt. Die Schlagzeile lautet: »Nur Prophet, wenn es ihm passt.«

Der Prophet prophezeit weiter: den Frieden zwischen den beiden kriegführenden südamerikanischen Ländern, den Mord am holländischen Ministerpräsidenten, den Sturz irgendeines afrikanischen Diktators, die unmittelbar bevorstehende Entwicklung eines endgültigen Impfstoffes gegen eine neue Art tödlicher Hepatitis, die vor drei Jahren aufgetaucht war. Diese Offenbarungen, immer begleitet von Trompetenmusik, sind völlig vom Zufall bestimmt. Eines Tages im September wird ihm sogar offenbart, wer der Sieger in der ersten Fußballliga sein wird. Es hagelt Kritiken, die ihn als banal, frivol beschimpfen, ihm vorwerfen, er »schade seinem Prestige als Prophet«. Mit der Zeit werden seine Offenbarungen häufiger. Bald sieht er fast alles voraus, weiß, was in jedem Augenblick passieren wird. Er kann sich nirgends mehr normal verhalten, weil er weiß, wie alles verlaufen wird. Lernt er eine Frau kennen, weiß er, schon bevor ein Wort gewechselt wird, dass aus diesem oder jenem Grund die Sache schlecht ausgehen wird. Mit dieser, weil er seine Eifersucht nicht aushalten wird (mit einer besonderen Boshaftigkeit wird ihm jede einzelne Affäre der Frau bis in die kleinste Einzelheit offenbart). Mit jener, weil sie nach zwei Wochen die Nase voll hat von so vielen Visionen. Die prophetische Gabe hindert ihn daran, normal zu leben. Als er Marta kennenlernt, erfährt er (durch eine nächtliche Offenbarung am Samstag darauf; Marta liegt neben ihm), dass sie heiraten und sich wenige Monate nach der Geburt ihres gemeinsamen Sohnes trennen werden. Er weiß auch, davor werden Jahre ins Land ziehen, sie werden sich einen grünen Rover mit dem Kennzeichen BKR 4436 kaufen, ein halbes Jahr später wird der Nachbar einen Unfall in seiner Wohnung haben, in drei Jahren werden sie an Weihnachten im

Can Nofre speisen, die Schwägerin wird am folgenden Tag unervermutet auftauchen, und für den Rest seines Lebens wird er sich abgrundtief langweilen.

Sein Sohn ist einen Monat alt. Er gibt ihm die Flasche, bettet ihn in die Wiege, legt sich ins Bett, und bevor er einschläft, hört er wie fast jede Nacht den Klang der Trompeten. Das ist inzwischen so normal, dass es ihn schon lange nicht mehr bewegt. Er blinzelt schlaftrunken mit dem linken Auge. Das, was er nun am wenigsten gebrauchen kann, ist eine Offenbarung; er würde alles drum geben, um sie zu verschieben und weiterschlafen zu können. Alle drei Stunden ein Fläschchen, da ist für niemanden genügend Schlaf drin. Aber er kann nichts dagegen machen: Vor ihm zucken bereits majestätisch die Lichtblitze, und langsam und feierlich erreicht ihn eine unerwartete Offenbarung: Er wird nie wieder eine Offenbarung haben.

Ihm wird kalt. Umso besser, denkt er. Endlich kann er sich ausruhen, endlich wird er nicht mehr wissen als alle anderen Leute, endlich kann er ein normales Leben führen wie die übrige Menschheit auch. Er schläft mit dem Kissen im Arm ein, doch voller Panik erwacht er noch vor dem ersten Morgengrauen. Was wird nun aus seinem Leben werden? Nie wieder Offenbarungen haben, morgens ausschlafen können oder ruhig in einer Bar sitzen, ohne von Trompeten und Lichtblitzen heimgesucht zu werden, all das ist wunderbar. Doch es muss auch berücksichtigt werden, dass diese Fähigkeit ganz unmerklich ein wesentlicher Bestandteil seines Lebens geworden ist. Wie kann er ohne die Gabe der Prophezeiung jeden Tag einer Welt gegenübertreten, die neue Prophezeiungen von ihm erwartet? Was wird aus ihm werden, wenn er kein Prophet mehr ist?

Er beschließt, es zu verheimlichen. Eine Zeit lang sagt er niemandem etwas davon. Er kündigt nichts an. Er sagt nichts voraus. Doch die Monate fliegen vorbei, und die Leute beklagen sich allmählich, dass er nichts mehr prophezeit. Zuerst entschuldigt er sich mit dem Kind: Babys machen viel Arbeit, und er hat für nichts anderes mehr Zeit. Danach versucht er es mit fertigen Prophezeiungen, solche, die sicher passieren müssen. An diesem oder jenem Tag werde die Sonne verschwinden. Doch der Trick funktioniert nicht, weil alle wissen, dass es an diesem oder jenem Tag eine Sonnenfinsternis geben wird.

Eines Morgens öffnet er das Fenster seines Hauses (eine Gruppe Journalisten mit Kameras und Kassettenrekordern steht ständig bereit, das aufzunehmen, was er zu sagen hat) und verkündet mit bombastischer Stimme, ihm sei offenbart worden, die Welt werde untergehen, er habe den Planeten wüst, ohne Leben und zerstört gesehen. Die Offenbarung erschüttert nicht einmal die fanatischsten Apokalyptiker. »Das wissen wir bereits, dass die Welt irgendwann untergehen wird. Großspuriges Pokern bringt nichts!«, schreibt nun der Kolumnist, der ihm zuvor die Schlichtheit, das geringe Ausmaß seiner Visionen vorgeworfen hat. Allmählich macht man Witze über ihn und gibt verächtliche Urteile ab: »Seine Zeit ist abgelaufen.« Genau in dieser Zeit erklärt ihm Marta noch einmal, er sei nie ein guter Ehemann gewesen, sei nur von seinen Visionen besessen, er lebe nur in seiner kleinen und egozentrischen Prophetenwelt, einer Welt, die nun offenbar zu Ende sei. Sie teilt ihm ihren Entschluss mit: Sie gehe und nehme das Kind mit. Also erfüllt sich auch die letzte Offenbarung. Der Prophet hatte es vorausgesehen, doch leider hat er niemandem etwas davon erzählt, nicht einmal Marta. Hätte er ihr damals etwas davon gesagt, würde er nun wenigstens wieder einen gewissen, dürftigen und winzigen Grad an Glaubwürdigkeit zurückerlangen.

Danach vergessen ihn die Leute. Das Vergessen schmerzt ihn unerwarteterweise. Nie hätte er gedacht, dass er die Wärme der Menschen so sehr vermissen würde (oder sollte er eher der Öffentlichkeit sagen?). Er öffnet das Fenster, nun warten keine Journalisten mehr mit startbereiten Kameras und Kassettenrekordern unter seinem Fenster. Er hatte sich ein anonymes, normales Leben gewünscht, und jetzt beklagt er sich und sucht nach einer wie auch immer gearteten Verlängerung. Wenn er ihnen die Wahrheit sagen könnte … Ihm sei prophezeit worden, dass er nie wieder eine Offenbarung haben werde. Das wäre nicht schlecht. Doch nun ist es zu spät. Wenn er diese Prophezeiung zu dem Zeitpunkt verkündet hätte, als sie ihm offenbart wurde, hätte sie auf den Titelseiten der Zeitungen gestanden. Das wäre ein würdiger Abgang gewesen. Er stellt sich die Schlagzeile vor: »Seine letzte Prophezeiung vor dem definitiven Abschied lautet: keine Offenbarungen mehr.« Doch dazu ist es nun zu spät. Es jetzt bekannt zu geben, wäre das Eingeständnis seines Scheiterns. Um sich sein Scheitern nicht völlig eingestehen zu müssen, um zu verleugnen, dass er in Wirklichkeit seit Jahren fertig ist, nimmt er eines Tages das Flugzeug nach Berlin, steigt in einem Hotel ab (im Steigenberger in der Nähe des Zoos) und macht einen Spaziergang im Zoo. Am folgenden Tag gibt er der Öffentlichkeit bekannt, er habe eine Offenbarung zu verkünden. Diese Nachricht wird äußerst skeptisch aufgenommen: »Mal sehen, ob es wieder im Stil ist von ›Am 23. Juni in zwei Jahren wird es Mittwoch sein‹.«

Wie in alten Zeiten gibt der Prophet eine Pressekonferenz. Er grüßt einen Journalisten, der ihn vor Jahren interviewt hat, damals, als es die neunundsiebzig Toten gab. Er verkündet seine Offenbarung: Der Bahnhof Zoo in Berlin wird explodieren. Einige protestieren: Das sei keine Prophezeiung, es sei bereits vor Jahren geschehen. Zudem sei genau er derjenige gewesen, der das Ereignis nicht vorausgesehen hatte. Der Prophet behauptet, es sei eine ganz neue Offenbarung. Sie fragen ihn, wann es passieren werde und wie. Heute Nachmittag, antwortet er. Die Behörden reagieren auf der Stelle. Wie in alten Zeiten, ohne auch nur einen Augenblick an der Verlässlichkeit seiner Aussage zu zweifeln, leiten sie die notwendigen Sicherheitsmaßnahmen ein. Kurz vor zwei betritt der Prophet selbst, an der Spitze einer Menge Polizisten und Journalisten, den Bahnhof Zoo, um den Ort zu zeigen, wo in der Offenbarung die Verwüstungen und Flammen am fürchterlichsten waren; genau in diesem Augenblick explodieren nacheinander die Bomben.

Im Krieg

Der Krieg brach am frühen Vormittag aus. Um halb zwölf war die Lage konfus, und bereits am Mittag (je nachdem, wo und wie) war das Chaos perfekt; zum Chaos trug bei, dass die Kriegsparteien (und die verschiedenen Gruppen mit oftmals gegensätzlichen Ideologien, die hinter jeder Partei standen und sich manchmal untereinander bekämpften und so neue Untergruppierungen bildeten) nicht klar voneinander abzugrenzen waren. Zudem wusste jener Prozentsatz der Bevölkerung, der mitbekommen hatte, dass der sotto voce lang angekündigte Krieg nun eine Tatsache war, nicht, welche Haltung er genau einnehmen sollte. Bei einem anderen (mehrheitlich zustimmenden) Prozentsatz der Bevölkerung waren die Intentionen nie ganz eindeutig klar gewesen. Sie lebten mit der größten Selbstverständlichkeit so, als sei nichts geschehen, ein Verhalten, das durch den Charakter dieses Konfliktes begünstigt wurde: Wegen der Verschleierungen und der sibyllinischen Andeutungen trat er nicht mit dem üblichen Pomp auf. Es gab keine Trupps in den Straßen und keine Barrikaden in den Alleen. Keine Aufmärsche, keine Reden. Die Garnisonen bewahrten (offen, sichtlich, offensichtlich) Ruhe, woran man unschwer eine große Portion Nervosität erkennen konnte. Die Nervosität der Befehlshaber manifestierte sich in übereilten Befehlen, die aufgrund der herrschenden Zweifel mit einer äußerst übertriebenen Überzeugung erteilt wurden. Die darauf folgende komplexe Kette von Gegenbefehlen ließ die Unsicherheit offen zutage treten. Diese ganze Ruhe (wenn man sie überhaupt so nennen konnte), diese verdächtige Normalität zeigte nichts anderes als die vorhandene Virulenz.

Ohne dass irgendwer sie dazu aufgerufen hätte, getrieben von Sorge und Verantwortungsgefühl, gingen am Mittag die sich der Lage bewussten Bürger zum Platz, in der Absicht, etwas über die wahren Ereignisse in Erfahrung zu bringen. Einige meinten, eine (militärische oder bürgerliche, das blieb unklar) Revolte in einer entlegenen Provinz (die unidentifizierbar blieb, weil jeder von einer anderen sprach) sei der Auslöser gewesen, eine sich seit Monaten anbahnende Revolte. Die große Entfernung zu den Entscheidungszentren war einer der Gründe, warum man selbst in der Hauptstadt (berichteten diejenigen, die dort gewesen waren) keine außergewöhnlichen Aufmärsche bemerkte. Andere meinten, anfangs habe es sich um eine Konfrontation zweier (nicht erklärtermaßen gegnerischer) Fraktionen der Armee gehandelt, einer Armee, die in der Vergangenheit durch ihre Siege und Heldentaten zur Legende geworden war. Bis vor wenigen Jahren war sie mit einem großzügigen Etat ausgestattet, doch sei bei den hohen Offizieren ein gewisses Unwohlsein dadurch entstanden, dass vor allem die Abwesenheit von kriegerischen Konflikten jeglichen Ausmaßes sowohl innerhalb als auch außerhalb des Landes Etatkürzungen und Inaktivität zur Folge gehabt habe. Nach Meinung von ein paar anderen hatte es hingegen einen Staatsstreich in der Hauptstadt gegeben (aber durch wen?), der sowohl von den Urhebern verschwiegen wurde (in der Überzeugung, die größte Effektivität eines Staatsstreiches liege darin, so wenig wie möglich bemerkt zu werden) als auch von den Unterlegenen, die, weil die Putschisten augenscheinlich nicht vorhatten, sich damit zu brüsten, es im eigenen Interesse für besser hielten, vorsorglich Ruhe zu bewahren, was ihnen das Eingeständnis der Niederlage ersparen würde. Also taten sie so, als sei nichts passiert, was zur Folge hatte, dass sowohl ein Großteil der Bevölkerung als auch das diplomatische Corps nichts bemerkten (oder so taten, als bemerkten sie nichts). Das ging so weit, dass, wenn jemand in der Öffentlichkeit andeuten wollte, es sei etwas im Gange, man als Gegenbeweis die Ruhe auf den Straßen anführte. In diesem Punkt waren sich also Putschisten und Gestürzte paradoxerweise einig. Da der Pakt des Schweigens für beide Seiten gleichermaßen von Interesse war, vermuteten einige noch größere Phantasten, der Staatsstreich sei im Vorhinein von Putschisten und Gestürzten abgesprochen und bis ins kleinste Detail vorbereitet worden, damit er möglichst unbemerkt vonstatten gehen konnte. Wie sollten die bewussten Bürger angesichts dieser Ruhe ohne offensichtliche Störungen zu einer richtigen Einschätzung der Lage kommen? Das Radio sendete nicht ein einziges Mal, wie in solchen Situationen üblich, ausschließlich klassische Musik und im Fernsehen lief das angekündigte Programm: Gerade jetzt ging der letzte Teil einer vor drei Wochen begonnenen Filmreihe über Elvis Presley zu Ende: Elvis Presley springt ins Wasser, die Leute applaudieren, Elvis schwimmt bis zur Felswand, klettert hinauf, trocknet sich mit einem Handtuch ab, kleidet sich an. Er wird von lauter Männern in Badehosen auf den Schultern ins Hotel getragen. Alle gratulieren ihm, Ursula Andress sagt zu ihm: »Bravo!« Umringt von einer Mariachi-Band küssen sie sich, und Elvis fängt an zu singen. Ende des Films. Gleich darauf das vorgesehene Programm (und was ganz besonders bemerkenswert war): ohne auch nur den kleinsten Hinweis auf die Auseinandersetzungen. Die sich der Lage bewussten Bürger besaßen also keine Fakten, um die wirkliche Situation erfassen zu können; diese Desorientiertheit verstärkte nur die Zweifel und führte zu weiterem Kopfzerbrechen und neuen Vermutungen. Auf so seichtem Grund geriet man irgendwann von einer Mutmaßung zur nächsten; diese nächste mündete dann zusammen mit einer dritten in eine vierte, die genauso wenig zu beweisen war wie jede der vorhergehenden und dennoch als Tatsache akzeptiert wurde. Gab es bereits Gefallene, wie einer meinte? War die Lage an einem Wendepunkt, wie ein anderer informierte? Und wenn ja, ein Wendepunkt in Beziehung zu welcher vorhergehenden Situation? Die Spannung unter den sich der Lage bewussten Bürgern wuchs. Ursache waren die unterschiedlichen Ansichten und die Unmöglichkeit, irgendetwas zu beweisen, was sie auch daran hinderte, irgendeine Entscheidung, sei sie nun konkret oder auch nicht, zu treffen. Oft erreichten die Spannungen bei diesen Versammlungen vor dem Militärrat wegen mangelnder Fakten den metaphorischen Siedepunkt, und die aufgebrachtesten Bürger mussten durch besonnenere Bürger voneinander getrennt werden. Es wurde sogar die Notwendigkeit einer Entscheidung infrage gestellt. Warum überhaupt etwas entscheiden? War es nicht besser, weiterzumachen wie bisher? (Mit wachsamem Auge natürlich. Darin waren sich alle einig.) Die Diskussion erreichte eine solche Schärfe, dass schließlich um zwei Uhr mittags beschlossen wurde, die Entscheidung bis nach dem Mittagessen aufzuschieben, um dann in größerer Ruhe weiterzudiskutieren. Alle begaben sich nach Hause, außer dreien, die immer auswärts aßen und deshalb ein Restaurant in der Nähe ansteuerten. Dort war die Lage nicht weniger angespannt: an jedem Tisch Geflüster, ausweichende Blicke, Vertuschungen.

Am frühen Nachmittag wurden Truppenbewegungen vor dem Militärrat gesehen. Doch sofort erschienen diejenigen auf dem Plan, die alles infrage stellten: keinerlei Hinweis auf wirklich gravierende Ereignisse, keine besondere Unruhe bei den Truppenbewegungen, waren vielleicht alles reine Routinemanöver? Wenig mit Militärübungen vertraut, wussten die sich der Lage bewussten Bürger (die nach dem Mittagessen wieder im Café zusammengekommen und von dort langsam zum Militärrat gezogen waren) nicht, wie sie die Ereignisse einschätzen sollten; auch darin waren sich alle einig. Um 16.32 Uhr fuhr ein schwarzes Auto mit Standarte vor. Ein Offizier stieg aus. Die Mehrheit der sich der Lage bewussten Bürger hatte keinen Militärdienst abgeleistet. Dies und die große Entfernung machte es ihnen unmöglich, den genauen militärischen Rang zu ermitteln. War er ein General? Ein Generaloberst? Ein Generalleutnant? Oder einfach nur ein Leutnant? Hätte ihnen ihr Wissen etwas gebracht? Ganz offensichtlich nicht, und das machte sie noch wütender, diesmal auf sich selbst. Es erschien ihnen, als grüßten die beiden Wachposten (die auf beiden Seiten des Hauptportals in aus Beton gebauten Schilderhäuschen mit grün gekachelten Kuppeln Wache hielten) mit besonderem Respekt, doch auch hierzu gab es keine einhellige Meinung. Als der Offizier das Militärratsgebäude betreten hatte, fuhr das Auto wieder weg. Bedeutete das sofortige Wegfahren etwas Schlimmes oder eher etwas Positives? Um 18.32 Uhr kam eine Demonstration von Metallarbeitern in Overalls die Hauptstraße bis zum Platz herauf. Zu dieser Demonstration war letzte Woche aufgerufen worden. Sie erfüllte alle gesetzlichen Vorgaben und galt deshalb immer noch als genehmigt. Die Mutmaßungen machten aus der Tatsache, dass keine Behörde (weder Zivil- noch Militärbehörde) die Demonstration verboten hatte, einen neuerlichen Beweis: Ein Verbot wäre ein Hinweis, das Eingeständnis einer anormalen Situation gewesen. Das konnten sie sich nicht leisten. Deshalb wurde die Demonstration toleriert, und die Demonstranten, etwa hundertfünfzig (hundert laut Polizeiangaben), konnten problemlos bis zur Westbrücke marschieren; dort lösten sie sich friedlich auf, einige kehrten nach Hause zurück, andere wanderten in die nächste Kneipe. Plötzlich um 19.13 Uhr verließ derselbe Offizier, der einige Stunden zuvor aus dem Auto gestiegen war, das Militärratsgebäude. Nun aber in Begleitung eines weiteren Offiziers mit einem anderen militärischen Rang, der aber aufgrund der bereits erwähnten Unwissenheit der

Anwesenden hinsichtlich militärischer Dinge nicht identifizierbar war. Das Auto (dasselbe wie am frühen Nachmittag; ein Bürger mit gutem Gedächtnis hatte sich das Kennzeichen gemerkt) erwartete sie.

Die Nacht war spannungsgeladen. Die Stunden vergingen ganz langsam, eine nach der anderen. Die bewussten Bürger wälzten sich in ihren Betten und konnten nicht schlafen. Wer hätte mit diesen Sorgen auch schlafen können? Die Radiosender strahlten noch immer keine klassische Musik aus, und das Fernsehen sendete das übliche Programm: ein Quiz mit zerstrittenen Pärchen und eine Fernsehserie, in deren heutigem Teil sich herausstellen sollte, dass eine der Personen homosexuell war.

Während der Nacht Ruhe. Highlife in den Kneipen, Schlägereien am frühen Morgen und die Straßenreinigung. Gegen halb sieben zogen die Kioske ihre Rollgitter hoch. Um zehn Uhr morgens (fast vierundzwanzig Stunden, nachdem alles begonnen hatte!) hörte man die ersten Kanonenschüsse. Einundzwanzig genau. Und danach nichts. Die sich der Lage bewussten Bürger strömten sofort auf die Straße hinaus, einige suchten Schutz in der nächsten U-Bahn-Station, mitten unter den weniger bewussten Bürgern, die offenbar mit dem Alltag weitermachten, als sei nichts passiert. Nach den einundzwanzig Kanonenschüssen nichts mehr. In den Mittagsnachrichten im Fernsehen wurde bekannt gegeben, dass heute morgen der Ministerpräsident einer erstrangigen Wirtschafts- und Militärmacht in der Stadt eingetroffen sei. Unter den sich der Lage bewussten Bürgern rief dieser Besuch gegensätzliche Meinungen hervor. Einige meinten, der Besuch sei ein Vorwand, um die wirklichen Kanonenschüsse von heute morgen (als protokollarische Böllerschüsse) zu tarnen. Die anderen, der Besuch sei gewiss nicht grundlos und schon gar nicht unschuldig (nichts ist das jemals), und diese ausländische Macht versuche entweder in dem Konflikt zu vermitteln (eine Demonstration absoluter Anmaßung) oder eine der beiden Seiten zu unterstützen (ein keinesfalls zu tolerierendes Ansinnen, gleich welche Seite sie zu unterstützen beabsichtigte). Am Nachmittag wurden die ersten Opfer gemeldet: Im Olympiastadion endete ein Rugbyspiel mit sieben Verletzten, nachdem es auf den Rängen zu Zusammenstößen zwischen den Fans beider Mannschaften gekommen war. Kurz darauf wieder der Abend, die Angst, die Nacht. Das Schema wiederholte sich Tag für Tag, wochenlang, mit kleinen Varianten, die neue Zweifel brachten, mutmaßliche Beweise, neue Ungewissheiten. Das Drama waren nicht so sehr die Toten (die so gut verheimlicht wurden, dass sie gar nicht zu existieren schienen), die auseinandergerissenen Familien (es waren wenige, und anscheinend hatten die Ursachen nichts mit diesem Konflikt zu tun), die verlassenen Häuser und der Hunger (die schon seit Jahrzehnten zum Alltag gehörten), als vielmehr die unterdrückte Müdigkeit, die Gewalt der Hypothesen und der sterile Versuch, herauszufinden, was wirklich vor sich ging. Die Monate zogen ins Land, neue Einschätzungen wurden kundgetan, doch am Ende landeten sie immer wieder an derselben Stelle: überschwemmt von dem, was sie selbst ironisch Desinformation nannten. Und nicht die kleinste Solidaritätsbekundung von irgendeinem Land, ob nah oder fern. Die Kälte der restlichen Welt trieb sie noch mehr zur Verzweiflung.

Sollte dieser Krieg ewig dauern? Es gab einmal einen hundertjährigen Krieg, und die Geschichtsbücher handelten ihn mit einer krankhaften Leichtfertigkeit ab. Um mit jenem Krieg gleichzuziehen, fehlten noch achtundneunzig Jahre. Die Anpassungsfähigkeit des Menschen ist bewundernswert. Angesichts der eher düsteren Zukunftsaussichten lernten Eltern, ihre Kinder auf diese Lebensbedingungen vorzubereiten. Geschlechter folgten aufeinander, und in diesem unendlichen Krieg gaben die sich der Lage bewussten Bürger von Generation zu Generation die notwendigen Überlebensstrategien weiter. Das Allerwichtigste war, zu schweigen und wie die übrigen Bürger vollkommen unbekümmert zu erscheinen.

Bis schließlich, an einem Tag, als die jüngeren bewussten Bürger sich gerade nicht einigen konnten, in welchem Jahr alles angefangen hatte (natürlich stand darüber weder in Nachschlagewerken noch in Geschichtsbüchern irgendetwas, diese präsentierten die ganzen Jahre als eine Zeit des Friedens und des Wohlstands), einer von ihnen, der als besonders unabhängig und aufrührerisch galt, mit dem Fuß die Tür zum Café aufstieß, in dem sie sich jeden Dienstag- und Donnerstagabend trafen, um die letzten Neuigkeiten auszutauschen, an den Tisch derjenigen trat, die immer so taten, als sei nichts, und folgende Nachricht verkündete: Genauso unvermutet, wie der Krieg ausgebrochen war, sei er auch zu Ende gegangen: heute Nachmittag um 17.34 Uhr. Die lustigeren, naiveren der bewussten Bürger atmeten erleichtert auf, doch die bewusstesten unter allen bewussten senkten betrübt den Kopf. Denn wenn schon ein Krieg hart ist, um wie viel mehr ist es die zwangsläufig darauf folgende Nachkriegszeit, und dieser Frieden (der unter wer weiß welchen Bedingungen mit wer weiß welchen Lasten für die Bürger ausgehandelt worden war und von den Medien systematisch totgeschwiegen wurde) markierte unweigerlich ihren Anfang.

Die Bücher

Der leidenschaftliche Leser hat vier Bücher auf dem Tisch liegen. Alle vier zum Lesen. Heute Nachmittag in der Buchhandlung hat er eine Stunde lang die Regale nach den Titeln seiner Lieblingsautoren durchstöbert, ist um die Tische mit den Neuerscheinungen gekreist und hat sich schließlich für vier Bücher entschieden. Den Erzählungsband eines französischen Schriftstellers, von dem ihm vor Jahren ein Roman sehr gut gefallen hat. Den Roman danach fand er übrigens nicht ganz so gut wie diesen ersten (beziehungsweise eigentlich fand er ihn überhaupt nicht gut), doch nun hat er diesen Erzählungsband gekauft, in der Hoffnung, all das wiederzufinden, was ihn Jahre zuvor so bezaubert hat. Beim zweiten Buch handelt es sich um den Roman eines holländischen Schriftstellers. Der Versuch, seine beiden vorigen Romane zu lesen, war nicht von Erfolg gekrönt gewesen, denn nach wenigen Zeilen war er sowohl bei dem einen als auch bei dem anderen eingeschlafen. Komischerweise hat ihn das nicht davon abgehalten, es aufs Neue zu probieren. Komischerweise, denn im Allgemeinen liest er einen Autor, dessen erstes Buch er schon nach zwanzig Zeilen weglegt, vielleicht noch ein zweites, aber keinesfalls ein drittes Mal, es sei denn, ein Kritiker seines Vertrauens schreibt eine besonders positive Kritik oder ein Freund hat es ihm wärmstens empfohlen. Doch beides trifft nicht auf unseren Fall zu. Warum probiert er es also aufs Neue? Vielleicht wegen des Anfangs, der folgendermaßen lautet: »Der Hotelboy stürzte herein und rief: ›Herr Kington! Herr Kington, bitte!‹ Kington saß im Foyer des Hotels Ambassador und las Zeitung. Er war kurz davor, die Hand zu heben, als ihm einfiel, dass niemand, absolut niemand, von seinem Aufenthalt hier wusste. Er hob nicht einmal den Blick, als der Hotelboy an ihm vorüberging. Dies sollte die klügste Entscheidung seines Lebens gewesen sein.«

Das dritte Buch ist ebenfalls ein Roman, der erste Roman eines amerikanischen Autors, von dem er noch nie zuvor gehört hat. Er hat ihn trotz des ersten Satzes (»Oh, wie glänzen die Ziegel im blühenden Morgenrot, wenn der Hahnenschrei die Nachtruhe stört...«) gekauft, nachdem er das Buch kurz durchgeblättert und irgendetwas ihn neugierig gemacht hat. Beim vierten Buch handelt es sich um Erzählungen eines bisher unveröffentlichten Schriftstellers, gleichfalls holländischer Herkunft. Was hat ihm an diesem Buch gefallen? Wenn er ehrlich ist, gleich von Anfang an die übermäßige Häufung von Initialen: nämlich drei (A. F. Th.) vor den drei Wörtern des Nachnamens. Insgesamt sechs Wörter: drei für den Vornamen und drei für den Nachnamen. Das erste Wort des Nachnamens ist zudem noch »van«. Und er liebt Nachnamen, die mit »van« beginnen.

Wie kommt es eigentlich, dass von den vier Büchern, die der leidenschaftliche Leser auf dem Tisch liegen hat, zwei (genau 50 Prozent) aus dem Holländischen sind? Da die Buchmesse in der Stadt dieses Jahr der niederländischen Literatur gewidmet ist, haben die Verlage in den letzten Wochen mehr Autoren dieses Sprachkreises herausgebracht, und außerdem stehen vor den großen Buchhandlungen der Stadt Büchertische, auf denen sowohl diese Neuerscheinungen als auch Bücher holländischer und flämischer Schriftsteller liegen, die bereits vor Jahren veröffentlicht wurden und die seitdem, da sie nun keine Neuerscheinungen mehr sind, in den Lagern verstauben.

Der leidenschaftliche Leser hat alle vier Bücher vor sich liegen und weiß nicht, mit welchem er anfangen soll. Mit den Erzählungen des Franzosen, von dem ihm ein Roman vor einigen Jahren gut gefallen hat? Mit dem Roman des jungen Amerikaners, von dem er nichts weiß? So hätte er, sollte er sofort enttäuscht sein (was sehr gut möglich ist), eines der vier aussortiert, und das Dilemma beträfe nur noch die anderen drei. Natürlich könnte ihm das ebenso mit dem Roman des Holländers passieren, bei dem er schon bei zwei früheren Gelegenheiten sofort nach der ersten Seite eingeschlafen ist. Der Leser schlägt das zweite Buch auf und blättert darin. Er schlägt das dritte auf und blättert ebenfalls darin. Dann die gleiche Prozedur mit dem vierten. Er könnte Schrift oder Papier in seine Entscheidung mit einbeziehen … Er testet, ob irgendein Element des Buches (ein einzelner Satz, der Name einer Person) ihm die Entscheidung erleichtern könnte. Oder vielleicht der Aufbau der Seite. Die Absätze zum Beispiel. Er weiß, wie viele Autoren sich bemühen, regelmäßig Absätze einzufügen, egal ob es dem Text bekommt oder nicht, weil sie glauben, aufgelockerte Seiten machten den Leser neugieriger. Das gilt auch für Dialoge. Ein Text, der mit Dialogen gespickt ist, weckt (laut Norm) bei der Mehrheit der Leute Interesse. Dies kann allgemeinhin zutreffend sein, doch bei unserem konkreten Leser ist es genau umgekehrt: Die Häufung von Absätzen kommt ihm verdächtig vor. Seine Vorurteile in dieser Hinsicht sind vergleichbar mit den Vorurteilen, die die Liebhaber von vielen Abschnitten gegen zu wenig Abschnitte haben. Sie empfinden das als oberlangweilig oder als eine Zumutung.

Mit welchem anfangen? Die Lösung wäre, mit allen gleichzeitig anzufangen, was er auch oftmals tut. Natürlich nicht gleichzeitig gleichzeitig: sondern von einem zum anderen springend wie beim Fernsehen, bei dem man ja auch nicht sechs Programme auf einmal sehen kann, wenn man hin und her schaltet. Natürlich gibt es immer ein Buch, das er als erstes aufschlägt und in dem er einen Abschnitt, eine Erzählung, ein Kapitel, 20 Prozent der Seiten liest, ehe er zum nächsten übergeht. Das momentane Problem ist aber immer noch, dass er nicht weiß, mit welchem er anfangen soll. Er steht auf und zündet sich eine Zigarette an. Warum ist das Anzünden einer Zigarette eine Lösung, wenn man nicht weiß, was man machen soll? Eine Zigarette anzuzünden zeigt an, dass wir gerade grübeln, scharf nachdenken, uns Erinnerungen ins Gedächtnis zurückrufen, auf jemanden warten (wobei wir den Vorhang ab und zu beiseite schieben, um einen Blick auf die Straße zu werfen) oder ungeduldig werden (im Wartezimmer vor dem Kreißsaal der Boden voller Zigarettenkippen). Man zündet sich eine Zigarette nach dem Beischlaf an; man zündet sich eine Zigarette an, um sie in der Leiste der masochistischen Geliebten auszudrücken und damit die Erregung zu steigern. Man zündet eine Zigarette an, um sich inspirieren zu lassen, damit das Nikotin uns hilft, nicht einzuschlafen, wir zünden eine Zigarette an, um nicht zu essen, wenn wir Hunger haben und nicht essen können oder wollen. Der leidenschaftliche Leser macht den letzten Zug und geht zum Tisch zurück. Dort liegen die vier Bücher und daneben die Plastiktüte mit dem roten Logo der Buchhandlung. Die Nacht dämmert herauf, ein Auto fährt vorbei, man hört ein Radio. Hört man in Romanen eigentlich oft ein Radio? Wenn alle vier Bücher plötzlich verschwänden, wäre auch das Dilemma weg: Mit welchem anfangen? Er nimmt den Roman des Amerikaners. Er schlägt die erste Seite auf. Er streicht mit dem Finger die beiden Seiten kräftig auseinander, damit sie offen bleiben, und liest: »Gerade, als die Krankenschwester das Laken über das Gesicht legen will, öffnet der Tote die Augen und murmelt etwas Unverständliches. Die Krankenschwester schreit auf, lässt das Laken fallen, sagt den Namen des Patienten, misst den Puls. Sie eilt hinaus, um den Arzt zu holen. ›Herr Doktor, der Kranke aus Zimmer 114 ist nicht tot!‹ ›Was soll das heißen, er ist nicht tot?‹ ›Er ist nicht tot. Er hat plötzlich die Augen aufgeschlagen. Ich habe seinen Puls gemessen …‹

Der Arzt versucht, das Unbehagen, das diese Nachricht in ihm auslöst, zu verbergen.«

Der Leser schlägt das Buch zu. Der Anfang ist der beste Augenblick eines Buches. Der erste Satz, der erste Abschnitt, die erste Seite. Die Möglichkeiten sind hier immer unendlich. Alles muss sich erst noch entwickeln, allmählich, dann verflüchtigen sich die Wege, die anfangs noch völlig offen sind, immer mehr, und schließlich (das heißt am Schluss) bleibt nur noch einer, der normalerweise vorhersehbar ist. Wird der Autor es schaffen, uns bis zur letzten Seite zu fesseln? Wird es auf den fünf, achtzehn, hundertsiebenundsechzig nächsten Seiten keinen Moment geben, in dem der Zauber schwindet? Eine Erzählung ist nie so gut wie das ganze Spektrum an Möglichkeiten, das sie uns ganz am Anfang offeriert. Es dreht sich keinesfalls darum, dass der Leser den möglichen Fortgang vorhersieht und bessere entwickelt als der Autor. Auf keinen Fall. Wie würde er denn die Geschichte von dem Mann weiterspinnen, der die Zeitung im Foyer des Hotels Ambassador liest und, als man seinen Namen ruft, nicht aufmerkt? Er weiß es nicht; es interessiert ihn auch nicht, den Erzählstrang weiterzuführen. Es ist dieser offene Augenblick, in dem die Karten gemischt werden, der ihn fasziniert. Der Ausgangspunkt erinnert ihn vage an einen Film von Hitchcock mit Cary Grant, der mit einem anderen Mann in der Hotelhalle verwechselt wird. Doch es interessiert ihn nicht weiterzudenken. Weiterschreiben, egal wie und was, muss zur Unvollkommenheit führen.

Schriftsteller irren sich, wenn sie die Anfänge weiterentwickeln. Sie sollten das tunlichst sein lassen. Sie sollten systematisch Anfänge kreieren, die sie im spannendsten Moment aufgeben. Nur am Anfang sind Geschichten vollkommen. Aber gibt es vielleicht doch Ausnahmen? Oh nein. Nicht nur mit Büchern verhält es sich so, sondern auch mit Filmen oder Theaterstücken. Und in der Politik. Wenn man naiv genug ist und daran glaubt, ist dann ein Parteiprogramm nicht viel interessanter, besser und mitreißender als die konkrete Umsetzung, nachdem die Partei gewählt ist? In einem Parteiprogramm ist alles idyllisch. In der Praxis wird nichts respektiert, alles verfälscht; die Realität zwingt uns ihre zerstörerische Grausamkeit auf. Und sind (im Leben außerhalb der Bücher) eine neue Liebe, der erste Blick, der erste Kuss nicht viel aufregender als das, was danach kommt, wenn alles unaufhaltsam im Desaster endet? Die Dinge müssten immer anfangen und dürften nie weitergehen. Quillt das Leben eines Dreijährigen nicht über vor Möglichkeiten? Was wird aus diesem Jungen, der jetzt gerade zu leben anfängt? Bei jedem Schritt vorwärts welkt sein Leben ein bisschen mehr dahin: Von allen Möglichkeiten wird er nur ganz wenige ausleben können, und das auch nur, wenn er Glück hat. Mit Büchern ist es genauso. Doch mag es dem leidenschaftlichen Leser auch verwehrt sein, das Leben anzuhalten, es sei denn, er entschiede sich für ein gewaltsames Ende, so kann er bei Büchern im großartigsten Augenblick innehalten, dann, wenn die Möglichkeiten noch zahllos sind. Deshalb liest er keines zu Ende. Er liest nur die Anfänge, höchstens die ersten paar Seiten. Wenn die möglichen Verzweigungen der Geschichte abnehmen und das Buch ihn allmählich langweilt, klappt er es zu und stellt es ins Regal, alphabetisch nach Verfassern geordnet.

Die Enttäuschung kann jederzeit kommen. Im ersten Abschnitt, auf Seite 38 oder auf der vorletzten Seite. Ein einziges Mal war er bis zur letzten Seite eines Buches gelangt. Als er den letzten Absatz begonnen hatte (ein kurzer Absatz, etwa ein Drittel der Seite), ohne bis dahin enttäuscht worden zu sein, packte ihn die Angst. Und wenn ihn dieses Buch auch in der letzten Zeile nicht enttäuschen würde? Das war völlig unwahrscheinlich; gewiss würde die Enttäuschung kommen, so wie immer, und wenn es beim letzten Wort wäre. Doch wenn nicht, was dann? Für alle Fälle schaute er fünf Zeilen vor dem Schlusspunkt schnell weg. Er schlug das Buch zu, stellte es an seinen Platz und atmete tief durch; dieser Beweis von Stärke erlaubte es ihm, weiter zu träumen, davon, sich früher oder später (an dem Tag, an dem er am wenigsten damit rechnet und sich endlich dazu durchringt) ein Herz zu fassen und nicht mehr ein ums andere Mal die letzte Entscheidung hinauszuschieben.

Die beste aller Welten

– Connaissez-vous M. G.?
L'autre ne le connaissait pas.
– Il a écrit tel, tel et tel ouvrage,
dit M. G. en citant les titres.
RAYMOND QUENEAU, La Petite Gloire

1

Mein Bruder

An einem Weihnachtstag beim Mittagessen ohne vorherige Krankheit oder irgendein Anzeichen – nicht einmal ein kleines und diskretes –, das uns auf gesundheitliche Probleme hingewiesen hätte, starb mein Bruder. Er war nie ein besonders lebhafter Junge gewesen. Es war ihm häufig schwindelig, er spielte nicht gerne Fußball und betrank sich auch nicht mit uns, wenn wir im China-Restaurant in der Nähe der Schule einkehrten, nicht, weil das Essen dort billig war, sondern vielmehr, weil man uns, wenn wir die Rechnung bestellten, noch zu einem Gläschen Likör einlud, ohne nach unserem Alter zu fragen. Doch kränklich war mein Bruder nicht, etwa so wie jene Sorte Jungs, denen man sofort ansieht, dass es mit ihnen kein gutes Ende nehmen wird. Deshalb fielen meine Eltern in einen Schockzustand und verstanden überhaupt nicht, was tatsächlich geschehen war. Im Grunde, vermute ich, wollten sie es nicht verstehen, denn mit einem bisschen guten Willen hätten sie es sofort sehen können: Toni war richtig tot, direkt vor ihren Augen, und wenn sie es einfach nicht bemerkten, dann vielleicht, weil sie es nicht wahrhaben wollten. Mein Vater arbeitete in einer Werkstatt an der Plaça Reial, die Tiere präparierte; er war ein guter Vater und Ehemann und hatte keinerlei Laster, außer einer riesigen Holzkiste voller Zeitschriften mit nackten Frauen, die zwischen den Beinen unscharf waren. Er versteckte sie im Schrank und verschloss ihn mit einem Vorhängeschloss, das mein Bruder und ich öffneten, wenn wir alleine zu Hause waren. Nachmittags machte meine Mutter die Buchhaltung in einer kleinen Baufirma. Wir boten nicht das Bild einer dieser glücklichen Familien, die auf der

Werbung für Küchen und Kühlschränke vorgeführt werden, doch versanken wir auch nicht in Trübsal. Wir lebten von einem Tag auf den anderen und konnten nicht viel auf die hohe Kante legen, denn unsere Schule und die Hypothek für die Wohnung verschlangen zwei Gehälter. Wir gingen nie ins Kino. Die große Investition der Woche war die Sportzeitung, die mein Vater jeden Samstag kaufte, um sich über die Fußballspiele vom Wochenende zu informieren. Er kaufte sie samstags, so hatte er zwei Tage Zeit, um sie von vorne bis hinten zu lesen; der Kauf der Sonntagszeitung wäre ihm als übertriebene Ausgabe vorgekommen, da er nur einen Tag zum Lesen gehabt hätte. Am Sonntag schauten wir uns dann immer das Spiel an, das im Fernsehen übertragen wurde, egal welches, auch wenn einige der Mannschaften von so weit her kamen, dass wir die Orte nicht einmal auf der Landkarte hätten finden können. Als ich in die Pubertät kam, bestand meine Mutter darauf, dass ich am Wochenende mit Freunden ausging; aus mir sollte kein, wie sie es nannte, »Stubenhocker« werden: »Wenn du den ganzen Tag im Zimmer herumhockst, wirst du nie Freunde haben und auch kein Mädchen finden, das dich heiratet.« Mein zwei Jahre jüngerer Bruder grinste; das mit den Mädchen und dem Heiraten brachte ihn zum Lachen. Doch ich blieb lieber zu Hause und schaute mit meinem Vater Fußball.

Das mit Toni passierte, als meine Mutter die Platte mit den Turrons und Waffelröllchen gerade auf den Tisch gestellt hatte. Wir hatten bereits Suppe, Fleischkloß mit Kartoffeln und das gefüllte Hähnchen gegessen, als ganz plötzlich, so als sei es die normalste Sache der Welt, der Kopf meines Bruders ganz langsam nach vorne sank, bis sein Gesicht auf der Platte mit den Turrons liegen blieb. Meine Eltern erstarrten zu Eis. Bei der leichtesten Berührung wären sie in tausend Stücke zersprungen. Ich sah, dass sie völlig unfähig waren, damit umzugehen, was mich meinerseits in einer kritischen

Tausendstelsekunde beschließen ließ, ebenfalls so zu tun, als hätte ich nichts bemerkt. Eigentlich schauten sie gar nicht zu ihm hin: Ihr Blick blieb genau vor ihm auf dem Tisch hängen, und sie zwangen sich wegzugucken und waren dabei so hilflos, dass ich, um ihnen wenigstens momentan Leid zu ersparen, meine Hand hinter Tonis Rücken schob und ihn am Kragen seines Pulllovers hochzog, damit sein Oberkörper sich wieder aufrichtete. Da diese ganze Aktion eine wenigstens ein bisschen glaubhafte Rechtfertigung brauchte, nahm ich die Serviette und tupfte damit seinen Mund ab. In diesem Augenblick standen wir an einem Scheideweg, denn jetzt hätten wir, wenn wir gewollt hätten, noch jederzeit zurückgekonnt: Jeder von uns dreien – Vater, Mutter oder ich – hätte in Tränen ausbrechen und damit den beiden anderen die offenkundige Wahrheit bestätigen können. Doch niemand wagte es. Sicher dachte keiner von uns dreien in diesem Moment daran, seinen Tod absichtlich zu verleugnen. Alle drei – ich, indem ich ihn am Kragen hochzog, meinen Arm hinter seinen Rücken schob und ihm dabei den Mund abtupfte; sie, indem sie so taten, als bemerkten sie nichts – versuchten die Tränen und die zwangsläufige Erkenntnis etwas hinauszuschieben. Es brach mir immer das Herz, meine Mutter weinen zu sehen, meinen Vater hatte ich noch nie weinen gesehen, nicht einmal bei dem plötzlichen Tod meiner Schwester in der Wiege. Ich erinnere mich, wie sie neben dem kleinen weißen Sarg standen, meine Mutter in Tränen aufgelöst und mein Vater mit geröteten Augen. Zu meiner Rechtfertigung dachte ich noch jetzt beim Abtupfen von Tonis toten Lippen, wir zögerten nur alle zusammen ein bisschen den Zeitpunkt der Wahrheit hinaus. Doch in dem Moment, als mein Vater, so als sei nichts geschehen, sagte: »Mir scheint, du hast zu viel getrunken, Toni«, verstand ich. Sie hatten es keineswegs eilig, die Wahrheit zu akzeptieren, er sagte dieses »Mir scheint, du hast zu viel getrunken, Toni« mehr zu mir als zu Toni, der ihn ja schon nicht mehr hören konnte und ihn nie wieder würde hören können. Deshalb entsprach ich ihrer schweigenden Bitte und half ihnen bei dieser bequemen Lüge, indem ich entschlossen aufstand, Toni unter den Achseln packte, ihn vom Stuhl hochhob und zu ihm sagte: »Auf, komm, ich bringe dich ins Bett. Du hast zu viel gegessen.«

Ich tauschte den Vorwurf des Zu-viel-getrunken-Habens gegen den des Zu-viel-gegessen-Habens aus, da ich glaubte, meine Eltern wären unbewusst dankbar dafür, wenn ich ihn bei dieser letzten Gelegenheit nicht als Säufer abstempelte. In der Tat hatte er auch kaum ein halbes Glas Sekt getrunken, indes die Suppe aufgelöffelt, mehrmals von dem Fleischkloß mit Kartoffeln und zweimal vom gefüllten Hähnchen genommen, und wenn er nicht noch über die Waffelröllchen und Turrons hergefallen war, dann nur deshalb, weil er plötzlich gestorben war. Ich legte meinen rechten Arm um seinen Rücken, hielt ihn unter der Achsel fest, zog seinen linken Arm um meinen Hals und nahm ihn an der Hand, damit er nicht umfallen konnte, und so brachte ich ihn in unser gemeinsames Zimmer. Ich setzte ihn auf einen Stuhl, mit dem Kopf auf dem Schreibtisch, und fragte mich, ob ich mir das antun sollte, ihn aus- und ihm den Schlafanzug anzuziehen. Aber wollte ich nur ein Minimum an Glaubwürdigkeit aufrechterhalten, dann war klar, dass es sein musste. Legte ich ihn angezogen ins Bett, könnten wir nicht so tun, als sei nichts passiert. Ich fing also an, mit aller Unerfahrenheit des ersten Mals. Nur wer schon einmal einen Toten an- oder ausgezogen hat, weiß, wie schwierig das ist, denn jedes einzelne Gliedmaß hat das, was man ganz logisch als Totenstarre bezeichnen muss, und wenn du meinst, du hast endlich den Arm durch einen Ärmel gesteckt, kippt der ganze Körper auf die andere Seite, und du musst ihn irgendwie festkeilen – mit deinem Brustkorb, dem Bein, dem Rücken – und weitermachen: mit dem anderen Ärmel, dem rechten Hosenbein, dem linken Hosenbein …

Ich kam schweißgebadet aus unserem Zimmer zurück ins Esszimmer, in dem die Eltern mit besorgten Gesichtern auf mich warteten und mich mit ihren Augen baten, die Wahrheit noch nicht aufzudecken. »Er ist sofort eingeschlafen«, sagte ich. Sie atmeten erleichtert auf. »Ja, er hat einfach zu viel gegessen«, sagte meine Mutter, zu angespannt, um eine neue Meinung einzubringen. »Und zu viel getrunken haben sie. Eine Flasche Sekt zu zweit!« Vater übertrieb. »Wenn er jetzt schläft, wird er sich nachher besser fühlen«, sagte meine Mutter. »Doch dann wird er zum Abendessen aufwachen und nachts nicht schlafen können«, beklagte sich mein Vater. »Na und?«, fragte meine Mutter. »Das Wichtigste ist, dass er jetzt schläft.«

Im Zimmer eingeschlossen, saß ich an der Seite meines Bruders, und da er heiter dreinschaute, schien es, als könne er jederzeit aufwachen und sagen: »Jetzt reicht's. Ihr habt es wirklich geglaubt, was?« Er lag mit offenen Augen in seinem bläulich gestreiften Schlafanzug im Bett, eine Hand auf dem Überschlag des Lakens. Ich schloss seine Augenlider. Niemand schläft mit offenen Augen. Seine Haut war kalt. Und bleich? Eigentlich kaum. Gegen halb neun dachte ich bei mir, ich bräuchte nicht länger an seiner Seite zu sitzen. Warum auch? Ich ging wieder ins Esszimmer zurück und verkündete, Toni werde heute nicht mit uns zu Abend essen. Meine Mutter hob den Finger, so als sei ich daran schuld: »Ich habe dir ja gesagt, er hat zu viel gegessen.« »Es ist nicht nur das viele Essen. Eine Flasche Sekt haben die beiden geleert!«, sagte mein Vater, besessen von dem Gedanken, uns vor den Gefahren des Alkohols zu warnen, der bereits seinen Bruder ins Grab gebracht hatte. Ich setzte mich und aß vier Stücke Turron; danach hatte ich keinen Appetit mehr, kehrte ins Zimmer zurück, schaute kurz auf Toni, streifte meinen Schlafanzug über, stieg ins Bett und fing an zu lesen. Gegen halb zwölf kamen unsere Eltern, um uns Gute Nacht zu sagen. Händchen haltend zeichneten sie sich im hell erleuchteten Rechteck der Tür ab und zögerten einzutreten. Ich bemerkte, wie sie mit einem Mal alt und gebrechlich aussahen. Sie gaben uns einen Kuss. Zuerst Toni, danach mir. Meine Mutter deckte ihn mit der Bettdecke zu. Zu mir sprach sie leise, um ihn nicht zu wecken: »Mach das Licht aus, denn bei so viel Licht wird er nicht gut schlafen können.«

Ich schlief wie ein Murmeltier und viel länger, als ich dachte. Beim Aufwachen verwirrte es mich zunächst, dass Toni genauso dalag, wie ich ihn hingelegt hatte. Dieselbe Stellung, dieselbe Hand auf dem Überschlag des Lakens. Aber wie hätte er auch sonst daliegen sollen? Was hatte ich erwartet? Dass er sich mitten in der Nacht im Traum umdreht und alles nur eine weihnachtliche Halluzination war? Ich beschloss, ihn an einem anderen Tag zu duschen, und kleidete ihn sofort an, noch ehe ich mich selbst anzog. Die Anstrengung, die es am Tag zuvor gekostet hatte, ihn auszuziehen und ihm den Pyjama überzustreifen, wiederholte sich jetzt in umgekehrter Richtung, ich musste den Schlafanzug ausziehen und ihn wieder ankleiden. Schweißgebadet rannte ich danach unter die Dusche. Im Esszimmer empfingen uns die Eltern mit einem Lächeln, das teils Ungeduld, teils Dank ausdrückte. Meine Mutter meinte, Toni sehe schon viel besser aus.

An jedem neuen Tag zog ich ihn schneller an und aus, und bald schaffte ich es, dass er sich mit einer annehmbaren Natürlichkeit auf den Stuhl setzte und wieder aufstand, er sogar eine Art Lächeln andeutete oder ironisch die rechte Augenbraue hochzog. Ich verbrachte die zwei Wochen bis Schulbeginn zu Hause und vergrub mich in Vaters Bücher über ausgestopfte Tiere. Ihn zur Schule zu bringen, gestaltete sich schwieriger. Schwer war es vor allem, ihn in den Bus zu bekommen, ohne dass er hinfiel oder es danach aussah, als sei ich mit einem Betrunkenen unterwegs. Doch gelang mir das täglich besser. Die schlimmsten Tage waren die, an denen ich keinen Sitzplatz bekam und ihn die ganze Zeit unauffällig stützen musste, indem ich meinen rechten Arm hinter seinen Rücken schob, ihn unter der Achsel festhielt, seinen linken Arm um meinen Hals legte und ihn an seiner linken Hand festhielt, um zu verhindern, dass er mir in den Kurven umkippte. In der Schule brachte ich ihn als Allererstes in seine Klasse, setzte ihn an seinen Tisch und erklärte, ihm sei schwindelig geworden, doch fühle er sich sicher gleich wohler, und begab mich dann in meine Klasse. Stellte man mir Fragen, erzählte ich ihnen von seinen dauernden Schwindelanfällen, unter denen er seit seiner frühesten Kindheit litt und die inzwischen chronisch seien. Zum Glück war Toni schon immer ein schweigsamer Junge gewesen, der in seinem ganzen Leben nie den Finger gestreckt hatte, um auf eine Frage des Lehrers zu antworten. Die Massenschule erledigte den Rest. Mit fast fünfzig Schülern in einer Klasse ist es für einen derart unauffälligen Schüler leicht, nicht wahrgenommen zu werden.

Eines Mittags, als ich aus dem Mathematikunterricht rannte, um ihn abzuholen, war er verschwunden. Ein Mitschüler, der noch am anderen Ende des Klassenzimmers an seiner Schulbank stand und seine Bücher einräumte, sagte mir, man habe ihn in den Sanitätsraum gebracht. Ich fand ihn auf einer Krankenbahre. Der Sanitäter sagte mir, man müsse die Ursache dieser Schwindelanfälle finden, möglicherweise habe er ja Anämie.

– Ihr müsst mit ihm zum Arzt gehen.

Ich stimmte ihm zu, und es wurde nie wieder ein Wort darüber verloren. Nach und nach verbesserte sich meine Technik, ihn zu duschen und zu rasieren. Jetzt fahre ich mit ihm ganz elegant Bus und U-Bahn. Oft träume ich den gleichen Traum: Ich bin der Tote, aber weiß es nicht, und um mich nicht zu verletzen, tut mein Bruder so, als sei er der Tote, und bringt mich, ohne mir die Wahrheit zu sagen, hierhin und dorthin. Er ist es, der stützend seinen Arm um meinen Rücken legt und die alltägliche Routine mit mir durchexerziert. Es ist ein Traum, der mich glücklich macht und mir hilft, dieses komplizierte gemeinsame Leben, das wir haben, weiterzuleben. Es gab allerdings einen kritischen Moment: Nämlich als er eine Freundin fand, Teresa, eine Frau, die an ihm ganz besonders schätzt, dass er zuhören kann, eine bei anderen Männern wenig ausgeprägte Eigenschaft, wie sie sagt. Am Anfang dachte ich, diese neue Situation nicht meistern zu können. Vor allem, als sie beschlossen, zusammenzuziehen, und ich Teresa mit spontan erfundenen Gründen überzeugen musste, warum es unerlässlich ist, dass ich mit ihnen zusammenwohne.

Sechs Jahre später starb meine Mutter und wenige Monate darauf mein Vater, der ohne sie wie Eis in der Augustsonne wegschmolz. Ich dachte, jetzt, da die Eltern gestorben sind, sei endlich der richtige Moment, um der ganzen Geschichte ein Ende zu bereiten. Doch so sehr ich auch diesen Gedanken hin und her wälze, ich kann mich irgendwie nicht recht dazu entschließen. Ein Grund ist, dass diese besessene Hingabe an meinen Bruder, dieses Existieren über eine dazwischengeschobene Person, es mir all die Jahre erspart hat, mich auf Menschen einzulassen und wirklich ich selbst sein zu müssen, ein anderer ist Teresa, von der ich nicht weiß, ob sie der Wahrheit ins Auge sehen könnte.

Mutti

Wir waren zehn Jahre alt und spielten im Schulhof vor Unterrichtsbeginn Ball gegen die Wand, mit einem Tennisball, der Xavi gehörte und einmal weiß gewesen sein muss, jedoch seit mindestens zwei Jahren - seitdem wir angefangen hatten, vor dem Unterricht damit zu spielen - grauer als grau war, schmutzig und voller Flecken. Dann hörten wir mit der Plötzlichkeit, die Kindern eigen ist, mit dem Ballspiel auf und spielten Fangen, doch nur eine Weile, denn als die aus der fünften Klasse weg waren und eines der Handballtore frei wurde, rannten wir dorthin und fingen an, Fußball zu spielen, drei gegen drei: Juanito, Xavi und Albert gegen Pep, Garrido und mich. Wir spielten schon eine Zeit lang, und der Moment, ins Klassenzimmer zu gehen, rückte immer näher, als ein sehr hoher Ball heranflog. Juanito und ich sprangen gleichzeitig und mit so viel Schwung in die Höhe, dass unsere Köpfe zusammenprallten - einer an den anderen: knallbums -, Juanito schaute mich schief an und sagte zu mir »Hurensohn«, ganz leise; ich war völlig verdattert.

Doch schon ertönte die Klingel, die den Beginn des Unterrichts ankündigte, wir schnappten unsere Schultaschen und rannten nach oben, Juanito und ich rieben uns die Köpfe. Durch die Wucht des Zusammenpralls würden wir sicher eine Beule bekommen. Ich sagte nichts zu ihm, doch ging mir nicht aus dem Kopf, was er mir zugeraunt hatte. Hurensohn hatte er zu mir gesagt, ich musste ständig daran denken. Was das Wort Hure genau bedeutete, wusste ich seit ein paar Jahren, weil ich es mal im Lexikon nachgeschlagen hatte, damals, als ich nach all diesen Wörtern suchte, nicht, weil ich ihren Sinn nicht ahnte, sondern weil ich große Lust daraus zog nachzulesen, wie das Lexikon die Begriffe immer auf eine so saubere Art und Weise definierte, selbst das Verb ficken wurde richtig keimfrei. Da ich also die Bedeutung des Wortes Hure ganz genau kannte, wurde aus der Zusammensetzung mit dem Wort Sohn klar, dass nur eine Sache gemeint sein konnte: nämlich dass meine Mutti eine Hure war.

Heute, so viele Jahre später, weiß ich natürlich, dass Hurensohn ein Schimpfwort ist, das man völlig unabhängig von der Tatsache verwendet, ob die Mutter des zu Beschimpfenden nun in Wirklichkeit eine Hure ist oder nicht. Sowohl der Beschimpfende als auch der Beschimpfte, so weiß ich heute, sind sich darüber im Klaren, dass, wenn jemand zu einem anderen sagt, er sei ein Hurensohn, die Erzeugerin nicht zwangsläufig dem horizontalen Gewerbe nachgeht, denn weder behauptet man wirklich eine Tatsache, noch denkt irgendjemand weiter darüber nach. Das Wichtige dabei ist der Animus injuriandi, und in diesem Sinne versteht es auch jeder. Doch damals war ich zehn Jahre alt, und, wenn es auch für heutige Verhältnisse unwahrscheinlich klingen mag, es war einfach eine andere Zeit – mit Blechspielzeug und Phonoradio –, und ich hatte noch nie gehört, wie irgendjemand einen anderen als Hurensohn bezeichnet hatte. Vielleicht, weil mein Leben immer ruhig verlaufen war, zwischen Zuhause und Schule (höchstens einmal ein Besuch bei einem Freund), weder war ich jemals als Zuschauer auf einem Fußballplatz gewesen, noch hatte ich Schlägereien auf der Straße gesehen, in der Schule waren wir alle zu gut erzogen, um diese Art von Wörtern zu benutzen, nicht einmal als Ausdruck unserer Rebellion. Doch das weiß ich heute, nachdem die Jahre ins Land gegangen sind, ich erwachsen bin und Schimpfwörter jeglicher Art kenne; damals wusste ich es nicht und konnte es auch nicht wissen, und darum musste ich den Ausspruch Juanitos, als unsere Köpfe zusammenkrachten, wörtlich verstehen. Juanito informierte mich über einen Tatbestand, von dem ich nichts wusste, und er hatte diesen Moment der nächsten Nähe genutzt, um mich darüber in Kenntnis zu setzen, ohne dass andere etwas davon mitbekamen und möglicherweise auch, weil er sich angesichts dieses schwerwiegenden Tatbestandes unter normalen Umständen, ohne diese direkte Berührung, nie getraut hätte, mir mitzuteilen, womit meine Mutter ihren Lebensunterhalt verdiente: nämlich damit, ihren Körper Männern feilzubieten und dafür eine finanzielle Vergütung zu erhalten. Ich versetzte mich in die Lage Juanitos – wenn ich zum Beispiel erfahren hätte, seine Mutter würde als Hure arbeiten –, höchstwahrscheinlich hätte ich dasselbe getan. Ich hätte ziemlich sicher nicht den Mut gehabt, ihm aus heiterem Himmel im Schulflur oder auf dem Heimweg, den wir manchmal ein Stück gemeinsam zurücklegten, so einfach zu erzählen, seine Mutter sei eine Hure. Wie hätte ich es ihm beibringen sollen? Es ist sehr schwer, einem Freund zu sagen: »Weißt du was? Ich habe erfahren, deine Mutter geht auf den Strich und verdient sich den Lebensunterhalt damit, ihre Beine breit zu machen und die Männer ranzulassen.« Wie kann man so etwas einem Freund sagen? Ich wäre gestorben vor Scham! Darum war es ganz richtig von Juanito, sich vielleicht ganz spontan, ohne Vorsatz, ein Herz zu fassen und diesen unvorhergesehenen Augenblick, in dem unsere beiden Köpfe beim Kampf um einen hohen Ball heftig aneinanderkrachten, für diese Mitteilung zu nutzen. Das war auch der Grund, warum er später mir gegenüber die Sache nie wieder erwähnt hatte, kein Wort mehr darüber, weder an jenem Nachmittag noch an einem anderen Tag. Mit der Mitteilung hatte er seine Pflicht erfüllt. Ich wiederum war natürlich nicht beherzt genug, um ihn noch einmal darauf anzusprechen. Ich konnte mir nicht vorstellen, mit der Frage auf ihn zuzugehen: »Hör mal, woher weißt du das über meine Mutter? Wer hat dir gesagt, dass sie eine Hure ist? Wissen es noch andere?« Denn vielleicht wussten es alle in der Schule, nur ich nicht.

Als ich nach Hause kam und Mutti mir den täglichen Begrüßungskuss gab, beobachtete ich sie scharf. Ich betrachtete ihren großen, geschminkten Mund. Warum schminkte sie sich so sorgfältig? Wenn ich heute darüber nachdenke, fällt mir schon auf, dass alle Mütter ihre Lippen ähnlich sorgfältig schminkten, aber damals dachte ich nicht an die Lippen der anderen Mütter, sondern an die meiner Mutti und sah darauf die Spuren der Sünde. Mutti war sehr schön; immer, wenn Papi Mutti umarmte, sagte er zu mir: »Wie hübsch die Mutti ist, stimmt's?« Und da sie so schön war, zahlten die Männer sicher mit Vergnügen das Geld, das sie von ihnen als Gegenleistung fürs Vögeln verlangte. Welche Männer aber vögelten sie? Die Nachbarn? Wo bekommt eine Nutte ihre Freier her? In jenen Jahren der Unschuld erschien es mir mehr als logisch, dass sie ihre Kunden aus der nächsten Umgebung rekrutierte. Und wer war näher als die Nachbarn? Zum Beispiel der Nachbar aus dem ersten Stock rechts, der immer so nett zu uns war, wenn wir vom Markt zurückkamen, und Mutti half, den Einkaufskorb die sieben Stufen von der Haustür zum Fahrstuhl hochzutragen, und mit ihr lachte und schäkerte. Sicher trieben sie es miteinander, und danach zog er seine Brieftasche und gab ihr Geld. Wo trieben sie es? Und wann? Und was machten sie genau? Ich hatte damals keine ganz genaue Vorstellung davon, was ein Mann und eine Frau in einem Bett – oder in einem Auto oder in einem Büro – tun können, hatte aber in ein paar Pornozeitschriften geblättert, die Xavi in die Schule mitgebracht hatte, und dabei festgestellt, dass Männer und Frauen es im Bett, im Auto, im Büro und in der Werkstatt taten, und zwar auf sehr unterschiedliche Art und Weise, und dass es geradezu grundlegend ist, permanent die Stellung zu wechseln. Sie vögeln, während er oben und sie unten ist, sie oben und er unten, sie auf allen vieren und er hinter ihr. Ich hatte auch gesehen, dass die Frauen immer den Schwanz der Männer in den Mund stecken und die Männer zum Schluss auf ihren Gesichtern abspritzen: Ich hatte keine einzige Fotogeschichte gesehen, in der die Männer am Ende irgendwo anders abspritzen als auf dem Gesicht der Frauen. Höchstens spritzten sie mal auf den Brüsten ab, weil sie nicht richtig trafen; so dachte ich damals. Ich war so sehr davon überzeugt, dass für mich jeglicher Sexualverkehr obligatorisch mit dem Abspritzen des Mannes auf dem Gesicht der Frau endete, und wenn es anders lief, war die Sache schiefgegangen. Aus diesem Grund stellte ich mir Mutti vor, wie sie unserem Nachbarn einen blies und der Nachbar auf ihrem Gesicht abspritzte. Darum verspürte ich jedes Mal, wenn ich aus der Schule kam und Mutti ihr Gesicht näherte, um mir einen Kuss zu geben, eine Art Ekel. Ich schaute sie angewidert an. Diese lächelnden Lippen waren dieselben, die womöglich kurz zuvor an dem Schwanz des Nachbarn aus dem ersten Stock rechts gelutscht hatten. Und auf dieser warmen Wange – die ich immer so gerne gestreichelt hatte – war vielleicht eine halbe Stunde zuvor sein Saft geflossen. Ob sich Mutti das Gesicht mit Seife gewaschen hatte? Und besonders sorgfältig den Mund, bevor sie sich neu schminkte und mich aus der Schule zurückerwartete? Und wenn sie es nicht gut genug gewaschen hatte und meine Lippen durch den Kuss mit – zwar mikroskopisch kleinen und angetrockneten, aber letztendlich doch – Resten des Saftes des Nachbarn aus dem ersten Stock rechts in Berührung kamen? Aus diesem Grund begann ich, wenn ich nach Hause kam, dem Kuss auszuweichen. Mutti wunderte sich: »Warum bist du so widerspenstig?«, fragte sie mich. »Du bist doch noch nicht in dem Alter!« Aber ich hörte ihr gar nicht zu: Ich rannte in mein Zimmer und wiederholte dabei, um mich daran zu gewöhnen: Mutti ist eine Hure, Mutti ist eine Hure.

Wusste Papi davon? Wusste er, wie Mutti sich jedem Mann hingab, der ihren Preis bezahlte? Oh, wie ich darunter litt, dass mein armer Papi im Ungewissen lebte. An dem Gesicht, das er machte, wenn sie sich bei seiner Rückkehr von der Arbeit umarmten und küssten, konnte ich ablesen, dass er nichts wissen konnte. Denn hätte er die geringste Ahnung gehabt, hätte er sie nicht so seelenruhig in den Arm genommen und geküsst. Manchmal beobachtete ich die beiden, wenn sie in der Küche das Abendessen zubereiteten oder beim Abendessen, von der anderen Seite des Tisches: Er näherte sich ihrem Gesicht und gab ihr sehr liebevoll einen Kuss, und ich dachte: Armer Papi, er weiß nicht, dass dieser Mund, den er da gerade küsst, kurz zuvor noch den Schwanz des Nachbarn aus dem ersten Stock rechts oder den irgendeines anderen Nachbarn verschlungen hat. Und nicht nur den der Nachbarn. Auch den der Ladenbesitzer. Denn anfangs stellte ich sie mir nur mit den Nachbarn zusammen vor, doch bald verdächtigte ich auch die Ladenbesitzer. Den Mann mit den vorgekochten Hülsenfrüchten beispielsweise, der sich mit der Hand durchs Haar strich, wenn wir den Laden betraten. Und den Mann im Lebensmittelladen, der immer ein breites Lächeln aufsetzte und mir Bonbons gab. Warum schenkte er mir Bonbons, wenn nicht, um mich glücklich zu machen, damit ich nicht auf die Idee kam, ihnen nachzuspionieren, und falls ich doch Nachforschungen anstellte und etwas herausbekäme, so sollte ich wenigstens den Mund halten, aus Angst, keine Bonbons mehr zu bekommen. Indes, mit der Zeit verdächtigte ich auch diejenigen, die überhaupt nicht nett zu uns waren, denn ich vermutete, sie taten nur so unfreundlich, damit ich und die anderen Kunden nicht merkten, dass sie sich heimlich mit meiner Mutti trafen und gegen Vorauskasse mit ihr vögelten. Zum Beispiel der Stockfischverkäufer. Ich hatte nie verstanden, warum wir bei diesem fetten, unsympathischen Mann, eine Straße weiter oben, einkauften, obwohl auf dem Markt ein richtig netter war. Mutti räumte ein, er sei vielleicht unsympathisch, nur gebe es bei ihm einfach die besten Oliven weit und breit; das war mir immer als wenig glaubwürdige Ausrede vorgekommen – womöglich, weil ich nicht gerne Oliven aß –, doch nun begriff ich plötzlich, der Mann war nicht unsympathisch, sondern er tat nur so, damit ich und auch die anderen Kunden keinen Verdacht schöpften. Der Schulrektor war ein weiterer dieser unsympathischen Heuchler. Immer ganz streng, wenn wir zusammen in der Sprechstunde waren, um nicht zu zeigen, wie vertraut er mit Mutti war. Genau wie mein Klassenlehrer, Herr Barrachina. Warum musste er so hart sein, wenn nicht, um die Laster zu verbergen, denen sie sich an einem heimlichen Ort hingaben? Und mit wie viel weiteren Lehrern hatte sie wohl zu tun? Selbst die Väter meiner Mitschüler besuchten sie wahrscheinlich, während ich in der Schule und Papi bei der Arbeit war. Vielleicht hatte Juanito es so herausbekommen. Sein Vater war sicher einer ihrer Kunden, und eines Tages war es ihm ungewollt herausgerutscht. Aber das war nicht sehr wahrscheinlich. Vielleicht hatte Juanito zufällig ein Gespräch zwischen seinem Vater und dem Vater eines anderen Jungen mitgehört, die beide Kunden meiner Mutti waren, und hatte es dadurch erfahren. Ab jenem Zeitpunkt misstraute ich den Blicken meiner Schulkameraden. In Blicken, die mir bis dahin freundlich oder nichtssagend erschienen waren, las ich jetzt die Häme heraus. Alle beobachteten mich und wussten, Mutti war eine Hure.

Sie hingegen wurde mit jedem Tag misstrauischer, wenn ich aus der Schule kam und mein Gesicht wegdrehte, damit sie mich nicht mit ihren Lippen berühren konnte. »Was ist los mit dir?«, fragte sie mich ganz ernst. »Nichts. Ich gehe in mein Zimmer und mache Hausaufgaben.« Sie wurde auch misstrauisch, weil ich noch nie so wenig geredet hatte. »Lass ihn. Das ist das Alter«, sagte ihr mein ahnungsloser Papi. Aber ich war nicht ahnungslos, und darum suchte ich jeden Nachmittag, wenn ich aus der Schule kam, in der Wohnung nach irgendetwas, was mir beweisen würde, dass ein Mann da gewesen war. Schmutzige Aschenbecher, eine vergessene Krawatte oder etwas im Bett des elterlichen Schlafzimmers. Ich hob die Laken hoch und suchte beispielsweise nach Haaren. Als ich noch erheblich kleiner war, hatte ich an einem Sonntagmorgen, an dem ich zu Mutti und Papi ins Bett geschlüpft war, beim Spielen mitten auf dem blendend weißen Bettlaken ein kleines gekringeltes Härchen gefunden. Ich hatte es in die Finger genommen und Mutti gezeigt, die in Lachen ausbrach: »Lass das!« – »Was ist das?« – »Ein Haar.« Aber das war unmöglich, denn Mutti war blond und Papi hatte glattes Haar, also konnte es von keinem der beiden sein. »Es ist ein Haar von Papi.« Bei meinem verständnislosen Blick, wie es ein Haar von Papi sein sollte, wo er doch glatte Haare hatte, sagte mir Mutti, es sei kein Kopfhaar, und um das zu überprüfen, achtete ich von da an darauf, wenn ich ihn aus der Dusche kommen sah: Die Haare um den Penis herum waren kurz und kringelten sich, wie das, was ich im Bett gefunden hatte. Da ich also alles über die Haare oben und unten wusste, schlüpfte ich jeden Nachmittag nach der Schule heimlich in ihr Schlafzimmer, hob die Laken hoch und guckte nach, ob ich irgendein ähnlich aussehendes Haar fand, das kurz und kringelig war, aber anders als die von Papi, oder vielleicht irgendein vergessenes Männerkleidungsstück. Und so geschah es, dass Mutti eines Tages – als ich die Laken von oben nach unten abgesucht hatte und gerade dabei war, sie wieder ordentlich zu drapieren, damit man nicht sehen konnte, dass ich sie durchwühlt hatte – plötzlich im Zimmer stand und mich auf frischer Tat ertappte.

– Was machst du da mit den Laken?

– Nichts – sagte ich ihr.

– Wie, nichts?

Sie hatte mich erwischt. Ich konnte nicht sagen, nichts, und annehmen, sie würde mir glauben.

– Ich habe was gesucht.

Aber es war ausgeschlossen, dass sie so eine simple Ausrede schlucken würde. Was hätte ich suchen können? Den Bleistiftspitzer? Es war offensichtlich, dass ich ihr Bett nicht nach etwas durchwühlt hatte, was ich dort verloren hatte, deshalb entschied ich mich dafür, mich in ihre Arme zu stürzen, dabei darauf achtend, weder ihre Wangen noch ihre Lippen zu berühren, und so verzweifelt loszuheulen, dass die Tränen wie Sturzbäche aus den Augen schossen. Ich schluchzte so laut, dass kein Wort zu verstehen war, was mir sehr zupass kam. »Mutti, Mutti …«, wimmerte ich. Und so, zwischen dem einen und dem anderen Schluchzer, zog ich das Weinen in die Länge, bis mir kein anderer Ausweg mehr blieb, als mich zu erklären, und so sagte ich ihr, ich hätte gehört, sie sei eine Hure. Ich hätte es in der Schule erfahren.

Jetzt lächelte sie nicht mehr. Sie schaute mich ganz ernst an, ihr Blick funkelte vor Empörung. Sie wollte wissen, wer mir das gesagt hatte, und ich erwiderte, für nichts auf der Welt würde ich das preisgeben, denn ich wolle nicht denjenigen verraten, der mir das erzählt habe. Sie forderte mich auf, mit diesem Theater aufzuhören und ihr genau zu sagen, was man mir erzählt habe, und ich brach wieder in Tränen aus und wiederholte, ich würde den Namen nicht verraten, aber doch, was man mir mitgeteilt habe: nämlich, dass ich der Sohn einer Hure sein. Ich sagte ihr nichts von dem Zusammenstoß beim Fußballspielen, sonst hätte sie leicht herausfinden können, dass es einer der Schulkameraden war, mit denen ich immer zusammen spielte, und dann hätte sie bald herausgefunden, wer es war. Ich erzählte ihr: »Ein Junge ist auf mich zugekommen und hat zu mir gesagt, ich sei ein Hurensohn.« Daraufhin ging ihr ein Licht auf, und sie sagte zu mir: »Mal sehen, ob ich das verstehe. Ein Junge ist auf dich zugegangen und hat Hurensohn zu dir gesagt. Ist es das?« Ich nickte. »Habt ihr euch gestritten?«, fragte sie. Ich schüttelte den Kopf. »Ihr habt euch nicht gestritten?« Ich schüttelte noch einmal den Kopf. »Schau mal, manchmal benützen Leute so etwas als Schimpfwort ...« Sie erklärte mir, Hurensohn sei ein Schimpfwort, das jemand sagt, um einen anderen zu beleidigen, das man aber nicht wörtlich nehmen dürfe. Wenn man Hurensohn zu dir sagt, heißt das nicht, dass du einer bist, es bedeutet nicht genau das, was das Wort aussagt. Sie streichelte und tröstete mich, doch ich glaubte ihr kein Wort, denn niemand beschimpft etwa einen anderen als Krüppel, wenn er es nicht ist. Es kommt zwar vor, dass man dir Krüppel hinterherruft, aber wenn du kein Krüppel bist, stört dich das nicht, beleidigt dich nicht und ärgert dich auch nicht. Doch bist du wirklich ein Krüppel, dann stört dich das sehr wohl, denn es stellt einen Makel heraus, den du im Allgemeinen nicht haben möchtest. Mutti beharrte darauf, den Namen des Jungen zu erfahren, aber je mehr sie insistierte, desto mehr weigerte ich mich. Bis sie schließlich aufgab. Ihre Kapitulation machte sie in meinen Augen noch verdächtiger. Sie sagte mir nur aus dem Grund, es sei nicht wahr, damit ich nicht mehr darüber nachdachte, denn selbst wenn sie eine Hure war, so liebte sie mich doch und wollte nicht, dass ich litt. Deshalb sagt sie, sie sei keine Hure, dachte ich bei mir, und da die Großen viel erzählen, wenn der Tag lang ist, und sich dabei einiges aus den Fingern saugen, will sie mir jetzt einreden, es sei ein Schimpfwort, und da ich klein bin und von all diesen Dingen nicht so viel verstehe, was bleibt mir dann anderes übrig, als zu schweigen, zumindest in ihrem Beisein.

In ihrem Beisein und fertig, denn am Samstag darauf, als sie zum Friseur ging und ich allein mit Papi in der Wohnung war, rückte ich immer näher an ihn heran und sagte schließlich: »Papi, ich muss dir was sagen.« Er hob den Blick nicht von der Zeitung, murmelte aber: »Aha ...« »Vielleicht weißt du das nicht, Papi, aber Mutti ...« Er hob seinen Blick von der Zeitung, nahm die Lesebrille ab und fragte mich: »Was ist mit der Mutti, Kind?« Ich sagte ihm: »Papi, Mutti ist eine Hure, ich weiß nicht, ob du das weißt.« Papi faltete langsam die Zeitung zusammen, legte sie auf den Tisch und darauf die Lesebrille. »Was sagst du da?« Mir war deutlich, wenn ich es wiederholte, würde er noch wütender werden, doch ich war sein Sohn, und er war mein geliebter Papi, und es konnte nicht sein, dass er die Wahrheit über Mutti nicht wusste, deshalb sagte ich ihm: »Papi, werd nicht wütend, ich bitte dich, werd nicht wütend, aber ich muss dir etwas sagen, was du nicht weißt, nämlich, dass Mutti eine Hure ist. Papi, sie ist eine Hure, ich kann nichts dafür, aber so ist es!« Er griff an mein Polohemd, und ich brach in Tränen aus. Das Wasser stürzte mir in Bächen aus den Augen, besonders als ich seinen erhobenen rechten Arm sah, der kurz davor war, mir eine Ohrfeige zu verpassen, mein Papi, der mich, obwohl er so stark war und bei Jupiter und bei Europa Fußball gespielt hatte, noch nie im Leben geschlagen hatte und mich letztendlich auch nie schlagen würde, denn auch diesmal schlug er mich nicht, in dem dramatischsten Augenblick unserer Vater-Sohn-Beziehung, die ein Jahr später an einem Nachmittag zu Ende sein würde, als er sein Auto in die Tiefgarage seiner neuen Wohnung fuhr – denn die Trennung von Mutti war gerade ein Jahr her – und da unten an einem Infarkt starb. Aber damals war das alles noch nicht passiert, damals saß er ganz lebendig vor mir, wutschnaubend mit erhobener Hand. Ich sagte zu ihm: »Ich weiß, Papi, das macht dich sehr wütend, was ich dir sage. Stell dir vor, wie wütend ich bin, wo es sich doch um meine Mutti handelt, aber du musstest es erfahren.« Daraufhin senkte er den Arm in einer Geste der Niederlage, die seine spontane Wut abtötete, denn er konnte nicht gegen diese Wahrheit ankämpfen, die ich ihm eröffnet hatte. Oder er hatte es schon gewusst und war wütend, weil auch ich es jetzt erfahren hatte. Egal wie, er hielt in der Armbewegung inne, er hatte verstanden, dass ich nichts Schlimmes getan hatte: Ich hatte nur die Wahrheit gesagt.

Als Mutti vom Friseur kam, schlossen sich beide im Schlafzimmer ein. Ich hörte, wie sie redeten. Papi verlangte sicher Erklärungen, und darum sprachen sie so viel. Bis die Tür plötzlich wieder aufging, sie herauskamen, mich zum Sofa riefen, mich vor sich hinsetzen ließen, und Mutti erklärte, Papi habe ihr berichtet, ich hätte ihm das Gleiche erzählt wie ihr: »Ich hatte angenommen, es dir neulich deutlich gesagt zu haben. Hurensohn ist ein Schimpfwort. Es ist keine Tatsache, und deshalb will ich nun wirklich wissen, was du mir letztes Mal nicht hast sagen wollen: Wer hat dir das gesagt? Ich will, dass du mir jetzt antwortest.« Da die Sache erneut komplizierter wurde, fing ich wieder an zu heulen. Sie nahm mich in den Arm, sagte mir, ich solle nicht weinen, doch ich solle ihr sagen, wer es gewesen sei. Ich sagte ihr: »Ich glaub dir nicht, Mutti. Du sagst es, weil du mich liebst und mich glücklich machen willst, auch wenn es mit einer Notlüge ist.« Papi schnaufte, stand auf, ging zur Küche und schlug die Tür zu. »Mutti, ich will nicht, dass Papi wütend auf mich ist«, sagte ich unter Tränen, »doch ich kann nicht lügen, und ich würde lügen, wenn ich so täte, als wüsste ich die Wahrheit nicht.« Und in einem Augenblick, in dem ich mein Gesicht wegdrehte, damit Mutti mir keinen Kuss geben konnte, sah ich, dass sie vor Kummer ebenfalls weinte. Und ich sagte zu ihr: »Wein nicht, Mutti, ich habe dich trotzdem lieb.«

Sommerferien

Es ist Mitternacht und stickig heiß. Die Frau geht zu Bett, und wie jedes Mal in den letzten acht Monaten streicht sie dabei über ihren Bauch, der nun einer Riesenmelone gleicht. Die Haut spannt und fühlt sich angenehm seidig an. Während sie über ihren Bauch tastet, hört sie, wie ihr Mann im Badezimmer die Zähne putzt, den Mund ausspült, das Wasser ausspuckt, den Wasserhahn aufdreht und damit alles im Ausguss verschwindet. Der Fötus versucht seit einer Weile, sich zurechtzulegen, sucht wie ein Astronaut im Raumschiff die beste Stellung für die Nacht. Die Frau bemüht sich, wach zu bleiben, bis auch ihr Mann ins Bett kommt, doch ihre Augenlider werden immer schwerer, ab und zu fallen sie zu, und jedes Mal braucht sie ein wenig länger, um sie wieder aufzuschlagen. Als der Mann endlich ins Schlafzimmer kommt, ist sie eingeschlafen. Er deckt das Leintuch auf, legt sich an ihre Seite und schaltet das Licht aus. Durch das gekippte Fenster dringt nicht das geringste Lüftchen. Man hört den Auspuff eines Motorrads knallen.

Zwischen drei und vier schreckt die Frau hoch und fasst an ihren Bauch. Er ist straff und rund wie ein Ballon, ganz normal, doch es regt sich nichts in ihm, sie spürt keinen Druck von etwas, was sie sich manchmal als Kopf vorstellt, manchmal als kleinen Po und manchmal als ein Füßchen. Sie greift nach ihrem Mann und schüttelt ihn. Bis zu diesem Augenblick war der Mann im Traum in einem Dorf in den aragonesischen Bergen, von dem er seit kurzem jede Nacht träumt, seit sie wegen der unmittelbar bevorstehenden Geburt beschlossen haben, keinen Urlaub zu machen, sondern in der Stadt zu bleiben. Der Traum ist so intensiv, dass er sich im ersten Moment nach dem Aufwachen fragt, ob er vielleicht schon einmal dort war. Die Frau sagt ihm, sie spüre das Kind nicht mehr, sie habe plötzlich die Verbindung zu ihm verloren und sei aufgewacht, weil sich in ihrem Bauch nichts mehr bewege. Der Mann rennt zum Telefon, wählt eine Nummer und bestellt ein Taxi. In der Zwischenzeit ziehen sie sich hastig an; schneller als nötig, denn als man sie endlich anruft, um ihnen mitzuteilen, dass das Taxi vor der Tür wartet, stehen sie sich bereits eine Weile im Esszimmer gegenüber, schweigend und fertig zum Gehen.

Im Krankenhaus bestätigt der Arzt die Befürchtungen: Das Kind ist tot. Warum? Im Moment könne man das nicht sagen. Sie müssten die Geburt abwarten, dann werde man eine Obduktion machen und die Ursache feststellen. Wenn sie feststellbar sei, denn oft gebe es keine eindeutige Erklärung dafür. Es passiere einfach manchmal: Der Fötus stirbt, und fertig. Der Arzt redet und redet und redet, und zwischendurch stellt der Mann eine Frage, und dann redet der Arzt weiter und weiter, doch sie hört nicht hin, weil sie einen der ersten Sätze des Arztes hin und her dreht: Sie müssen die Geburt abwarten, dann erst kann man eine Obduktion machen. Heißt das, Sie leiten jetzt nicht sofort die Geburt ein? Genau. Der Arzt begründet das: Wenn der Geburtstermin noch weit wäre, dann würde man selbstverständlich die Geburt einleiten, aber in ihrem Fall steht die Geburt so unmittelbar bevor, dass man besser abwartet.

In den folgenden Tagen kommt es ihr seltsam vor, dass es sich nicht bewegt, sie nicht knufft, dass es dort ist, ohne dort zu sein, und gleichzeitig doch weniger seltsam als vermutet. Es ist so, als hätte sie es an irgendeinem Punkt der Schwangerschaft vorausgeahnt, so als würden die unbestimmten Ängste wahr, die sie viele Nächte in den letzten Monaten nicht haben schlafen lassen. Nun schläft sie mit dem ein für alle Mal Achtmonatskind im Bauch, sie duscht mit ihm im Bauch, und mit ihm im Bauch telefoniert sie eines Morgens mit dem Krankenhaus, verlangt ihren Arzt und bittet ihn inständig, endlich die Geburt einzuleiten. Sie halte es nicht mehr aus mit *dem da* im Bauch. Der Arzt hört ihr schweigend zu, und als die Frau fertig ist, wiederholt er nacheinander alle Gründe, die es ratsam scheinen lassen, zu warten: Der wichtigste: Wenn der Fötus schrumpft, wird er leichter herauskommen. Die Frau hat den Kopf abgewendet. *Wenn er schrumpft.* Sie hört noch die süßliche Stimme des Arztes und schaut gleichzeitig durch das Fenster einer Horde Kinder beim Eisschlecken zu. Seit Tagen sieht sie ringsherum Kinder mit Eis. So, wie sie bisher überall schwangere Frauen gesehen hat, sieht sie jetzt überall Kinder, mehr denn je. Und schwangere Frauen; schwangere Frauen sieht sie immer noch.

Sie versucht, möglichst wenig aus dem Haus zu gehen, um nicht mit diesem unsinnigen Riesenbauch herumzulaufen. Doch manchmal muss sie hinaus, und dann zermürben sie die gut gemeinten Kommentare der Bekannten, die, nicht wissend, was passiert ist, lächelnd auf ihre Kugel zeigen:

– Na, wie geht's?

Oder:

– Es ist ja bald so weit.

Oder:

– Wird es ein Junge oder ein Mädchen?

Nichts wird es sein, so müsste sie antworten. Sie denkt oft: Es sollte ein Junge werden, sie hatten sogar schon einen Namen für ihn, doch nun, wer weiß warum, wird es nichts sein. Sie denkt es, aber sie sagt nichts, denn sie könnte das Mitgefühl nicht ertragen. Sie lächelt pflichtbewusst, schleicht davon und überlegt, ob es denn schon genug geschrumpft sei.

Bis sie eines Freitags in den Morgenstunden einen starken Schmerz im Bauch verspürt. Endlich! Wie durch eine Feder bewegt, setzen sich Mann und Frau in Bewegung: Ruck, zuck sind sie fertig. Wir brauchen die grüne Tasche nicht mitzunehmen, scherzt sie. Sie bezieht sich auf die Tasche mit der Erstausstattung, für die sie Monate gebraucht haben und die sie noch nicht wieder ausgepackt haben, weil ihnen bisher der Mut gefehlt hat. Sie eilen ins Krankenhaus. Einige Stunden später beginnt sie zu gebären. Der Traum jeder Frau, sagt sie ironisch, während sie ihre Beine so weit wie möglich öffnet, das, was sie sich ihr Leben lang gewünscht hat: eine Geburt, bei der ein Toter geboren wird, ein Säugling, dem niemand auf den Po schlagen wird, damit er zu schreien beginnt.

Mittags steht der Mann rauchend im Wartezimmer und schaut durch das Fenster nach unten auf die tosenden Autobahnstränge. Alle Straßen Richtung Strand sind verstopft. Der Arzt geht auf ihn zu, ruft ihn bei seinem Nachnamen, sagt, es sei alles vorbei, und reicht ihm eine Plastiktüte, eine dieser Corte-Inglés-Tüten mit kleinen grünen Dreieckchen drauf. Er drückt sie ihm in die Hand und schickt ihn in ein anderes Krankenhaus, wo die Obduktion sofort gemacht werden soll. Der Mann schaut auf die Tüte und zeigt sich widerspenstig. Muss wirklich er es sein, der das erledigt? Ausgerechnet er? Logischer wäre es, wenn es die Ärzte oder das Krankenhaus veranlassen würden, irgendwer, bloß nicht er. Soll er mit dem Fötus in einer Corte-Inglés-Tüte durch die Stadt spazieren? Voller Verständnis legt der Arzt ihm eine Hand auf den Unterarm. Gerade weil es eine Corte-Inglés-Tüte ist, erklärt er, ahnt keiner, was drin ist. Es gehe ihm nicht darum, was die Leute denken, protestiert der Mann. Ihm sei es egal, was die Leute denken. Die Leute seien ihm völlig egal, und an diesem Punkt ist seine Stimme so laut, dass sich im Wartezimmer ein paar Köpfe umdrehen. Er finde es aber gar nicht normal, mit *dem da* durch die Stadt zu spazieren.

– Wie Sie möchten. Heute ist Freitag, und es ist zwei Uhr. Wenn Sie jetzt nicht hinfahren wollen, müssen wir bis Montag warten, und ich glaube, je schneller wir es hinter uns bringen, desto besser.

Schließlich gibt er nach, wie bei allem. Er ist es leid, so verständig zu sein. Er verlässt das Krankenhaus mit der Tüte in der Hand. Er hebt die andere, um einem Taxi zu winken.

Sie fahren bei offenem Fenster. Immer wenn das Taxi anhält, steht die stickige Luft. Scharen von Touristen in kurzen Hosen und mit Stadtplan in der Hand hasten über die Zebrastreifen. Die Autos kommen nur ruckweise voran, die Motorräder schlängeln sich durch die Autoreihen, nur Millimeter an der Karosserie vorbei. Plastikbälle und zusammengeklappte Sonnenschirme sind in vielen Autos an die Heckscheibe gequetscht. Das Wochenende hat begonnen. Der Mann wünscht sich das Ende der Ferien herbei.

In der Aufnahme zeigt er die Tüte und erklärt, warum er gekommen ist. Er hat hochgezogene Brauen und großes Getue erwartet, aber die Dame gibt sich völlig gelassen. Die Klimaanlage ist ausgefallen, der Schweiß tropft allen von der Stirn, das ist das Einzige, was sie seit einigen Stunden noch beschäftigt. Mit einer blechernen Stimme sagt ihm die Empfangsdame, in welches Stockwerk und an welchen Schalter er sich wenden soll. Der Mann läuft durch einen langen Flur mit feuchten Flecken am unteren Teil der Wand, dann steigt er zwei Stockwerke hoch und läuft durch einen weiteren Flur. Auf den Bänken sitzen Männer in Schlafanzügen, die nichts anderes zu tun haben, als ihn zu beobachten. Abgemagerte Männer in Unterhemden. Fette, schlecht rasierte Männer in Schlafanzügen. Und Scharen von Verwandten zu Besuch. Ein Alter läuft herum und hat einen Plastikbeutel mit einer gelblichen Flüssigkeit in der Hand. Aus dem Plastikbeutel ragt ein Schlauch, der sich in seinem Schlafanzug verliert.

An dem Schalter steht eine lange Schlange. Der Letzte dreht sich um und betrachtet ihn von oben bis unten mit den vergnügten Augen desjenigen, der bis eben noch der Letzte war.

Als er an der Reihe ist, legt er die Tüte auf den Tisch und erklärt, was er gebracht hat. Die Krankenschwester macht große Augen, schaut auf die Uhr und schüttelt den Kopf. Sie begibt sich zu einem Arzt, der in einem Büro nebenan Patientendaten durchliest, und erklärt, worum es geht. Der Arzt schüttelt ebenfalls den Kopf, setzt die Brille ab, betrachtet den Mann von Weitem, ordnet drei Blatt Papier auf dem Schreibtisch, begibt sich zum Tresen und lässt ein paar Sekunden verstreichen, ehe er verkündet, an jedem anderen Tag wäre es kein Problem gewesen, doch heute sei Freitag, ein Freitag im August zudem, und um diese Uhrzeit könne er – es tue ihm wirklich leid – einen Fall wie diesen nicht mehr annehmen. Warum? Nun, weil die Zuständigen schon gegangen seien und vor Montag früh nicht wiederkämen. Der Arzt betrachtet die Tüte und streckt sogar die Hand aus, bis er sie mit den Fingerspitzen berührt, so als wolle er sie wegschieben oder als habe er seine Meinung geändert und wolle sich nun doch darum kümmern. Doch weder kümmert er sich um sie, noch schiebt er sie weg; er berührt sie noch nicht einmal. Er empfiehlt ihm, nach Hause zu gehen und die Tüte in den Kühlschrank zu legen.

– Gleich Montag früh bringen Sie sie wieder her.

Der Mann öffnet den Mund, um zu sagen, er habe nicht vor, diese Tüte in den Kühlschrank in seiner Wohnung zu legen, doch da er sich kennt und weiß, er würde am Ende doch wieder nachgeben, macht er ihn wieder zu, ohne etwas zu sagen.

Um nicht mit der Tüte in der vollen U-Bahn zu fahren, nimmt er wieder ein Taxi. Dieses hat Klimaanlage. Wegen des Gegensatzes zu draußen friert er. Genau wie vorhin bewegen sich die Autos nur stoßweise vorwärts, und die Motorräder schlängeln sich zwischen den Autos hindurch. Eine Gruppe Jungs auf Skateboards überquert kreischend die Straße.

Daheim öffnet er den Kühlschrank. Es versteht sich von selbst, dass die Tüte nicht ins Gefrierfach soll. Legt er sie besser in den kältesten Bereich oder doch ins Gemüsefach, denn vielleicht schadet zu viel Kälte bei der Obduktion? Um keinen Fehler zu machen, entscheidet er sich für das mittlere Fach und verteilt dessen Inhalt auf die anderen Fächer, und als es leer ist, legt er ganz vorsichtig die Tüte hinein. Er schließt den Kühlschrank, auf dem Klo uriniert er, wäscht sich Hände und Gesicht und schaut in den Spiegel. Er verlässt das Haus und achtet darauf, dass die Tür gut verschlossen ist.

Als er an der Säuglingsstation vorbeiläuft, sieht er die aufgereihten Bettchen, und in einem jeden liegt ein lebendiges Baby. Als er schließlich eine Krankenschwester gefunden hat, fragt er sie, wann sie gehen könnten. Die Krankenschwester rümpft die Nase, sagt, einen Moment bitte, und geht um den Rezeptionstresen herum ein Stückchen weiter zu einer offenen Tür. Ohne einzutreten, spricht sie dort mit jemandem, und nach Beendigung des Gesprächs dreht sie sich wieder zu ihm um. Sie erklärt ihm, seine Frau könne im Prinzip morgen gehen, weil aber morgen Samstag sei und daher nur das Bereitschaftspersonal da sei, könne sie erst am Montag entlassen werden.

Wenn er ihr nicht sagt, dass das Baby im Kühlschrank liegt, wird die Frau nicht verstehen, warum er nicht die Nacht bei ihr im Krankenhaus verbringt. Kurz bevor sie halb eingeschlafen ist, hat sie zwar gesagt, er solle nach Hause gehen, doch er weiß, es wäre schon normal, bei ihr zu bleiben und in diesem großen und unbequemen Sessel aus braunem Kunstleder einzunicken, bei dem die Lehne nach hinten kippt und sich ein Fußteil nach vorne schiebt.

In seinem Halbschlaf muss er immer an den Kühlschrank denken und fühlt ein gewisses Unbehagen, weil er es vollkommen allein gelassen hat. Er schaut auf die Uhr: Es ist nach zwölf. Das Problem ist nicht, dass es zu klein ist, um allein gelassen zu werden, denn es ist offensichtlich, dass der Junge nichts braucht, was er ihm, wäre er dort, hätte geben können. Eher sollte er diese beiden Nächte bei ihm verbringen, weil er ihn Montag früh für immer verlieren wird. Mit seiner Frau hat er noch, wie man zu sagen pflegt, das ganze Leben vor sich, doch mit dem Jungen wird er nie wieder zusammen sein, und er sollte Wache halten. Deshalb macht er sich munter und guckt, ob seine Frau tief genug schläft. Dann erhebt er sich aus dem Sessel und schleicht auf Zehenspitzen hinaus.

Daheim öffnet er zuallererst den Kühlschrank. Die Tüte befindet sich noch da, wo er sie hingelegt hat, im mittleren Fach. Er holt sie heraus und legt sie auf die Marmorplatte. Danach nimmt er den Abfalleimer, der unter der Spüle steht, stellt ihn vor den Kühlschrank und wirft hinein, was drin ist: die Butter, die Joghurts, den Senf, die Wurst, den Käse, das Obst, die Eier, die Milch, den Kaffee. Er lässt nur das Glas mit dem Natron drin, das dort steht, um den Geruch zu beseitigen.

Nacheinander wischt er die Fächer mit einem feuchten Tuch aus und trocknet mit einem anderen nach. Wenn ihn seine Frau sehen würde, die sich immer darüber beklagt, dass er nie den Kühlschrank putzt! Als er ganz sauber ist, legt er die Tüte wieder hinein, schließt die Tür, holt einen Stuhl und setzt sich mit gesenktem Kopf davor. Zuerst glaubt er, nicht einschlafen zu können, denn er hört die Geräusche von der Straße und den Kühlschrankmotor, der alle elf Minuten einsetzt und wieder abschaltet, doch als er die Augen öffnet, ist es fünf Uhr.

Er kommt an, als das Krankenhaus wach wird. Die Frau schläft noch. Sie schläft bis acht, bis man ihr das Frühstück bringt, und dann den Rest des Tages immer mal wieder. Ab und zu schlägt sie die Augen auf, und sie blicken sich wortlos an. Als es dunkel wird, besteht sie darauf, er solle heute wirklich zu Hause schlafen. Ihr gehe es gut. Wenn heute nicht Samstag wäre, hätte man sie entlassen, und auch sie könnte zu Hause sein. Und wenn sie schon zu Hause sein könnte, was für einen Sinn habe es, wenn er bliebe? Am Ende tut er so, als habe sie ihn überzeugt.

– Wenn du möchtest, dass ich nach Hause gehe, dann tu ich das eben.

Daheim wiederholt er das Ritual: Er berührt sanft die Tüte, betrachtet sie. Er würde gerne etwas Kaltes trinken, doch gestern hat er alles aus dem Kühlschrank herausgenommen. Außer aus dem Gefrierfach natürlich. Er öffnet es. In dem Eisbehälter ist noch ein Eiswürfel. Er holt ihn heraus, lässt den Eisbehälter in der Spüle und steckt den Eiswürfel in den Mund. Keinen Moment lang hat er Neugier verspürt, in die Tüte zu gucken. Wie haben sie ihn wohl eingepackt? Zuerst in Alufolie, dann in eine Plastiktüte und schließlich in jene andere äußere Plastiktüte? Er hat nicht vor, es herauszufinden. Er setzt sich vor den Kühlschrank, doch er ist so müde, dass er schließlich denkt, es sei besser, ehe er auf dem Stuhl einschläft, sich gleich ins Bett zu legen. Doch damit klar ist, dass er es nicht mit Absicht tut, falls er doch einschlafen sollte, legt er sich samt Kleidern aufs Bett. Er schläft sofort ein, und als er wieder aufwacht, ist es schon Sonntag, und er fragt sich den ganzen Sonntag lang, ob er es seiner Frau sagen muss oder nicht, vor allem, weil er nicht weiß, wie er es sonst rechtfertigen soll, dass er sie erst am späten Vormittag abholt, anstatt gleich frühmorgens, wenn sie entlassen wird. Doch wenn er ganz früh ins Krankenhaus fährt und sofort an die Reihe kommt, schafft er es vielleicht, sie um halb zehn im Krankenhaus abzuholen.

Der Rasierapparat bahnt sich einen Weg durch den Schaum in seinem Gesicht und erinnert ihn an eine Schneeräummaschine, die er als kleiner Junge auf einer Straße in

Andorra gesehen hat. Er wäscht sich das Gesicht mit Wasser und betrachtet das Resultat im Spiegel. Er hat schwarze Ringe unter den Augen. Es ist sieben Uhr. Er duscht und zieht sich an. Dann macht er den Kühlschrank auf und nimmt die Tüte heraus. Sie fühlt sich kalt an, und die Oberfläche der Tüte ist leicht feucht. Er wünscht sich sehnlichst das Ende der Ferien herbei, den Herbstanfang und die dann einsetzende Kühle.

Der Schwall wohltuend lauer Luft, der ihn empfängt, als er auf die Straße hinaustritt, bringt ihn auf die Idee, den Weg ins Krankenhaus zu Fuß zurückzulegen. Die Leute, die für ihn zuständig sind, fangen ohnehin nicht vor neun an. Es ist angenehm, spazieren zu gehen, wenn die Luft noch nicht so stickig ist. Obwohl es August ist, trifft er auf Arbeiter, die früh ihr Tagwerk begonnen haben, untersetzte Männer mit Carajillo-Fahne. Er entdeckt, dass einige Bars bereits um sieben ihre Rollläden oben haben. Da er genügend Zeit hat, macht er, fast ohne es zu merken, einen Umweg durch die Straße, in der er geboren wurde.

Beim Laufen schlägt die Tüte an sein rechtes Bein. Er bleibt stehen. An dieser Ecke war einmal der Lebensmittelladen. Bei jedem Einkauf schenkte ihm der Verkäufer ein Sammelbildchen einer Schokoladenmarke aus der Zeit der Republik, als Polen ganz andere Grenzen hatte als heute und in Spanien die Trikolore wehte. An dieser Ecke war die Kneipe, in der er sonntagnachmittags fernsah, bis der Wirt merkte, dass am Tresen lauter Kinder hockten, die nichts konsumierten, und sie vor die Tür setzte. Jetzt ist da ein China-Restaurant. Er bleibt einen Moment lang stehen, damit er es besser betrachten kann; dann geht er weiter. Im nächsten Erdgeschoss war früher ebenfalls eine Kneipe, doch später zog eine Druckerei ein. Und was ist dort jetzt? Ein leeres Ladenlokal zum Vermieten. Er steht vor dem Fenstergitter und glaubt noch das monotone Geräusch der

Druckpresse zu hören. Und da war das Geflügelgeschäft, in dem er fasziniert die Kaninchenschädel und die aufgereihten Schälchen mit Blutpudding bestaunt hatte, und da, die Tür mit dem Schild ZU VERMIETEN war ehemals der Eingang zum Kuhstall. Den betrat er manchmal, um beim Melken der Kühe zuzuschauen; und einmal hatte der Melkbursche eine der Zitzen der Kuh zu ihm hingedreht und ihn mit warmer Milch bespritzt und dann laut gelacht. Der andere Aufgang führte zum Arzt. Im Behandlungszimmer stand ein Paravent mit japanischen Bildern.

Vor dem Haus seiner Eltern bleibt er etwas länger stehen. Es ist ein einfaches graues Gebäude, Ende des neunzehnten, Anfang des zwanzigsten Jahrhunderts erbaut. Er zählt die Balkone von unten nach oben: Parterre, erster, zweiter, dritter Stock. Das, erzählt er, war die Wohnung, in der ich meine ganze Kindheit verbracht habe. Dort ist genau der Balkon von meinem Zimmer, und der daneben gehörte zum Esszimmer. Er zählt detailliert auf, wie viele Zimmer es darin gab und wie sie sich, da es keine Dusche gab, am Waschtrog wuschen.

Dann läuft er weiter die Straße hinunter bis zur Fabrik. Noch immer ist da die große Tür mit der Waage für die Lastwagen und die Seitentür, vor der er, wenn sein Vater Nachtschicht hatte, mit dem Essen für ihn wartete. Das fahle Licht kam von einer einzigen Glühbirne, die voller Mücken klebte. Zehn Meter weiter unten befindet sich der Eingang zum Schwimmverein, wo er schwimmen lernte. Und genau gegenüber die Bar, in der er als Jugendlicher am Flipper gestanden hat. An der Ecke ist immer noch das Bekleidungsgeschäft des ersten Mädchens, in das er sich verliebte.

Er erreicht den Park vor dem Hintereingang des Krankenhauses. Als Kind hat er hier stundenlang gespielt, hat Runden auf der Rollschuhpiste gedreht, deren Ränder jetzt voller Sand sind und von deren Eisengeländer alle Farbschichten abgeplatzt sind. Von jeder ist etwas übrig geblieben: blau, gelb, grün, rot.

Er setzt sich auf eine Bank und stellt die Tüte rechts neben sich. Und wenn nun ein Taschendieb herankäme, die Hand ausstreckte, sie an sich reißen und davonlaufen würde? Eine Taube landet wenige Meter vor ihm und trippelt davon. Wenn er mehr Zeit hätte, würde er ihm noch die U-Bahn zeigen und ihm erzählen, wie sie früher war: mit Holzbänken und vernickelten, abblätternden Messingstangen. Dann würde er zum Hafen hinunter- und mit einem Ausflugsboot zum Wellenbrecher hinausfahren, wo er mit einer Angelrute und einer Schlinge aus Nylonfaden Krebse gefangen hat. Und den Hof der Fakultät, wo er studiert hat, würde er ihm zeigen. Und im Zoo das Mammutstandbild, das ihn als Kind so beeindruckt hat. Wenn heute das Stadtfest wäre, würde er mit ihm zu den Schießbuden gehen. Er schaut auf die Uhr. Es ist halb neun. Noch eine halbe Stunde. Eine halbe Stunde warten erscheint ihm lang und ist doch wie nichts vorbei.

Vor seinem rechten Fuß liegt ein Stein, weiß und rund. Er schießt ihn weg, und die Spitze seines Schuhs wird staubig. Er hebt den Blick. Neben der Eingangstür zum Krankenhaus steht ein Mann mit einer Plastiktüte in der Hand. Einen Moment lang kommt es ihm so vor, als sei sie ebenfalls von Corte Inglés, doch gleich darauf sieht er, dass dem nicht so ist, und er weiß zwar nicht, ob zu Unrecht, aber es beruhigt ihn.

Die fünf Türkeile

Da der Sommer vor der Tür steht und mit dem Sommer der Urlaub, beschließt Berta, fünf Türkeile für die fünf Innentüren des Hauses zu kaufen, das sie und ihr Mann am Meer besitzen. Es ist keine spontane Entscheidung. Jedes Jahr im Sommer, wenn sie die Türen öffnet, um die Wohnung zu lüften, schlagen die Türen beim ersten stärkeren Luftzug laut knallend zu, die Scheiben zittern, und manchmal gehen sie zu Bruch. Jedes Jahr stellt sie daraufhin Blumentöpfe und Stühle vor die Türen, um weiteres Knallen zu vermeiden, doch ganz offensichtlich sind Blumentöpfe und Stühle, auch wenn sie ihren Zweck erfüllen, nur eine Notlösung. Jedes Jahr im August beschließt sie deshalb, sobald sie wieder in Barcelona sein würde, fünf Türkeile zu kaufen, damit im folgenden Jahr nicht die ganze Geschichte von vorne beginnt. Mitte August erscheint ihr das manchmal als so dringend notwendig, dass sie sogar überlegt, einen Tag nach Barcelona zu fahren, nur um die Keile zu kaufen und gleich darauf wieder zurückzureisen. Wenn sie es nicht tut, dann darum, weil die ihr bekannten Geschäfte im August alle geschlossen haben und deshalb die Suche nach Türkeilen einer Odyssee gleichkommen würde. Doch dann im September, zurück in Barcelona, schwindet die dringende Notwendigkeit dahin, und der Kauf wird verschoben; sodass sie sich erst, wenn im Jahr darauf der Sommer wiederkommt und bei ihrer Ankunft im Haus am Meer die Türen offen stehen müssen, daran erinnert, dass sie im vergangenen September – und auch in keinem anderen Monat danach – die Türkeile wieder nicht gekauft hat. Zu diesem Hin und Her zwischen dringender Notwendigkeit und Vergesslichkeit trägt bei, dass die Türen, wenn sie im Winter – so ab November und vor allem an Weihnachten – ans Meer fahren, wegen der Kälte immer geschlossen bleiben und daher keine Keile gebraucht werden.

Dieses Jahr jedoch ist sie fest entschlossen, nicht wieder im Haus am Meer anzukommen und über die nicht vorhandenen Türkeile zu klagen. Aus diesem Grund geht sie heute, einem Morgen Mitte Juni, in der festen Absicht aus dem Haus, endlich die Türkeile zu kaufen. Die Besitzerin des ersten Dekorationsgeschäfts, in dem sie danach fragt – einem kleinen, feinen Laden mit viel geschliffenem Glas und lackierten Holzwänden –, antwortet ihr, sie habe keine, mit einem Ton in der Stimme, der Berta ziemlich arrogant vorkommt. Vor Jahren hätten sie welche im Sortiment gehabt, aber jetzt nicht mehr. Berta war als Jugendliche in dem Laden gewesen, als ihre Mutter sie eines Nachmittags aus der Schule abgeholt hatte.

– Und bekommen Sie wieder welche herein?

Die Frau schnalzt mit der Zunge, so als habe Berta etwas Undenkbares gesagt.

– Die hat doch keiner mehr.

Im zweiten, einem erst kürzlich eröffneten Laden, sagt man ihr, sie hätten noch nie Türkeile gehabt. Im dritten verzieht die Verkäuferin verwundert ihren Mund.

– Was wollen Sie?

– Türkeile. Wissen Sie, was ich meine? Keile, das sind Gegenstände, die man unter Türen schiebt, um sie zu arretieren, um zu verhindern, dass sie beispielsweise bei Wind zuschlagen.

– Ach so! – sagt die Verkäuferin. Sie führt sie zu einem Regal und zeigt ihr ein paar Türstopper aus Gummi.

Im vierten Laden gibt es Türkeile. Sie sind aus dunkel glänzendem Holz und haben ganz altertümlich die schwülstige Form einer Schnecke. Nie im Leben würde sie solche Keile kaufen. Im fünften Laden hat sie mehr Glück, denn dort gibt es zwei verschiedene Arten: einmal welche aus schwarzem Eisen in Form einer Maus; und dann welche aus Kunststoff, die schlicht, breit und leicht abgeschrägt sind, sodass sie leicht unter jede Tür geschoben werden können, unabhängig vom Abstand zwischen Tür und Fußboden. Sie sind signiert: »Design: Berto Pandolfo«.

Zurück in der Wohnung probiert sie einen der Keile aus. Sie schiebt ihn unter die Tür und versucht, sie zu öffnen. Es geht nicht. Der Keil stellt die Tür fest, schon wenn man ihn ganz sachte darunterschiebt, man muss keinerlei Kraft aufwenden, denn trotz der Leichtigkeit des Kunststoffes verhindern seine große Breite und Länge jegliche Türbewegung, egal wie stark der Wind weht. Zudem ist er einfach zu entfernen, indem man ihn herauszieht. Entzückt verstaut sie die Keile in der Schachtel.

Am Abend, nach dem Essen, beschließt sie, Viktor die Keile zu zeigen. Erstaunt nimmt Viktor einen Keil in die Hand und mustert ihn aus der Nähe, von vorne und von hinten, steht dann stante pede auf und geht zur nächsten Tür, um ihn zu testen. Berta versucht, ihn zu stoppen – Moment, warte! –, doch sie ist nicht schnell genug, denn ganz entgegen ihrer Bitte stößt Viktor mit der ganzen Kraft, die in seinen Ex-Turner-Armen – Gold- und Silbermedaille am Reck bei zwei Olympischen Spielen – steckt, einen Keil unter die Tür. Zwei Fußtritte zusätzlich fixieren ihn endgültig. Mit weit aufgerissenen Augen und der Hand vor dem Mund, um einen Schrei zu verhindern, steht Berta mitten im Esszimmer.

– Doch nicht so!

– Genau so – sagt er. – Sonst wackeln sie schon beim leichtesten Luftzug. Sie sind aus Kunststoff!

Berta stürzt sich auf den Türkeil. Als sie ihn endlich wieder herausgezogen hat – denn er ist total festgeklemmt –, betrachtet sie den Schaden. Da Viktor den Keil quer und noch mit zwei Fußtritten hineingeschlagen hat, wurde seine höchste Stelle vom Türrand gekappt, denn der Keil war dazu gedacht, dass man ihn von vorne darunterschiebt, keinesfalls aber quer. Aus diesem Grund hat er jetzt eine tiefe, bedauerliche und unnötige Kerbe. Berta kann es nicht fassen.

– Du hättest den Keil nicht mit dem Fuß hineintreten zu brauchen! Er lässt sich ganz sanft unter die Tür schieben, dann hält sie schon.

Berta kann nicht aufhören, die tiefe Kerbe zu betrachten; sie versteht nicht, warum das passieren musste. Wut steigt in ihr hoch. Sie spürt, wie sie den Tränen nahe ist, und bemüht sich, sie hinunterzuschlucken, damit ihre Verletztheit nicht zu sehen ist und sich Viktor nicht an ihrem Ärger ergötzen kann. Wie kann einer nur so stümperhaft sein, so wenig Grips im Kopf haben und nicht sehen, dass die Form dieses Türkeils so vollkommen ist, dass man völlig ohne Kraft auskommt? Und genau das seine Qualität ausmacht! Wie kann jemand auf die Idee kommen, ihn quer hineinzuschieben? Hätte er ihn im rechten Winkel zur Tür untergeschoben, wäre der Keil aufgrund seiner großen Breite auch mit noch so viel Kraftanwendung nicht beschädigt worden und hätte die Fußtritte problemlos überstanden. Sie atmet tief durch, weil ihr Herz zu rasen beginnt. Sich so darüber aufzuregen, ist nicht übertrieben. Es ist kein Kinkerlitzchen, rechtfertigt sich Berta, die noch neben der Tür im Flur steht und nicht ins Esszimmer zurückwill, damit Viktor ihre roten Augen nicht sieht. Das sind keine Kinkerlitzchen, sagt sie noch einmal zu sich, und vor nicht einmal zwei Monaten ist etwas ganz Ähnliches passiert. Sie hatte einen Strauß Trockenblumen nach Hause gebracht, rote Rosen mit knisternden, empfindlichen Blättern und Blüten. Aus Angst, der Strauß könnte durch das Geschüttele im Bus kaputtgehen, fuhr sie mit dem Taxi, nahm zu Hause eine Vase und stellte die Blumen behutsam hinein. Auf einen niedrigen Schrank im

Wohnzimmer. Und was tat Viktor? Zuerst bemerkte er den Strauß nicht einmal. Doch als sie ihn fragte, wie er die Blumen finde, die sie gekauft habe, schaute er hin, formte sein geschmackloses Lächeln, stürzte sich auf die Vase und – so als seien sie nicht schon gesteckt! – ordnete die Stängel so lieblos neu, dass Blätter und Blütenblätter abfielen und, nachdem er fertig war, der Schrank damit übersät war. Auch damals kämpfte Berta mit den Tränen.

Viktor sitzt schon wieder eine Weile am Tisch. Mit der Fernbedienung stellt er den Fernseher lauter, während er sich an einen Morgen im letzten Sommer erinnert, als im Haus am Meer die Sonne auf die Konsole schien und von Weitem das Rauschen des Meeres und das Lachen der Kinder zu hören war. Je mehr sie versuchen, ein Kind zu bekommen, und je mehr Zeit darüber verstreicht, desto mehr Kinder sieht er auf der Straße und auf den Balkonen und desto häufiger hört er ihr Weinen in den Nachbarwohnungen. Er stand am Fenster an jenem Tag, unter einem strahlenden Himmel lagen sämtliche Dachterrassen vor seinen Augen. Und dann, als Viktor sich nach innen drehte, bemerkte er die Schnur der Jalousie, eine dieser grünen Plastikjalousien, die die Persianen aus grünen Holzlatten imitieren und die man, damit sie oben bleiben, an einem Haken festbinden muss, der im Allgemeinen am Fensterrahmen festgeschraubt ist. Viktor schaute genau hin: Die Schnur war nicht mit einer Schlaufe an dem Haken befestigt, sondern mit einem Knoten: mit einem dicken, festen, mehrfach verschlungenen Knoten.

Es war sehr mühsam, ihn wieder aufzuknoten. Seine Nägel waren nicht lang genug. Berta hatte ihn so fest zugezogen, dass er eine ganze Weile für den ersten Knoten brauchte. Dann für den zweiten und dritten. Es gab sogar einen vierten. Als er den letzten aufgeknotet hatte, ringelte sich die Plastikschnur und war völlig verformt. Das war schon länger vorherzusehen. Wie oft hatte er ihr schon gesagt, eine einfache Schlaufe reiche aus, um die Jalousie oben zu halten, man brauche keinen Knoten. Mit einer Schlaufe hält die Jalousie wunderbar, und die Schnur verformt sich nicht. Zudem braucht man nur sachte an der Schnur zu ziehen, damit sich die Schlaufe löst. Verknotet man die Schnur, geht sie schnell kaputt und lässt sich schwieriger vom Haken nehmen. Warum außerdem vier so dicke Knoten?

Als Berta in jener Nacht bemerkte, dass Viktor nur so tat, als käme er in ihr – sich dann aber gleich darauf zurückzog, um heimlich auf dem Laken zu kommen –, wusste sie, das war die Antwort auf irgendeine Kränkung, die sie ihm am Tage zugefügt hatte, doch nicht einen Moment lang kam es ihr in den Sinn, es könne sich um die Knoten in der Jalousieschnur handeln. Sie stellt sich öfters diese Frage: Warum straft er sie manchmal, indem er Stöhnen simuliert, wenn er in ihr drin ist, aber erst später, schon wieder draußen, ejakuliert? Wollen sie nicht ein Kind? Er macht das immer häufiger; sie hingegen, damit er sich nicht an ihrer Wut ergötzen kann, tut, als habe sie nichts bemerkt und sagt ihm:

– Ich spüre deine heiße Milch in mir. Welchen Namen geben wir ihm?

– Wenn es ein Junge ist, Marc; wenn es ein Mädchen ist, Silvia – sagt er.

– Nein – verbessert Berta. – Wenn es ein Junge ist, Viktor, wie du ...

Sein Name gefällt ihm überhaupt nicht; vielleicht sagt sie es darum. Er gefällt ihm so wenig wie ihr seine Angewohnheit, gleich danach eine Zigarette anzuzünden – mit dem ganzen Ritual: den Handbewegungen, dem Feuerzeug, dem ersten Zug und dem Auspusten des Rauches –, nur um sie dann sofort auf dem Aschenbecher abzulegen und zu vergessen. Das macht er immer, nicht nur im Bett. Die Zigarette glimmt vor sich hin, und wenn er sich an sie erinnert und sie wieder in die Hand nimmt, ist sie bereits ein Zylinder aus Asche. Er schaut diesen etwas verärgert an, so als sei er erstaunt darüber, wie rasch die Zigarette verbrannt ist. Da nichts mehr übrig ist, nicht einmal für einen Zug, drückt er sie ärgerlich aus und nimmt sich die nächste, mit der er genau das gleiche Ritual vollzieht: Er zündet sie an und vergisst sie schließlich. Man braucht sich nicht besonders anzustrengen, um zu dem Schluss zu kommen, dass Viktor im Grunde genommen gar nicht gerne raucht, sondern eher gerne Zigaretten anzündet. Diese Angewohnheit verärgert Berta noch mehr, wenn die Zigarette in der Ablagemulde des Aschenbechers eingeklemmt ist und sich in einem so prekären Gleichgewicht befindet, dass sich die eine Hälfte, die sich in dem Aschenbecher befindet, allmählich in Asche verwandelt und damit das Gewicht des noch nicht abgebrannten Zigarettenteils nach außen verlagert, bis sie schließlich herausfällt – auf den Tisch oder das Tischtuch – und einen Brandfleck auf das Holz oder in den Stoff oder in beides macht.

Tatsächlich raucht Viktor nicht gerne, und wüsste er nicht, wie sehr Berta sich darüber ärgert, würde er keine Zigarette mehr anfassen. Schon an dem Abend, als sie zum ersten Mal zusammen ausgingen, es ist ein paar Sommer her, fiel ihm das auf. Sie saßen im Restaurant, und nach dem Dessert bemerkte Viktor, wie gereizt Berta auf seine Zigarette starrte, die im Aschenbecher lag und vor sich hin qualmte. Er hatte sie aus reiner Nervosität angezündet, weil das gemeinsame Essen mit ihr ihn glücklich machte, er aber zugleich Angst hatte, es könne kein zweites Mal geben. Er war in sie verliebt und wollte es ihr sagen und war unsicher, ob oder ob doch nicht, und wenn doch, wie, mit welchen Worten, in welchem Moment. Und da er nie rauchte, hatte er die Zigarette zwar angezündet, wusste aber nach dem zweiten Zug nichts mehr mit ihr anzufangen und hatte sie in den Aschenbecher gelegt. Bis sie heruntergebrannt war. Dann hatte er sie ausgemacht und eine neue angezündet. Als der Espresso kam, brannte die vierte Zigarette. Auch Viktor schaute sie an und stellte fest, wie absurd es in der Tat war, dass sie ungeraucht vor sich hin glimmte. Bis zu dieser vierten Zigarette hatte er nicht gesehen, wie sehr das Berta nervte, aber er freute sich darüber, denn während des gesamten Essens hatte es ihn gestört, dass Berta bei jedem Gang systematisch die Hälfte zurückgehen ließ. Sie aß ein paar Gabeln, drei oder vier, wenn's hochkam, und legte dann bereits das Besteck auf den noch halb vollen Teller. Sie verfuhr so mit der Vorspeise, der Hauptspeise und dem Nachtisch, Viktor kam das allürenhaft und herablassend vor. Viktor hat nie erfahren, wie nervös Berta war, wie sie vor lauter Aufregung nichts herunterbekam und nicht einmal die Hälfte ihres Teller geschafft hätte, wenn sie sich nicht dazu gezwungen hätte. Nichts hätte sie angerührt. Beim zweiten Gang, als sie das Besteck nebeneinander auf den Teller legte, fiel ihr auf, wie Viktor das störte, und doch entschied sie sich, so weiterzumachen. Viktor hat auch nie erfahren, was die entscheidende Tatsache für ein zweites Wiedersehen war. Der Grund war, dass er nach dem Essen beim Abschied im Flur ihrer Wohnung, um sie besser küssen zu können, seine flache Hand auf die weiße Wand legte – seine flache Hand auf die weiße Wand! –, und als er sie wieder wegnahm, waren alle fünf Finger ganz leicht darauf zu sehen. So leicht, keiner hätte sie sehen können, wenn man ihn nicht extra darauf aufmerksam gemacht hätte. Doch Berta sah Schweißspuren von einem Mann mit so wenig Feingefühl, dass er imstande war, die flache Hand auf die Wand zu legen. Also konnte Berta, als Viktor ein Wiedersehen vorschlug, nicht anders als voller Begierde Ja zu sagen.

Beim Geschirrspülen

In der gelb gekachelten Küche ihres Bergchalets spülen Mingo und Rosa Geschirr und betrachten dabei durch das Fenster das vor ihnen liegende Gebirgspanorama, dessen höchster Gipfel noch weiß verschneit ist, obwohl wir uns bereits im Monat Mai befinden. Eigentlich braucht uns das auch nicht zu verwundern, denn es gibt Jahre, in denen auch noch im Juli Schnee liegt. Mingo spritzt Spülmittel auf die Teller, wischt mit einem Vileda-Schwamm darüber und ... Nein. Sie waschen nicht ab: Sie räumen die Spülmaschine ein. Nachdem sie sich in Barcelona – nach jahrelangem Hin und Her, ob sie eine kaufen sollten oder nicht – eine Spülmaschine angeschafft haben und deren Vorteile sie überzeugte, wollten sie auch hier im Dorf eine haben, um nicht mehr mit der Hand abwaschen zu müssen. Dies ist hier das erste Jahr mit Spülmaschine, und sie sind so begeistert, dass sie am liebsten nichts anderes tun würden, als sie ein- und auszuräumen. »Erinnerst du dich noch, wie lustlos wir uns früher nach dem Essen zum Geschirrspülen aufrafften?« Oder nein. Nein. Eine Geschirrspülmaschine hat es immer gegeben, vom ersten Tag an. Das Chalet war bereits beim Kauf mit einer Hightech-Küche ausgestattet, zu der neben vielen anderen Raffinessen eine Spülmaschine aus der neuesten Serie gehörte. Wie hätte es auch anders sein können, da doch das Chalet mit dem Neuesten vom Neuesten in der Haushaltstechnik ausgestattet war? Das Chalet war im Schweizer Stil gebaut, was einige Dorfbewohner – es war ein Dörfchen in der Cerdanya – kritisierten, weil sie meinten, es sei ein Schandfleck und zerstöre die architektonische Harmonie im Dorf. »Man müsste es niederreißen!«, hörte Mingo eines Tages einen Bärtigen aus einem Umweltkreisverband am Tresen des einzigen Cafés sagen, dessen Leben sich um den Holzofen in der Mitte abspielte, einem großen Ofen, aus dem Rohre emporstiegen, die sich durch den Saal schlängelten und dadurch den Raum mit Wärme. Nein. Es steht kein Ofen in der Mitte, und wenn da einer wäre. Nein. Es gibt kein Café. Es gibt kein Dorf in der Cerdanya. Das Dörfchen liegt am Meer, und es ist nicht Mai. Es ist August. Mingo und Rosa spülen Geschirr mit Blick aufs Meer: Das flirrende Sonnengeglitzer bricht das ruhige Hin und Her der weißen Boote und der dahinrasenden Dreiecke der Windsurfer. Teller und Besteck liegen im heißen Spülwasser in dem linken Becken. Mingo greift einen Teller heraus, reinigt ihn mit Spülmittel und legt ihn auf den Berg mit Geschirr und Besteck im rechten Spülbecken, aus dem Rosa ein Teil nach dem anderen herausnimmt. Sie spült mit klarem Wasser ab. Ist es ein Teller, stellt sie ihn auf das dafür vorgesehene Abtropfgitter an der weiß gekachelten Wand; ist es Besteck, legt sie es in den Abtropfkorb auf der Marmorplatte. Gläser werden auf den apfelgrünen Lappen gestellt. Es ist ein routiniertes Zusammenspiel, das. Nein. Sie befinden sich nicht in einem Haus direkt am Meer. Und auch nicht in der zweiten Reihe. Sie sind nicht in einem Küstenort. Sie sind in einem Dorf im Landesinnern, in der Küche des letzten Hauses im Dorf, schon fast an der Landstraße, die ins nächste Dorf führt, und Mingo und Rosa spülen Geschirr. Er steht an einem der Spülbecken und sie am Becken daneben. Oder vielleicht besser: Sie steht an dem einen Spülbecken und er am Becken daneben. Jedes Jahr zu Beginn der Ferien sehnen sie sich nach einer Spülmaschine, einer wie zu Hause in Barcelona, doch schon ein paar Tage später denken sie nicht mehr daran. Oft reden sie darüber, ob sie eine Spülmaschine kaufen sollten, doch für die paar Tage, die sie hier verbringen, lohnt sich das nicht. Über der Spüle ist ein Fenster, in dem sich eine ferne erhabene Bergkette abzeichnet. Oder besser nicht.

Man sieht keine Berge: nur den winzigen Innenhof mit der weißen Wand, die darauf knallende Sonne und oben den strahlend blauen Himmel. Ab und zu fährt Sito, der Sohn der beiden, auf einem Fahrrad mit Stützrädern von rechts nach links durch den Hof. Nein; weder von rechts nach links noch von links nach rechts, denn er fährt direkt unter dem Fenster vorbei und ist deshalb außer Sichtweite. Sito darf nicht auf die Straße, denn auf der Straße fahren Autos. Im Hintergrund hört man den ganzen Sommer lang (außer wenn auf der Straße ein Motorrad vorbeidröhnt oder in einem Haus das Radio zu sehr aufgedreht wird) – einzig und unermüdlich – Grillengezirpe. Ah, die Grillen!

Teller und Besteck liegen im heißen Spülwasser in dem linken Becken. Mingo greift einen Teller heraus, reinigt ihn mit Lappen und Spülmittel und legt ihn auf den Berg mit Geschirr und Besteck im rechten Spülbecken, aus dem Rosa ein Teil nach dem anderen herausnimmt. Sie spült mit klarem Wasser ab. Ist es ein Teller, stellt sie ihn auf das dafür vorgesehene Abtropfgitter an der weiß gekachelten Wand; ist es Besteck, legt sie es in den Abtropfkorb auf der Marmorplatte. Die Gläser werden auf den apfelgrünen Lappen gestellt. Es ist ein routiniertes Zusammenspiel, das plötzlich von einem Klopfen an der Tür unterbrochen wird: tock, tock, tock. Nein, nicht von einem Klopfen. Von einem Klingeln. Die wenigsten Leute klopfen oder klingeln, ihre Tür ist nicht abgeschlossen, im Allgemeinen drückt man einfach die Tür auf, und erst, wenn man im Haus ist, ruft man: »Ist jemand da?« oder »Guten Tag!«, irgendetwas, damit die drinnen mitbekommen, dass einer hereingekommen ist. Rosa trocknet sich die Hände ab und geht zur Tür. Sie trifft dort auf einen mittelgroßen, braun gebrannten Mann mit wenig Haaren, einem aschfarbenen Bart und einem breiten Lächeln, von einem Ohr zum anderen.

– Hallo – sagt er. – Du musst … Rosa sein?

– Ja.

Der Neuankömmling reicht ihr die Hand.

– Wir kennen uns nicht. Ich bin Xavier Colomar; ich weiß nicht, ob Mingo dir von mir erzählt hat …

– Ah, Xavier. Komm doch rein.

– Mingo hatte gemeint, ich solle doch auf einen Kaffee hereinschauen, falls ich in den Ferien hier in der Nähe vorbeikäme …

Rosa öffnet nun gänzlich die Tür und bittet ihn einzutreten; der Mann lässt sich das nicht zweimal sagen, und beide laufen über den Steinboden der sehr geräumigen Diele.

– Mingo ist in der Küche. Er wollte gerade Kaffee machen.

– Habt ihr schon Mittag gegessen?

– Du nicht?

– Doch, doch – aber er sagt das nicht gerade im Brustton der Überzeugung.

– Soll ich dir eine Kleinigkeit machen?

– Nein, wirklich nicht nötig.

Sie kommen in die Küche, Mingo dreht sich um, sieht ihn, zeigt sich einen Augenblick lang überrascht, doch unmittelbar danach überzieht ein Lächeln sein Gesicht. Er trocknet seine Hände ab, um dem Neuankömmling die rechte Hand zu geben.

– Das ist aber eine Überraschung.

– Du hast gesagt, wenn ich mal in der Nähe bin …

– Natürlich! Setz dich …

Sie setzen sich an den Küchentisch, holen die Aschenbecher aus dem Schrank, die Kaffeetassen, den Zucker. Nein. Sie trinken nicht Kaffee. Das heißt: Rosa und Mingo trinken Kaffee. Xavier nicht, denn als Rosa nachgefragt hatte, ob er wirklich zu Mittag gegessen habe, hat er Nein gesagt, und Rosa macht ihm ein Omelett. Nein. Als Rosa ihn noch einmal fragt, ob er zu Mittag gegessen habe, sagt er wieder Ja, und als der Kaffee fertig ist, sagt er, er trinke so spät keinen

Kaffee mehr, weil er dann nicht mehr schlafen könne. Sie reden über dies und jenes, von der Arbeit, vom Sommer, ein bisschen über Politik, übers Fernsehen, über nichts Besonderes. Der Kaffee ist fertig. Rosa gießt ihn in die Tassen, während die beiden Männer plaudern: erst von der Unternehmensleitung; dann von den Überstunden. Zu einem bestimmten Zeitpunkt interessiert sich Xavier für die Arbeit von Rosa, aber es ist nur der Höflichkeit halber, denn in dem Moment, als Rosa zum Antworten ansetzt, ist Xavier schon zufrieden und kehrt, ohne dass die Frau das Gefühl hat, ihm irgendwie erklärt zu haben, woraus ihre Arbeit besteht, zum Gespräch mit Mingo zurück.

Rosa betrachtet die beiden etwas verwundert. Er hat ihr noch nie von diesem Colomar erzählt. Ab und zu galoppiert Sito durch die Küche und verfolgt einen Phantasiefeind. Beim dritten Mal stellt er sich vor dem Besucher auf:

– Und wer ist der?

– Man sagt nicht »der« – sagt Rosa. – Das heißt: »Wer ist dieser Herr?« Du darfst nie sagen: »Wer ist der?«

– Wer ist er?

– Er ist ein Kollege, ein Freund. Von der Arbeit – sagt Mingo. – Er heißt Xavier.

– Hallo – sagt Xavier. – Du reitest aber auf einem großen starken Pferd.

Der Junge schaut ihn schief an, zieht die Zügel seines unsichtbaren Pferdes an und reitet in Richtung Straße hinaus.

Um acht Uhr abends plaudern sie immer noch. Eigentlich redet Xavier – die ganze Zeit. In wenigen Stunden haben sie alles über ihn erfahren, über seine Zukunftspläne, was die Arbeit betrifft, über eine Frau, die er vor kurzem kennengelernt hat und in die er sich, wie es ihm scheint, verlieben könnte (doch er findet nicht so ganz heraus, ob er sich überhaupt in sie verlieben will), und über seine glückliche Kindheit. Auch alle Arbeitskollegen wurden einzeln durchgegangen, die Chefs und sämtliche Probleme jeder einzelnen Abteilung. Dann und wann schaut Rosa verstohlen auf die Uhr. Die Minuten ziehen vorüber, die Viertelstunden, die Stunden, und es kommt ein Moment, wo sie nicht weiß, ob sie den alltäglichen Ablaufplan noch einhalten soll, zu dem gehört, dass sie jetzt beschließen, was sie zu Abend essen, und mit der Zubereitung beginnen. Sei es, wie es sei, Sito muss um halb neun essen, denn da sie spät zu Mittag gegessen haben, hat er nicht gevespert. Rosa steht also plötzlich auf und kündigt an, dass sie jetzt mit dem Abendessen beginnen werde. Mingo sagt, er komme sofort nach. Rosa sagt, das sei nicht nötig, er solle ruhig weiter mit Xavier schwatzen, und an Xavier richtet sie die Frage, ob er zum Abendessen bleibe.

– Nein, nein – sagt er. Doch er sagt es nicht sehr überzeugt. In Wirklichkeit sagt er es so, als hoffe er, sie würden auf seinem Bleiben bestehen, damit er sich schließlich überzeugen lassen kann, wie um ihnen einen Gefallen zu tun. Einen Augenblick überlegt Rosa, ob sie das Nein akzeptieren und nicht weiter insistieren solle. Doch das wäre unfein.

– Also du bleibst. Hast du noch nie gehört, auf einen Esser mehr oder weniger kommt es auch nicht an? Wo zwei essen …

– … werden auch drei satt, doch; aber ich will nicht stören.

– Du störst doch nicht.

Nein. Rosa sagt nicht »wo zwei essen …«, und auch Xavier vervollständigt es nicht, indem er sagt »… werden auch drei satt«. Rosa sagt auch nicht »auf einen Esser mehr oder weniger kommt es nicht an«, denn es wäre fast eine Geringschätzung.

– Ich möchte nicht stören – sagt Xavier.

– Du störst nicht – sagt Mingo.

Xavier sieht auf die Uhr und atmet tief durch.

– Also denn, danke. Ich bleibe, aber nur, weil ihr mir sagt, es würde euch nicht stören.

Sie essen Pellkartoffeln und panierten Seehecht. Die neun Scheiben Seehecht, die für drei vorgesehen waren, verwandeln sich in drei für Sito – »der noch wachsen muss« – und zwei für jeden der drei Erwachsenen.

– Mensch, Sito – sagt Xavier – du wirst vielleicht verwöhnt hier.

– Willst du noch ein Stück? – fragt Rosa ihn auf der Stelle, die bemerkt, dass sie ihm wenigstens genauso viele Scheiben hätte anbieten müssen wie Sito.

– Nein, nein – sagt Xavier. – Ich sagte es nur, um ein wenig mit dem Jungen zu sprechen, er ist so still ...

– Wirklich, nimm noch ein Stück, für mich ist das zu viel – sagt Rosa. – Ich habe genug mit einem Stück, eigentlich weiß ich gar nicht, warum ich mir zwei genommen habe. Xavier nimmt an. Nach dem Fisch gibt es Nachtisch.

Danach, da keiner Kaffee will, holen sie die Gläser heraus. Auf dem Tisch stehen bald eine Flasche Whiskey, eine Flasche Cognac und ein Magenbitter. Durch das Fenster zum Garten ist der Himmel schon ganz dunkel. Es muss schon so gegen elf sein, vielleicht. Und Xavier gibt kein Zeichen, das auf seine Absicht zu gehen hindeutete. Er redet und redet und redet, er kommt vom Hölzchen aufs Stöckchen, sodass sie irgendwann überhaupt nicht mehr wissen, worüber er eigentlich redet. Rosa betrachtet ihn mit einer gewissen Bewunderung. Wie ist er in der Lage, so viele unterschiedliche Themen aus der Tasche zu ziehen, wenn auch, genauer betrachtet, nichts von dem, was er sagt, irgendwie interessant ist und in keiner Weise originell?

Bevor er ins Bett geht, gibt Sito seiner Mutter, seinem Vater und, durch Zeichen gedrängt, Xavier einen Kuss.

– Schlaf gut, Sito – sagt Xavier. Sito rümpft die Nase.

Xavier ist ziemlich aufdringlich, denkt Mingo, der allein mit ihm dasitzt, während Rosa Sito ins Bett bringt. Xavier nützt das aus, um die Qualitäten von Rosa und Sito hervorzuheben und zu fragen, ob sie noch ein Kind wollten. Mingo sagt ihm, er glaube, nein. Sie hätten das sonst schon früher in die Wege geleitet, als Sito klein war. Jetzt sind sie träge und sie glaub. Oder nein. Nein; er sagt nichts dergleichen. Er sagt, sie würden kein weiteres Kind wollen, und basta. Er gibt keine Erklärungen ab. Vielleicht hätte er ihm mehr erzählt, wenn Xavier nicht so aufdringlich und etwas netter gewesen wäre. Und als Rosa zurückkommt, kann er nicht umhin, fragende Blicke mit ihr auszutauschen. Ab dem Moment wandern ab und zu Blicke zwischen den beiden hin und her, die sich von fragend bis zu einer beginnenden Verzweiflung steigern. Es ist ganz klar, sie wissen sich keinen Rat. Rosa könnte natürlich in eines der Zimmer gehen und von dort aus Mingo rufen, so als müsse er ihr bei etwas helfen; dann, wenn sie beide ganz alleine sind, würden sie überlegen, wie sie ihn loswerden können. Doch dies wäre ebenso leicht durchschaubar wie wenig elegant. Indes ist, was er macht, ja auch nicht gerade fein, wenn er bleibt, ohne darauf zu achten, dass seinen Gastgebern die Augen zufallen.

Aus der Whiskeyflasche ist gut eine Handbreit verschwunden. Um halb zwei beginnt Mingo, ganz offen den Tisch abzuräumen. Rosa versteckt das Gähnen hinter ihrer Hand. Sito erscheint im Pyjama. Er kann nicht schlafen.

– Bist du aufgewacht, Spatz?

Mingo mag es nicht, wenn Rosa Sito »Spatz« nennt. Rosa bringt das Kind ins Bett. Mingo gähnt ganz offen. Früher standen die Gäste auf und gingen, denkt er, wenn die Gastgeber in aller Öffentlichkeit diese Zeichen von Müdigkeit zeigten, und unterstrichen das mit Kommentaren des Typs: »Vielleicht gehen wir, denn die Herrschaften möchten sicher schlafen gehen.« Diese ungeschriebenen Gesetze waren derart selbstverständlich, dass man sie im Laufe der Zeit parodierte. Wenn die Gastgeber wollten, dass die Gäste aufbrachen, und man einander gut kannte, wandelten sie den Satz um in: »Komm, lass uns ins Bett gehen, die Herrschaften möchten sicher nach Hause.«

Nach ein paar Minuten kommt Rosa zurück. Sie flüstert.

– Ich glaube, jetzt ist er eingeschlafen.

– Ich schlafe auch gleich ein – sagt Mingo in einem Anflug von Courage, die selbst ihn überrascht und die, um Xavier nicht sagen zu müssen, er solle gehen, schließlich zu seinem Entschluss führt, ihn zu fragen, ob er bei ihnen übernachten will. Dies tut er in dem Wissen, dass er zuerst Nein sagen wird, er wolle nicht stören, doch dann wird er beim kleinsten Nachhaken, fast um ihnen einen Gefallen zu tun, doch bleiben. Xavier schaut auf die Uhr.

– Oh ja, es ist spät geworden.

– Wenn du möchtest, kannst du bei uns schlafen; das habe ich dir ja bereits gesagt.

– Nein, ich will nicht stören.

– Mensch, nein. Du hast zu viel getrunken, um jetzt noch Auto zu fahren – beobachtet Mingo. – Bleib. Wir gehen jetzt schlafen und morgen reden wir weiter.

– Natürlich, ihr geht sicher immer um diese Uhrzeit schlafen …

– Normalerweise wesentlich früher – sagt Rosa mit kaum verhohlener Wut. Eigentlich hätte sie sagen wollen: Um diese Uhrzeit gehen wir nie ins Bett. Sondern gewaltig viel früher, wenn da nicht plötzlich jemand aufgetaucht wäre, der nicht das mindeste Taktgefühl hat und dem es nicht einmal in den Sinn kommt, dass er vielleicht besser geht oder zum Übernachten bleibt, wenn man es ihm anbietet; aber auf alle Fälle endlich aufsteht, um schlafen zu gehen.

– Ihr seid wegen mir noch nicht schlafen gegangen.

– Nein. Wir haben uns die ganze Zeit unterhalten und … Bleibst du?

– Also gut, danke. Ich nehme eure Einladung an. Doch

damit das klar ist, nur weil ihr mir gesagt habt, dass es euch keine Umstände mache.

Im Halbschlaf machen Rosa und Mingo das Gästezimmer fertig. Sie sind so müde, dass sie nicht einmal miteinander sprechen. Danach begeben sie sich in ihr Zimmer und schlafen auf der Stelle ein, bis p. Oder nein. Mingo schläft sofort ein, doch Rosa ist so wütend, dass sie nicht einschlafen kann. Sie wirft sich hin und her, und je länger sie daran denkt, dass sie wegen Xavier, der ihren Tagesablauf durcheinandergebracht hat, nicht schlafen kann, desto mehr regt sie sich auf und desto weniger kann sie einschlafen. Mingo schläft neben ihr, als sei nichts, was sie zusätzlich ärgert und am Einschlafen hindert. Sie hört den Kirchturm schlagen, vier, fünf...

Als sie am nächsten Morgen aufstehen, sitzt Xavier schon am Tisch. Als er sie kommen sieht, trocknet er seine Lippen und steht auf.

– Da ich nicht wusste, wann ihr aufsteht, habe ich schon mit dem Frühstück angefangen... Es stört euch doch nicht, dass ich schon alleine angefangen habe?

In Wirklichkeit ist er schon fertig mit frühstücken. Mingo und Rosa rösten sich Brot und essen es mit Butter und Marmelade. Sito steht später auf. Er kommt noch im Schlafanzug herunter, sucht seine Schüssel mit dem Kater Silvester drauf und muss, als er seine Cornflakes hineinschütten will, feststellen, dass die Schachtel leer ist. Xavier erklärt ihm, es gebe keine mehr. Sito schaut ihn vorwurfsvoll an. Mingo sagt, sie müssten welche einkaufen.

– Ich werde es sofort auf die Liste schreiben, die an der Kühlschranktür hängt – sagt Xavier.

Nein. Es wäre zu unverschämt, wenn Xavier diese Initiative ergreifen würde. Xavier sagt nichts. Er hat die Cornflakes aufgegessen, aber er sagt nicht, dass er sie auf die Einkaufsliste am Kühlschrank schreibt. Er sagt nichts. Nicht, dass sie leer sind, und – natürlich – auch nicht, dass er es war, der sie aufgegessen hat. Als Sito entdeckt, dass keine Cornflakes mehr da sind, schweigt Xavier. Er hält ungerührt den vorwurfsvollen Blick aus und fragt:

– Und, was habt ihr heute vor?

Sie haben keinen Plan. Sie sind im Urlaub und verplanen nicht jeden Tag. Und konkret heute macht morgens jeder, was er will, und nach dem Essen, als Xavier seinen Mittagsschlaf macht – »Wenn ich keinen Mittagschlaf mache, bin ich zu nichts mehr zu gebrauchen« –, waschen Mingo und Rosa ab.

– Was sollen wir machen? – fragt Rosa.

– Wir sagen ihm, dass wir Besuch bekommen. Deine Schwester und die Mädchen, zum Beispiel.

– Er ist fähig zu bleiben, um zu überprüfen, ob meine Schwester mit den Mädchen wirklich kommt.

– Dann ruf sie an und sag ihnen, sie sollen kommen, aber nicht, um uns einen Gefallen zu tun. Es ist ein Notfall.

– Sie können nicht kommen, sie sind in Tamariu. Wie sollen sie …?

– Sie sollen so tun, als würden sie kommen. Geh zum Telefonhäuschen auf dem Platz und ruf sie an, sie sollen beladen mit Taschen und Rucksäcken hier ankommen und so tun, als würden sie länger bleiben. Sie können ein paar Tage hier verbringen. Sito tut es auch gut, ein paar Tage mit seinen Cousinen zu verbringen. Danach können sie ja, wenn sie wollen, wieder abfahren.

– Sie können nicht: Morgen bekommen sie Besuch von Freunden.

– Noch besser, sie bringen die Freunde einfach mit.

– Aber morgen ist er doch gar nicht mehr da …

– Er ist nicht mehr da? Was wetten wir? Deine Schwester soll mit den Mädchen und den Freunden herkommen. So werden wir mehr sein, und er wird merken, dass er fehl am Platz ist und gehen muss.

– Du hättest ihn nicht einladen sollen.

– Moment mal. Mal sehen, ob wir das klarkriegen. Ich habe ihn nicht eingeladen. In irgendeinem Gespräch habe ich ihm gesagt, wenn er hier in der Nähe vorbeikäme, könne er auf einen Kaffee hereinschauen. Nichts weiter. Auf einen Kaffee, das war alles. Ich kenne ihn doch kaum … Er arbeitet mit mir, sonst nichts. Wir standen neben dem Kaffeeautomaten, und um irgendetwas zu sagen, so wie du manchmal im Fahrstuhl irgendetwas sagst, um das Schweigen zu brechen, so haben wir, um das Schweigen zu brechen, erzählt, was wir im Sommerurlaub tun würden, und ich habe ihm erzählt, dass wir hier in dieses Dorf fahren, und er sagte mir, er kenne es und würde manchmal hier durchfahren, und daraufhin konnte ich nicht umhin, ihm zu sagen, er könne ja hereinschauen, wenn er hier vorbeikäme.

– Jetzt sagst du, du hättest ihm gesagt, er solle hereinschauen, und vorhin hast du behauptet, du hättest ihm gesagt, er könne einen Kaffee mit uns trinken, und basta.

– Kaffee trinken oder hereinschauen … Das ist doch dasselbe.

– Wann gedenkt er zu gehen?

– Woher soll ich denn das wissen? Und rede leiser, sonst hört er uns.

– Ist mir doch egal! Ich habe die Schnauze voll. Um Himmels willen, wie kann man so …?

– Ich sage meiner Mutter, sie soll uns anrufen und sagen, ihr ginge es ganz schlecht. Dann packen wir alles ein und tun so, als müssten wir ganz schnell nach Barcelona zurückfahren. Danach kommen wir wieder zurück. Und anstatt nach Barcelona fahren wir an den Strand, verbringen dort den Tag und kommen abends zurück.

– Das wird nicht klappen. Er wird uns garantiert anbieten, in unserer Abwesenheit das Haus zu bewachen.

– Das kann er nicht tun.

– Er kann aber auch nicht zum Kaffeetrinken kommen und zum Abendessen bleiben, hier übernachten, frühstücken und Mittag essen ... So wie es im Moment aussieht, bleibt er heute auch zum Abendessen und übernachtet hier.

Beide haben mit dem Abwaschen und dem Abtrocknen aufgehört. Sie stehen nebeneinander, jeder vor einem Spülbecken, einer schaut aufs Meer, auf dem zu dieser Stunde keine Windsurfer sind, und der andere. Nein. Es kann kein Meer geben, weder mit noch ohne Windsurfer, denn sie sind in einem Dorf im Landesinnern, und durch das Fenster sehen sie nur den kleinen Hof und die weiße Wand. Sie stehen nebeneinander, jeder vor einem Spülbecken, einer schaut in den Hof auf die weiße Wand, der andere auf das Abtropfgitter.

– Wir können ihm ja sagen, er soll abfahren, da wir eine Reise nach, ich weiß nicht, nach Paris vorhätten ...

– Nach Paris im August? Niemand, der ein bisschen Grips im Kopf hat, fährt im August nach Paris.

– Dann sagen wir ihm, wir fahren zu Verwandten nach Norditalien. Wir packen die Koffer, schließen das Haus ab. So kann er nicht vorschlagen zu bleiben.

– Vielleicht kommt er auf die Idee mitzukommen.

– Dann werden wir nein sagen. Es sei eine lang geplante Reise, die wir drei alleine machen wollten. Hör mal, wir brauchen ihm überhaupt nichts zu erklären. Er ist weder mit uns verwandt noch mit uns befreundet. Er soll verschwinden, und fertig!

– Das mit der Reise wird er nicht schlucken. Wenn es wahr wäre, hätten wir ihm das schon gestern Nachmittag erzählt oder beim Abendessen oder bei diesem endlosen Am-Tisch-Rumsitzen oder beim Mitternachtsimbiss ... Oder heute Morgen oder heute Mittag beim Essen. Wenn wir etwas beschließen wollen, wäre es am effektivsten, meine Mutter ruft uns an und sagt, dass es ihr nicht gut geht. Um Himmels willen! Seit Stunden reden wir nur über diesen Mann. Entweder reden wir über ihn oder mit ihm. Wir können nichts machen, ohne dass er dabei ist.

In dieser Nacht träumt Mingo, dass er aufwacht und Xavier nicht mehr da ist. Er sucht ihn im ganzen Haus, in jedem Zimmer und findet ihn nicht. Rosa träumt, ihn tot im Gästebett aufzufinden, umgeben von Pilzsammlern, jeder mit einem Körbchen auf dem Arm. Sito träumt, er sei schon vierzehn und bekomme ein Mofa geschenkt. Die Tage verstreichen. Eines Morgens beschließen Rosa und Mingo, nicht mehr mit ihm zu reden. Wenn er etwas fragt, lesen sie weiter Zeitung oder ein Buch oder starren unvermindert in den Fernseher, beschneiden die Geranien, naschen, ohne ihm zu antworten. Daraufhin schaut Xavier sie mit so fassungslosen Augen an, dass er ihnen leidtut. Nein. Nein, das tun sie nicht. Stattdessen verschwinden sie eines Tages plötzlich aus dem Haus und kommen erst abends wieder, um zu sehen, ob er gegangen ist. Doch als sie zurückkommen, finden sie einen gedeckten Tisch vor, und das Essen ist fertig: Salat aus frischen Nudeln mit Scampi, Kapern, Lauchzwiebeln und gehackter Petersilie und Carpaccio vom Kalb (Hamburger mit Pommes für Sito). Nein, das tun sie nicht. Stattdessen sagen sie ihm eines Tages direkt, dass er gehen solle: »Du solltest gehen. Wir wollen alleine sein. Wir haben Urlaub, und das ist die einzige Zeit im Jahr, die wir drei zusammen verbringen.« Nein. Auch das tun sie nicht. Stattdessen kündigt er eines Tages plötzlich seine Abreise an, worüber sie sich freuen, und als er endlich gegangen ist, fühlen sie sich alleine, und er fehlt ihnen irgendwie. Nein. Nichts dergleichen! Stattdessen hat er genug von ihrer Missachtung und droht ihnen mit seiner Abreise; Rosa und Mingo sind ungerührt, Xavier fährt ab, und Rosa und Mingo sind unendlich glücklich. Nein. Stattdessen trauen sie sich nicht, ihm irgendetwas zu sagen, obwohl er ihnen anfangs unerträglich erscheint, die Ferien nehmen ihren Lauf, und der 28. August kommt, sie schließen das Haus ab und fahren zu viert nach Barcelona. In den folgenden Monaten ist die Beziehung zwischen Mingo und Xavier bei der Arbeit stark abgekühlt. Mingo bemüht sich um Distanz. Manchmal fragt Xavier: »Fahrt ihr wieder mal hoch?«, und Mingo sagt, nein, sie führen im Winter nie hoch. Was nicht ganz stimmt, denn an Ostern fahren sie doch hin, fast heimlich und in den Rückspiegel schauend, ob ihnen ja kein Auto mit Xavier darin folgt, und als sie im Haus angekommen sind, lassen sie die Jalousien unten, damit – sollte er doch vorbeikommen – es so aussieht, als seien sie nicht da. Doch Xavier kommt nicht. Ende April fragt Xavier ihn: »Fahrt ihr wirklich nie in euer Haus, nicht einmal, um nachzusehen, ob noch alles in Ordnung ist?«, und Mingo sagt, nein, Sito spiele in der Hallenfußballmannschaft seiner Schule und die Spiele fänden samstags und manchmal sonntags statt, weshalb sie notgedrungen die Wochenenden in Barcelona verbrächten. In den Monaten Mai, Juni und Juli fragt Xavier nicht weiter nach. Vielleicht hat er verstanden, dass er stört. Am letzten Arbeitstag, dem 30. Juli, als alle Kollegen beim Abschied erzählen, wo sie hinfahren, sagt Xavier, er werde nach Galizien fahren, ein Freund habe dort sein Elternhaus und habe ihn eingeladen, er könne ja mal vorbeischauen, falls er in der Nähe sei. Doch Mingo und Rosa trauen ihm nicht, sie verhalten sich in den ersten Augusttagen wie an Ostern und lassen die Jalousien unten. Er hat zwar angekündigt, nach Galizien zu fahren, aber wenn er sich's nun anders überlegt? Wenn er es nur gesagt hat, damit sie sich sicher fühlen und er sie überraschen kann? Deshalb bleiben Türen und Fenster trotz der Hitze geschlossen. Sie leben in den nach innen liegenden Zimmern; Sito hat klare Anweisung, nicht mit dem Fahrrad durch den Hof zu fahren, nicht laut zu sprechen und beim ersten Klingelton unbeweglich zu werden wie sie selbst. Doch nach einer Woche ertragen sie es nicht mehr, so im eigenen Haus versteckt zu leben, und ziehen daher nach und nach die Jalousien hoch, erst eine, dann noch eine, sie öffnen die Fenster, damit Luft hereinströmt, und zum Schluss lassen sie Sito mit seinem Fahrrad wieder in den Hof. Und genau in dem Moment taucht plötzlich Xavier auf: »Guten Tag, wie geht es euch?« Nein; nein, er kommt nicht. Die Ferien gehen zu Ende, ohne dass er sich hat blicken lassen, und Mingo und Rosa tut es leid, dass sie den ganzen August umsonst mit geschlossenen Fenstern und heruntergelassenen Jalousien verbracht haben. Nein; auch das tun sie nicht. Stattdessen verkaufen sie das Haus. Eigentlich hatten sie es sowieso satt. Sie sind so viele Jahre hierher gefahren, und Rosa hatte immer ein Haus am Meer haben wollen, wo sie die Windsurfer aus dem Küchenfenster beobachten kann; sie hätte sich nie dieses Haus in diesem gottverlassenen Nest gekauft. Eigentlich ist die Entscheidung nicht die Schuld von Xaviers Verhalten im August letzten Jahres, sondern dieses Verhalten (und die Angst, er könne wieder auftauchen) hat schlicht und einfach etwas beschleunigt, was sie sonst fünf Jahre später sowieso getan hätten: das Haus verkaufen. Sie setzen also eine Anzeige in die Zeitung – ein, zwei, drei Mal –, und keiner ruft an, und zum Schluss ruft doch noch einer an, der sich dafür interessiert: und zwar Xavier! Xavier kauft das Haus, verbringt den Sommer darauf seinen Urlaub dort und sagt, wenn sie in der Nähe seien, sollten sie doch hereinschauen. Und ganz zufällig schauen sie herein und nichts kann sie wieder. Nein; so läuft es nicht: Sie setzen die Anzeige in die Zeitung, doch nicht Xavier interessiert sich dafür, sondern eine andere sehr gut erzogene, aber geizige Person, und sie verbringen Stunden damit, den Preis auszuhandeln, bis sie schließlich das Haus mit dem Gefühl verkaufen, ein schlechtes Geschäft gemacht zu haben und t.

Nein. Nichts dergleichen. Sie setzen nicht einmal eine Anzeige in die Zeitung. Stattdessen kapiert Xavier eine Woche nach seiner Ankunft endlich, dass er fehl am Platze ist. Er steigt ins Auto, fährt los und biegt in die Straße mit den niedrigen Häuschen inmitten von Gärten ein, die zu der Landstraße führt, an deren Ende die Autobahn anfängt. Er lässt die Straße mit den niedrigen Häuschen hinter sich, schaut auf das Café an der Ecke, wo ein Mädchen ein Eis am Stiel mit einer obszönen Zunge schleckt, und steuert die Landstraße an. Auf halber Strecke befindet sich ein Bahnübergang, doch noch davor trifft er plötzlich auf einen Reiter, der die Straße überquert. Xavier macht eine Vollbremsung, und ein Motorradfahrer, der ganz dicht hinter ihm herfuhr, prallt mit solcher Wucht auf sein Auto, dass er über das Motorrad fliegt und neben dem Pferd zum Liegen kommt, durch den Lärm und Staub bäumt sich das Pferd auf, der Reiter schießt auf eine Weißdornhecke zu. In der Folge geht das Pferd durch. All das beobachtet ein alter Mann, der mit seinem Terrier spazieren geht und nun dem gefallenen Reiter zu Hilfe eilt. Um ihm in Ruhe helfen zu können, bindet der Alte den Terrier an das nächstliegende Objekt, das er findet: die Bahnschranke. Nach ganz kurzer Zeit fährt der Zug durch, die Ampel des Bahnübergangs schaltet von Rot auf Grün, die Schranke geht hoch, und – an der Schranke hängend – geht auch der Terrier in die Luft und fängt sofort an, wie wild zu zappeln, weil er keinen Boden mehr unter den Füßen spürt. Als er seinen heiß geliebten Terrier so hängen sieht, lässt der Alte den Reiter liegen, stürmt zur Rettung des Hundes und macht den Knoten los. Befreit und völlig von der Rolle stürzt sich der Hund auf das erste menschliche Wesen, das er findet: den Motorradfahrer, der noch auf der Erde liegt, und gräbt seine Zähne in dessen Arm. Als er das sieht, nimmt der Alte den Hund an die Kette, der Motorradfahrer schaut entsetzt auf die Bisswunde und verlangt, mit ihm irgendwohin zu fahren, wo untersucht wird, ob das Tier Tollwut hat. Der Alte versichert ihm, der Hund sei geimpft, doch der Motorradfahrer glaubt ihm nicht. Daraufhin bietet Xavier an, sie in ein Krankenhaus zu fahren, sie lassen sich das nicht zweimal sagen und steigen ins Auto: Xavier, der Motorradfahrer, der Alte, der Hund und auch der Reiter, dessen Bein anscheinend gebrochen ist. Auf dem Weg zum Krankenhaus könnte ein Unfall passieren, bei dem sie alle sterben oder wenigstens ein paar sterben und der Rest schwer verletzt wird. Doch es passiert kein Unfall, und als sie in das Wartezimmer der Notaufnahme kommen, trifft Xavier Rosa und Mingo, die ihm erzählen, Sito habe einen schweren Unfall mit dem Fahrrad gehabt. Nein; auch so passiert es nicht. Sondern nachdem sie am allerersten Tag abgewaschen und Kaffee getrunken haben, genau in dem Moment, in dem Rosa sich fragt, ob sie in der Küche mit der Zubereitung des Abendessens anfangen und Xavier fragen soll, ob er zum Essen bleiben will, fährt Sito im Hof hin und her – denn es ist ihm verboten auf die Straße zu fahren, weil dort die Autos sind –, und er kommt immer mehr auf Touren und rast mit so hoher Geschwindigkeit in eine Kurve, dass er auf einen Blumentrog fliegt und sich den Schädel bricht. Rosa und Mingo bringen ihn sofort ins Krankenhaus, das zwanzig Kilometer entfernt ist, und Xavier bleibt im Haus, und als sie zurückkommen, ist er immer noch da und wartet mit besorgtem Blick auf sie, und auch er fängt an zu weinen, als sie ihm sagen, dass Sito tot sei und dass. Zu tragisch? Einverstanden. Kein Problem. Nichts dergleichen geschieht. Das heißt: Es stimmt, dass Sito einen Unfall hat, aber er stirbt nicht. Er ist schwer verletzt und wurde mit achtundzwanzig Stichen im Gesicht genäht. Er erholt sich langsam, und die Anwesenheit von Xavier ist ihnen keine Last, sondern eine Hilfe in den zwei Wochen, die der Junge im Krankenhaus liegt, eine Hilfe vor allem für Rosa, die bei ihm ihren Kummer lassen kann, der durch den Unfall wieder auflebt. »Zwischen mir und Mingo stimmt es schon lange nicht mehr«, beichtet sie Xavier eines Nachmittags, kurz bevor Mingo zurückkommt, nachdem er das Auto repariert hat, um ins Krankenhaus fahren zu können, und sie in Xaviers Armen beim Küssen entdeckt, mit großem Einsatz von Zunge und Speichel. Oder vielleicht doch nicht. Nichts dergleichen. Mingo und Rosa waschen ab. Sie machen sich vor der Spüle zu schaffen. Es gibt nur eine, es ist ein alter Bauernhof, den sie vor einem Jahr gekauft haben und den sie noch renovieren müssen und alles, was dazugehört. Die leeren Teller sind in einer großen hellblauen Plastikschüssel voller Schaum. Er säubert die Teller mit einem Scotch-Brite-Schwamm und legt sie in das grün-gelb gekachelte Spülbecken, und beim Abspülen sagt Rosa: »Uns kommt nie jemand besuchen.«

Zwei Rosensträuße

Am zweiten Freitagnachmittag im September um fünf Uhr achtunddreißig werfe ich einen Blick auf die große Uhr mit dem Aluminiumrand, die von der Wand aus alle Schreibtische des Reisebüros beherrscht, und rechne aus, wie viel Stunden es noch bis zum Feierabend sind. Bis ich den Trenchcoat nehmen und mich empfehlen kann, sind es noch drei Stunden und zweiundzwanzig Minuten; mindestens, denn nicht selten platzt ein Kunde in letzter Sekunde herein – manchmal genau dann, wenn du an der Tür das Schild umdrehst, auf dem OFFEN steht –, und du kannst ihm ja schlecht die Tür vor der Nase zuschlagen. Aus diesem Grund können wir statt um neun oft erst um halb zehn, manchmal sogar erst um zehn das Büro verlassen, vor allem vor den alljährlichen großen Ferienterminen: Sommer, Weihnachten und Ostern. Doch an diesem zweiten Freitag im September ist keiner dieser Termine in Sicht, der Sommer ist gerade vorbei, und ich möchte nun sofort Feierabend haben. »Und wenn ich einfach nach Hause ginge?«, frage ich mich. Der September ist ein flauer Monat. Die Mehrzahl der Leute hatte im Juli und August Urlaub, so gibt es im September wenig zu tun. Ich selbst tue seit Stunden so, als ob, nehme einen Stapel Papier vom Tisch und lege ihn in die Schublade, um ihn kurz darauf wieder aus der Schublade zu holen und ihn an seinen alten Platz zurückzulegen. Und alles, damit es nicht so aussieht, als hätte ich die Hände im Schoß liegen. Jetzt ist es bereits fünf Uhr neununddreißig, und alle im Büro sehen mehr oder weniger schläfrig aus; die meisten, weil sie zu viel zu Mittag gegessen haben oder zu schwer, mit viel Soße, Fett, Wein, Bier oder Carajillos. Andere sind nicht schläfrig, sondern vielmehr lustlos, was von der Routine herrührt, immer Leute zu bedienen, die kurzentschlossen, oft weil sie ein Werbeposter gesehen haben, eine Woche auf die Seychellen fliegen, ein Wochenende in Prag oder fünf Tage an einem kubanischen Strand verbringen wollen, der auf einem Foto zu bewundern war, und sie wollen das Hotel genau an diesem Strand, doch manchmal ist es halt so, dass der Strand nicht genau auf Kuba liegt, weil das Foto in der Dominikanischen Republik oder auf Jamaika aufgenommen wurde. Dem, der Reiseprospekte durchblättert, ist es doch total egal, ob das Foto von einem Strand auf Kuba oder in der Dominikanischen Republik oder auf Jamaika ist, denn das einzig Interessante für ihn ist der visuelle Eindruck, die Versuchung.

Die Lust, nach Hause zu gehen, ist inzwischen so groß, dass ich, nachdem ich das Flugticket für ein fünfzigjähriges Pärchen ausgestellt habe, das in die Flitterwochen nach Irland fliegt, die Schublade aufziehe, das Schild heraushole, auf dem steht, dass ich gleich zurück bin, es auf den Schreibtisch stelle und zum Büro des Geschäftsführers gehe. Mit dem rechten Zeigefingerknöchel klopfe ich dreimal an die Tür. Ich höre eine der beiden möglichen Antworten.

– Herein.

Die andere wäre: Ja. Wenn ich darüber nachdenke, gibt es genau besehen noch mehr mögliche Antworten. »Herein« und »Ja« sind die beiden möglichen zustimmenden Antworten, die einen freundlich aufnehmen. Es gibt auch eine mögliche fragende Antwort: »Wer da?« Es kann nämlich sehr gut sein, dass derjenige, der drinnen sitzt, vor seiner Entscheidung, ob er den anderen hereinlassen will, wissen möchte, wer an seine Tür klopft. Es gibt aber noch eine mögliche Antwort: »Moment«. Man sagt häufig »Moment«, wenn einer an die Tür klopft, diese Antwort ist auch eher freundlich als negativ zu bewerten, denn sie weist einen ja nicht ab: Sie verzögert einfach nur den Einlass um einen jener unkonkreten Zeiträume, den wir Moment nennen.

Das heißt: Mögliche, logische Antworten gibt es vier; abgesehen von den unzähligen absurden und im Ton verfehlten Antworten, die man an dieser Stelle aber nicht weiter zu betrachten braucht, zumindest nicht in dieser Angelegenheit. Da der Geschäftsführer des Reisebüros von allen vier Antworten die Variante »Herein« gewählt hat, beeile ich mich, die Tür zu öffnen. Er sitzt hinter seinem Kirschbaumschreibtisch inmitten einer weißen Rauchwolke. Mit einer Handbewegung gibt er mir ein Zeichen, mich auf den Sessel zu setzen, der auf der anderen Seite des Schreibtisches steht, und fragt mich, ob ich Lust auf eine Zigarre hätte. Weil ich denke, es gefiele ihm besser, wenn ich Ja und nicht Nein sage, sage ich Ja, obwohl ich seit einiger Zeit keine Zigarren mehr rauche. In einer Jugend, die zum Glück weit zurückliegt, habe ich einmal Zigarren geraucht; und ich sage zum Glück, denn ich schätze es sehr an mir, mich immer dem Lauf der Zeit angepasst zu haben. Ohne sich zu erheben, nur mit einer leichten Drehung des Sessels, schließt er ein niedriges Schränkchen auf, eines jener hermetisch dichten Schränkchen mit eingebautem Feuchtigkeitsmesser, und holt ein Tablett voller Zigarren heraus, die tadellos in Fächer unterschiedlicher Formate aufgereiht sind, jedes einzelne Fach passend für eine andere Zigarrenlänge. Eigentlich weiß ich nicht, für welche ich mich entscheiden soll, wenn ich eine kurze Zigarre wähle, um mir das Leben nicht allzu schwer zu machen (eine kurze kann ich nämlich schnell aufrauchen, wenn ich nach dem Anzünden merke, dass ich sie eigentlich nicht mag), wird der Geschäftsführer daraus folgern, ich hätte die Zigarre nur angenommen, um ihn nicht zu kränken – obwohl er eigentlich nicht wissen kann, ob ich gerne Zigarren rauche oder nicht, und auch nicht, dass ich einmal vor langer Zeit täglich Zigarren geraucht habe, und wenn ich heute keine Zigarren mehr rauche, das mehr an meiner Faulheit liegt, sie zu besorgen und auf die unvermeidlich richtige Feuchtigkeit und Temperatur bei der Lagerung zu achten –, deshalb wähle ich eine, die mir weder lang noch kurz, weder dick noch dünn vorkommt, denn nähme ich eine dicke, würde er mich vielleicht für einen Schmarotzer halten. Jedenfalls befinde ich mich am zweiten Freitagnachmittag im September um fünf Uhr achtundvierzig im Büro des Geschäftsführers mit einer Zigarre – einer Fonseca – zwischen Zeigefinger und Daumen. Er reicht mir eine Zigarrenschere, eine jener großen Zigarrenscheren mit Scherenblättern wie kleine Krummsäbel, und die Streichholzschachtel mit Streichhölzern aus Holz, die sicher zehn Zentimeter lang sind. Da ich beim Anzünden nichts sagen kann, weil mein Mund damit beschäftigt ist, an der Zigarre zu ziehen, nutzt der Geschäftsführer die Zeit, um zu einem anderen Schränkchen zu gehen, das an der Wand neben dem Fenster steht, vor dessen Scheiben ein Mann in grünem Overall einen Baum beschneidet. Der Geschäftsführer öffnet die Tür und holt zwei Gläser und eine Flasche Cardhu heraus.

– Einen Whiskey?

Ich nicke mit dem Kopf.

– Mit Eis?

Ich nicke noch einmal. Er legt in jedes der beiden Gläser drei Eiswürfel – »Schottisches Wasser«, sagt er – und schüttet zwei Fingerbreit Whiskey dazu, reicht mir eines der Gläser und sagt: »Was führt Sie zu mir?« Ich räuspere mich und sage, es sei mir klar, es seien noch mehr als drei Stunden bis Feierabend, doch sei ich ehrlich gesagt irgendwie träge – ist träge das richtige Wort? Oder vielleicht eher lustlos –, und ich könne zwar nicht genau erklären, warum, aber wenn ich ehrlich sei, würde ich gerne nach Hause gehen. Bevor er mir antwortet, schaut er mich ein paar Sekunden schweigend an.

– Ich verstehe Sie. Und ich sage Ihnen das nicht einfach

so, auch nicht, um gut dazustehen. Außerdem habe ich gar keinen Grund, bei Ihnen gut dastehen zu wollen, Sie verstehen schon, was ich meine. Ich verstehe das, weil Lustlosigkeit und Langeweile ein Ballast sind, den ich wirklich gut kenne. Und die Routine … Ach, die Routine! Die Routine macht müde, die Routine tötet jede Spontaneität, lässt das sprudelnde Leben schal werden und verwandelt es in Gleichgültigkeit. Ich, für meine Person, schaue ganz oft aus diesem Fenster. Normalerweise ist da niemand. Heute beschneidet dieser Mann den Baum, doch normalerweise ist der Mann nicht da, und ich sehe nur den Baum, immer denselben Baum, Tag für Tag. Es gibt Menschen, die können das genießen, jeden Tag denselben Baum zu sehen und zu beobachten, wie er sich entwickelt, wie die Jahreszeiten die Farbe der Blätter verändern, sie sogar abfallen und ein Monat kommt, in dem die Äste kahl sind. Sie betrachten den Baum an stürmischen Tagen, an denen die Äste rebellieren und die Blätter im Wind flattern, und auch an dem Regentag, an dem sie nass werden, und am Abend, wenn die Straßenlaternen sie silbrig glänzen lassen. Doch was mich betrifft, so langweilt es mich sehr, immer diesen selben Baum da draußen zu sehen, denn obwohl, wie ich gerade ausgeführt habe, die Blätter wirklich die Farbtöne wechseln, im Winter abfallen und im Frühling wieder sprießen, so ist dieser ganze Prozess derartig langsam (er dauert ja zwölf Monate), dass für mich offen gestanden der Baum von heute genauso aussieht wie der Baum von gestern. Ich fände es gut, wenn heute dieser Baum dastünde, dessen Namen ich nicht weiß, und morgen eine Palme, übermorgen ein Affenbrotbaum und überübermorgen eine Tanne voller Weihnachtskugeln. Ich weiß nicht, ob ich mich verständlich mache?
Ich nicke zustimmend mit dem Kopf.

– Manchmal frage ich mich, ob ich hier die restlichen Morgende und Nachmittage meines Arbeitslebens verbringen werde, bis an irgendeinem Tag vielleicht mein Sohn merkt, dass ich nicht mehr ganz richtig ticke, und mich nach Hause bringt, damit ich dort als Rentner eine neue Monotonie beginne. Doch ich werde Sie nicht weiter mit meinen Albträumen belästigen und den vielen Vorwürfen, die ich mir machen werde, wenn ich alt bin, weil ich bestimmte Dinge nicht gemacht habe, als dafür noch Zeit war. Nichts mehr davon! – er lächelt; ich lächle zurück.

– Gehen Sie nach Hause oder einen trinken. Kein Problem, ich meine das ernst. Wenn jemand, so wie Sie jetzt, in der Lage ist, ganz offen mit der Bitte an mich heranzutreten, ob er dreieinhalb Stunden früher Schluss machen kann, dann braucht er das auch. Niemandem fällt es leicht, die Furcht vor dem erstaunten Blick des Vorgesetzten zu überwinden, der ihm sagt, das komme gar nicht infrage, das mit dem Nachhausegehen dreieinhalb Stunden vor dem regulären Feierabend, ganz abgesehen von der Angst, er werde ihn von jetzt an immer in der Schusslinie haben.

Er zieht wieder an seiner Zigarre, so, dass die Aschenkrone einen Augenblick lang rot glüht. Ich bleibe noch ein paar Minuten, plaudere über dies und jenes, über die Arbeit, über die derzeitigen Lieblingsziele der Kunden, wie sie sich von den Trends beeinflussen lassen: Städte, die in einem Jahrzehnt nur von vieren besichtigt werden, sind im nächsten Jahrzehnt in, und umgekehrt. Damit das Gespräch sich nicht weiter in die Länge zieht, trinke ich den Whiskey verstohlen in drei großen Schlucken aus: So scheint es, als könne ich eigentlich den ganzen restlichen Nachmittag plaudernd mit ihm verbringen. Ich stehe auf, als im Glas nur noch die Eiswürfel sind.

– Gut, also ich gehe jetzt.

– Gehen Sie nach Hause?

– Mmmh … Ja, ich denke schon.

– Dann einen Moment noch –. Er öffnet eine Schreibtischschublade, holt eine Schachtel mit kleinen schwarzen Pralinen hervor und reicht sie mir. – Das ist für Ihre Frau. Sagen Sie ihr schöne Grüße von mir.

Ohne im Schritt innezuhalten, schnappe ich den Trenchcoat an der Garderobe im Flur und ziehe ihn über, während ich an den Schreibtischen entlanggehe und mit der Hand den Kollegen zuwinke, sie erwidern meinen Gruß mit lustlosen Bewegungen und einem Blick, der die Langeweile unter Beweis stellt, in der sie dahinvegetieren, es kommt ihnen nicht einmal die Möglichkeit in den Sinn, sich (oder auch mich) zu fragen, warum ich gehe; geschweige denn aufzustehen, um Erlaubnis zu bitten und ebenfalls nach Hause zu gehen. Ich trete auf die Straße hinaus mit der Zigarre im Mund und Rauchschwaden um mich herum, die mir in den Augen brennen und sich sofort auflösen. Der Duft ist so köstlich, dass die Leute beim Vorbeigehen den Kopf heben, um ihn einzuatmen, und umgehend glücklich lächeln. Wäre mein Mund nicht so mit dem Ziehen an der Zigarre beschäftigt, hätte ich angefangen zu pfeifen. Was hätte ich gepfiffen? Eine fröhliche Melodie zweifellos. Siboney nicht, obwohl es die erste ist, die mir einfällt, und ich würde sie gerade deswegen nicht pfeifen, weil es die erste ist, die mir einfällt, wenn ich etwas überspielen will. Man pfeift Siboney, wenn man als Kind beim Klauen eines Päckchens Kaugummi von der Theke eines unaufmerksamen Ladenbesitzers das Gesicht wegdreht. Man pfeift Siboney als Jugendlicher, wenn einen die Mutter fast beim Masturbieren erwischt hätte und man gleichzeitig die Pornozeitschrift in der Schublade und die Erektion in der Hose verstecken und zudem noch diese ganzen hastigen Handbewegungen und das rot gewordene Gesicht erklären muss. Man pfeift Siboney, wenn man am Strand auf der Bank einem Mädchen – mit dem man zum zweiten Mal ausgeht, in der festen Absicht ihre Brust zu berühren – den Arm um die Schultern legt und weiß, sie würde dieses Siboney als Ironie verstehen, als den klaren Hinweis darauf, dass es heute passieren wird. Was hätte ich also pfeifen können? Die Melodie der sieben Zwerge aus Schneewittchen, wenn sie von der Arbeit nach Hause kommen, ist zu miesepetrig und kindisch. Ideal wäre etwas zwischen Burt Bacharach und Frank Sinatra, doch mit mehr Trompeten, oder eine Melodie aus einem Film mit Doris Day und Rock Hudson. Stattdessen pfeife ich gar nichts, rauche vor mich hin, stehe vor dem Schaufenster eines Hemdenverkäufers und überlege, ob die wunderschöne grüne Krawatte die siebzig Euro wert ist, die auf dem Preisschildchen stehen. Sie ist es nicht. Ich gehe ein Stückchen weiter, um nach wenigen Metern wieder vor einem Schaufenster stehen zu bleiben, diesmal vor einem Blumenladen. Es ist ein relativ neuer Blumenladen. Er muss seit ungefähr einem Monat offen sein, vielleicht eineinhalb Monate. Ich laufe jeden Tag auf dem Heimweg an ihm vorbei und habe ihn noch nie betreten, denn ich kaufe nur sehr selten Blumen. Ich erinnere mich, einmal hatte ich vor vielen Jahren Blumen gekauft, um den Zorn einer Geliebten zu beschwichtigen, und für Julia an einem Tag, an dem wir besonders verliebt waren, und als Anna und Daniel geboren wurden. Viermal insgesamt vielleicht.

Tür und Schaufensterrahmen sind aus dunkelgrün gestrichenem Holz, und der Name steht in goldenen Lettern in englischer Schreibschrift angeschrieben. Der ganze Fußboden vom Gehweg bis zur Ladentheke ist voller Blumentöpfe mit Pflanzen und großer Kübel mit Margeriten, Nelken, Lilien, Stiefmütterchen, Primeln und Gladiolen. Als ich die Tür aufdrücke, klingelt ein Glöckchen. Die Verkäuferin begrüßt mich mit einem lächelnden »Guten Tag«. Sie ist ungefähr zwanzig, mit langen Haaren und lebendigen Augen. Ich stoße eine Rauchwolke aus, ehe ich antworte.

– Guten Tag.

– Welch wunderbarer Duft. – Die Frau schließt die Augen und macht ihre Nasenlöcher weit auf. – Ich liebe Tabakgeruch.

– Tabak generell oder nur Zigarre? – frage ich nach.

– Jegliche Art von Tabak – antwortet sie. – Natürlich Zigarre: Panatella genauso wie Corona oder Double Corona. Oder die etwas dickere … wie heißt sie gleich?

Ich schüttele den Kopf und zucke mit den Achseln, weil ich keine Ahnung habe, wovon sie spricht. – Robusto! Ich rauche keine Zigarren, aber ich bin ganz verliebt in ihre diversen Düfte.

Ich stimme zu, während sie weiterredet: – Ich bin begeistert von der Lusitania. Und der Punch Double Corona und der Punch Punch und der Grandes de España und der Ramón Allones und der Epicur (der 1 und der 2) und der Hoyo de Monterrey de José Gerner … Aber meine besondere Affinität zu Zigarrengeruch braucht Sie nicht glauben zu lassen, ich könnte mich nicht für andere Tabaksorten begeistern. Zum Beispiel Pfeifentabak. Ich sage das deshalb, weil es ganz und gar nicht sicher ist, dass alle Pfeifentabak mögen, von dem man ja sagt, er rieche so überaus gut, dass jedermann ihn gerne mag; nicht einmal alle, die gerne Zigarren riechen, deren Rauch ja gemeinhin als weniger verführerisch betrachtet wird. Ich kenne Leute, die riechen gerne Zigarren, können aber den Geruch von Pfeifentabak nicht ausstehen. Lieber als Pfeifentabak mit Mango-, Kirsch- oder Weinbrandaroma mag ich persönlich einfachere Düfte wie die von Redford's oder die diversen Dunhills, angefangen bei dem ersten, den man morgens raucht, dem Early Morning, bis zu dem, den man vor dem Schlafengehen raucht, dem Nightcup. Und den Van Nelle, auch wenn es Tabak zum Drehen ist. Den Geruch von fertigen Zigaretten mag ich auch, und nicht nur den von hellem Tabak, wie anzunehmen: diesen samtenen Benson & Hedges oder Craven A.

Ich mag auch den Geruch von schwarzem Tabak, der heutzutage viele stört: Rex, Coronas, Gitanes. Sogar Ducados, deren Geruch viele als Gestank empfinden, vor allem in einem schlecht gelüfteten Taxi, also auch die rieche ich gerne, denn sie erinnern mich an den strengen Geruch der Zigaretten, die mein Vater geraucht hat, und an seine nikotingelben Finger. Als kleines Mädchen nahm ich gerne seine Hand, steckte meine Nase hinein und schnupperte daran. Haben Sie gelbe Finger?

Sie schaut mich an, die Ellbogen auf die Ladentheke gestützt. Jedes Wort, was sie sagt, ist ein Klingen im Nachmittag: Mit ihrem ersten Wort haben die Geräusche von der Straße aufgehört zu sein. Auch meine Ellbogen sind auf der Theke aufgestützt, und mein Kopf liegt in meinen Händen, ich betrachte sie so gebannt, ich könnte nicht sagen, wieso unsere Gesichter sich auf einmal so nah gekommen sind. Haben wir sie nach und nach aufeinander zubewegt, ohne dass einer von uns sich dieser Bewegung bewusst war? Hat sie ihr Gesicht mehr nach vorne bewegt als ich oder ich meines mehr als sie? Wir schauen uns so tief in die Augen, dass ich jedes einzelne Haar ihrer Wimpern erkennen kann, und mit jedem einzelnen freunde ich mich an. Als ich schließlich die Augen schließe, sehe ich sie im Geist immer noch, sich ganz sanft bewegend, den Tiefen und Höhen ihrer Stimme folgend, die weiter die Qualitäten jeglicher Tabaksorte moduliert. Ich brauche ihr nicht zu antworten, dass meine Finger nicht gelb sind, denn sie selbst hat meine rechte Hand ergriffen, um nachzusehen. Und danach hat sie die Hand nicht wieder losgelassen und hält sie immer noch. Eigentlich brauchen wir fast gar nichts zu sagen; es reicht, den frischen Atem des einen in dem leicht offenen Mund des anderen zu spüren. Genau in diesem Moment öffnet sich plötzlich die Tür, und zwei dick in Mäntel gepackte Damen betreten den Laden. Sie gehen zur Ladentheke und fragen, ob es Katzengras gebe. Sie schauen mich an und sagen, vielleicht zur Rechtfertigung, weil sie nicht gewartet haben, bis sie an der Reihe sind: »Denn wenn es keines gibt, warten wir nicht.« Daraufhin richten wir, die junge Frau und ich, uns auf; und in der Röte ihrer Wangen spiegelt sich meine. Den Damen sagt sie, ja, sie habe Katzengras. Dann wendet sie sich an mich.

– Was wünschen Sie also?

– Einen Blumenstrauß. Rosen zum Beispiel.

– Sind sie für Ihre Freundin? – fragt sie leicht lächelnd.

– Für meine Frau.

– Eine glückliche Frau. – Jetzt lächelt sie ganz, mit einer Augenbraue, die einer Tilde gleicht.

– Genauso glücklich wie der, der diesen blauen Fleck an Ihrem Hals hinterlassen hat – antworte ich, und sie legt ihre Hand darauf, um den Knutschfleck zu verstecken.

An der Wohnungstür warten Anna und Daniel mit offenen Armen auf mich. Vom Esszimmer aus beobachtet Julia an die Tür gelehnt die Szene. Um beide Kinder ohne Probleme in die Arme nehmen zu können, werfe ich ihr den Rosenstrauß zu, der den ganzen Flur entlang über die ungeduldig trippelnden Kinder hinweg einen langsamen Bogen malt und schließlich in den geschickten Händen von Julia landet.

– Wir standen am Fenster – sagt Anna. – Wir spielten Automarken raten und da haben wir dich kommen sehen. Heute hast du früh Schluss gemacht.

Die beiden Kinder sind so leicht, dass ich kaum ihr Gewicht auf meinen Armen spüre. Ich nähere mich Julias Gesicht, und wir küssen uns; ich mag den Geschmack von gerade aufgelegtem Lippenstift; sie weiß es, und deshalb schminkt sie sich die Lippen, wenn sie mich kommen sieht. Dann, während sie eine Blumenvase mit Wasser füllt, um die Rosen hineinzustellen, ziehe ich sie an mich heran, mache den Rückenausschnitt etwas auf und lasse die Pralinenschachtel hineingleiten. Anna und Daniel ziehen an meinem rechten Hosenbein, damit ich mit ihnen spielen gehe.

Beim abendlichen Nachtisch, als ich aus der Küche komme mit den Händen und Unterarmen voll mit vier Tellern Eis und Erdbeeren, liegen unter dem kleinen Löffel die Zeugnisse mit den Noten der Sommerschule. Anna und Daniel lassen kein Auge von mir, so gespannt sind sie auf meine Reaktion bei jeder Note. Alle sind ausgezeichnet, außer einem Gut in Naturwissenschaften bei Daniel. Sie wissen, dass Julia und ich uns über ihre guten Noten freuen, und verlangen deshalb Verlängerung, als ich sie ins Bett schicke.

– Es ist Freitag!

Ja, es ist Freitag, und freitags und samstags lassen wir sie immer ein wenig länger aufbleiben. Nach dem Spielen und dem Essen und ohne große Lust auf irgendetwas anderes, als auf dem Sofa herumzulümmeln, beschließen wir, jetzt sei der Moment, den Fernseher einzuschalten. In verschiedenen Programmen gibt es hervorragende Spielfilme, und es fällt schwer, sich für einen zu entscheiden. Alle fangen gerade an, und in den Kanälen, in denen gerade keine ausgezeichneten Spielfilme laufen, bringen sie Sendungen, in denen sich Unterhaltung mit Intelligenz und Qualität verbindet, sowohl formal als auch argumentativ und sogar didaktisch, was wichtig ist, da dadurch die Kinder nicht eine Kleinigkeit von dem verpassen, was auf dem Bildschirm passiert, auch wenn es nur für kurze Zeit ist, denn bald sind sie eingeschlafen – Daniel auf dem Schoß seiner Mutter und Anna auf meinem –, und mit einem Blick wissen Julia und ich, was wir zu tun haben: Sie auf unseren Armen ins Doppelstockbett tragen: Daniel nach oben und Anna nach unten. Als beide drin liegen, bis zum Kinn zugedeckt, sehen Julia und ich uns in dem gelblichen Licht an, das aus dem Wohnzimmer scheint. Neun Jahre zusammen, mit zwei Kindern, und noch immer haben wir Lust aufeinander. Bei mir spüre ich das im Unterleib, und bei ihr lese ich es in den Augen. Als retardierendes Moment, um uns die Lust der Verzögerung zu geben, schlage ich vor:

– Was hältst du von tanzen gehen?

Ich gehe eigentlich nicht so gerne tanzen. Aber da ich weiß, dass Julia ganz verrückt nach tanzen ist, genieße ich es, ihr dieses Vergnügen zu verschaffen.

– Wir haben keinen Babysitter angerufen, und es wird sehr schwer sein, um diese Uhrzeit noch einen zu finden.

Wie von einer Feder in Betrieb gesetzt – doch ohne völlig aufzuwachen –, setzen sich Anna und Daniel mit geschlossenen Augen in ihren Betten auf.

– Macht euch darüber keine Gedanken – sagt Anna leise und ohne die Augen zu öffnen.

– Wir sind schon groß genug – sagt Daniel. – Geht ruhig aus, wir bleiben hier und schlafen genauso weiter wie bisher. Ohne Probleme.

– Schließt die Tür von außen mit dem Schüssel ab. So müsst ihr euch keine Sorgen machen – sagt Anna. – Und lasst einen Schlüssel auf der Kommode in der Diele, falls doch etwas passiert, und wir die Tür öffnen müssen, um hinauszurennen.

– Doch ihr wisst ja, es passiert nie etwas – argumentiert Daniel. – Es brennt nie, die Erde bebt nicht, und es bricht auch kein böser maskierter Einbrecher durch das Fenster ein.

Noch im Schlaf lachen die Kinder mit uns. Sie lachen allerdings leise, um nicht aufzuwachen.

– Was meinst du? – fragt Julia.

– Geht tanzen, wirklich – insistiert Daniel. – So müde, wie wir sind, werden wir nicht ein Mal aufwachen: Ihr werdet zurückkommen und uns genauso vorfinden wie jetzt.

Der Club, den wir zu Beginn unserer Beziehung immer besucht hatten, hat sich völlig verändert, aber nicht zu seinem Nachteil. Er ist nun kein dunkles Lokal mehr, dessen Charme zum großen Teil in seinem etwas verlotterten und staubigen Aussehen lag. Jetzt ist alles hell und funktional, mit verschiedenen Tanzflächen, jede für eine bestimmte Musikrichtung, und vollkommener Akustik. Die Ineffizienz der alten Kellner – die uns früher bezauberte – wurde durch eine exquisite Effektivität ersetzt. Zwischen den Tänzen auf den einzelnen Tanzflächen bestellen wir Drinks an jeder der vielen Bars. So sind wir dort bis in die frühen Morgenstunden, und da draußen eine ideale Temperatur herrscht, nehmen wir für den Heimweg kein Taxi wie auf dem Hinweg, sondern gehen zu Fuß und küssen uns unter jedem Baum. Neben dem achtzehnten Baum, unter dem wir uns küssen, bettelt ein Mann mit einem jahrealten Bart, zwei Mützen auf dem Kopf, mit Pergamenthaut und Pullover, Schals und Mäntel übereinandergezogen, um Almosen. Ich ziehe einen Schein aus der Brieftasche und reiche ihn ihm. Der Mann betrachtet ihn einige Sekunden lang, und während er ihn in eine der Taschen seiner vielen Kleidungsstücke steckt , sagt er:

– Für dieses Geld danke ich Ihnen sehr. Ich hoffe, es bedeutet für Sie kein übermäßig großes Opfer. In meiner derzeitigen Lage ist es zweifellos das, was man in einer früheren Epoche mit stärkeren religiösen Überzeugungen als ein Geschenk des Himmels bezeichnet hätte. Vielen Dank, wiederhole ich noch einmal, für diesen finanziellen Beitrag, der mich, ohne mich definitiv aus dem Elend zu retten, doch glücklich macht; vielleicht nicht unendlich glücklich; denn nur wenige Dinge könnten mich unendlich glücklich machen in der Lage, in der ich mich persönlich und gesundheitlich befinde, doch glücklich genug, zumindest angemessen glücklich, um Ihnen zum dritten und letzten Mal zu danken.

Ein paar Meter weiter bittet ein anderer Mann um Almosen, und wir geben ihm ebenfalls etwas. Kurz darauf kommen wir auf die Rambla, und auf einem niedrigen Hocker, der als Sockel dient, sehen wir einen reglosen, als Charlie Chaplin verkleideten Mann. Wenige Meter weiter steht ein anderer in der Kleidung eines Soldaten aus dem alten Ägypten und von Kopf bis Fuß kupferfarben eingefärbt, einschließlich Lanze und Rock. In die Kistchen, die sie vor sich auf dem Boden stehen haben, werfen wir Scheine, für die sie mit weniger Überschwänglichkeit danken, als sie sich wünschen würden, denn der Brauch schreibt ihnen vor, für jede Gabe nur eine einzige Körperbewegung zu machen und dann wieder stillzustehen. Andere Passanten werden von uns angesteckt und lassen ebenfalls Scheine fallen – wodurch einen Moment lang weder Charlie Chaplin noch der Ägypter aufhören können, sich zu bewegen, und mir scheint, sie verzählen sich und machen eine Bewegung weniger, als ihnen zustünde, aber niemand macht ihnen einen Vorwurf. Julia und ich laufen die Rambla hoch und bei jeder neuen Statue – einem Cowboy, der ebenfalls aus Kupfer ist, einem versilberten Römer, einem aschfarbenen Kolumbus – lassen wir etwas Geld, und alle lächeln glücklich. Ein blaufarbener Sioux, der uns seit einer Weile beobachtet, steigt von seinem Sockel herunter, kommt auf uns zu und sagt:

– Es springt einem in die Augen, dass Sie großzügige Menschen sind, aber ich befürchte, Ihre Nächstenliebe übersteigt am Ende Ihre Wirtschaftskraft. Darum möchte ich Ihnen sagen, machen Sie sich keine Gedanken, wenn Sie mir nichts geben.

Aber warum ihm nichts geben? Diesem und allen anderen, die wenig Gier zeigen und uns ermöglichen, ihnen nicht nichts, sondern statt einem zwei Scheine zu geben. Sodass wir, ehe wir zu Hause sind, an einem Geldautomaten anhalten müssen, um Geld abzuheben, damit wir alle Elenden auf unserem Weg an unserem Glück teilhaben lassen können.

Als wir die Wohnungstür öffnen, versuchen wir ganz leise zu sein. Alles ist dunkel, außer der Lampe auf der Kommode im Esszimmer, die wir immer als Orientierungs- und Leitpunkt in der Nacht anlassen, falls die Kinder aufwachen und aufs Klo gehen oder Wasser trinken wollen. Beide schlafen selig in ihrem Zimmer, keine Bewegung, kein Atemstillstand. Im Bad putzen Julia und ich uns die Zähne, Seite an Seite, und umarmen uns zwischendurch. Danach gehen wir ins Bett.

– Du musst müde sein – flüstert Julia. – Und hast sicher keine Lust zum Vögeln …

In Wirklichkeit sagt sie es mit Fragezeichen: »Und hast sicher keine Lust zum Vögeln …?« Und ob ich Lust habe. Im selben Augenblick befinden wir uns aufeinander, pim, pam, hopp, und schon sind wir mittendrin. Eine halbe Stunde und eine Minute später kommt Julia, vier Minuten vor mir. Ich schlafe ein, an ihren Rücken geschmiegt, in jener Stellung, die man Löffel nennt – wegen der Ähnlichkeit mit den Löffeln, die im Besteckkasten ineinander liegen –, sodass ich nach einer unbestimmbaren Zeit in diesen kurzen Nachtstunden spüre, wie sich mein Glied zwischen ihren butterglitschigen Beinen aufrichtet und sich, da sie mir mehr unbewusst als bewusst ihr Hinterteil entgegenreckt, in sie hineinbohrt. Danach erinnere ich mich an fast gar nichts mehr, bis ich im hellen Morgen, der das Rechteck der Balkontür blau malt, aufwache und meine Eichel in ihrem feuchten Mund spüre, der sich in diesem Moment eher darauf beschränkt, Wärme zu spenden als Lust. Als einige Minuten später die ersten Sonnenstrahlen durchs Fenster scheinen und die Kinder ins Zimmer stürmen, befindet sich ihre Mutter noch unter der Bettdecke.

– Guten Morgen! – sagt Anna. – Zeit zum Aufstehen!

Ich schicke sie frühstücken.

– Einverstanden, Papi! – sagt Daniel.

Sie ziehen lachend von dannen und schubsen sich aus Jux gegenseitig, denn Anna und Daniel würden sich nie im Leben schubsen, um einander wehzutun. Während Julia mir den Zeigefinger in den Anus bohrt, höre ich, wie die Kinder den Kühlschrank öffnen, das Klappern von Tellern und Besteck, und auf einmal ergieße ich mich in den Mund ihrer Mutter. Es vergehen noch einige Sekunden, ehe sie wieder unter der Bettdecke auftaucht, völlig verstrubbelt, mit glühenden Augen und einem vollen Mund. Sie nähert sich meinem Mund und gibt genau die Hälfte weiter, ohne dass ich ein Anzeichen von Abwehr zeige, wie einige Männer es zu tun pflegen, ganz im Gegenteil. So verbringen wir eine Weile damit, uns gegenseitig die Lippen zu lecken, damit nicht ein Tropfen verloren geht – ihre Zunge sucht auf meinem Zahnfleisch, meine Zunge sucht auf ihren Backenzähnen –, bis ganz sicher nicht der winzigste Tropfen übrig ist. Dann begeben wir uns in die Dusche, die wir sofort auf die richtige Temperatur einstellen.

In der Küche haben die Kinder den Frühstückstisch auch für uns gedeckt: Croissants, Schnecken, Löffelbiskuits, Cornflakes. Und mitten auf dem Tisch steht der Strauß roter Rosen, den ich gestern mitgebracht habe.

– Fahren wir heute in unser Haus nach Salou? – fragt Daniel.

Auf Julias Gesicht lese ich, auch sie hat keine große Lust, sich ins Auto zu setzen und aus Barcelona hinauszufahren.

– Nein – sage ich mit einer gewissen Sorge, es könne die Kinder traurig machen, nicht nach Salou zu fahren, doch es macht sie überhaupt nicht traurig.

– Gehen wir dann zu den Clowns? – fragt Anna mit sehnsüchtigen Augen.

Seit Tagen reden wir davon, eines Tages zu den Clowns zu gehen, doch wir haben es immer verschoben, weil wir Angst hatten, es könnte sie traurig stimmen. Viele Kinder amüsieren sich nicht, wenn sie das erste Mal eine Darbietung mit Clowns sehen, sondern werden in Furcht und Schrecken versetzt und weinen. Das weiß man ja; jeder kennt einen Fall, wenn nicht persönlich, dann aus Kino oder Fernsehen. Immer wenn von Clowns die Rede ist, erinnert sich in dem einen oder anderen Moment jemand an zwei Dinge: Clowns weinen im Innern und lachen nach außen hin, und manche Kinder weinen, wenn sie das erste Mal einen Clown sehen. Man erzählt sich auch noch etwas Drittes über Clowns, doch, so sehr ich auch grübele, fällt mir das gerade nicht ein. Nach dem Frühstück steigen wir also in den Van und fahren zum Park. Wir finden sofort einen Parkplatz, sogar einen neben dem Haupteingang, der direkt hinter dem meisterlichen Denkmal von Apel·les Fenosa liegt. Obwohl wir erst eine Minute vor Beginn der Vorführung da sind und das Theater schon ziemlich voll ist, finden wir in der vierten Reihe in der Mitte vier leere Plätze.

Wie lachen Anna und Daniel! Viele andere Kinder lachen auch; andere wiederum lachen nicht und schauen mit ganz ernsten, tellergroßen Augen zu, doch kein Kind weint.

Es sind zwei Clowns von der klassischen Sorte – ein weißer Clown mit seinem dummen August –, doch die Späße und Witze sind richtig lustig. Weder erzählen sie zum Beispiel den Witz von der Wüste Gobi und der wüsten Gabi noch den mit dem Pfund Federn und dem Pfund Blei. Wir verlassen vergnügt das Theater, und im Auto auf dem Weg ins Restaurant erinnern wir uns an die Witze, über die wir am meisten gelacht haben. Im Restaurant bekommen wir einen Tisch direkt an der langen Fensterfront. Man kann die Hafeneinfahrt und die schaukelnden Schiffe sehen. Da wir alle darauf Appetit haben, bestellen wir Paella.

– Mit Meeresfrüchten oder mit Kaninchen und Hähnchen?

– Sie können sie auch gemischt haben – sagt der Kellner.

– Nein, nicht gemischt! – schreien Anna und Daniel wie aus einem Mund. – Mit Kaninchen und Hähnchen!

Es ist eine riesengroße Paella, die nach Rosmarin duftet, mit grünen Bohnen und allem, was dazugehört; der Reis ist genau richtig, nicht zu hart und nicht zu weich, und hat auch noch Kruste; es ist köstlich, sie mit dem Löffel herauszukratzen.

Wieder zu Hause strecken Julia und ich uns auf dem Sofa aus. Anna und Daniel spielen in ihrem Zimmer Doktorspiele und stecken sich gegenseitig Thermometer in den After und lachen dabei. Julia und ich sind vor dem Fernseher halb eingeschlafen. Ich weiß nicht genau, was kommt, denn dann und wann wechseln wir das Programm und gucken uns eigentlich nichts richtig an; es sind alle Sendungen so gut, dass wir uns nicht entscheiden können, und insgesamt wird schließlich alles zu einem nebligen, angenehmen Gemurmel, aus dem mich mein eigenes Schnarchen weckt. Aus dem Augenwinkel schaue ich auf die Esszimmeruhr. Halb sechs abends. Ich fühle mich entspannt und träge. Die Kinder spielen glücklich – ich höre das Lachen und Seufzen aus dem Kinderzimmer –, neben mir liegt Julia im Halbschlaf mit dem Kopf auf meinem Bauch. Doch … Und dann denke ich: »Und wenn ich einen trinken ginge?« Ich fühle mich wohl zu Hause, es tut gut, Julias Kopf auf meinem Bauch zu haben, es ist gut zu hören, wie die Kinder spielen, lachen und die Geheimnisse des Lebens erforschen. Doch, wenn ich nun einen trinken ginge? Warum nicht? Ganz sachte hebe ich Julias Kopf an und lege ihn auf ein Kissen. Sie blinzelt mit einem Auge, und ich sage ihr dann, ich würde mich ein bisschen langweilen und könne ihr zwar nicht genau sagen, warum, aber ich hätte Lust, mir die Beine zu vertreten.

– Dafür habe ich volles Verständnis – sagt sie. – Und das sage ich nicht, um dir zu gefallen. Ich verstehe dich, weil ich dieselbe Tranigkeit verspüre. Alles ist an seinem Platz und so gemütlich, davon wird man tranig. Es ist nicht so, dass ich mich jetzt nach Ungemütlichkeit sehne, nach Unglück oder Traurigkeit; überhaupt nicht. Ich möchte, dass das Leben ruhig vor sich hin plätschert, ohne allzu große Störungen, doch manchmal ängstigt es mich auch, wenn alles so ruhig ist. Und um die Angst loszuwerden, zähle ich dann alle Krankheiten auf, die uns heimsuchen könnten; die Kinder, dich und mich. Herz-Kreislauf-Krankheiten, Lungen- und Verdauungskrankheiten, hormonelle Erkrankungen, Nerven-, Nieren-, und Krebserkrankungen, einzeln oder mehrere auf einmal. Doch wir, du oder ich oder auch beide gleichzeitig, könnten auch arbeitslos werden, obwohl mich das nicht so sehr belasten würde, denn ich weiß, früher oder später würden wir das schon schaffen. Ich denke auch darüber nach, was passieren würde, wenn wir uns eines Tages nicht mehr lieben würden, wenn wir uns plötzlich über hätten. Ich öffne meine Arme, so als wollte ich sagen: »Das, was du da sagt, kann nicht passieren!«

– Doch, doch es kann passieren. Jedenfalls kann ich, wenn ich an diese Dinge denke, auch wieder die Gemütlichkeit schätzen und die mit ihr einhergehende Lähmung. Ich weiß, das ist ein sehr altes Hilfsmittel. Ich erinnere mich, wenn ich als kleines Mädchen traurig war, sagte mir Mutter immer: »Jammer nicht und denk an die, denen es schlechter geht als dir.« Ich rebellierte damals dagegen und dachte, das sei eine opportunistische Haltung. Hätten wir klaglos die ganzen Lebensbedingungen als etwas Unabänderliches akzeptiert, würden wir heute noch in Höhlen leben. Doch vermutlich bin ich einfach älter geworden, vor allem seit Anna und Daniel, die beiden Süßen, da sind. Schluss der Rede. Geh, geh einen trinken. Geh ins Kino. Oder geh ins Theater. –

Ich schaue sie entsetzt an. – Los, geh einen trinken. Seit wann bist du nicht mehr ausgegangen und betrunken nach Hause gekommen? Wenn du Lust hast, fahr nach Salou und übernachte dort.

So bleibe ich noch ein paar Minuten und plaudere über dieses und jenes, damit es nicht so aussieht, als würde ich es kaum aushalten, wegzugehen. Schließlich stehe ich auf, gebe ihr einen Kuss, verabschiede mich von den Kindern – die kaum darauf achten, so lachen und genießen sie ihre anatomischen Entdeckungen –, schnappe meinen Trenchcoat an der Garderobe, werfe ihn mir über und trete auf die Straße hinaus.

Eine Weile laufe ich scheinbar ziellos herum. Erst biege ich in die eine Straße ein, dann nehme ich eine andere. Alle Läden sind offen, und die Leute gehen hinein und kommen mit Tüten beladen wieder heraus, die aus Plastik sind farbiger als die aus Papier, die normalerweise nüchterner aussehen: grau, grün, schwarz, braun, beige. Instinktiv laufe ich die Straßen entlang, die ich auch an Arbeitstagen benutze, allerdings ohne Zeit zu bummeln. Ich würde lügen, würde ich behaupten, ich sei rein zufällig an dem Blumenladen vorbeigekommen. Doch jetzt, da ich nun mal da bin, trete ich ein. Das Glöckchen der Tür ertönt mit dem Klang vom Tag zuvor. Hinter der Theke steht aber eine junge Frau mit blonden, kurzen Haaren und tiefschwarzen Augen.

– Guten Tag – grüße ich.

– Guten Tag.

Eigentlich weiß ich nicht, was ich sagen soll. Ich habe weder darüber nachgedacht, was ich sagen oder machen soll, wenn die andere Floristin da ist, noch, wie in diesem Fall, wenn sie nicht da ist. Doch die Frau kommt mir zuvor.

– Marta ist im Moment nicht da.

– Marta?

– Meine Schwester. Sie haben sich gestern mit ihr unterhalten. Sie haben einen roten Rosenstrauß mitgenommen, stimmt's?

Sie beugt sich vor, stützt ihre Ellbogen auf die Ladentheke und schaut mich an. Der Abend bricht an, Beirut brennt, in Ohio bringt ein Jugendlicher acht Mitschüler um, und Gonzalo Comella vom Passeig de Gràcia löst Alarm aus, als eine Frau versucht, das Geschäft mit einem Rock zu verlassen, den sie nicht bezahlt hat. Um keine Zeit mit weiteren Einzelheiten zu verlieren, erzähle ich hier nur, dass Sara – sie heißt Sara – wenig später die Ladentür schließt. Zwölf Minuten später sitzen wir in einer nahe gelegenen Bar, plaudern und streicheln unsere Hände: erst ich ihre, dann sie meine. Hundertvierzehn Minuten später liegen wir in ihrem Bett in der kleinen Wohnung über dem Blumenladen. Drei Stunden und zwölf Minuten später weckt uns ein Licht, das im Flur angeht. Umgehend erscheint die Silhouette ihrer Schwester in der Tür. Während sie mit Sara schimpft, zieht sie sich aus und kommt zu uns ins Bett.

Gegen fünf, gut zugedeckt und ohne aus dem Bett zu steigen, macht der erste Joint die Runde. Wenig später gibt es nur noch die vielfache Wärme in jedem Zentimeter Haut und dieses althergebrachte Spiel, aus der einen herauszuschlüpfen, um in die andere einzudringen. Alle paar Stunden schaue ich auf die Uhr an meinem Handgelenk, und die Zeiger haben sich kaum um fünf Minuten bewegt. Bis zum Morgen müssen Wochen vergehen! Wochenlang an die Decke schauen, an der ein Mobile mit Schiffchen und Fischchen schwingt. Dann zu den Postern mit Schauspielern und den Mappen mit Notizen aus der Uni und einem Porzellanhund und wieder zu den Schiffchen und den Fischchen mit lauter Schatten, die einen Tanz tanzen, der langsamer und immer schneller wird. Der zweite Joint kommt danach, als Sara von einem Dorf erzählt, das sie kennt, in der Nähe der Grenze. »Welcher Grenze?«, fragt Marta mit einer strengen

Aufmerksamkeit, die sich ab und zu in Lachen auflöst. Ich liege da mit dem Blick auf die Fische des Mobiles, um so nicht die Schiffe sehen zu müssen. Sara erzählt, dieses Dorf in der Nähe der Grenze in den Bergen – »Natürlich, die Grenze in den Bergen …«, sagt Marta, und jetzt pruste ich vor Lachen los – liege in einer weiten Ebene, wo der Wind so stark bläst, dass die Dorfbewohner, um nicht weggeweht zu werden, sich Steine in die Taschen stecken müssen. Steine, die zwei, drei oder zwanzig Kilo wiegen. Die Steine, die nicht in die Taschen passen, weil sie zu groß oder so schwer sind, dass sie die Kleider zerreißen würden, tragen sie mit der Hand. Je kleiner sie sind, desto mehr oder schwerere Steine tragen sie logischerweise, um ihr geringes Körpergewicht zu kompensieren. Je größer und schwerer sie hingegen sind, desto weniger bzw. desto leichtere Steine können sie tragen. Jede Art von Stein ist für die erforderliche Funktion geeignet, doch die Dorfbewohner schätzen besonders Granit. Nur in den Häusern können sie die Steine auf der Erde ablegen und leichten Fußes gehen. Natürlich macht ihnen das Laufen mit Steinen Probleme. Die Kinder zum Beispiel – die so leicht sind, dass sie ohne Steine schon beim geringsten Windstoß davonfliegen würden – lernen in den Häusern laufen, doch wenn sie auf die Straße hinaustreten, füllt man ihre Taschen, und dann können sie sich nur noch mit großer Mühe fortbewegen. Aus diesem Grund gibt es kein Spielen auf der Straße, weder Himmel und Hölle noch Seilspringen noch Verstecken. Dagegen spielen sie in einem fort Gesellschaftsspiele, die sie bald unsäglich langweilen. Dieser Mangel an körperlicher Bewegung führt zu einer dauerhaften Schwäche ihrer unteren Gliedmaße. In der Nacht, wenn der Wind wirklich stark bläst, können sie vor Angst nicht ins Bett gehen. Sie sitzen um den Tisch herum und reden über den Wind. Das können sie stundenlang tun, jede Nuance der Geräusche, die er draußen zwischen Bäumen und

Schornsteinen macht, wird bewertet und diskutiert, die Stärke des Windes gestern im Vergleich zum Wind von heute und zu dem, den sie für morgen vorhersehen. Und über Dolmen und Menhire. Sie sind zahlreich in der Gemeinde, denn Menhire sind die Steine, die die Menschen von früher benutzten, um nicht davonzufliegen. Stellt euch vor, was für Riesen das gewesen sein müssen, dass sie so große Steine brauchten! Die Kinder, sagt Marta, erinnern sie immer wieder daran, dass jeder fortgeflogen ist, der sich die Steine aus den Taschen genommen hat, weil er glaubte, wenn der Wind anfängt zu blasen, könne er sie sich rechtzeitig wieder einstecken. Wie der Sohn des Zeitungsmannes, erzähle ich, der im Laden stand, und um die Stapel besser übereinanderschichten zu können, legte er für einen Moment die Felsbrocken, die er in der Tasche hatte, auf den Fußboden. Nie im Leben hätte er das tun dürfen, denn plötzlich hob der Wind mit solch einer Kraft an, dass er die Tür sperrangelweit aufriss und der Junge die Felsbrocken nicht wieder einstecken konnte. Er versuchte, sich an die Ladentheke zu klammern, fügt Marta hinzu, doch die Finger glitten daran ab. Er bemühte sich, die Fingernägel in das Resopal zu bohren, doch allmählich verlor er den Boden unter den Füßen und wurde schließlich vom Wind verschlungen, hochgehoben wie ein Ballon, um ihn herum flogen die Zeitungen, die mit ihm hochgepustet wurden, falteten sich in Doppelseiten mit Nachrichten auf, die wie rechteckige Schmetterlinge flatterten. Der Junge schrie: »Vater, Vater!«, doch niemand hörte ihn, so laut war das Heulen des Windes, der ihn von einer Seite zur anderen Seite des Himmels trug. Der Taube des Dorfes, sagt Sara, der ihm von den Lippen hätte lesen können, war aber so kurzsichtig, dass er nur mit Mühe eine verschwommene Gestalt wahrnahm. Es gibt tausend Geschichten von Leichtsinnigen, die die Steine herausnehmen und so bis zu den Bergen fliegen – die den

Dorfbewohnern, obwohl so nah, unbekannt sind, da sie sich nie weit von ihren Häusern entfernen –, und wenn sie dann in den Bergen angelangt sind, enden sie an einem Baumwipfel oder stürzen an einer Felswand ab. Trotz der unbestreitbaren Tatsachen fragt sich die Jugend immer wieder von Neuem, ob vielleicht, wenn kein Wind bläst oder nur ein schwacher, sie vielleicht doch ohne die steinerne Last durch die Straßen spazieren könnten. In jeder neuen Generation gibt es Jugendliche, die sich weigern, die Geschichten als gegeben hinzunehmen: »Worauf basiert dieser Aberglaube, der behauptet, wenn wir die Steine aus den Taschen nehmen, fliegen wir fort?« Es gibt immer wieder einen, der dann den definitiven Satz formuliert: »Vielleicht passiert ja gar nichts, wenn wir die Steine aus den Taschen nehmen.« Achtet jetzt, sagt Sara, genau auf die sieben Jugendlichen, die um den Baum herumstehen. Sie kommen zusammen, um über die Legenden der Alten zu wettern, die Taschen voller Steine, doch im Freien, als Zeichen ihrer Rebellion. Da die Alten ihr ganzes Leben innerhalb ihrer vier Wände verbringen, lieben sie es, draußen zu sein. Verleitet durch die Selbstsicherheit, die sich von dem einen auf den anderen überträgt, holen sie schließlich die Steine aus ihren Taschen. »Befreien wir uns vom Aberglauben!«, rufen sie. Und dann, sobald sie die Steine fallen lassen, wirbelt der Wind auf, sie fliegen dem Himmel entgegen, sieben Jugendliche in der Blüte ihres Lebens.

Um ein Uhr mittags setze ich mich auf und lehne mich mit dem Rücken an das Kopfende des Bettes. Sara und Marta liegen wach nebeneinander. Ich sage ihnen, ich wisse, es gehe uns dreien saugut, ich könnte mein Leben mit ihnen verbringen, wenn sie das auch wollten, doch – ich könne das nicht so genau erklären – hätte ich dennoch Lust zu gehen. Ich wisse nicht, ob nach Hause oder anderswohin. Doch auf alle Fälle hätte ich Lust, mich anzuziehen und dieses duftende Zimmer zu verlassen. Einen Moment lang habe ich geglaubt, sie würden sich über mich lustig machen und fragen, ob ich mich nach zu Hause sehne, doch sie tun nichts dergleichen.

– Du hast lange dazu gebraucht – sagt Sara – das ist kein Vorwurf. Im Gegenteil. Ich fände es toll, wenn du noch länger bei uns bliebest. Doch in der Tat müssen es schon … was? zwanzig Stunden? sein, die du mit uns zusammen bist …

– Zwanzig Stunden mit dir. Ich bin später gekommen – sagt Marta.

– Zwanzig Stunden, neunzehn, fünfzehn, ist doch egal – insistiert Sara. – Tatsache ist, es ist völlig verständlich, wenn du etwas Luft schnappen willst. Wir könnten natürlich auch das Fenster öffnen und das Zimmer lüften.

– Aber ich friere – sagt Marta und wickelt sich in die Decke ein.

– Auf, zieh dich an – sagt Sara zu mir. – Geh. Wenn du jetzt gehst, heißt das ja nicht, dass wir uns nicht wiedersehen. Wenn du Lust hast, komm im Blumenladen vorbei. Wenn wir keine Lust zum Vögeln haben, sagen wir einfach Nein. Zumindest, was mich betrifft – und sie schaut Marta an, die zustimmt. – Und wir, wenn wir dich vorbeigehen sehen (manchmal sehen wir dich an dem Laden vorbeischlendern, morgens oder abends) und Lust dazu haben, rufen wir dich herein, und wenn du willst, gehen wir ein bisschen nach oben.

– Doch bevor du gehst – sagt Marta, während sie sich einen schwarzen Pullover anzieht. – Komm.

Ich habe mich schon vor einer Weile angezogen und habe den Trenchcoat über meinen Arm gehängt. Sara ist im Bett und zieht an einem neuen Joint. Ich gebe ihr einen Kuss auf die heißen Lippen.

– Tschüss.

Während wir die Treppen in den Blumenladen hinuntersteigen, fragt mich Marta:

– Gehst du nach Hause?

– Vielleicht gehe ich vorher noch einen trinken.

Jedenfalls bindet sie mir einen Rosenstrauß zusammen – diesmal gelbe – und reicht ihn mir. Sie begleitet mich zur Tür, und da ich ihren Mund länger als nötig küsse – einmal die obere Lippe, dann wieder die untere –, dreht sie mich um und schiebt mich mit beiden Händen an meinem Hintern hinaus. Sie bleibt lächelnd an der Tür stehen und streckt mir noch schnell die Zunge heraus. An der Ecke bleibe ich stehen und stecke mir kurz, um den Trenchcoat überzuziehen, die Rosen zwischen die Beine. Dann laufe ich weiter die Straße hinunter. Wo kann ich an einem so wundervollen Sonntagmittag hingehen? Warum nicht ins Kino, wie mir Julia gestern vorgeschlagen hat? So könnte ich ihr von einem Film erzählen. Das Kinoprogramm ist voller guter Filme. Doch wenn ich ins Kino gehe, weiß ich genau, was passieren wird. Ich werde mich in einen bequemen Sessel in der Mitte setzen, weder zu nah dran noch zu weit weg. Dann wird ein Moment kommen, an dem ich Lust haben werde, etwas anderes zu tun. In der Tat hätte ich Lust bekommen, kurz ins Reisebüro zu gehen, doch nur, weil ich nie dort bin, wenn niemand da ist. Die Lösung ist, nach Hause zu gehen, gemütlich Abendbrot zu essen und sofort danach ins Bett zu gehen, um morgen, Montag, früh aufzustehen und zur Arbeit zu gehen. Doch werde ich morgen genauso viel Lust haben wie heute? Und selbst wenn ich sie hätte, wie lange wird sie anhalten?

Ich setze mich in einem Café nach draußen, beobachte ein paar Stunden lang die Leute und frage mich, ob ich lieber dies oder das tun solle. Und was passieren würde, wenn ich das eine oder das andere oder wieder etwas anderes täte. Doch schließlich kommt ein Moment, wo ich es auch leid bin, darüber nachzudenken, ob ich dies oder jenes tun solle. »Und wenn ich nach Hause ginge?«, denke ich. Ich verlange die Rechnung, bezahle und schlendere gemütlich nach Hause.

Schon beim Türöffnen hört man das Poltern von zwei Stühlen auf dem Boden. Anna und Daniel traben mit ausgebreiteten Armen durch den Flur. Um sie in den Arm zu nehmen, lege ich den Rosenstrauß auf das Tischchen im Vorraum.

– Wir waren im Zimmer und haben gelernt – sagt Anna.

– Mutter ist im Wohnzimmer und liest – sagt Daniel.

Ich nehme den Strauß in die rechte Hand, während die beiden mich an der linken ins Esszimmer ziehen. Im Wohnzimmer beuge ich mich, um Julia küssen zu können, über das Sofa, während ich mit der rechten Hand die Rosen vor sie lege.

– Was hast du nur neuerdings mit Rosen? – fragt sie.

Ich nehme die Vase mit den roten Rosen vom Esszimmertisch. Ich leere das Wasser in der Küche in die Spüle und fülle frisches Wasser hinein. Da die Vase groß genug für beide Sträuße ist, mische ich beide und stecke eine nach der anderen hinein, die roten Rosen von vorgestern und die gelben von heute.

Die Beständigkeit des Lebens

Arme Mama, gestorben nach monatelangem Leiden an einem vor Jahren entdeckten Eierstockkrebs, nachdem wir getan hatten, was wir konnten, bis nichts mehr zu machen und es endgültig vorbei war. Es ist noch nicht einmal eine Woche her, dass wir sie beerdigt haben, und da kommt am Nachmittag Alba nach Hause und sagt mir, sie sei eine halbe Stunde früher von der Arbeit weg und beim Arzt vorbeigegangen, um das Ergebnis der Untersuchung von letzter Woche und der Computertomographie abzuholen. Es ist positiv. Sie hat Leberkrebs.

– Wir sind in dieser Familie vom Glück verfolgt! – sagt unsere kleine Tochter Paula mit der ihr eigenen lässigen Ironie. Wir lächeln alle außer Cuqui, der uns mit heraushängender Zunge anschaut und mit dem Schwanz wedelt. Er versucht zu bellen, aber es gelingt ihm nicht. Seit Tagen macht ihm das Bellen Schwierigkeiten; ich werde mit ihm zum Tierarzt müssen.

Leberkrebs. Ich kann nicht behaupten, dass diese Nachricht für mich überraschend kommt. Bereits letzte Woche war klar, wenn man sie daraufhin untersuchte, dann war diese Möglichkeit mehr als wahrscheinlich. Ich nehme Alba zärtlich in den Arm; wir haben mehr als dreißig gemeinsame Jahre hinter uns und fünf Kinder zusammen – drei Mädchen und zwei Jungs –, von denen nur einer der Jungs starb, als er klein war, an Leukämie. Zwei weitere – ein Mädchen und der andere Junge – starben als Jugendliche, er an einem Osteosarkom und sie am Strand von Barcelona, an einem Tag, an dem die rote Fahne gehisst war, und sie, rebellisch, wie sie war, sie einfach ignorierte.

– Alba – sage ich zu ihr, weil ich denke, dass sie, nachdem sie die Untersuchungsergebnisse erfahren hat, sicher keine

Lust hat, in der Küche zu stehen. – Soll ich heute das Abendessen machen?

– Lass ruhig. Ich mache das schon. – Sie krempelt die Ärmel hoch und fängt an zu kochen, sie, die Königin der Küche – die sie die ganzen Jahre über war –, sie, die mit nichts und einem Topf immer die köstlichsten Gerichte für uns zubereitet hat. Fast einunddreißig gemeinsame Jahre! Während sie die Zwiebeln und Tomaten anbrät, setze ich mich auf den Hocker und kaue an einer Mohrrübe, die gut für die Augen ist. Ich weiß, vielleicht wäre es besser, nicht darüber zu reden, doch – verdammt noch mal – ich interessiere mich nun mal dafür, in welchem Stadium ihr Krebs ist. Sie erzählt mir kaum Einzelheiten; sie war immer sehr diskret und hat sich nie in den Mittelpunkt gestellt. Immer im Hintergrund, doch im Haus die Zügel fest in der Hand. Ehe wir uns versehen, hat sie für uns überbackene Makkaroni, Escarol-Salat mit Paprika, Kresse, Kapern und Rotbarben in einer Sardellensoße zubereitet. Ich decke den Tisch in der Küche, weil wir nur drei sind: Alba, Paula und ich, denn die große – Laura – ist heute mit Freunden ausgegangen. Wir essen, räumen den Tisch ab, und in der Zeit, in der ich den Galloper aus der Tiefgarage hole, den wir vor nicht einmal drei Monaten gekauft haben, wäscht Alba das Geschirr ab, füllt den Napf von Cuqui mit Friskies und macht sich ein bisschen zurecht. Sie kommt kurz darauf mit einer Sporttasche in der Hand. An der Tür gibt sie Paula einen Kuss, sagt ihr, wie oft sie jede Pflanze gießen muss, und steigt ins Auto. Wir fahren direkt ins Krankenhaus. Sie sagt zu mir:

– Vielleicht können wir dieses Wochenende nicht nach Campins fahren.

– Mach dir doch jetzt keine Gedanken, ob wir nach Campins fahren.

– Aber es wäre doch gerade so toll gewesen mit dem verlängerten Wochenende.

Im Krankenhaus wimmelt es von Leuten, von Körpern ohne Hoffnung auf Krankenbahren und durch die Gänge gleitenden Ärzten. Schwesternhelferinnen laufen durch die Gänge und lassen ihre Schuhe klacken, Reinigungskräfte sprechen Sprachen, die ich nicht verstehe, und eine Neonröhre ahmt das Brummen einer Fliege nach. In dem Krankenhausflügel für Onkologie kommt Alba in ein Zweibettzimmer. Im Nachbarbett liegt eine Frau mit lauter konzentrischen Doppelkinns, die bis zum Bauch hinunterhängen. Kaum dass sich Alba eingerichtet hat, stellt sie sich vor – sie heißt Teresina – und hebt den Zeigefinger der rechten Hand mit dem Rat:

– Sie dürfen sich nicht von der Krankheit besiegen lassen.

– Alba lässt sich nicht so schnell unterkriegen – sage ich zu ihr.

– Nicht von der Krankheit und auch von anderem nicht. In all den Jahren, die wir nun zusammenleben, habe ich sie in den schlimmsten Tagen nicht schwach werden sehen. Alba ist keine Frau, die sich von den Widrigkeiten des Lebens unterkriegen lässt, meine Liebe, und erlauben Sie mir die Offenheit, Sie meine Liebe zu nennen, obwohl ich Sie noch nicht einmal fünf Minuten kenne.

Und es ist wahr. Alba hat sich nie unterkriegen lassen. Und für den Fall, dass ihr Gemüt diesmal durch diese Dinge des Lebens schwach werden sollte, spreche ich ihr Mut zu, als Teresina einen Moment aufs Klo geht – wir hören den Urinstrahl in der Kloschüssel, das Rascheln des Klopapiers und dann den Spülkasten, der sich leert und wieder füllt –, sich der Krankheit ohne Furcht zu stellen, und gebe ihr als Beispiele Susan Sontag und Lance Armstrong. Die Beispiele sind nicht nur so dahergesagt. Ich selbst weiß nicht, ob ich den Hodenkrebs überwunden hätte, der vor drei Jahren bei mir entdeckt wurde, wenn ich nicht das lehrreiche Beispiel von Lance Armstrong gehabt hätte, dem Radrennfahrer, der sich nicht nur der Krankheit gestellt und sie besiegt hat, sondern der gleich darauf – zwei Jahre in Folge – die Tour de France gewann.

– Wenn Susan Sontag es geschafft hat, dann schaffst du es auch, mein Herz?

Alba lächelt immer, wenn ich sie besuchen komme. Ab und zu kommt sie ein paar Tage nach Hause. Doch nach kurzer Zeit muss sie wieder ins Krankenhaus. Das zeitweise Wiedererwachen der Lebensgeister wechselt ab mit dem Verfall, und ganz allmählich erlischt sie wie der letzte Zentimeter eines Kerzendochts. Wenige Monate später ist sie tot, nach einem Endstadium, in dem sie das Bewusstsein verliert und in ein Leberkoma fällt. An dem Tag, an dem wir sie beerdigen, strahlt die Sonne aus einem klaren Himmel, und darin will ich ein Zeichen für die Unerschütterlichkeit der Welt sehen, wenn nicht gar ein Zeichen der Hoffnung. In einer der ersten Reihen der Trauerhalle sehe ich ihren Bruder Narcís, der gerade mit dem Flugzeug aus Miami eingetroffen ist, wo er eine Keramikfabrik hat. Er weint leise vor sich hin, und in einem Moment, in dem die Tränen ihm erlauben zu sprechen, erzählt er, dass er nicht nur um seine Schwester weint, sondern auch um sich selbst, denn er hat Prostatakrebs und weiß nicht, ob er ihn überleben wird.

– Du hast mir am Telefon nichts davon erzählt.

– So schlecht, wie es Alba ging, war das nicht der richtige Augenblick.

– Ich weiß natürlich nicht – sage ich zu ihm – ob ich Prostatakrebs bekommen werde, aber andere Probleme mit der Prostata sicher nicht. Das hat mir der Proktologe vor Jahren gesagt. Er sagte mir: »Sie werden keine Probleme mit der Prostata bekommen.«

Nun lässt Narcís seinen Tränen freien Lauf. Ich tröste ihn: – Du darfst dich nicht von der Krankheit unterkriegen lassen. – Ich nenne ihm als Beispiele Susan Sontag, Lance Armstrong, Larry Hagman.

– Und Linda McCartney? – fragt mich Paula. – Du bringst immer Beispiele von Leuten, die überlebt haben, du redest nie von den Leuten, die daran gestorben sind.

Wir schweigen alle.

– Das stimmt – sagt Narcís. – Viele kommen durch, doch die meisten sterben.

Dieser Satz spiegelt die seelische Verfassung von Narcís wieder. Und mit einer so defätistischen Haltung ist es kein Wunder, dass die Krankheit ihn drei Jahre später besiegt. Als er nach Girona überführt wird, sind wir vier bei seiner Beerdigung: seine Frau (die Melanie heißt), Laura, Paula und ich.

– Ich nehme an, als Nächste bin ich dran – sagt Paula, als wir Melanie zum Abschied die Hand geben, die wieder nach Miami zurückfliegt; vor einem halben Jahr hat man bei ihr ein Lymphom entdeckt.

Ich erinnere sie daran, sich nicht von der Krankheit besiegen zu lassen, und erzähle ihr, dass Larry Hagman und Olivia Newton-John den Kampf mit der Krankheit aufgenommen und gewonnen haben, aber sie weiß nicht, wer sie sind. Sie kennt weder Larry Hagman noch Olivia Newton-John. Mein Gott, wie kurzlebig sind die Stars im Bewusstsein des Publikums, und bei einem Generationswechsel bleibt nichts vom Ruhm, und sie fallen dem Vergessen anheim! Eine ganze Zeit lang ist der Zustand von Paula stabil; dann verschlechtert er sich rapide. Deshalb ist sie nicht dabei, als wir Cuqui beerdigen, der an einem Kehlkopfkrebs gestorben ist. Zwischen den Wurzeln der Eiche neben unserem Haus in Campins, nach dem sich Cuqui in Barcelona immer so gesehnt hat, heben wir eine Grube aus. Als wir das vollbracht haben, fahren Laura und ich zurück ins Krankenhaus, um Paula zu besuchen. Sie stirbt zwei Tage, bevor ich bei einer meiner monatlichen Selbstuntersuchungen ein Ganglion in der Leiste und eine Beule im rechten Hoden entdecke, nicht ganz so groß wie beim ersten Mal, denn damals wusste ich noch nichts von Selbstuntersuchung, und der Tumor war schon in einem fortgeschrittenen Stadium, als man ihn entdeckte. Ich stelle mich tapfer. Habe ich nicht schon einmal den Kampf gewonnen? Warum sollte ich es nicht ein zweites Mal schaffen?

– Sie dürfen sich nicht von der Krankheit besiegen lassen.

Es ist die Krankenschwester, eine Frau mit lebendigen Augen und einem schüchternen Lächeln, die das zu mir sagt.

– Sie brauchen mich nicht daran zu erinnern. Ich habe zu meiner Frau immer genau das Gleiche gesagt: »Du darfst dich nicht von der Krankheit unterkriegen lassen.« Man hatte Leberkrebs bei ihr festgestellt.

– Und jetzt ...?

– Sie ist tot.

– Oh, das tut mir leid.

Ich erzähle ihr die Einzelheiten von der Krankheit und dem Tod von Alba und von dem Tod der beiden Jungs und der beiden Mädchen.

– Jetzt sind wir nur noch zwei. Laura und ich. – Ich breche in Tränen aus.

Die Krankenschwester drückt meine Hand und sagt mir, dass sie Lola heiße. Ich betrete den OP, mache die Beine breit und werde anästhesiert. Doktor Fenollosa operiert mich, derselbe, der mich vor Jahren operiert hat. Nach der Operation bitte ich Lola, mir zu helfen, Laura anzurufen, da sie mich schon zwei Tage nicht besucht hat. Sie fasst daraufhin meine Hand und sagt, sie habe mir vorher nichts sagen wollen, aber Laura sei auch im Krankenhaus, im selben Gebäude, nur in einem anderen Stockwerk.

– Was für einer ist es?

– Schilddrüsenkrebs.

Du auch, meine Laura? Sobald ich kann, besuche ich sie in ihrem Zimmer, tröste sie, leiste ihr Gesellschaft und sage ihr, sie dürfe sich auf keinen Fall unterkriegen lassen. Viele Leute, die gegen die Krankheit kämpfen, kämen durch, und es sind jeden Tag mehr. Ich erzähle ihr von Susan Sontag und Larry Hagman und Olivia Newton-John und Lance Armstrong und Cristina Hoyos. Lola kommt immer mit zu ihr und kümmert sich um Laura, als sei sie ihre eigene Tochter, so vergehen die Monate, bis ich eines Tages entlassen werde und nach Hause gehen kann, ich muss nur noch ab und zu zur Kontrolluntersuchung. Abgesehen von den Nachuntersuchungen fahre ich aber täglich hin, um Laura Gesellschaft zu leisten, und treffe dort auch immer Lola, die allmählich eine liebevolle Beziehung zu dem Mädchen aufgebaut hat, bis auch Laura eines Tages entlassen wird und nur noch zu den Kontrolluntersuchungen muss, wir fahren dann zusammen hin und treffen uns mit Lola, und wenn Lola Feierabend hat, gehen wir zusammen ins Kino und ins Restaurant, und schließlich werden Lola und ich ein Paar, und Laura ist, wie wunderbar, einverstanden – ich hatte Angst, die Erinnerung an Alba sei noch zu lebendig und sie würde sie deshalb ablehnen –, und ein paar Monate später zieht sie zu uns, und an den Tagen, an denen wir zur Nachuntersuchung müssen, steigen wir alle drei in den Galloper, und ich sage zu Laura: »Siehst du, wenn man den Kampf aufnimmt, kann man die Krankheit besiegen«, und sie nickt mit dem Kopf. Bis es uns wieder so gut geht, dass die Nachuntersuchungen immer seltener nötig sind, und eines Tages, als Laura und ich alleine zu Hause sind, merke ich, als sie mir einen Kuss gibt, wie ihre Lippen glühen, ich lege meine Hand auf ihre Stirn und gebe ihr sofort das Thermometer, sie hat neununddreißig fünf Fieber, ich stecke sie ins Bett und rufe den Arzt, der sagt: »Sie hat Grippe«, doch die Tage gehen vorbei, sie atmet nur noch schlecht und hat nicht Grippe, sondern Tuberkulose, es treten Komplikationen auf, und sie wird ins Krankenhaus eingeliefert, Lola und ich besuchen sie, doch jetzt kommt der Schilddrüsenkrebs wieder, und die Komplikationen sind schlimmer, als ich mir an jenem Tag, an dem ich ihr das Thermometer gab und feststellte, dass sie Fieber hatte, hätte vorstellen können.

Wir beerdigen sie zwei Tage später im Herbstregen. Lola und ich ganz allein unter einem schwarzen Regenschirm. Als wir nach Hause zurückkommen, beschließen wir zu heiraten, doch dann entdecken sie bei der nächsten Nachuntersuchung, dass der Hodenkrebs wiedergekommen ist. Ich sage, das sei sicher wegen Lauras Tod, dadurch seien wohl meine Abwehrkräfte geschwächt, doch Lola meint, das eine habe mit dem anderen nichts zu tun, ich werde wieder ins Krankenhaus eingeliefert und erneut operiert, doch diesmal operiert mich nicht Doktor Fenollosa. »Er ist auf einem Urologenkongress in Paris«, sagt mir Doktor Hellín, sein Vertreter. Doch Lola flüstert mir ins Ohr, dass das mit dem Kongress nicht stimme, sondern er habe Bauchspeicheldrüsenkrebs und sei deshalb krankgeschrieben. Doktor Hellín ist viel jünger, doch scheint er genauso kompetent zu sein. Während ich im Krankenhaus liege, schmieden Lola und ich Heiratspläne. »Wir heiraten, sobald du aus dem Krankenhaus entlassen wirst«, sagt sie mir, und tatsächlich, als ich aus dem Krankenhaus entlassen werde, heiraten wir in einer diskreten Feier – nur zu zweit auf dem Standesamt –, und kurze Zeit später geben wir die Wohnung in Barcelona auf und ziehen in ein Häuschen in Valldoreix, wir sind sehr glücklich, haben einen Sohn und eine Tochter und leben ganze neun Jahre ohne Krebs.

2

Vor dem König von Schweden

Amargós war damals vierunddreißig Zentimeter größer als heute. Als er an jenem Morgen im selben Moment wie seine Nachbarin aus dem zweiten Stock links die Haustür öffnet, treffen sich daher ihre Blicke noch auf der gleichen Augenhöhe. Amargós hat einen Fuß noch auf dem Gehweg, den anderen auf der Schwelle und drückt mit dem Schlüssel im Schloss die Tür nach innen auf. Die Nachbarin aus dem zweiten Stock links hat den Türknauf gedreht und zieht: Beide haben nun die Hand am Türknauf, jeder auf einer Seite. In solchen Situationen, die die Gleichzeitigkeit zweier Handlungen lächerlich machen, wird Amargós rot. Er errötet leicht. Die Nachbarin hingegen wird überhaupt nicht rot, lächelt ihm zu und sagt mit warmer Stimme Hallo. Amargós bringt seine linke Hand zum Gruß in die Nähe seiner Kappe, berührt sie leicht, während er zugleich den Kopf nach vorne neigt und ein breiteres Lächeln aufsetzt. Er tritt beiseite, um sie vorbeizulassen, und schaut ihr hinterher, wie sie die Straße hinunterläuft. Die Nachbarin heißt Carlota, ein Name, der ihn an dunkelhaarige Frauen mit grellem Make-up erinnert, die er aus Schwarz-Weiß-Filmen kennt oder von Fotos seiner Mama, als sie noch jung war. Schon vom ersten Tag an – vor zwei Jahren, kurz nachdem sie und ihr Mann in das Haus eingezogen sind – hat Carlota Gefühle in ihm geweckt, die er nicht als sinnlich zu bezeichnen wagt, denn die einzige Sinnlichkeit, die er in einer glücklicherweise weit zurückliegenden Zeit gekannt hat, war ganz anders gewesen, und dank intensiver Hingabe an sein Werk hat er jene andere auch in den Griff bekommen. Aus diesem Grund überrascht es ihn, wenn, wie beispielsweise gerade jetzt, Länge und Schönheit von Frauenbeinen ihn erregen. Doch zum Glück vergisst er sie ebenso leicht, wie sie ihn erregt haben, er muss nur den Kopf auf die andere Seite drehen.

Er nimmt seine Kappe ab, trocknet seine Glatze mit dem Taschentuch und wischt mit demselben Taschentuch seine Brille. Er eilt zu den Briefkästen. In seinem ist kein Brief. Nur eine winzige Staubflocke, sonst nichts. Er pustet mit geschlossenen Augen, damit sie ihm nicht in die Augen fliegt. Er verschließt den Briefkasten und tritt wieder auf die Straße hinaus. Dass er das Treppenhaus betreten hat, nur um einen Blick in den Briefkasten zu werfen und gleich darauf wieder auf die Straße hinauszugehen, braucht Sie nicht zu verwundern. Es gehört zu dem Morgenritual von Amargós, zwischen dem Gang zum Kiosk, um die Zeitung zu kaufen, und dem Frühstück im Café kurz zum Hausbriefkasten zurückzukehren, um nachzusehen, ob der Briefträger in den wenigen Minuten, seitdem er zum ersten Mal nach der Post geschaut hat, nämlich bevor er die Zeitung holen ging, da war und einen Brief eingeworfen hat. Er weiß, eigentlich ist dieser nochmalige Weg zum Briefkasten unnötig, denn abgesehen von einem Mal vor vielen Jahren, hat er beim zweiten morgendlichen Kontrollgang nie einen Brief vorgefunden. Warum, ist klar: Der Briefträger trägt die Post normalerweise später, nämlich gegen Mittag, aus. Eigentlich hat er nur ein einziges Mal einen Brief vorgefunden; eine schwer erklärbare Tatsache, denn der Briefträger war an jenem Morgen noch gar nicht da gewesen, wie er etwas später feststellen konnte, als er ihn um viertel eins kommen sah, den gelben Wagen mit der aufgedruckten Krone und Trompete hinter sich herziehend. Nach kurzem Überlegen fiel ihm ein, dass die Existenz dieses Briefes von einem Feinschmecker-Club, der Bordeaux-Weine im Sonderangebot anpries, in seinem Briefkasten zu einem Zeitpunkt, da der Briefträger noch nicht da war, nur eine Erklärung haben konnte: Am Tag davor hatte der Briefträger den Brief versehentlich in den Briefkasten eines seiner Nachbarn geworfen, und jener Nachbar war wohl bis zum darauffolgenden Tag, bis zu dem Moment, da Amargós am Kiosk seine Zeitung kaufte, nicht an seinem Briefkasten gewesen. Dann hatte jener Nachbar, als er sah, für wen der Brief bestimmt war, ihn in den richtigen Briefkasten geworfen. Abgesehen davon, dass dies die einzige plausible Erklärung sein konnte, ist dies seither auch die Rechtfertigung dafür, nun jeden Morgen nach dem Kiosk noch einmal kurz nach Hause zurückzukehren, in den Briefkasten zu schauen, um festzustellen, dass er leer ist – und wenn wie bei jenem Mal doch Post da wäre? –, und wieder auf die Straße hinauszutreten. An Tagen, an denen er ganz besonders nervös ist, vervielfachen sich die Ausflüge zum Briefkasten bis zum Abend. Wenn die Werbeprospektverteiler klingeln – mit jener lustlosen Stimme: Werbung … –, eilt er sofort hinunter, um, sobald sie weg sind, die Werbeblättchen aus dem Briefkasten zu räumen, die, irgendwie hineingepresst, oft zwei- oder viermal gefaltet, den ganzen Briefschlitz verstopfend, es dem Briefträger später schwer machen könnten, den Brief oder die Briefe korrekt in den Briefkasten zu werfen, und dadurch die Briefe zerknittern oder aufreißen oder noch schlimmer nicht hinein- oder nur halb hineinpassen, und wegen des knappen Raums, den die Werbung belässt, zur Hälfte herausschauen, sodass sie sich dort nur kurz halten. Denn wegen all dieser hineingestopften nutzlosen Werbeblättchen wird der Brief – nehmen wir mal an, es sei nur einer –, nachdem der Briefträger wieder gegangen ist, langsam herausrutschen und schließlich in gemächlichem Flug auf den Boden segeln. Dort wird jedweder Nachbar darauftreten, die Reinigungsfrau wird ihn mit der Werbung zusammenfegen und ihn unwiederbringlich in den Müll werfen, wie die Verdammten in die Hölle.

Er kauft jeden Tag eine andere Zeitung am Kiosk. Donnerstags die Zeitung, in der donnerstags die Kulturbeilage erscheint. Freitags die beiden Zeitungen, in denen freitags die Kulturbeilagen erscheinen. Samstags die Zeitung, in der samstags die Kulturbeilage erscheint. Sonntags die Zeitung, in der sonntags die Kulturbeilage erscheint. Montags, dienstags und mittwochs kauft er, da es keine Zeitung mit Kulturbeilage gibt, keine Zeitung, sondern blättert, falls gerade verfügbar, die hauseigene Zeitung des Cafés durch, für den Fall, dass eine für ihn interessante Nachricht aus der Kultur drinsteht. Zu seinem fast ausschließlichen Interesse an den Kulturbeilagen gesellt sich eine militante Verachtung für alles Aktuelle, sei es aus Politik, Gesellschaft oder Sport. Außer dem Tagebuch seines ersten Pubertätsjahres – *Die Worte und die Wörter* – und einem Büchlein mit siebzehn Aphorismen und dem Titel *Siebzehn* hat er elf Gedichtbände und ein Buch mit poetischen Erzählungen veröffentlicht, das sich als Hommage an Voltaire versteht. Damit er alles mitbekommt, was ihn betreffen könnte, lässt er keine Kulturbeilage aus. Nichts täte ihm mehr leid, als nicht oder zu spät zu erfahren, was dieser über jenen gesagt hat. Er kennt die Stärken und Schwächen jeder einzelnen Kulturbeilage. Er weiß, dass die Beilage dieser Zeitung über die aktuelle Literaturszene gut informiert zu sein scheint, jedoch jämmerliche Kolumnisten hat; jene andere ein hinreichend intellektuelles Niveau hat, aber jegliche Literatur, die auf die frühe Avantgarde folgt, systematisch verachtet. Jene aktiv und innovativ ist, aber vor Fehlern nur so strotzt. Und er weiß auch, dass in jener weiteren Beilage der Schriftsteller Soundso seine Kolumnen veröffentlicht, gegen den er einen Hass hegt, der auf Gegenseitigkeit beruht und im Laufe der Jahrzehnte allmählich gewachsen ist. Da er diesen Autor hasst – mit einem solchem Eifer, dass es ihm zum unumstößlichen Prinzip geworden ist, niemals seinen Namen laut auszusprechen –, würde er sich um nichts in der Welt seine Artikel entgehen lassen. Er versteht nicht, wie er es in jedem Artikel schafft, weder etwas Neues noch etwas Interessantes zu schreiben und es dann auch noch unsäglich pedantisch auszudrücken. Er ist immer anderer Meinung, und dieser Meinungsunterschied bestärkt ihn in der Richtigkeit seiner eigenen Ansichten. Manchmal, wenn er sich zu einer Sache keine Meinung gebildet hat, hilft ihm sogar die Meinung desjenigen, den er hasst, sich zu einer eigenen durchzuringen: wenn jener Schwarz denkt, tendiert er zu Weiß und umgekehrt.

Amargós zahlt die Zeitung, faltet sie sorgfältig zusammen, klemmt sie unter den Arm und macht sich auf den Weg, stets in der Mitte des Bürgersteigs. Er war schon immer der Ansicht, es sei riskant, direkt neben der Fahrbahn zu laufen; wo jederzeit ein Motorrad oder ein Auto die Kontrolle verlieren, auf den Bürgersteig geraten und die Nichtsahnenden anfahren kann, die die Gefahr nicht vorausgesehen haben. Doch dann fiel ihm eines Tages auf, dass es gleichfalls gefährlich war, direkt an den Häusern entlangzulaufen, denn es konnte ja auf einmal ein Stück Balkon herunterkommen. Aus diesem Grund hält er seit einiger Zeit eine gerade Linie ein, die gleich weit von den Häusern und dem Bordstein entfernt ist. Er spaziert gemächlich und genießt an den Tagen, an denen sie scheint, die Sonne auf seiner Haut; der Sonnenschein beim Morgenspaziergang ist der einzige, den er akzeptiert: Den restlichen Tag versteckt er sich hinter Rollläden und Vorhängen. Er frühstückt in einem Café mit weiß befrackten Kellnern. Abgesehen von gerechtfertigten Ausnahmen, ist das Frühstück die einzige Mahlzeit, die er außer Haus einnimmt. Immer wenn er frei ist, setzt er sich an den Tisch neben der Fensterfront, so kann er die Straße bequem wie aus einem Goldfischglas beobachten. Als Allererstes räumt er den Tisch frei. Er schiebt Serviettenständer, Zahnstocher, Salzstreuer und Aschenbecher ans Fenster. Gleich darauf nimmt er seine Kappe ab, zieht Mantel und Schal aus, trocknet seine Glatze mit dem Taschentuch ab, schlägt die Zeitung auf und legt sie auf den Tisch, die rechte Seite genau vor sich in Position bringend, sodass die ganze Zeitung ein bisschen weiter links zum Liegen kommt; das erlaubt ihm, rechts einen kleinen Platz auf dem Tisch frei zu lassen, damit dort das Frühstück serviert werden kann. Normalerweise isst er ein Spiegelei mit Speck. Als Getränk bestellt er immer einen Filterkaffee.

Wieder daheim schließt er die Fenster – die er, bevor er das Haus verlassen hat, zum Lüften geöffnet hat –, lässt die Rollläden herunter und zieht die Vorhänge zu. Alles liegt nun im Halbdunkel. Er liest den ganzen Tag, und wenn er keine Lust mehr dazu hat, versucht er zu schreiben. Tag für Tag zwei Zeilen in das Heft, in dem er seine täglichen Gedanken niederschreibt, reichen ihm, um sich zufrieden zu fühlen. Dann liest er wieder. In jenen Tagen ist er vor allem damit beschäftigt, den Briefwechsel zwischen Berelli und Villaclara noch einmal zu lesen. Von dem morgendlichen Rundgang abgesehen, geht er gewöhnlich den ganzen Tag nicht mehr auf die Straße, und tut er es dennoch, so üblicherweise am Nachmittag: zu einem Vortrag oder einem interessanten Film. Jahrelang war er jeden Nachmittag in die Kinemathek gegangen. Mit einer 100er-Karte kostete ihn ein Kinobesuch genauso viel wie ein Kaffee. Doch heute schaut er sich die Filme lieber als Video daheim auf dem Sofa an, obwohl er dabei oft einnickt, und wenn er wieder aufwacht, ist der Film schon eine Weile zu Ende, das Band hat sich zurückgespult und vor ihm läuft ein unsinniges Programm. Heute Nachmittag legt er kein Video ein. Seit dem frühen Morgen versucht er, eine aufrichtige, aber keinesfalls bloßstellende Betrachtung über einen Gedichtband eines Bekannten aus längst vergangenen Zeiten, als er noch Herausgeber war, zu schreiben, von dem er nicht genau weiß, ob er ihn als Freund betrachten soll oder ob er jemals gute Beziehungen zu ihm brauchen wird. Das Ergebnis gefällt ihm nicht, weil es aller Mühe zum Trotz etwas zu schmeichelhaft geraten ist. Es soll ein bisschen schmeicheln – von Mal zu Mal mehr kommt es ihm so vor, als gingen ihm seine alten Freunde aus dem Weg und als könne er keinem mehr trauen –, aber auf keinen Fall zu sehr, denn dann könnte man ihm bestimmte Absichten unterstellen, was er sich nun gar nicht leisten kann. Am Abend kocht er eine Thymiansuppe, um ein halbes Brot zu verwerten, das im Brotbeutel trocken geworden ist: Er schneidet es in Scheiben und schlägt ein Ei in die sprudelnde Suppe, das zweite Ei des Tages. Die Suppe tränkt ihm den Schnurrbart, und später beim Lesen im Bett, bevor ihm allmählich die Augen zufallen, braucht er nur daran zu lecken und hat wieder den Geschmack auf der Zunge.

Tagein, tagaus mehr oder weniger das Gleiche. Auch am nächsten Tag. Bevor er auf die Straße hinaustritt, sieht er nach, ob etwas im Briefkasten ist. Am Kiosk kauft er die Zeitung, klemmt sie unter den Arm und kehrt nach Hause zurück, um den zweiten Blick in den Briefkasten zu werfen; insgeheim hofft er, nochmals Carlota zu begegnen, eine Hoffnung ohne allzu große Grundlage, denn in den zwei Jahren, die sie und ihr Mann nun in diesem Haus wohnen, haben sich ihre Wege nur einige wenige Male gekreuzt, und zu so früher Stunde nur am Tag zuvor. Im Briefkasten ist nichts. Amargós macht sich auf ins Café. Beim Frühstück liest er eine scheinbar wohlwollende Kritik über ein Buch eines mallorquinischen Dichters, den er abscheulich findet. Noch weiß er nichts davon, doch für lange Zeit sollte der Besuch in der Buchhandlung eine Woche zuvor, als er dieses

Buch kaufte, sein letzter Besuch in einer Buchhandlung gewesen sein, und das ihm, der zeitweise jeden Freitag die wichtigsten Buchhandlungen Barcelonas aufgesucht hatte, einer in vielen Jahren entstandenen Route folgend, die ihm erlaubte, sie mit einem minimalen finanziellen Aufwand zurückzulegen, denn nur auf zwei Streckenabschnitten sah er sich gezwungen, ein öffentliches Verkehrsmittel zu benutzen: in einem Fall die U-Bahn, im anderen den Bus. Im Lebensmittelladen kauft er zwei Naturjoghurt, behutsam steckt er sie in die Röhre, die die eingerollte Zeitung bildet, und packt sie unter den Arm. Kurz bevor er zu Hause ankommt, bringt ihn die Silhouette einer Frau vor ihm durcheinander. Ist es vielleicht Carlota? Er beschleunigt seine Schritte und überholt; sie ist es nicht. Im Briefkasten sind zwei Briefe: Keiner ist von der Sparkasse, dem üblichsten Absender. Ein Brief ist von der Hausverwaltung, der andere von einer Institution, die stets auf vorbildliche Weise die Literatur als Rückgrat der Kultur verteidigt hat. Er sieht sich die Umschläge noch einmal an. Auf dem Brief, den ihm die Hausverwaltung geschickt hat, ist sein Vorname mit Akzent und sein Nachname ohne geschrieben. Bei drei von vier Briefen, die er erhält, ist eines von beidem falsch geschrieben. Glücklicherweise ist auf dem Umschlag der Kultureinrichtung kein Fehler, eine Tatsache, die keinesfalls selbstverständlich ist, denn mehr als einmal, sogar mehr als zweimal, hat er von dieser und anderen Kultureinrichtungen Briefe erhalten, auf denen der Vorname mit Akzent und der Nachname ohne stand.

Er sitzt am Küchentisch und betrachtet beide Briefe nebeneinander. Er überlegt, welchen er zuerst öffnen soll. Er stellt sich vor, was in dem Brief der Hausverwaltung stehen könnte. Es muss ein reines Formschreiben sein: Die Benachrichtigung, dass die Stadtverwaltung mit den in letzter Zeit schon öfter angekündigten Straßenbaumaßnahmen beginnt und deshalb das Wasser zeitweise abgestellt wird, oder etwas Ähnliches. Aus diesem Grund greift er zuerst den Brief von der Kultureinrichtung und tut so, als könne er sich auch nicht vorstellen, was darin steht. Er steckt den kleinen Finger der rechten Hand in den winzigen nicht zugeklebten Spalt, den die Briefklappe lässt, und reißt ihn auf. Vor Jahren hatte er sich, um die Briefumschläge leichter aufzureißen, den Fingernagel wachsen lassen. Denn er hatte einmal einige Filmaufnahmen über unseren größten Prosaschriftsteller des 20. Jahrhunderts gesehen, die ihn sehr beeindruckt hatten. Die Qualität des Filmes war miserabel, doch konnte man die Fingernägel des Meisters sehen, die sich, weil sie so lang waren, dem Bogen der Fingerkuppe folgend nach innen krümmten. Demzufolge erschien es dem Dichter als kleine, völlig literarische Extravaganz, sich den kleinen Fingernagel wachsen zu lassen, die er sich problemlos leisten konnte, er, der sich sonst keinerlei Nichtigkeiten gestattete. Doch die meisten Leute erkannten den literarischen Bezug nicht. Man fragte ihn so oft, ob er Gitarre spiele, dass er schließlich den Fingernagel wieder abschnitt. Ohne seinen langen Fingernagel muss er allerdings den ganzen Finger benutzen. Die Umschläge reißen dann nicht genau im Knick auf und sind hinterher oft in einem bedauerlichen Zustand. Amargós nimmt sich immer ganz fest vor, keinen Umschlag mehr mit dem Finger aufzureißen, das nächste Mal einen Brieföffner oder ein Messer zu holen. Zum Beispiel hätte er sich genau jetzt, da er in der Küche sitzt, problemlos ein Messer aus der Besteckschublade holen können, doch seine Ungeduld hat das vereitelt. Der Brief ist kurz. Außer Briefkopf, Datum, seinem Namen und der Adresse enthält er elf mit der Maschine geschriebene Zeilen. Man teilt ihm mit, dass das Präsidium der Institution im Einvernehmen mit anderen bedeutenden Kulturinstitutionen des Landes die Möglichkeit wahrgenommen habe, einen Kandidaten für den nächsten Nobelpreis zu benennen, und beschlossen habe, ihn als Kandidaten für den Literaturnobelpreis vorzuschlagen.

Wie eine Lawine, die plötzlich vom Berggipfel rollt, kullert eine Träne seine Wange hinunter. Die Träne rutscht durch die Kerbe, die die Nase zur Wange hin bildet, dringt in den Schnurrbart ein, erreicht den Mundwinkel und nach kurzem Halt gleitet sie zum Kinn weiter. Dort schwankt sie einen Moment lang und nimmt mit jeder frischen Zufuhr von Tränenflüssigkeit die Form eines Tropfens an. Bis sie sich schließlich löst und in Form einer geräuschlosen flüssigen Bombe mitten auf den Brief fällt. Amargós beeilt sich, sie mit einem sauberen Zipfel des Taschentuchs wegzuwischen. Und erst jetzt beim Trocknen bemerkt er, dass er weint. Er weint wie bei allen sechs Malen zuvor (denn dieses Mal wird er zum siebenten Mal als Kandidat vorgschlagen). Dass bis zum heutigen Tag alle Versuche vergebens waren, trübt seine Freude keineswegs. Seine erneute Ernennung zum Kandidaten bestätigt ihn vielmehr darin, dass ihm nicht alle feindlich gesinnt sind und es trotz seiner freiwilligen Distanz zu der in letzter Zeit zunehmenden Trivialisierung des literarischen Lebens in seinem Land noch jemanden gibt, der ihn vor allen anderen als den würdigsten Anwärter betrachtet. Es macht ihm nichts aus, dass, objektiv betrachtet, die reale Möglichkeit, den Preis zu bekommen, mehr als gering ist. Gering oder nicht, die Möglichkeit ist da und damit die Option zu träumen. Und wenn sich der Traum, sobald er die Augen aufschlägt, in Luft auflöst? Das ist das Schicksal eines jeden Traumes: sich in Luft aufzulösen. Dass er Wirklichkeit wird, ist die Ausnahme. Indes, für den Fall, dass diese Ausnahme irgendwann in diesem Leben doch noch Wirklichkeit werden würde, hat Amargós im Lauf der Jahre allmählich ein ganzes Netz von Bekanntschaften in verschiedenen europäischen Kultureinrichtungen geknüpft und hat es geschafft, dass seine Bücher ins Schwedische übersetzt werden. Das Unglück aber wollte es, dass sein Übersetzer starb, lange bevor AIDS aufhörte, eine unheilbare Krankheit zu sein. Diesem Unglück folgte ein totales Schweigen vonseiten des schwedischen Verlages, so als ob der Tod des Übersetzers, seines wichtigsten Fürsprechers, die Verbindungen gekappt hätte. Wie viel andere jedoch haben gleich ihm den Preis verdient und sind gestorben, ohne ihn zu erhalten? Viele, weil sie nicht genug an ihr eigenes Werk glaubten. Der wahre Schriftsteller braucht weder seine eigene Qualität zu fürchten, noch braucht er sich hinter einer falschen Bescheidenheit zu verstecken. Amargós ist bei dem Eingeständnis, dass sein Werk eine höhere literarische Qualität habe als das vieler Nobelpreisträger, die den Preis oft mehr aus politischen Gründen denn wegen ihrer literarischen Qualität erhalten haben, noch nie ein Zacken aus der Krone gefallen. Schon sieht er sich dort: im Frack den Preis aus der Hand des Königs von Schweden entgegennehmend. Er ist diese Szene so oft durchgegangen, dass er, befände er sich in diesem Moment dortselbst, ohne Stammeln auf der Bühne stehen könnte. Auswendig deklamiert er die Dankesrede, von der er natürlich im Geiste einen sich ständig ändernden Entwurf vorbereitet, den er regelmäßig überarbeitet, so wie auch in diesem Augenblick, in dem er den Brief der Kultureinrichtung auf der Zeitung liegen lässt und den der Hausverwaltung zur Hand nimmt. Dieses Mal erinnert er sich an den kürzlich gefassten Vorsatz und öffnet die Besteckschublade, um ein Messer herauszuholen. Es ist keines da. Alle sind schmutzig und liegen zusammen mit Gabeln und Löffeln auf ein paar Tellern auf der Marmorplatte. Er macht den Abfluss zu, lässt heißes Wasser in das Spülbecken laufen, legt die paar Teller mit Messern, Gabeln und Löffeln hinein und beginnt abzuwaschen. Bevor man nur ein Messer abwäscht, kann man gleich alles abwaschen. Ein Tropfen Spülmittel reicht.

Er beeilt sich, schnell fertig zu werden, denn bald tut ihm vom Bücken über der niedrigen Spüle der Rücken weh. Er trocknet ein Messer ab, steckt es unter der Lasche des Briefumschlags durch und schlitzt ihn auf. Der Brief trägt den Briefkopf der Hausverwaltung. Amargós liest ihn im gleichen Rhythmus, wie er zuvor die Rede vor dem schwedischen König vorgetragen hat, und schmückt ihn mit kleinen Reverenzen aus, jede einzelne ein klein wenig anders als die vorige, und versucht so, die ideale zu finden, am Ende des Briefes hat er sie gefunden, und das macht ihn glücklich, obwohl er gar nicht mitbekommen hat, was in dem Brief steht. Er schnauft, kehrt zum Briefanfang zurück und liest ihn noch einmal, diesmal aufmerksam, und ihm bricht der kalte Schweiß aus, der ihm den Körper hinunterrinnt, denn in dem Brief steht, dass das vor einigen Wochen verabschiedete Miethöhengesetz dem Hauseigentümer erlaube, seine Miete zu erhöhen. Doch nicht etwa eine mäßige Mieterhöhung, das, was wir als eine geringfügige Erhöhung bezeichnen könnten. In seinem Fall erhöht sich der Mietzins um ein Vielfaches dessen, was er jetzt zahlt. Seitdem er davon gehört hat, ist er davon ausgegangen, dass das neue Gesetz ihn betreffen würde, doch in keinem Augenblick hätte er gedacht, dass die Erhöhung so hoch ausfallen und so schnell kommen würde, manchmal hat er sogar ein bisschen gehofft, es würde ihn vielleicht gar nicht betreffen: Denn häufig werden Gesetze angekündigt, dann hört man nichts mehr von ihnen, und nach einer Weile fragt man sich, ob das Gesetz überhaupt verabschiedet worden ist oder ob in Wirklichkeit nicht nur die Absicht, es zu verabschieden, angekündigt worden ist. Doch nun ist die Erhöhung nicht nur beträchtlich, sondern gilt auch noch ab sofort. Er könnte die neue Miete nur zahlen, wenn er all seine anderen Ausgaben drastisch verringern würde, doch sie sind bereits auf das Minimum reduziert. Er findet das ungerecht. Er hat sein Leben lang in dieser Wohnung gewohnt, er ist darin geboren! Diese Wände bilden die Kulisse für seine ersten Erinnerungen. Auf diesem Mosaikfußboden ist er herumgekrabbelt. An jedem Geburtstag hat er sich an diesen Türrahmen gestellt, damit sein Vater seine Größe misst und mit einem Bleistift markiert. Zu seiner Freude war das Strichlein am Türrahmen jedes Jahr ein gutes Stück höher als das Jahr zuvor. Sein Leben steckt in dieser Wohnung. Der Papa starb hier, und seine Mama, nun Witwe, wohnte weiterhin da, bis sie eines Tages beim Häkeln einschlief und nicht mehr aufwachte. Immer – als seine Eltern und er hier wohnten, als die Mama und er hier wohnten und nun, da er alleine hier wohnt – war die Miete im Vergleich zu den Mieten jener Zeit gering. Das machte die Wohnung unter anderem attraktiv. Deshalb grämt es ihn, dass er nun ein Vermögen im Monat dafür ausgeben soll. Er muss sich unverzüglich auf Wohnungssuche begeben. Sonst steht er bald auf der Straße, inmitten von Koffern, eingerollten und verschnürten Matratzen, aufgetürmten Stühlen und Dutzenden Pappkartons voller Bücher, Kleider, Töpfe und Henkeltöpfchen. Er überlegt den ganzen verbleibenden Vormittag und Nachmittag. Er unterbricht seine anhaltenden Überlegungen nur, um die Kultureinrichtung anzurufen und sich für ihre Entscheidung zu bedanken, ihn als Kandidaten für den Nobelpreis vorzuschlagen. Er wird ihnen selbstredend auch schriftlich danken, doch erst morgen.

Als ihn ein Hupkonzert aufweckt, ist es bereits Morgen. Er zieht die Vorhänge auf und den Rollladen hoch und betrachtet den weißen Himmel. Er wäscht sich, kleidet sich an, schlüpft in den Mantel, setzt die Kappe auf, bindet den Schal um und fährt mit dem alltäglichen Ritual fort. Bevor er sich an die Fensterfront im Café setzt, räumt er Serviettenständer, Zahnstocher, Salzstreuer und Aschenbecher zur Seite. Als der Kellner ihn fragt, was er haben möchte, bestellt Amargós einen Filterkaffee; das ist alles heute. Auf Wohnungssuche gehen zu müssen, verdirbt ihm den Appetit. Er schlägt die Kulturbeilage der Zeitung auf, überfliegt die Schlagzeilen, und als er keine interessante Nachricht sieht, sucht er die Anzeigen. Er findet zweieinhalb Spalten mit Mietwohnungen. Als Erstes sortiert er die aus, die in Stadtteilen liegen, die ihm nicht zusagen, weil sie zu weit vom Zentrum weg sind, weil sie zu fein oder zu heruntergekommen sind. Mit der Feder macht er einen Kringel um jede Wohnung, die für ihn interessant sein könnte; im Ganzen acht. Als er den Kaffee ausgetrunken hat, bemerkt er seinen leeren Magen. Eigentlich hätte er etwas essen sollen, aber er hat keine Zeit: Er muss das mit der Wohnung in den Griff kriegen, je schneller, desto besser. Er zahlt und geht heim. Er ruft nacheinander die Hausverwaltungen aller acht Wohnungen an. Aufgrund der Informationen, die sie ihm am Telefon geben, kann er drei streichen. Er reißt die Seite aus der Zeitung heraus, auf der die Wohnungsanzeigen stehen, die ihn noch interessieren, und an deren Rand er die Adressen geschrieben hat, eilt auf die Straße hinunter und läuft zur U-Bahn. Nacheinander besichtigt er am Morgen drei der fünf Wohnungen, die vierte am frühen Nachmittag und die fünfte um sieben Uhr abends. Keine gefällt ihm. Dort angekommen, sieht er entweder, dass der zugesagte Standard nicht vorhanden ist oder die Anzeige trügerisch ein Detail verschwiegen hat, das, hätte er es vorher gekannt, ihm den Weg dorthin erspart hätte. Er verlässt niedergeschlagen die letzte Wohnung. Immer gibt es irgendeinen Makel. Entweder sind sie zu klein oder sie sind dunkel oder nicht schön. Nur eine kommt dem Ideal nahe, doch der Preis, den die Anzeige nicht erwähnt hatte, liegt sogar noch über dem, den er für seine jetzige Wohnung zahlen müsste, wenn er dort bliebe. Am nächsten Tag setzt er sich aufs Neue vor die Zeitung, entschlossen, seine Ansprüche herunterzuschrauben. Nachdem er die Schwelle herabgesetzt hat, ist es ihm ein Leichtes, mehr Wohnungen zu finden, die er besichtigen könnte. Es kommen dreizehn in Frage. Er telefoniert von zu Hause aus. Aufgrund der Informationen der Hausverwaltungen streicht er zwei und besichtigt die anderen elf. Keine gefällt ihm, und abends kommt er erschöpft nach Hause. Am folgenden Tag nimmt er auch Wohnungen hinzu, die nicht im Zentrum liegen. Einige liegen sogar an der Meridiana, einer Straße, die für ihn immer das Höchstmaß an Verwahrlosung bedeutet hat. Das Ergebnis ist jedoch gleichermaßen enttäuschend. Am nächsten Tag akzeptiert er sogar Wohnungen in umliegenden Siedlungen. Aber bei der Besichtigung sieht er, dass sich hinter all den vermeintlichen Vorzügen, außerhalb der Stadt zu wohnen, ein Haufen Nachteile verbergen. Drei Tage später ist er immer noch auf Wohnungssuche und hat von Mal zu Mal weniger Ansprüche. Eines Abends, der Verzweiflung nah, zieht er die Möglichkeit in Betracht, alles noch einmal zu überdenken, die Mieterhöhung zu akzeptieren und in der Wohnung, in der er schon immer wohnt, zu bleiben. Er würde sich zudem ein Desaster ersparen, das ihn entsetzt: den Umzug. Er schwitzt schon jetzt bei dem Gedanken an den Transport jener Tausende von Büchern in eine andere Wohnung.

Fünf Minuten von seiner Wohnung entfernt liegt ein Park, der sich eine Anhöhe hinaufzieht. Je nach Tageszeit sind dort spielende Kinder, sich küssende Pärchen oder Junkies. Und einmal im Jahr, gleich nach der morgendlichen Öffnung des Parks, ist dort Amargós und geht im Frack spazieren. Außer lärmenden Vogelschwärmen in den Baumwipfeln ist zu so früher Stunde nie jemand da. Der jährliche Spaziergang wiederholt sich immer zu dieser Zeit im Jahr. Wenige

Tage, nachdem die Kultureinrichtung ihn als Kandidaten vorgeschlagen hat, holt Amargós den Frack aus dem Schrank, zieht ihn an und macht einen kurzen Spaziergang, um den Geruch von Mottenkugeln auszutreiben. Der Gedanke, er stehe vor Seiner Majestät, dem schwedischen König, und sehe, genau in dem Moment, in dem er ihm die Hand reicht, wie sich die Nasenlöcher Seiner Majestät fragend erweitern: Woher kommt nur dieser Geruch von Mottenkugeln?, lässt ihn erschaudern. Aus diesem Grund geht er Jahr für Jahr im Frack spazieren, und zwar ganz früh, damit er die Blicke der Menschen nicht ertragen muss, die diese Art von Kleidung nicht gewohnt sind. Heute steckt er sich, bevor er das Haus verlässt, den Umschlag mit dem Dankesbrief in die Tasche. Er wirft ihn in den Briefkasten auf dem Weg zum Park und erinnert sich dabei daran, wie es war, als man ihn zum ersten Mal zum Kandidaten kürte. Keine weitere Nominierung hat ihn so gerührt wie jene erste. Er hat Wochen damit zugebracht auszurechnen, wann der Telefonanruf kommen würde, wenn er denn käme, der ihm die Zuerkennung des Nobelpreises mitteilen würde. Oder würde man ihm, wie es Brauch ist, ein Telegramm schicken? Er träumte davon, wie er seinen Koffer packte und nach Schweden flog. Man würde ihn in einem Hotel im Zentrum von Stockholm unterbringen, so viel war sicher. Er fing also an, sich für diese Stadt zu interessieren. Er ging in eine seiner üblichen Buchhandlungen, kaufte sich einen Stadtplan, faltete ihn auf seinem Esstisch auseinander und ließ seinen Blick über die skurrilen Formen – grau, blau, weiß – der Stadtviertel, Straßen, Inseln und Seen schweifen: Slussen, Medborgarplatsen, Olandsgatan, Sveavägen, Kaknästornet, Värtan ... Worte mit Platinklang, und auch wenn sie ihm damals geheimnisvoll erschienen, so würde er doch am Tage der Preisverleihung alles über Stockholm und die folgende Zeremonie wissen.

Der Frack! Es gab Preisträger, die, eigenen Traditionen folgend, den Preis in anderer Kleidung entgegengenommen haben. Er hingegen will auf keinen Fall auf eigenen Traditionen bestehen – ganz im Gegenteil –, er will ganz und gar der Norm entsprechen. Deshalb war ihm von Anfang an klar, dass es für ihn keinesfalls infrage käme, für die Preisverleihung einen Frack zu leihen. Nichts Lächerlicheres als ein Schriftsteller, der den Nobelpreis in einem geliehenen Frack entgegennimmt. Er würde diesen Fehler nicht begehen. Er kannte einen Schneider, der schon die Anzüge für seinen Vater angefertigt hatte. Der Schneider war ein junger Mann mit schwarzen Haaren und karibischem Schnurrbart, als der zukünftige Dichter an der starken und behaarten Hand des Papas zu ihm hingegangen war. Jahrzehntelang hatte Amargós keinen Fuß mehr dort hineingesetzt, denn als der Papa gestorben war, hatte er seine Kleidung aufgetragen und sich keine neue machen lassen müssen. Der Schneider hatte jetzt weiße Haare, keinen Schnurrbart mehr und freute sich über den Auftrag. Seit Langem bestellte niemand mehr einen Frack bei ihm. Den Arm um ihn gelegt, führte er ihn in den Hinterraum, um Maß zu nehmen.

Der Preis wurde einem amerikanischen Erzähler verliehen, von dem Amargós noch nie etwas gehört hatte. Nach wenigen Wochen aber lagen die Bücher des Amerikaners in allen Buchhandlungen. Er las ihn und offen gestanden verstand er nicht, was an ihm gut sein sollte. Diesem hatte man den Preis verliehen und ihm nicht? Er stellte sich vor, wie die Jurymitglieder in dem Restaurant Zum Goldenen Frieden speisten und aufgrund der rätselhaften Spitzfindigkeiten des unvermeidlichen schwedischen Freundes übereinkamen, dass es der Amerikaner war, der den Preis verdiente. Amargós war monatelang enttäuscht. Enttäuscht von der Welt, den Anforderungen der Dichtung, dem verfluchten Nobelpreis und von sich selbst, weil er so viel Hoffnung in ihn gesetzt hatte. Zur Beruhigung überlegte er sich, dass ja nicht er schuld war, sondern die Interessen einiger Akademiemitglieder, die immer für politische Einflüsse empfänglich waren. Politische Einflüsse, die schon Guimerà den Weg versperrt haben. Und Carner. Für diesen Haufen politisch beeinflusster skandinavischer Roboter war der Fall von Mistral eine unwiederholbare Ausnahme. Ein Mistral von heute würde nie den Preis bekommen! Eigentlich hatte er das schon immer gewusst, und dennoch hatte er sich ein paar Monate lang von der Hoffnung beflügeln lassen. In den ersten Wochen der Enttäuschung nahm er so viel ab, dass er Anämie bekam, und in manchem Moment dachte er daran, das Schreiben aufzugeben. Warum sollte er sein Leben vor dem Papier vergeuden? Nie wieder würde er auch nur eine Zeile schreiben, und befreit von dieser Last, wäre er glücklich. Glücklich, aber wie? Ohne zu schreiben? An diesem Punkt angelangt, überlegte er dann, was er denn außer schreiben tun könnte, nachdem sich sein ganzes Leben darum gedreht hatte? Es waren bittere Monate. Oft fragte er sich mitten in der Nacht, ob er nicht besser Romane geschrieben hätte. Poesie war eine Kunst, die nur sehr wenige interessierte. Ach, wenn er doch weniger skrupelhaft gewesen und, gleich vielen Kollegen seiner Generation, die wie er mit Poesie angefangen hatten, zum Roman gewechselt wäre! Doch Prosa passte nicht zu ihm, sie gestattete es ihm nicht so leicht, in höheren Sphären zu schweben. Die Poesie hingegen war ein fortwährendes, unbewusstes Fließen: ein Vers, der unerwartet und flüchtig um Mitternacht auftaucht. Dann auf: Fangen wir ihn ein! Oft gab es allerdings nichts anderes als diesen einen Vers wochen- und monatelang. Und auf einmal einen zweiten Vers, der genau zu dem ersten passte. Was war das für eine Freude! Manchmal brauchte Amargós Jahre, um ein einziges Gedicht zu schreiben. Dann legte er es zu dem vorigen Gedicht, das er mit der gleichen Langsamkeit in den Jahren zuvor erarbeitet hatte. Sein Stolz hat ihm immer verboten, sich jemals zu fragen, ob er überhaupt etwas zu sagen habe, ob es vielleicht nach dem Sturm und Drang der Jugend einen Augenblick gegeben habe, ab dem er sich zwang, einfach der Ehre halber weiterzuschreiben. Und wenn es so wäre? In solchen Zeiten des Zweifels schreibt er literarische Betrachtungen. Anstelle von Poesie verfasst er Literaturkritiken. Indem er extrem streng mit der Arbeit anderer umgeht, festigt sich bei ihm die Überzeugung, dass keiner seiner Zeitgenossen so herausragend ist wie er eines Tages herausragend sein wird. Jahrelang hat er in verschiedenen Zeitungen Literaturkritiken geschrieben. Die, die dabei schlecht wegkamen, behaupteten dann, er schreibe seine Kritiken nur im eigenen Interesse: mit den Geweihten genauso hart und erbarmungslos wie mit den Anfängern, den Mittelmäßigen gegenüber jedoch wohlwollend, denn die schadeten ihm nicht.

Im Jahr darauf wurde er von derselben Einrichtung erneut nominiert. Amargós begriff damals, dass die wichtigen Dinge im Leben durch immerwährende Anstrengung erreicht werden. Wie kein anderer Literat des Landes war er auf dem Weg, den höchsten Preis zu erlangen, der, der dem Leben eines Schriftstellers einen Sinn gibt. Seine zweite Nominierung bewies, er hatte sich nicht geirrt. Die Enttäuschung, die er monatelang mit sich herumgeschleppt hatte, machte erneuter Hoffnung Platz. Er holte den Frack aus dem Schrank, in den er ihn letztes Jahr gehängt hatte, als er auf die Preisverleihung wartete. Er roch nach Mottenkugeln. Er zog ihn an. Er probte ein paar Verbeugungen, so als sei der Schrankspiegel der schwedische König. Der Frack war viel zu groß, so weit, dass zwei von ihm hineingepasst hätten. Obwohl die Anämie überstanden war, die ihn in den ersten Monaten danach in ein Skelett mit Haut verwandelt hatte, war er doch noch nie so dünn gewesen. Er konnte den

Preis nicht in einem Anzug in Empfang nehmen, der drei Nummern zu groß war! Er brachte ihn zum Engermachen zum Schneider. Als er in jenem Jahr den Preis wieder nicht erhielt, bekam er nicht so große Depressionen wie beim ersten Mal. Im folgenden Jahr, als er zum dritten Mal als Kandidat nominiert wurde, hatte er nicht nur nicht abgenommen, sondern sogar etwas zugenommen. Er probierte den Frack wieder vor dem Spiegel an. Er hatte Mühe, ihn zuzuknöpfen. Als es ihm schließlich gelang, verbeugte er sich ein paar Mal, und die Rückennaht platzte auf. Er sah lächerlich aus. Er konnte nicht in einem zu engen Frack, dessen Naht aufgerissen war, zur Preisverleihung gehen. Er brachte ihn zum Schneider zum Weitermachen. Und so wiederholte er Jahr für Jahr die Anprobe. Bis er eines Tages anstelle der Schneiderei einen Supermarkt vorfand. Die Kassiererin, eine kleine, dunkle Philippinin, die mit offenem Mund Kaugummi kaute, wusste nichts von einem Schneider. Amargós fühlte sich im Stich gelassen. Wohin sollte er jetzt seinen Frack zum Ändern bringen? Erst Wochen später fand er einen Laden mit der Aufschrift Änderungsschneiderei, in der Kleidung jeder Art geändert wurde. Seitdem bringt er ihn alljährlich nach jeder erneuten Nominierung zum Ändern dorthin, doch zuvor lüftet er ihn wie heute bei einem Spaziergang im Park aus. Nun schaut er auf die Uhr und beschließt, den Spaziergang zu beenden. Die Erfahrung hat ihn gelehrt, dass eineinhalb bis zwei Stunden ausreichen. In der Änderungsschneiderei arbeiten jedes Jahr andere Angestellte; die Menschen bleiben nicht mehr bei ihren Arbeitsstellen wie noch Jahre zuvor. Es stört ihn, dass die Verkäuferinnen wechseln, denn da sie ihn nicht vom Vorjahr kennen, muss er jedes Jahr neu erklären, was er geändert haben will: weiter oder enger machen. Zudem wundert sich die neue Verkäuferin jedes Mal darüber, dass es noch Fräcke gibt. Sie hat noch nie einen gesehen und wiederholt das auch noch ständig. Doch zum Schluss wird er dann endlich in die Anprobe geführt; dort wartet die Schneiderin auf ihn, eine große Frau mit schlohweißen Haaren. Sie ist immer dieselbe. Im Laufe der Jahre verbindet sie eine Art Freundschaft: zwei alljährliche förmliche Sätze. Amargós probiert den Frack an, um festzustellen, um wie viel er enger oder weiter gemacht werden muss, und schließlich gibt man ihm einen Schein, den er ganz unten in das Portemonnaie steckt, aus Angst, es könne ihm noch einmal so gehen wie beim ersten Mal, als er ihn in die Hemdentasche gesteckt hatte, um ihn später in die Schreibtischschublade zu legen, wo er seine Rechnungen und Quittungen aufbewahrt; doch er vergaß ihn, und der Schein landete mit dem Hemd in der Waschmaschine.

Er kommt gerade von der Besichtigung einer Wohnung zurück, die halb so groß ist wie seine, und beim Warten auf den Fahrstuhl zählt er zum x-ten Mal die Vorteile auf, die eine Wohnung mit weniger Quadratmetern hat. Als die Fahrstuhltüren sich öffnen und sein Fuß sich gerade auf dem Weg in den Fahrstuhl befindet, sieht er im Spiegel Carlota, die von der Straße hereinkommt. Amargós lehnt seinen Körper an einen Türflügel, damit die Tür sich nicht schließt, falls jemand in einem anderen Stockwerk den Fahrstuhl ruft. Carlota beeilt sich, dankt ihm und drückt auf den Knopf des zweiten Stocks. Er schaut sie aus den Augenwinkeln heraus an und überlegt, wie er ihr sagen soll, dass sie bald keine Nachbarn mehr sein werden. Nehmen wir einmal an, er sagt es ihr schließlich so: »Bald sind wir keine Nachbarn mehr.« Carlota ist überrascht. »Wie kommt das?« Sie sagt es in einem Ton, der ihm gekünstelt vorkommt, warum sollte es ihr etwas ausmachen, ob er wegzieht oder nicht? »Ab und zu braucht man einen Tapetenwechsel«, sagt Amargós, und der Satz war kaum ausgesprochen, als er bemerkt, wie banal er ist. Außerdem weiß die

Frau ja gar nicht, wie lange er schon in dieser Wohnung wohnt, und kann deshalb die Ironie auch nicht verstehen. »Dann sehen wir uns also nicht mehr?«, fragt sie und zaubert auf ihre Lippen ein bisschen Traurigkeit. Amargós betrachtet das von der positiven Seite. Die Anstrengung an sich, die Lippen traurig aussehen zu lassen, ist ein gutes Zeichen: Sie bemüht sich, ihm zu zeigen, dass es ihr leidtut. Auf einmal scheint es ihm möglich, dass die Frau ihn schätzt. Vielleicht liest sie Gedichte und weiß, wer er ist, hat gar ein Buch von ihm gelesen. Nichts würde ihn so glücklich machen, wie einen seiner Leser kennenzulernen; weder ist ihm jemals einer begegnet, noch hat er irgendwann jemanden gesehen, der eines seiner Bücher auf der Straße, in der U-Bahn oder in der Schlange vor dem Kino gelesen hätte. Vielleicht bietet ihm der Wegzug aus diesem Haus paradoxerweise die Möglichkeit, irgendeine Art von Beziehung anzufangen. Wenn man im selben Haus wohnt, bleibt alles bei Träumereien. Mehr ist unmöglich: wegen des Ehemannes, der Nachbarn … Man muss kein Don Juan sein, um sich vorzustellen, wie unangenehm es sein muss, sich täglich im Fahrstuhl zu treffen, wenn auf die erste Verzauberung die Distanzierung folgt. Fortziehen umgeht diese ganzen Szenen und ermöglicht es beispielsweise, sie zu fragen, ob sie die Post für ihn aufbewahren könnte. Das bietet ihm die Möglichkeit, sie anzurufen, sich mit ihr zur Postübergabe zu verabreden und sie ganz nebenbei zum Abendessen einzuladen. Er weiß zwar nicht warum, doch überall – im Roman und im Film – ist oftmals der erste Schritt zu einer Beziehung mit einer Frau eine Einladung zum Essen. Er war noch nie in dieser Situation, und vielleicht hält er es deshalb für unmöglich, sie könne die Einladung annehmen: Gewiss kann sie abends ohne ihren Mann nicht ausgehen. Mittagessen vielleicht. Sie werden also mittags essen gehen, oder, wenn das auch nicht sein darf, eben Kaffee trinken, und das war's. Die Vorstellung, mit Carlota Kaffee trinken zu gehen, entzückt ihn, beide ganz allein in einem Café, Seite an Seite an einem Marmortischchen. Die Distanz wird sie einander näherbringen. Das einzig Dumme an der Sache bleibt, dass er keine Wohnung findet, obwohl er Tag für Tag die Zeitung aufschlägt, fest entschlossen, die Ansprüche herunterzuschrauben oder, wenn nötig, gar keine mehr zu haben. So läuft er eine Woche später an einem stürmischen Abend die Treppen im Haus der letzten Wohnung, die er besichtigt hat, hinunter und geht die Straße hinab, um ein Taxi zu suchen. Seine regennassen Socken stören ihn. Er hat zu guter Letzt die Entscheidung getroffen, die Wohnung zu nehmen, die für ihn von allen, die er an jenem Tag besichtigt hat, am wenigsten schrecklich war: eine dunkle Zweizimmerwohnung im ersten Stock, in einem Stadtteil, der ihm nicht besonders gefällt. Doch er hält es keinen Tag mehr länger aus. Seit Tagen schiebt er abends die endgültige Entscheidung hinaus, weil ihm die Wohnungen, die er an jenem Tag besichtigt hat, nicht gefallen, und nimmt sich vor, am nächsten Tag die am wenigsten schreckliche Wohnung zu nehmen, egal wie sie aussieht. Doch am Abend des nächsten Tages gibt er völlig frustriert von den gerade besichtigten Wohnungen dem kommenden nächsten Tag noch eine Chance. So gibt es nach jedem nächsten Tag, der der letzte Tag sein sollte, immer einen neuen nächsten Tag. Nun läuft Amargós unter dem Schutz seines Schirmes die Straße hinunter. In einem Moment, in dem eine Windböe ihn fast umwirft, hält er an, um zu verhindern, dass der Schirm nach außen klappt. Im Licht der Straßenlaternen bewegen sich die Äste der Platanen vor einem bronzenen Himmel. Er hält den Regenschirm gegen den Wind und beim Gehen probt er wie so oft die Rede, die er beim Bankett halten wird, nachdem er den Nobelpreis erhalten hat: »Ihre Königlichen Majestäten, meine Damen und Herren, ich werde mich kurz fassen; voller Ehrfurcht danke ich Ihnen zutiefst für die Gelegenheit, heute Abend vor Ihnen allen sprechen zu dürfen: Ich werde versuchen, diese kostbaren fünfundvierzig Minuten, die mir die Tradition gewährt, nicht mit überflüssigen Redewendungen zu vergeuden ...« Es ist ein nicht ganz runder Anfang, das ist ihm schon bewusst, besonders, da er sich gewissermaßen an die beeindruckende Rede von Octavio Paz erinnert, doch sobald er eine Wohnung gefunden hat, wird er sich wieder mit frischer Energie dransetzen: Ein Wechsel im Alltagstrott ist das, was er braucht, um im Geist mit der Formulierung der Rede fortzufahren, denkt er; doch plötzlich hört er ein Akkordeon und dreht sich um. Auf dem Gehweg gegenüber unter den zitternden Baumkronen der Platanen sitzt ein Junge auf der Bank in einer Bushaltestelle, unter deren Dach er Schutz vor dem Regen gesucht hat, und spielt auf einem rötlich marmorierten Akkordeon. Er ist so blass, dass es aussieht, als sei er in Schwarz-Weiß, und über ihm auf dem Plan das bunte Knäuel der Buslinien. An seiner Seite auf derselben Bank beziehungsweise an die Glaswand der Haltestelle gelehnt schauen ihm vier andere Jungen zu. Der blasse Junge spielt eine Melodie, die Amargós nicht identifizieren kann; er spielt sie immer wieder, und wenn sie anscheinend zu Ende ist, fängt er wieder von vorne an. Bis eine Erwachsenenstimme, die drohend aus einem der anliegenden Häuser tönt, die Oberhand über das Trommeln des Regens gewinnt. Der Junge packt das Akkordeon in einen Überzug, und mit den Jacken auf dem Kopf, um sich vor dem Wolkenbruch zu schützen, rennen alle fünf davon. Es ist ein rechteckiger Platz. Auf einer Seite des Platzes steht ein Wohnhaus, dessen Balkone nur wenig aus der Fassade herausragen und das von grauen Mansardendächern gekrönt wird. Amargós nähert sich. Über der Tür hängt ein gelbes Pappschild mit schwarzen Buchstaben: WOHNUNG ZU VERMIETEN. Die Tür aus vergittertem Glas ist verschlossen, ebenso der Laden daneben, eine Konditorei. Es ist Ruhetag, erklärt ein Holzschild im Schaufenster. Amargós kehrt zur Haustür zurück und schaut hinein: ein weiträumiger Eingang mit einem schwarz-weißen Fußboden wie ein Schachbrett. An der Wand stehen große Blumentöpfe mit Aloe. Hinten sieht man eine halbe Tür mit einer kleinen Theke, wo sicher die Hauswartsfrau während ihrer Arbeitszeit sitzt. Es gibt Klingelknöpfe; Amargós drückt auf den neben sich, ein halb verwischtes P. Niemand antwortet; er klingelt noch einmal. Nach Sekunden geht ein Licht in einer Seitentür an, aber es vergeht eine Weile, und keiner zeigt sich. Er klingelt noch einmal. Schließlich streckt ein Junge seinen Kopf heraus, schaut Amargós an und verschwindet dann wieder nach drinnen. Amargós klingelt noch einmal. Der Junge streckt wieder seinen Kopf heraus. Amargós winkt ihn mit Handzeichen heran. Der Junge kommt bis zur Tür und schaut ihn an; Amargós dreht seine geschlossene Hand vor dem Türknauf in einer eindeutigen Handbewegung. Endlich öffnet der Junge die Tür; Amargós stellt einen Fuß dazwischen, um zu verhindern, dass sie sich wieder schließt. Es ist einer der Jungen, die neben dem Akkordeonspieler gestanden haben. Amargós sagt ihm, er würde gerne die Wohnung besichtigen, die zum Vermieten angeboten werde, der Junge antwortet, seine Mutter sei nicht da. Amargós fragt, ob seine Mutter die Hauswartsfrau sei, der Junge antwortet, sie sei gerade weggegangen. »Wird sie etwas später wieder da sein?« Der Junge zuckt die Achseln, Amargós fragt ihn, ob er ihm die Telefonnummer geben könne. »Warum?« Um später, wenn die Mutter da sei, anzurufen und einen Besichtigungstermin auszumachen. Die Mutter sei nicht da, wiederholt der Junge. »Deshalb bitte ich dich um die Telefonnummer.« »Welche Telefonnummer?« »Von deinem Zuhause.« »Warum?« »Um anzurufen und zu fragen, wann ich die Wohnung besichtigen kann.« »Die Mutter ist doch nicht da.« »Deshalb gib mir die Telefonnummer.« »Die Nummer weiß ich aber nicht.« »Sie steht auf dem Telefon, die Telefonnummer steht immer irgendwo auf dem Telefonapparat: in der Mitte der Wählscheibe, wenn es eine Wählscheibe gibt.«

Um elf Uhr abends gelingt es Amargós, mit der Hauswartsfrau zu telefonieren; sie vereinbaren einen Besichtigungstermin am nächsten Morgen. Er nimmt die Kaffeedose aus dem Regal über dem Kühlschrank. Zum Abendessen trinkt er Milchkaffee und liest die Kulturbeilage von heute: Der nationale Literaturpreis für Poesie wurde einem Dichter verliehen, der Jahre zuvor Herausgeber einer inzwischen eingegangenen Literaturzeitschrift war, bei der er einmal mitgearbeitet hatte. Hätte er die Zeitung am Morgen gelesen, hätte Amargós ihn sofort angerufen, um ihm zu gratulieren, aber um diese Uhrzeit ist es zu spät; vor allem, da er ihn kennt, hätte der Preisträger es sogar als Missachtung ansehen können, dass er bis spätabends mit dem Anruf gewartet hat, so als ob er vorher wichtigere Dinge zu tun gehabt hätte. Doch könnte er es auch als einen noch größeren Affront betrachten, wenn er ihn weder am Morgen noch am Abend angerufen hat. Was tun? Ihn anrufen und ihm erklären, er sei erst jetzt zum Zeitunglesen gekommen, weil er den ganzen Tag mit Wohnungssuche beschäftigt ist? Es wäre ein Zeichen von Schwäche. Alle Mitglieder der Zunft rühmen sich, bis zum Mittag die Kulturbeilage des jeweiligen Tages gelesen zu haben. Damals, als er noch nicht so sehr Freunde als vielmehr Schriftstellerkollegen hatte, war es üblich, sich gegenseitig anzurufen, um dies oder jenes Detail zu kommentieren und mit reichlich Klatsch zu garnieren.

Am folgenden Tag hebt er den Arm, um die Aufmerksamkeit eines Taxifahrers zu erlangen. Er krümmt den Rücken beim Einsteigen; und als er ihn wieder in seine natürliche

Stellung zurückbringt, sitzt sein Kopf an der Decke fest, er ist völlig eingeklemmt zwischen Sitz und Autodach und denkt daran, wie viele andere Köpfe sich an diesem extrem niedrigen Autodach wund gescheuert haben und wie viel Schuppen und Fett von anderen folglich nun an seiner Glatze kleben. Es sind zwölf Minuten Anfahren und Bremsen, bis das Taxi vor dem Haus hält. Heute keine Akkordeonmusik. Amargós betrachtet die Fassade. Er stellt sich vor, wie er viele Jahre später das Portal durchschreiten wird, wenn er sich als alter Mieter so an das Haus gewöhnt hat, dass er sich nur mit Mühe daran erinnern kann, wie er das erste Mal an einem lange zurückliegenden Abend beinahe zufällig daran vorbeigekommen ist. Jetzt am Tage, da die Metallrollläden hochgezogen sind, erkennt er den Laden links vom Eingang als Kinderkrippe mit apfelgrün bemalten Türen voller Bambis, Zwerge und Schneewittchen. Der Laden rechts vom Eingang ist die Konditorei, die er bereits gestern gesehen hat. Das Gebäude hat hohe Decken und der Boden in dem Eingangsbereich ein Schachbrettmuster. Doch das habe ich bereits erwähnt, und ich sollte mich nicht wiederholen, wenn ich mich wirklich kurz fassen will. Im hinteren Teil des Eingangbereiches unter dem ersten Treppenabsatz fegt eine ungewöhnlich kleinwüchsige Frau mit buschigen Augenbrauen und einem Dutt. Amargós erklärt ihr, er habe gestern angerufen und sie hätten einen Termin vereinbart, damit er sich die Wohnung anschauen könne. Die Frau mustert ihn von oben bis unten, bittet ihn in den Aufzug – einen langsamen Aufzug aus Holz und Bleiglas – und warnt ihn vor, viele seien an der Wohnung interessiert gewesen, doch wenn sie sähen, wie viel man renovieren müsse, würden sie wieder gehen. Mit einem letzten Holpern kommt der Fahrstuhl auf dem Treppenabsatz an. Genau vor der Fahrstuhltür ist das Geländer; Amargós tritt heran: Es reicht ihm bis zur Mitte des Oberschenkels. Vorsichtig streckt er den Kopf in das Treppenhaus und zieht ihn sofort wieder zurück. Auf der anderen Seite des Geländers ist das Nichts mit den sich bis ins Erdgeschoss hinunter vervielfachenden Treppenstufen. Wie kann ein Geländer nur so niedrig sein? Es wäre ein Leichtes, das Gleichgewicht zu verlieren und in die Tiefe zu stürzen. Die Hauswartsfrau beobachtet ihn bei offener Tür ungeduldig von der Diele der Wohnung aus. Amargós eilt lächelnd zu ihr. Die Wohnung ist angemessen geräumig und hat ausreichend Licht. Es ist zweifellos die beste, die er bisher gesehen hat. Zum ersten Mal macht er sich Gedanken, ob vielleicht ein anderer, ohne dass die Hauswartsfrau davon weiß, von der Hausverwaltung die Wohnung versprochen bekommen hat. Nicht einmal die notwendigen Renovierungsarbeiten erscheinen ihm als unüberwindliches Hindernis: Zuerst wird er die Maler kommen lassen, dann wird er sofort einziehen, um die Miete von der Wohnung, in der er jetzt wohnt, einzusparen, und wenn er eingerichtet ist, wird er die Herrichtung von Küche und Bad veranlassen; das sind keine Räume, die er ganz dringend braucht. Und wenn er einmal darin wohnt, wird es ihm leichter fallen, die Renovierungsarbeiten zu beaufsichtigen. Er fragt die Hauswartsfrau nach dem Namen und der Telefonnummer der Hausverwaltung, und unfähig zu warten, bis er wieder zu Hause ist, um von dort aus zu telefonieren, sucht er unten auf der Straße eine Telefonzelle und versucht für heute noch einen Termin zu bekommen. Eineinhalb Stunden später sitzt Amargós vor dem Hausverwalter, der ihn vom Sessel hinter seinem Schreibtisch aus mit seinem Blick forschend durchbohrt und darauf hinweist, dass die Wohnung renoviert werden muss. Zudem verweist er darauf, dass Amargós außerdem eine vorgeschriebene Monatsmiete als Kaution und eine weitere als Vermittlungsgebühr zahlen müsse. Als er mit dem Kopf nickt, um seine Zustimmung zum Ausdruck zu bringen, sieht Amargós, dass der Verwalter unter dem Schreibtisch mit den Beinen baumelt; es fehlt eine halbe Handbreit zwischen seinen Füßen und dem Boden.

Die Träger der Umzugsfirma breiten Rollen, Schnüre und Decken vor den Malern aus, die ohnmächtig zuschauen, wie die Neuankömmlinge das Terrain in Besitz nehmen, das ihnen alleine gehörte. Sie schleppen bereits die ersten Möbel: in den Fahrstuhl hinein, oder wenn sie nicht in den Fahrstuhl passen, die Treppe hinauf. Das Defilee beschleunigt sich: Tische, Stühle, der Schreibtisch, Kisten in allen Größen. Die Hauswartsfrau beobachtet Amargós wohlwollend: Die ersten Schritte, die einer tut, um sich eine Wohnung einzurichten, wecken bei ihr immer die Erinnerung an ihre eigenen ersten Schritte, als sie heiratete. Aus diesem Grund geht sie auf ihn zu, stellt den Besen vor sich auf den Boden und sagt ihm, wie glücklich er sich schätzen könne, in dieses Haus einzuziehen, denn alle, die darin wohnten, seien eine große Familie – er werde es bald merken –, obwohl es keine Blutsbande zwischen den Nachbarn gäbe, denn mehr als die Blutsbande zählten der Respekt vor dem anderen und die gegenseitige Unterstützung. Amargós hat die Geschichte von der großen Familie schon oft gehört. Zum ersten Mal in dem Verlag, in dem er als Jugendlicher gearbeitet hatte, einem Verlag, der in einem Zimmer in der Wohnung des Verlegers irgendwie überlebte. Der Verleger war so geizig, dass die drei Jugendlichen, die dort – umsonst, weil für die Kultur – arbeiteten, beim Schein einer einzigen von der Decke baumelnden Vierzig-Watt-Glühbirne Druckfahnen korrigierten und Bücher und Kalender verpackten. Dieser Verleger mit Brillengläsern wie Schnapsgläser hatte ihm am ersten Tag auch gesagt, sie seien eine große Familie. Nun erklärt ihm diese Hauswartsfrau, dass die meisten Hausbewohner schon ihr Leben lang hier wohnten und es bei ihnen recht harmonisch zugehe und deshalb die neuen Mieter Leute sein müssten, die diese Harmonie aufrechterhielten. Auf dem Weg zu den Briefkästen stimmt Amargós mechanisch zu. Sie sind aus Metall; seiner ist in der unteren Reihe, der vorletzte von links. Er bückt sich und macht ihn auf. Er zieht das gelbliche Pappschildchen mit dem bräunlichen R und dem verblichenen Namen des Vormieters heraus und steckt es in die Tasche. Er wird umgehend seinen Namen auf ein Schildchen identischer Größe schreiben.

Am Nachmittag kommen die Schreiner mit den Regalen, um an allen Wänden im Flur und in den Zimmern die Bibliothek aufzubauen. Sobald sie damit fertig sind, wird Amargós seine Bücher so einräumen, wie er es in der alten Wohnung nie vermocht hatte. In einer Wohnung, wo du schon immer wohnst, häufen sich die Klassifikationsfehler: aus Faulheit, sie richtig einzuordnen, und weil du ja weißt, dass das Buch auf diesem oder jenem Regalbrett steht, wo es zwar nicht hingehört, aber schon immer steht. Er ist so erpicht darauf, die Bücher einzuräumen, dass er die Kisten öffnet, die sie ihm in die Küche gestellt haben, dem einzigen Ort, an dem keine Bücherregale aufgebaut werden sollen. Provisorisch wird er die Bücher wenigstens nach dem Anfangsbuchstaben der Nachnamen der Autoren aufschichten. Montale? Auf den M-Stapel, auf Machfus und Mauriac. Pirandello? Auf den P-Haufen und auf Pontoppidan. Jiménez? Momentan noch ganz alleine, weiht er den J-Stapel ein. Quasimodo auf einen Stapel neben Pontopiddan. Gjellerup weiht den G-Stapel ein. Gordimer landet obenauf.

Drei Tage später erklärt er die Arbeit für beendet. Tadellos alphabetisch aufgestellt, sind alle Bücher an ihrem Platz. Er bindet die Umzugskisten zusammen, die er nach und nach zusammengelegt und im Vorzimmer aufeinander geschichtet hat, und bringt sie auf die Straße hinunter. Auf dem Rückweg vom Papiercontainer trifft er die Hauswartsfrau im Gespräch mit einer Dame im rosa Bademantel, die genauso klein ist wie sie. Amargós konnte Hauswartsfrauen noch nie leiden und noch weniger ihre moderne Variante – die sogenannten Portiersfrauen –, und er versteht nicht, warum eine Mietergemeinschaft, wo es doch so diskrete und effektive Apparate wie Klingelanlagen gibt, Lohn und Sozialabgaben für Individuen bezahlt, deren Modus Vivendi auf Klatsch und übler Nachrede beruht. Er versucht, mit einem flüchtigen, förmlichen Lächeln vorbeizuhuschen, doch die Hauswartsfrau hebt die Stimme, um zum Besten zu geben, wie anstrengend es sei, eine Wohnung einzurichten, und da dieser Kommentar ganz offensichtlich für ihn bestimmt ist, muss Amargós stehen bleiben und zustimmen, ja, es sei tatsächlich sehr anstrengend, und in seinem Fall bereiteten ihm die Bücherkisten am meisten Mühe. Die Hauswartsfrau stellt ihm die Frau im rosa Bademantel vor. Es ist die Konditorfrau. Amargós bückt sich, um ihr die Hand zu geben, und nach einer halben Minute Small Talk entschuldigt er sich in Richtung Fahrstuhl. Er hat die Kulturbeilage in der Tasche, wo nach Wochen eine Notiz mit der Nachricht über seine Nominierung erschienen ist. Mit einem Lineal misst er die Zentimeter: fünf breit und dreieinhalb hoch, einschließlich Titel. Bei seiner ersten Nominierung vor nun bereits sieben Jahren erschien die Nachricht in drei Spalten mit Foto und einigen ergänzenden Äußerungen von ihm, die er am Telefon gemacht hatte, in denen er seiner Freude über die Nominierung hoffnungsfroh und überzeugt von seinen Möglichkeiten Ausdruck verlieh. »Glauben Sie, Ihr Werk hat ein ausreichend hohes Niveau, um den Preis zu verdienen?«, lautete die Frage des Journalisten. Und die Antwort: »Zweifellos; mein Werk verdient ihn nicht minder als die Mehrheit der bisherigen Preisträger.« In einem anderen Interview drei Jahre später wurde er persönlicher: »Mein Werk ist genauso preiswürdig wie beispielsweise das Werk von Montale.« In Wirklichkeit hatte Amargós in keinem Moment auf Montale Bezug genommen, doch der Journalist kürzte die Antworten und veränderte sie, und danach vermischte er sie so mit den Fragen, dass eine neutrale Antwort Amargós' auf eine Frage zu Montale – in der Amargós sich wohl hütete, Montale zu erwähnen – als eine Antwort erschien, in der sich Amargós mit Montale verglich. Umgehend hob der Journalist sie als Schlagzeile heraus.

Amargós nimmt den Telefonhörer ab, und nach einem Moment des Zweifels wählt er die Nummer von Carlota. Er entscheidet sich oft spontan, dann fühlt er sich impulsiv; er, der als junger Mann nichts Ungestümes hatte, obwohl er späterhin so tat, als ob, und sich eine Vergangenheit erfand, an die er schließlich als Allererster glaubte. Während auf der anderen Seite die Klingelzeichen ertönen, hält Amargós das Mikrofon vom Mund weg. So kann er, falls sich nicht Carlota, sondern ihr Mann am Telefon meldet, sofort auflegen, ohne dass der Mann auch nur einen Atemzug hören würde. Aber es meldet sich nicht der Mann, sondern eine Frauenstimme. Carlota? Wer sonst! Es kann ja nur sie sein, deshalb entschuldigt sich Amargós sofort bei ihr, weil er sie zu Hause anruft: Er weiß, er hätte sich diese Freiheit nicht herausnehmen dürfen, sagt ihr, welchen Konflikt er hätte heraufbeschwören können, wenn an ihrer Stelle ihr Mann ans Telefon gegangen wäre; genauer betrachtet, fährt Amargós fort, sei das natürlich ein lächerlicher Gedanke, denn so sehe es aus, als nehme er an, zwischen ihnen beiden sei etwas. Carlota schweigt die ganze Zeit, so lang, dass Amargós daran zweifelt, ob sie es wirklich ist. Erst nach einigen Augenblicken merkt er, dass die Frau gar nicht weiß, mit wem sie spricht. Amargós hat in seiner Einbildung geglaubt, er sei so gegenwärtig für sie, dass sie seine Stimme erkennen würde! Er entschuldigt sich dafür, dass er sich eingangs nicht vorgestellt hat, und sagt ihr, er sei ihr einstiger Nachbar aus dem dritten Stock rechts. Die Stimme der Frau hellt sich auf – »Ah, hallo!« – mit dem Dring von tausend Glöckchen. Amargós bittet sie noch einmal um Entschuldigung, diesmal, weil er sich nicht verabschiedet hat, als er auszog. Carlota fragt ihn, ob in der neuen Wohnung schon alles an seinem Platz stehe. Amargós antwortet, mehr oder weniger. Carlota meint, das sei klar, und danach kommt das Schweigen. Um es zu brechen, räuspert sich Amargós und teilt ihr mit, er wolle sie um einen Gefallen bitten. Alles, was er wolle, bietet sie ihm an. »Ich wollte Sie fragen«, sagt er, »ob Sie mir die Post aus dem Briefkasten holen könnten; ich denke, eine Zeit lang werden noch Briefe bei der alten Adresse ankommen.« Und ob sie, wenn ein neuer Mieter da sei und die Post auf die Briefkästen legt, aufpassen und sie an sich nehmen könne, er würde dann vorbeikommen und sie abholen oder … Er zögert zwei Sekunden. »Oder kurzum, ich weiß nicht, aber vielleicht könnten wir uns auch auf einen Kaffee treffen.« »Es wohnt noch niemand in der Wohnung«, sagt sie, »aber der Mann, der die Wohnung zeigt, öffnet immer den Briefkasten und nimmt alles heraus, bisher aber nur Werbung.« Dass Carlota sich für seine Post interessiert, ohne dass er ihr etwas gesagt hat, ist ihm Beweis für ihr unerwartetes Interesse. Amargós versucht, Worte zu finden, um ihr zu danken, und während er überlegt, ob dieses Interesse irgendeine Gemeinsamkeit zwischen ihnen aufzeigt, klingelt es plötzlich an der Tür. Wenn es bei ihm an der Tür klingelt, während er telefoniert, kommt er durcheinander, denn er weiß immer nicht, welche Prioritäten er setzen soll. Was zum Beispiel soll er jetzt in diesem konkreten Fall machen? Carlota bitten, einen Moment zu warten, den Telefonhörer beiseitelegen, aufmachen gehen und demjenigen an der Tür, wer es auch sei, sagen, dass er für ihn da sein würde, sobald er das Telefongespräch beendet habe? Jemanden warten lassen, mit dem man gerade spricht, um auf ein Klingeln an der Tür zu reagieren, erscheint ihm als Zeichen schlechter Erziehung. Doch genauso schlimm ist der umgekehrte Fall, der sich ganz oft ereignet: Man ist mit einem verabredeten Besuch zu Hause, und plötzlich unterbricht das Telefon, in der Absicht, sich zwischen den Besuch und ihn zu schieben. Da er sich nicht bewegt hat, ist es in diesem Fall so, dass es wieder an der Tür klingelt, Carlota hört es und sagt ihm, er solle die Tür öffnen; sie werde ihn anrufen, sobald es etwas Neues gebe.

An der Tür stehen zwei Männer in Pullovern mit Reißverschluss. Sie sind untersetzt und tragen dicke Brillen. »Wir hatten gestern einen Termin vereinbart, erinnern Sie sich?« Amargós erinnert sich, allerdings ist er sich nicht ganz sicher, ob sie einen Termin vereinbart hatten. Denn genau genommen konnten sie ihm, als er fragte, um welche Uhrzeit sie exakt kommen wollten, nicht einmal zusichern, heute oder morgen vorbeizukommen. Die Maurer spazieren aber bereits durch die Wohnung wie Forscher in Terra incognita. Amargós erklärt ihnen, dass die Arbeiten in der Küche und im Bad gemacht werden sollen. »Aber das ist doch alles frisch gestrichen«, sagt derselbe, der zuvor gesprochen hat. Amargós berichtigt: alles, außer Küche und Bad, was genau die beiden Räume seien, die hergerichtet werden sollten. Die Maurer schnalzen kopfschüttelnd mit der Zunge. »Bei unserer Arbeit werden die Wände schmutzig, und Sie werden sich dann hinterher beschweren; Sie hätten nicht streichen lassen dürfen, bevor wir fertig sind.« »Ich glaube nicht, dass Sie notwendigerweise die Wände schmutzig machen müssen«, sagt Amargós, »machen Sie doch in dem Raum, in dem Sie arbeiten, die Tür zu: So kann der Staub nicht heraus.« »Ha!«, lacht einer der Maurer und äfft ihn gleich nach: *»Machen Sie doch in dem Raum, in dem Sie arbeiten, die Tür zu …*; so einfach ist das nicht, mein Herr. Es handelt sich nicht nur darum, die Tür in dem Raum, in dem wir arbeiten, zu schließen. Es ist etwas komplizierter, denn der Staub dringt durch die Türritzen und verteilt sich in der ganzen Wohnung. Es gibt überall Staub, immer, sogar da, wo offenbar keiner ist. Ein unsichtbarer, fast moralischer Staub, der die Haare, die Haut und die Oberfläche aller lebenden und toten Dinge bedeckt; aber ich rede nicht nur von diesem unsichtbaren Staub. Ich rede von dem eindeutig sichtbaren Staub, der entsteht, wenn man zum Beispiel eine Küche oder ein Bad fliest, das ist der Staub, den wir produzieren werden.« Und der andere mischt sich ein: »Wenn die Räume, in denen gearbeitet wird, in diesem Fall das Bad und die Küche, völlig hermetisch wären, dann würde vielleicht kein Staub durchdringen, doch nun sind bedauerlicherweise für uns Türen nicht völlig dicht, nein, mein Herr.« Nun spricht wieder der von vorhin: »Wir werden vorsichtig arbeiten, da können Sie ganz sicher sein; doch wenn Sie die Maler hätten kommen lassen, nachdem wir mit unserer Arbeit fertig gewesen wären, müssten wir Sie jetzt nicht darauf hinweisen, dass Sie sich hinterher unter Umständen beschweren, weil alles voller Staub ist.«

Sie stehen mitten in der Küche. »Und was muss hier gemacht werden?«, fragt einer der Maurer. »Die ganze Küche neu«, sagt Amargós, »das Resopal herausreißen und gegen Marmorplatten austauschen und von oben bis unten alles mit weißen Fliesen kacheln.« »Weiß?«, wundert sich der andere Maurer. »Weiß«, bestätigt Amargós. »Ich«, sagt derselbe Maurer, »würde eine Bordüre auf halber Höhe anbringen, rundherum an der ganzen Wand entlang; das sieht besser aus.« »Keine Bordüre«, entscheidet Amargós, »ich möchte sie ganz weiß haben: weiß bis zur Decke, und die Decke soll auch weiß gestrichen werden.« Der andere Maurer verzieht den Mund. Aus irgendeinem Grund, der Amargós entgeht, stört es sie, dass alle Fliesen weiß sein sollen. »Sie zahlen«, sagt der Maurer. »Ja«, bestätigt Amargós, »und ich möchte auch eine

Abzugshaube.« »Wir schauen im Katalog nach«, sagt der andere Maurer. »Und die Spüle, das Waschbecken und die Marmorplatte möchte ich auf einer Höhe von einem Meter haben.« Beide Maurer drehen sich abrupt um: »Wie, auf einem Meter Höhe?« »Jetzt«, erklärt Amargós, »sind es vom Boden aus fünfundachtzig Zentimeter; nun gut: Die neue Marmorplatte setzen wir auf einen Meter Höhe.« »Auf einen Meter vom Boden aus?«, fragen beide Maurer entsetzt. »Ich will mich nicht bücken müssen«, erklärt Amargós. »Ein Meter ist sehr hoch«, sagt der blassere Maurer. Amargós weicht nicht zurück: »Ich will einen Meter Höhe.« »Das ist aber nicht üblich«, insistiert der mit der dunkleren Haut, »man nimmt immer fünfundachtzig Zentimeter.« »Immer wenn der Kunde es so will«, argumentiert Amargós, »oder wenn er keine klare Vorstellung davon hat, was er haben will, und Sie das ausnützen und machen, was Sie wollen; dann vielleicht, doch das ist hier nicht der Fall, denn ich will genau einen Meter Höhe. Ich sage es noch einmal ganz klar und deutlich: Ich möchte einen Meter Höhe.« »Normal sind fünfundachtzig Zentimeter«, sagt der Maurer mit den längeren Koteletten. »Das mag ja sein«, sagt Amargós, »doch ich habe nichts hinzuzufügen; ich möchte einen Meter Höhe. Ich habe es satt, in der Küche an so niedrigen Arbeitsplatten zu hantieren, dass man sich ständig bücken muss; im Bad möchte ich das Waschbecken auch in einer Höhe von einem Meter: Kommen Sie bitte, damit ich es Ihnen zeigen kann.« Alle drei gehen über den Flur. Amargós öffnet die Tür zur Toilette und zeigt auf das Waschbecken: »Auch auf einen Meter Höhe und ebenfalls mit weißen Kacheln.« »Ohne Bordüre?«, fragt der Maurer mit den buschigeren Augenbrauen. »Ohne«, antwortet Amargós.

Die Maurer kommen jeden Tag um acht. Sie richten sich in der Küche ein, machen das Transistorradio an und stellen es erst wieder ab, wenn sie Feierabend haben. Den ganzen Tag lang dröhnt Musik. Ab und zu begibt sich Amargós zur

Küche und steckt die Nase hinein; sie sollen sehen, dass er sie beaufsichtigt. Er öffnet die Tür einen Spalt, schaut sich um, wie es vorangeht, und dann macht er etwas, was ihm bei dem Radiogedröhne so richtig Spaß macht: Er richtet sich, die Lippen bewegend, an die Maurer, doch gibt er keinen Ton von sich. So glauben die Maurer, er rede tatsächlich und sie verstünden ihn deshalb nicht, weil die Musik zu laut ist. Das hat er sich beim Taxifahren angewöhnt. Wenn er einsteigt und das Radio auf volle Lautstärke gedreht ist, setzt Amargós sich hin, bewegt die Lippen und flüstert dabei die Straße, in die er will. Der Taxifahrer versteht ihn nicht und fragt nach, ohne das Radio leiser zu drehen. Amargós wiederholt die Aktion so oft wie nötig, bis der Fahrer fest glaubt, dass er ihn deshalb nicht versteht, weil es zu laut ist, und endlich das Radio leiser stellt. Dann gibt Amargós mit klarer Stimme und zum ersten Mal in normaler Lautstärke die Adresse kund. Mit den Maurern macht er jetzt dasselbe, vor allem zu Beginn der Arbeiten. Später geht er immer seltener hin, zum einen, weil ihn sein Späßchen mit der Zeit langweilt, und zum anderen, weil die Maurer nach einiger Zeit zutraulicher werden und mit der Musik im Radio mitsingen. Wie soll er bei diesem Krach aus der Küche oder dem Bad oder aus Küche und Bad gleichzeitig auch nur den Versuch starten zu lesen oder zu schreiben? Um sieben Uhr abends, wenn die Maurer Feierabend machen, wird es still bei ihm. Amargós atmet erleichtert auf und öffnet die Fenster. Er wagt sich nicht einmal in die Nähe der Küche, und im Bad herrscht so ein Chaos, dass er es nur in dringenden Fällen aufsucht. Das Duschen ist kein solcher Fall, in der Woche, in der seine Wohnung eine Baustelle ist, duscht er nicht. Und um seine Unterwäsche zu schonen, trägt er ständig seinen Baumwollschlafanzug, egal ob im Bett oder tagsüber unter dem Pullover und der Hose. Zur Erholung von dem Lärm zu Hause setzt er sich stundenlang in eine Bar ganz in der Nähe. Er trinkt dort immer einen Kaffee und ein Mineralwasser. Den Kaffee sofort. Das Wasser ganz langsam, damit es die ganzen Stunden, die er dort verbringt, reicht. Wenn er meint, die Maurer seien fertig, kauft er im Supermarkt etwas zum Essen ein und kehrt heim. Wieder in der Wohnung zeigt ihm die Stille, dass die Maurer tatsächlich nicht mehr da sind. Kein banales Lied und keine mitsingenden Stimmen. Amargós atmet erleichtert auf, stellt die Einkaufstüte aus dem Supermarkt auf den Schreibtisch – die am wenigsten verstaubte Ecke in der Wohnung –, und als er eines Abends die Küche betritt, sieht er, dass endlich die Spüle und die Marmorplatten angebracht sind. Doch ein kurzer Blick stellt klar: nicht auf der vereinbarten Höhe. Sie sind zu tief montiert! Sicherheitshalber misst er mit einem Zentimetermaß den Abstand zwischen Marmorplatte und Fußboden nach: fünfundachtzig Zentimeter.

Bei Ankunft der Maurer am nächsten Morgen erwartet er sie bereits mit dem Rücken an die Küchentür gelehnt. Er stellt ihnen die Frage, die ihn die ganze Nacht lang wach gehalten hat: Wieso befinden sich die Marmorplatten auf einer Höhe von fünfundachtzig Zentimeter, wo er doch unmissverständlich klargemacht hat, dass er eine Höhe von einem Meter haben wollte? »Weil wir sie immer auf einer Höhe von fünfundachtzig Zentimeter anbringen«, antwortet ein Maurer. Amargós versucht zu argumentieren: »Es war zwischen uns vereinbart, dass Sie meinem Wunsch gemäß sowohl die Marmorplatten als auch das Waschbecken im Bad und das Spülbecken in der Küche auf einer Höhe von einem Meter anbringen«. Der gleiche Maurer gibt ihm zur Antwort: »Man montiert sie immer auf einer Höhe von fünfundachtzig Zentimetern; ein Meter ist zu hoch.« Der andere Maurer starrt stur auf seine Fingernägel. Amargós kann es nicht fassen. »Wir waren uns da völlig einig«, sagt er wieder, »wir haben einen Meter vereinbart.« Der Maurer mit den Fingernägeln holt tief Luft. »Aber jetzt ist alles fertig«, sagt er in der Überzeugung desjenigen, der damit groß geworden ist, dass vollendete Tatsachen nicht rückgängig zu machen sind. »Das ist mir egal«, antwortet Amargós, »ich bestehe auf einem Meter: Nehmen Sie diese ganzen Marmorplatten wieder ab und montieren Sie sie auf der vereinbarten Höhe, bitte.«

Damit er ihre Musik nicht hören muss, schließt er sich in sein Arbeitszimmer ein und legt die Symphonien von Fréchette auf. Er singt mit der Schallplatte mit, auf dass der Lärm total ist, läuft im Zimmer hin und her – dabei die Arme wie Windmühlenflügel im Sturm kreisend – und bleibt vor dem Fenster stehen, ohne mit dem Gestikulieren aufzuhören. Vergeht dabei eine Stunde? Oder zwei? Egal. Nehmen wir an, es sei eine vergangen. Also eine Stunde später geht Amargós in die Küche, um nachzuschauen, wie weit sie sind, und er trifft niemanden an. Die Maurer haben ihr Werkzeug eingepackt und sind verschwunden, ohne das Spülbecken, das Waschbecken oder irgendeine Marmorplatte höhergesetzt zu haben, stattdessen haben sie die Rechnung in einem Umschlag zurückgelassen. Er greift zum Telefon und ruft die Maurer an, erreicht aber nur den Anrufbeantworter. Auch bei jedem weiteren Versuch erreicht er nur den Anrufbeantworter, bis er es nach drei erfolglosen Tagen – keiner ruft zurück, keiner ist je da – schließlich aufgibt. Er erklärt die Arbeit für unerledigt und sucht aus den Gelben Seiten eine Firma heraus – eine Spezialfirma für Renovierungen und Fliesenarbeiten in Küche und Bad –, die ohne Probleme innerhalb von zwei Tagen die Marmorplatten, das Waschbecken und die Spüle auf einen Meter hochsetzt. Zufrieden bezahlt Amargós, macht die Tür hinter ihnen zu und läuft schnell nach drinnen. Es gibt so viel zu tun! Zuallererst einmal die Wohnung wieder in Ordnung bringen. Zunächst fegt und wischt er Küche und Bad; dann den Rest der Wohnung. Nacheinander nimmt er jedes einzelne Buch aus dem Regal, staubt es ab und legt es auf den bald vollen Schreibtisch. Er wischt die Marmorplatte und die Fliesen in der Küche und dann noch einmal den Fußboden in der ganzen Wohnung, weil sich beim Abstauben der Bücher der Staub auf dem Boden verteilt hat.

Als es am Abend an der Tür klingelt, steht Amargós auf der Aluminiumleiter und räumt die Bücher der Schriftsteller mit dem Anfangsbuchstaben R ein. Vor der Tür stehen ein Mann und eine Frau, die genauso klein sind wie die Hauswartsfrau und die Konditorfrau. Das Lippenrouge ist über die Lippen der Frau hinausgemalt. Sie lächeln übertrieben. Anfangs reden sie beide gleichzeitig, doch da es jedem einleuchtet, dass man so nicht verstehen kann, was sie wollen, schweigt sie, und er erklärt sich. Sein Gesicht spannt wie ein Luftballon. Er heißt Gómez und ist Vertreter der Mietergemeinschaft des Hauses, sie ist seine Frau. Der Dichter gibt ihnen die Hand. Den Gómez ist zu Ohren gekommen, dass er seine Wohnung habe renovieren lassen und sich dabei die Freiheit genommen habe, bestimmte Grundstrukturen zu verändern. »Und das geht so nicht«, sagt er, »denn auch wenn manche Leute meinen, sie könnten in ihrer Wohnung machen, was sie wollen, so muss man doch berücksichtigen, dass Umbauten immer auch Auswirkungen auf die Wohnungen der anderen haben.« Frau Gómez führt ein Beispiel an: »Viele glauben, das Einzige, was man in einer Wohnung nicht umbauen darf, seien die tragenden Wände, doch sie wissen nicht, dass man auch die Zwischenwände nicht einreißen darf, denn selbst wenn auf den ersten Blick eine nicht tragende Wand keine Bedeutung für die Struktur eines Gebäudes zu haben scheint, so wird es durchaus in Mitleidenschaft gezogen, wenn ein Mieter die Zwischenwände einreißt, und davon sind mehr oder weniger alle anderen Wohnungen auch betroffen.« Amargós erklärt ihnen, er habe keine Zwischenwand herausgerissen. Herr Gómez lächelt: »Doch haben Sie, vielleicht weil Sie die Norm nicht kannten, die Spüle und das Waschbecken nicht auf eine unangebrachte Höhe setzen zu lassen.« Alles in allem zeigt er sich überzeugt davon, dass Amargós eine vernünftige Person sei und er die Spüle, das Waschbecken und die Marmorplatten zum Wohle aller wieder auf die ursprüngliche Höhe setzen lassen werde. Und an dieser Stelle macht er eine theatralische Handbewegung. Auf keinen Fall möchte er, dass er von ihnen annehme, sie seien Leute, die sich in das Privatleben anderer einmischten. Auf gar keinen Fall. Genau aus diesem Grund, damit er kein falsches Bild von ihnen bekomme, möchten er und seine Frau, wenn er es gestatte, ihn zum Abendessen einladen. Am nächsten Samstag, wenn es ihm recht sei, und er komme dann hoffentlich mit der frohen Nachricht, dass alles wieder an seinem Platz sei. Amargós setzt ein zerknirschtes Gesicht auf und teilt ihnen mit, er habe am Samstag leider bereits eine Verabredung. Im rechten Mundwinkel des Herrn Gómez bildet sich eine mit Speichel gefüllte Blase, die in dem Moment platzt, als er den Mund öffnet, um zu sagen: »Es sind ja noch ein paar Tage hin bis Samstag, sicher können Sie das noch regeln; wer weiß, ob aus dem einen oder anderen Grund die Verabredung vielleicht abgesagt wird. Sie brauchen uns nicht Bescheid zu geben: Wir warten auf Sie.«

Amargós schließt die Tür. Sie nehmen sich nicht nur das Recht heraus, ihm vorzuschreiben, auf welcher Höhe seine Spüle, sein Waschbecken und seine Marmorplatten zu sein haben, sondern legen ihm auch noch nahe, seine Verabredungen – selbst die inexistenten! – abzusagen, um zu ihnen zum Essen zu kommen. Dem muss er Einhalt gebieten. Während er in der Wohnung auf und ab läuft und sich nicht fassen kann, klingelt das Telefon. Wahrscheinlich ist es Herr Gómez, der vergessen haben muss, ihm den Farbton zu beschreiben, in dem er die Decke in der Küche hätte streichen sollen. Missmutig nimmt er den Telefonhörer ab, doch es ist nicht Herr Gómez, sondern Carlota. Heute Morgen ist ein Brief für ihn angekommen.

Amargós weiß nie, wie er sich ein Treffen vorstellen soll. Manche Male träumt er davon, sich in einem Park mit ihr zu treffen, an einem Kinoeingang oder in einem Café mit orangefarbenen Markisen, unter denen sich Pärchen mit roten Lippen küssen. Die letzten Male in der Nähe einer U-Bahn-Station an der einen Kreuzung im Stadtzentrum, da sie, wie sie meint, in der Nähe ohnehin etwas zu erledigen habe. Aus dem U-Bahn-Eingang strömen Schwaden von Gerüchen, die sich in der kalten Luft auflösen. Carlota trägt einen schwarzen, wadenlangen Mantel. Oder einen hellen, kurzen Trenchcoat? Egal. Wenn Amargós seinen Schritt etwas beschleunigt, kann er, von ihr unbemerkt, hinter ihr herlaufen und ihr mit jeder Hand an eine Brust fassen, wie Julien Brassac bei Jacqueline Crevaux in dem einen Film, und fragen: »Wer bin ich?« Doch Amargós tut das nicht, sondern als er nah genug ist, hüstelt er und ruft leise ihren Namen. Carlota dreht sich lächelnd um. Amargós streckt den Arm aus, um ihr die Hand zu geben, doch schon als er zu der Bewegung ansetzt, sieht er, wie sie das Gesicht vorbeugt, um ihm einen Kuss zu geben. Einen Kuss! Auf die Wange zwar, aber einen Kuss. In der Haut, auf der für einen kleinen Moment lang ihre Lippen geruht haben, flammen nun die roten Blutkörperchen auf. Die Frau reicht ihm einen cremefarbenen Umschlag. Dieses Mal befindet sich weder auf dem Vor- noch auf dem Nachnamen ein Akzent. Auf dem Briefkopf firmiert ein Unternehmen, das Kunstbücher verkauft und ihm mit einer Ausdauer Werbung zuschickt, die sich nie bezahlt machen wird. Amargós dankt ihr und steckt den Umschlag in die Tasche. Als er den Blick hebt, treffen sich ihre

Augen, und er fragt sie, so wie er es oft geprobt hat, um im entscheidenden Augenblick den richtigen Ton zu treffen, ob er sie zum Abendessen einladen dürfe. Mitten im Satz bleibt ihm zwar fast die Stimme weg, doch er hat es gesagt, an einem Stück, die Worte schweben noch in der Luft, und die Buchstaben haben sich voll- und wieder leergepumpt wie blutende Herzen: »Darf ich Sie zum Abendessen einladen?« Es überrascht ihn, dass sie nicht überrascht ist, doch noch mehr überrascht ihn, dass sie ihn ohne Umstände fragt, wann. Amargós sagt, gleich heute, wenn es ihr passe: Es sei das Mindeste, was er tun könne, um ihr für die Unannehmlichkeiten zu danken, die er ihr bereitet habe. Carlota verzieht den Mund und entschuldigt sich. Wie schade: Heute könne sie nicht. Eine Schwester von ihr wurde gerade ins Krankenhaus eingeliefert, und sie muss deshalb im Krankenhaus übernachten. Amargós macht eine Handbewegung: »Sie müssen mir doch nichts erklären, das würde gerade noch fehlen!« Carlota erklärt ihm, dass es ihr wirklich leid tue, heute nicht mit ihm essen gehen zu können und sie es wirklich sehr gerne an einem anderen Tag täte. Ihm kommt es nicht in den Sinn, einen anderen Tag fest auszumachen, und so gehen sie eine Weile Seite an Seite und handeln dabei die zwei, drei Gesprächsthemen ab, die sie gemeinsam haben. Etwa eine Viertelstunde später schaut Carlota auf die Uhr, sagt, sie müsse gehen, und gibt ihm zum Abschied einen Kuss auf die Wange. Es ist der zweite. Gleich darauf winkt sie ein Taxi heran und entschwindet. Als er zur Bushaltestelle schlendert, überlegt Amargós, ob der zweite Kuss ihm zeigen sollte, dass das mit der Schwester keine Ausrede war. Im Bus setzt sich Amargós ans Fenster und schaut auf die vorüberziehenden Straßen, auf Plätze, Autos, Telefonzellen und die nach rechts und links laufenden Menschen. Es gibt große Menschen, sehr große Menschen, kleine Menschen und Menschen, die weder groß noch klein sind. Warum sind in dem Haus, in dem er nun wohnt, alle so klein? Vielleicht ist irgendwann der erste Kleine eingezogen, und dieser erste war eine Weile der einzige Kleine in einem Haus, in dem, sagen wir, normal große Menschen wohnten. Dieser erste Mieter musste eine Frau geheiratet haben, die ebenso klein war wie er – die Wahlverwandtschaften –, und wahrscheinlich bekamen sie kleine Kinder. Als sie von einer frei werdenden Wohnung in dem Haus hörten, hatten sie sicher Verwandten oder Freunden Bescheid gesagt, die genauso klein waren wie sie und die dann in die leere Wohnung einzogen. Als eine dritte Wohnung frei wurde, sagten diese oder die ersten Mieter wahrscheinlich weiteren ebenso kleinen Verwandten oder Freunden Bescheid, die dann in diese dritte Wohnung einzogen. Und so weiter, eine Wohnung nach der anderen, bis es nur noch kleine Mieter gab, glückliche Bewohner eines Hauses, in dem nur ganz kleine Kleine wohnten, wo nun Amargós anscheinend die einzige Ausnahme ist. Doch wenn die Norm besagt, alle Hausbewohner müssten klein sein, wie kommt es dann, dass man ihm eine Wohnung vermietet hat?

Erst am Freitag traut er sich, Carlota anzurufen. Ihr Mann nimmt das Telefon ab. Amargós legt auf der Stelle auf. Am Samstag probiert er es am späten Vormittag von Neuem; dieses Mal nimmt sie ab. Als Allerérstes sagt er, wer er ist, damit ihm nicht das Gleiche passiert wie das letzte Mal, als sie ihn nicht erkannte. Er fragt sie, wie es ihr gehe, und um ihr zu zeigen, dass er sich daran erinnert, worüber sie das letzte Mal geredet haben, erkundigt er sich nach ihrer Schwester. »Sie ist noch im Krankenhaus«, sagt sie. Amargós hält es deshalb nicht für opportun, ihr ein Treffen vorzuschlagen. Carlota sagt, er solle sie in ein paar Tagen anrufen; dann könne sie sicher mit ihm essen gehen. Amargós legt auf und steht da wie jeden Tag, reglos, alleine und benommen. Er könnte versuchen, etwas über den Dichter zu schreiben, der den Nationalpreis erhalten hat. Eine zweideutige Laudatio, die ihn erneut in die Presse bringen und damit gleichzeitig entschuldigen würde, dass er ihm nicht persönlich gratuliert hatte. Nach Veröffentlichung des Artikels würde ihm der andere ein Dankeskärtchen schreiben, und er könnte das dann zum Anlass nehmen, ihn anzurufen, und darüber hinweggehen, dass das Umzugschaos ihn daran gehindert hatte, ihm zu gratulieren, als es eigentlich anstand. Aber er kreist mehr als eine halbe Stunde um die Schreibmaschine herum, berührt sie, bringt seine Finger in ihre Nähe, staubt die Tastatur mit den Fingerspitzen ab, zieht sie ein bisschen weiter nach vorne, schiebt sie etwas weiter nach hinten, holt sie direkt an die Tischkante heran und stellt sie gleich darauf zehn Zentimeter weiter nach hinten, genau parallel zur Kante; und sucht letzten Endes die üblichen Ausflüchte, um sich nicht hinzusetzen – ein unaufgeräumtes Buch, eine schief stehende Nippesfigur, Akten zum Ablegen –, bis es nichts mehr zu deuteln gibt: In Wirklichkeit hat er keine Lust auf diese Schmeichelei. Eine Laudatio auf den preisgekrönten Dichter! Das ist eine Kriecherei, die ihm als junger Mann zu anpasserisch vorgekommen wäre. Doch auf der anderen Seite ist er sehr daran interessiert, sich mit jedem gutzustellen, der ihm irgendwie auf dem Weg nach oben nützen könnte. Also beschließt er, sich später noch einmal daranzusetzen: nach dem Abendessen bei den Gómez. Er hat sich entschieden, doch hinzugehen. Das wird ihm erlauben, ihnen zu verstehen zu geben, dass die Höhe seines Waschbeckens und seiner Spüle sie mitnichten etwas angeht. Durch den Türspion sieht er das Treppenhaus ruhig und still daliegen: kein Nachbar in Sicht, weder oben noch unten. (Es stört ihn zusehends mehr, einem von ihnen im Treppenhaus zu begegnen, weil sie ihn so argwöhnisch anschauen.) Heute muss er auch noch zu Fuß die Treppe hinuntersteigen, denn der Fahrstuhl ist außer Betrieb; eigentlich ist er fast immer außer Betrieb. Er tritt auf die Straße hinaus, dreht sich nach links und betritt die Konditorei. Er mochte schon immer Schokolade, und die Konditorei hat ein wunderbares Schaufenster mit Sachertorten. Die Konditorfrau plaudert mit einer Frau, wahrscheinlich einer Nachbarin, die genauso klein ist wie sie. Sie drehen sich zu ihm hin, um ihm Guten Tag zu sagen. Die vermutliche Nachbarin nimmt die Brille etwas herunter, um ihn ganz schamlos zu mustern. »Sie sind also der berühmte Dichter«, sagt sie. Amargós nickt; nichts freut ihn so sehr, wie wenn ihn die Leute auf der Straße erkennen. Zu der Zeit, als er noch am gesellschaftlichen Leben teilnahm und dann und wann im Restaurant aß, war er sehr stolz, wenn die Oberkellner ihn mit Namen ansprachen; und dabei kommt ihm der Gedanke, vielleicht sei er in dem Haus aufgenommen worden, weil er ist, wer er ist. Er zeigt auf eine Sachertorte im Schaufenster.

Da er keine Lust hat zu duschen, wäscht er sich den Oberkörper und die Achselhöhlen am Waschbecken. Er zieht das hellblaue Popelinhemd an und bindet sich eine unauffällige, schwarz-braun gestreifte Krawatte um; darüber das Jackett, den Schal, den Mantel und die Kappe. Als er die Tür abschließt, sieht er weiter oben eine Frau die Treppen hinaufsteigen, die fast genauso groß ist wie er. Er hat die Schlüssel in der Hand. Amargós trödelt eine Weile vor der Wohnungstür, so als ob es ihm Schwierigkeiten bereite, die Tür abzuschließen, bis er die Frau ihre Wohnungstür aufschließen hört. Dann lehnt er sich, obwohl es ihn wegen des niedrigen Geländers schwindelt, ins Treppenhaus hinaus und sieht sie im obersten Stockwerk in der rechten Tür verschwinden. Die Existenz einer weiteren Person seiner Größe in diesem Treppenaufgang lässt ihn zweifeln, ob er sich vielleicht alles eher einbildet, und er läuft ein wenig optimistischer die Treppen hinunter. Vor der linken Tür des zweiten Stocks holt er tief Luft, rückt den Krawattenknoten zurecht, nimmt die Kappe ab, fährt mit dem Taschentuch über seine Glatze und zwirbelt die beiden Spitzen seines Schnurrbarts.

Es ist eine jener mechanischen Klingeln, die vor einem Jahrhundert üblich waren und so funktionieren, dass sich eine quietschende, schmetterlingsförmige Messingschraube auf einer Achse dreht. Man hört Schritte hinter der Tür und nach ein paar Sekunden Stille geräuschvoll den Riegel und das Schloss. Die Tür geht auf. Das Licht im Flur kommt von einer Lampe aus derart opakem Glas, dass die Helligkeit der Glühbirne abgedunkelt wird. Herr Gómez lächelt und reicht ihm die Hand. Er trägt einen glänzend blauen Hausrock. Hätte er ihn nicht wenigstens im Jackett empfangen können? Oder ist dieser Empfang im Hausrock eine Geste guten Willens, so als ob er dadurch zur Familie gehören würde? Doch Amargós gehört nicht zur Familie und will auch nicht zum Freundeskreis dieser Leute gehören, und sein Besuch hat einen ausschließlich diplomatischen Hintergrund, Fassade, und Schluss. Sie schütteln sich die Hand. »Ich sehe«, sagt Herr Gómez, »Sie konnten Ihre Verabredung absagen.« Das ist nun eine Schlussfolgerung, die Amargós als impertinent empfindet, denn wenn er sich schon überwunden hat, diese Einladung anzunehmen, dürfte der andere ihm dies fairerweise nicht unter die Nase reiben. Aber er sagt nichts dazu, teils weil er nicht schlagfertig genug ist, um eine ironische und scharfzüngige Antwort zu finden, teils weil er Schweigen für angebrachter hält, um seine Verachtung für diese Unverschämtheit auszudrücken. Herr Gómez nimmt ihm Kappe, Mantel und Schal ab und hängt sie an die Garderobe. Aus einer Tür kommt Frau Gómez. Amargós gibt ihr die Hand und überreicht die Torte. »Das wäre doch nicht nötig gewesen!«, sagt die Dame. Und dann erscheint auf dem Flur eine ebenso kleine Frau unbestimmten Alters zwischen Anfang zwanzig und Mitte vierzig und lächelt. Man stellt sich vor. Sie ist die Tochter des Hauses, heißt Vanessa und präsentiert genauso üppig bemalte Lippen wie ihre Mutter. Amargós ist von ihrem Busen beeindruckt, ein Busen, der schon bei einer normal großen Frau beträchtlich gewesen wäre, aber bei ihr, die viel kleiner ist, erweist er sich als eindeutig gigantisch. Amargós fühlt sich zu der Frage verpflichtet, ob die Gómez noch mehr Söhne und Töchter haben. Nein, haben sie nicht; Vanessa ist ihre einzige Tochter; es gab zwar noch einen Sohn, aber er starb bei der Geburt. Amargós setzt ein betroffenes Gesicht auf und drückt sein Bedauern aus. Herr Gómez nickt mit dem Kopf. »Jetzt denken wir nicht mehr daran«, sagt er, »aber damals war es schrecklich.« Amargós berührt es seltsam, wie sie ihm, ohne ihn zu kennen, eine so persönliche Angelegenheit in allen Einzelheiten berichten: Alle drei recken den Kopf und reißen sich darum, ihm haarklein vom Tod des Säuglings zu erzählen. Gleich darauf nimmt Herr Gómez Amargós am Arm und führt ihn, eingerahmt von den beiden Frauen, durch den Flur. Sie zeigen ihm das Esszimmer: Tapeten mit fast unsichtbaren granatfarbenen Blumen auf rotem Grund. Das Arbeitszimmer: vollgehängt mit eingerahmten Fotos von Herrn Gómez in Jockeykleidung, der unterschiedlichen Pferden den Arm um den Hals legt und Pokale in die Höhe hält. Die Regale stehen voller Pokale und Medaillen. Als sie in der Küche anhalten, legt Herr Gómez seine Hand auf die Marmorplatte und sagt zu ihm: »Sehen Sie? So hoch müssen sie sein.«

Beim Essen schwärmen die Gómez von der Vergangenheit: Hier seien früher nur Ackerflächen gewesen, und auch wenn das Haus heute mitten in einem der zentralen Stadtviertel liege, so stand es doch, als es gebaut wurde, ganz allein inmitten der Felder von argwöhnischen Bauern. »Wir gehörten zu den ersten Mietern in diesem Haus.« Irgendetwas stimmt mit den Zeiten nicht, denkt Amargós. Wie alt mögen sie jetzt sein? Oder bezieht sich diese erste Person Plural nicht konkret auf sie, sondern auf die Eltern oder die Großeltern? Doch er kann darüber nicht weiter nachgrübeln, denn die Gómez bombardieren ihn mit Fragen zu seinem künstlerischen Schaffen. Vor allem interessiert es sie, wie es kommt, dass einer Dichter wird. Amargós erklärt ihnen, Dichter zu werden sei keineswegs eine Option, die man frei wähle, man werde nicht Schriftsteller so wie Schreiner oder Wirt. Entweder man ist Schriftsteller oder man ist es nicht, und wenn man es ist, kann man dem nicht entfliehen. Die Frau hört ihm mit offenem Mund zu, erstaunt darüber, dass es Berufe gibt, denen man nicht entfliehen kann. »Das ist kein Beruf«, klärt Herr Gómez auf, »das ist Kunst.« Amargós erklärt ihnen, seine literarische Tätigkeit konzentriere sich im Moment nicht so sehr auf die eigentliche Dichtkunst, sondern auf seine eigene, persönliche Reflexion über die Dichtung, die sich auch nicht von den Zwängen journalistischer Arbeit einschränken lasse und in der Absicht geschrieben sei, erst einmal unveröffentlicht zu bleiben, um der Oberflächlichkeit zu entgehen, die häufig entstehe, wenn man unbedingt veröffentlichen wolle. Diese geistreiche Ausführung begeistert ihn, und Frau Gómez klatscht sogar Beifall. Um sich nicht in weiteren Einzelheiten zu ergehen, kommt er auf die Idee, ihnen zu erzählen, dass er ein Tagebuch verfasst: »Amargós«, sagt er, »schreibt jetzt ein Tagebuch.«

Die Gómez finden es sehr originell, wie er von sich selbst in der dritten Person spricht. Amargós kann darin keine Originalität erkennen. Er macht das oft, sogar, wenn er denkt, denn so hält er eine rhetorische Distanz, die ich mir nicht erlauben könnte, wenn ich von mir in der ersten Person spräche. Manchmal benutzt er statt seines Nachnamens einfach: der Dichter. Der Dichter also erzählt ihnen weiter vom Tagebuch, das – so denkt er sich aus – genau am Tage des Umzuges beginnt und den Wohnungswechsel als Dreh- und Angelpunkt, als Auslöser einer gleichzeitig persönlichen Veränderung nimmt. Das Verfassen eines Tagebuches über sein Leben in diesem Haus muss sie in Alarmzustand versetzen und ihm mehr Respekt verschaffen, wenn auch nur aus der Furcht heraus, negativ dargestellt zu werden. Vanessa starrt ihn an, auf der Gabelspitze eine Handbreit vom offenen Mund entfernt ein Stückchen Tomate. Da, wo das Licht auf die tiefrote Tomate fällt, leuchtet sie so intensiv, dass Amargós geblendet die Augen schließen muss. »Ich brauche Ihnen sicher nicht zu sagen«, wirft Herr Gómez ein, »welche Ehre es für dieses Haus ist, eine Berühmtheit wie Sie unter uns zu haben.« Alle drei schauen ihn verzückt an. Amargós überlegt, ob es schicklich sei, ihnen zu erzählen, dass er seit Jahren Kandidat für den Nobelpreis ist, und sich so über ein Thema, über das er nie mit jemandem reden kann, auszusprechen. Zum ersten Mal kommt es dem Dichter vor, als sei es eine gute Idee gewesen, die Einladung anzunehmen. Das anfängliche Unwohlsein ist verschwunden, und er fühlt sich sichtlich wohl. Er hat nichts mit ihnen gemeinsam, aber sie sind nett. Daher und wegen des Hochgefühls, das der Genuss von Speisen verschafft, hält er es einen Moment lang für möglich, sich ein Herz zu fassen, den Mund aufzumachen und sie zu überzeugen, dass sie sich nicht mehr in sein Leben einmischen sollen. Doch dann wird der Wein kredenzt. Herr Gómez entkorkt, ganz wie es sich gehört, die Flasche und schenkt sich den ersten Schluck ein, gleich darauf setzt er an, dem Dichter einzugießen. Um das zu verhindern, bedeckt Amargós sein Glas mit der Hand. Herr Gómez schaut ihn verwundert an. Er neigt die Flasche, die kurz davor ist, ihren Inhalt in das Glas zu schütten. Bei jeder Bewegung nähert sich die Weinwelle weiter dem Flaschenhals und droht sich über die Hand des Poeten zu ergießen. Amargós bedankt sich und sagt, er trinke keinen Wein. Herr Gómez sieht nicht so aus, als würde er nachgeben. »Mann, stellen Sie sich nicht so an, ein Glas Wein hat noch niemandem geschadet.« Amargós insistiert: »Ich möchte wirklich keinen.« Herr Gómez neigt die Flasche noch weiter; nur noch ein Millimeter, dann läuft der Wein über die Hand von Amargós. Er ist ganz offensichtlich fest entschlossen einzuschenken, und er wird nicht nachgeben, egal wie sehr Amargós sich dagegen wehrt. Es gibt nicht einen Anflug von Spaß in diesem Kugelgesicht, und Amargós spürt eine diffuse Angst in sich aufsteigen, einen Schauder, der ihm durch Mark und Bein geht und der weitaus schlimmer ist als die Angst, Gómez könne die Flasche weiter nach unten neigen und ihm die Finger nass machen. Es ist eine Weltangst, eine Angst vor der Zukunft, die Angst, nie aus seinem bisherigen Leben ausbrechen zu können. Und dann, unfähig, sich weiter zu widersetzen, nimmt der Dichter die Hand vom Glas, und die Angst verschwindet. Soll er doch einschenken, wenn es ihm eine Ehrensache ist. Er wird nicht trinken, und fertig. Triumphierend macht ihm Herr Gómez das Glas halb voll. Danach schenkt er den anderen ein. Um ihnen die Ehre zu erweisen und erneute Spannungen zu vermeiden, benetzt Amargós seine Lippen. Und dann probiert er mit der Zunge.

Der Wein ist nicht so schlecht, wie er gedacht hat. Er hat so lange keinen Wein getrunken, dass ihm diese Kostprobe bereits in den Kopf steigt. Deshalb trinkt er sein Glas in zwei Schlucken aus, und während sie ihm wieder einschenken, erzählt er ihnen, er habe von seinen Jugendjahren an, bis der Arzt es ihm verboten hatte, genug für sein ganzes Leben getrunken. Zuerst schauen sie ihn schuldbewusst an, doch dann urteilt Herr Gómez lächelnd: »Das ist ja nur Spaß!« Alle lachen. Was für eine Phantasie: Das muss am Beruf liegen. Amargós reicht ihnen sein Glas, und beim erneuten Einschenken erzählt er ihnen, er habe sich seit fast einem

Jahrzehnt vom Alkohol ferngehalten, mit eisernem Willen und indem er sich keinen gefährlichen Situationen ausgesetzt habe, wie Vernissagen, Essen und Bars. Die anderen lachen. Als Amargós, da sie ihm vor lauter Lachen nicht nachschenken, die Flasche selbst in die Hand nimmt, sich das Glas bis zum Rand füllt und es mit zwei Schlucken austrinkt, bevor er sich erneut einschenkt, lachen sie noch mehr. Je mehr er trinkt, desto klarer wird ihm, wie er die Situation angehen muss. Er wird ihnen sagen: »Wir sitzen ja nun schon seit einer Weile bei einem ganz gewiss ausgezeichneten Abendessen zusammen, doch wir haben noch nicht über den eigentlichen Grund meines Kommens geredet.« Die Weinoberfläche, eingefasst vom Kristall, schwappt von einer Seite des Glases zur anderen in Wellen, die von Granatrot zu Schwarz oszillieren und je nach Lichteinfall weiß schimmern. Als er das neue Glas ausgetrunken hat, hebt Amargós es hoch und verlangt nach mehr, doch niemand achtet auf dieses Zeichen: Frau Gómez und Vanessa sind damit beschäftigt, den Tisch abzuräumen, und Herr Gómez beobachtet jemanden durch das Fenster. Da ihn niemand bedient, sich die Flasche aber auf der anderen Tischseite befindet, steht der Poet mit so viel Schwung auf, um nach der Flasche zu greifen, dass er mit dem Kopf gegen die Lampe stößt. Er fasst mit der Hand an seinen Schädel. Man hört ein Kind weinen. »Sie sind so groß«, sagt Herr Gómez, der sich inzwischen umgedreht hat und beobachtet, wie sich Amargós hinsetzt, die Hand an seinem schmerzenden Schädel. »Es stimmt nicht, dass ich so groß bin«, antwortet der Dichter, »sondern die Lampe hängt sehr tief.« »Sie brauchen sich Ihrer Größe nicht zu schämen«, rät ihm Herr Gómez, »groß oder klein sein macht uns nicht besser oder schlechter. Zwar behaupten manche, die extreme Größe der jüngsten Generation, dieses besessene Wachsen, sei dekadent. Doch egal, ob da etwas dran ist oder nicht, man sollte das nie im Beisein eines großen Menschen erwähnen.« »Ich bin nicht groß«, sagt der Dichter, »ich messe einen Meter einundachtzig, und ein Meter einundachtzig ist heutzutage eine völlig normale Größe.« Herr Gómez zieht die Augenbrauen hoch. Er ist überhaupt nicht einverstanden: Normalität ist relativ, und er bringt als Beispiel seinen Beruf, in dem seine Größe normal ist, und das schon seit Ewigkeiten, denn der Beruf des Jockeys ist einer der ältesten Berufe der Menschheit. »Wussten Sie das?« Amargós wusste es nicht, doch ob er will oder nicht, in wenigen Minuten erfährt er, bereits im alten Griechenland habe es Pferderennbahnen gegeben, die Amphitheater und Arenen in Rom seien speziell für Pferderennen entworfen worden, viele Reiter seien Sklaven gewesen, und schon damals hätten sie zur Unterscheidung je nach Mannschaft verschiedenfarbige Kleidung getragen: zuerst rot und weiß, danach grün, blau und purpurn. Bei den Olympischen Spielen im alten Griechenland seien Pferderennen abgehalten worden, es habe sie aber auch in China, Persien und Arabien gegeben. In England habe es im 12. Jahrhundert professionelle Reiter gegeben, deren Aufgabe darin bestand, den potenziellen Käufern vorzuführen, welche Geschwindigkeit das jeweilige Pferd erreichen konnte. Amargós schaut ihn desinteressiert an. Herr Gómez findet es ungerecht, wenn der Jockey zwar das Rennen gewinnt, der Pferdebesitzer aber, im Allgemeinen ein Riese, den Pokal und den Preis davonträgt. An dieser Stelle lacht er, stupst ihn mit dem Ellbogen an und hört erst auf zu reden, als Frau Gómez voll des Lobes mit der Sachertorte auf einem Tortenteller in das Esszimmer hereinkommt. »Als ich von den Riesen gesprochen habe, machten Sie ein erstauntes Gesicht«, insistiert Herr Gómez, »oft nehmen wir als Beispiel David und Goliath: Der kleine David besiegt schließlich den großen Goliath, den übermächtigen Goliath; es ist eine Lektion, klar, doch soll man daraus keine radikalen

Schlüsse ziehen, wie es einige tun: David ist der Gute, Tod dem Goliath! Wir müssen verstehen, Goliath ist, was er ist ja nicht aus eigenem Willen; Goliath muss so sein, um als Kontrapunkt in dieser lehrreichen Parabel zu dienen. Zudem hatte Goliath keine Möglichkeit, sich verkleinern zu lassen. Es war göttliche Bestimmung, dass Goliath war, wie er war, damit David durch seinen Sieg über ihn König von Israel werden konnte. Ohne Goliath hätte es keinen David gegeben!« Herr Gómez schweigt, um die erste Gabel mit Sachertorte in den Mund zu schieben. Unter der Lampe torkelt eine Fliege. Man hört ein Kind weinen. Vanessa entschuldigt sich und steht auf. »Kinder«, sagt Herr Gómez, »sind eine Verantwortung. Man muss fähig sein, sie zu tragen. Haben Sie Kinder, Amargós?« »Ich?«, schreckt Amargós auf und schüttelt den Kopf. Man hört in einer anderen Wohnung das Telefon. Vanessa kehrt zum Tisch zurück. Die torkelnde Fliege hat ihren Flug beendet und geht auf dem Tisch zwischen Amargós' Glas und dem Brotkorb spazieren. Herr Gómez schlägt mit seiner Serviette blitzschnell nach ihr. Gleich darauf fegt er mit derselben Serviette die Leiche auf den Boden und reicht die Serviette seiner Frau, die ihm eine frische gibt. Alle vier kauen schweigend. Das ist der ersehnte Augenblick. Amargós räuspert sich, leert in einem Zug das Glas, atmet tief durch und sagt: »Mehr als über meine Bücher oder über David und Goliath wollte ich mit Ihnen, falls Sie nichts dagegen haben, über eine Angelegenheit sprechen, die mich sehr beschäftigt.« Genau in diesem Moment klingelt es an der Tür, und Herr Gómez hebt die Hände: »Die Leute kommen immer so ungelegen ...« Vanessa ist schon zur Tür gegangen, Herr Gómez packt ihn am Arm und fragt ihn mit augenscheinlichem Interesse: »Welche Angelegenheit beschäftigt Sie sehr?«, doch plötzlich lässt er ihn los und sperrt seine Augen sperrangelweit auf, denn die Nachbarn aus dem dritten Stock Mitte sind da, sie kommen zum Nachtisch. (Muss noch erwähnt werden, dass auch sie klein sind?) »Sie hätten sich nicht so viel Mühe machen zu brauchen!«, sagt Frau Gómez und nimmt die mitgebrachte Flasche Dessertwein entgegen.

Zwei Stunden lang klingelt es in einem fort. Nacheinander marschieren alle Hausbewohner herein, bis die Wohnung ganz voll ist und neu hinzukommende Nachbarn an die Wand gequetscht werden. Jeder Hausbewohner, der an Amargós vorbeigeht, hebt den Kopf, lächelt ihn an und murmelt ein paar Worte, die Amargós wegen des vertikalen Abstands, der zwischen beiden ist, oft nicht hört. Da man ihm ständig neue Nachbarn vorstellt, hat Amargós Sekunden später schon wieder die Namen vergessen. Es werden ihm Dutzende vorgestellt. Er kann sich nicht alle merken, jeden mit seinem Vor- und seinem Nachnamen, und dann noch versuchen, sie mit den dazugehörigen Gesichtern zusammenzubringen. Von seiner Warte aus gesehen sind sie ein Meer von Haaren und Glatzen, das das ganze Esszimmer ausfüllt und sich über den Flur bis in die Küche ausbreitet. Alle sind gleich groß außer eben der Frau aus dem sechsten Stock rechts. Amargós versucht, sich in ihre Richtung zu bewegen und ihr auf ihrem Weg – im Schneckentempo, weil das Meer keine schnellere Gangart zulässt – vom Kuchentisch zum Buffet, wo die Gläser stehen, zu folgen. Er rechnet damit, dass die Frau irgendwann zu ihm herüberschaut, und wenn sich ihre Blicke träfen, könnte er ihr nur mit der Kraft seiner Augen seine Befremdung mitteilen: Was genau geht in diesem Haus vor sich? Doch die Frau schaut nicht ein Mal zu ihm hin. Sie ist in Begleitung eines Männchens mit gestutztem Schnauzer, der ihn wiederum ständig anlächelt. In einer Ecke steht herausgeputzt die Hauswartsfrau mit Mann und Sohn an ihrer Seite, alle mit Perlmuttaugen. Sie lachen und applaudieren jedes Mal, wenn der Sektkorken gegen die Decke, an die Wand oder die Lampe in der Küche knallt. Die Flaschen sind leer, bevor sie im Wohnzimmer ankommen, das heißt, wenn jemand trinken will, muss er sich in der Nähe desjenigen aufhalten, der die Flaschen entkorkt. Amargós hat sich einen Weg durch das Meer gebahnt und erreicht die Küche, um in der ersten Reihe zu stehen, wenn die nächste Flasche geöffnet wird. Auf einem Regal neben den Tomatenkonserven steht ein kleiner Fernseher. Drei Jungen, einer davon der Akkordeonspieler, schauen sich ein Basketballspiel an und lachen jedes Mal, wenn ein Spieler vorbeiwirft und der Ball nicht in den Korb geht. Eine ganze Zeit lang wird keine neue Flasche geöffnet. Frau Gómez ist mit etwas anderem beschäftigt: Sie hat sich der Fernbedienung bemächtigt und wechselt unter den lauten Protesten der Jungs von einem Kanal zum anderen. Sie zappt, bis sie keine Lust mehr hat, und bleibt dann bei einem der Programme hängen, wo ein Ehemann gefragt wird, was seine Frau in dieser oder jener Situation tun würde, danach fragt man seine Frau das Gleiche, und man kann dann sehen, ob sie das Gleiche geantwortet haben oder nicht. Mitten im Beifall des Publikums taucht Vanessa auf, die sich mit sanften Ellbogen ihren Weg gebahnt hat. Sie holt eine Flasche Weißwein aus dem Kühlschrank und öffnet sie. Amargós reicht ihr sein Glas. »Während des ganzen Abendessens hast du nicht sagen können, was du auf dem Herzen hattest«, sagt sie zu ihm. »Es war ja auch nicht klar, dass wir darüber reden würden«, antwortet er. »Hast du wirklich dein Wasch- und dein Spülbecken so weit nach oben setzen lassen?« Und dann fangen ihre Augen an zu leuchten, und sie bittet ihn, sich das ansehen zu dürfen: Sie hat noch nie so hoch angebrachte Becken gesehen. Amargós versucht, ihr klarzumachen, dass es nicht gerade passend sei, ihr das zu zeigen, denn sie seien die Inquisitoren und er das Opfer, und wenn sie keinen Kompromiss fänden, müsse jeder hinter seiner jeweiligen Frontlinie bleiben. Vanessa zwickt ihm in eine Wange. »Seiner jeweiligen Frontlinie ...«, macht sie sich lustig, »er ist so stolz, mein Lieblingsdichter.« Amargós ist beleidigt. Wie kommt sie dazu, seine Wange anzufassen? Doch Vanessa stupst ihn – »Auf, komm« –, und so sieht er sich kehrtmachen und ganz langsam erneut einen Weg durch das Meer bahnen, um erst im Esszimmer, dann an der Wohnungstür anzulangen. Aber er kann nicht weggehen, ohne sich vorher von den Eltern zu verabschieden. Vanessa sagt ihm, dies sei nicht nötig: Sie werden zurück sein, ehe die anderen überhaupt merken, dass sie einen Augenblick weg waren. Es reicht ein Blick auf sie: Sie liegen auf den Sofas und Sesseln herum, und diejenigen, die noch auf Stühlen sitzen, haben ihren Kopf auf den Tisch in die knappen Lücken zwischen den leeren Flaschen gelegt und ruhen sich aus. Vanessa und Amargós schleichen sich heimlich hinaus, und da der Fahrstuhl außer Betrieb ist – er ist ständig außer Betrieb, ich erwähnte es schon –, steigen sie die Treppen hinauf, sie lachend und Amargós keuchend und nicht verstehend, warum ihre vier Füße klingen, als seien es viele. Ist es das Echo im Treppenhaus? Erst eine Weile später merkt er, dass es sich nicht um ein Echo handelt, sondern sie steigen in der Tat nicht alleine die Treppen hoch. Drei Jungs haben sich ihnen angeschlossen; einer davon ist der Sohn der Hauswartsfrau. Amargós dreht sich um und schickt sie zurück. Er streckt dabei die Arme aus, um dem Befehl mehr Gewicht zu geben, doch wie der Blitz witschen alle drei seitlich an ihm vorbei. Als Vanessa und Amargós schließlich oben angekommen sind, stehen sie lachend auf den Fußspitzen und klingeln. Die Jungs horchen mehr auf die Schelte von Vanessa als auf den Dichter, doch als er die Tür öffnet, schießen sie hinein. Amargós jagt ihnen hinterher, doch ohne Glück. Auf der Glatze perlt der Schweiß, und der Schnurrbart ist jetzt ein Besen. Vanessa versucht, ihn zu beruhigen, und berührt ihn am Arm. Doch Amargós empfindet diese Vertraulichkeit als unangebrachte Grenzüberschreitung, besonders vor diesen drei Kindern oder Jugendlichen, deren Alter ihm genauso unbestimmbar erscheint wie das der übrigen Hausbewohner: Es geht ihm bei allen gleich; sogar bei Vanessa, wie alt ist sie eigentlich genau? Die Jungs sind schon in die Küche gestürmt und klettern mithilfe eines Stuhles auf das Spülbecken. Der Dichter zieht sie an den Ohren, bis sie wieder herunterklettern, und wischt dann mit einem Stück Küchenpapier die Fußspuren ab, die sie auf dem Stuhl hinterlassen haben. Vanessa redet die ganze Zeit: Eine so schöne Wohnung für einen alleinstehenden Mann, sie hat noch nie so viele Bücher auf einmal gesehen, sie liest auch gerne, wenn sie Zeit hat ... Amargós hört nur halb hin, denn er ist vollauf damit beschäftigt, die Jungs zu beaufsichtigen, damit sie nichts kaputt machen. Ab und zu stellen sie sich vor ihm auf, gucken ihn an und verbeißen sich das Lachen; plötzlich zeigen sie mit dem Finger auf ihn, kommen zu dem Schluss, er sei ein Monster, das sie verschlingen soll, kreischen los und rennen durch den Flur, an den Regalen entlang, animiert durch das klackernde Geräusch ihrer Finger, wenn sie schnell über die Buchrücken fahren. Als ihnen das etwas später keinen Spaß mehr macht, stürzen sie genauso plötzlich zur Tür und die Treppe hinunter. Endlich! Amargós vergewissert sich, dass die Tür auch gut verschlossen ist. Als er ins Wohnzimmer zurückkommt, schläft Vanessa im Lesesessel. Die Schuhe liegen auf dem Boden, ein Schuh ist umgefallen, der andere steht perfekt auf Sohle und Absatz wie eine rote Korvette. Sie schläft friedlich mit dem Kopf auf der Lehne, ein Arm auf dem Rock, der andere baumelt und streichelt dabei mit den Fingern den Boden. Amargós bleibt stehen und beobachtet sie eine Weile, dann geht er zu ihr hin und legt ihr sanft eine Hand auf den Rücken. Da sie durch die Berührung nicht aufwacht, schüttelt er sie ein bisschen: Sie kann da nicht bleiben. Er nähert seine Lippen ihrem Ohr und flüstert ihren

Namen, da sie das aber auch nicht aufweckt, gibt er ihr ganz sacht einen Klaps auf die linke Wange. Als sie auch darauf nicht reagiert, gibt er ihr eine Ohrfeige auf dieselbe Backe. Auch die bringt nichts. Er wiederholt das ein drittes und viertes Mal. So verbringt Amargós eine Weile, die wir wegen mangelnder Bezugspunkte unbestimmt nennen könnten, und schlägt bei jeder Ohrfeige etwas stärker zu, bis der Abdruck der Hand auf der linken Wange der Frau nicht zu übersehen ist. Eine Wange ist knallrot und die andere weiß wie Schnee! Um sie einander anzugleichen, wiederholt er den Vorgang mit der rechten Backe. Zuerst gibt er ihr mit der ganzen Zartheit, der er fähig ist, eine sachte Ohrfeige, dann eine kräftigere, danach noch eine kräftigere, und er steigert so mit jedem Schlag die Intensität der Ohrfeige, bis beide Backen gleich rot aussehen. Doch nachdem die Frau auch nach diesem ganzen Ohrfeigenzyklus nicht aufwacht, greift er schließlich auf das Repertoire des Films zurück: Eine Ohrfeige auf die linke Backe, und sobald diese den Kopf nach rechts schwenken lässt, (mit dem Handrücken) auf diese Backe schlagen, damit der Kopf nach links fällt. Und so ein ums andere Mal. Im Film sieht das sehr leicht aus, doch in der Praxis funktioniert es anfangs gar nicht rhythmisch, bis er es verschiedene Male wiederholt hat, jedes Mal geschickter, sodass jede Ohrfeige auf der linken Backe ihren Kopf auf die andere Seite wirft, genau die Zeit, die er braucht, um sie mit dem Handrücken sofort rechts zu ohrfeigen und den Kopf so wieder in die andere Richtung zu schicken, was genau der Moment ist, in dem er wieder links ohrfeigt. Doch nicht einmal das zeigt Wirkung. Amargós verzweifelt. Es gibt noch die Möglichkeit, sie unter den Achseln zu packen, sie ans Waschbecken zu tragen, ihren Kopf unter den Wasserhahn zu halten und ihn mit einem Mal ganz aufzudrehen und zu sehen, ob sie davon aufwacht. Doch während er die Vor- und Nachteile einer Tat dieses

Ausmaßes abwägt und überlegt, was es ihm abfordern würde, ihr Gewicht zu heben, fällt sein Blick ein weiteres Mal auf den Busen der Frau. Die ruhige Atmung lässt ihn größer und kleiner werden. Er öffnet einen Knopf ihrer Bluse. Das Fleisch ist an der Stelle, die bisher von dem Kleidungsstück bedeckt war, mehr rosa. Er öffnet noch einen Knopf. Die Haut ist noch blasser und lieblicher. Bei jedem Knopf, den er öffnet, das Gleiche, und so öffnet er einen Knopf nach dem anderen, und man muss verstehen, dass ihn diese Tätigkeit gewaltig anstrengt, denn genauso, wie es gemeinhin keine Mühe macht, die Knöpfe des eigenen Hemdes aufzumachen, fällt es doch vielfach schwer, diejenigen eines Kleidungsstückes zu öffnen, das eine andere Person trägt. Unter der Bluse trägt Vanessa einen BH, der kaum in der Lage ist, diesen ganzen Überschuss an Drüsengewebe aufzunehmen. Unfähig, sich vorzustellen, wo der Knopf, der Haken oder was auch immer sein könnte, um ihn aufzumachen, zieht Amargós die BH-Schalen hinunter, um die Brüste oben herauszulassen. Es sind blasse Brüste, außergewöhnlich zart, mit Brustwarzen in großen Brusthöfen. Die Frau schläft so fest wie ein Kind; sie hat ganz heiße Backen. Amargós streicht mit dem Daumen über ihre Lippen und übt so lange Druck aus, bis er im Mund steckt, und so die Lippen einen Spaltbreit öffnet. Er berührt die glatten Zähne und das Zahnfleisch. Auch darauf reagiert sie nicht. Daraufhin streichelt er ihre Brüste, nähert seinen Mund, küsst sie, betastet sie, drückt sie, zwickt sie, reibt eine gegen die andere und beobachtet, wie an den geriebenen Stellen die Blässe zu Röte wird. Da Amargós, als er klein war, wegen der schlechten Qualität der Milch seiner Mama nicht in den Genuss kam, Muttermilch zu trinken, ist dies in der Tat das erste Mal, dass er Frauenbrüste in den Händen hält. Seine Empfindung liegt zwischen Befremden und Genuss. In einer vergangenen Epoche hatte er sich manchmal in genau einer solchen Lage vorgestellt: Frauenbrüste leckend, drückend, zwickend, beißend. Später, im Laufe der Zeit, fielen diese Dringlichkeiten der Gleichgültigkeit anheim. Er verbringt so eine geraume Weile fummelnd, bis Vanessa mit einem Mal den Mund öffnet und einen Ton von sich gibt – ein Stöhnen? ein Murren? –, und den Poeten erfasst Panik. Und wenn sie nun plötzlich aufwacht? Diese Möglichkeit lässt ihn sich schuldig und beschämt fühlen. In welch lächerliche Lage hat ihn das Trinken gebracht! Er bringt den Busen zurück an seinen Platz, streicht den Stoff des BH glatt, und als er damit fertig ist, knöpft er die Bluse wieder zu. Was soll er jetzt tun? Er kann sie ja schlecht da schlafend liegen lassen und ins Bett gehen. Er wägt die Möglichkeiten ab. Die vernünftigste Lösung ist, sie dort im Sessel zu lassen, hinunterzugehen und die Gómez zu unterrichten, dass Vanessa einen Augenblick nach oben gekommen sei, um die Höhe der Becken zu begutachten, und dann müde eingeschlafen sei. Besser so, als sie die Treppen hinunterzuschleppen und mit ihrem Körper auf seinen Armen zu erscheinen. Eigentlich sind sie ja erst vor kurzem in Begleitung von drei Jungs nach oben gekommen, die, so glaubt er, gerade erst gegangen sind. Aus so kurzer Zeit kann man keine falschen Schlüsse ziehen. Amargós schließt die Tür mit Bedacht und eilt die ersten zwölf Stufen hinunter. Nicht eine mehr, denn auf dem Treppenabsatz schneidet ihm einer seiner Nachbarn den Weg ab.

Er wohnt im vierten Stock links, seine Tür ist offen. Der Dichter hat ihn schon einmal gesehen, und er war ihm noch kleiner als die anderen vorgekommen. »Ich möchte mit Ihnen sprechen«, bittet ihn der Mann. Amargós sagt, er habe es eilig. »Nur einen Augenblick«, sagt der Nachbar. Der Dichter versucht, ihm auszuweichen, doch der Mann hat ihn am Schoß seines Jacketts gepackt und bittet ihn, nur einen Moment hereinzukommen: Er habe schon so oft mit ihm reden wollen, wenn er ihn auf der Treppe gesehen habe, doch er gehe immer so schnell, dass es nicht möglich gewesen sei. Amargós ist unschlüssig. Der Mann nutzt das aus, um ihm die Hand zu geben, und als er sie ihm gegeben hat, lässt er sie nicht mehr los, zieht ihn hinein, lässt ihn sich setzen, sagt ihm, es sei nicht richtig, was sie mit ihm vorhätten, und schließt die Tür. Möchten Sie eine Limonade, Wasser, einen Kaffee? Der Dichter will nichts. Der Mann spricht hastig: »Amargós, Sie können sich gar nicht vorstellen, was für Demütigungen eine Person zu erleiden hat, die kleiner ist als das, was die Leute gemeinhin als normal betrachten. Oft sind es fast unmerkliche Demütigungen, die in der Kindheit beginnen und ganz ohne Absicht geschehen. So einfache Dinge wie die Bewunderung, die die Leute äußern, wenn die Kinder größer werden. ›Wie groß der Junge schon ist! Wie er gewachsen ist!‹, sagen die Nachbarn, um den Eltern zu schmeicheln, und alle lachen und freuen sich. Die Kinder hingegen, die nicht so gut wachsen, werden nicht bewundert, und die Leute reden nur hinter ihrem Rücken über sie: wie klein. Wenn man sie auf Gruppenfotos nicht in die erste Reihe stellt, sieht man sie nicht. In der Schule werden sie nicht in die Basketballmannschaft aufgenommen, und dabei sind sie manchmal gewandter als die Großen, die gerade wegen ihrer Größe und dem im Verhältnis gesehen voluminöseren Leib im Allgemeinen ungelenkig sind. Nicht einmal bei der Armee sind die Kleinen sehr gerne gesehen. Eine kleine Statur war immer ein Handicap, wenn sich jemand freiwillig melden wollte. Es gab Zeiten, da akzeptierte man sie nur als Trommler. Denn bestand die erste Reihe aus kleinen Trommlern, konnte man die zweite Reihe mit den Posaunen sehen.« Amargós hat inzwischen genug und sagt, dass er gehen müsse. »Ich komme jetzt zum Punkt«, sagt der Mann: »Seit ein paar Jahren verkleinern sie die Leute.« Amargós schaut ihn an, unbeeindruckt. Der Mann insistiert: »Lange Zeit war es ein Traum, Leute zu verkleinern, doch jetzt ist es Wirklichkeit geworden. Im Kalten Krieg«, erklärt er, »während des sogenannten Wettlaufs im All, gab es einen Astronauten, der einen Meter neunzig war, als er in das Raumschiff einstieg, und als er vier Tage später wieder herauskletterte, war er einen Meter vierundneunzig groß. Die Abwesenheit der Schwerkraft hatte ihm die Wirbelsäule verlängert. Sie unterzogen eine einen Meter fünfundfünfzig große japanische Astronautin ähnlichen Tests, um sie durch die Abwesenheit der Schwerkraft wachsen zu lassen, und mit Erfolg. Das bot unseren Mitbewohnern neue Möglichkeiten, doch nicht zum Wachsen. Denn wenn die Abwesenheit von Schwerkraft verlängert, verkleinert dann eine größere Schwerkraft? Diese ganzen Tests dauerten jedoch nicht lange, denn bald entwickelte die Medizin chirurgische Methoden, die dasselbe Ziel mit weniger Aufwand erreichten.«

Amargós betrachtet ihn beklommen. Der Mann redet heftig, mit dem übertriebenen Augenausdruck von Stummfilmschauspielern. Er steht vor einem Verrückten, der von den anderen Hausbewohnern verachtet wird und sie diffamiert, indem er Geschichten erfindet. »Wenn sie erfahren, dass ich mit Ihnen gesprochen habe, werden sie es mir heimzahlen, und sie werden es erfahren, denn es entgeht ihnen nichts. Schon jetzt werden sie wissen, dass Sie und ich hier zusammensitzen.« Der Mann erzählt, er habe sein Leben lang dafür gekämpft, dass diese körperliche Eigenart kein Hinderungsgrund für ein Leben in Würde sei. Nicht einmal, als er klein war, in der Schule, hätten sich die Kinder – von denen man sagt, dass sie sehr grausam seien – jemals darüber lustig gemacht. Kein Spott, keine Spitznamen. Sie behandelten ihn wie einen der ihren, und das war es, was ihn störte, denn es machte ihm bewusst, dass sie ihn aus Mitleid nicht hänselten, und Mitleid erschien ihm noch grausamer. Er hätte sich gewünscht, dass sie ihn hänselten! Dieses Fehlen von Diskriminierung, das jedermann als einen Beweis von Gemeinsinn seiner Mitschüler und als Erfolg des Erziehungssystems lobte, kam ihm ganz im Gegenteil pervers vor. Nachts stellte er sich vor, wie sie ihn alle verachteten. Hätte man ihn nur ein bisschen verachtet, hätte er einen Grund zum Ärgern gehabt. Aber keine Chance. Er wuchs inmitten von rücksichtsvollen Mitschülern auf, als einer unter vielen. Dann dachte er, in der Jugendzeit würden die Artigkeiten aufhören: Als Erstes würde es ihm schwerfallen, Arbeit zu finden, und wenn er dann Arbeit hätte, wäre sie sicher schlecht bezahlt. Man würde ihn ausbeuten, weil man wüsste, dass er kaum eine andere Möglichkeit zu arbeiten hätte: auf der Straße betteln oder in einem Zirkus Mitleid erheischen. Doch so war es keineswegs, denn schon von Anfang an studierte er mit einem Stipendium, das er dank eines Programms zur positiven Diskriminierung bewilligt bekam. Als er mit dem Studium fertig war, fand er aufgrund der gleichen positiven Diskriminierung sofort Arbeit.

Doch noch hatte er eine Hoffnung: keine Frau zu finden, die mit ihm das Leben teilen wollte. Das würde nicht fehlschlagen. Vielleicht waren die Schulkameraden so rücksichtsvoll und haben ihn nie geärgert, vielleicht hat ihm der Staat beim Studium und der Arbeitssuche geholfen, aber keine Frau würde mit ihm leben wollen. »Und wissen Sie was?« Amargós kann es sich vorstellen. Er fand eine, die mit ihm zusammenleben wollte. Der Mann ist nicht erstaunt, dass der Dichter es herausgefunden hat, auch nicht, dass er errät, wo er sie kennengelernt hat: bei der Arbeit. Im Sitzen war sie so groß wie ich beim Stehen, sagt der Nachbar. Er träumte Tag und Nacht von ihr, doch wagte er nicht, ihr irgendwelche Avancen zu machen. Dass sie außerhalb seiner Reichweite war, bestätigte ihn in seinem Pessimismus. »Doch schließlich nahm die Frau die Einladung zum Essen an, stimmt's?« »Genau«, sagt der Mann. Als er mit diesem Weibsbild an seiner Seite das Restaurant betrat, sah er die neidischen und ungläubigen Blicke. Doch auch das stellte ihn noch nicht zufrieden, denn er war überzeugt, dass sie aus Mitleid mit ihm ausgegangen war. Und offensichtlich konnte sie es so gut verbergen, dass nicht einmal er es entdeckte, der sein Leben lang auf das kleinste Zeichen lauerte. Bis er sich am dritten gemeinsamen Abend eingestehen musste, dass sie nicht aus Barmherzigkeit mit ihm ausging. Sie waren glücklich, und sein Glück wäre vollkommen gewesen, hätte er nicht immer, wenn er Arm in Arm mit ihr spazieren ging, geargwöhnt, die Leute würden sich lustig machen. Das, was ihm zu schaffen machte, war nicht, dass sie sich über ihn mokierten, sondern über sie. Er stellte sich ihre Kommentare vor: Wie kann eine solche Frau mit so einem Mann zusammen sein? Doch in Wirklichkeit konnte er nicht einmal einen Anflug von Lachen feststellen. Bis sie eines Tages beschlossen zu heiraten; sie gingen auf Wohnungssuche und fanden eine in diesem Haus. Von Anfang an war es seine Frau, die nicht hineinpasste. Sie war eine Große in einer Welt von Kleinen, und man setzte ihn gleich vom ersten Tag an zunehmend unter Druck: »Wäre es nicht besser, wenn deine Frau etwas kleiner wäre?«, sagten sie zu ihm. »Uns ist es so gegangen wie Ihnen jetzt, der Sie nicht wissen, ob es hier wirklich zur Sache geht, genauso wie ich, der es bis zu dem Tag ignorierte, an dem sie, da die Technik noch nicht ausgereift war, nicht mehr aus dem OP kam.«

Amargós steht auf, öffnet die Tür, schiebt den Mann beiseite (der sich an seine Fersen gehängt hat) und rennt die Treppe hinunter bis zum Stockwerk der Gómez. Erst dann hebt er den Kopf und sieht, wie dieser paranoide Verrückte seinen Kopf durch das Geländer steckt; doch er zieht ihn sofort zurück – und man hört, wie er den Schlüssel in der Tür umdreht –, als Amargós an der Tür der Gómez klingelt, erst einmal und nach einer Weile noch einmal. Endlich hört er Schritte, und kurz darauf öffnet sich die Tür. Mit dem blau glänzenden Hausmantel bekleidet, schaut Herr Gómez den Dichter unfreundlich an. Niemand ist in der Wohnung. Amargós erklärt ihm, seine Tochter sei in seiner Wohnung oben, sie sei in seinem Sessel eingeschlafen, nachdem sie – sie und die drei Jungs – zu ihm hinaufgegangen seien, um die Wohnung anzuschauen. Die Jungen seien dann wieder heruntergekommen und Vanessa sei bei ihm eingeschlafen. Herr Gómez schaut ihn schief an und zeigt auf die Uhr: dreiviertel drei. Zu dieser Uhrzeit kann man nicht bei anderen Leuten klingeln! Man habe ihn in Treu und Glauben zum Essen eingeladen, um zu sehen, ob man ein paar Spannungen abbauen könnte, die bis dahin ein problemloses nachbarliches Zusammenleben verhindert hätten, und er nehme einfach, ohne ein Wort zu sagen, Vanessa mit in seine Wohnung. Amargós wundert sich, keinen Hausbewohner mehr in der Wohnung zu sehen, wo sie sich doch noch kurz vorher über das ganze Esszimmer, den Flur und die Zimmer verteilt hatten. Sind alle auf einmal weggegangen? Frau Gómez beobachtet ihn vom Flur aus. Amargós grüßt sie. Die Frau sagt ihm, Vanessa sei vor kurzem zurückgekommen und habe sich, ohne ein Wort zu sagen, in ihr Zimmer eingeschlossen. Da Amargós auch nichts sagt, reicht Herr Gómez ihm den Mantel, den Schal und die Kappe und verkündet, er sei ihnen eine Erklärung schuldig. Während er sich den Mantel anzieht und die Kappe aufsetzt, hört er ein kleines Kind schreien, das weiterschreit, als er die Treppen hinaufsteigt. Als er sich in seiner Wohnung den Mantel auszieht, entdeckt er in der Manteltasche einen Umschlag. Darin ist eine Kopie der Rechnung von den Maurern und eine mit der Hand geschriebene Notiz, man lasse ihm die Kopie zukommen, falls er das Original verloren haben sollte.

In einer Schublade seines Schreibtisches hebt Amargós Blätter auf, die nur einseitig bedruckt sind, Manuskripte, Dossiers oder Werbung, auf die er seine ersten Fassungen schreibt. Nicht aus Aberglauben, um einer möglichen Frage von Carlota zuvorzukommen, sondern weil schon beschriebenes Papier ihm hilft, ohne die Angst vor dem leeren Blatt mit dem Schreiben anzufangen. In den weiteren Schubladen – er öffnet sie, um ihr zu zeigen, was sich darin befindet – bewahrt er Mappen mit Artikeln von anderen Schriftstellern auf, die ihn irgendwann einmal interessiert haben und nun im Laufe der Zeit vergilbt sind. In zwei Mappen aus schwarzer Pappe, dicker als die anderen, hat er Aufzeichnungen über die einzigen beiden Autoren, die er einmal bewundert hat und die ihm jetzt, da er niemanden mehr bewundert, zumindest nicht auf die Nerven gehen: Brell, der Autor von *Adieu in Addaia* und *Palmen und Zypressen*, und Borrell, der Autor von *Die Aktentasche*. Er tritt nicht nur für sie ein, weil er das richtig hält, sondern auch, weil er, wenn er sich für sie stark macht, für eine Ästhetik streitet, an deren Spitze er sich selbst sieht. Aus diesem Grund kann er sie nicht wie alle anderen heruntermachen, auch wenn er mit der Zeit ihre Brüche bemerkt hat, denn wenn er sie heruntermacht, zerstört er sich selbst und seinen Traum.

Carlota öffnet ihre Tasche, holt den Brief heraus und reicht ihn Amargós. Eine katholische Hilfsorganisation für die Dritte Welt hat ihn geschickt. Amargós überfliegt ihn, als würde der Brief ihn interessieren, und steckt ihn, als er fertig ist, wieder in den Umschlag. Carlota sagt: »Gleich am ersten Tag habe ich den neuen Mieter informiert, dass, sollte er Post auf deinen Namen erhalten, er sie nicht dem Briefträger zurück-, sondern mir geben soll, da ich sie an dich weiterleiten würde.« Amargós gefällt es, dass sie ihn auf einmal duzt. Er fragt sie, wie der neue Mieter sei, der nun in seiner alten Wohnung wohnt. Er möchte wissen, ob er renoviert hat, ob er die Wände gestrichen hat, wie die neuen Bilder aussehen, die neuen Möbel, das neue Leben dort. »Er hat die Wände blassgelb gestrichen«, sagt Carlota, »er hat mir gesagt, er habe deine Regale im Wohnzimmer gelassen. Aber im Flur habe er alle herausgenommen.« Amargós ist betrübt. Carlota und er wohnten zwei Jahre lang im selben Treppenhaus, und erst in den allerletzten Tagen haben sie die ersten Worte gewechselt. Jenes Individuum hingegen wohnt keine vier Tage in dem Haus, und sie war schon in seiner Wohnung und weiß, wie er eingerichtet ist. Amargós versteht daraufhin, was Carlota an ihm neugierig machen muss – dass er sie fasziniert, wovon er mal geträumt hat, ist völlig abwegig: Sie ist schon seit zwanzig Minuten bei ihm in der Wohnung, und er hat sich noch nicht auf sie gestürzt. Sicher versuchen alle anderen Männer, gleich nachdem sie sie kennengelernt haben, mit allen Tricks von Casanova, mit ihr allein zu sein. Dieser neue Mieter zum Beispiel, mit welchem Vorwand hat er es geschafft, dass sie zu ihm in die Wohnung kommt? Mit der Nachricht, es sei ein Brief für Amargós da? Und sie hat ihn besucht; denn sie weiß, dass die Wände blassgelb gestrichen sind, und er hat ihr erzählt, dass er die Regale im Wohnzimmer belassen und die im Flur abmontiert hat. Amargós bringt ihr so viel Respekt entgegen, dass er sich in den letzten Tagen sogar gefragt hat, ob er sie überhaupt anrufen solle; die anderen hingegen …

Manchmal schlägt ihm Carlota vor, zusammen essen zu gehen, um hinterher zu merken, dass sie aus diesem oder jenen Grund gar nicht kann. Manchmal ist er es, der in einem Impuls den Arm um ihre Schultern legt. Manchmal küsst er sie leidenschaftlich, manchmal traut er sich nicht. Manchmal umarmt er sie, und sie wehrt die Umarmung ab. Manchmal umarmt er sie nicht, und dann ist sie es, die ihn am Kragen packt, ihn nah an sich heranzieht und ihm mit ihren vollkommenen Zähnen in die Lippen beißt. Nehmen wir einmal an, heute sitzen sie nun endlich gemeinsam beim Mittagessen, in einem Restaurant mit Schummerlicht und einer grünen Kerze auf dem Tisch. Worüber reden sie? Carlota sagt fast gar nichts. Sie ist die Dekoration, die zuhört, wie Amargós den Entwurf seiner Rede vorträgt: »Ihre Königlichen Majestäten, meine Damen und Herren, ich werde mich kurz fassen. Für die Gelegenheit, heute vor Ihnen allen sprechen zu dürfen, möchte ich in aller Ehrfurcht meinen tiefsten Dank ausdrücken; ich werde versuchen, mich kurz zu fassen und mich nicht in diesen wenigen Minuten, die mir die Tradition gewährt, in überflüssigen Weitschweifigkeiten zu verlieren …« Ein monotoner Redeschwall ergießt sich über Carlota, ohne eine Lücke, in die hinein sie eine Bemerkung hätte fallen lassen können; dem Dichter ist es in der Tat gleich, ob Carlota etwas dazu zu sagen hat. Soll er jetzt so tun, als ob? Soll er jetzt heucheln? Was geht ihn diese irreale Frau an? Es verwundert ihn zwar, dass sie ihm zuhört, doch auf der anderen Seite, warum sollte sie nicht, denn er ist es doch, der sie sich vorstellt, wie er sie haben will? Zum Beispiel, wie sie ihm entzückt zuhört, als sie nach Hause gehen und unter dem Dach der Bushaltestelle den Jungen mit dem Akkordeon sehen; allerdings ist bei anderen Malen, wenn er sich dieses Detail wieder ins Gedächtnis zurückruft, der Junge nicht da. Nehmen wir auch an, Amargós erahne die Umrisse von Vanessa hinter dem Vorhang ihres Balkons und drehe den Kopf, weil er nicht will, dass ihn Vanessa mit Carlota zusammen sieht, er betritt das Treppenhaus, und am Schwarzen Brett sieht er eine Mitteilung über die Einberufung einer Mieterversammlung, um über die nicht zu duldende Haltung einiger Mieter zu beraten. Im Treppenhaus ist es still. Die Wohnungstür der Hauswartsfrau geschlossen. Beobachtet ihn jemand heimlich? Er zeigt Carlota die Mitteilung, erzählt ihr, wie ihm diese Unstimmigkeiten zwischen ihm und seinen Nachbarn leid tun, denn er hat alles in diese Wohnung investiert, es wird seine letzte Wohnung sein, der Ort, an dem er als Mensch und als Schriftsteller zur Reife gelangen wird, und als er seinen Satz beendet hat: »Ich weiß, in dieser Wohnung werde ich als Mensch und als Schriftsteller zur Reife gelangen«, ist das Gesicht von Carlota ganz nah an seinem. Mit der ganzen Schüchternheit der Welt, doch ohne Mühe, nähert er nun seine Lippen und gibt ihr einen Kuss ... auf die Wange. Umgehend denkt er an die Folgen: Es war ein Fehler! Carlota wird nun merken, dass er auch so ist wie die anderen, doch wenn Carlota – da ist er sich ganz sicher – es den anderen gestattet, da sie nichts anderes von ihnen erwartet, wird sie es bei ihm nie durchgehen lassen, denn von ihm denkt sie so etwas nicht. Die Offenheit, die zwischen beiden beim Mittagessen entstanden ist, hat ihn dazu verleitet, diese wenigen Zentimeter zwischen den Lippen der einen und des anderen falsch zu interpretieren. Doch entgegen seiner Annahme ist Carlota wegen des Kusses nicht verstört. Gelassen schaut sie sich ein Foto in einem Rahmen an der Wand an, auf dem ein dreißigjähriger Amargós einen Preis für Dichtung entgegennimmt, der damals sehr hoch angesehen war, den es aber heute nicht mehr gibt. Er trägt ein Jackett und einen jener Rollkragenpullover, die man damals trug. Carlota streicht mit dem Finger über das Glas, so als würde sie die Gesichter streicheln. Amargós hält es nicht aus, nicht zu wissen, ob er mit seinem Kuss einen Fehler gemacht hat, und nimmt ihre Hände in die seinen, um sich zu entschuldigen. »Es wird nicht wieder vorkommen«, versichert er ihr. Carlota sagt ihm, er brauche sich nicht zu entschuldigen. Doch er insistiert, ein ums andere Mal: »Es wird nie wieder vorkommen, wirklich.« Carlota schaut auf die Uhr, und Amargós, der sieht, dass sie wohl überlegt, ob es passend sei, nun zu gehen, fasst sie bei den Handgelenken. Und sagt zu ihr: »Ich möchte nicht, dass du meine Absichten falsch interpretierst. Versprich mir, dass du anrufen wirst, und nicht erst, wenn ein Brief für mich kommt.« »Einverstanden«, sagt sie, »doch lass mich nun bitte gehen; du tust mir weh.« Amargós lässt los, und die Frau reibt ihre Handgelenke.

Am selben Nachmittag überlegt Amargós unter der Dusche, welches der beste Tag sein würde, um sie anzurufen und sich erneut mit ihr zu verabreden. Doch dann nicht mittags, sondern zum Abendessen. Sogar der Verrückte aus dem vierten Stock links mit seinem Verfolgungswahn schafft es, dass die Frau, die ihm gefällt, seine Einladung zum Abendessen annimmt und sich in ihn verliebt. Doch der Dichter kann seine ängstlichen Gefühle nicht unterdrücken. Was passiert, wenn sie zusammen essen gehen und das, was anfänglich ein Sich-ab-und-zu-Sehen hätte sein können, sich letztlich in ein Sich-oft-Sehen verwandelt und die Frau zu sehr an ihm klebt? Oder die Frau verliebt sich so sehr, denkt an nichts anderes mehr und nimmt damit dem Poeten seine künstlerische Freiheit? Er hat sich mit Leib und Seele der Dichtung verschrieben, das hat ihn die Liebe immer hintanstellen lassen. Als er jung war, dachte er, das Leben sei ewig und es gebe später noch genug Zeit für die Lust. Doch die Jahre sind vergangen, und die Strenge und Hingabe, die sein Werk ihm jeden Tag mehr abverlangen, haben aus dem ursprünglichen Aufschub schließlich eine dauernde Hintanstellung gemacht. Er hat gelernt, alleine zu leben, seine lüsternen Triebe zu beherrschen und Situationen zu vermeiden, in denen diese Beherrschung versagen könnte. Und wenn er als junger Mann eine bestimmte Kreativität hinsichtlich seiner Selbstbefriedigung entwickelt hatte, so macht er später, um keinerlei Zeit mit Phantasien zu verlieren, gleich Kant einen rein prophylaktischen Akt daraus, bei dem er sich nicht einmal vorher stimulieren muss. Der auserwählte Ort ist immer die Dusche. So sind Prophylaxe und Hygiene total: Dasselbe Abwasser, das den

Schmutz fortträgt, nimmt auch die Lust mit sich, die jedes Mal weniger dickflüssig ist. Und während er so in diesen Grübeleien versunken ist, springt aus dem Radiator, der über der Badezimmertür hängt – eine längliche Heizung, die beinahe die ganze Breite des Türrahmens einnimmt –, ein knisternder Funke und die orangefarbene Spirale erlischt langsam. Amargós erschrickt, trocknet sich ab, ohne die Seife ganz abgewaschen zu haben, zieht sich ganz schnell an und versucht durch reine Beobachtung abzuleiten, ob die Heizung zu reparieren ist. Doch die reine Beobachtung aus der Ferne macht ihm gar nichts klar. Er stellt sich auf einen Stuhl und entdeckt eine kaputte Leitung, eine der beiden Leitungen im Kabel, das zum Schalter führt. Er stellt den Strom ab, schneidet das verdächtige Kabel ab, schält ein Stückchen ab und montiert den Stecker neu. Als er den Strom wieder anstellt, um zu sehen, ob es nun funktioniert, gibt es wieder einen Kurzschluss in der Heizung, und gleichzeitig geht das Licht in der ganzen Wohnung aus. Während er untersucht, ob die Sicherung durchgebrannt ist, hört er eilige Schritte auf dem Treppenabsatz und gleich darauf zweimal Klopfen an der Tür. Amargós öffnet. Es ist Herr Gómez mit einer Taschenlampe in der Hand: »Haben Sie irgendetwas angefasst?« Hinter ihm steht mit einer Leiter unter dem Arm ein Elektriker, den Amargós nicht mehr als klein zu bezeichnen wagt, denn alle haben ungefähr die gleiche Statur. Der Elektriker grüßt ihn lächelnd mit einer Kopfbewegung, überprüft den Radiator, wechselt nicht nur den Stecker, sondern auch noch ein paar andere Teile aus, die Amargós nicht identifizieren kann, öffnet den Zählerschrank, verbringt dort eine Weile mit dem Schraubenzieher, hier etwas festschraubend und dort etwas abschraubend. Dann nimmt er ein Teil heraus, das größer als die anderen ist, schaut es sich von Nahem an und wirft es auf den Boden. Er nimmt ein weiteres Teil heraus, schaut es sich ebenfalls von Nahem an und wirft es auch auf den Boden. Daraufhin montiert er wieder den Schalter der Sicherung und schaltet das Licht ein, das nun im ganzen Haus aufleuchtet, auch im Treppenhaus, von wo aus Herr Gómez ihn beobachtet, der daraufhin die Taschenlampe ausknipst, tief durchatmet, sich umdreht und weggeht. Der Elektriker überprüft den Zustand der Kabel bis ins Esszimmer und empfiehlt ihm, alle elektrischen Leitungen erneuern zu lassen. »Bedauerlich, dass gerade die Wände frisch gestrichen sind. Die elektrischen Leitungen hätten vor dem Streichen ausgetauscht werden müssen.« Er schaut ihn lächelnd an. »Man hat mir erzählt, Sie seien Dichter«, sagt er. »Wenn Sie Dichter sind, haben Sie sicher viele Frauen: Dichter haben immer Freundinnen und Geliebte und führen ein tolles Leben. Wir könnten uns verabreden«, sagt er zu ihm, »und zusammen mit ein paar von Ihren Freundinnen ausgehen.« Während er ihm eindringlich zuzwinkert, knufft er ihn mit dem linken Ellbogen kumpelhaft in die Seite. Da Amargós ihn ungerührt anschaut, stuft der Elektriker ihn als unbrauchbar ein und schreibt die Rechnung in einer winzigen Schrift auf einen kleinen Block. Amargós rechnet noch einmal nach, faltet das Papier zusammen und bezahlt. Der Elektriker steckt das Geld in die Tasche und sagt ihm: »Wenigstens habe ich mein Geld bekommen, was nicht alle von sich behaupten können«, und knufft ihn wieder mit dem Ellbogen, was eine große Komplizenschaft bedeuten soll.

Er geht weg, doch nur wenige Tage später ist er wieder da. Nach der Heizung im Bad ist die Dunstabzugshaube in der Küche dran, und als die fertig ist, alle Steckdosen, an denen mehr als ein Haushaltsgerät angeschlossen ist. Nacheinander geben sie mit einem Funkenregen ihren Geist auf. Dann die Badewanne. Mit der Badewanne gibt es nur Komplikationen: der Warmwasserhahn, der Kaltwasserhahn, der Duschschlauch und der Duschkopf. Alles geht kaputt. Der

Elektriker kommt so häufig, dass er auch da ist, als Carlota das nächste Mal vorbeischaut. Heute ist der Radiator im Schlafzimmer kaputtgegangen. Während der Elektriker ihn repariert, sitzen Carlota und Amargós auf dem Sofa und reden über dies und das. Heute hat er sich getraut zu erzählen, dass er Kandidat für den Literaturnobelpreis ist. Carlota hatte davon keine Ahnung und ist beeindruckt. Danach legt der Dichter ihr eine der Symphonien von Fréchette auf, die ihm so gut gefallen und die so schwer aufzutreiben sind. Leider hört man während des Pianissimo den Elektriker im Schlafzimmer arbeiten: die Hammerschläge, das Echo in den Heizungsrohren, die Engländer, die auf den Boden fallen. Amargós erzählt Carlota, sein Vater und Großvater seien ebenfalls Dichter gewesen, nebenberuflich zwar, aber letztlich doch Dichter: Der Großvater hatte den Goldenen Jasmin bei den Jocs Florals, einem Wettstreit der Poesie, gewonnen. Natürlich war die Dichtung für sie nur ein Zeitvertreib. Ihre schöpferische Kraft war durch ihre unternehmerischen Pflichten gebunden, dem einen wie dem anderen war die Poesie nie mehr als ein Sonntagsvergnügen gewesen. Vielleicht war deshalb keiner von beiden jemals mehr als ein minderer Poet, Epigonen des jeweiligen großen Dichters der Epoche. Aus diesem Grund hat er beschlossen, sich von dieser Last zu befreien und das zu sein, was keiner der beiden war: mit ganzem Herzen Dichter. Er verkaufte das Unternehmen, was ihm eine monatliche Rente verschaffte, die ihm ein bescheidenes Leben erlaubte, in dem er sich um nichts anderes kümmern musste als um das Schreiben. An dieser Stelle schweigt Amargós überrascht, weil er aus dem Schlafzimmer keine Geräusche mehr vernimmt. Dann tritt der Elektriker ins Wohnzimmer, tut kund, seine Arbeit sei fertig, bemerkt Carlota, wischt seine Hand an der Hose ab, geht auf sie zu, stellt sich vor und sagt ihr, Amargós sei ein Lügner, denn immer wenn er ihn nach seinen Freundinnen frage, stelle er sich dumm. Amargós könnte vor Scham vergehen. Carlota beobachtet neugierig, wie der Elektriker mit den Händen herumfuchtelt, sich mit der Hand durchs Haar fährt, sie schräg ansieht und unzusammenhängendes Zeug redet. Und obwohl er nur Banales von sich gibt, lächelt sie, und einmal lacht sie sogar auf. Dann und wann hört der Elektriker mit dem Reden auf und schaut sie verzückt an, um gleich darauf in seinem Wortschwall fortzufahren. Amargós betrachtet den Vorgang wie jemand, der Tiere im Zoo beobachtet; wenige Minuten später steht er auf und entfernt sich, weder Carlota noch der Elektriker bemerken es.

Amargós überprüft, ob der Radiator richtig repariert ist, und als er zurück ins Wohnzimmer kommt, hat der Elektriker bereits seinen Platz gewechselt. Nun sitzt er neben Carlota und hört nicht eine Sekunde auf zu reden. Weder ist ihnen aufgefallen, dass Amargós vor einer Weile den Raum verlassen hat, noch jetzt, dass er zurückgekommen ist. Amargós hat sich geirrt, als er annahm, sie sei eine besondere Frau. Sie ist trivial und verdient nicht eine Minute, die er verliert, wenn er an sie denkt, noch den Kummer, der durch das Wissen kommt, dass sie sich bald in den Armen des Elektrikers befinden wird. Schon stellt er sie sich im Bett eines billigen und schlecht gelüfteten Stundenhotels vor. Carlota muss mehr als einmal in solchen Hotels gewesen sein, sie geht dort sicher mit allen Männern hin, denen sie gewährt, was sie ihm nicht gewährt. Er sieht sie ganz deutlich vor sich: Der Elektriker reißt Witze über die klappbaren Spiegel und die roten Lampen, und Carlota liegt mit gespreizten Beinen lachend im Bett. Es ist ganz offensichtlich, dass dies in Kürze passieren wird, und obschon sie sich noch vor seinen Augen befinden, die Form wahren und einen halben Meter Abstand zwischen sich einhalten, sieht der Poet keinen Grund mehr, seinen Impuls zu unterdrücken, und bittet sie, seine Wohnung zu verlassen. Warum hat er dieser Frau nur sein Herz geöffnet? Warum hat er ihr nur all das mit dem Preis und über seinen Vater und Großvater erzählen müssen, persönliche Dinge, die er nie jemandem erzählt? Er fordert sie nochmals zum Gehen auf. Carlota schaut ihn überrascht an. Der Elektriker lässt sich das nicht noch einmal sagen. Er ist schon an der Tür und grinst von einem Ohr zum anderen, die Jacke von Carlota bereithaltend, damit sie sich umdreht und die lasziven Arme in die Ärmel steckt.

Amargós will nichts von ihr wissen, als Carlota ein paar Tage später anruft. Er gibt auch an einem anderen Tag der Versuchung nicht nach, als sie ihm halb die Möglichkeit eines Treffens andeutet. Der Dichter schiebt Arbeit vor, sehr viel Arbeit. Wochen später ruft Carlota noch einmal an, und Amargós wiederholt die Ausrede. Danach ruft sie nicht mehr an. Umso besser. Der Abbruch dieser Beziehung in der Anfangsphase hat Amargós einen Haufen Kopfzerbrechen erspart; und dennoch denkt er manchmal daran, nicht gerade an sie, aber an die Frauen, die er im Laufe seines Lebens kennengelernt hat, und er fragt sich, warum aus diesem oder jenem Grund nie etwas daraus geworden ist. Doch all das sind Grübeleien, die nirgends hinführen. Wenn er wirklich Ordnung in sein Leben bringen will, muss er sich wieder einen strikten Zeitplan auferlegen, so wie damals, als er noch in der alten Wohnung wohnte. Er macht sich sofort daran. Als Erstes wird er die Dichter durchgehen, zu denen er einen Bezug hat, mithilfe derer er sich in der unendlichen Reihe situieren kann, die mit den ersten Barden anfängt. Mit der Beherrschung seines Willens beschäftigt, lässt er davon ab, dreimal täglich zum Briefkasten hinunterzulaufen. Es ist sowieso nie etwas drin, warum dann damit Zeit vergeuden? Oft begegnet er Vanessa auf der Treppe, die ihn mit undurchdringlichen Augen anschaut. Läuft sie ihm zufällig so häufig über den Weg? Wenn es denn sein muss, wird er, um sie zu meiden, eben noch weniger aus dem Haus gehen. Er verlässt die Wohnung nur noch für das Nötigste, deshalb fallen ihm jetzt die verschiedensten Geräusche auf, die man hier zu jedweder Tageszeit hört. Der Lärm der Kinder ein Stock höher, das Auf und Ab beim Aufstehen, um sich für die Schule fertig zu machen; und abends, immer zur gleichen Zeit, das Geräusch von auf den Boden fallenden Murmeln oder Kugeln. Die Alten nebenan streiten sich immer mitten am Vormittag. Und die Klos: Zwischen sieben und acht Uhr morgens leeren sich alle Spülkästen: oben und nebenan, nacheinander. Mit gleichzeitig heruntergelassenen Schlafanzughosen auf dem Klo sitzend urinieren und kacken Scharen von Nachbarn jeden Tag zur selben Stunde. Samstags und sonntags morgens, wenn sich die Spülkästen in größeren Abständen leeren, tauchen dann die Bohrmaschinen der begeisterten Heimwerker auf. Das Haus nur noch für das Nötigste zu verlassen, führt auch zu einem Interesse an den Gewohnheiten der Nachbarn, an der Uhrzeit, zu der sie die Wohnung betreten oder verlassen. Er beobachtet sie obendrein durch den Spion: Verformt durch die Linse sind sie Fische, die jedes Mal, wenn sie seine Tür passieren, einen Blick darauf werfen, und das Auge, mit dem sie ihn ansehen, ohne ihn zu sehen, ist ein großes Fischauge. Amargós hält die Luft an, damit sie ihn nicht hören, doch er ist überzeugt, sie wissen trotz der Stille, dass er hinter der Tür steht. Eines Mittags, genauso an der Tür stehend und spionierend, wer die Treppe hinauf- und hinabläuft, sieht er die Nachbarin aus dem sechsten Stock rechts herunterkommen, und war sie vorher so groß wie er, ist sie jetzt so klein wie ihr Mann, der sich bei ihr eingehakt hat. Welche Schlussfolgerungen soll er daraus ziehen? Keine, es gibt nichts zu schlussfolgern; es gibt nichts zum Nachdenken, er muss sich einfach abseits halten. Aus diesem Grund, um niemandem auf der Treppe zu begegnen, gewöhnt er sich an, nur noch abends das Haus zu verlassen, wenn er durch die Wände hindurch das Klappern der Löffel auf den Tellern hört und daraus folgert, dass sie alle an ihren Tischen sitzen und er keinen auf der Treppe antreffen wird. Manchmal glaubt er, Vanessa am Fenster zu sehen, wenn er sich zur ersten Querstraße durchschleicht. Es ist ihm gleich, ob sie ihm nachspioniert. Er fabriziert sich eine Liste der spät schließenden Läden, einschließlich der nordafrikanischen, asiatischen und dominikanischen, die rund um die Uhr geöffnet haben. Mit seiner Angewohnheit, die Zeitung zu kaufen, in der an dem jeweiligen Tag die Kulturbeilage erscheint, ist es allerdings abends nicht so einfach, denn die Zeitung, die er sucht, ist oftmals ausverkauft, wenn er am Kiosk ankommt. Um das Problem zu lösen, verhandelt er mit dem Kioskbesitzer, er möge ihm die Zeitung, die ihn an dem jeweiligen Tag interessiert, bis zum Abend zurücklegen. Der Kioskbesitzer ist ein weißhaariger, großer, schlanker Mann mit Brillengläsern wie Flaschenböden. Damit er ihm jeden Tag die Zeitung aufhebt, in der an jenem Tag die Kulturbeilage erscheint, macht er ihm auf einer Karteikarte eine Tabelle, in der neben jedem Wochentag der Name der Zeitung steht, die er ihm an dem betreffenden Tag aufheben soll. Er bezahlt sie im Voraus, damit der Kioskbesitzer die Zeitung zurücklegen kann, ohne befürchten zu müssen, sie werde nicht abgeholt und er mache deshalb Verluste. Doch Amargós bemerkt jedes Mal, wenn er nach seinem Exemplar fragt, dass der Verkäufer auf den zu dieser Stunde bereits niedrigen Stapel zeigt. Der Dichter sagt zu ihm: »Geben Sie mir nicht die Zeitung, die Sie für mich zurückgelegt haben?« Der Kioskbesitzer macht eine Handbewegung: »Egal, ich regle das später.« Vielleicht wartet er, bis auf dem Stapel nur noch ein oder zwei Exemplare liegen, ehe er sie für ihn herausnimmt, doch was ist, wenn eines Tages keine mehr da liegt? Bei Amargós verstärkt sich die Vermutung, er lege ihm in Wirklichkeit die Zeitung gar nicht zurück, was sich eines Abends bestätigt, als passiert, was er seit Langem befürchtet hat. Er geht hin und findet den Stapel nicht, der ihn heute interessiert: Die Zeitung, in der heute die Kulturbeilage erscheint, ist ausverkauft. Amargós fragt nach seiner Zeitung, der Kioskbesitzer teilt ihm mit, sie sei ausverkauft, und Amargós wird unruhig: »Was soll das heißen, sie ist ausverkauft? Wir haben vereinbart, dass Sie mir die Zeitung zurücklegen!« Und der Kioskbesitzer sagt zu ihm: »Heute ist sie aber ausverkauft.« »Genau deshalb hatte ich Sie ja gebeten, mir eine zurückzulegen«, erwidert Amargós, »und deshalb habe ich sie auch im Voraus bezahlt: damit ich sicher sein kann, dass, sollten sie einmal nicht reichen, ich dennoch zu meinem im Voraus bezahlten Exemplar kommen würde, und wenn es heute keines mehr gibt und Sie kein Exemplar für mich haben, heißt das, dass Sie mir gar keine Zeitung zurückgelegt haben!« Der Kioskbesitzer zuckt mit den Achseln: »Sie wollen jeden Tag eine andere Zeitung, und so ist es sehr schwierig für mich zu wissen, welche ich Ihnen zur Seite legen soll.« »Aber genau darum, damit Sie wissen, an welchem Tag Sie mir welche Zeitung aufheben sollen, habe ich Ihnen doch eine Karteikarte dagelassen, auf der die Wochentage stehen mit der entsprechenden Zeitung daneben.« Amargós beschließt, zur Lösung des Problems müsse er seinen Zeitplan ändern. Anstatt zu warten, bis der Tag zu Ende geht, würde er seine Ausgänge ein paar Stunden hinausschieben und ganz früh morgens aufstehen. Er wird um drei oder vier Uhr in der Frühe das Haus verlassen, zum Lebensmittelladen gehen, einkaufen, was er braucht, wird beim Kiosk die frisch eingetroffene Zeitung mitnehmen, gleich darauf nach Hause zurückkehren und sich den Tag lang in seiner Wohnung einschließen bis zum nächsten Morgengrauen. Doch es stellt sich heraus, dass die Zeitungen nicht alle zur gleichen Zeit eintreffen: Manche sind um drei Uhr bereits da, andere kommen erst gegen sechs oder sieben, und das auch nur, wenn sie sich wegen irgendeines Problems nicht bis neun verspäten. Aufgrund dieser zeitlichen Schwankungen kehrt Amargós manchmal nach Hause zurück, und die Nachbarn, die ganz früh aufstehen, sehen ihn kommen. Das konterkariert etwas die Absicht, sich unsichtbar zu machen. Zudem schläft er am Tag, und tagsüber klingelt es oft. In der Zeit, die er braucht, um aufzuwachen, aufzustehen und aufzumachen, ist schon niemand mehr an der Tür. Anfangs glaubt er, es liege an ihm, er brauche zu lange zum Aufwachen, und wenn er an die Tür kommt, ist derjenige, der geklingelt hat, schon wieder weg, doch dann bemerkt er an einem Morgen, an dem er nicht schlafen kann, dass es bei vielen Gelegenheiten klingelt, er blitzschnell aus dem Bett springt, an die Tür rennt und dann schon niemand mehr da ist, obwohl nur zwei ganz kurze Sekunden seit dem Läuten vergangen sind. Zu jeder Tageszeit bei ihm zu klingeln ist vermutlich ein Gewohnheitsscherz geworden; vielleicht sind es Kinder, doch nicht unbedingt: Es können auch die erwachsenen Nachbarn herausgefunden haben, dass er tagsüber schläft, und um ihm das Leben zu vergällen, klingeln sie jedes Mal, wenn sie an seiner Tür vorbeilaufen. Er überlegt, ob er einen Schalter anbringen soll, mit dem er die Klingel abstellen kann, wenn er schlafen will, doch um den Kontakt mit dem Elektriker zu vermeiden (und ohne große Lust, in der gegenwärtigen Lage einen anderen zu suchen), trennt er schließlich eines der Kabel durch. Es ist ihm sowieso egal, wenn es nie mehr läutet: Die Klingel braucht er nicht. Er schläft daraufhin ruhig in dem Bewusstsein, dass man ihn nicht mehr aufwecken wird. Und so ist es im Allgemeinen auch, außer an einem Mittag, an dem er ohne Klingel geweckt wird. Es gibt plötzlich ein Gepolter im Treppenhaus, Schreien, Hinauf-

und Hinablaufen, einen derartigen Radau, dass Amargós – nachdem er einmal durch den Spion schaut, einmal das Ohr an die Tür hält – den Grund des Tumults versteht: Man hat die Leiche des Nachbarn mit dem Verfolgungswahn, den aus dem vierten Stock links, gefunden, er ist schon seit einigen Tagen tot; die Polizei musste die Tür aufbrechen.

Das ist an einem Dienstag; am Mittwoch und Donnerstag passiert nichts Erwähnenswertes, am Freitag kommt Amargós gegen halb vier Uhr früh mit der Zeitung unterm Arm und einer Tüte aus dem Supermarkt nach Hause. Wie immer öffnet er die Haustür ganz leise, damit ihn nicht einmal der Hausbewohner mit dem leichtesten Schlaf hört. Unter der Tür der Kinderkrippe scheint Licht durch; vielleicht sind dort die Reinigungskräfte am Werk, doch an keinem anderen Tag hat er dort zu dieser Unzeit Licht gesehen, und wenn es sich um einen regulären Dienst handelt, muss es auch regelmäßige Arbeitszeiten geben. Amargós lauscht. Man hört jemanden sprechen, aber man versteht nicht, was gesagt wird. Amargós nimmt das Ohr von der Tür weg, denn von einem Treppenabsatz her hört man plötzlich, wie eine andere Tür ins Schloss fällt: Der Dichter versteckt sich unter der Treppe und sieht die Nachbarin aus dem sechsten Stock rechts die Treppen hinabsteigen – tatsächlich, sie hat nun die gleiche Statur wie die anderen – und die Tür zur Krippe öffnen. Diese Frau hat keine Kinder, und diese Tatsache macht die unwahrscheinliche Möglichkeit zunichte, es könne sich bei alledem um einen dringlichen, zu unpassender Zeit einberufenen Elternabend handeln. Von seinem Standort aus kann Amargós die Stimmen nur verzerrt vernehmen, und deshalb steigt er ein paar Treppenstufen nach oben, bis er durch das rechteckige Klappfenster, das sich über der Tür befindet, einen Teil des Inneren einsehen kann. Sie sitzen auf blauen, gelben, roten, grünen Stühlchen, an der Wand hängen Zeichnungen von Häusern mit rauchenden

Kaminen, lachenden Sonnen, unförmigen Vögeln, und alle lauschen einem jungen Mann (klein mit weißem Hemd und schwarzer Krawatte), der erzählt, der Mann, der aus der Welt einen zivilisierten Ort machte, sei höchstens eineinhalb Meter groß gewesen: Das waren die Maße des Homo sapiens, als er auf die Erde kam. Obwohl die Jahrhunderte mit einer Degeneration der Größe einhergingen, so beweist doch die Höhe der Türen in den antiken Häusern noch heute, welches die Größe des Menschen einmal war. Die Menschheit könnte einer glanzvollen Zukunft mit einer stetig steigenden Lebensqualität entgegensehen - sagt er -, wenn dieses unkontrollierte Wachstum nur endlich beendet werden würde. In den vergangenen Jahrzehnten hat sich die Durchschnittsgröße der Bevölkerung von einem Meter fünfzig auf über einen Meter achtzig erhöht, und sie steigt weiter mit rasendem Tempo. Die Größe der heutigen Jugend von mehr als einem Meter achtzig ist eine Aberration. Je größer eine Person ist, desto höher das Risiko einer Veränderung der Zellen und der Entstehung von Krebs zum Beispiel: Denn hat ein ein Meter fünfzig großer Mann, der sechzig Kilo wiegt, sechzig Billionen Zellen, so hat ein Mann von einem Meter achtzig und sechsundachtzig Kilo Gewicht schon hundert Billionen. Amargós hat lange in derselben gebückten Position verharrt, um zu hören, was dieser junge Mann erzählt, und jetzt tut ihm der Rücken weh. Als er seine Stellung verändert, sieht er Vanessa in einer Ecke des Raumes, die ihm bisher verborgen war. Sie sitzt auf einem dieser winzigen Stühlchen mit einem Buch in der Hand. Ab und zu, wenn der Redner eine Pause macht, um einen Schluck Wasser zu trinken, schlägt Vanessa es auf, blättert darin und liest ein Stück. Amargós erkennt es wieder. Es ist eines seiner Bücher: seine Sammlung poetischer Erzählungen! Er erkennt den Umschlag: ein in Gold gerahmtes Bild der Weltkugel hängt auf einer Tapete mit fast unsichtbaren granatfarbenen Blumen auf rotem Grund, der Titel steht auf einem cremefarbenen Streifen. Er ist tief bewegt. Zum allerersten Mal in seinem Leben sieht er jemanden, der in einem seiner Bücher liest, und seine Augen füllen sich mit einem ganz klaren Wasser.

Ich habe eingangs gesagt, ich würde mich kurz fassen, und da ich dem nicht ganz entsprochen habe, werde ich mich jetzt etwas beeilen. Auf einmal (während er mitten auf der Treppe steht und Vanessa, umringt von den restlichen Nachbarn, die auf ihren Stühlchen sitzen, mit seinem Buch in der Hand beobachtet) bekommt das alles – diese Versammlung in der Kinderkrippe, die Leute, dieses Haus – einen Sinn: Alle Teile passen zusammen, und zwar perfekt, und betrachtet er es ohne Vorurteile, schaffen sie eine Art Wohlbefinden. Wie glücklich wäre er, wenn er sich nicht mehr selbst betrügen würde. Ist es genauer betrachtet nicht stur, immer gegen den Strom zu schwimmen? Es muss angenehm sein, wenn dich die anderen, nur weil du ein bisschen guten Willen zeigst, mit offenen Armen aufnehmen. Er steigt langsam die Treppe zu seiner Wohnung hoch, fest entschlossen, sich zu ändern, von nun an den besten aller guten Willen zu zeigen. Schon seit einiger Zeit fällt ihm auf, dass er sich, weil er immer alles stur wörtlich genommen hat, sein Leben lang außerhalb von Gruppen gefühlt hat. Er fühlte sich schon als kleines Kind betrogen, als man ihm sagte, es gebe Dinge, die man machen müsse, und andere, die man nicht machen dürfe, denn er war stets ein braves Kind, das immer tat, was man machen sollte; doch obwohl er zumindest theoretisch glücklich hätte sein müssen, da er sich in dieser Rolle gefiel, stellte sich hinterher heraus, dass er darin auch nicht das ganze Glück fand, denn er verlor sein Ansehen bei den anderen Kindern, die sich nicht um die Disziplin scherten. Niemand sagte ihnen etwas, und sie waren genauso glücklich wie er oder gar glücklicher. Niemand außer ihm beachtete die Vorschriften, und um dies treulich tun zu können, ohne zum Spottobjekt der anderen Kinder zu werden, sah er sich gezwungen, abseits zu bleiben. Alle außer ihm verstanden stillschweigend, dass es eine Sache war, was man machen sollte, und eine ganz andere, was man dann wirklich tat. Mit teils mitleidigen, teils spöttischen Blicken machten sich die Erwachsenen ganz offensichtlich darüber lustig – er konnte es in ihren Augen lesen –, doch mit dem Mund sagten sie etwas anderes; sie sagten: Er ist ein sehr braver Junge, sehr folgsam. Dieses nämliche Gefühl hat sich im Laufe seines Lebens immer wieder wiederholt, in jeder einzelnen von ihm durchlaufenen Phase mit ihren unterschiedlichen Anforderungen, und jedes Mal, wenn er auf eine bereits hinter sich gelassene Phase blickt, sieht er, dass es eine Sache ist, zu sagen, was man machen soll, und eine andere, was die Leute dann wirklich tun, so als ob alle außer ihm zwischen dem einen und dem anderen unterscheiden könnten, es problemlos in Einklang brächten und die Lust genössen, die eine mangelnde Strenge mit sich bringt. Diese Gewissheit kommt immer zu spät, dann, wenn er bereits das fragliche Stadium hinter sich gelassen hat und sich bereits im nächsten befindet, das er noch nicht beherrscht. Und eines Tages würde er unweigerlich feststellen, dass er sich mit seiner Strenge wieder betrogen hat. Dieses Gefühl, dass alle außer ihm wissen, wo es in der Welt langgeht, hat ihn schon immer begleitet. In seiner Jugend wussten alle in jeder Situation, wie man mit Freunden, mit Frauen umgeht, sich auf Partys verhält, an welche Regeln man sich halten musste und über welche man sich problemlos hinwegsetzen konnte. Warum lebt er zum Beispiel jetzt so voller Argwohn? Warum wollen sie sein Waschbecken und Spülbecken niedriger haben? Sind ein paar Zentimeter mehr oder weniger so wichtig? Misstraut er ihnen, weil sie alle kleiner sind? Doch wenn er sich die Biographien von Schriftstellern ins Gedächtnis zurückruft, die er als Jugendlicher verschlungen hat, so war sein so bewunderter Voltaire nur einen Meter sechzig groß. Honoré de Balzac war drei Zentimeter kleiner: einen Meter siebenundfünfzig. Das hat er immer als Zeichen vergangener Jahrhunderte angesehen. Warum betrachtet er es nicht als das Stigma des Genius? Picasso, Mary Pickford, Sade, Max Linder, Mahler … Alle waren klein. Der Dichter John Keats war genau einen Meter vierundfünfzig groß.

Er schläft mit dem Bild von Vanessa ein, die sein Buch liest. Als ihn hartnäckiges Klopfen an seiner Tür weckt, steht die Sonne ganz hoch. Amargós steht auf und öffnet, vor der Tür stehen zwei untersetzte Männer in Pullovern mit Reißverschluss und dicken Brillen. Einer von beiden zeigt ihm eine Rechnung, und Amargós hat keine Zeit, sie wiederzuerkennen, denn der erste Faustschlag trifft ihn auf der Stelle, obwohl er ihn erst mit dem zweiten, Augenblicke später, spürt, genau, als er einen Moment lang das Augenlicht verliert, das er zum Teil wiedergewinnt, unfähig, die Fußtritte zu zählen, die auf ihn niedergehen und die er abzuwehren versucht, indem er seine Beine anzieht und den Kopf hinter seinen Armen verbirgt.

Tage später erwacht er wieder. Links ist eine Tür; rechts ein großes Fenster mit venezianischen Jalousien, zwischen denen man das Draußen in Streifen sieht. Auf der anderen Seite ist Nacht oder Abend, das Licht von Straßenlaternen; allein die Anstrengung, einzuschätzen, welche Tageszeit ist, lässt ihn sofort wieder die Augen schließen. Als er sie wieder aufschlägt, sind an der linken Wand Sonnenstreifen, und die Tür ist, wie das letzte Mal, als er die Augen aufgeschlagen hat, geschlossen. Nun lenkt er seinen Blick nach rechts; durch die Ritzen der Jalousien brodelt eine sengende Helligkeit, die ihn zwingt, die Augenlider zu schließen. Als er sie zum dritten Mal aufschlägt, sind Stunden vergangen, und

Vanessa sitzt neben ihm. Sie nimmt seine Hand und erzählt ihm, man habe ihn in seiner Diele auf dem Boden gefunden. Sie hätten keinen Verwandten ausfindig machen können, und so haben sie ihn gepflegt: *Sie* sind Vanessa selbst und ihre Eltern, deren Stimmen er tatsächlich irgendwann in diesem langen Traum gehört hat. Er hat die Stimme des Herrn Gómez gehört, die der Frau Gómez, die Vanessas und andere unbestimmbare Stimmen, die zwischen dem Duft der Blumen herumschwirren. Tagsüber steht auf dem Tisch neben dem Fenster immer ein Strauß, der am Abend verschwindet. Die Gómez leisten ihm Gesellschaft, sitzen stundenlang neben seinem Bett, und als Amargós eines Morgens ein Buch verlangt, hat er es bereits am Nachmittag. Von da an bittet er jeden Tag um Bücher, Papier zum Schreiben und Zeitungen: Immer die Zeitung, in der an dem jeweiligen Tag die Kulturbeilage erscheint. Auf der Titelseite einer Zeitung sieht er eines Abends das Foto eines tschetschenischen Schriftstellers, dem soeben der Nobelpreis verliehen worden ist. Es ist ein ernster Greis mit teuflischen Augen und einem kurzen, strengen Bart. Ein Tschetschene! Amargós ist überzeugt, dass einmal mehr politische Kriterien eine größere Rolle gespielt haben müssen als die literarische Arbeit an sich, und erzählt das Vanessa, die die Hand auf seine legt, um ihn zu besänftigen, und wer hätte das gedacht, sie besänftigt ihn tatsächlich, und Amargós kommt zu dem Schluss, dass dieser Tschetschene vielleicht doch den Preis verdient hat, und es unwürdig ist, ihm Vorurteile entgegenzubringen und sich den Anflug von hinterhältigem Grinsen in den Gesichtern der Jurymitglieder vorzustellen, die in jenem Restaurant zum goldenen Etwas zusammensitzen.

Viele Tage später erlauben sie ihm endlich aufzustehen: Einen kleinen Moment nur, sagt die Ärztin mit einer falschen Sympathie, die Amargós in einer zurückliegenden Zeit angewidert hätte. Mithilfe der Krankenpfleger richtet er seinen Oberkörper auf, dreht sich auf die linke Seite des Bettes, und als er die Füße auf den Boden setzt, sieht er, dass alles, was ihn umgibt, höher ist, als es sein sollte. Als er auf seinen Füßen steht, ist die Sache noch offensichtlicher: Der Lichtschalter ist weiter oben und das Türschloss höher. Er läuft unsicher durch das Zimmer und versucht, sein Erstaunen zu verbergen; vor allem sollen sie nicht sehen, dass er es bemerkt hat! Nach einer Weile steigt er wieder ins Bett, tut so, als würde er schlafen, und da die Krankenpfleger sich nicht gleich entfernen, wird Amargós nervös, und je nervöser er wird, desto schwerer fällt es ihm, so zu tun, als schlafe er, bis er endlich hört, wie die Tür ins Schloss fällt. Er öffnet ein Auge – niemand ist da –, er steigt aus dem Bett, und beim Schein des Nachttischlämpchens markiert er mit dem Fingernagel am Türrahmen das Ende seines Kopfes. Da er kein Maßband hat, nimmt er mit der Hand Maß bis auf den Fußboden: mehr als sechs Handbreit; doch wie viel Zentimeter sind es von einem zum anderen Finger: zwanzig Zentimeter? Er schaut auf seine Hände, seine Arme und Beine: Es gibt nicht ein Zeichen, keine Narbe, keine Spur einer Naht. Wo sind die nun fehlenden Stücke von ihm? Um wie viel kleiner ist er jetzt? Er muss ganz genau wissen, wie viel Zentimeter weniger sein Körper jetzt misst; je mehr Tage vergehen, ohne dass er das weiß, desto nervöser wird er, doch es reicht immer, dass Vanessa eine Hand auf die seine legt, um ihn zu beruhigen. Eines Nachmittags besucht sie ihn mit einem kleinen Mädchen auf dem Arm. Ich wusste nicht, dass du eine Tochter hast, sagt Amargós. Natürlich nicht, antwortet Vanessa, es ging dich ja auch noch nichts an. An dem Tag, an dem er endlich nach Hause darf, wartet er, bis man ihn alleine lässt. Dann rennt er zum Maßband, das er im Werkzeugkasten aufbewahrt, markiert seine Größe an der Wand und misst die Entfernung bis zum Boden: ein Meter siebenundvierzig. Bevor er das Maßband wieder aufräumt, schaut er nach und stellt fest, dass die Marmorplatten und die Wasch- und Spülbecken in Küche und Bad auf einer Höhe von fünfundachtzig Zentimeter vom Boden aus angebracht sind. Das war zu erwarten gewesen. Sie haben alles geändert, und er ist dankbar dafür, denn einen Meter hoch wären sie nun für ihn unbequem. Er duscht und zieht seinen alten blauen Baumwollschlafanzug an, der sich so angenehm auf der Haut anfühlt. Er ist kein bisschen zu groß; er überprüft die Nähte, ob er irgendwo sehen kann, wo sie ihn abgeschnitten haben, doch er findet nichts, nirgends, kein Zeichen eines Schnittes. Nacheinander zieht er seine Hemden an – das grüne Baumwollhemd, das schwarze Hemd, das weiße Hemd, das hellblaue Popelinhemd, das graue Hemd –, und alle passen ihm; die beige Hose mit einem kleinen Flicken am Saum des rechten Hosenbeins hat noch denselben kleinen Flicken am Saum des rechten Hosenbeins und ist ihm überhaupt nicht zu groß.

Sie sind wirklich eine Familie. Er könnte nicht sagen, ob eine große oder nicht, doch er hat eine Frau, die ihn liebt, und eine bereits fertige Tochter, was ihm die Misslichkeit des Geschlechtsverkehrs erspart: Wenn er sein Leben lang darum herumgekommen ist, wäre es dumm, sich das jetzt noch anzutun. Natürlich gefällt es ihm, Vanessa beim Ausziehen zuzuschauen und ihr die Brüste zu streicheln, wie in jener ersten Nacht, als sie auf dem Sessel eingeschlafen war. Doch er will diesen animalischen Akt nicht, der die Beteiligten in lächerlichen Stellungen zusammenbringt, und er braucht ihn auch zu nichts. Es reicht ihm, sie zu streicheln und das Kind in der Wiege anzuschauen, wie es schläft, lacht, weint, schreit und brüllt, ein Kind mit riesengroßen Kulleraugen, die ihn an Stummfilmschauspieler erinnern. Amargós beobachtet, wie das Baby die Ärmchen bewegt, wie ihm die Rassel herunterfällt und es sie nicht wieder aufheben kann; genetisch hat das Mädchen nichts von ihm, und trotzdem, wenn er sie herumkrabbeln sieht, macht er sich Gedanken, ob der Boden zu kalt ist und sie sich erkältet oder ob er zu schmutzig ist und sie sich eines der Billionen Viren einfängt, die auf jeder Fliese wohnen. Er macht sich Gedanken, ob sie sich auch nicht den Löffel ins Auge schlägt, wenn sie beim Breiessen an Stelle des Mundes auf die Hornhaut zielt. Er macht sich Gedanken, dass später, wenn sie schon nicht mehr in der Wiege liegt, das Schutzgitter im Bettchen eines Nachts nicht richtig eingerastet ist, herausrutscht und das Mädchen aus dem Bett fällt. Er stellt sich vor, aus dem Abfluss in der Badewanne könnte ein Tier kriechen, das allmählich Zentimeter um Zentimeter aus dem Kanalisationsnetz und den Tiefen der Erde hochgekrabbelt ist. Er macht sich Gedanken, ob sie in ihrem Leben auch jemanden findet, der sie liebt, oder ob sie immer allein leben muss, doch er macht sich auch Sorgen, dass sie einen finden könnte, der hinter einer gütigen Maske ein böses Herz verbirgt. Er fragt sich, ob man auch das Mädchen verkleinern muss. Da Vanessa von Natur aus klein ist, hängt alles davon ab, wer der biologische Vater ist, und seine eigene Formulierung versetzt ihn in Erstaunen, denn sie spricht eine Sache an, nach der er nie fragen wollte, denn er macht sich auch Gedanken, ob der Mann eines Tages wiederkommt und sie mitnehmen will. Das Thema verfolgt ihn so sehr, dass er eines Nachmittags trotz des festen Vorsatzes, das Thema nicht anzusprechen, Vanessas Hände in die seinen nimmt und ihr sagt, selbst wenn es ihn nichts angehe – das wisse er nur zu gut –, müsse er ihr doch gestehen, dass zu den tausend Ängsten, unter denen er leide, gehöre, der Vater könne zurückkommen und seine Tochter wiederhaben wollen. Auf Vanessas Gesicht breitet sich ein Lächeln aus, und sie sagt ihm, er könne ganz sicher sein, dass er niemals zurückkommen werde, und sie sagt das so überzeugend, dass Amargós begreift, nur die Zukunft der Toten lässt sich mit Sicherheit voraussagen. Er umarmt Vanessa heftig und ist nur einen Schritt vom Glück entfernt.

Von diesem trennt ihn nur eine Klarstellung. Er war nicht immer so wie jetzt, und von vorher ist jetzt nichts mehr übrig. Er hat sich mit seiner jetzigen Größe so weitgehend identifiziert, dass er sich sich selbst nicht mehr anders vorstellen kann. Doch im Delirium seiner Träume taucht manchmal noch seine frühere Größe auf und kämpft mit der jetzigen, so als wolle sie ihn daran erinnern, als habe sie Angst, wenn sie das nicht ständig wiederhole, könnte er eines Tages vergessen, dass er nicht immer so war wie jetzt. Manchmal wacht er auf und fragt sich, ob jene Vergangenheit, in der er einen Meter einundachtzig groß war, zum Traum dazugehört, denn auf der Straße gibt es immer mehr Leute, die mehr oder weniger die gleiche Statur haben: die gleiche wie Vanessa, die identisch ist mit der ihres Vaters und ihrer Mutter, der Konditorfrau, der Nachbarin aus dem dritten OG Mitte und sogar mit der des Kioskbesitzers. War das eine Überraschung an dem Tag, als er sah, dass der Kioskbesitzer ungefähr genauso groß war wie er selbst. Amargós schaut sich sein Fotoalbum an, auf allen Fotos – als Kind, als Jugendlicher und als Erwachsener – erscheint er in seiner jetzigen Größe: Er betrachtet sie genau, um einen Hinweis zu finden, der ihm zeigt, wie groß er früher war, doch es gibt keinen. Sie haben mit der gleichen Effizienz gearbeitet, mit der sie seine Hemden, Jacketts und Hosen gekürzt haben, denn er kann auf keinem Foto Retuschierspuren finden. Die Vergilbung ist gleichmäßig: Die gleiche Schattierung auf dem ganzen Himmel wie auf dem Stückchen Himmel, das sein Kopf bedeckte, als er ihn noch vierunddreißig Zentimeter weiter oben hatte als jetzt. Mit dem Wehrpass ist etwas Ähnliches passiert: Dort, wo es Größe heißt, steht eindeutig 1,47, und hier sieht Amargós eine Inkongruenz, denn mit dieser Größe hätte man ihn als zu klein eingestuft und gar nicht zugelassen. Doch als er zum Kreiswehrersatzamt geht, um das zu überprüfen, stellt sich heraus, dass nach den gegenwärtigen Gesetzen niemand wegen kleinen Wuchses vom Wehrdienst ausgeschlossen wird. Die Soldaten hinter dem Tisch versichern ihm, es sei unmöglich, dass jemals ein Wehrgesetz irgendeinen Rekruten wegen eines derartigen diskriminierenden Tatbestands ausgeschlossen hätte, und sie verstehen seine hartnäckige Behauptung des Gegenteils nicht. Sogar die Zeitungsarchive stellen sich gegen sein Gedächtnis. In der Zeitung *Destino* sieht man ihn auf einem Foto, als er seinen ersten Preis für Poesie gewann, so, wie er jetzt ist, und damit gleich groß wie der zweite Preisträger des Abends, den für Prosa, dabei kann er sich sehr gut daran erinnern, wie sie sich beide einen kurzen Moment lang anlächelten, als sie auf die Bühne stiegen, um die Preise entgegenzunehmen, und Amargós hat den Romanschriftsteller von oben herab angeschaut. Der Dichter beschließt, einen letzten Versuch zu machen: Am Vormittag teilt er Vanessa mit, er gehe in den Verlag, um Druckfahnen zu korrigieren. (Das ist eine weitere Neuigkeit: Sein Werk wird neu aufgelegt, sogar der schwedische Verlag, der seine Bücher übersetzt hatte, hat einen neuen Übersetzer gefunden, der so effizient arbeitet, dass jetzt nacheinander alle noch nicht übersetzten Bücher erscheinen.) Auf der Straße hebt er den Arm und ruft ein Taxi, er steigt mit der Ruhe desjenigen ein, der weiß, zwischen seinen Kopf und das Autodach passt mindestens eine Hand. Doch statt der Verlagsadresse gibt Amargós die Adresse seiner alten Wohnung an. Minuten später steht er vor der Fassade. Er betrachtet sie und kann keine Veränderung feststellen. Auch drinnen, das Treppenhaus ist wie immer: die Türen, das Geländer, der Fahrstuhl. Er läutet ein wenig bewegt an seiner alten Wohnungstür; ein Mann so groß wie ein Riese öffnet ihm. Ist das der neue Mieter, der einzog, gleich nachdem er ausgezogen war, oder ist es schon ein anderer? Amargós erklärt ihm, er habe lange in dieser Wohnung gelebt, habe in diesem Stadtteil etwas zu erledigen gehabt und sei fast zufällig durch diese Straße gegangen, er habe die aufflackernde Wehmut nicht verhindern können und habe sich gedacht, vielleicht sei der neue Mieter ja so nett und lasse ihn einen Moment lang in die Wohnung schauen, nur kurz als Erinnerung. Der Mann zieht die Brauen hoch: »Sind Sie der Dichter, der hier gewohnt hat?« Amargós nickt mit dem Kopf, der Mann bittet ihn mit einer Handbewegung herein, die Wände sind in einem reizlosen Gelb gestrichen, ein Tonpferd steht auf einer schreiend lackierten Konsole, der Raum, in dem Amargós zu schreiben pflegte, ist zum Esszimmer geworden, in dem ebenfalls glänzende Möbel mit goldenen Griffen stehen. Es steht keines seiner Regale mehr da. Als er am Badezimmer vorbeigeht, hört er die Dusche; sie kommen in die Küche. Er hat die Kacheln und die Haushaltsgeräte ausgetauscht: Der Kühlschrank zum Beispiel ist riesengroß, aber das Regal, auf dem bei Amargós immer die Kaffeedose stand, steht noch. Er geht hin und greift mit der Hand nach oben, um zu sehen, ob er jetzt immer noch problemlos heranreicht. Er kommt nicht dran! Der Mann, der sieht, wie er auf Zehenspitzen mit der ausgestreckten Hand das Regal zu erreichen versucht, fragt ihn, ob er etwas wolle. Amargós erzählt ihm: Auf diesem Regal hatte ich immer meine Kaffeedose stehen. Der Mann teilt ihm mit, das Regal sei nicht ganz so wie zuvor, er habe es höher angebracht, um Platz für den neuen Kühlschrank zu machen. Amargós fasst noch einmal zusammen: Dieses Regal ist nicht an derselben Stelle wie seines, und ob er dort hinreicht oder nicht, beweist folglich auch nicht, welches seine ursprüngliche Größe war. Er bedankt sich, dass er ihn die Wohnung hat sehen lassen, entschuldigt sich in Richtung Tür, und während er durch den Flur eilt – gefolgt von dem Mann, der ihn zu einem Kaffee einlädt –, klingelt das Telefon. Jemand nimmt ab, und Amargós hört unverwechselbar die Stimme von Carlota: Hallo? Der Dichter beschleunigt seine Schritte, sie sind schon im Vorraum, der Mann sagt: Meine Frau ist schon aus der Dusche, warten Sie noch einen Moment, sie wird sich freuen, Sie zu sehen, sie hat mir von Ihnen erzählt. Doch Amargós schiebt Dringliches vor. Als er sich umdreht, um dem Mann die Hand zu geben, und er fürchtet, der andere könne das ausnutzen, um ihn festzuhalten, sieht er einen Augenblick Carlotas Silhouette im Esszimmer am Telefon. Amargós rennt los, die Treppe hinunter.

An jenem Abend bei sich zu Hause geht alles ganz schnell: Das Telefon klingelt, man teilt ihm mit, diesmal habe er wirklich den Nobelpreis bekommen. Vanessa freut sich für ihn, die Kleine lacht, als er sie am Kinn kitzelt, Herr Gómez umarmt ihn mit Tränen in den Augen, das ganze Haus gratuliert ihm. Dann die Stadt und das ganze Land. Tausendmal umarmt, versucht Amargós ein ums andere Mal, sich den Anfang seiner Rede ins Gedächtnis zu rufen. Er hat sie schon so lange nicht geprobt und ist überrascht, dass er sich sogar noch halbwegs daran erinnern kann: Ihre Königlichen Majestäten, meine Damen und Herren, der Dichter dankt in tiefer Ehrfurcht, dass Sie ihm die schwierige Aufgabe anvertraut haben, heute Abend vor Ihnen allen zu sprechen; der Dichter wird sich kurz fassen und sich in diesen wertvollen fünfundvierzig Minuten, die ihm traditionell zustehen, nicht in überflüssigen Redewendungen verlieren ... Jetzt vor dem Spiegel, wo er die Körperhaltung für den Vortrag probt, merkt der Dichter, dass eine Kleinigkeit fehlt: der Frack. Er hat ihn zum Ändern gebracht, als er noch in der alten Wohnung wohnte, vor den ganzen Umwälzungen. Er sucht den Abholschein. Er findet ihn, minutiös zusammengefaltet, ganz unten im verstecktesten kleinen Fach seiner Brieftasche. Er rennt zur Änderungsschneiderei in seinem alten Stadtteil, eine neue Verkäuferin bedient ihn, Amargós fragt nach dem Frack, die Frau kann ihn nicht finden, sie ruft nach ihrer Chefin, die Chefin untersucht den Schein, geht in den hinteren Raum und kommt nach einigen Minuten mit dem Frack zurück. Wenn Sie noch später gekommen wären, hätten wir ihn entsorgt, sagt sie. Amargós probiert den Frack gleich dort an: Er schlackert überall, und nicht nur in der Breite. Die Ärmel sind überlang, und die Hosenbeine bilden über den Schuhen eine Ziehharmonika, was endlich beweist, wie groß er war. Amargós lächelt glücklich, während die Chefin nicht fassen kann, dass ihm der Frack jetzt so schlecht passt. Der Dichter hat keine Zeit, sich zu fragen, was es ihm bringt, einen Beweis dafür zu haben, dass seine Größe tatsächlich eine andere war, weil er auf einmal mitten im ersehnten Trubel steckt: Glückwünsche, Pressekonferenzen, Interviews, ein neuer, passender Frack, Empfänge, Glückwunschkarten von Institutionen und anderen Schriftstellern, Galadiners, das Flugzeug nach Stockholm. Eine Kette von Ereignissen, die bis zum heutigen Tag reicht, an dem der Dichter vor Ihnen allen steht und bedauert, mit seiner Rede die ihm traditionell zustehenden Minuten überzogen zu haben. Ihre Königlichen Majestäten, meine Damen und Herren, vielleicht habe ich mich nicht so kurz gefasst, wie ich es eingangs versprochen habe, und vielleicht gab es überflüssige Redewendungen zuhauf: Für all das bitte ich Sie um Verzeihung und bedanke mich vielmals bei Ihnen.

3

Nach der Schulung

Der Passagier trägt einen tief ins Gesicht gezogenen Hut, eine Sonnenbrille aus Horn und einen bis zum Hals zugeknöpften Trenchcoat mit hochgeschlagenem Kragen. Er trägt auch Handschuhe, was ein etwas ungewöhnlicher Schutz ist, wenn man bedenkt, was für eine Hitze auf dieser sengenden Insel herrscht. Selbst wenn er aus einem Land käme, in dem es im Moment kalt ist, hätte er sie inzwischen ausziehen und in die Tasche stecken können. Das einzige Stück unbedeckte Haut sind die glänzenden, sonnenbraunen, faltig durchfurchten Wangen. Über der Oberlippe sitzt ein gestutztes Schnauzbärtchen. Er schleppt einen voluminösen Koffer aus schwarzem Leder hinter sich her. Dieser ist sehr hoch, sehr breit und sehr tief. Das Leder scheint von guter Qualität zu sein, denn obwohl es an den Seiten schon etwas abblättert, ist es nicht rissig.

Der Passagier hat auf der ganzen Strecke von dem Endlosband, wo man das Gepäck abholt, bis hierher keinen Gepäckkarren gefunden, und er würde die Ineffektivität dieses Flughafenservice noch mehr verfluchen, wenn er wüsste, dass alle Gepäckkarren, seitdem man sie gestern Abend eingesammelt hat, wie jede Nacht in einem verschlossenen Raum verstaut sind. Dieser wird erst geöffnet, wenn der zuständige Mitarbeiter erscheint; der aber kommt nie vor Punkt neun, denn ohne ein ausgiebiges Frühstück hat er angeblich nicht die Kraft, sich dem Arbeitstag zu stellen. Dem Koffer schleppenden Passagier stehen Schweißperlen auf der Stirn. Doch wenige Sekunden später ist daraus bereits ein feuchter Vorhang geworden, der in Richtung Augenbrauen abfließt. Ab und zu, jedes Mal, wenn die Augenbrauen ganz vollgesogen sind, stürzt eine Schweißwelle in Richtung Augenlider. Dort bleibt sie einen kurzen Moment in den Wimpern hängen, ehe sie die Augen überschwemmt und sie erbarmungslos reizt.

Ganz am Ende des Gangs steht der Tisch, ein langer Tisch, breit und nicht sehr hoch, damit man einfach das Gepäck daraufheben kann. Hinter dem Tisch beobachtet ein Polizist, wie der Passagier näherkommt. Es ist ein junger Polizist, mit rosafarbener Haut, der heute zum ersten Mal diese Aufgabe ausübt. Der Mann mit dem schwarzen Lederkoffer ist sein allererster Passagier, der erste, der seit dem Schichtwechsel um 5 Uhr morgens ankommt, der erste an dem ersten Arbeitstag seines Lebens. Er hat den anderen Polizisten begrüßt, mit dem er in dieser Schicht zusammenarbeitet (achtunddreißig Jahre in dem Korps; es sind nur noch zwei Jahre bis zu seiner Pension), doch nach einer Weile des Plauderns, um 5:17 (»da es heute ruhig ist«) ist dieser andere Polizist frühstücken gegangen. Eigentlich hätte er inzwischen wieder zurück sein müssen, denn er ist schon länger als eine Viertelstunde verschwunden (jetzt ist es 5:36), und um diese Uhrzeit werden ihn, da die Cafeteria noch geschlossen ist (sie wird erst um 7 geöffnet), nur die Automaten für Kaffee, Erfrischungsgetränke und in Plastikfolie eingeschweißte belegte Brötchen und Kuchen bedient haben; und um Kaffee und Kuchen zu holen, braucht man nicht so lange, es sei denn, man will eigentlich nur die Zeit totschlagen und glaubt, jede Minute, die man dem Arbeitstag raubt, sei fürs Leben gewonnen.

Der Passagier nähert sich mit hastigen, aber kurzen Schritten, denn das Gewicht des Koffers lässt ihn keine größeren Schritte machen. Da er immer wieder den Koffer absetzt – um die behandschuhte Hand zu reiben, die von dem Griff schmerzt, einmal tief durchzuatmen und die Hand zu wechseln –, verzögert sich seine Ankunft, und es scheint, als solle er nie ankommen. Der Polizist beobachtet den Mann aufmerksam, so wie man es ihm in dem Spezialisierungsseminar beigebracht hat. Er beobachtet den tief ins Gesicht gezogenen Hut, die Sonnenbrille, den bis zum Hals zugeknöpften Trenchcoat, den Schweiß, der ihm über das Gesicht läuft. Er beobachtet auch jede Bewegung: den Tick an der Backe, die Art, wie er seinen Speichel schluckt, die unregelmäßige Atmung, den schlecht gestutzten Schnauzer, und aus alldem versucht er, Schlussfolgerungen zu ziehen. Während der Schulung hat er gelernt, diese Art von Einzelheiten so präzise zu analysieren, dass es ihm jetzt Spaß macht, seine auswendig gelernten Kenntnisse in die Praxis umzusetzen.

Minuten später kommt der Passagier endlich vor ihm an. Mit großer Anstrengung und beiden Händen versucht er, den Koffer hochzuheben. Er wiegt so viel, dass es eine Weile lang so aussieht, als würde es ihm nicht gelingen. (Sein Gesicht wird knallrot, er schnauft und schnauft, und der Kragen seines Hemdes färbt sich gelb vom Schweiß.) Einen Moment lang verspürt der Polizist den Impuls, ihm zu helfen (nicht aus Gutmütigkeit, sondern um mit der Arbeit voranzukommen), doch er hält sich zurück – vor allem, weil es unzulässig wäre – und schaut zu, wie es dem Passagier schließlich doch gelingt, den Koffer ganz hochzuhieven und ihn auf Tischhöhe zu positionieren. Er muss ihn nur noch ein bisschen nach vorne schieben und hätte es geschafft. Dies ist ein erhabener Augenblick, denn sollte es ihm, ganz abgesehen von seiner Erschöpfung nach der bisherigen Anstrengung, nicht gelingen, den Koffer wegen seines schweren Gewichts nach vorne zu schieben, wird er mit dem Koffer etwas zurücktreten, ihn auf dem Boden absetzen und den ganzen Prozess von Neuem beginnen müssen. Aber er schafft es, und mit einem stolzen Schnaufen schiebt er ihn erst ein paar Zentimeter und dann, als seine Kräfte wiederkehren, mit beiden Händen nach vorne, bis er in der Mitte des Tisches zum Liegen kommt. Der Passagier sehnt sich nach den westlichen Flughäfen, auf denen nicht nur immer genügend Karren für das Gepäck bereitstehen, sondern man zudem den Ausgang mit dem grünen Zeichen wählen kann (wenn man nichts zu verzollen hat) oder den mit dem roten Zeichen (wenn man etwas zu verzollen hat), ohne vor einem Polizisten stehen bleiben zu müssen.

Er streicht sich mit der Hand über die Stirn, und gleich darauf wischt er sie am Hosenbein ab. Er räuspert sich. Dem Zöllner entgeht nicht ein einziger Augenaufschlag. Er weiß (denn sie haben ihn darin geschult), sollte der Mann etwas Verbotenes im Koffer haben, würde er, je mehr er ihn beobachtet und je länger er braucht, um ihn zu fragen, ob er etwas zu verzollen hat, desto nervöser werden und sich so verraten. Aus diesem Grund schweigt er, obwohl der Koffer nun schon eine Weile auf dem Tisch liegt (jetzt reibt der Passagier seine geröteten Hände). Er hat keine Eile. Er lässt noch eine Weile vergehen, bis er dann ganz langsam die Lippen auseinanderbringt und fragt:

– Haben Sie etwas zu verzollen?

Und was macht dann der Passagier? Nun, er öffnet den Mund, sagt aber nichts, sondern schaut nervös nach rechts und nach links, senkt den Kopf, räuspert sich noch einmal, zieht die Hutkrempe etwas nach vorne und richtet eine Seite des Kragens wieder auf. Dann sagt er leise mit einem gewissen Zittern in der Stimme:

– Ähm? Ja. Das heißt: Nein. Nein. Nichts zu verzollen.

Der Koffer platzt fast aus allen Nähten. Man sieht die Umrisse der einzelnen sich darin befindenden Gegenstände durch das Leder durchgedrückt. Gehört die rechteckige Form zu einer Schachtel, einem Necessaire, einem Buch? Ist die runde Form ein Wecker? Der Koffer ist so vollgestopft, dass es ihm, sollte der Polizist ihm befehlen, ihn zu öffnen, danach große Schwierigkeiten bereiten würde, ihn wieder zuzumachen. Nur um zu sehen, wie viel Mühe es ihn kosten würde, ihn wieder einzupacken, würde er ihm am liebsten sagen, er solle ihn öffnen.

– Was haben Sie dabei?

Der Passagier füllt seine Backen mit Luft und schnauft. Er richtet seinen Blick zur Decke und dreht seinen Kopf von einer Seite zur anderen.

– Nichts. – Der Polizist neigt ungläubig den Kopf. – Das heißt: nichts Wichtiges. Nur Persönliches. Schlafanzüge zum Beispiel. Ja, Schlafanzüge und T-Shirts und Socken …

– Ist das alles?

Der Mann schüttelt den Kopf.

– Nnnn …, nein.

Der Polizist schaut ihn an. Der tief ins Gesicht gezogene Hut, die Sonnenbrille, der Trenchcoat mit dem hochgeschlagenen Kragen, das schweißgebadete Gesicht, die zittrige und schuldige Stimme. Alles Signale, die aufmerksam machen. Er erfüllt alle Voraussetzungen, um Verdacht zu erregen. Wie kann jemand, der etwas Verbotenes durchzuschleusen versucht, so skandalös angezogen sein? Nicht einmal der Schmuggler, der in der Kunst des So-Tun-als-ob eine völlige Niete ist, würde sich so karikaturesk anziehen.

Da muss Absicht dahinterstecken: Er versucht, so zu tun, als wolle er etwas verbergen. Mit dieser Haltung und dieser Kleidung versucht er gerade, Verdacht zu erwecken, damit er ihm befiehlt, den Koffer aufzumachen. Aber mit welchem Ziel? Ein Ziel könnte zum Beispiel sein, seine Aufmerksamkeit von anderen Passagieren abzulenken, die nach ihm kommen und deren Koffer nun wirklich mit verbotenen Sachen vollgepackt sind. Das hat man ihm im Seminar beigebracht, in derselben Stunde, in der auch der Trick mit der schwangeren Frau erklärt wurde und der mit der Monatsblutung als Mittel der Abschreckung bei einer Durchsuchung. Er ist logisch und einfach: Man benutzt einen verdächtigen Passagier als Ablenkung, der aber nichts unrechtmäßig in seinem Koffer mit sich führt, um so den diskret gekleideten Schmugglern das problemlose Passieren der Kontrolle zu ermöglichen. Es ist ein akzeptabler Trick, aber in diesem konkreten Fall macht er keinen Sinn. Es gibt keinen anderen Passagier, von dem dieser hier, der vermutlich rein von aller Schuld ist, versuchen könnte abzulenken.

Oder es handelt sich um einen Zollinspektor, der genau an seinem ersten Arbeitstag seine Effektivität auf die Probe stellen will. Es wurde nie darüber gesprochen, aber eigentlich erscheint es ihm logisch, dass man über die Inspektoren im Seminar gerade nicht spricht, weil unerwartete Inspektionen effektiver sind. Doch wenn diese Art von Inspektor tatsächlich existieren sollte, um ihn auf die Probe zu stellen, würde er sich gerade umgekehrt kleiden: diskret, betont unauffällig, und versuchen, unerkannt durchzukommen, um ihn zu ertappen, wenn er, da er so normal aussieht, keinen Verdacht schöpft und ihn nicht den Koffer öffnen lässt. Oder es ist vielleicht eine Neuerung? Wer weiß, vielleicht ist es auch Tradition, dass die Altgedienten einem am ersten Arbeitstag diesen Streich spielen. Aus diesem Grund schicken sie zu jedem neuen Polizisten einen falschen Passagier mit dem tief ins Gesicht gezogenen Hut, einer Sonnenbrille aus Horn, einem Trenchcoat mit hochgeschlagenem Kragen, der bis zum Hals zugeknöpft ist. Das würde zudem erklären, warum der andere Polizist frühstücken gegangen und noch immer nicht zurück ist.

Doch diese ganze Inszenierung würde von den Altgedienten ein Engagement und eine Kreativität erfordern, die er ihnen nicht zutraut. Die, die er während der Schulung kennengelernt hat, scheinen ihm mehr der Routine verhaftet und nur ein einziges Lebensziel zu haben: ohne allzu große Turbulenzen in den Ruhestand zu kommen. Und nun? Wie leicht war es, während der Schulung in den praktischen Übungen mit einem Blick zu wissen, ob der Passagier, mit dem sie sich gerade abgaben, verdächtig war oder nicht, herauszufinden, ob er mehr Zigarettenstangen bei sich hatte, als das Gesetz erlaubt, oder den Koffer voll Whiskey, Kokain oder Krokodilleder. Aber das hier ist keine Schulung mehr, und je mehr Zeit vergeht, desto schwerer fällt es ihm, eine Entscheidung zu fällen, egal welche. Wenn er sich vor ein paar Minuten entschieden hätte, genau als der Mann vor ihm am Tisch zum Stehen kam, wäre er jetzt schon, egal ob er sich geirrt hätte oder nicht, diesen Knoten los, in den er sich immer weiter verstrickt. Jetzt, nach so langer Zeit, kann er ihm nicht sagen, er solle weitergehen, und fertig. Wenn er ihn bis jetzt hat warten lassen, muss er dafür einen Grund gehabt haben. Doch je mehr Zeit vergeht, desto schwerer fällt es ihm, zu einer Entscheidung zu kommen, und er erinnert sich, wie es war, als er klein war und man ihm nachmittags Brot mit Schokolade servierte, und wie schwer es ihm damals fiel, zu entscheiden, in welcher Reihenfolge er beides essen sollte, denn es gab drei Möglichkeiten – erst die Schokolade allein, um dann zur Strafe das Brot ohne etwas essen zu müssen; zuerst das Brot, um danach zur Belohnung die Schokolade pur zu essen; oder Schokolade und Brot zusammen, indem er einmal von der Schokolade und einmal vom Brot abbiss –, manchmal war dann die Viertelstunde Pause im Schulhof vorbei, und er hatte nicht einen Biss getan.

Es ist auch nicht normal, dass der Mann vor ihm seine Entscheidung mit so viel Gelassenheit abwartet. Kein Passagier würde diesen Missbrauch hinnehmen. Hätte er sich nicht beschweren müssen, ausdrücken müssen, dass das Warten nun schon gar zu lange dauert? Er hätte nach einem Räuspern irgendeinen einfachen Satz sagen können, im Stile von: »Kann ich weitergehen?« oder »Darf ich durch?« oder »Und jetzt, kann ich durch?« Schon wenn er ihn gefragt hätte: »Kann ich weitergehen?«, wäre der Zollbeamte, der Neuling, überrascht gewesen, hätte nicht gewusst, was er sagen soll, und vielleicht hätte er ihn, um diese Situation endgültig zu beenden, schließlich mit der Hand durchgewunken. Doch im Gegenteil, der Passagier sagt nichts und schaut ihn weiter an, mit seiner Sonnenbrille und seinem Hut, und trocknet seinen Hals mit einem klatschnassen Taschentuch. Der Polizist würde sein halbes Leben darum geben, wenn nun plötzlich eine Welle von anderen Passagieren hereinschwappte, die ihn zu einer schnellen Entscheidung zwingen würde, was er mit dem, der vor ihm steht, tun soll. Doch so ist es nicht. In diesem Flughafen gibt es keine weiteren Passagiere, und auch keine (er schaut durch die Fensterfront) startenden und landenden Flugzeuge. Alles ist unendliche Kulisse; dunkler Himmel und schwarzes Meer um diese Piraten- und Ritterinsel herum, die gerade versucht, ein Touristenziel zu werden. Wie gerne würde er auf einem großen Flughafen arbeiten mit Hunderttausenden von Transitpersonen jeden Tag. Und die Reinigungsfrauen? Hätten sie nicht schon lange mit ihrer Schicht beginnen müssen? Und warum sind die Piloten und Stewardessen dieses Fluges, mit dem sein erster Passagier eingetroffen ist, noch nicht hier, ihre korrekten Köfferchen auf Rädern hinter sich herziehend, die im Allgemeinen dunkelfarbig sind und so neutral wie ihre Uniformen? Piloten und Stewardessen haben ihn immer fasziniert. Das Leben, das sie führen, dieses permanente Kommen und Gehen von einem Land ins andere, tadellos, sogar im Augenblick des Chaos. Große Kosmopoliten. Er hingegen beginnt nun ein Berufsleben, das ihn auf immer hinter einen Tisch verbannt, wo er zusieht, wie die Menschen vor ihm vorbeiziehen und ihn wie einen Störenfried betrachten, wie eine ärgerliche Formalität, die ihnen an dieser Station des Kreuzweges vorgesetzt wurde, ihnen, die müde, aber glücklich und ungeduldig ankommen, oder jenen, die voll beladen mit Hüten, Masken, exotischen Anekdoten und Skulpturen aus Ebenholz abreisen. Es wird ein graues Leben sein. Er wird immer nur arbeiten und samstagabends mit Freunden ausgehen. Er wird ein Mädchen kennenlernen, das weder besonders hübsch noch besonders hässlich ist, sie werden heiraten und drei Kinder haben, eines davon wird mit acht Jahren bei einem Unfall ums Leben kommen, und er selbst wird es kaum überleben, da er Opfer einer Lungenentzündung werden wird. Genau betrachtet, warum macht er sich eigentlich über diesen Reisenden so viele Gedanken? Es wäre leicht, ihm mit der Hand den Weg zur Tür zu zeigen und erleichtert aufzuatmen. Doch das tut er nicht, denn plötzlich fühlt er sich wohl. Dies ist ein einzigartiger Augenblick, denkt er, der sich nie mehr wiederholen wird, er wird nie wieder diesen seinen ersten Arbeitstag erleben. Es lohnt sich, ihn auszukosten, es lohnt sich, den Anblick dieses schwitzenden und leidenden Mannes vor ihm zu genießen. Nie wieder wird er sich in dem heutigen Dilemma befinden. Bald wird er lernen, die Zweifel in Zehntelsekunden abzuschütteln, im Bewusstsein einer möglichen Fehlentscheidung, doch ohne Verbitterung. Dies ist eine einzigartige Situation, die er, egal wie sie endet, immer in Erinnerung behalten wird. Auch wenn es ihm jetzt noch so unerträglich erscheint, nicht zu wissen, wie er sich entscheiden soll, wird ein Tag kommen (wenn er keinen Moment mehr zweifelt, ob er jeden Passagier den Koffer öffnen lässt oder nicht), an dem er sich nach diesem Morgen zurücksehnen wird. Aus diesem Grund beschließt er, keine Eile zu haben. Wozu auch?

Als die Frau die Tür öffnet

Als die Frau die Tür zum Dach öffnet, ist draußen alles sonnenüberflutet: die Ziegel (mit Asphaltmasse ausgebessert), der extrem blaue Himmel und die Gebäude auf der anderen Seite, durch deren Fenster die Schreibtische in den Büros zu sehen sind; fast alle leer, denn die meisten machen Mittagspause. An anderen Tagen geht sie auch um diese Uhrzeit essen, doch heute nicht. Heute geht sie langsamen Schrittes auf das Geländer zu; es reicht ihr bis zum Bauch. Sie reckt den Hals nach vorne und schaut hinunter. Die Fußgänger sehen nicht aus wie Ameisen, wie gemeinhin behauptet wird, sondern eher wie die winzigen Figürchen auf den Bahnhöfen einer Modelleisenbahn, wo jedes kleine Detail vorhanden ist: Gleise, Berge, Dörfer, Werbetafeln, Flüsse, ein Mann mit Hut und Koffer, eine sitzende Frau im orangefarbenen Rock, der Bahnhofsvorsteher mit Mütze und Kelle, bereit, dem Zug die Abfahrt zu genehmigen. Die Autos sehen so klitzeklein aus, dass sie weder das Modell noch die Marke erkennen kann.

Wie viel Meter mögen es sein bis hinunter zum Asphalt? Hundert Meter? Vielleicht etwas weniger, vielleicht viel mehr. Woher soll sie das wissen? Es ist sowieso egal; es reicht in jedem Fall. Sie hebt ein Bein in die Höhe, um es auf die andere Seite des Geländers zu bringen, wo sich entlang der gesamten Fassade ein schmaler Vorsprung befindet, und hält mit der Hand den Rock fest, damit er nicht hochrutscht. Es ist ein leichter grauer Rock, der sich an die Beine anschmiegt. Es weht ein starker Wind, der ihr fast die Haare ausreißt. Stürmt es auf der Straße auch so oder nur in dieser Höhe? Auch wegen des Windes zeichnen sich ihre Brustwarzen durch den dünnen granatroten Pullover ab.

Genau in diesem Moment bemerkt sie wenige Meter von

ihr entfernt auf demselben Dach einen Mann, der sie beobachtet. Sie hat ihn bis jetzt nicht gesehen, denn bisher war der Mann mit der Ausrichtung der Parabolantenne beschäftigt, die hinter dem Häuschen steht, durch das man Zugang zum Dach erhält und durch das sie auf das Dach gekommen ist. Er trägt einen weißen Kittel, Krawatte und ein auf Hochglanz poliertes Köfferchen, das wahrscheinlich voller ebenso glänzender Werkzeuge ist. Die Anwesenheit des Mannes stört sie; sie hatte nicht vorgehabt, vor irgendjemandes Augen zu springen. Erschwerend kommt hinzu, dass der Mann versuchen wird, sie davon abzubringen. Furchtlos schaut sie hinunter, setzt den rechten Fuß nach vorne, schließt die Augen, atmet so tief ein, wie sie nur kann, und dann hört sie ihn etwas sagen. Wenn sie ihn »Warten Sie!« hätte sagen hören, vielleicht hätte sie sich nicht einmal umgedreht, doch teils, weil der Wind so laut ist, teils, weil der Mann mit einer gutturalen Stimme spricht, versteht sie ihn nicht und hält darum einen Augenblick inne. Sie dreht sich um und streift die Haare aus dem Gesicht, die der Wind durcheinanderweht. Der Mann ist nun näher gekommen, und sie kann daher seine entschiedene Nase und sein hartes Kinn erkennen. Die Frau senkt leicht den Blick, um mit Schreck festzustellen, dass die Brustwarzen sich immer noch durch den Pullover abzeichnen. Aus dieser Entfernung muss der Mann sie sicher sehen können. Und in der Tat könnte er sie sehen, wenn er darauf achten würde, doch er achtet nicht darauf, denn aufgrund seines jugendlichen Alters ist er romantisch und verliebt sich noch leicht und richtet deshalb seine ganze Aufmerksamkeit auf die schwarzen Augen der Frau. Warum, fragt er sich, will eine so schöne Frau mit so tiefschwarzen Augen vom Hochhaus springen? Er bremst sich, um nicht in die kitschige Vorstellung zu verfallen, gerade ihre Schönheit habe ihr vielleicht all das Unglück und die Enttäuschungen gebracht. Ihm fällt ein, dass er sich, wenn er sie am Springen hindern will, – schleunigst – einen überzeugenden Grund ausdenken muss, der sie dazu bringt, davon abzulassen, aber es fällt ihm keiner ein.

– Warum kommst du nicht her und wir reden miteinander? – fragt er. Welch magerer erster Satz; sie rührt sich nicht einmal. – Da, wo du bist, können wir nicht gut miteinander reden – insistiert er.

Sie sagt nichts, aber sie hat im Moment die Vorbereitung zum Sprung ausgesetzt, denkt der Mann, der das Köfferchen auf den Boden gestellt hat und langsam auf sie zukommt. Der Kittel flattert mit einem lauten, schnellen und eintönigen Ton – hui, hui, hui, hui, hui –, und die Krawatte weht wie eine Bootsflagge in einem Sturm. Es gleicht einem Tanz, denkt sie: Er wird Schritt für Schritt näher kommen, und ich werde notgedrungen immer mehr zurückweichen.

– Komm nicht näher, oder ich springe.

– Wenn du nicht springst, bleibe ich hier.

– Ich springe sowieso.

– Sei nicht dumm. Entschuldige die Offenheit. Vielleicht ist »dumm« nicht das richtige Wort. Denn dass ich dich als dumm bezeichne, könnte dich ja erst recht zum Springen verleiten. Vielleicht bin ich der Dumme, denn diese Bezeichnung ist wenig hilfreich, dich daran zu hindern, in den Tod zu springen. Aber ich kann es nicht besser. Tut mir leid. Ich weiß nicht, warum du das machen willst, und auch nicht, ob mich das etwas angeht, und noch weniger, ob ich das Recht habe, mich einzumischen, doch was ich dir sagen will, ich glaube wirklich, egal warum du es tun willst, es ist es nicht wert.

– Doch.

Der Mann steht jetzt etwas mehr in ihrer Nähe.

– Meinst du wirklich? – fragt er. Sie antwortet nicht.

Der Mann schließt die Augen, weil ihn die Sonne blendet. Die Frau schaut ihn sich an. Ist er vom Sonnen so braun oder weil er so viele Stunden auf den Dächern verbringt, um Antennen auszurichten? Als der Wind einen Augenblick etwas nachlässt und er seine Augen nicht mehr geschlossen hält, sieht sie, wie unermesslich blau sie sind.

– Heute Abend ist die Premiere von einem tollen Film – sagt der Mann. – Wenn du mit mir kommst, lade ich dich ein.

– Lädst du mich ein, weil du niemanden hast, mit dem du hingehen kannst?

– Wenn ich ehrlich bin, ja.

– Wenn es nicht stimmt, ist es nur eine Lüge, um mich umzustimmen. Eigentlich ist es total egal, ob ich mit dir ins Kino gehe. Glaubst du, indem du die Rolle des Unglücklichen, Elenden spielst, die ich dir nicht abnehme, kannst du mich davon überzeugen, dass dein Leben schlimmer ist als meines und ich also genau betrachtet keinen Grund habe zu springen. Doch du weißt nichts von meinem Leben und hast auch kein Recht, deine Nase hineinzustecken, oder so zu tun, als wolltest du mit mir ins Kino gehen, nur damit ich nicht springe. Auf der anderen Seite könnte aber auch das Gegenteil der Fall sein: Dir liegt es wirklich am Herzen, dass ich nicht springe, damit du jemanden hast, der mit dir ins Kino geht. Du musst einsehen, in beiden Fällen ist dein Vorschlag enttäuschend. Außerdem ist heute Montag und montags gibt es keine Filmpremieren.

– Das stimmt nicht. Manchmal gibt es auch montags Filmpremieren. Normalerweise, da hast du Recht, sind die Premieren an anderen Wochentagen. Donnerstags und freitags vor allem. Doch manchmal auch montags. Einmal hat mir ein Freund, der bei einem Film Kameraassistent war, eine Freikarte zukommen lassen für eine Premiere. Und das war an einem Montag. – Der Mann sitzt auf dem Geländer mit den Füßen nach innen. Mit der Frau im Profil bemerkt er die Brustwarzen, zwei Kügelchen, die die sanfte Rundung der Brüste brechen; er fragt sich, ob es nur der Wind ist, der sie zum Stehen bringt. – Sieh mal, ich versteh nicht viel von Psychologie. Weder weiß ich, wie man mit jemandem redet, der sich gerade von einem Hochhaus stürzen will, noch, ob die simple Tatsache, darüber zu reden, positiv oder negativ ist. Bei keinem Gedanken und keinem Wort, das ich sage, weiß ich, ob das dein Springen verhindert oder befördert. Da ich schon kein Psychologe bin, werde ich zumindest aufrichtig sein; ich hoffe sehr, du springst nicht, und das ist wirklich ehrlich gemeint. Ich weiß nicht, ich kenne dich nicht, und deshalb gibt es vielleicht keinerlei Grundlage dafür, wie ich mir die Dinge vorstelle. Doch um mehr über dich zu wissen, muss ich dich erst einmal kennenlernen. Und es stimmt, wenn ich dir sage, dass ich dich nicht anlüge. Ich würde gerne mit dir ins Kino und hinterher essen gehen und zudem Hand in Hand mit dir durch den Park spazieren und mir deine schwarzen Augen nicht entgehen lassen.

– Sie sind braun.

Braun? Dem Mann kamen sie schwarz vor. Die gleißende Helligkeit auf dem Dach hat ihn die eine Farbe mit der anderen verwechseln lassen, beide dunkel. Ein schwerer Fehler, der die Überzeugungskraft seiner romantischen Worte vermindern muss. Um gleich etwas zu tun und zu verhindern, dass dieser Fehler sich gegen ihn richtet, schwingt der Mann seine Beine über das Geländer, sodass er nun auch draußen mit den Füßen auf dem Vorsprung steht. Die Frau öffnet den Mund und setzt zum Sprechen an, doch sie macht ihn sofort wieder zu, ohne etwas gesagt zu haben. Er ist so jung ... Wie alt mag er sein? Gerade mal zwanzig? Was weiß er von alldem? Vielleicht will er sie ja wirklich kennenlernen, weil er sie in Reichweite hat, zerbrechlich und älter als er; vielleicht will er tatsächlich mit ihr ausgehen, weil es ihm mit Mädchen seines Alters schwerfällt. Oder vielleicht doch nicht. Vielleicht ist er nur ein guter Samariter. Oder er hat von der Erfahrung reifer Frauen gehört und will daraus lernen, während er zugleich eine gute Tat vollbringt. Der Mann ist langsam näher gerückt. Er befindet sich nun fast neben ihr und streckt den rechten Arm in einer Weise aus, die er für entscheidend hält, denn wenn irgendetwas in seiner Bewegung sie verschreckt, würde die Frau auf der Stelle springen. Doch die Frau lässt sich umarmen und sucht mit ihrem Kopf sogar seine Schulter. Sie will sich nicht fragen, warum. Wäre dieser junge Mann vor einem Moment nicht aufgetaucht, wäre sie wahrscheinlich wie vorgesehen gesprungen. Nun aber, und nicht etwa, weil sie etwas von ihm erwartet, würde sie um nichts in der Welt springen. Sie hat keine Erwartungen, denn in diesen offenen blauen Augen sieht sie bereits das Gift, das sie ein weiteres Mal leiden lassen wird: den Leichtsinn, die Gedankenlosigkeit oder Frivolität, die sie schon so oft erlebt hat. Doch würde sie nicht alles dafür geben, um noch einmal dieses Gift zu spüren, durch das (und durch dessen Abwesenheit) er ihr das Leben schenken würde? Ohne Eile nähern sich ihre Lippen, bis sie auf seiner Schulter ruhen, ohne sie zu küssen (denn sie beherrscht sich), und sie lässt es zu, dass der Mann ihr sofort dabei hilft, zuerst das rechte und dann das linke Bein zu heben, bis beide Beine auf der anderen Seite des Geländers wieder auf festem Grund stehen, einen Moment bevor unter seinem rechten Fuß, als er gerade das linke Bein hebt, um es über das Geländer zu bringen, eine Kachel zerbricht, der Fuß ins Rutschen kommt, er das Gleichgewicht verliert, und, obwohl sie die Arme ausstreckt, um ihn zu halten, und er nach dem Geländer greift, um sich dort festzuhalten, ohne Schrei ins Nichts fällt. Die Frau entfernt sich entsetzt, rennt die Treppen hinunter, betritt das Büro – niemand ist da – und wählt eine Telefonnummer. Es klingelt eine Weile, schließlich nimmt jemand ab, und sie sagt: »Oh, Quique, fast hätte ich eine große Dummheit begangen.«

Der Junge, der sterben musste

Er wohnte an der Diagonal, Südseite, in der Nähe der Entença. Ich war ungefähr zehn Jahre alt, er vielleicht acht. Er war dünn und sah blass und zerbrechlich aus. Sein Vater war Arzt und sagte immer zu seiner Frau: »Mach dir keine Sorgen, du wirst sehen, ich werde ihn heilen. Ich schwöre dir, ich werde ihn gesund machen.« Und er gab sich dieser Aufgabe wahrlich hin: Jeden Tag verbrachte er Stunden damit, in medizinischen Fachbüchern Hinweise auf die Krankheit seines Sohnes zu suchen, er schrieb Briefe an Spezialisten auf der ganzen Welt, um eine Lösung zu finden.

Ich war der Sohn der Näherin, und manchmal, wenn keine Schule war, weil ich Ferien hatte, nahm mich meine Mutter mit, um mich nicht alleine zu Hause zu lassen. Jeden Tag nähte sie in dem Haus einer anderen Dame. Ich begleitete sie gerne in die Häuser der Damen, solange sie mir einen Stapel Zeitschriften zum Lesen gaben. Zu Hause gab es keine Zeitschriften, nicht eine einzige, bei den Damen, bei denen meine Mutter nähte, lagen sie jedoch bergeweise herum. Zeitschriften mit viel Text und vielen Schwarz-Weiß-Fotos und manche sogar in Farbe, verblichene Farben, damaliger Stand der Technik. In manchen Häusern gab es außer Zeitschriften auch noch Coca-Cola, was mir wie ein Luxusprodukt vorkam. Daheim habe ich das nie zu sehen bekommen. Eines Tages in einer jener Wohnungen – eines Zahnarztes auf der Gran Via – sah ich, wie der Laufbursche eines Lebensmittelhändlers mit einem Wagen voller Kisten ankam. An jedem Nachmittag, an dem ich dort war, fragte mich die Dame des Hauses, ob ich Lust auf eine Coca-Cola hätte, und ich sagte immer nein. Sie insistierte, überrascht von meinem Nein, doch ich beharrte darauf, obwohl ich innerlich für eine Cola gestorben wäre.

Donnerstags nähte meine Mutter immer im Hause der Dame und des Arztes mit dem kranken Sohn. Sie führten mich in das Zimmer des Jungen, und wir spielten zusammen. Den Jungen habe ich nie außerhalb seines Zimmers gesehen. Nie im Ess- oder im Wohnzimmer. Wenn ich eintraf, war er im Schlafanzug im Bett. Er trug immer einen Schlafanzug. Er hatte viele Schlafanzüge. Rot-weiß gestreifte Schlafanzüge, blau-weiße, ganz blaue, graue mit weißem Besatz. Vielleicht war er so blass, weil er nie einen Sonnenstrahl zu Gesicht bekam. Um halb fünf wurde uns das Vesper auf einem Tablett mit Füßen serviert. Vesper für uns beide. Milch und Kekse. Ich bekam dasselbe wie er.

Es faszinierte mich, dass er nie zur Schule ging, dass die Krankheit so schlimm war, dass er immer zu Hause bleiben und sich den Unterricht ersparen konnte, samt Lehrern, Mitschülern und ihren dummen Späßen. Er war ein netter und wohlerzogener Junge, ganz anders als die Biester, die die Schulbänke meiner Klasse bevölkerten. Aus der Kränklichkeit des Jungen folgerte ich, dass er sterben würde, bevor er groß sein würde, obwohl es niemand laut sagte und die Dame des Hauses meiner Mutter erklärte, ihr Mann werde Himmel und Hölle in Bewegung setzen, um ihn zu heilen: »Ich schwöre dir, ich werde ihn heilen.« Meine Mutter erklärte mir, der Junge spiele nie mit anderen Kindern, da er keine Geschwister und Cousins, auch keine Freunde habe (denn er verließ ja nie das Haus) und auch keine Schulkameraden (denn er ging nicht zur Schule). Wegen all dieser Gründe sagte mir meine Mutter, wenn wir das prunkvolle Portal des Hauses erreichten und bevor wir klingelten, ich solle zu dem armen Jungen nett sein. Dieses »arm« war ein weiterer Hinweis darauf, dass es ihm richtig schlecht gehen musste.

Ich spielte mit ihm und war lieb, unter anderem, weil ich fast zu jedem lieb war, ohne dass man mir das extra sagen musste. In dem Zimmer des Jungen war ein Regal voller Spielzeug und Spiele, das sich über die ganze Wand, vom Boden bis zur Decke und von einer Seite zur anderen, erstreckte. Es gab dort alle Spiele und Spielsachen, vor denen ich verzückt stehen blieb, wenn ich sie in den Schaufenstern sah, und die ich nie besitzen würde. Am besten gefiel mir ein Basketballspiel mit einem Spielfeld aus Plastik und Pappe, das ungefähr einen Meter lang war und an dem Sprunghebel angebracht waren, mit denen man, wenn der Ball in eines der zehn Löcher fiel und sie richtig bedient wurden, den Ball in den Korb werfen konnte. Auf dem Deckel der Schachtel war eine farbige Zeichnung mit drei Basketballspielern, die um einen Ball kämpften; die Schachtel war wunderschön. Wir spielten oft damit; nicht, weil ich mich durchsetzte, sondern weil es auch eines seiner Lieblingsspiele war.

Im Allgemeinen klaute ich sehr viel. Wenn ich mit meiner Mutter auf den Platz nach unten ging, kam ich immer mit den Taschen voller Sachen zurück: von den Ständen mit Hausrat, die auf der Straße standen, ließ ich Löffelchen mitgehen oder mal eine Tasse, oder Soldaten und Plastikmüllwagen und Comics, die ich unter meinem Pullover verbarg. Aus anderen Häusern, in die mich meine Mutter mitnahm, ließ ich Gläschen von Markenfirmen französischer Erfrischungsgetränke mit eingebrannten Bildchen, Figürchen und Imitationen – so vermute ich – von römischen Öllämpchen mitgehen … Aus der Wohnung des Jungen nahm ich nie etwas mit. Es wäre sehr einfach gewesen. Natürlich konnte ich nicht die Schachtel mit dem Basketballspiel mitnehmen, und auch nicht die mit dem Spielemagazin oder sein kleines Billardspiel, doch hätte ich Murmeln, Kartenspiele oder diese mit durchsichtigem Plastik bedeckten Vierecke verschwinden lassen können, in denen ein Labyrinth und ein paar Löcher waren, um Kügelchen hineinzumanövrieren. Ich hätte einige dieser Spiele mitgehen lassen können, und bei der Menge, die er hatte, wäre es ihm nie aufgefallen. Doch nahm ich nie etwas mit, weil ich wusste, dieser Junge würde eines nicht so weit entfernten Tages sterben, und da er keine Geschwister oder Cousins hatte, wem sollten sie dieses Spielzeug geben, wenn nicht alles, so doch wenigstens etwas davon? Ich schloss keineswegs die Möglichkeit aus, dass sie mir das Spielzeug geben würden, denn ich hatte ihm schließlich an all jenen Nachmittagen Gesellschaft geleistet und mit ihm gespielt, wenn meine Mutter dort zum Nähen war und mich mitgenommen hatte.

An einem Donnerstag im Winter, als ich in der Schule war, ging meine Mutter zu dem Haus, und die Tür wurde ihr nicht wie immer von der Dame des Hauses geöffnet, sondern von ihrer Schwester. Die ihr sagte:

– Ich glaube nicht, dass meine Schwester heute den Kopf für Näharbeiten frei hat.

Als ich von der Schule nach Hause kam, traf ich nicht wie gewohnt die leere Wohnung, sondern meine Mutter an, die mir erzählte, der Junge sei gestorben. Das versetzte mich in Alarmzustand. Heute sicher nicht, denn sie mussten von dem Tod erschüttert sein, doch bald – vielleicht in der nächsten Woche oder eine später – würden sie meiner Mutter sagen, dass sie Spielzeug für mich hatten. Vielleicht durfte ich es sogar selbst abholen, wegen des Kondolierens, dann würde ich ihnen mein Beileid aussprechen. Aber unter Umständen musste ich nicht einmal selbst hin. Vielleicht würde meine Mutter schon am nächsten Donnerstag mit einem Paket von zwei oder drei Spielen aus dem Haus der Dame zurückkehren, und eines davon wäre das Basketballspiel. Sicher. Denn wir hatten am meisten mit dem Basketballspiel gespielt, und das wussten sie.

Als ich am folgenden Donnerstag von der Schule nach Hause kam und meine Mutter nicht vorfand – was bedeutete, dass sie wie vor dem Tod des Jungen wieder zum Nähen dort war –, wartete ich ungeduldig auf sie und stand, als sie zurückkam, bereits begierig im Flur, erstaunt, sie ohne Paket und mit leeren Händen zu sehen. Da ich wusste, sie würde mich als egoistisch ausschimpfen, traute ich mich nicht, sie zu fragen, was sie mit dem Spielzeug vorhatten und ob sie überlegten, mir etwas davon zu schenken, weil ich ihm Gesellschaft geleistet hatte, anstatt zu Hause zu bleiben oder auf der Straße Ball zu spielen. Sie erzählte mir, die Mutter und der Vater des Jungen seien sehr traurig, was logisch war, doch von dem Spielzeug, was mir wichtig war, sagte sie nichts. Ich fragte sie, was sie mit dem Kinderzimmer machen würden, ob sie es so belassen würden, wie es war, und sie schaute mich überrascht an. Einen Moment lang befürchtete ich, sie durchschaue den Grund für mein Interesse, doch sogleich verschwand die Überraschung aus ihrem Gesicht, und sie sagte mir, sie wisse nicht, was sie damit vorhatten. Da sie merkte, dass mir diese Antwort zu ungenau war, fügte sie hinzu, vielleicht würden sie es eine Zeit lang so lassen, wie es manche Eltern tun, wenn ein Kind stirbt. Ich wusste, was sie sagen wollte, denn ich hatte es in ein paar Filmen gesehen: Ein Kind stirbt, und die Eltern lassen das Zimmer, wie es war, als das Kind noch am Leben war. Obwohl niemand darin schläft, lassen sie das Bett, wie es war, rühren nichts im Schrank an, und auch die Fotos an der Wand werden nicht angetastet; sie verwandeln das Zimmer in ein Heiligtum. »Es ist genau so, wie es war, als er noch da war«, sagen sie, denn sie haben nur noch dieses Zimmer, um sich an die Erinnerung an das Kind zu klammern. Doch in diesem Fall war die Nachricht, sie könnten das Kinderzimmer in ein Heiligtum verwandeln, eine schreckliche Nachricht, denn sie würden das ganze Spielzeug in dem Regal lassen. »So, wie es war, als er noch lebte«. Aber welchen Sinn machen Spielsachen in dem Regal eines toten Kindes?

Der Kummer nagte in mir. Spielzeug ist dazu da, dass Kinder damit spielen, und wenn das Kind, dem es gehört, tot ist, müssen die Eltern es anderen Kindern schenken, und an erster Stelle denen, die ihm Gesellschaft geleistet haben, als es noch lebte. Wenn sie wollen, können sie ja die leeren Schachteln im Regal behalten, damit es noch genauso aussieht, aber die Spielsachen haben in dem Zimmer eines toten Kindes nichts zu suchen, denn es kann nie mehr damit spielen.

Ich wartete noch an einigen weiteren Donnerstagen ungeduldig auf die Ankunft meiner Mutter, denn ich verlor nicht die Hoffnung, dass die Eltern des Jungen erkennen würden, dass es für sie selbst auch nicht so gut war, das Zimmer des Jungen definitiv zu einem Heiligtum zu machen, und es deshalb das Beste wäre, ihn ein für alle Mal zu vergessen und ein neues Leben anzufangen. Und konnten oder wollten sie nicht umziehen, so sollten sie doch wenigstens die Einrichtung der Zimmer ändern, zumindest die des Sohnes, damit sie es nicht immer in dem Zustand sehen mussten, wie es aussah, als er noch lebte. Und wenn sie nicht zu dieser logischen Schlussfolgerung gelangten, so sollten sie sich wenigstens darüber klar werden, was für eine Barbarei es war, dieses wundervolle Spielzeug verrotten zu lassen. Doch Wochen und Monate gingen vorüber. Ich weiß nicht, was sie mit dem Spielzeug gemacht haben, doch Tatsache ist, an mich haben sie nicht gedacht. Ich war sehr gekränkt. Sagten sie nicht, ich sei der einzige Junge, der mit ihm spielte? Ich kam zu dem Schluss, dass sie undankbar waren. Als sie daran interessiert waren, dass ich ihrem Sohn Gesellschaft leistete, hatten sie mich umschmeichelt, jetzt, wo ich ihnen keinen Gefallen mehr tat, vergaßen sie mich. Hätte es andere Kinder, Cousins oder andere Verwandte gegeben, hätte ich verstanden, warum sie mir kein Spielzeug schenkten, doch da es keine gab, war es ganz klar, sie ließen das

Spielzeug lieber in dem Regal verrotten, als es mir zu schenken und mich damit unendlich glücklich, zum glücklichsten Jungen auf der ganzen Welt zu machen, und deswegen bin ich zu dem Schluss gekommen, dass sie den Tod ihres Sohnes sehr wohl verdient haben.

Der Spiegel

Es wäre eine Lüge zu behaupten, ich wisse nicht, wie ich plötzlich auf die Idee kam, eine Büste von mir fertigen zu lassen. Obwohl bei solch spontanen Eingebungen selten der ursprüngliche Augenblick, manchmal nicht einmal exakt der Tag im Nachhinein festgestellt werden kann, so weiß ich doch in diesem Fall ganz genau, dass es erst kürzlich war, nämlich am Dienstag voriger Woche bei Alexander. Ich hatte Alexander jahrelang nicht gesehen und traf ihn ein paar Tage davor zufällig auf der Straße – ich kam aus der U-Bahn, er stieg ein. Wir tauschten all die Sätze aus, die bei diesen Gelegenheiten üblich sind: wie es einem geht, wie lange man sich nicht gesehen hat und ob man sich nicht irgendwann mal treffen sollte; und er, der schon immer Visitenkarten bei sich trug, griff sofort in seine Brieftasche und gab mir seine Karte mit Telefonnummer und Adresse, und das alles in englischer Schreibschrift. Wir sagten also das, was man immer sagt: dass man sich treffen wolle; ursprünglich eigentlich ohne die Absicht, es tatsächlich in die Tat umzusetzen, aber nun begab es sich, dass ich ein paar Tage darauf am Nachmittag sowieso in seinem Stadtteil war. Ich hatte den Computer in einer Werkstatt zur Reparatur abgegeben und wollte mir eineinhalb Stunden später einen Film in einem nahe gelegenen Kino ansehen. Nach Hause gehen, um anschließend wieder dorthin zurückzukehren, erschien mir als Zeitverschwendung, und so dachte ich bei mir: Schlag die eineinhalb Stunden tot und besuche Alexander; und das tat ich dann auch.

Er wohnt in einer luxuriösen Wohnung, zumindest verglichen mit meiner, die nur ein Fenster auf eine Gasse hinaus hat, mit nichts als einer Backsteinmauer vor mir, die nicht einmal backsteinfarben ist: Sie ist dunkelgrau, was ich bis dahin noch nie in Barcelona gesehen habe. Seine Wohnung, in der Beletage, hingegen ist riesig, die hinteren Zimmer liegen zu einem Hof voller Efeu, der sich an den Brandmauern zu den Nachbarhäusern hochrankt, wobei ich nicht weiß, warum die Bewohner derselben sich nicht beschweren, da es allgemein bekannt ist, dass das Mauerwerk durch Efeu feucht wird. Wir saßen in den Sesseln seines Wohnzimmers und tranken mehrere Whiskeys, ein Wohnzimmer mit großen Blumentöpfen und die Wände voller Regale. Und über dem Kamin ein Gemälde mit seinem Konterfei. Es war ein elegantes pastoses Ölgemälde, in dem Alexanders Glatze und Augen in dem rötlichen Ton seines Gesichtes leuchteten; es hatte nichts von den geleckten Gemälden, die heutzutage in manchen Läden für Einrahmungen nach einem Foto gemalt werden, das man dort abgegeben hat. In diesem Bild von ihm sagten die Pose, der Hintergrund, die Pinselstriche genauso viel über ihn aus wie die Tatsache, dass es ihm wie aus dem Gesicht geschnitten war und er überhaupt dort hing mit seinem kurzen graumelierten Bärtchen und den Froschaugen. In diesem Moment habe ich dann gedacht, wie schade es sei, kein Bild von mir zu Hause hängen zu haben, nicht unbedingt über dem Kamin, denn einen Kamin habe ich nicht, aber vielleicht an irgendeiner anderen Wand der Wohnung. Und sogleich beschloss ich: Warum eigentlich ein Gemälde? Woher kommt diese Manie, immer genau das Gleiche zu wollen, was die anderen haben? Das passiert mir häufig. Warum möchte ich die schicke Leselampe, die ich in der Wohnung eines Bekannten sehe? Warum kaufe ich Balkonpflanzen? Noch nie habe ich Pflanzen ausstehen können und sehe auch keinen Sinn darin. Eben nur deshalb, weil ich tags zuvor gesehen habe, wie die neuen Mieter im Haus gegenüber den ganzen Balkon voller Pflanzen gepackt haben und glücklich aussehen. Es ist immer so. Um nicht wieder nur nachzumachen, beschloss ich, kein

Gemälde von mir machen zu lassen – nur nichts imitieren –, sondern eine Büste. Ich habe keinen Bekannten, der von sich eine Büste hat meißeln lassen, die nun in seinem Wohnzimmer steht und alles präsidiert, was da vor sich geht.

Der Bildhauer lebt in einem zweigeschossigen Haus im Stil der Neuen Sachlichkeit in einer einsamen Straße, die sich eine Anhöhe voller duftender Pflanzen hochwindet. Unter dem Namensschild des Künstlers – mit russischem Nachnamen – ist ein vergoldeter Klingelknopf. Ich klingele zweimal. Es dauert, bis man ein Lebenszeichen hören kann – Männerstimmen weit hinter der Tür –, bis sich schließlich der Türknauf dreht. Ein Mann mit argwöhnischem Blick in einem Kittel, der mal blau gewesen sein muss, öffnet die Tür. Ich sage »Guten Tag«, und der Mann antwortet mir »Guten Tag« mit einem solch übertriebenen Akzent, dass er aufgesetzt wirkt. Er bittet mich mit einer theatralischen Handbewegung herein. Wir befinden uns in einem dunklen und kalten Vorzimmer mit feuchten Flecken unten an der Wand. Ich setze an, um etwas zu sagen, doch mit einer Handbewegung bedeutet er mir zu schweigen und ihm zu folgen. »Hier ist es sehr kalt«, sagt er mir. Ich folge ihm durch den Flur in einen riesengroßen Raum, der viel größer ist, als ich ihn mir vom Vorzimmer aus vorgestellt habe. An der Wand lehnen Leinwände und große Mappen aus schwarzer Pappe. Hier und da Tische und Skulpturen, manche mit einem Tuch abgedeckt. Ich erkläre ihm, was ich will, er denkt einen Moment nach, sagt mir, was es mich kosten wird, und da ich nicht weiß, ob man in solchen Situationen handeln soll, ich aber noch nie gerne gehandelt habe, akzeptiere ich den Preis, so wie er ist. Er gibt mir einen Termin für nächsten Mittwoch.

Er hatte mir gesagt, dass wir nicht an einem Tag fertig werden würden. Er arbeitet nun schon einige Tage daran. Die Sitzungen sind langweilig. Wir reden fast nichts. Ich sitze in einem purpurroten Sessel Modell, und er schlägt mit einem Meißel und einem Hammer mit rundem Kopf auf einen weißen Steinblock, eine unförmige Masse, die – so stelle ich mir vor – sich nach und nach in eine Nachbildung meines Gesichtes verwandeln wird. Ich weiß, mein Gesicht ist eher ein nichtssagendes Gesicht, ohne irgendein Detail, das ihm eine originelle Note gäbe. Eine ehemalige Freundin sagte, wenn sie sauer auf mich war, ich hätte ein geschmackloses Gesicht. Es hat mich nie bekümmert, bis jetzt, da ich denke, wie schwierig es sein muss, es nachzubilden, und mir der Bildhauer leidtut, weil es ihn so viel Mühe kosten muss, und wenn das Ergebnis nicht gut genug ist, er mit meiner Unzufriedenheit zu rechnen hat. Auf einem langen Tisch an der Wand steht ein Radio, alt und mono, in dem ein Klassiksender eingestellt ist. Er arbeitet vor sich hin, und ich sitze schweigend vor ihm und schaue auf das Hinterhaus auf der anderen Seite des Hofes. Morgens scheint die Sonne dorthin, aber nachmittags brennt sie auf unsere Fensterfront, und manchmal müssen wir die Gardinen zuziehen. Niemand hat Pflanzen auf der Veranda, doch es gibt eine Hundehütte und einen Hund, der die ganze Zeit auf dem Balkon auf und ab läuft. Der Bildhauer schaut abwechselnd auf mich und auf den Stein. Er ist ein Mann mit kompaktem Gesicht und halblangen Haaren, die weiß sind wie sein Bart. Zu einer bestimmten Uhrzeit am Nachmittag taucht ein junger Mann auf, auch Russe, der ihm hilft. Er fegt die Bereiche der Werkstatt, wo wir nicht sind, räumt Tische und Leinwände auf, leert die riesigen Papierkörbe aus starkem Karton, und manchmal arbeitet er auch an einer bereits angefangenen Skulptur weiter. Ganz selten ruft ihn der Bildhauer, und der Junge geht zu meiner Büste, der Bildhauer deutet auf ein Detail, und während er einen Augenblick den Saal verlässt, vermutlich zum Pinkeln oder um sich die Beine zu vertreten, müht sich der andere mit Meißel und Hammerschlägen ab, die viel sanfter sind als die des Bildhauers. Ich vermute daher, dass er der Schüler oder Lehrling ist, wie auch immer in diesem Fall die richtige Bezeichnung lautet.

Mich lässt er nie das Ergebnis sehen. Aber ich verlange es auch nicht; wahrscheinlich ist das normal so. Ich habe dafür Verständnis. Es würde gerade noch fehlen, wenn die Modelle – auch wenn sie Kunden sind – sich über die Ähnlichkeit oder die künstlerischen Eigenschaften des Werkes äußerten. Ist die Sitzung beendet, deckt er den Kopf mit einem Tuch ab. Manchmal, wenn ich gehe und schon auf der Straße bin, bleibe ich dicht an der Tür stehen und höre, wie sie reden und lachen, wesentlich lauter und fröhlicher, als wenn ich da bin. Am nächsten Tag nimmt der Bildhauer das Tuch wieder vorsichtig ab.

Eines Nachmittags, kurz vor Schluss der Sitzung, fangen Bildhauer und Schüler an, miteinander zu reden. Das haben sie in dieser Intensität noch nie gemacht. Sie deuten auf bestimmte Details der Skulptur und gleich darauf auf dieselben Stellen an mir. Schließlich sagen sie mir, dass für heute die Sitzung beendet sei. Ich stehe auf und gehe. Als ich draußen bin, halte ich das Ohr an die Tür. Sie reden lauter, als wenn ich da bin, doch lachen sie nicht. Danach höre ich, wie die Stimmen immer leiser werden, bis sie nur noch flüstern. Seit Tagen frage ich mich, ob sie ein Paar sind.

Als ich am nächsten Tag ankomme, ist außer dem Bildhauer auch der Schüler schon da, was sehr ungewöhnlich ist, denn normalerweise kommt er erst am Nachmittag. Heute hingegen nimmt er das Tuch von der Skulptur, und beide fangen an zu reden. Genau wie am Tag zuvor zeigen sie auf bestimmte Stellen und vergleichen sie mit mir. Es ist unangenehm, wenn jemand so direkt auf einen zeigt. Ich verstehe kein Wort, doch dem Gesichtsausdruck der beiden und dem veränderten Ton zwischen ihnen entnehme ich, dass sie das Ergebnis unterschiedlich beurteilen. Einmal deuten sie auf die Nase, dann auf das Kinn ... Auch auf die Stirn? Offensichtlich ja. Die Stirn, die Schläfen, die Backenknochen ... Der Schüler schnalzt mit der Zunge, schüttelt den Kopf und kommt auf mich zu. Er sagt zu mir: »Gestatten Sie einen Moment«, legt seine Hand auf mein Ohr, zieht es nach hinten und redet weiter mit dem Bildhauer. Als er meinen Blick auf sich sieht, lächelt er mich an und erklärt, es sei nur eine Frage von Details. Der Bildhauer schreit ihm zwei Worte zu, um ihm etwas zu zeigen. »Wenn Sie gestatten«, sagt mir nun der Lehrling und zieht vorsichtig die Haut über meinem Backenknochen nach hinten. Der Bildhauer schüttelt den Kopf, lässt den Spatel auf dem Arbeitsgestell liegen und kommt auf mich zu. Mit der Spitze des Zeigefingers macht er meine Nasenspitze flacher. Nur ein klein wenig. Nun geben beide zustimmende Laute von sich. Danach diskutieren sie mit leiser Stimme, ohne zu merken, dass sie eigentlich nicht leiser zu reden brauchen, denn, egal ob sie laut oder leise reden, ich verstehe sie sowieso nicht. Mit der Eleganz eines Friseurs streicht der Lehrling meine Haare mit beiden Händen nach hinten. Das verdient wieder ihre gemeinsame Zustimmung. Der Bildhauer verschwindet für einen Moment und kommt mit einer Rolle Heftpflaster zurück. Er schneidet ein Stück ab, zieht meine rechte Wange straff und klebt vorsichtig das Stück Pflaster darauf. Er macht dasselbe auf der linken Seite. Neuerliche Zustimmung von beiden, die hinter die Plastik treten und uns betrachten: einmal mich, einmal sie. Ab und zu nimmt der Bildhauer Hammer und Meißel, bearbeitet das Kinn, eine Augenbraue oder beide Ohren. Während der Lehrling eine Telefonnummer wählt und mit jemandem spricht, macht der Bildhauer mit Schere und Pflaster weiter, indem er kleine Stückchen hierhin klebt (um die Augenbrauen nach oben zu ziehen) und dahin klebt (um das Kinn vorspringen zu lassen). Als der Lehrling zurückkommt, fixieren sie meine Ohren, damit sie nicht mehr wie Segelohren abstehen. Sie arbeiten in allem so effizient, dass, als es einen Moment später an der Tür klingelt, der Mann, der hereinkommt – und mich liebenswürdig begrüßt –, keine weiteren Hinweise braucht. Der Bildhauer lächelt. Der Neuankömmling bittet mich, still zu sitzen – so als ob ich das nicht ohnehin müsste, wo doch zumindest mein Gesicht durch das Heftpflaster völlig ruhig gestellt ist –, und ich bin nicht schnell genug, um mich zu wehren (was ich ohnehin nicht getan hätte), als ich merke, wie er mir in die Wange pikst. »Es dauert nur einen Moment«, sagt er mir. Es ist in der Tat nur ein ganz kurzer Moment, denn ich spüre sogleich, wie meine Haut unempfindlich taub wird, und während ich die Augenlider schließe, kann ich gerade noch wahrnehmen, wie er sein Köfferchen öffnet, in dem tadellos Fläschchen, große Scheren, Pinzetten und Skalpelle aufgereiht sind.

Als sie mir die Binden abnehmen, lächeln sie zufrieden und vergleichen beide Köpfe: meinen und den aus Stein. Sie halten mir einen Spiegel hin und zeigen mir endlich die Büste. Ich sehe ihr wirklich ähnlich. Das heißt: Mein Kopf, den ich im Spiegel sehe, sieht dem Kopf aus Stein sehr ähnlich, und obwohl er nicht so aussieht wie vorher, so ist er ebenso nichtssagend, und ich bezweifle, ob meine ehemalige Freundin einen großen Unterschied merken würde. Aber das ist auch egal, denn das, was wirklich zählt, ist, dass mein Gesicht und das der Skulptur ähnlich aussehen. Der Bildhauer hat gute Arbeit geleistet; ich zahle ihm, was wir vereinbart haben, bestelle telefonisch ein Taxi, trage die Büste nach Hause – sie ist verdammt schwer – und stelle sie vor eine Wand, denn mitten im Wohnzimmer würde sie nur stören. Außerdem fürchte ich, jemand könnte sie, wenn man immer darum herumlaufen muss, aus Versehen umstoßen. Ich schaue sie mir häufig an. Doch im Grunde kann ich mich, wenn ich ehrlich bin, nicht ganz wiedererkennen. Und zwar deshalb nicht, weil ich dazu neige, mich mir so vorzustellen, wie ich vorher aussah, und nicht so, wie ich jetzt aussehe. Nur wenn ich in den Spiegel schaue, sehe ich die große Ähnlichkeit und dass sie mir tatsächlich wie aus dem Gesicht geschnitten ist. Aus diesem Grund beschließe ich, neben der Plastik einen Spiegel an der Wand anzubringen, und zwar so, dass ich mich beim Betrachten der Büste gleichzeitig im Spiegel sehen kann. Nun kann ich im rechten Maß die große Ähnlichkeit würdigen.

Das Mädchen mit den Schwefelhölzern

Jedes Jahr an Heiligabend schlägt das Mädchen, das in seiner Not Schwefelhölzer verkauft, um ein paar Groschen zum Überleben zu verdienen, die Augen auf und weiß, dass die Stadt oder zumindest dieser kleine Teil der Stadt, in dem sich ihr persönlicher Kreuzweg wiederholen wird, mit Schnee bedeckt ist. Um sich vor der Kälte zu schützen, würde das Mädchen die Fensterläden schließen und die Vorhänge zuziehen, doch dies kann sie nicht tun, da sie weder Vorhänge noch Fensterläden, noch Fenster und auch kein Zimmer hat, wo sie unterschlüpfen könnte. Ihr geht das Zimmer nicht aus dem Kopf, das sie vor langer Zeit gehabt hatte (und daher rührt der Impuls, die Fensterläden zu schließen und die Vorhänge zuzuziehen), doch in Wirklichkeit hat sie nie ein Zimmer besessen. Ihre jährliche Wiederauferstehung ereignet sich immer auf der Straße, und bereits da geht sie barfuß und ihre Füße glänzen – gleich Auberginen – dunkellila. Warum geht sie barfuß bei so viel Schnee? Weil sie anscheinend – aber eigentlich erinnert sie sich daran auch nicht, sie erinnert sich nur, dass sie sich schon immer so daran erinnern sollte – einen Pantoffel verloren hat, als sie einer von scheuenden Pferden gezogenen Kutsche ausgewichen ist, die sie fast überrollt hätte. Mit dem anderen machte sich ein Bursche aus dem Staube, um ein Vogelnest zu bauen, ein ganz besonders anrührendes, ironisches Detail, das sie immer als billigen Kitsch empfunden hat. Nun gut. Das Mädchen mit den Schwefelhölzern weiß das alles schon von jeher, genauso wie sie weiß, dass sie ewig eine Waise sein wird, weil ihre Eltern einige Monate zuvor gestorben sind. An jedem Weihnachten ist sie seit wenigen Monaten Waise, und sie weiß, dass ihre Eltern am nächsten Weihnachtsfest – Eltern, die sie nie gekannt hat – wieder ein paar Monate zuvor gestorben sein werden und sie durch die Straßen streichen wird, ohne zu wissen, wo sie Unterschlupf finden könnte. Oder gibt es doch einen Ort für sie? Vielleicht jenen Speicher mit den zerbrochenen Fenstern? Doch auch das ist eine nie erlebte Erinnerung: Aus diesen Gründen – dem Elend, dem Waisendasein, der Verlassenheit – muss sie versuchen, die Schwefelhölzer zu verkaufen, die sie in ihrem Schürzchen trägt. Schwefelhölzer, die sie – sie hatte es vergessen – mit kläglicher Stimme anpreisen muss. Sie öffnet mechanisch den Mund und ruft:

– Schwefelhölzer! Bei mir gibt es Schwefelhölzer!

Sie wird nicht eines verkaufen. Sie hat noch nie eines verkauft. Sie hat ein so dünnes Stimmchen, dass niemand sie hört. Selbst jemand, der Streichhölzer kaufen wollte – einer, der zum Beispiel welche zum Anzünden eines Feuers, des Küchenofens oder einer Zigarre oder einer Zigarette bräuchte –, könnte sie nicht hören, nicht aufhorchen, so klein und fein ist ihre Stimme. Es ist von jeher vorbestimmt, dass Männer und Frauen an ihr vorbeihasten, eilig nach Hause laufen, um sich vor dem Kaminfeuer aufzuwärmen und das Weihnachtsfest vorzubereiten.

Wie viele Weihnachtsabende hat das Mädchen mit den Schwefelhölzern schon erlebt? Sicher mehr als hundert. Und es passiert immer das Gleiche: Sie ruft die Ware aus, und die Leute eilen an ihr vorbei, ohne auf sie zu achten. Vielleicht sollte sie sich an die neue Zeit anpassen und statt der Schwefelhölzer Tempotaschentücher, Staubtücher oder Zigaretten verkaufen. Doch das kennt sie nicht, denn in ihrer Welt verkauft niemand Tempotaschentücher, Staubtücher oder Zigaretten. Wie lebt sie den Rest des Jahres, die dreihundertvierundsechzig Tage (dreihundertfünfundsechzig in den Schaltjahren) zwischen dem Augenblick, wo sie in dem Hauseingang – immer demselben – erfriert, und dem Augenblick, wo sie ein Jahr später wiedergeboren wird, um die gleiche Geschichte wieder zu erleben? Sie wüsste das auch gerne. Verschwindet sie einfach, und das war's? Sie würde auch gerne diese ihre Eltern sehen, die jedes Jahr ein paar Monate zuvor gestorben sind, auch wenn es nur für ein Mal wäre. Wie waren sie, warum kennt sie sie nie, warum beginnt alles jedes Mal am selben Punkt kurz vor ihrer Pubertät?

Sie weiß immer, was im nächsten Moment passieren wird. Jetzt, so weiß sie, wird sie zum Beispiel plötzlich Kinderlachen hören, kurz darauf wird sie das hell erleuchtete Fenster entdecken, aus dem es kommt. In der Tat, sie hat kaum daran gedacht, da hört sie plötzlich Kinderlachen, frisch und melodisch wie jedes Jahr. Sie läuft mit glühenden Augen zum Fenster und tut so, als sei sie neugierig, obgleich sie keineswegs neugierig ist. Nun soll sie vor Kälte zitternd herantreten – einen Moment lang vergisst sie fast, vor Kälte zu zittern! – und sich auf die Zehenspitzen stellen, um über das Fenstersims zu lugen. Sie zweifelt keineswegs daran, dass sie einen Jungen und ein Mädchen sehen wird, die vor einem üppigen, riesengroßen, grellgrünen Weihnachtsbaum spielen, während ihr Vater Holz in einen Funken sprühenden Ofen nachlegt.

Es sind derselbe Junge und dasselbe Mädchen wie jedes Jahr. Für sie wiederholt sich die ganze Situation auch. Auch für sie beginnt zwangsläufig jedes Mal das Leben an diesem Nachmittag und endet am folgenden Morgen, wenn ein Mann und eine Frau das Mädchen mit den Schwefelhölzern tot auffinden. Oder vielleicht nicht einmal so lange, vielleicht ist ihr Dasein ja noch kürzer, und sie müssen nicht einmal warten, bis das Mädchen mit den Schwefelhölzern stirbt, sondern existieren nur, damit sie sie in dieser Szene sehen kann. Na, so was, muss sie sich jetzt noch glücklich schätzen, weil sie in dieser Geschichte wenigstens die Hauptperson ist? Was machen der Junge, das Mädchen, der

Vater den Rest des Jahres? Gehen sie zur Schule, kommen sie in anderen Geschichten vor oder verschwinden sie einfach? Wenn sie sich nur für einen Moment umdrehen würden, könnte sie in ihrem Blick lesen, ob sie sich wegen der alljährlichen Wiederholung trotz der offensichtlichen Freude, die sie unter dem Weihnachtsbaum an den Tag legen, auch so langweilen wie sie. Doch das ist nicht vorgesehen. Es ist nicht vorgesehen, dass sie sich umschauen. Vorgesehen ist ihr Wunsch, die Hände am Ofen zu wärmen, ihr Neid auf die Funken, ihre Vorstellung, wie angenehm die Leute es in diesem Heim haben, alle drei bei der Vorbereitung des Weihnachtsfestes vor Glück lachend. Sie schaut ihnen ganz verzückt zu, muss aber nun beginnen, die Schwefelhölzer anzuzünden, bis nur noch eines übrig ist. Genau davon handelt die Geschichte. Sie nimmt das erste Streichholz zwischen die, wie vorgegeben, zitternden Finger und denkt: »Vielleicht kann ich es mir mit einem Streichholz ein bisschen warm machen ...« Schon hat sie es gedacht und kann nun, nachdem das erledigt ist, das Streichholz gegen die verputzte Wand streichen. Es fällt ihr schwer, das Schwefelholz an der Wand entlangzuratschen, denn ihre Hände sind wie zwei Eiszapfen. Doch einen Moment später brennt es. Ihr blasses Gesicht leuchtet von der Flamme, und diese wird in ihrer Phantasie so mächtig, dass sie sich in den Ofen im Zimmer verwandelt, den sie durch das Fenster sieht, er hebt sich in die Lüfte, schwebt auf sie zu, bringt ihr ein klein wenig süße Wärme.

Doch wie jedes Jahr erlischt das Streichholz ganz schnell, und der Zauber ist – peng! – vorbei. Die Kälte kommt zurück, der Schnee, der Hunger und die Trostlosigkeit. Die pünktlich einsetzende eiskalte Windbö zwingt sie, sich in den Hauseingang zu flüchten, wo alles einmal mehr enden wird. Zusammengekauert ruft sie weiter ihre Ware aus. Ah, wenn sie wenigstens wirklich die Kälte und die Trostlosigkeit spüren würde, wenn sie wirklich zittern, leiden und frieren würde! Aber alles ist nur Schein, mechanisch und vorhersehbar. Nun zum Beispiel kommt der Moment, in dem sie, da ihr niemand etwas abkauft, beschließt, ein zweites Streichholz anzuzünden. Hier ist der Satz wichtig, der ihr als Ausrede dient:

– Ich habe doch noch so viele!

Sie hat noch viele, aber bald wird nur noch eines übrig sein. Sie streicht das zweite Streichholz gegen die Wand, und diesmal erscheint ihr die Flamme wie ein Tisch voller Speisen, die für das Essen an diesem Abend zubereitet worden sind, einem riesigen geschmorten Truthahn, einem Kuchen aus lecker leuchtenden Farben, barocken Süßigkeiten und glänzenden Früchten. Sie kann sich sogar vorstellen, den Duft des Bratens zu riechen, der vor langer Zeit in der Weihnachtszeit durch ihr Heim strich, in dem sie anscheinend mit ihren Eltern und Großeltern gelebt hatte, bis das Unglück – welches Unglück eigentlich? – über sie hereingebrochen ist. Drehbuchgemäß hebt das Mädchen die zitternden Arme, so als wolle sie versuchen, eine Keule des eingebildeten Truthahnes zu erhaschen, bis dann, wie mit der Stoppuhr gemessen, auch das zweite Streichholz erlischt. Deshalb zündet sie ein weiteres an – das dritte –, und diesmal verwandelt sich die Flamme in ihrer Vorstellung in eine ganze Familie, die Weihnachten feiert. Sie sieht eine Mutter, die verzückt ihrem Sohn und ihrer Tochter zuschaut, sie sieht einen Großvater und einen gutmütigen Kerl von Vater. Wer sind sie? Es ist ihr egal: Sie sind glücklich, und das reicht ihr. Das Mädchen mit den Schwefelhölzern lässt zu, dass ihr eine Träne die Backe hinunterkullert. Dies ist der Höhepunkt, denn genau jetzt muss sie mit einer abrupten Handbewegung die restlichen Streichhölzer im Schnee verstreuen und hat dabei so viel Pech, dass ihr in ihrer Schürze nur noch eines verbleibt. Nur noch ein einziges trockenes Streichholz, du armes Mädchen. Gesagt, getan: Mit einer brüsken Handbewegung verteilen sich die Streichhölzer im Schnee und werden unweigerlich nass. Es bleibt ihr nur eines, dasselbe eine wie immer. Sie kennt es so gut, dass sie ihm einen Namen geben und zu ihm beispielsweise Pepito sagen könnte. Ja genau, wenn sie es im nächsten Jahr wiedersieht, könnte sie zu ihm sagen: »Wie geht's, Pepito? Wie ist es dir im letzten Jahr ergangen?«

Das Mädchen weiß, wenn sie gleich dieses einzige vor der Nässe gerettete Streichholz anzündet, wird sie eine Figur mit der Aura ihrer Großmutter sehen, sie wird ihr ihr Leid klagen, die Großmutter wird sie trösten und sie auffordern, auch das weiß das Mädchen, sie doch dahin zu begleiten, wo sie jetzt mit den Eltern und dem Großvater lebt, an einen Ort, wo alle glücklich sind: »Weil es niemandem an etwas mangelt und keiner nach etwas strebt«. Dieser Satz irritiert sie besonders. Sie hat die Nase voll von der weihnachtlichen Güte, sie hat die Nase voll von den guten Dezembergefühlen, den unerträglichen Weihnachtsliedern, die sie im Radio aus den undichten Fenstern hört, von den Weihnachtssternen aus Glühbirnen und diesem fortwährenden Weihnachtsmärchen, in dem sie immer wieder lebt, ohne auch nur einen Schritt vorwärtszukommen. Sie ist so angewidert, dass ihr der Gedanke kommt, mit allem Schluss zu machen, das Streichholz anzuzünden und, anstatt den Himmel auf der Suche nach der Großmutter zu betrachten, schnell zur Haustür zu laufen, damit das Holz – vielleicht ist es auch nur Pappmaché – so schnell Feuer fängt, dass es sofort auf das ganze Haus mit diesen falschen fröhlichen Leuten und dann auf die ganze Stadt übergreift – oder zumindest auf die vier Straßen, die sie kennt, denn vielleicht gibt es gar nicht mehr –, und von da aus auf die Seiten des Buches, wo all das immer wiederkehrt, und vom Buch auf den Schreibtisch des verfluchten Erzählers, der sie verdammt hat, Jahr für Jahr dasselbe kindische Melodrama zu wiederholen. Alles soll verbrennen!, flüstert sie, während sie voller Wut das Streichholz anzündet und die Flamme an die Haustür hält, die zwar schwarz wird, doch so feucht ist, dass sie zu ihrem Verhängnis kein Feuer fängt, denn bevor sie Zeit zu etwas anderem hat, erscheint ihr schicksalshaft die Großmutter, die sie mit den Eltern an jenen Ort bringen wird, »wo alle glücklich sind«, damit am folgenden Morgen ein Mann und eine Frau ihre kindliche Leiche im Hauseingang finden und mitfühlend sagen können: »Die arme Kleine, erfroren ist sie.« Während sie feindselig in das glückselige Gesicht der Großmutter schaut, fragt sie sich, ob sie es auch schon andere Male versucht hat und ob es ihr etwas nützen könnte, wenn sie nächstes Jahr schneller wäre.

Der Unfall

Ich schalte herunter, biege um die Ecke, setze den Blinker nach links, wechsle die Spur, und weil ich sehe, dass die Ampel gleich auf Rot schalten wird, drücke ich aufs Gas und versuche, die Diagonal zu überqueren, bevor es rot wird. Ich hätte es schaffen können, wenn nicht die Mopeds gewesen wären, die, von der Diagonal kommend, fünf Meter vor dem Fußgängerüberweg anfahren, Sekunden, bevor ihre Ampel umschaltet und die Fußgänger auf die Fahrbahn stürmen, um sich in zwei hetzenden, dichten Herden von beiden Gehwegen aus zum jeweils anderen aufzumachen. Ich bremse eine Handbreit vor der weißen Linie, und sogleich stürmen hinter einem parkenden Auto zwei Männer unbestimmten Alters hervor, mager, mit Dreitagebart, langem, zum Zopf zusammengebundenem Haar und Tätowierungen auf dem Arm, die zu entziffern ich mich nicht aufhalte, denn während ich den Türknopf zur Sicherheit herunterdrücke, versuche ich zu verhindern, dass sie meine Windschutzscheibe mit diesem bräunlichen Wasser aus einem blauen Plastikeimer besudeln, das sie mit ausgeblichenen Schwämmen verteilen. Ich schüttele mehrmals verneinend den Kopf. Da sie dennoch weiter auf mich zugehen, mache ich mit beiden Armen große Bewegungen, damit ganz klar ist, ich will meine Scheiben nicht geputzt haben, doch sie insistieren; einer hat sogar schon den Schwamm in die Nähe meiner Windschutzscheibe gebracht und nähert sich ihr weiter mit einer bedrohlichen Langsamkeit. Aus dem Schwamm träufeln – ein, zwei, drei … – Tropfen auf das Blech, als ich sehe, dass der letzte Fußgänger den Überweg überquert und das kleine grüne Männchen zu blinken anfängt. Ich setze den rechten Fuß aufs Gas, und nachdem ich die beiden Fensterputzer überwunden habe, die plötzlich zurückspringen –

einer von ihnen schlägt noch mit der Faust auf den Kofferraum –, kurbele ich das Lenkrad nach rechts, um einem Mann auszuweichen, der sich, wer weiß warum, entschließt, genau jetzt die Fahrbahn zu überqueren, mit so viel Pech – vielleicht weil ich zusätzlich in den Rückspiegel schaue, um zu überprüfen, ob die Fensterputzer mir folgen –, dass ich einen Schrei höre und einen frontalen Zusammenprall. Ich sehe gerade noch, wie eine fette Frau mit bläulich weißen Haaren unter meinem Auto verschwindet. Beim Bremsen bemerke ich bereits den Körper unter meinen Rädern.

Es liegt auf der Hand, dass ich nicht einmal die Möglichkeit einer Flucht in Betracht ziehen kann, denn eine Menge Leute, denen das Entsetzen in den Gesichtern geschrieben steht, starren aus den anderen Autos und von den Trottoirs zu mir herüber. Selbst wenn ich auf der Stelle mit hundert Stundenkilometern lospreschen würde, hätten sich zumindest einige davon mein Nummernschild gemerkt. Ich entschließe mich, die Handbremse anzuziehen, den Schlüssel abzuziehen, ihn in die Tasche zu stecken, die Tür zu öffnen und auszusteigen. Die Frau liegt auf dem Boden unter meinem Auto. »Man darf sie nicht anfassen!«, schreit ein Mann. »Ist kein Arzt hier?«, fragt eine Frau. »Einen Arzt, bitte!« Die Fensterputzer stehen noch da, wo sie waren, aber beschimpfen mich von dort aus, indem sie mit ihren Schwämmen herumwedeln. Ich weiß nicht, warum ich über ihr Fernbleiben froh bin, denn in Wirklichkeit umringt mich eine nicht weniger keifende Menschenmenge, die zudem heftig an mir rüttelt, und nichts weist darauf hin, dass ihr besonderer Beitrag die aktuelle allgemeine Agressivität wesentlich verstärken würde. Ein Mann mit Perücke, Schnauzer und hochrotem Gesicht schlägt mit seinem Regenschirm auf meine Arme. »Mörder!«, ruft er immer wieder und bespuckt mich dabei jedes Mal. »Hören Sie, bleiben Sie ruhig …«, sage ich ihm. »Ja! Er ist ein Mörder!«, tönt es im Chor von fünf oder sechs Personen hinter ihm. Könnte ich die Frau hervorziehen und ins Auto legen, führe ich sie sofort ins Krankenhaus, so würde man feststellen, wie schwer verletzt sie ist, und außerdem käme ich aus diesem Tumult heraus. Aber es ist mir unmöglich, überhaupt in ihre Nähe zu kommen, und obwohl jemand gesagt hatte, man solle sie bloß nicht berühren, sind zwei Männer dabei, an ihr herumzufingern. Einer misst ihren Puls. Ein anderer hat sein Ohr auf ihrer Brust. Beide ziehen lange Gesichter, die nichts Gutes verheißen.

Doch plötzlich schlägt die Frau die Augen auf. Zwei Alte mit Einkaufswagen zeigen sogleich auf sie: »Sie hat die Augen aufgeschlagen! Sie hat die Augen aufgeschlagen!« Die Frau blickt von einer Seite zur anderen und versucht sich aufzurichten. »Bewegen Sie sich nicht!«, sagt derselbe Mann, der zuvor angeordnet hatte, sie nicht anzufassen. »Sie könnten sich etwas gebrochen haben, ohne es zu merken.« – »Wie, ich soll mich nicht bewegen?«, sagt die Frau. »Natürlich bewege ich mich! Ich muss einkaufen gehen.« Sie kriecht also langsam unter dem Auto hervor, und mithilfe der beiden, die Arzt gespielt hatten, stellt sie sich hin und klopft ihren Rock aus. Ich nutze die Gelegenheit, um auf sie zuzugehen und ihr zu sagen: »Steigen Sie bitte ein, ich fahre Sie ins Krankenhaus. Man muss untersuchen, ob Sie sich etwas gebrochen haben oder ob Sie sich sonst wie verletzt haben, auch wenn es nicht danach aussieht.« Die Frau schaut mich mit unbeteiligtem Gesicht an. »Ich habe Sie überfahren. Ich muss Sie ins Krankenhaus bringen!« Jetzt beginnen ihre Augen zu funkeln: »Sie? Sie waren das?« – »Ja, ja! Er war es!«, schreit die aufgebrachte Menschenmenge. Wutentbrannt kommt die Frau auf mich zu und schlägt mit ihren Fäusten auf mich ein. Sie schlägt so fest sie kann, tut mir aber nicht weh. Sie schlägt auch noch auf mich ein, als sie bereits in Tränen ausgebrochen ist. Es ist die Hysterie, die aufgestaute Spannung. Ich verstehe das, sage nichts und ertrage stoisch die auf mich einprasselnden Fäuste. Das geht eine Weile lang so. Eigentlich wäre es normal, wenn uns die Umstehenden trennen würden. Sie müssten sie an den Armen fassen und sie daran hindern, weiter auf mich einzuschlagen, doch sie tun nichts, als die Szene mit großem Interesse zu beobachten. Nach einer weiteren Weile, als ihre Schläge, obgleich sie sachte sind, allmählich einen leichten Schmerz in meinem Brustkorb verursachen, hebe ich schützend meine Arme, und da die Frau mit dem Faustregen nicht aufhört, greife ich nach ihren Armen, um sie daran zu hindern, weiter auf mich einzuschlagen. Ich greife einfach nach ihren Armen, aber die Zuschauer interpretieren diese Bewegung als Angriff und fangen an zu schreien: »Hey, hey!« und »Was für eine Unverschämtheit!« und »Was fällt ihm ein? Erst überfährt er sie und dann schlägt er sie auch noch!« und »Nicht genug, dass er sie fast umbringt! Nun misshandelt er sie auch noch, ohne Respekt vor ihrem Alter!« Und dann ist es schon nicht mehr nur die Frau, die auf mich einschlägt, sondern alle tun es. Ich versuche loszurennen, aber ich kann nicht, ich bin völlig eingekreist, Fäuste prasseln von vorne, von hinten, von rechts und von links auf mich nieder. Ein Hupkonzert beginnt, der Verkehr steht weiter still, und zu denen, die bereits auf mich einschlagen, gesellen sich die Autofahrer, die sich mit denen streiten, die auf mich einprügeln, und verlangen, wir mögen auf die Seite gehen und die Straße frei machen. Von ihrem Platz aus feuern die Fensterputzer diejenigen, die auf mich einschlagen, an, ohne auch nur einen Moment aufzuhören, mit ihren Schwämmen von einem Auto zum anderen zu wandern und die Autoinsassen um Geld anzugehen. Die Lawine von Fausthieben und Fußtritten, die auf mich niedergeht, führt dazu, dass ich einen leichten Fall zu Boden beginne, in dessen Verlauf ich das Blinken eines Messers wahrnehme, das ich kurz darauf einen Moment lang in meinem Magen habe, den notwendigen Augenblick, um mir einen sauberen und tiefen Stich zu verpassen. Es wundert mich zunächst, dass ein Messerstich nicht so wehtut, wie ich immer gedacht habe, dass er wehtun müsse, und einige Sekunden später sehe ich das Blut, aber da liege ich schon ganz auf der Erde, und ein Mann mit einer braunen Lederjacke tritt mit seinem Fuß immer wieder mit ganzer Kraft in meine Brust, und ich merke, wie bei jedem Mal eine Rippe mehr zu Bruch geht. Einige sitzen auf den Knien um mich herum und bearbeiten mein Gesicht mit ihren Fäusten und ziehen meinen Kopf an den Haaren vom Boden hoch, um ihn gleich darauf mit Wucht fallen zu lassen, sodass ich sofort das Krack seines Berstens höre. Ich weiß nicht, wo dieses Mädchen mit den Zöpfen und einem Hammer herkommt, den sie mit Hingabe unermüdlich auf meine Stirn donnert. Ich spüre, wie das Blut – wahrscheinlich aus dem Loch in meinem hinteren Schädel – schon meinen Rücken tränkt, doch bald schwemmt es auch in meine Augen, und daraus schließe ich, dass ich auch ein Loch in der Stirn haben muss; die Wunde muss gut sichtbar sein, denn plötzlich halten sie inne und betrachten mich neugierig. Ich mache nicht die geringste Bewegung. Aus Angst höre ich auf zu atmen. Die Schläge hören auf. Verschiedene Stimmen wiederholen ein sich entfernendes Echo: »Ich glaube, er ist tot, lasst uns gehen«, und plötzlich nur noch auseinanderstiebende Schritte. Und dann Stille. Ich bleibe ruhig liegen. Ich lasse etwas Zeit verrinnen. Ich werde mich aufrichten, wenn sie weit genug weg sind.

Die Sekunden ziehen vorbei, geschwind wie die Autos auf der Straße. Ich versuche mich aufzurichten. Mit viel Mühe gelingt es mir, schwankend laufe ich in Richtung Trottoir los, ich sehe das Auto in einer Ausfahrt, jemand muss es dorthin geschoben haben, um den Verkehr nicht weiter zu stören. Ein paar Scheiben sind eingeschlagen, die Türen und das Autodach eingebeult. Während ich auf dem Weg zum Auto noch die Schlüssel in der Hosentasche suche, zeigen die Fensterputzer vom anderen Gehweg aus auf mich und schreien los, ich sei nicht tot. Ich habe nicht die Zeit, in das Auto einzusteigen und loszufahren, denn aus einem Café genau nebenan kommen zwei Kellner, die mich an die Wand drücken und zusammen mit den Fensterputzern in einer solchen Lautstärke brüllen, dass bald alle Leute Bescheid wissen, die vorhin aus Angst weggerannt sind, weil sie dachten, ich sei tot. Manche waren bereits ein oder zwei Straßen weiter, doch alle kommen nun zurückgelaufen. Drei junge Männer mit kurzen Haaren und schwarzen Jacken, die vorher nicht dabei waren, gesellen sich dazu und beginnen, mich anzuschreien. Sie nennen mich Suffkopp, Penner, verwahrloster Obdachloser. Der erste Hieb in den Rücken stammt von einem Baseballschläger. Als ich mich vornüberkrümme, trifft mich ein Schlag mit dem Knie in die Magengrube; dann beim Fallen ein Fußtritt ins Gesicht. Ich bekomme Fausthiebe mit jenen spitzen Apparaten, die man sich über die Finger zieht, um das Gesicht blutig zu zeichnen, und die, glaube ich, Schlagring heißen. Einer der drei jungen Männer trinkt mit einem Schluck sein Bier in der Flasche aus, zerbricht sie an einer Straßenlaterne und rammt sie mir in die Brust, ins Gesicht, in die Arme, immer wieder. Inzwischen liege ich ganz auf dem Boden. Mit dem Schlüsselbund als Hebelwerkzeug pult der Jüngste – ein Jugendlicher – mein linkes Auge heraus, und mit dem rechten sehe ich es an einer Art Ader hängen. Die anderen weichen mit Ekel auf ihrem Gesicht zurück. »Los, das reicht«, sagt einer, doch der Jüngste zieht ein kleines, schmales Messer heraus, sticht zu, und bei jedem Stich dreht er es um hundertachtzig Grad, damit die Wunde noch größer wird, und eines der Löcher ist so riesig und so tief, dass ihm aus Versehen das Messer hineinfällt, und es gelingt ihm nicht – in dem ganzen Tohuwabohu von Leuten und ihrem Streit um den besten Platz, um ihre Wut an mir auszulassen –, es wieder herauszufischen, obwohl er erst die Hand und dann den Arm bis zum Ellbogen in meinen Oberkörper steckt, dieser Verlust macht ihn rasend vor Wut, was dazu führt, dass er wieder aufsteht, um mir mit seinen Füßen ins Gesicht zu treten. Nun strömt das Blut pausenlos, und ich selbst bin erstaunt, wie viel Blut in mir ist. Ich muss schon literweise Blut verloren haben. Meine ganzen Kleider triefen nur so davon. Jedem, der vorbeigeht, erklären sie den Fall: »Er hat eine Frau überfahren.« – »Eine Frau und ihre Tochter hat er überfahren.« – »Er hat eine Familie überfahren: eine Frau und drei kleine Mädchen, eines davon im Kinderwagen.« Ein Mann springt mir auf den Brustkorb, ein ums andere Mal, und ich höre, wie meine Rippen, die nacheinander auseinandergekracht sind, nun ganz entzweibrechen – krick, krack –, und ich habe Angst, dass er mir, wenn er so weitermacht, die Lungen zerquetscht, doch frage ich mich, ob zerquetschte Lungen überhaupt viel schlimmer sind als alles zusammen, obzwar ich unverzüglich weiß, es ist wirklich schlimmer, denn ich merke, wie die Lungen einem Akkordeonbalg gleich in sich zusammenfallen und ich bewegungslos auf der Seite liegen bleibe und Blut aus dem Mund spucke. Daraufhin drehen sie mich mit dem Bauch nach oben, betrachten mich und spucken mir ins Gesicht. Einer vergnügt sich mit dem Auge, das mir heraushängt, und spielt damit, und ich befürchte, er könne beim weiteren Spiel daran ziehen und die Ader oder das Röhrchen zerreißen, an dem der Augapfel noch in der Höhle hängt, was noch eine gewisse Sehkraft erhält, die mich selbst erstaunt, denn als er den Augapfel in meine Richtung dreht, kann ich mein anderes Auge sehen, meine Nase, meinen Mund und die wenigen Zähne, die mir im Mund verblieben sind, denn die meisten sind ausgeschlagen. Auf einmal regt sich keiner mehr. »Ist er tot?«, fragt einer. »Vorhin hat er auch tot ausgesehen, und dann hast du's ja gesehen.« Doch keiner sagt mehr was, und allmählich beginnen sie wieder sich zu trollen, und eine lange Weile lang – fünf Minuten, sieben Minuten – rühre ich mich nicht und schwöre, ich werde mich so lange nicht bewegen, bis genügend Zeit vergangen ist und alle ganz weit weg sind und sich nicht mehr an mich erinnern, doch da mein Gesicht der Wand zugewandt ist und ich es nicht bewegen kann – zu allem Unglück befindet sich in dem Sehfeld des heraushängenden Auges nur mein Hemd –, weiß ich nicht, ob sie wirklich fort sind oder sich noch in der Nähe aufhalten, doch schon, als ich den Kopf etwas hebe, merke ich, dass ich mich zu früh bewegt habe, denn einer beginnt zu brüllen: »Er steht auf! Er steht auf!«, und alle machen kehrt und werfen sich noch rasender auf mich, denn die Tatsache, dass ich meinen Kopf hochgehoben habe, bringt sie auf. Sie ziehen mich an die Bordsteinkante und legen meinen linken Unterarm so zwischen die Bordsteinkante und die Fahrbahn, dass einer draufspringt und er sofort bricht. Sie schreien: »Bravo!« Kurz darauf machen sie dasselbe mit meinem rechten Unterarm. Bei den Füßen wenden sie eine andere Technik an. Dasselbe Mädchen von vorhin mit dem Hammer schlägt ihn jetzt inbrünstig und mit voller Kraft auf meine Fußzehen, und erst als sie sich davon überzeugt haben, dass nicht eines meiner Glieder in dem Zustand ist, mich aufrecht zu tragen, ziehen sie sich langsam wieder zurück und verschwinden nach und nach hinter der nächsten Ecke, aber nicht ganz, denn manchmal streckt einer den Kopf um die Ecke, um sicherzugehen, dass ich nicht wieder aufstehe. Bis viele Minuten später – vielleicht eine halbe Stunde? – auch der es satt hat und nicht mehr um die Ecke schaut.

Dann stehe ich langsam auf. Da sie mir die Fußzehen gebrochen haben, fällt mir das Gehen sehr schwer und es schmerzt. Meine gebrochenen Arme machen es mir nicht leicht, mein Auge wieder an seinen Platz zu setzen, aber schließlich schaffe ich es doch – mehr oder weniger. Den rechten – den am meisten zerschmetterten – Fuß hinter mir herziehend, erreiche ich den Brunnen an der Kreuzung. Ich wasche mir das Gesicht, klopfe so gut ich kann den Staub von meinen Kleidern und fahre mir mit den Fingern durch die Haare, indem ich das Wasser als Spiegel benutze, bis ich bemerke, dass ich herzlich wenig in diesem flüssigen Spiegel sehe. Danach stecke ich meine Hand in eines der zahlreichen Löcher in meinem Oberkörper und schaffe es, das Messer, das dort immer noch steckt, herauszuziehen. Eine Frau mit zwei Mädchen sieht, wie ich es unter dem Wasserstrahl am Brunnen wasche, und schreit: »Vorsicht! Er hat ein Messer!« Auf der Stelle brüllen die beiden Mädchen los, und die Schreie wecken die Aufmerksamkeit derer, die vorhin auf mich eingeschlagen haben; wenn nicht aller, dann zumindest derer, die in der Nähe wohnen oder arbeiten, denn einen Moment später sind sie alle wieder da, und obwohl ich einige, die jetzt zuschlagen, nicht von vorhin kenne, so prügeln sie doch mit derselben Hingabe wie die anderen auf mich ein. Ich erkenne das Mädchen mit dem Hammer. Ich erkenne den Kellner aus dem Café, der jetzt versucht, mich mit der Tranchiergabel zu erstechen. Ich erkenne den jungen Mann mit der Lederjacke wieder, der schreit: »Gib mir das Messer! Es gehört mir, er hat es mir geklaut!« – »Er ist ein Dieb, der Hurensohn!«, sagt der Kellner. Ich drehe mich um mich selbst und schwinge dabei das Messer so, dass ich zum Mittelpunkt eines Kreises werde, in dem außer mir keine anderen Personen sind und dessen Radius die Länge meines Armes und der Messerklinge ist. Alle, die um mich herum stehen, halten sich genau an diesen wie mit einem Zirkel gezeichneten Abstand; die Mutigsten stehen am Rand des Kreises und schreien mich an. Dann geschieht Folgendes: Ein paar ganz Schlaue merken, dass ich mich die ganze Zeit rechtsherum drehe und die Messerspitze einige Sekunden braucht, um erneut dahin zu kommen, wo sie stehen; sie dringen vor, treten in den Kreis und versuchen, mich zu fassen. Aus diesem Grund sehe ich mich gezwungen, oft und plötzlich die Drehrichtung zu ändern, um Voraussagen unmöglich zu machen. Doch dann taucht ein Mann mit einem Dobermann auf, er bahnt sich einen Weg bis in die vorderste Reihe und hetzt das Tier auf mich. Die Leute sind einverstanden: »Los, Hund, pack ihn!«, rufen sie ihm zu, und tatsächlich stürzt sich der Hund auf mich und bringt mich zu Fall. Die Tatsache, dass ich ihm mit dem Messer einen guten Schnitt in den Hals verpasse, hetzt das Tier nur weiter auf, und von Grauen erfasst halten sich die Leute entsetzt die Augen zu. »Er hat das arme Tier mit dem Messer verletzt!«, rufen sie, doch sie schreien nicht auf, als der Hund meine Ohren verschlingt und meine Backen und mir die – riesigen – Zähne in den Hals gräbt, all das wird von den Leuten mit »Gut so!« und »Hoch!« und »Bravo!« gutgeheißen, ebenso zollen sie Beifall, als – nachdem mir einer das Messer abgenommen und den Dobermann weggeführt hat, weil der sich, nachdem es ihm zu langweilig geworden war, mich zu beißen, auf eine Frau gestürzt hat, die mit schriller Stimme schrie und applaudierte – der Kellner aus dem Café auf mich zukommt und mir das Nudelholz ins Herz spießt, das er die ganze Zeit lang gespitzt hat, weil ihm die Tranchiergabel für seinen Zweck nicht ausgereicht hatte. Ein Mann taucht auf, von woher, weiß man nicht genau, mit einem Jagdgewehr in der Hand und Lust mitzumischen, doch man sagt ihm, Gewehre seien nicht erlaubt, nicht weil sie mehrheitlich gegen Feuerwaffen sind, sondern einerseits aus Angst, einen Unschuldigen zu verletzen, und weil sie es andererseits viel interessanter finden, mich in den sechsten Stock zu tragen – wo einer der Anwesenden wohnt –, und nicht etwa im Fahrstuhl, sondern mich an den Füßen treppauf zu ziehen, sodass mein Kopf auf jeder Treppenstufe aufschlägt. Das gefällt ihnen außerordentlich. Oben angelangt, ziehen sie mich über den Teppich – »Schnell, schnell, er besudelt alles mit Blut!« –, öffnen den Balkon, greifen mich und werfen mich auf die Straße hinunter unter dem Beifall der Massen und der Scheibenputzer, die schreien »Keine Gnade mit ihm, Arsch!« und tanzen, um es zu feiern.

Ich liege eine Weile auf der Erde mit geschlossenen Augen. Was soll ich machen, um sie zu überzeugen, dass ich tot bin? Wie viel Stunden darf ich mich nicht bewegen, wenn, wie man gesehen hat, nicht einmal eine halbe Stunde ohne Bewegung ihnen genügt? Muss ich warten, bis es dunkel ist, wenn die, die hier nur arbeiten, nach Hause und die, die hier wohnen, ins Bett gehen? Ich halte die Luft an, damit sie nicht merken, dass ich noch atme. Doch nach ganz kurzer Zeit bekomme ich mit, dass niemand mehr um mich herum steht, was mich erstaunt, denn so wie ich allmählich feststellen konnte, bleiben sie immer, wenn sie mich für tot halten, noch eine gute Weile da, um sicherzugehen, dass kein falscher Alarm vorliegt. Aus Angst vor einer Falle hebe ich ganz vorsichtig den Kopf und sehe, niemand achtet auf mich. Sie stehen alle ein paar Meter weiter und schauen nicht zu mir, weil – das entnehme ich ihren Gesprächen – ein Auto ein Motorrad angefahren hat. So wie es aussieht, hat der Autofahrer beschleunigt, um die letzten Zehntelsekunden der grünen Ampel auszunutzen, und just in demselben Moment, als das Grün der Fußgängerampel anfing zu blinken, ist das Motorrad durchgestartet, und bei dem Zusammenstoß flog das Motorrad samt Motorradfahrer durch die Luft. Aus diesem Grund haben die Leute Gesicht und Interesse dorthin gewendet. Jede Einzelheit wird kommentiert in einer Stimmlage, deren Höhe mit der Empörung zunimmt. Alle laufen zum Auto. Da der Fahrer das Auto von innen verriegelt, schlagen sie die Scheiben mit dem Hammer des besagten Mädchens ein, fassen ihn am Revers und ziehen ihn durch das zerbrochene Fenster heraus. Ich stehe langsam auf, klopfe den Staub aus meinen bluttriefenden Kleidern und versuche, sie zurechtzuziehen. Den Mann kann ich von Weitem sehen: Er ist dünn. Die Angst lässt seine um Barmherzigkeit bettelnden Augen noch mehr hervorstehen. Er versucht, sich zu verteidigen: erklärt, das Motorrad sei ganz plötzlich aufgetaucht, als er noch Grün hatte. Aber sie hören nicht zu. Erst einer, dann noch einer schlägt mit der Faust auf ihn ein. Der Mann wehrt sich. Er versucht noch, vernünftig zu argumentieren. Bei einem Faustschlag in die Magengrube krümmt er sich und fällt zu Boden. Dann setzen die Fußtritte ein. Ich begebe mich zu meinem Auto. Das ist der Moment, um einzusteigen, den Motor anzulassen und heimlich wegzufahren. Man hört den Mann schreien. Ich habe schon den Schlüssel in der Autotür, doch dann halte ich inne, ziehe ihn wieder heraus, drehe mich um und mit dem bisschen Kraft, das mir verblieben ist, bahne ich mir langsam einen Weg durch die Menschenmenge, komme an die Stelle, wo der Mann am Boden liegt. In einem Moment, da es ihm gelingt, sich wieder halb aufzurichten, verpasse ich ihm vier Schläge und einen Tritt mit dem Knie, was ihn wieder zu Boden schmettert und von den Leuten mit Beifallskundgebungen quittiert wird; einige gratulieren mir und klopfen mir auf die Schulter.

Inhaltsverzeichnis

Uff, sagte er

Olivetti, Moulinex, Chaffoteaux et Maury

Die Aktentasche

Der Grund der Dinge

Guadalajara

Die beste aller Welten

Neue Literatur in der Frankfurter Verlagsanstalt (eine Auswahl)

Claire Beyer. Remis

Roman. 176 Seiten, gebunden

»Wie nur bekommt man so viel Spannung in einen so schmalen Roman? Man muss eine Zauberin zwischen den Zeilen sein – wie Claire Beyer.« Brigitte

Silvio Blatter. Zwölf Sekunden Stille

Roman. 304 Seiten, gebunden

»Man kann sich der Erzählkraft dieses Romans nur schwer entziehen.« Die Welt

Silvio Blatter. Eine unerledigte Geschichte

Roman. 224 Seiten, gebunden

»Silvio Blatter zeichnet in seinem bewegenden Roman eine Kindheit nach, die geprägt ist von der Suche nach Gefühlswärme, Offenheit und Wahrheit.« Südwest Presse

Nora Bossong. Gegend

Roman. 128 Seiten, gebunden

»Gegend ist eines der überzeugendsten Erzähldebüts des soeben vergangenen Jahres.« Frankfurter Rundschau

Javier Calvo. Der spiegelnde Gott

Roman. 398 Seiten, gebunden

»Das originellste, scharfzüngigste, frischeste und dekonstruktivste Ding, das du dieser Tage zu lesen kriegst.« El Périodico

Laurence Cossé. Der 31. Tag des Monats August

Roman. 252 Seiten, gebunden

»Stilsicher verwandelt die Autorin ihr unscheinbares Entlein in ein Thelma-und-Louise-Energiebündel, das endlich einmal so richtig Gas gibt.« Süddeutsche Zeitung

Bodo Kirchhoff. Der Sommer nach dem Jahrhundertsommer
Erzählungen. 496 Seiten, gebunden
»Es ist ein Leseschatz, eine Fundgrube für Kirchhoff-Leser und Leser, die es werden wollen oder auf Empfehlung werden sollten.« Hessischer Rundfunk

Bodo Kirchhoff. Wo das Meer beginnt
Roman. 307 Seiten, gebunden
»Das ist so scharf beobachtet, so witzig, dramaturgisch geschickt und spannungsreich erzählt, da erweist sich Kirchhoff auf der Höhe seiner Kunst.« Frankfurter Allgemeine Zeitung

Bodo Kirchhoff. Die kleine Garbo
Roman. 288 Seiten, gebunden
»Kirchhoff erreicht hier in seinem Erzählen eine neue Intensität.« Südwest Presse

Bodo Kirchhoff. Der Prinzipal
Novelle. 128 Seiten, gebunden
„Bodo Kirchhoff schreibt eine Hartz-V-Novelle!“
Süddeutsche Zeitung
„Ein literarisches Glanzstück.“ hr1

Gert Loschütz. Dunkle Gesellschaft
Roman. 220 Seiten, gebunden
»*Dunkle Gesellschaft* ist ein faszinierender Roman, dessen Lektüre einen Sog erzeugt, dem der Leser sich schwer entziehen kann.« Die Zeit

Gert Loschütz. Die Bedrohung
Roman. 192 Seiten, gebunden
»Gert Loschütz' spannender und mitreißender Roman zeigt einmal mehr: Die Bedrohung liegt nicht einfach so in der Welt. Sie ist in uns selbst.« Frankfurter Rundschau

Sylvia Plath. Die Tagebücher
492 Seiten, gebunden
»Ein großartiges Stück autobiographische Literatur. Kraftvoll und poetisch, klug und sprachlich ausgefeilt.« Brigitte

Marion Poschmann. Schwarzweissroman

Roman. 320 Seiten, gebunden

»Hier gibt es keine abgegriffenen Worte, keine sattsam bekannten Figuren. So etwas hat man noch nicht gelesen.« Bücher

Minka Pradelski, Und da kam Frau Kugelmann

Roman. 256 Seiten, gebunden

»Das ist wunderschön!... Wir haben dieses Buch beide sehr geliebt.«

Elke Heidenreich und Iris Berben in der Fernsehsendung Lesen!

Thomas von Steinaecker. Wallner beginnt zu fliegen

Roman. 368 Seiten, gebunden

»Ein Roman über die Zeit, über ihre Geschwindigkeit, ihre Langsamkeit und vor allem die Tatsache, daß dem Leben des Menschen die Rückspultaste fehlt – in einer Sprache, die hundert Jahre zu einem einzigen, schnellen, unvergesslichen Leseerlebnis macht.« Juli Zeh

Jean-Philippe Toussaint. Das Badezimmer

Roman. 128 Seiten, gebunden

»Um Toussaint einzuordnen, müsste man ihn irgendwo zwischen Kafka und Beckett stellen, eine Brücke zwischen Mondrian und Pascal.« Le Monde

Jean-Philippe Toussaint. Der Photoapparat

Roman. 120 Seiten, gebunden

»Toussaints Stil, kühl und zart wie ein seidiger Sonnentag im Oktober, ist reiner Genuss für den Leser. Und zugleich wird einem – ganz unangestrengt – ordentlich das Hirn gefüttert.« Ndr

Jean-Philippe Toussaint. Fliehen

Roman. 178 Seiten, gebunden

»Was will man Größeres, was will man mehr von der Literatur verlangen!« Le Monde

Jean-Philippe Toussaint. Sich lieben

Roman. 154 Seiten, gebunden

»Das Wesen der Liebe besteht darin, dass sie sich nicht beenden lässt. Dies scheint Toussaint mitteilen zu wollen, ganz und gar toussaintesk natürlich, beiläufig, unpathetisch, parenthetisch, versteckt im offenen, schwebenden Schluss seines bisher schönsten Romans.« Neue Zürcher Zeitung